希望的田野

上

2016
文学扶贫暨百名作家

深入生活
扎根人民
作/品/集

四川省作家协会 主编

成都时代出版社
CHENGDU TIMES PRESS

图书在版编目（CIP）数据

希望的田野：全2册／四川省作家协会主编.--成都：成都时代出版社，2017.4

ISBN 978-7-5464-1806-3

Ⅰ.①希… Ⅱ.①四… Ⅲ.①中国文学－当代文学－作品综合集 Ⅳ.① I217.1

中国版本图书馆CIP数据核字（2017）第084775号

希望的田野·上
XIWANG DE TIANYE · SHANG
四川省作家协会 主编

出 品 人 石碧川
责任编辑 龚爱萍
责任校对 李卫平
封面设计 许天琪
装帧设计 邹其兰
责任印制 干燕飞
出版发行 成都时代出版社
电　　话 （028）86742352（编辑部）
　　　　 （028）86615250（发行部）
网　　址 www.chengdusd.com
印　　刷 四川金邦印务有限公司
规　　格 165mm×240mm
印　　张 38.25
字　　数 620千
版　　次 2017年4月第1版
印　　次 2021年3月第2次印刷
书　　号 ISBN 978-7-5464-1806-3
定　　价 98.00元（全2册）

CONTENTS

目录

散 文

诗　歌

短篇小说

散　文

过松州 ◎干海兵

那个黑红脸膛的汉子，跟着阿訇陪我们在寺内走了一圈，偶尔插话，脸上也是喜气洋洋的。从他厚重鼻音的普通话里，我听出了宁夏西海固或者甘肃夏河的味道，居然就想起了那满坡的胡麻和土豆。和松潘的穆斯林相比，他的鼻子仿佛更钩一点，眼瞳更褐一点，脸膛上堆积着黄河故道上的阳光。

唐肃宗时期首次进入松潘的回民们，估计经过了几代人的接力，才穿过河西走廊从瓜州、肃州、甘州、凉州、兰州，最后到达了大山深处的松州。回民们来来去去，在古城留下了两座著名的清真寺，一座历史早些，叫城关清真寺，一座稍晚一点的，叫真北寺。那个黑红脸膛的汉子就在我们参观的真北寺功修并兼管着寺庙的重建。参观完后，他送我们出来，站在一棵把天空挑得又高又蓝的大树下，他介绍说我们面前的那条马路，是从成都到兰州的。这条路，已经有上千年的历史了。

从成都来或者从兰州来，这条流动着盐巴、茶叶、果蔬甚至冷兵器和炮火的小路，都会在松潘打上一个结。这些结和西去的草原雪山有关，也和南下的河谷隘口有关。唐太宗时期，松赞干布信心满满地遣使长安求亲，没想到使者走到松州便被州官扣下，藏王一怒之下兵出雪域 20 万与唐王朝决一死战。仗，松赞干布最终是打输了的，求亲最终居然也是成了的，松州的古城墙见证了这断坚硬而柔软的历史：不会说藏话的文成公主和不会说汉语的松赞干布在结合之前连面也没有见过，但他们的爱情故事一千多年后被人以石头的形式镌刻在松州古城的城门口，让南来北往的人驻足沉思。公元 789 年，又一个男人和女人的故事发生在松州，成都女校书薛涛被宠主韦皋发配到川西北边关，当年这个素来锦衣玉食的交际花夹杂在贩夫走卒中，沿岷江河谷饱一顿饿一顿地挣扎了半个多月，当她泪眼迷离地看见古城门口“松州”两个字时，她的《十离诗》成了，现代松州城内两个与爱情有关的景点也找到了出处。

松潘就像是岷江留在历史记忆中的深邃漩涡，它汇集、沉淀，兼容并蓄。在松潘的几天里，我们这些成都来的小文人，几乎夸张地对每一个藏民、羌民、回民提出各种各样所能见到所能想到的民族文化的疑问，而他们对答中的从容和平淡，常常让我们对自己有浅薄之感。在松潘，我和多年前写诗赞颂过的藏族美女 Z 有小半日同行，她温润中和的汉儒气韵背后，让谁也不会想到她家族三代在松潘、黑水、马尔康的带血的跌宕传奇。与 Z 一样，松潘市井、山野中的任何一个人，都有一段与这片山水血脉相融的故事。为我们开车的师傅，平头阔腮、肚大体壮，黑黝黝的脖子上挂着大金链条，让人误以为是草原来的财大气粗的藏民，其实他是纵横川主寺几十年的汉民袍哥的后代，每一段血脉的延续都有惊心动魄的故事；为我们一行充当着导游角色的两个女孩，一个羌族一个藏族，羌族妹妹的成都话比成都人还地道，但她在松潘一下汽车，舌头便在松潘藏羌汉土话间任意转换，如鱼得水；藏族妹妹卓玛，在车上给我们谈起她在成都买的房子里如何种花种草，细致入微、温馨动人，但在一次观赏松潘马术队表演时，卓玛脱口说她是红原安多藏族，十多岁就在辽阔无边的草原策马驰骋。——这个脸上已看不见高原红印迹的美女，经历过什么样的雪山草地，经历过什么样的起承转合，让她从奔放不羁的马背上下来，贤淑安静地坐到我们身边？

面对古城墙上长着箭痕和青苔的砖块，除了安适地坐在街口阳光下清理虫草的阿妈、木门前闭目抽着叶子烟的老汉，谁还能看见时光背后的道路？现今的国道 213 线车水马龙，一辆辆旅游车从松州城外呼啸而过，那些挎着长枪短炮照相机的游客，足不着地小半天便将松赞干布、薛涛走了一千年的路走完。松潘的野性和坚硬，在大染缸一样的迷蒙历史中变得舒缓而安详，这里的天空依然高远纯净、朝霞如火、落日熔金，这里的人们戴月而作、披星而息，不同族群的村寨鸡犬相闻、炊烟彼此缭绕。

记得那天，那个西海固或者夏河来的黑红脸膛的汉子，把我们带到真北寺厚重的照壁前，指着一团繁复雍容的雕刻图案对我们介绍说，这是荷花。据我所知，荷花多出南方，我虽游历西北多年还尚未见过。

壤塘佛光　◎川　湄

她直视着我，却好似目中无人。

一位仿佛是从油画上走下来的老人，正转动着身边的转经筒，对着塔外的我走过来。一双久经风霜的眼睛是会说话的。我像被施了定身法术，一动不能动，看她从黑暗的经堂中间走到门口。我犹疑了一下，慌乱地抬手拍照。她没有鼓励或者反对的表情。她把我的镜头看作太阳光中的一个黑点子？一种心虚的感觉使我收回了目光。

这一刻，那堆成塔状的、至奇至伟的、几十名石匠镌刻三代而成的藏文经石，悄悄在我的意识里，堆上了这位老人沧桑的面孔。

等我绕过塔楼的外墙转到经堂的另一面，那位老人又出现在我的视野里，她身边仍是两溜无声旋转的转经筒。

永不停转的转经筒在诉说着什么呢？我胸前永不变色的哈达在诉说着什么呢？

则曲河啊，瞻巴拉山，你们是棒托寺无可替代的自然神。背靠瞻巴拉山，面对则曲河，棒托寺啊，你塔乐仙音，佛像如生，佛法昌盛，众生快乐，一片祥和！

在棒托寺32座喇嘛塔的光芒之下，人人都得到了神的照拂。我接受了表示祝福的哈达，瞻仰了伟大的石刻藏经堆，拍到了高原波斯菊、高原翠菊。只是惭愧自己没有什么可以报答神的。只会说一句藏语——扎西德勒，却怎么也难以说出口。只有两颗小白兔，奉献给棒托寺喇嘛塔下的两位原住民——男孩和女孩——他们没有成年人可能有的那种拘泥和戒心，开心地笑纳了我的糖果。但是，不知道接受了糖果的少年，他们来寺庙里做什么。他们的语言属于一个我未曾学习过的文字系统，我无法开口跟他们继续沟通。

手中是最新版的寺庙宣传资料。看吧，壤塘的棒托寺与西藏的降扎寺、甘孜的色达寺并称全国藏区三大塔群。我想，棒托寺可能就凭着独一无二的藏文石经堆，才有“到壤塘如同到西藏”之说吧。壤塘县寺庙几十个，僧侣多则两百多，少则一个。在塔群里走着，心中不禁浮起了疑问。棒托寺僧人120名，怎么我们并没有看见几个穿紫红僧袍的人？寺庙内外那些崭新的飞舞的隆达，它们在风中念诵什么，是讲述僧侣们皈依佛法、讲修佛法的心意吗？

壤塘，一个真正美丽的地方。天高地迥，生气贯注。美在扮演英雄格萨尔的幼儿们闪耀着艺术梦想的目光中，在男人们夸张地说出“美得像天堂”的话语中。在幼儿园孩子们整齐的歌舞中，幸福与神话结缘，幸福与希望结缘。啊，壤塘，我记着你身着彩装的天使一样的孩子，身着袈裟的天使一样的僧侣！

在夏炎寺的桑烟里，我为什么忽然下泪？诚然，因为我被烟熏着了，但也许是因为我所要寻找的未曾谋面的僧人。在那些紫红长袍的僧衣里，会有那个上帝差遣我扶助的青年吗？我摇摇头，早有了一个否定的答案。可是那些紫红长袍的僧人还是给了我一些心灵的困扰。你知道这种虚弱的心灵吗？我害怕自己让人失望，既无法负担对于一个陌生人的责任，也无法负担责任心引起的焦虑。

是那些足够幸福的人，发现了头顶天空中巨大的日晕。我站在夏炎寺门廊的阴影里，用各种方式拍摄每一个人都在仰头拍摄的日晕。

佛光！有人说出一个新的名词，同时兴奋地感慨我们的好运。

佛光如同神迹！它的出现恰逢其时，仿佛预示着此刻的夏炎寺，即将为众人开启人类文明的奇迹。

夏炎寺确实有它自成体系的历史和艺术。仿佛情景重现，天空的日晕加于人心以理想的光芒，殿堂里那些遥远的器物都被悠远的时光罩上了思想的巨大光环。更遥远的时光包含着更丰富也更难以解读的思想。众佛的金身，大师的灵塔，静穆的法器，绢帛的经书，彩色的唐卡，都在娓娓诉说光阴和心灵的故事，说应当用想象、用感觉去无限延长每一分钟，让神秘的氛围笼罩一颗敏感的心，把回忆变成梦幻。

高原的青年志愿者，有骏马一样的身材。七月的骄阳没有压倒他的骄傲。他快乐地走在小路上，指点着一座门窗紧闭的石灰墙的房子说，那是一位修行者住过的。房子并不简陋，房檐下有两扇朱红的木格窗和一个阳台。门前两根木头支起二楼小小的阳台，阳台完好无损。阳台向屋檐上搭着一根粗粗的木梯，木梯是拿一根原木做的，原木上面挨着挖了七八个马蹄状的窝。木梯当时我没有看明白，照片上却是清晰可见。楼顶不知是否平整，总之房檐上插了彩色的经幡，屋子侧面山坡上也到处都是经幡。这样一幢独据山坡居高临下的小屋，美观程度自然无法跟近旁辉煌的寺庙相比，但也不失实用，颇有它的可取之处。这样的小屋还有好几处，但都已经荒废了。

夏炎寺现有僧人 43 人，但回想起来，我还是不知道他们怎样在寺庙里修行。身着紫红僧袍的男子，正在夏炎寺上弦月地形的收尾处建筑新的寺庙。大家下了阶梯去山谷中喝神水的时候，我站在悬崖边上看僧侣施工。他们用绳索吊上来水泥沙石桶。我所站立的路边，有两堆头子上用红漆涂过的、大约将要当砖块或者木瓦使用的木料。从我站立的地方望出去，对面是山峰的海洋，像如意宝堆积的神山。同棒托寺一样背靠高山的夏炎寺，实在是风水宝地。

总有一些情节，连续性地给旅途打上感动的烙印。

夏炎寺留给我的最后目光，也是两个孩子的目光。我永远不能不看聚集在公共场所的孩子们，好像自己永远是一个孩子。这两个孩子一直没有出现在我的视野中，他们是我从屋子门口走过的时候看到的。——但是，没有门，我看见的可能只是一个门洞。

我停下脚步怔怔地看了他们几分钟。一矮一高，三岁和五岁的样子。小个子让我看得更久，那是个十分壮实的男孩。他们站在屋子里，屋子没有什么亮色的家具，地面凹陷下去像一间地下室。他们站在低处朝门外看着我，有一种仰望的意味。他们的眼光如此肃穆，仿佛我并不存在，他们只是在看我头顶大片大片的阳光。

我没有勇气走进那间地下室，心里叹一口气：今天连糖也没有一颗。

“是给庙里做饭那家人的孩子。”

当地的人总是比我们敏锐多了。一位陪同我们的女士回答了我眼神的提问，快步走到前面去了。

我的眼睛里移过来一片荫翳，像遭遇了一场天地变色的日食。为了掩饰内心的激动，我转身拍起崖边的花草来。野草茂盛得不可思议，那种莲花白形状的青色花朵，一位女士把它叫作“大黄”，我颇有些不以为然：这可不是我所认识的大黄。

在旅行中，我可以超脱一切庸俗的情欲，无论过去的什么朝生暮死的爱与恨，还是心中永不消融的命运的坚冰。但是只有在无边的寂静和沧桑之中，我才能获得这种超脱。我承认自己始终无法超越人类的生活，尤其是人们的情感。我要给那些无法周到地庇护子女的人，背诵耶胡达·阿米亥的诗句，给他们一些我同样需要的鼓舞。

上帝对幼儿园的孩子是仁慈的。
对上学的要差一些。
而对成年人，
毫无怜悯，
完全不管。
有时他们必须匍匐在滚烫的沙地，
向救护站爬去，
浑身是血。

两个名字 ◎马 平

我上小学的时候，一个外地口音的手艺人到我家院子里绷箩子。我听见他说从仪陇县来，光是走路就要一两天。大人们说路好远。他说，再远，也要为人民服务！

我们娃儿家是喜欢外地人的，因为他们会带来一点远方，一点新奇。我缠着他问这问那，他突然反问我，你晓得，张思德是哪儿的人？

那会儿，全国人民都在学习“老三篇”，小学生也不例外。张思德，加上外国人白求恩和古人愚公，谁都晓得。但是，《为人民服务》里面并没有说，张思德的家乡在哪儿。

韶山！我刚说出来，又赶紧改了口。不是北京，就是延安！

仪陇！他说，张思德是我们仪陇县人！

我只晓得朱德总司令是仪陇县人。我说，那是朱德，不是张思德！

他的口气大了起来。总之，一句话，最大的司令，最好的士兵，都是他们仪陇县人。

一个箩子匠，竟然敢这样“绷”。我说，名字里有“德”的，都是你们仪陇县人？

他并不在意我的态度，只管说，张思德的家离我们家不远，我连他的小名都晓得。

尽管我当时还不大明白什么是“比泰山还重”，却也晓得，张思德这个名字是不能拿来乱说的。我大声说，你说反动话了！

他好像被戗着了，不再吭声了。他绷好一面箩子，饭都没吃就走了。

张思德是哪儿的人，这个问题在老师那儿就有标准答案。白纸黑字，仪陇。他的小名却成了悬案。我的年幼无知，我的自以为是的“觉悟”，让本来要脱口而出的一个小秘密长久地噎住了。我后悔得不行，只好暗地里为张思德虚构了一串儿小名，然后自己给自己上纲上线。我盼望着那个箩子匠再次出现，验证一下我的虚构能力，却一年一年落了空。

我第一次去仪陇，已经参加工作了。我和单位同事一道，专程去参观朱德故居。仪陇苦寒，春天里却有好景致。路旁的野花，坡上的杂树，似乎都和别处有些不同。山形地貌，故事传说，更是让我暗自称奇。马鞍，既是山名，又是地名和场镇名，终于等来了一个与之相配的大人物出世。朱德，生也马鞍，战也马鞍。他离开了水瘦山寒的马鞍，又跨上了枪林弹雨的马鞍。他在自家阁楼土墙上凿出的那一孔窗，框定了他打破黑暗的刚勇，也展张了他亮开眼界的雄阔。他早年从那儿看出去，道路隐约，山峦起伏，天际苍茫，乱云飞渡。而我们后来者，从那儿窥望到的却是他那朴拙而威猛的身影，肩挑背磨，胼手胝足，金戈铁马，气吞万里如虎。

那一次来去匆匆，我还是零星听到了张思德的故事。张思德留给仪陇的故事不是太多，关于他大名含义的版本却有两个：一说因双亲亡故，他是吃百家饭长大的，他的养母要他长思父老乡亲养育之德；一说是他报名参军时由部队干部所起。至于他的小名，却依然无从得知，尽管社会已经转型，一般不会有人动辄乱扣帽子了。自然地，我想了想那个篓子匠，但就是擦肩而过，我也不一定能认出他了，那么，我即使想向他道一个歉，大概也没有机会了。

事隔 30 年，我才再去仪陇，并且一年之内去了三次。我看到了，今天的仪陇人，正在围绕“德”字做一篇大文章。大大的“德”字镌刻在山石上，气势磅礴。新迁县城的街名和店名，都乐于拿“德”字来做招牌。包括宣传手册、宣传标语在内的各类文字，也从不同方向在向“德”字聚拢。

朱德，张思德，两个名字中相同的一个字，被圈点了，被大写了。

德，这个从古至今都处在显要位置的汉字，这一次，从同一个山乡的两处农家走出，走过田间小道，走过万水千山，功成名就，衣锦还乡，走进了一块金匾。

德，让地位悬殊的两个同乡彰显了一样的品质，朴厚稳实，忠诚勇毅。

德，让一个元帅和一个士兵并肩而立，不分贵贱，不分高低。

德，一个字的警句，一个字的座右铭。

德，一面镜子，一面旗帜。

这一篇用大名书写的大文章，刚开好头，必将有发展和高潮。

另一篇关于小名的文章早已开头，却应该有一个大方的结尾了。

张思德牺牲时才 29 岁，他那张唯一留下来的照片，还有他在纪念场馆里的塑像和画像，看上去是那样年轻，所以，对他而言，似乎是用不着“为尊者讳”的。反过来，正是因为他离开这个世界过早，而翻出他的小名，唤起他的小名，或许能够让他既驻留在一篇文献中，又鲜活在人们有凭有据的想象里。

换句话说，张思德的人生，不仅需要一个盖棺定论的结尾，还需要一个起根发苗的开头。

哪个人的一生，不是从答应自己小名开始的呢？

一个诗人朋友一连写了三首诗献给张思德，他这样写道：

知道你烧的木炭很暖和的人，知道你手艺的人，越来越少了。

谷娃子，知道你小名的人，也许，只剩下我了。

谷娃子！哦，谷娃子！

诗人凭采访所获的一粒“谷”，击倒了我那一串儿虚构：一头牛，一棵松，一个石头……

我最近一次去仪陇采风，和这个诗人朋友同行。签到的时候，我跟他开玩笑说，请签上你的小名！

他签上了他的大名。他对我说，我的小名太小。

我也签上了我的大名。我说，我这大名也小。

大名，说小就小。他说，小名，说大就大。

比如谷娃子。我说，谷物，谷米，五谷丰登，哪一个小呢？

又逢春天，我们又去了马鞍。那么多的野花，那么多的杂树，我却大都叫不出名字。一些山头和石头，却又有了新名字。天空很蓝，却也有云。我胡乱想，一个人要是站上了云端，那么，轻唤一声他的小名，他也依然能够听见。这是因为，他的小名就留在大地上，留在地气中。如果那小名也追随着上了云端，那么，放开嗓门来喊，或者换上诗句来喊，他大概也能够听见。

仪陇的奇迹

◎牛 放

朱德元帅是将军中的将军，他为建立共和国立下的赫赫战功是不言而喻的，共和国建立后他被授予元帅军衔，排在十大元帅之首，其行政职务做到全国人大常委会委员长，获得了人生巨大的成功。然而他在共和国的革命历史中的最光辉的篇章和被后世传颂的依然是伟大的军人业绩，其最高荣誉依然是元帅中的元帅。张思德是士兵中的士兵，在延安付出了年轻的生命，最终成为革命队伍里享受到至高荣誉的军人，即士兵中的士兵。朱德，张思德，一个将头一个兵尾，却获得了相同显赫的名声和荣誉，而他们名字里都有一个“德”的两位军人，竟然是一个相同地方出生的穷苦人，这不能不说是个奇迹。

朱德和张思德，是四川仪陇县的两个穷人。

1886 年 12 月 1 日，朱德出生在仪陇县马鞍场琳琅山下李家湾丁姓财主的仓房里。他之所以出生在丁姓财主的仓房里，那是因为 1882 年朱德的父母租种了琳琅山下李家湾地主丁邱川家的田地耕种，也就是说朱德的父母是地主丁邱川家的佃农，朱德便是佃农的儿子。在四川农村，无论男女，几乎每个孩子都有小名，直到进学堂读书时才会另外起个书名，或者叫大名。川北农村的人普遍认为，小名贱一些，可以避开妖魔鬼怪，孩子容易健康成长，不容易夭折或者生病。朱德的父母给他起的小名叫“狗娃子”。

1915 年 4 月 21 日清晨，张思德出生在仪陇县六合场东南方 12 里的雨台山下韩家湾，这天是农历三月初八，正逢二十四节气里的谷雨节，张思德的妈便给张思德起了个小名叫“谷娃子”。张思德全家 5 口人，穷得比朱德家更惨。家里长期以租种富绅的土地度日，母亲朱氏生下他不到 7 个月就身患重病因无钱医治而过早地离开了人世；大哥帮地主干活累死在田里；二哥沦为乞丐讨饭街头，惨遭饿死；父亲外出求生，流落异乡。张思德便由好心的叔父张行忠和叔母刘光友继养下来。叔父家也很穷，终年过着吃糠咽菜的日子。张思德简直倒了大霉了，就是这样一个苦命的人，12 岁时，养父和妹妹又相继病逝，家里只有他和养母相依为命。

朱德和张思德，从仪陇走出去的两个军人。

朱德是一个有思想深度的人，他的投军要比张思德复杂和坎坷很多。

1892 年，朱德入药铺垭学堂读书，先生按朱家字辈给朱德起名朱代珍，从此朱德有了自己的大名。1896 年，朱德入席家扁私塾，席先生给朱德改名朱玉阶。1905 年，朱德年满 19 岁，他在私塾里已经学习了 12 年，他改名朱建德参加科举制度下的县试，名列前 20 名；接着又参加顺庆府（今南充市）的府试，考中了秀才。1906 年，朱德考入顺庆府高等小学堂，这个学堂的督学先后由张澜和刘寿川担任，这两人都是名望很高的教育家。1907 年，朱德又考取了成都的大型官立学堂四川省城高等学堂，1908 年初，朱德到仪陇县立高等小学堂任教。

朱德在从教的一年时间里，备受旧势力的排斥和压迫，他萌发了教书不是一条出路的念头，决定投笔从戎。正在这时，朱德的同乡、私塾好友吴绍伯在成都高等师范毕业后不顾家人反对已经进入云南讲武堂，而另一位同窗好友，成都的秦昆也来信陈述家里反对他考成都军官学堂，也打算去云南讲武堂。于是，朱德在自我和社会的合力作用下，果断决定辞去教师职务，考取云南讲武堂。此时朱德仿佛如鱼即将入水，如鸟即将入林，心智清爽，踌躇满志，他奋笔写下了自己的心声：志士恨无穷 \ 只身走西东 \ 投笔从戎去 \ 刷新旧国风。朱德去云南前回老家住了一夜，他向老人们说明要去云南讲武堂的决定，老人们坚决反对，因为那时候老百姓都恨当兵的。朱德不顾家人反对，毅然决然地走上了自己决策的道路。1909 年初春，朱德告别家乡和亲人风尘仆仆地到达成都，紧接着经过 70 余天的艰难跋涉，于四月抵达昆明。讲武堂主要招收云南籍的学生，朱德跟他的好友敬熔一起考试，两人的成绩都合格，可敬熔被录取了，朱德却落选了。朱德不明就里，敬熔带着不安告诉了他原因：他报名时将籍贯改写成了云南昭通府大关厅。朱德听后并没有责备朋友，而是有了一次教训，决定以后办事也不能太实在，也应随机而动。朱德未能如愿考取讲武堂，他另辟蹊径，找朋友通融关系入伍当兵，因为讲武堂招生章程有个规定，军队中的下级军官或士兵可以通过保荐进入讲武堂学习。这次朱德吸取上次教训，在填写入营登记表时，把籍贯改写成云南省临安府蒙自县，并且把原来使用过的名字“朱建德”改成了“朱德”。1909 年 12 月，朱德终于如愿以偿地走进了云南陆军讲武堂的大门。从此，他在革命的道路上开始了艰难的探索，到后来创建革命军队，担任红军、八路军、解放军总司令，直到元帅。

张思德当兵的道路没有朱老总坎坷，应该说比较顺利。

1933 年 9 月 22 日，中国工农红军红四方面军第 9 军和第 30 军分别由仪陇县城向马鞍，由巴中城向立山、顶山等地发起猛攻，进击驻守在仪陇、营山的国民党四川军阀杨森部，23 日，仪陇东边重镇立山场解放。张思德听说立山来了穷人的军队，专门打土豪分田地，拯救平民百姓，于是他邀约了六合场的几个穷哥们儿跑到 30 里外的立山场打听消息。红军热情接待了他们，并向他们宣传了许多革命道理，他们立即请求红军到六合场。几天后，红军在六合场关帝庙召开群众大会，成立了六合乡苏维埃政府，接着在立山场建立了长胜县苏维埃政府，掀起了支援前线扩大红军的高潮，同年 10 月，张思德参加了中国工农红军。

张思德 1933 年 10 月参加红军，11 月加入共青团，1935 年 3 月随红四方面军离开川陕根据地进入长征，6 月跟中央红军在川西懋功会师（今阿坝州小金县），9 月 9 日巴西会议后被编入朱德、张国焘、刘伯承指挥的左路军。1936 年 11 月张思德随四方面军部队到达陕甘宁边区革命根据地，1937 年 10 月在八路军荣誉军校加入中国共产党。1938 年春调入陕西泾阳八路军后方留守处警卫连，1940 年春，张思德所在八路军留守处警卫连受命从甘泉县下寺湾调驻延安，同年夏初被调到中央军委警卫营。1942 年秋，警卫营从南泥湾屯垦归来驻守枣园对面侯家沟，同年 11 月 7 日被分到中央警备团一连三排四班当战士。1943 年夏，又被调往枣园在毛主席的内卫班当战士，直接生活工作在毛主席身边，负责保卫毛主席的安全。

其实，张思德在给毛主席当警卫员之前是朱德总司令的警卫员，朱老总看张思德做事认真仔细，又勇敢机灵，便推荐给毛主席当了警卫员。

1944 年，延安给两个仪陇人召开追悼会，规格不同凡响，轰动红色首都。一个是朱德的生母钟氏，另一个就是张思德。

朱老总的生母钟氏生于1860年4月3日，是一位十分能干开朗的妇女，对朱德特别疼爱。朱老总的生母于1944年2月15日去世，1944年4月10日，延安各界代表隆重集会，深切悼念朱德的母亲。毛泽东、周恩来、叶剑英等都参加了。中共中央送的挽联写道:“八路功勋大孝为国，一生劳动吾党之光”;毛泽东送的挽联写道：“为母当学民族英雄贤母，斯人无愧劳动阶级完人”。周恩来、陈云、任弼时等送的挽联写道：“教子成民族英雄，举世共钦贤母范；毕生为劳动妇女，故乡永葆好家风”。追悼会由吴玉章讲述了朱母钟氏的生平，周恩来代表党中央、贺龙代表军队、林伯渠代表边区人民分别讲话。朱德在追悼会上致答谢词，他说：“家母去世，承各界代表各位同志开很大的追悼会，我深深致谢……”朱德总司令对母亲有着很深的情义，他还是一个著名的孝子。他在1944年4月5日发表在延安《解放日报》上的文章《回忆我的母亲》，对母亲的品德、劳动和对子女的教养等都有详尽的记述。文章写道：“我应该感谢我的母亲，她教给我与困难做斗争的经验。我在家庭中已经饱尝艰苦，这使我在三十多年的军事生活和革命生活中再没感到过困难，没被困难吓到。母亲又给我一个强健的身体，一个勤劳的习惯，使我从来没有感到过劳累。我应该感谢母亲，她教给我生产的知识和革命的意志，鼓舞我以后走上革命的道路。在这条路上，我一天比一天更加坚定，只有这种知识，这种意志，才是世界上最可宝贵的财产。”

1944年夏天，张思德被派往安塞县楼坪乡石峡峪村的深山里烧木炭。9月5日这天，张思德和小白挖掘一口新窑，由于大雨后初晴，窑顶被雨水浸透，土质松软。张思德正在窑内挖着，窑顶突然坍塌，他拼尽全身最后一点力气把小白推出窑外，自己却埋在窑内献出了宝贵的生命。时年29岁。

张思德牺牲的消息很快传到了党中央所在地延安枣园。毛主席十分重视和关心这件事情，专门把警卫队队长古远兴叫去详细了解张思德牺牲经过。在张思德遗体的处理上，原来警卫队准备就地掩埋，但毛主席不同意，指示要把张思德同志的遗体从安塞抬回来好好安葬。毛主席当即做出三点指示：1.要把张思德身体洗干净，穿上新衣服；入殓前要派战士给他站岗。2.买一副棺材，运回延安。3.要给他开个追悼会，我要参加，还要讲话。并要古远兴把此事向中央社会部负责人李克农和吴烈同志报告。李克农听了报告后专门给毛主席写了一份安排处理张思德同志后事的书面报告。毛主席窑洞前站岗的哨兵都清楚地记得，那几天毛主席的目光常常遥望着远处的天空，夜里很晚才休息，来回踱步，心情一直很沉重。

1944 年 9 月 8 日下午 1 时许，在枣园后面的西山操场举行了隆重的“追悼张思德同志”大会。中央直属机关 1000 多人参加，毛主席也莅临追悼会。会场庄严肃穆，台中挂着毛主席亲手题写的“向为人民利益而牺牲的张思德同志致敬”的挽联。追悼会由警备团团长吴烈主持，警备团政治处主任张廷桢致悼词。之后，毛主席沉重地走到台前作重要讲话：“……张思德同志是为人民利益而死的，他的死是比泰山还要重的……”毛主席的讲话字字铿锵，句句千钧。虽然张思德的追悼会比不上朱老总母亲的追悼会那样高规格那样隆重，但后来的影响力却很大的。

1944 年 10 月，毛主席为中央军委在延安召开的陕甘宁晋绥五省联防军英模大会亲笔手书了“为人民服务”五个大字，再次悼念默默无闻的普通战士张思德。毛主席在张思德的追悼会上有关张思德的内容虽然只有短短的两句话，但 70 多年来，张思德的名字和事迹跟随毛主席的《为人民服务》这篇光辉著作，成为全党、全军和全国人民的座右铭和普通教育的学校教材，全国各地相继办起了张思德纪念馆、纪念室，张思德广场，张思德学院，张思德铜像等等，这些地方已经成为全社会进行革命传统教育的重要基地。北京、四川、广东、陕西等地还大批量地出版了《张思德》《忆张思德同志》《少年张思德》《张思德之歌》《毛主席的好战士张思德》《为人民服务的光辉典范张思德》等著作，不胜枚举。上世纪 80 年代，杨尚昆、李先念、徐向前等党和国家领导人还专门为张思德题词，号召全国军民学习张思德。中华人民共和国成立后的党和国家领导人几乎都为张思德题过词，或者发出过学习张思德的号召。如今的仪陇新县城还新建了规模宏大的张思德广场、张思德纪念馆和张思德学院。

由是，我们想，无论是将军元帅，还是布衣士兵，他们的奇迹不是偶然，是在仪陇的土地上生长起来的。他们的奇迹，归根结底是仪陇的奇迹。于是，我们不能不对仪陇刮目相看，不能不对仪陇多几分敬意。

城市夜行人 ◎付 莉

暖 香

寒潮是从大雪第二天开始的。

“大雪”对川南小城而言，只是节气，只是坐在节气表上的第二十一个座位，与漫天银色无关。就着装而言，大雪之前尚是薄呢外套秋裙飘摇，大雪之后便是棉帽包裹羽绒加身。

时令的变化，有时仅仅缘起一阵风、一场雨，便凉成冬日；抑或，一个艳阳高照，便照进窗户，照进阳台，从而回了暖。

小巷处于闹市边沿，路不宽，左右两边八字形排开的游摊散贩，将有限的空间簇拥成两米开外的廊道，吃货们行走其间，摩肩接踵，即使偶有擦着碰着，相互一笑——忙着品味美食的嘴是没空争执的。

水粉、凉粉、米线、卷粉、冰淇淋、点点香、烧烤、卤味……小巷虽小，百味杂陈。刚至巷口，空气里便浓香飘溢，味蕾蠢蠢欲动。

小巷深处，“屏山小烤肉三元十串”的招牌下，李五左手摇扇，炭火正旺；右手翻转着一大把肉串，油溅在火里，吱吱作响，肉香旋即弥漫开来。此时，我能清晰听到喉间发出的声音。环顾四周，和我一样做吞咽动作的人不在少数。

“不着急，五花肉要多烤一会儿。”李五安抚等待的人群。

李五乡音重，有人听不懂。他便用椒盐普通话：生肉吃不得，要拉肚子。

“椒盐”更添糊涂。李五欲再解释，却只是张张嘴，没找到合适的词，于是涨红了脸。

众人哄笑，李五也不恼，索性埋头烤肉，有条不紊地撒葱、加孜然粉。

李五和别的摊贩不同，他不吆喝不揽客，甚至不收钱。食客吃多少，把钱放进旁边的塑料袋；要找补零钱，自己拿；零钱不够了，食客端根板凳一旁坐着，一边嚼着串串，一边自己收钱。

烤肉的手，油乎乎的，会让钱讨厌；钱讨厌你了，就不来了；钱不来了，李五两闺女怎么办？烤肉的李五惦记着他的两个女儿：一个读高三，一个读初三。

李五是老屏山人，因为建水电站，老屋没了。抱着一大包拆迁款，李五还了给老婆治病欠下的账，剩下的存进了银行。如果早有这笔钱，或许老婆就不会这么早走了。李五夜里常常把藏在内衣里的存折拿出来让在天堂的老婆看看，如今咱们也是有钱的人了。

李五带着两个女儿来到宜宾。李五不想靠着拆迁款熬日子，他自认还年轻，脑筋能转、腿脚能动。乡里烂在地里没人要的红苕，拿到城里烤烤居然能卖六七块钱一斤。李五没学过数学，但算账谁也蒙不了他。李五在老婆墓碑前念叨：你最不爱吃的红苕竟然让我和女儿在城里扎下了根。

女儿很争气。每天晚上十二点睡觉，早上五点起床早读，成绩一直保持在年级前五名。大女儿考高中时，几个学校抢着要，李五和女儿商量，选了不用交费、每月还能领生活费的学校。李五没弄明白：义务教育不是只有九年吗？吃了这么多年盐，没听说读书还能挣生活费的。不明白归不明白，李五不会和钱过不去，他乐呵呵地把钱装进了塑料袋。明年小女儿中考，李五最近总接到学校电话，甚至教导主任亲自上门，邀请小女儿就读他们的学校。小女儿有点动心，因为校方说，中考后可以资助她免费上海旅游。上海复旦大学是小女儿的梦想。李五不懂小女儿说的什么“日月光华，旦复旦兮”，李五只知道上海繁华，是个不夜城。小女儿倘若真能去上海读书，他就跟着去大上海卖烤红苕、烤肉串。

烤红苕市场淡了，李五“转型发展”，卖起了烤肉串。生意兴隆时每天能挣一两百的李五颇有些得意：“要把肉烤好，不是简单的事儿。”空闲时，李五会给回头客讲烤肉经：首先是材料，肉是真资格的，五花肉要肥瘦肉红白相间，色彩鲜艳，三层分明；牛肉买背柳，才又香又嫩；肥肠不要买泡过的，自己打整才放心。其次是火候、调料……

夜幕降临，寒气更甚。李五搓着手，跺着脚，用浓重的乡音唱着《小苹果》。小女儿提着饭盒来了。几年磨砺，女儿的厨艺早已炉火纯青。热气腾腾的米饭香、蒜苗香、鲜肉香瞬间温暖了小巷。

冬夜玫瑰

窗外，有雨。虽如孩子数豆般，一颗一颗掉着，毕竟已经立冬，寒意蚀骨。

韩式烧烤屋里，我和朋友围坐火炉四周，或是啤酒催的，许是炉火映的，我们的脸红彤彤，与黑夜的凝重迥异。

“先生，买束花吧。”说这话的不在少数，但凡夜宵店，歌厅门口，都会遇到上前招揽生意的女子。但如此标准的普通话，如此温婉的嗓音，让我想到叶子。

我下意识地抬头，循声望去——果然是叶子，依旧背着熟睡的孩子，手里的玫瑰依旧沾着晶莹的水珠，笑容依旧端庄娴静。

我不是第一次看到叶子，叶子和一般卖花的女人不同，不是因为她的容貌有多娇俏，而是她淡定的神色。不纠缠，不谄媚，你买或者不买，她都优雅地捧着花站在一米开外，淡淡地说声谢谢。

叶子看见我，微笑着径直走来，递了一支还未全开的玫瑰给我——她还记得我喜欢花骨朵，看着生命绽放是欣赏勇气的过程。“他呢？”我问。“谁知道了？不是牌桌上就是网吧里。”

我低了头，我不敢看雾气上升蒙住叶子眼眸时的朦胧。“他”是叶子的老公小蔡。叶子和小蔡是大学同学。校园的意气风发敌不过社会现实的残酷，过五关斩六将谋了某事业单位临聘岗位的小蔡干了两年，就被客气地“请”回了家。单位说小蔡不适合该工作，叶子和小蔡心里透亮，谁也不会比局长的小姨妹更适合。

小蔡虽出身寒门，却有一股子犟脾气：事业单位不行，那参加公务员考试，到更热门的单位扬眉吐气。一考就是三年，三年，一千多天，小蔡自我感觉耗尽了心力，但离公务员的梦越来越远。叶子劝：做哪行不是做呢？一棵树不开花，换棵树或许就能结果。

烧了所有的书，撕了曾引以为豪的诗集，小蔡沉默了。

沉默的小蔡可以整天蒙在被窝里构思未来，可以有足够的时间调整情绪，但叶子不能。一日三餐、奶粉、孩子的冬衣、房租，甚至燃气费都会让叶子犯愁。

叶子辞去了民办幼儿园老师的工作，一千块钱的工资养不活一家三口。

叶子是上了弦的发条：早上帮一退休教师买菜做家务，下午在超市做收银员，晚上卖花。

叶子不怕累，不怕穷。叶子说，即使再累，睡一个饱觉，精力又充沛了；即使再穷，也不会让孩子断了下一餐。

但，颓废远比贫穷更可怕。从被窝里爬起来的小蔡没有书看没有诗写没有工作可做，也压根没有找书找工作的念头，他每天能做的只有两件事：打牌、玩电子游戏。

打牌赢了，呼朋唤友喝个酩酊大醉，输了，没了赌注，便偷拿叶子准备买花的本钱；实在偷不到钱，在网吧看别人玩游戏照样可以通宵达旦。

叶子说起小蔡时不能控制自己，红了眼圈，“哪怕我晚上卖花的时候，他能在家帮我看着儿子也好啊。”儿子伏在叶子的背上，香甜地睡着。或许孩子早已习惯了奔波、嘈杂。

卖花时遭人白眼，叶子只是咬咬唇；被无礼的客人拉着不放手，叶子只是恼怒地将对方推开；被酒醉的人抢了花，叶子不敢追只是把背上孩子的被子裹得更紧些——叶子不爱哭，叶子说如果哭能解决问题，她愿意把眼泪流成小河，让小蔡做回原来那个骄傲自信的男人。

灯红酒绿下，叶子手里的玫瑰兀自芬芳。买花的人依旧寥寥无几，叶子的笑容在华彩下寂寞而坚强。

还得赶往下一家火锅店碰碰运气，叶子向我扬扬手，一头扎进了黑夜。我听见窗外还下着雨，滴答滴答，一颗一颗，敲在心上。

路边的幸福

满桌佳肴，杯来盏往，极难果腹。

——饭局应酬，多是如此，饥饱自知。

缓步回家，路边街角摆了一面摊。夜色下，灯光虽昏黄，锅里升腾的热气却传递着温暖。

健壮的女人一边煮面，一边扬起笑脸招呼着：吃点啥子？瘦弱的男人低着头走过来，迅速抹了下我面前的桌子，又低着头走回去站在女人身边。

真是“面”摊，只有面：燃面、牛肉面、口蘑面。

我看看周围的食客：一两燃面吧。

面很快端来，一两也有大大一盘，夹一筷子尝尝，味道不错。我由衷地夸赞老板能干实惠，女人哈哈笑着：“村里人都说我煮的面比大馆子煮的还好吃。”

结账时，发现比其他店少五毛钱，男人依旧低着头：我们这儿不用交店面费，成本低，价钱当然也便宜点。

自此，路边街角的面摊成了我宵夜的最佳去处。一来二往，与女人熟悉了。女人本就活泼热情，生意清淡时，便端张小凳坐我对面，聊聊她门口有条小河的老家。

女人的家在四川长宁乡下，乡下空气好，但没钱。田地里的收入要养活两个老人两个孩子和夫妻俩，日子难免紧巴。看邻居都进城挣钱了，女人心动了，男人有些犹豫，女人急了：我们没文化没技术，但肯吃苦肯动脑，还怕饿死啊？

不怕饿死的两人把孩子留给老人照料，来到宜宾，在工厂打工，在饭店洗碗，在公司做保安、在花店送花……

“原来这些事情我都能做啊。”女人说起过往，很是得意。当人断了后路，只能向前时，潜能往往超出想象。

有了几千块钱的积蓄，女人摆起了面摊。男人放不下面子，端面收钱都恨不得把头低到衣领里，女人知道自家男人的性子，也不埋怨，只是手里的动作更快些，腿脚跑得更勤些。

寒来暑往，每每华灯初上，一个自制的“面”字招牌，便出现在街角。渐渐地，面摊不只卖三种面了，加了排骨味、炖鸡味；渐渐地，面摊卖水粉、抄手、醪糟蛋了；渐渐地，男人不再将头埋在衣领里，也能昂着头打哈哈了。

“城里的钱就是比乡下好找，只要愿意低头去捡。”女人有时像个哲学家。

但，一连三天没看到夫妻俩了，路边街角少了面摊的热气和香味，显得更加冷清。

隔些日子从街边过，女人探出头来，大着嗓门喊：妹儿，好久没看到你了。

尽管肚子不饿，我还是要了一碗酸辣水粉，坐下来慢慢吃。

男人的脚有些跛。女人说，前几天深夜有小混混到摊子上要钱，男人不给，男人疯了一样，一个人打跑了五个，自己也跛了。

“要他钱，像要他命似的，狠着呐。”女人说话时，透着心疼，也透着骄傲。

那钱是接两个孩子到城里读书用的。女人去学校看过了，城里的老师更漂亮，城里的课桌更新，城里的老师上课说普通话——女人想让孩子说普通话。

女人在面摊附近租了房，两室一厅，女人要让孩子在城里有自己的家。于是，每天晚上，小小的面摊便有“两大两小”在忙碌了，女人煮面收钱，男人送外卖，两个孩子跑堂，闲时做作业读书。

儿子上三年级，女儿读二年级。女儿成绩很好，一直是班级前三名，女儿喜欢读古诗，诸如“少小离家老大还”。女人不懂什么意思，但女人喜欢女儿读书，比唱歌还好听。

“最近老听别人说幸福，说中央台都在问大家幸福不，到底什么是幸福啊？”女人问我。

什么是幸福？我也糊涂。

“或许幸福就是满足吧。”我搪塞。

靠自己的双手，在城里有了摊，有了一家人聚的窝，有了孩子琅琅的读书声，有了“普通话”的未来，女人的笑容就是幸福吧？

“哪天，开家自己的面店，能够白天卖面了，我就幸福了。”女人把牛肉面放在我面前，无限向往。

故人与会理 ◎刘甚甫

多年前，受命来成都参加一个专业培训班，时间半年，班上有个叫“也者”的彝族同胞，来自会理铁矿，此君几乎不说话，亦不与人交往。我们每四人住一间房，唯也者例外，一人一房，待遇之高实在令人眼红。那是一栋当时随处可见的砖楼，木质楼板，走上去吱吱嘎嘎一片响，响得近乎色情。大家都年轻，骨子里堆满存货，凡上楼下楼，故意踩出那种节奏。几个女服务员实在听不下去，向主办方提出抗议，于是，一个胖得有些混淆的处长，专门就此训话半小时，训得声色俱厉，训得人每根毛都忍不住向胖子投降。在胖子看来，我们简直是流氓。

闲话少说，还是说这个来自会理的也者。也者总是独来独往，也不屑踩出那种可耻的响，脚下总是很轻，轻得像个沉默的影子。除了每天上八节课，也者几乎将一切都交给了酒。

哦，原来是个酒鬼！

几天后，我买来把小提琴，想来一出剪辑版的凤求凰，其意当然在于几个女学员，不想同寝室的某君是个高手，我们就如比赛一样，你一曲我一曲，拉得整栋楼都阳痿了。所幸我比某君长得更男人，女学员看我的眼神渐渐温软，进而有了某种意思。终于有一天，一个改编版的卓文君被我的琴声招引过来。正暗自得意，忽见也者提着两个空酒瓶站在门口，那脸简直接近燃点。我敢说，这是我看见过的最扭曲、最愤怒的脸。正惶惑间，也者猛然将两只酒瓶摔在门口，破碎声几乎响彻世界！

也者用两个酒瓶，给我的琴声划了个粗暴的句号，也把凤求凰顺便了结。

狗日的也者！

每每想及此事，我都忍不住忿忿然。两个酒瓶，让我牢牢记住了也者和他的会理，似乎两者都很硬，硬得近于沉默，一旦爆发，又能使人猝然破碎。

尔后读史记，方知会理位处夷道间。

西汉，蜀吏唐蒙说太守举兵伐西南诸夷，太守以为可建奇功，大肆征募壮夫，开山筑路；因所经俱为高山深谷，艰险无比，又耗费巨大，丧命者日多，一时怨声四起，蜀民几乎要造反。武帝遂使司马相如回蜀责太守及唐蒙。唐蒙极称，若不平道路、伐诸夷，王命必阻于高山，夷人不能以文化。司马相如受其蛊惑，转而劝武帝开夷道。武帝以司马相如为中郎将，主持修凿。司马相如极擅自我推广，算得古今第一高手，即使以高价买胡琴，又当众折毁，意在扯人眼球的陈子昂怕也自叹不如。为显示高贵，司马相如竟让县令负弓弩于车前开道！这一招确乎灵验，几乎震服了所有人。

这个曾以琴声诱哄卓文君随其私奔的家伙，不仅平生无善举，还天生一副铁石心肠，千万不要看他辞赋写得相当将就，折磨起蜀中父老，远比唐蒙之流来得凶悍，于是征募愈重，耗资更多，蜀民苦不堪言。

所谓夷道，即今人所称南方丝绸之路，却毫无丝绸的质感与柔美，碧血芳草，白骨青山，即使一路花香，千里风烟，仍不免让人想起那些千古未了的幽恨与血泪。难怪苏轼论及司马相如开夷道，虽逾时千载，其愤慨仍不可已矣，几乎破口大骂。

据称，会理得名，取川原际会、政平颂理之说。依我浅陋，不知此说出于何时何人。

我来会理正值霜降，所谓气肃而凝，露结为霜。会理也颇为应时，风潇潇而微寒，月浅浅而略冷。深夜，同行诸友俱已安寝，大约无法承受会理的好空气，我总无法入睡，于是起行，漫步空寂的古城。在浅淡的灯火里，会理似乎格外倔强，仿佛一道永不妥协的冰川，弥漫着难以捉摸，又无处不在的硬度。我不禁想及相违已久的也者，心里微微一凛，这可是也者的会理！

这么一想，就觉得也者躲在某个地方，手里依旧握着两个空酒瓶，正窥视着我。危惧无处不在，也者的酒瓶随时都可能砸过来。

我开始检讨那段旧事，也者的愤怒难道仅为琴声？

那琴声，那个沿琴声而来的女子，是否牵动了也者的某根神经？也者可是夷人的后裔，那条浸染先祖血泪的夷道，是否一直梗在夷人的记忆里，甚至不用唤醒，仍能隐隐作痛？

那个以琴声诱走文君的才子，那个变着手法糟践父老的可耻的中郎将……天呐，未必也者的愤恨来得如此遥远？

会理顿时疑云密布，我得赶紧回去！恰此时，一缕低婉的琴声轻轻飘起，如烟如月，轻轻漫过我的头顶，漫过四周，漫过会理。我渐渐安静下来，觉得一切都在琴声里变软，所有的房子软了，石板铺成的路软了，即使那座明代的城楼也软了。

当然，这不是我的琴声，也不是司马相如的琴声，这是会理的琴声。我不知道这琴声是否与也者有关，但我能真切地感到，也者将高举的酒瓶放下了。

一切顿时释然，我深深吸了口气。真想问一声，也者，我来你的会理了，你在哪里，你还好吗？

直线行走 ◎李存刚

走廊上的顶灯没日没夜地亮着。每隔三五盏灯的地方，就挂有一块深色的指示牌，在灯光的映照下，牌子上的绿色字迹清晰而醒目：安全出口。四个大字被一根箭头拖拽着，仿佛随时准备射将出去的样子。人们源源不断地通过箭头所指的方向，在住院部涌进涌出，但人们进和出的道口并不固定。这样一来，逼仄的过道便成了人流循环往复的管状容器，人们从某个“安全出口”自动进入，进入过道旁的某个房间里，停留足够的时间之后，又自动通过某个“安全出口”走出去。过道是清一色的磨石地面，白色和深灰相间的小石块被打磨得平整光亮，清洁工每天要拖洗若干次，那地面就很干净，纤尘不染，像是涂了一层蜡，像一片巨大而多彩的镜子，映着天花板和人们匆匆而行的身影。

地板的中心部分填上了长方形的框，框边的内层是白色，外面包围了同样宽度的红，框内横放了细细的黑线，长方形因此被分隔成了若干块大小相同的正方形。过道贯穿了住院楼，即便是目不斜视地打过道经过，长方形的框也会固执地撞入眼帘，但要注意到那些黑线隔出的方框，就非得低头凝视才行了。

我牵着李丙的双手从病房里走出来时，李丙一眼就瞅见了那些方框。他大约想到了，如果在方框内添上两根斜线，就可以约上伙伴“跳沙袋”了，于是蹦跳着，小小的身体接连甩动了几下，想要挣脱我那紧紧抓住他的手。

李丙是一个八岁零两个月的男孩。李丙有过一个哥哥一个姐姐。哥哥都已经读到初三了，有一天放学回家途中和同学赛自行车，人与车一起钻到一辆大货车飞滚的车轮之下；姐姐出生在冬天，为了御寒，李丙的母亲在屋里头生了煤炉，和姐姐一起昏昏沉沉地睡了一夜，等李丙父亲感觉不对劲破门而入时，不到六个月大的姐姐因为长时间的缺氧再也不需要氧气。因此李丙的到来就有些姗姗迟来的意思，李丙一出世，李丙父亲便循了“名贱的孩子好生养”的古训，给起了这么个既简单又顺口的名字。理所当然地，“丙”字包含着排行老三的意思。用句更直白更简单的话说，李丙是家中排行老三的独子……这些，都是李丙入院时，李丙的父亲告诉我的，那是在我询问他的家庭状况和李丙的既往史的时候。在我的提示下，他把一切都事无巨细地告诉了我。我能清楚地感受到他是在担心李丙的腿，同时也明白无误地表明，在他而言，李丙不言而喻不可替代的重要性。

李丙的父亲母亲就跟在我和李丙身后。李丙开始蹦跳又甩动身体的时候，李丙的母亲显然是被吓着了，她呵斥的声音洪亮而高亢。有些歇斯底里。“真妈的不让人省心！”言语间，满是对李丙眼下状况的不满。

李丙的母亲一边呵斥，一边冲上前来，不由分说地从我手里抢过了李丙的手腕，双眼却停驻在李丙父亲的脸上，恶狠狠的样子，恨铁不成钢的样子。

听到母亲的吼叫，李丙便停止了跳跃和甩动，小嘴一下噘成了个实心小圆饼，泪水几乎就要夺眶而出了。但李丙的母亲似乎没注意到李丙的表情，叉开双腿，弯下腰，从身后抓着李丙的双手。

“走。”她喊。

我看到，李丙在母亲的拉拽下，歪歪扭扭地迈开了步子。

李丙的母亲是李丙开始下地行走前一天才赶来医院的。

一个多月以前，李丙和几个伙伴在公路边玩要被汽车撞倒送来医院时，李丙的母亲正在几千公里之外的上海做工。从李丙能够独立行走起，李丙的母亲每年都要外出打工。

那时候，在我询问过李丙的病史的间隙，李丙的父亲迫不及待地问我：李丙需要住多久的医院？我告诉他，一个月左右下床。他“哦——”了一声，随即将一直握在手里的手机摁开，盯着屏幕迟疑了好一会儿，终于还是拨通了李丙母亲的电话。

起先李丙的父亲是端坐在椅子上的，电话接通，他把李丙受伤的事情说完过后，便腾一下站了起来。“有你这样做妈的吗？”他冲手机喊。“随你的便！”顿了一下，他接着又喊。喊完便挂掉电话，气呼呼地坐回到我办公桌旁边的椅子上。

我从他音量开得很大的手机和他的反应里大致听明白了，他是希望李丙的母亲回来，但李丙的母亲说火车票不好买，他说那就坐飞机，但李丙的母亲嫌飞机票太贵，又说请了假人家厂家就会另外找人替代她的工作，以后想再回去就难了。

坐回椅子上之后，李丙的父亲双手合十，不停地揉搓着，冲我不好意思地笑了一下。他的食指和牙齿都黄焦焦的，一看就知道是长时间抽烟的结果。

此后有很多次，我果真看到他站在卫生间里的角落，一根接一根地抽烟，浓密的烟雾袅绕着他的脸，绕着他头发蓬乱的头顶，一点点升腾而起。他静立在那里，看上去，像一尊凝固不动的雕塑。

后来，差不多一个月以后，李丙的母亲还是回来了，而且是按照李丙父亲说的坐飞机回来的。

李丙的母亲从上海飞到成都，又坐客车辗转赶到医院时是在下午。李丙的父亲得知她要回来，特地跑来办公室找到我，问我一些情况，他好安排她回来以后的事情。李丙的父亲说他准备回去一趟，都一个月了，好多事情耽搁了。接着又举出了具体的事项，说，核桃树上的核桃早该摘了，家里的母猪也快生猪仔了。我说可以的，只要有人管李丙的吃喝拉撒睡、管他下床走路（锻炼）就行。接着李丙的父亲还不可避免地说到了自己的妻子，他说，她很早之前就对他说过，这些都不要了，果园不用再管，牲口也不用再养，出去打工挣的都是现钱，划算了去了。他承认他当时是有些心动的，但最终还是否决了妻子的提议，否决的理由就一句话：是，这些都可以不要，但孩子不可能不要吧？

就在李丙的父亲正说着的时候，我听到办公室门口有个人在喊医生。我和李丙的父亲不约而同地扭过头去看，因为李丙父亲在场，她喊过“医生”之后便没继续说话，只静静地看着他。等李丙父亲也发现她到来的时候，她轻声问了句：“娃呢？”然后等着李丙父亲站起身向她走过去，走到门口的时候，李丙父亲回头看了我一眼，说：“那，先就这样。”而她则站在一旁，伸出手，轻轻地挽住了李丙父亲的臂腕。

也许是长期在外打工的缘故，李丙的母亲说话时总卷着舌，一句好好的话语里，不时有一两个词汇发成了标准的普通话发音，有一些词汇，李丙的母亲原本是想吐普通话的，一出口却既非本地话也非普通话。

在病房里的时候，我亲眼看到亲耳听到李丙纠正过她母亲几次，但李丙的母亲似乎总也记不住。

李丙的母亲说普通话最多的时候是在打电话，一听那说话的语气，就知道那电话不是打给李丙父亲的。

李丙的母亲一开始吐普通话，李丙就把头靠近母亲，耳朵贴着母亲的手机，李丙的母亲怔了一下，扭过头看了李丙一眼，吐着半生不熟的普通话，若无其事地走开了。有一次李丙的母亲没有走开，但话语间好几个词又发错音了，李丙舞了一下小手，似想要打断母亲，告诉了她那几个词准确的发音。李丙的母亲啪一下挂掉了电话，挥起手掌就朝李丙的脸蛋扇了过去。李丙一低头，躲掉了。耳光没扇成，李丙的母亲就改用嘴训斥："好你个小屁娃！"母亲的话和训斥时的表情都是严肃的，不快的。李丙看着母亲，缩着脖子，双眼骨碌碌地转着，抬起小手快速捂住了自己的嘴巴。

我猜李丙的母亲其实不是想真打。只见她扭头看了我一眼，微微笑了一下，脸上浮起一丝不易觉察的红晕。我想他大概是想起了我反复对她和她的丈夫说过的话了。她一边将手机放进挎包，一边笑着要李丙下床来锻炼走路。

看着母亲脸上的笑意，李丙乖乖地从床上坐了起来，又在母亲的帮助下站到了床边。

我看到她伸出双手，死死地抓着李丙的上臂，李丙接连扭动了几下，又抬起手在空中划出一道弧线，这才将母亲的手从肩上挡开，然后一步一步地走了起来。

她的惊叫声是李丙正在过道上走着的时候发出来的。李丙挣脱了她的手，但她并没有就此灰心和放弃。她张着双臂，举在李丙脑后不远的空中，仿佛是要抓住李丙渐行渐远的背影。

李丙知道母亲就跟在身后，但不知道母亲的双臂正为他固执地高举着。

从病房里出来，李丙便踏进了过道上的方框。李丙断掉的是左腿，因此他先迈出了左脚，踩在方框内侧的白线上，右脚紧跟着收拢，踩在方框外侧的红线上。为了保持自己的双臂和李丙之间的距离，李丙向前跨出一步，李丙的母亲便紧跟着挪动一点。为了保持平衡，李丙的身体前倾，左肩微微地有些塌陷；跨出左腿的时候，同时摆出了左臂，跨出右腿时则摆出右臂，准确说那甚至也算不上摆，只是在腿杆跨出去的同时，顺带弯曲一下肘关节，轻抬一下前臂而已。

刚开始的时候，李丙走得很慢，姿势看上去还算协调。没走出几步，耳后便传来母亲的声音："走，你给我好生走！"李丙显然还沉浸在母亲方才给他的不快里，他不想再听到母亲的唠叨，他想远离母亲。因此母亲的话音未落，李丙便加快了脚步，同时加大了身体前倾的力度，但是他的左腿毕竟是断掉了，还来不及恢复到右腿的样子，当他咚咚咚地向前冲的时候，左腿就跟不上右腿的节奏，仿佛是右腿在拖着左腿向前走。

一开始，李丙的母亲只注意到了自己双手与李丙后脑勺之间的距离，没法注意到李丙的表情，大约也没想到儿子会暗地里和自己较着劲。不大一会儿，李丙就将母亲远远地甩在了身后。李丙的母亲索性收起有些发酸的手臂，站在原地，看着儿子的身体颠簸着在走廊上快速移动。

也就是在这个时候，李丙的母亲才注意到李丙歪斜的肩膀和四肢的不协调。眼和嘴同时大开了起来。一声突兀而高亢的长调在安静的过道上响起。

李丙不知道母亲为什么突然大叫，停下了飞奔的脚步，转身看着母亲。

病房里的人们在李丙母亲的惊叫声中迅速在走廊上聚集。尽管李丙的母亲来医院的时间不长，但李丙的母亲是那种"见面熟"的女人，已经与好些病人和家属相熟了，有一些甚至成了李丙母亲以姐妹相称的朋友。听到李丙的母亲歇斯底里的叫声，看着李丙的母亲大祸临头一般的表情，人们糊涂了，纷纷关切地问李丙的母亲："丙娃他妈呀，你这是咋的了？"李丙的母亲指着在走廊上站着的儿子，说："他，他不会走路了！"人们看看李丙的母亲，又看看走廊那头的李丙，更加的糊涂了。李丙的母亲从人们的脸上读出了疑惑和不解："他不会走路，怎么跑了那么远呢？"于是冲到李丙站立的地方，要李丙走给人们看："娃，你乖乖地走。走走。"

李丙刚从病房里出来时，走的是方框最靠近病房门口的红白线，此刻站立的，却是方框对侧的拐角。李丙的母亲一说走走，李丙就很听话地迈开了步子。和刚才一样，他先迈出左脚踩着方框内侧的白线，紧跟着收拢右脚，踩在方框外侧的红线。可没走出几步，他的左脚就离开了白线，踩到方框内的空白地带去了，紧跟着并拢上来的右脚只挨了白线的边儿。又走了不多远，他的左脚就踩上了方框靠近病房一侧的红线，右脚顺势踩在了相邻的白线上。“看看，你们看看！”李丙的母亲指着李丙走过的斜线和歪歪扭扭向前挪动的身体，声音里充满难言的焦急。

人们开始交头接耳。人们都知道李丙断了腿，住院已一个月，已经慢慢好起来了，到现在已经可以下床走路了，却从来就没有谁注意到李丙走路的姿势。人们纷纷为自己的粗枝大叶表示了遗憾和不满，随后开始绞尽脑汁地帮李丙的母亲出主意。

“找医生看看！”有人说。

“是不是骨头没接好？照个片子看看噻。”有人接着说。

看起来，李丙的母亲似乎并不在意人们的歉意，只特别注意了人们的建议。人们七嘴八舌地说着，她专心致志地听着，渐渐地，心中便有了自己的主意。

她所做的第一件事，便是给李丙父亲打电话。儿子不会端端正正地走路了，她觉得必须把这事告诉自己的丈夫。她说：“如果儿子的腿残废了，看老娘怎么收拾你！”口吻是严肃的、低沉的，像宣判。李丙父亲当然看不到她的表情，但李丙父亲肯定能从她的言语间感觉到问题的严重性，李丙父亲在电话里支吾了半天，最后拿定了主意：“先去找医生给丙娃拍个片子。看看再说。”

这一次，夫妇俩的意见是惊人的一致。

她所做的第二件事便是找到了我。挂掉打给李丙父亲的电话，她二话没说就跟着我来到办公室，看我在办公桌前坐下，直截了当地提出要拍个片子。像坐进餐馆点菜的食客。

天南海北地跑了这么些年，跑了那么多地方，对自己的见多识广，她似乎很有信心，因此为了不至于暴露心底的真实想法，她躲闪着，逃开了我惊奇而狐疑的眼神，语气是轻描淡　　写的。

“没什么，就是想拍个片子看看。”见我没动，她接着又说。

看着她若无其事的样子，一股无以名状的气在我心底里腾空而起，顺着我的血管在身体里飞速流转。我蠕动着双唇，却不敢开口，只在心里不断告诫自己不要站起身。我想如果站起身，就很可能无法抑制住自己的手和嘴。

那样做的结果，对我将是灾难性的。我不想那样的事情发生，于是装着很疲惫的样子，无奈地低下了头。将前额靠在叠起的手背上，几秒钟之后，我提起笔，为李丙开出了拍片申请单。

拍片的结果是意料之外也是意料之内的：李丙的大腿骨不仅对接得端正整齐，而且有了更加明确的愈合的迹象。

看过X光片子上儿子的腿骨，李丙的母亲没话说了，再次打通李丙父亲的电话时，也就换成了另外一种语气。“医生说了，儿子的腿骨愈合很好，可儿子是真不会走路了，咋办呢？”她说。电话那头老半天没传出一句话来。她等得都有些不耐烦了，接着追问：“你给老子说说，咋办呢？”这一下，电话里很快传来了回音：“等等再看。哪有三天五天，一月两月就好起来的？！”

后来还发生了一件事情。

入院以后，李丙总是习惯了贴着父亲的身体，枕着父亲的臂腕入睡。李丙的母亲来医院以后，便租用了一张医院专用的陪护床，李丙就只得一个人睡了。每天晚上李丙睡下的时候，李丙的母亲坐在陪护床上，看着他入睡。半夜里，李丙被尿憋醒了，却发现陪护床上空空荡荡的，李丙大声地叫喊：“妈——，妈——”声音算不上高亢，但足够突兀，足够悠长。李丙第一次叫的时候，猛然被惊醒的人们不知道是谁、为什么叫，后来李丙一叫喊，人们就都知道是那个断腿的丙娃子了，接着就有人感叹：“听，又在叫了！”

那天李丙接连叫了几声，没见母亲应答，便抓起床边的衣服，一个人走出病房去找母亲。李丙后来是找着母亲了，是在医院大门外的一家茶馆里，正和她的几个姐妹围着麻将桌，一个个双眼充血，脸色潮红。

李丙嘟着嘴，目不转睛地盯着母亲。李丙母亲摸着手里的麻将牌，几个姐妹眼巴巴地盯着李丙母亲的手。李丙母亲的注意力集中在麻将上，慢腾腾地放下刚刚摸起的牌，扬了扬手说：“丙娃乖，回去睡觉！”

李丙眼里汪起泪水，亮汪汪的，比茶舍的灯光还要明亮，还要扯眼。李丙抽泣了两声，没让眼泪流下来，随后抬起手臂，扯起衣袖在眼眶来回揩拭了几下，两汪泪水便消失了。李丙没有说话，但在心里，他比任何时候都要想念父亲。在此前李丙是想母亲，自打年后母亲离开的时候起就想，一天天，一月月。后来被汽车撞断了腿，母亲回来了；母亲回来了，李丙又开始想父亲，天天想，夜夜想，从父亲回家的时候起就想。想着想着，李丙的眼眶里就又蓄满了亮汪汪的泪水。

天快亮的时候，李丙的母亲结束了牌局回到病房，却发现儿子没在病床上。问同病房的人，都说昨天半夜就出去了，你前脚刚走他后脚就跟出来了，一直没见回来，都以为跟着你呢。李丙母亲“啊——”了一声，顾不得和病房里的人多说，挨个病房寻找。见人就问：“看到我家丙娃子没有？”回答是同样的三个字：“没有呢。”刚开始，李丙的母亲还没觉着什么，可接连找了几间病房都没找见，李丙的母亲便觉出了不妙，再问人的时候，便显出了焦急和毛糙，也不管人家是否认得李丙，直接伸出双手抓住对方的肩膀，不住地摇晃着，言词间渐渐显出了哭腔：“见到我家丙娃子没有？”那些与人相熟的人倒没什么，都知道李丙母亲的急性子，摇摇头，便走开了。但并不是所有人都知道李丙母亲的急性子，也不是所有人都认得李丙母亲。这时候，当李丙母亲的双手伸到对方的肩膀，对方就有些懵。这也难怪，大清早的，猛地里被一个情绪激动的陌生女人抓住，还管自己要孩子，谁都会自然而然地感到莫名其妙，继而在心里或者口头上直接对对方嗤之以鼻。李丙的母亲只管着一心找孩子，没注意到人们的表情，当李丙母亲的手又一次伸出去的时候，被狠狠地挡开了，耳边同时响起一声大吼：“神经病啊！”李丙的母亲愣了一下，想对对方说些什么，一张嘴，却成了号啕的哭声。

李丙母亲的哭号高亢而又悠长，还拖着长长的尾音。医院的走廊毕竟不同于空旷的山野，李丙母亲的哭号无法引出远远近近的回音，却保障了它一经发出，便迅速沿着狭长的走廊向两侧传递，让整个楼层的人都听到了。李丙也听到了，但他实在是太困了，还不想离开那个同乡的被窝，于是蒙着头，继续呼呼大睡。但住在病区尽头那个病房里的同乡不想让李丙的母亲担心，也不想再听到李丙母亲的哭号了，于是叫醒身边的陪护，打开病房的门，叫住了瘫坐在过道上的李丙的母亲。

“在这里呢，别闹啦。”走廊那头说。

李丙的母亲抽泣着站起身，飞也似的冲了过去。哐当一声闷响之后，同乡所在的病房门便被关上了。随后，走廊上的人们隐隐约约地听见病房里同时响起两个人的声音，稚气的那个不住地叫着妈，另一个声音嘤嘤嗡嗡的，听不太真切，但凭着声音的频率和效果来看，人们不由分说也能断定，那是李丙母亲的哭泣声。

这件事发生的时候，我没有在场。我所知道的事情的来龙去脉和诸多细节，是在事后第二天听病房里的人们七嘴八舌说起的。有一点毫无疑问，整个事情发生的过程，人们在说起的时候，充溢着根据个人对李丙和他母亲的印象做出的判断，带着明显的主观情绪，有些地方完全就是人们的假设和推想，但是，这一点也不影响听到的人听明白整个事情发生的大致脉络。

这件事发生在医院，与一个断了腿的孩子——李丙有关。这也就不难理解，事情中的另外一个人——李丙的母亲当时为什么会有那样的反应了。同样也就不难理解，事情中的那些细节和场景，及其人们说起时绘声绘色的表情，为什么会在李丙痊愈出院多日之后，依然在我脑海里清晰如初了。

又一个月以后，李丙的父亲回到了医院。

李丙的父亲回来的第一件事就是去病房里看儿子，但儿子没在病房，也没见妻子的身影。李丙的父亲转而来找到我，我想他应该是想亲自来问问儿子的恢复情况。李丙父亲的脚步刚刚出现我的办公室门口，就看到突然出现在过道尽头的李丙。

我听见李丙的父亲叫了一声："丙娃——"随之冲着长长的走廊张开了双臂。

片刻之后，我便看到李丙的身影也出现在了办公室门口，只见他飞快地将身体靠在父亲的胯间，双手死死地扣住父亲的腰，又将下颌顶在父亲的肚皮上，头拼命地后仰，双眼不停地眨巴着，拼命地望着父亲的脸。

我同时听到走廊上李丙的母亲厉声的尖叫："慢点！你慢点！"紧接着便看到了她气喘吁吁地出现在李丙和她丈夫身边，然后伸出手，准确无误地揪住李丙的一只耳朵。李丙的双手随即恋恋不舍地抽离了父亲的腰身，拼命地向身体两侧张开。

李丙的母亲又一次厉声叫喊："老娘看你跑！"

我于是看到两个人开始沿着过道上长方形的框，一点点在走廊上移动。李丙的母亲往左，李丙跟着往左；李丙的母亲向右，李丙跟着向右。为了跟上母亲越来越快的步伐，李丙不得不收起日渐好起来的左腿，单脚跳跃着，双手像鸟羽一样张开，洁净如镜的地面映着他小巧的身影，仿佛是在飞翔。

山河静 ◎杨 虎

——壤塘散记

燃烧的高原情结

仰望阿坝高原很多年了。

作为平原的儿子，远在那衣衫褴褛的少年时代，我就常常在躬身劳作的村落与田野间抬起头来，兴奋而忧伤地久久凝视天边那剑戟般矗立的山峰——尤其雾霭初袅的冬日黄昏，从清贫的田野上望过去，辉煌的落日熔金从天边的云层间直射下来，衬托得它们原本洁白的身躯更加雪龙样巍峨。

奇的是，当目光一寸寸收回，就看到那莲花般盛开的云朵脚下，黑黝黝起伏着无数群山。灰云游动的天幕下，一丛丛山岭昂起野马般不屈的头颅来，铁一般沉雄。

那是平原与高原的过渡地带。

那里——喧嚣与静谧截然分界……

那里——退一步是俗世，进一步是仙境……

当目光再一次不甘地抬升，血就在我少年时期的体内莫名地奔涌起来，喉咙里无端地想吼，想大吼、狂吼……想弃了脚下那平坦木讷的田畴，想别了瓦屋上空扭捏作态的炊烟，迎着那冉冉落日奔去，一路风尘，大步流星，直至身体化为一阵旋风，扑进那一片险峻于蓝天之下的山岭、沟壑，纵情高歌，手舞脚蹈，像游子回到母亲怀抱。

像流浪的云回到天上。

然而，命运注定我将多年蹒跚于平原之上，且越走越浑浊。少年时光眨眼间过去。因了时代大潮的裹挟，更因了内心的怯懦，平原上故乡的草木已被我远远地丢在身后。多少年，我如一尾上岸的鱼，残喘于城市的尘肺之中，以为已无力追逐无力描摹少年时期向往高原的激情梦卷。

一天天，一月月，一年年，蝼蚁般的我穿行在玻璃幕墙切割的天空下，行将窒息。

壤塘，壤塘

行到中年，正当内心的火焰渐欲熄灭时，不曾想却近距离触摸到了梦中这一片静默的山河——且不来则罢，一来就到了高原的心脏地带——壤塘。

这里是如此天高地远——翻过左边的山就到了青海，跨过右边的河就到了甘孜。举起手来呢？一不小心就碰落了云朵边的露珠。

这高度是让我如此忧伤迷醉——我不敢回头张望少年时从平原上仰望过来的目光是否曾抵达这一片山水的内心，不敢回想青年时行走在街巷的脚步是否曾苦苦叩求过这一片山水的回应，皆因那从喧嚣进入静谧的感觉是实实在在的——2016 年 7 月，当我和巴金文学院的作家同行们抖落山外的炽热，终于踏入她清润的大地时，城市生活所带来的冷漠与不适已悄然散去。青山空蒙中，林木葱茏处，我分明觉得这里处处山峦亲切，触目草木暖心。

我心里涌上来一股久违了的、柔软的情愫。暮色中，我听见自己的内心有一个声音正低声念诵着这些山们、水们所共享的那个亲切名字：壤塘，壤塘。

仿佛和这一片山水熟稔已久。

分发给我们的资料上说，壤塘，汉语的意思是“财神的坝子”，此话甚赞，然而我更欣然认同人们对她那一个发自内心的美誉——悬天净土。

相聚的日子如此短暂，我得回过头去，重新品味那初见时光。

杜柯河

未见壤塘，先遇杜柯河。

杜柯河波涛卷曲。

过了马尔康，入金川地界，梭磨河浪花消失的地方，一丛丛岷江百合悬挂的山崖下，杜柯河不知何时就时隐时现在了我们车窗外面，被束得窄窄的河床里突起硕大的石头。河水青黑，浪花掀起洁白的牙齿，与无数的山、无数的丛林亲密地咬合在一起。山们已立了千年，却仿佛刚从地上站起来，抖落一身泥土，把岩石骨头一样显露出来，如拳如柱，如聚如合，仿佛把大地的力量都攥在了手中，然而却不是与天空较劲，而是垂首静立，瞑目观心，似乎已坐化为天空和大地之间的桥梁。

它们是否在聆听天空深处的佛语？

独有杜柯河静静地流。拐过一处山头，当我回头凝望时，她已消失在了时间静止的地方。

壤塘境内多河。县里的朋友说，境内山峦与河流共生，举目清流滔滔，白水如练。《壤塘县志》上记载，县境内有大小河流及支流四百余条，那么，作为大渡河上游最大支流之一的杜柯河，浪花中翻卷不息的，都是“悬天净土”向山外世界的火热倾诉吧？

车行远了。前方，壤塘县城已遥遥在望。我默默地作别身后的杜柯河，转过头，注视着车窗外一闪而过的高高低低的冷杉、青桐、白杨们，风吹得它们枝叶轻晃，从曲曲折折的山脚到高高蜿蜒的山脊，盛夏的风正犁出道道绿色的波涛。

藏 猕 猴

壤塘是静的——山静，水潺，树绿，就连天空中的苍鹰，也不慌不忙，恍惚移动得比云还慢。

可是，在通往宗科乡的弯弯窄窄的山路上，我们的汽车却明显加快了速度，碾得路上的泥石吱吱作响，让人感觉车辆似乎正受到什么惊吓。往车窗外一瞥，突然，山坡上一大片矮而密实的灌木丛中，探出了一颗椭圆形的棕色脑袋，毛发支棱的前额下，一双淡褐色的小眼睛狡黠地闪过。

是猴子！

还来不及惊喜呢，县里朋友的脸色却骤然变了。车里的气氛也莫名地紧张起来。汽车轰鸣着，快速冲过了这段山道，灌木丛在窗外不断倒退，转瞬就落到了车后。这时候，县里朋友才长长地吁出了一口气，轻轻捶了一下胸口：

“刚才真是惊险，幸亏我们车跑得快。”

我们异口同声地好奇起来：“猴子有什么可怕的啊？”

“呵，你们是不知道。咱们这儿的猴子啊，真是让人又怕又气，”她顿了顿，笑了起来，“又好笑。”

随即，她讲起了顽猴们的“光辉”事迹。原来，在那一片看似静谧的山林中，藏着一种极为活跃的动物——藏猕猴。它们成群结队，在树上蹿上跳下，成天调皮捣蛋，像一群永远长不大的孩子，让周围的藏族群众哭笑不得。

在平日里，这一带的猴群以山上的果实为生。当青稞成熟时，藏猕猴就下山来了。它们拖儿带女，每一只都翘着短短的尾巴，在青稞地里大呼小叫，眨眼间就把一片丰收在望的庄稼糟蹋得不成样子。

县里朋友说，藏族群众不堪猴扰，就将狗牵到地里。起初，猴子们还怯生生不敢近前，经过一番火力侦察后，泼猴们发现狗是被拴在树桩上的，就纷纷捡起石块投掷，击打得狗趴缩在地上，呜呜地哭了起来。

据说，猴群尝到了石块的好处，胆子越发大了起来，后来有一些猴子就攀到高处的树上，看有汽车经过便投石击打——其实，只要汽车快速通过，一般都不会有什么意外。妙的是，每当看到威风凛凛的汽车在山路上狼狈逃窜的样子，猴们就常常住了手，腿钩住树，抓耳挠腮，“吱吱”直笑。

听了这一番讲述，想着猴们在高处乐不可支的样子，我们也不禁笑了起来——真没想到，在壤塘这仙境般的地方，还有如此让人忍俊不禁的人猴故事。

日斯满巴——爱的碉房

日斯满巴碉房是用爱情筑就的传奇。

比起网上有些游客惊呼它为绝世碉楼，我更喜欢用“碉房”这一平平实实的名字来称呼它。它固然巍峨——当你从一根圆木砍削而成的楼梯旋转着攀上去，山就在你面前矮了，远了，随着圆木数量不断增加，你已到了最高点，耳旁只剩下了呼呼的风声。脚下，蜿蜒如蛇的宗曲河如一道银色的带子，弯弯曲曲地消失在远处山岚缭绕的山谷中。一只黑色的大鸟歇在一片云上，悠悠地转来转去。

然而它更充盈着暖暖的烟火气息：楼梯旁的栏杆上，悬挂着一束束青稞。底层原来是牲畜圈，牛已不见踪影，但屋角的泥地上，铺了一层已沤得发黑的胡豆秧。

碉房紧挨着挂满玉米、堆着柴火、袅绕着牛粪炊烟的藏寨。一头牦牛低着头，在寨子的坡道上慢悠悠地走着。北边，田地层叠的山坡上，洋芋正开着蓝紫色的花。

足足有九层的日斯满巴碉房的来历是如此传奇：很久以前，绰斯甲土司的少爷爱上了一位平民的女儿，被勃然大怒的土司赶出绰斯甲境。此事被少爷的叔叔知道了。怜悯侄儿的叔叔匆匆追来，终于在日斯满巴追上了背着简单行囊，正垂头丧气蹒跚西行的这对恋人。叔叔登高一望，见这里是一处玉龙交汇的吉祥之地，遂让侄子留在了此地。为避免遭到生人欺凌，叔叔帮侄儿夫妇把房子建成了一座九层高的“摩天大楼”，以此来显示侄儿的高贵身份——过去，九层高的碉房只有土司等级的人才能拥有。

少爷和心上人从此就在这里住了下来，并将自己的居所取名为“日斯满巴”，意为山脚。后来，他们生了三个儿子。三子成人后，又各自在台地上修了碉房，这里的人家也由当初的一家人变成了四家人。当地人后来便将此地称为“多来卡云”，意思就是“最初的四家人”。

看着眼前的巍峨碉房，闻着从旧年烟尘中渗透出来的无处不在的生活气息，我燃起一支烟，想象着那对恋人在每一个黄昏和清晨相依相偎的样子，不由一声慨叹——世上所有的男人和女人啊，当你们追逐漫步在云端里的绝美爱情时，别忘了低下头来，看一眼那山坡上静静盛开的洋芋花——那里，藏着生活赐予我们的奥秘。

壤塘记 ◎杨献平

好像在天边。

过都江堰，赵公山，紫坪埔，迎面是一片巨大的废墟，以及废墟之下的亡灵。他们还在呻吟、嘶喊、注目、仰望和思想；滔滔岷江在山谷里呼啸奔腾。映秀镇之后，接连的隧道，雄峙对列的陡山，无形中给人一种强力挤压之感。这是我第二次踏入横断山脉之阿坝地区。感觉中，这一带的山脉好像高原上逃亡而来的一群史前巨兽，以不同奇诡姿态，在昆仑山之下，大地隆起之处，形成一个奇异且又庞大的兵阵。众多的草木和人群，河流和山岳遍布其间，构成了一块特殊的、美妙与凶险的万物存活之地。早在几年前，我搜集并阅读了诸多的关于阿坝州的资料，尤其是发生在雍正和乾隆时期，前后持续十八年的大小金川之役，以及上世纪30年代的中央工农红军长征、50年代初期的川西剿匪，这三个历史事件所牵扯的阿坝历史及其纵深，都是饶有意味且富有文化、政治、地理乃至人类学意义的。

阿坝也叫嘉戎地区，总面积八万平方公里，北有崛山，南为邓睐山，大小金川河贯穿全境。整整一天，山路如龙盘旋，从沟底到山腰，再到山顶。其凶险程度，总是让我想起《清史稿》上关于此地的一段话："地则险阻异常，山则壁立千仞，水则怒涛万顷，溜坡陡磴，恶警阴森。"坐在车上，车在山上，一侧深谷源涧，一侧巨石森立，每一寸道路简陋而又曲折。我想到，难怪当年的大小金川战役如此耗时费力，先后有四十多万清兵参战，主将换了几个，才勉强与当地土司及其多个民族组成的本地武装打了一个平手。上世纪50年代的黑水剿匪也是如此，我人民解放军先后三次调集重兵围剿无果，后在彭德怀的西北军区空军配合下，才得以肃清周迅宇等残匪。唯独中国工农红军在此胜利会师，并一路开赴延安，最终获得了全面胜利。

由此，对于阿坝及其所属每一个地方，我始终心怀崇敬。一种是来自一个弱小人类的敬畏，一种则是源于确切的自我渺小感。大地何其幽邃与丰富，一个人无非是其上的一个无足轻重的过客。

到壤塘，忽然下起了雨，不大也不小，使得草地顿时有了泥泞之感。车子离开公路，进入一个巨石耸峙的沟谷之中。远远看到一绺白烟盘旋而起，在雨中如伸展懒腰的蟒蛇。同车的朋友说，这叫“煨桑”，即用柴草点燃青翠的松柏枝叶而燃起来的白色烟雾，是藏族人民欢迎贵客的一种礼仪。

每一个人都是地域的产物，而人群依据地域渐渐形成的文化和信仰，无疑是大地上最美好与最生动的景象。阿坝与邻近的甘孜、甘南等地区，不仅是西藏高原向下的一种地理缓冲与切换，也是一种东方人群及其文化信仰、生活习俗的一种递进与嬗变。在草地的帐篷中坐下来，雨珠如白色的珍珠，从苍冥的天空下落，便接连与青草乃至青草中的乱石、草芥和牛羊粪亲密融合。同行的一位作家也说，这壤塘，感觉就像天边。另一位说，从成都到壤塘的过程，总有一种层次上升的扶摇之感。到了之后，却又觉得，这里好像只是去神秘天空的一个重要驿站。雄浑的山脉与狭长的沟谷，连绵的植被与漂浮其上的生灵和寺庙、人居，都有着一种如梦如幻的神灵境界与仙人意味。

吃东西，手抓羊肉等等，尤其是油炸的人参果，无疑是一种上好的美味，也更能体现壤塘的仙境意味。少顷，阴雨骤停，太阳重生，金黄的光辉从容铺排，照得远山近水一片辉煌，树叶和草尖上的露珠晶莹剔透，成群的蝴蝶呈螺旋式飞升，一些不知名的鸟儿羽毛擦着树颠和高坡上的岩石飞行。当地的朋友说，这里是壤塘县的宗科乡。距离县城壤柯镇还有 40 公里的路程。

壤塘县位于大渡河上游，总面积 6863 平方公里，与青海班玛并甘孜州的色达和炉霍等县接壤。壤巴拉塘是藏语，翻译成汉语为“财神的坝子”之意。藏传佛教中的黄财神名字叫作“藏巴拉色波”，其形象全身金黄，头戴花冠，束有发髻；嘴角两撇胡须，下颌有一撮短胡须；上身袒露，下身着裙。左手抱着一只大猫鼬（又名“蒙哥”“狐　”，小型、花面的哺乳动物；喜欢群居，性凶猛），鼬嘴含宝珠，象征财富。黄财神两腿作弯曲状，端坐莲花。左脚踏一只白色海螺，意为他也有举杯入海取宝之能。人皆以为，财神就是掌管钱财的，拜之便可获得数量不等的财富。事实上，在藏族人看来，予人财富只是财神的一个表面能力，而人生所谓的财富，则是福德、寿命、智慧。我觉得，这种解释才符合宗教乃至“财神”的本意。物质为人生所需，但毕竟是浅薄的，福德和智慧才是人生最大的财富。

趁着日暮，乘车去石坡寨观看日斯满巴碉房。当地朋友说，这是阿坝州保存最为完整和年代最为长久的藏族民居。临近，见一精美建筑依坡而立，侧看如沉穆之世外高人，姿态端庄而又古朴。其外墙均用不规则石片砌起，在落日余光中，宛如片片龙鳞。从底部向上爬去，站在二层的房顶上，环顾四周，群山蜂聚，植被青翠欲滴；寨子以下的河滩上油菜花开，青稞整齐。我想，在这里生活的人都是安静的，也是有自我精神追求和俗世规范的。他们并不嫌弃偏远与高冷，而是用一种古老的、游牧与农耕并存的生活状态，在人间高地进行着生命的繁衍与轮回。

日斯满巴碉房整体北高南低，呈长方形布局，共九层，下大上小，共高25米，自二层起层层靠北内收成台，北石墙自底直通顶部，但顶层面积很小，仅有底层的六分之一大小。依照藏族习俗，底层为牲畜圈，二层分南北，即北厨房，南客厅；第三、四层是睡房；五层为佛经堂，六层以上为杂物库房。每层的走廊为木质，用于晾晒粮食；三、四层还建有木质吊脚厕所，并设有窗户和若干个小窗口，其军事作用显著；按照藏族人传孙不传子的习俗，该碉房已历13代人。其建筑年代，大抵在元末时期。站在上面，苍鹰在逐渐灰暗的天空中翱翔，寨子里的人民三三两两聚在路边或者某个院落聊天，或者看着我们这一群陌生来客。

世界越大同，万物越无所遁藏。尽管人类都渴望与更多的同类交往，以一种融合共通的态度来完满这个世界，但很多时候，人又是十分唐突的。有些唐突带来幸运，有些则带来不安甚至破坏。离开日斯满巴碉房的路上，我一直有一种愧疚感，以往那些到此一游的满足感荡然无存。何以至此？究问内心，又说不出原因。回到宿营地，篝火燃起来了，慢慢增大的火焰，在空旷的青草台地上，像一群倏然向上散开的美丽女子，舞蹈着，翩跹在星空笼罩的壤塘县宗科乡的夜幕当中。

随即是舞蹈，当地的藏族男女一起。他们的舞姿让我格外羡慕，那些笨拙的男子们的身体也格外轻盈，每一个都像天使。女子们扭腰、踢脚，身姿之美，超越所有的舞台上的表演。游牧民族的歌声和舞蹈，是最能打动人的，也是他们在艰难岁月甚至绝境之中用以鼓舞和安慰自己，激励精神和抚慰灵魂的最好“武器”。是的，在高原，在游牧民族后裔面前，我宁愿把舞蹈、歌声称之为“武器”。正如道家所主张的“柔软胜刚强”。唯有柔软和慈悲才具有通行于世和打通不同文化与信仰的非凡力量。

夜宿藏人家里，户主是兄弟两个，极其热情。晚上，宗科乡的副乡长，一个年轻的藏族小伙子和我们同住。睡前，喝茶聊天。他对政治、文化、教育和基层牧区建设发展的看法和思考，令人服膺且心生感慨。他说到了一些真实的现状，一些难缠的具体事情。还说到了自己在这个位置上的一些作为，特别是在处理牧民和牧民之间一些琐事争执上的方法技巧和态度，都很符合当地的社会实情又非常具有启发意义。我们还谈到藏传佛教，特别是壤塘的历史文化。这位年轻的藏族副乡长说，宗教的唯一目的就是叫人向善的，和谐的，是人心当中最高和最后的一道美好的屏障与阶梯。对此，我们深以为然。这位副乡长还说了当地几位大活佛的精彩事迹，其中不乏神仙意味，但更多的却是对普通人的教喻。

凌晨睡下，一切安静。小小的藏族寨子当中，除了几声犬吠，黑夜像是一个巨大的曼妙之物，在紧靠高山，濒临河流的寨子内外覆盖和漫浸。早上起来，我面对主人家墙壁上的佛像，恭敬站立，鞠躬。那一刻，我深信，有一种虔诚的明净感笼罩身心。离开主人家的时候，我向他们表示了敬意和谢意。他们一脸憨厚，说：这里很少人来，昨晚和我们聊得也很愉快。还特别强调说，很少人能够对他们的现实生活感兴趣，更少人愿意与他们敞开了聊天。我知道他们说的是客套话。其实，这里的牧民对于马尔康和成都等地并不陌生，甚至，他们就长期住在马尔康和成都等地。但他们所表现出的谦卑、热情和温和的态度，却是令我们心生温暖，并且由衷地感激。

出宗科乡，沿着公路，向着壤塘县城行进。杜柯河在一侧的河谷里激越或者平静。我看到，这一带，似乎没有一块平阔之地，山山相对，逼仄勾连，河流在其中向着低处不作声色。但苍翠的树木和遍地的青草令人心旷神怡，满鼻孔的青草气息乃至牛羊新鲜粪便的味道。半途停车，仰望建筑在山岭上的村寨，其险要与精工，美妙与结实，大致是世上所独有的。人必然是环境的产物，也必须依照地域地势才能很好地生存发展，安顿好自己的身心和灵魂。壤塘县的藏民们，以自己超常的智慧和韧力耐心，把自己的起居生活之处安放在半山腰并奇崛的山岭上，其勇气和匠心，令人叹为观止，心生景仰。

路过一座寺庙时候，我仰望，浏览，庞大的建筑，红色的喇嘛，坐在阴凉处聊天的藏族民众。这一切，显然与内地形成了鲜明区别。我没想到，活佛居然很年轻，而且还非常的帅气，个头很高。他轻声细语，讲解寺庙之历史，并说到藏传佛教觉囊派的源流等等问题。我发现，凡是得道的僧道，都是安然的，也是朴素的，谦卑的，充满神意而又心怀敬畏的。我们先后与年轻的活佛合影，并在新修的高大寺庙面前虔诚合十。上车后，大家一路讨论，我觉得，阔大的自然界和宇宙之中，人类绝对不是唯一的至高无上的生灵，在我们之外，肯定还有许多的不可显示与不可抵达的事物。比如神灵，比如人类无法拆解的秘密与唯有智者、修行者与灵魂才可以相通的实在而又缥缈之境。

壤塘县城所在地名叫壤柯镇，一座位于群山之间开阔平坦的坝子，四边青山，中间河流。不长的街道上店铺林立，不多的民众在浓烈日光下的各式建筑阴影下端坐，或者手摇经筒。当地朋友说，香拉东吉山是《格萨尔王》中神山之一，当地民众至今奉之为心中的圣山，传说乃是金刚手菩萨的化身，其形状犹如“众”字，周边还有八十八座山拱卫，仿佛金刚手菩萨的侍卫。人们对于自然物的神灵层面的赋予源自于敬畏，是人类最初融合于自然时候一种自觉的肉身和精神、灵魂的反应。

从历史上看，壤塘也是一个偏僻的地区，在公元前310年，西汉统一西南之前，壤塘是真正的化外之地，称为“牦牛徼外”。从字面看，这个地方显然是远古中央帝国无力发现和顾及的地方。但汉武帝之后，西南地区渐渐明朗，壤塘自然也在其中。从资料上看，隋唐之后，壤塘被称之为“剑南西山”，长期为吐蕃的领地，同时也是与唐帝国的边疆地区。关于隋唐与吐蕃，乃至突厥、铁勒、薛延陀、南诏等民族和部落的历史，其惨烈程度令人唏嘘，但好在时间是向前的，人类最好的美德便是宽容、和解、合作、互助、共享。在今天，壤塘与阿坝、甘孜和甘南地区一样，同为藏文化与汉文化的过渡区，也是民族与部落在漫长的历史时期相互融合的高地与通道。

壤柯镇的海拔在3700米左右，人在上面，有一种漂浮的感觉。我似乎听说，在高海拔地区反应强烈的人，是身体好的缘故，反之亦然。不知道这个有无科学根据。在壤塘，我时常觉得紧张，后脑还有一种被紧抓的眩晕与不适。有时候觉得全身发软。这是我从前没有过的现象。记得2013年5月到山南，还可以在海拔5000米以上的垭口拍照、抽烟，快速地走动和说话。而今……我觉出了时间对于生命的强悍力量，也意识到，时间是不会饶恕任何生灵的。万物都是它的俘虏。好在，在壤塘，我时常觉得了一种强烈陌生感，哪怕在成都可以随处看到的芙蓉花或者蜀葵，在我眼里，都恍若隔世。

牧区博大辽阔，犹如雄浑诗篇。车子从县城出发，向茸木达乡、南木达乡，以及上壤塘、中壤塘和下壤塘等地进发。盘山路，远处隐约的雪山峰顶，翠鸟在松树之上的曼妙飞翔与鸣声，都是自然的，是生命在大地和空中的一种活着的姿态与表达情感的方式。抬头看，天空湛蓝，云朵潜伏在高山之巅，用飞龙、奔马、狮子、麒麟等等富有神意的形状引人惊叹。到一所幼儿园，孩子们穿着藏戏服装，其中几个，可爱得让我心疼，忍不住抱起照相。她们都很温顺，脸上漾着浅浅的笑意。世上人群中，还有比孩子更好的人吗？孩子，是父母乃至层叠先祖的灵魂显现与肉身翻版。

人的肉身是物质的，物质会灭，灵魂则是永生的。关于这一点，中原的道家与藏传佛教乃至一切宗教的基本教义都是相通的。道家说，从混沌中来，还到混沌中去。关于这一点，阿坝州文联副主席庄春辉先生是一个对宗教文化研究极深的学者，他告诉我，藏传佛教当中一些佛教用品上的符号，也大都采用了道家的一些理论和形状。可以这样说，汉民族和藏民族，其本源肯定是一家，是华夏民族之后。只不过，生存之地的迥然不同，导致了文化信仰和生活习性的区别。事实上，人类无异同出一家，无论民族，无论信仰。

棒托寺始建于元代，背靠格萨尔王修行过的瞻巴拉山。瞻巴拉山的本身就像是一尊巨大的佛像，雍容沉静，博大神秘。面对的则是象山，作为大渡河之流的则曲河在这里形成了一个巨大的颇有意味的“U”字形状。象山探出的如象鼻子一样的山脉探入其中。这种地形，肯定是修建庙宇的好地方。棒托寺最宝贵的，莫过于元代佛塔（上有千手千眼佛、释迦牟尼佛、无量寿佛、莲花生大师、绿度母等大量的精美壁画）和镌刻在石头上的《大藏经》，分《甘珠尔》《丹珠尔》两部，所用石片超过50万张。目前为藏区最为完整的石刻藏经。

得到应允，参观棒托寺现任活佛的起居室。在一座独立的小院子里面，花草茂盛，看起来简洁而又普通，一切都很平民化，但也用上了电视、手机、冰箱等等现代设备。墙壁上，张贴着一些佛像，其中有棒托寺前任活佛的相片。我发出赞叹，也觉得，其实，在偏远之地修行也是一种不错的生活。一个人有信仰，并且甘愿为信仰而笃行终生，是幸福的，也是幸运的。在寺庙内，人会恍然觉得，外面的世界虚软不堪，一切都是幻象，也都是那么的不堪一击，没有意义，唯有皈依在佛祖之下，于朝霞夕阳乃至山川河流之中，与草木共鸣与神灵密语，才是有价值和安妥灵魂的。

进入南木达乡之后，大地平阔，微微起伏的山岭峰峦紧凑，疏朗有致。这里是壤塘县的主要牧区，与宗科乡等农耕与游牧并存的地区形成区别，即这一带主要以放牧为主。中午时分，在帐篷内吃饭喝酒，众人欢乐时候，我特别去骑了一次马。对于马和骑马的热爱好像源自天性。我始终觉得，在自己的精神当中，肯定还流淌着游牧民族的血液，是那种于高天阔地纵横驰骋，并且唱着悲歌与情歌的情愫与民族基因，让我对马这一生灵葆有热爱的情感。可惜的是，这些马已经被驯化了。现代文明无孔不入，机动车也开始在牧区替代了马匹和骆驼。尽管如此，骑在马背上，胸中豪情顿生，也有一种悲壮的情绪，在周身沸腾蔓延。

斯时，日光浓烈，车辆奔行，不一会儿就到了夏炎寺。这座寺庙，位于高台之上，其形状，宛如莲花，四周群山拱卫，近前翠峰有序凸起，还有一道山岭，形态如一条苍龙探水。其形势，刚柔兼济，自在开阔，又留有余地。更可喜的是，当我们来到之时，天空中竟然出现一条圆圆的彩虹，而且还在天空正中，从寺庙的檐下看，正好位于寺庙的金顶之上。众人惊呼，纷纷拍照。一位觉囊派喇嘛说，这种情况并不多见，你们这些都是有福的人了。我也倍感惊异。虽说，天空永恒，健而康达，其变化也无从捉摸，但此时于天空的彩虹，称之为佛光显然是恰切的。

大地之上，宇宙之中，总有一些冥冥的暗示。道家有天垂象之说，释家也有相同的说法和现象。好像是源出一脉，并无太多的分野。我也相信，在无边的人生乃至宇宙自然之中，很多事物和现象不只是一种无意的显现，其中肯定包括了更多的隐喻，甚至有着无法的诸多征象。夏炎寺全名为“夏炎扎西赞拉贡巴寺”，也叫“夏炎吉祥历神寺”，建成于公元1784年，即乾隆四十九年，其创始人为阿旺·更嘎求觉喇嘛，母寺为藏洼寺。其中，夏炎寺当中陈列的藏传佛教的文物极其丰富和珍贵，但极少公开。参观时候，我能够明确地嗅到隋唐时期乃至明清和民国时候的某种特殊气味，如隋唐时期的那种浓烈的羊绒味道，明清的羊肉腥膻，以及民国时期的土腥。

这不是亵渎，而是一种直觉的，或者说内心的嗅觉。我倒是觉得，像夏炎寺这样的偏远寺庙，对于当地民众以及藏传佛教来说，其历史文化乃至现实意义都是无与伦比的。觉囊派是藏传佛教萨迦派第五代祖师八思巴（名罗卓坚赞，或译洛珠坚赞，为乌思藏萨斯迦人，即今西藏萨迦县）的徒弟衮邦·吐吉尊追所建立，与宁玛派、萨迦派、噶举派的一些主张相似，但与格鲁派完全对立。宗教也有歧义，是好事也是坏事。人不相同，认知也不尽然。但多一些对宗教乃至人生本义的阐释，对于众生来说，是非常有益的。我在夏炎寺徘徊良久，彩虹的佛光也持续很久，直到我们离开，佛光依旧清晰、浑圆，围绕日光，在湛蓝的空中，好像一个永恒的神话，在昭示和引领着仰望它的人。

就像去海子山的路上，佛光萦绕心头，久久不去。其实，每一个人心中都有一个神圣的宗教，也都有一些高贵且又慈悲的神像和佛像。只是，很多时候，我们被庞杂的世俗淹没了，而没有时间仔细检点和翻阅内心。当地朋友说，海子山也是富有神意的，海子山上不止有一面海子，而是35面。传说是位于今青海境内的阿尼玛卿雪山圣洁的王后，对这一方土地和人民的护佑。海子山主峰名为尊玛，海拔4760米。是壤塘、马尔康和阿坝县交界处最高的山峰。

一行人吃力爬上，对面的草甸上，牦牛遍布。海子背后的峰峦寸草不生，唯有接近湖水的山坡上，长有零星的草木。而在湖边，大片的青草之中，野花烂漫，些许的芳香在风中蔓延。到海子边上，俯身，可以看到硕大的淡水鱼，黑色的，还有花色的。它们在明净幽蓝的水中自由生息，天长日久，也都具备了某种仙气。众人在海子边照相，嬉戏，还有的，干脆躺在巨石上。尤其是同行漂亮女性，在海子山，长裙和围巾飘起，便都成了衣袂翻飞的美丽仙子。我也照了很多相片，以各种姿势。在如此的海拔，如此的水、青草、野花、鱼群、清风当中，距离尘世异常遥远，觉得自己完全成了世外之人，与以往和今后毫无瓜葛。

事实上，这绝不可能。我也和大多数人一样，是彻头彻尾的俗人。我贪恋芜杂的现实生活场域，也更爱与我关系紧密的每一个人。我甚至觉得，一个人绝对不只是他自己，而是属于他的亲人们的。但很多时候，我又极其向往宗教的那种澄明境界与无为人生。这种矛盾，是全人类共有的，是每个人无法挣脱的两极。返回时再去中壤塘乡的觉囊派文化中心。这大致是觉囊派在壤塘最为集中的宗教圣地。斯时，日光开始下落，山峰上的乌云镶了一层金边，光彩夺目。可就在我们车子转向中壤塘寺庙群的时候，我蓦然发现，远处天空中的乌云有一块像极了一对比翼齐飞的凤凰，在高空中向上舞蹈。我说给其他人，车内一片惊呼，接着是拍照的咔嚓声此起彼伏。

在寺庙当中，人完全净化了，而且有一种说不出的敬畏，同时还有沮丧感。这种沮丧大致是源于自我的诸多限制以及对神仙和佛陀世界的向往而不可得。当地朋友说，这里是觉囊派三大寺庙的坐落地，分别为确尔基寺（1378年建）、泽布基寺（1456年建）和藏洼寺（1657年建）。三大寺庙之后，便是壤巴拉（黄财神）神山，正面为卧象山，则曲河由东向西。这三大寺庙当中，文物众多，多数是元以后的各朝代所有。其中，确尔基寺内佛像众多，释迦牟尼像高达7米，为该寺镇寺之宝。寺内经堂四周墙壁上绘有《遍知十四师徒》《释迦牟尼画卷》《时轮金刚》《莲花生威仪像》等47幅唐卡。而最令人敬仰的是活佛肉身，在高高的塔上，还如活着一样，据说，指甲和眉毛都还在生长，牙齿也是。这样的得道高僧，是令人羡慕和尊敬的，他们用毕生的心力，用来修行，他们一定抵达了传说中的佛国，成为永世长生的菩萨之一。

趁着夜幕，回到县城，小小的坝子里，灯火灿烂，四周群山静穆，形态庄严。去看当地藏民演出的藏戏《文成公主进藏》，剧情人人耳熟能详，但现场的表演更加逼真，尤其是戏剧中的音乐，人物的表现形式，以及藏语唱腔，都令人耳目一新，浮想联翩。关于文成公主进藏的历史，历来是伟大的颂词。事实也确乎如此。在历朝的和亲政策之中，勇往蛮荒之地嫁与游牧部落的女性，王昭君之外，就是文成公主了。两位和亲者不管其自身幸福与否，但她们某种程度上的“有利”“移风易俗”等功绩看起来是建立在个人，特别是和亲者与当时当政者的和谐程度，事实上，则是和亲的女性背后的“家国”各方面能量在发挥作用。

临近县城的则曲河边，有一座浮桥，浮桥过后，便是一块开阔的草地。是一个类似农家乐的地方，老板颇喜欢舞文弄墨，为千年的树木写了一副对联，很有文采。坐在松软的草地上，河水哗哗，松涛激荡。这里大致是壤塘县唯一的休闲去处。坐在阴凉的草地上喝茶聊天，自有一种惬意之感。尤其夜里，河流的声音越发响亮，月光之下，似乎滚动的蟒蛇和巨龙。说不清楚原因，我格外喜欢河边的那一片草地，特别是在壤塘时候，于此静坐与吃饭的那些短暂时光。以至于第三天乘车返回成都时候，我还请司机师傅特意从河边绕了一圈，远远地看着奔腾的则曲河，茂林中的草坪和小木屋，难舍之情油然而生。也从心里觉得，壤塘这个地方，看起来远在天边，但其实在每个人的心里，因为它的干净、纯粹与类似原生的种种神秘和美妙。我暗暗对自己说，下一年或者别的时候，一定再单独来一次壤塘，再细细地浏览一番，争取把它真的装进心里，放在自己灵魂最干净的那一部分当中用以回想与珍藏。

桂兴记忆 ◎邱 秋

在我的心里，桂兴永远是一个美丽的地方，青山绿水，牛羊成群，山花烂漫，民风淳朴。每当在都市里待得有些不舒服，我常常会想到桂兴，想到那个承载着我青春岁月的地方。

民国初年蒲殿俊作序的《广安州新志·乡镇志》里对桂兴（原名“桂花场”）作了这样的记载：“桂花场，州东八十里，同治中置地近天池，交邻水界，地多竹麻纸。市易唯土茶谷米，店户百余，街一道，场期三六九。　市一里白龙，大姓张。”

之一：小镇的风情岁月

作为华蓥山中的一个小镇，桂兴地处人们称之为外山、内山之间的长长峡谷中，偏僻宁静。一条窄窄的街道，早年多由青石铺成，两边一色穿斗式青瓦房，高高矮矮，错落有致。小街的后面是一条清清亮亮的小河，房屋就是沿着这弯弯的小河而建。如果站在小河的对岸看小街，映入眼帘的就是一排排状似湘西风貌的吊脚楼。家家户户后门连接着延伸到小河里的窄窄石梯。小镇上的人们就在这小河里挑水、淘菜、洗衣服。那河边常常传来洗衣姑娘们银铃般的笑声或歌声，涟漪中晃动着质朴乡村姑娘健美的身影，真是别有一番韵味。小镇确实很小，街道不长，民间俗话“上场口跌跟斗，下场口捡草帽”，就是对其最形象的形容。最早的时候，山上还没有公路，进出场镇走的是所谓牛光石铺成的小路，下场口那座石拱桥就是出入场口的必经之道。石拱桥边当年长着一棵很大很大的桂花树，据说至少也有百年历史，桂树下常常围着一群老老少少在那里说古论今。老人们讲，这石拱桥还有一个传说。当年这场口的小河上没有桥，人们赶场来往都是蹚水而过，没有涨水还好，如遇涨水则要绕很大一个弯子才能进出场镇。当地一位八十老翁看在眼里，心生善念，便将自己一生的积蓄捐出修造了这座拱桥，方便了人们的出行。

金秋八月，拱桥落成，按照习俗要举办一个踩桥仪式，然而这桥却还没有名字。于是众说纷纭，最后商量决定，踩桥那天谁第一个过桥就让他说个四言八句，一来为桥命名，二来讨个吉利。就在踩桥那天早上，突然听得锣鼓响起，唢呐高奏，一支送亲的队伍抬着花轿经过桂花场要往天池而去。众人都说这第一个踩桥的应当是这对新人，于是把花轿给拦下，要让新郎赋诗一首，诗中要有这桥的名字。新郎是个憨厚人，不知是紧张还是怎么的，站在桥头想了半天才说出“八十老翁建新桥，功在千秋人夸好”两句，后面就接不上了。新郎那个急呀，直急得额头上汗水哗哗哗地冒，众人不禁哈哈大笑。那坐在轿内的新娘子见状，暗自思忖，忽见桥边有棵正在开花的大桂花树，便悄悄撩开轿帘示意新郎，新郎恍然大悟，说道，“金桂飘香贺喜来，取名就叫桂花桥”，众人听罢都说不错。送亲队伍热热闹闹地走了，这桂花桥的名字却留了下来，于是也就有了桂花场的地名。

其实，关于桂兴地名的由来，说法颇多，上面的传说虽富传奇意味，但我以为下面的这种说法应更准确。当年在桂兴场镇两端不远处各有拱桥一座。上场口的桥即今何家拱桥，桥旁有一院落，院门巍峨，颇为气派，院中有一高大的桂花树。而在桂兴场镇的下场口，也有一座拱桥，离桥不远的石家院子内也有一棵高大的桂花树。每逢秋高气爽之时，桂花飘香，十里可闻，于是便有了桂花场的称呼。不知何时，桂花场又改名“桂馨场”，这名字一直用到上世纪四五十年代。所谓“桂馨”者，自然与桂花香味有关。50年代后或许人们觉得“桂馨”的“馨”字笔画复杂，写起来不方便，便改“馨”为“兴”，于是就有了我们今天看到的“桂兴”，不过在我看来，写起来虽方便，却无多少意蕴了。

小镇上当年排列着各种小店铺，布店、书店、百货店、缝纫店、农具店等等，而下场口一楼一底的供销社，是这小镇最繁华的地方。这房子今天看去虽不咋样，当年却是这里最高大气派的现代建筑了。我们那时几个刚参加工作的青年教师都爱来此地“游荡”，并非要买东西，而是想看看这里的售货员，那可都是水灵灵的年轻妹子，谁都想寻机搭讪几句，偷看几眼。甚至我们那群毛头小伙子中有人还理想满怀，雄心勃勃，信誓旦旦地点名要把某妹子娶回家。不过，这些妹子那时都很骄傲，没几个瞧得上教师。在上世纪80年代，改革开放之初，计划经济还占上风，物资匮乏，票证吃香，肉票、粮票、糖票、布票、书票，甚至洗澡票，什么都凭票。谁要能弄到一点糖、一点布、一点肉，那可就是本事。于是，食品店、粮店、商店营业员的社会地位就非同一般了。著名作家柯云路当年很走红的一部电视连续剧《新星》里面那位公社党委书记“潘狗屎”，不就曾对一位小学女老师许偌说：“好好干，以后提拔你当营业员。”足见当年教师地位之低，售货员妹妹们的职业声望之牛。用今天的语言形容，真是性价比太高。在我的印象里，好像把某妹子娶回家的这类美事似乎还从没见在我们那帮人中有过兑现。理想最终成为破灭的幻想，幻想的破灭带来的则自然是茶余饭后大家相互打趣的谈资了。

不过随着市场经济的兴起，商品流通渠道增多，物资供应丰富起来，供销社的职能也发生了转变，当年的那些美女们多已转行或下岗。至今还偶尔能看见她们的身影，遗憾的是岁月无情，红颜已逝，她们多在晚上的坝坝舞人群或麻将桌上消磨着时光。每每想起当年山中那些事情，心里仍不禁暗暗感叹。

小镇当年给我印象最深的还有上场口的打铁街，那也应是这街上最闹热的地方。铁匠铺平时铺门大开，里面炉火熊熊，热火朝天。似乎四季都是赤身裸背的铁匠师傅们，汗流满面地在那里忙活着，他们胸前常年挂着一张牛皮割成的围腰，那围腰因经常被炽热的铁屑烧烫，疤痕累累。大风箱被拉得呼呼作响，火苗在炉中笔直向上，铁胚在炉火里被烧得通红通红。一个师傅用大铁钳将烧软了的铁胚从炉子里取出，往铁砧上一放，另外几个师傅就抡起铁锤你一下我一下地锤打起来，随着欢快的节奏，火星四溅，如礼花绽放，叮叮当当的打铁声随之在这小街上久久回荡。我常和同伴一道来这里看打铁。每当走进铺子，掌钳子的师傅用眼睛把我们一扫，知道是来闲逛的，便大声嚷起来：“走开些，走开些，打个铁有啥看头嘛，谨防烫到你几爷子没得哪个拿医药钱哈！”说着把手中的铁胚往旁边水缸里一丢，“刺儿”一声，一团白烟猛地腾起，浓浓的水汽便在铁匠铺子的上空弥漫开来。我那时觉得这真是一种最具观赏性的极有原始意义的劳动了。无论是铁匠们的形态、神态、动态和整个工场的氛围，都能给人一种阳刚之美。所以后来我在写一个作品时专门把这个场景表现了进去，因为现在还真难看到这情景了。据老一辈的人说，那时桂兴街上制作出来的铁器是很有名的，四村八乡都愿来这里购买。

当年的桂花场，算是华蓥山区里面的一个大场镇，每逢赶场，挑担的、背背篓的、牵猪赶羊的、卖菜卖粮卖山货的都汇聚于此。人来人往，熙熙攘攘，堪称水泄不通。而那吆喝声、叫卖声，讨价还价时的争执声也让这平时宁静的小镇喧腾起来，热闹得很。

说到桂兴的市场，我就想到自己少年时第一次到桂兴的情形。那还是1968年，父母和全县的老师们都被集中到广安县城去参加所谓“一打三反”、清理阶级队伍的政治学习去了。才十一岁的我和才六岁多的弟弟便寄放在新桥乡农村的姨婆家里。四月的一天，姨婆让我去桂兴卖红苕秧。姨婆说，你按照我说的价格去卖，如果卖的价高，你就把多卖的钱拿去作零花。从没做过生意的我就这样挑着一担苕秧走了十几里小路爬山来到桂兴，干了我这一生目前唯一一次真正意义上的买卖活。第一次做生意，还是有点紧张。那天上午我站在书店门前的街边，四下张望，等人来买红苕秧。还好，没一会儿就有人来了，他翻了翻我的苕秧，又到其他几个人那里看了看，觉得我的苕秧还比较满意，稍作讨价还价便成交了。他让我担着苕秧跟他来到上场口的一座院子，后来我才知道这院子就是有名的谌家大院。当这笔生意完成，接过买主递给的几元钱，我心里还真有点激动，似乎觉得心脏跳得怦怦怦的。出了谌家院子，便急急忙忙直奔书店，那可是我卖苕秧时就看好的。花了大概两毛多钱，买了一本描写海峡两岸海上交锋的故事书，然后一路欢畅下山去了。一晃几十年过去，当年的情景今天回想起来依然历历在目。

场镇虽小，街上的人们却其乐融融。邻里之间谁有红白喜事，婚丧嫁娶，大家都彼此照应。借个东西，找个方便，打个下手帮个忙那是常有的事，生疮害病，相互问候，你来我往，就似亲戚。逢谁家做饭早，那饭菜香味就在这小小的街上四散飘荡。四邻八舍都知道这家吃的是啥。谁家要是先开饭，那家孩子便常端一个缺了一块的大土碗，或蹲街沿或坐门槛，在那里大嚼大咽。于是就有邻居孩子循着香味凑上前来，眼睛直勾勾地盯住那碗内的饭菜，一个劲地咽口水。往往这时，吃饭孩子家的大人见了，便会笑着对邻居孩子招呼一声，“看你那眼珠子都掉到哥哥碗里了，去，家里拿个碗来，舀一点先吃到。”偶尔哪家孩子要是犯事挨打，哭声惊动邻居，于是就有邻家大人出来说情，紧张气氛随之烟消云散。足见邻里间的和睦，小镇风气之淳朴。

之二：鲜花在山岭上展蕊怒放

桂兴是一个鲜花盛开的地方。一到春天，这里的山中总是绽放着各色花朵，而最为引人注目的则是那漫山遍野的映山红。当年我在山上教书，每逢此时都要领着孩子们上山春游。那时的春游，没有现在那样多的条条款款约束，或利用队日活动，或找个星期日，稍加组织，讲讲注意安全之类就上山了，孩子们彼此也很自觉，相互照应，从没发生过什么事故。山里的孩子在家是要干活的，要么下地，要么放牛放羊，要么打柴割草，非常勤劳。荆棘丛生的崎岖山路，对他们来说就如平地一般。集体出游，大家兴致高昂，找个平坦之处，围个圈子就表演节目。节目都是孩子们自己组织的，朴实真挚幽默，常常逗得大家哈哈大笑。山谷的花丛中、草地上到处飘荡着孩子们欢乐的歌声和笑声。节目完了，分组自由活动，男孩就去玩他们的游戏，女孩子们则奔往花丛采摘山花。往往春游结束，我办公桌上的花瓶里就会插上一大束映山红，那是孩子们送我的礼物。每当此时，作为一个老师的欣慰之感便油然而生。

桂兴的秋天也是迷人的。金秋时节，野菊花把座座山岭道道沟壑铺得满满的，走到哪里，哪里都是一片金光灿烂，菊香扑鼻。高中时学过毛泽东的词《采桑子·重阳》，其中的“战地黄花分外香。一年一度秋风劲，不似春光，胜似春光”的句子在这里得到了最形象的诠释。在桂兴的秋日里，每当下午放学晚饭后，便与同事们披着夕阳散步于山间，满目灿烂的黄花，在晚霞辉映下，与袅袅炊烟、薄薄暮霭和牧归牛羊构成一幅意境清新的美丽画面。

不过在我的脑海里，印象最深的还是要数这里的桂花。《广安州新志》称桂兴场叫桂花场，说明这名字至少早在清代就有了。这应当源自此地遍种的桂花树。当年桂兴的桂花树，大多分布在前山后山之间的那块谷地里。许多房前院后都会栽上几棵桂树。一到秋天，如果行走于山谷间，风儿吹过，浓郁的桂花香味便扑面而来，令人心醉。记得当年我家住在深山里的王家湾，天天去街上上学，来回都要经过一个农家院落，那院里有一棵高大的桂花树，树龄估摸至少上百年了。每到旧历八月，树上便缀满密密麻麻、金黄金黄的桂花。那花香甜甜的，把个山沟熏得醉醉的。人们经过那里都会不自觉地停下脚步，望着那树深深地吸上一口气，所以在我心中那桂树简直就是桂花王了。我喜爱文学，但那时接触不到古典诗词，只读毛泽东诗词。每当路过这里，闻见花香，便满脑海翻来覆去萦绕着毛泽东《蝶恋花 · 答李淑一》中的那句“借问吴刚何所有，吴刚捧出桂花酒”。

在我的记忆里，有这样一个秋天的夜晚，我和父亲还有另一老师从街上看了电影回家。这时，一轮圆圆的明月从山后升起，挂在那棵高大的桂树枝桠上，月华似水，大地铺银，远处的群山朦朦胧胧。就在我们路过那院子时，一阵清风突然吹过，飘来阵阵桂花香，大家都不自觉地停下了脚步，似乎被这花香所陶醉。清风明月、桂树花香，还有宁静的山野，这些元素构成了一种让人心醉难忘的意境。今天想来，觉得那是我看见过的最美月夜。那天晚上，在皎洁的月光下，崎岖的山路上，我又一次听到大人们谈起了月宫、嫦娥、吴刚、玉兔，还有那永远砍不断的桂花树的古老故事。那时我还不知道有唐代大诗人宋之问的诗句：“桂子月中落，天香云外飘。”不知道王建的“中庭地白树栖鸦，冷露无声湿桂花。今夜月明人尽望，不知秋思落谁家？”的优美诗句。但是，我对桂花的喜爱却就从那时开始了。

桂花虽质朴，却香气醉人。今天很多地方都在栽种桂花树，桂花树成为人们美化环境的一种常见树种。但这桂花于我却已无当年的那种感受了：人工雕琢，矮小娇弱，花香淡淡，缺少自然挺拔的气派和令人闻之欲醉的浓郁花香。不久前，我回桂兴，又去过那座小院，院落依旧，可那棵高大的桂花树却不见了。见此情景，心里不免失落，有种说不出的难过。于是又想起当年情景。今天的桂兴因为种种原因，桂花树确实越来越少了。不过令我欣慰的是，听说镇政府已经做出一个规划，恢复当年遍种桂花树的习惯，让桂花场名副其实。听到这消息我很高兴。桂花桂花，富贵之花。当年人们喜爱种植桂花树，或许就图这“桂花”二字会带来富贵，带来吉祥，以此寄托祖祖辈辈对美好生活的期盼，这是多么美好的愿望。我真心希望那满地桂花香的日子能早日在这山区小镇重现，让富贵之花给山区百姓带来真正的富贵吉祥。

之三：桂兴羊肉 味美天下

到桂兴，如果没吃桂兴羊肉，那简直就相当于没去过桂兴。桂兴羊肉今天已成为广安市的著名餐饮品牌。桂兴地处山区，有着丰富的牧草资源，加之气候较山下寒冷，因此羊肉是当地百姓喜欢的传统肉食品。山民几乎家家户户都有养山羊的习惯。这里地形复杂多变，地势落差在800米以上，有着原生态的自然环境和十分丰富的野生动植物资源，其中不乏名贵中草药。加之此地山泉清冽，水质上乘，为山羊的生长创造了优越的条件。饥食野草，渴饮山泉，偶尔还可吃到中草药，桂兴山羊自然身体健壮，肉质肥美。若以当地的煤炭或柴火烧煮，那味道与其他地方的羊肉更是不同。我有一朋友曾经做过试验，同样的桂兴羊肉如果拿到山下去制作，出来的味道就有区别。原因何在？有美食家说在于山上的水质不同。所以就有在桂兴买羊肉，同时还要装几大桶山泉水回去的说法，因为这样做出来的羊肉才会鲜美，才会有桂兴当地那种特有香味。

桂兴羊肉当初并非今天这样出名，其制作历来也是自发传承，师徒相授，烹调工艺也仅局限于桂兴本地，主要集中在桂兴场镇。据说目前仅有十余人能真正掌握其烹调工艺。不过据我所知，乡村也有高手。我曾经和朋友到过一个多年的老友家做客，他特意从山上牵了一只羊来杀掉，做了一顿萝卜羊肉招待我们。山中泉水，新鲜蔬菜，土灶土锅，敞盖烹煮，其味道让我们这些城里人赞叹不已，都说有机会还要来。不过，这些人家都是自做自吃，不搞经营。随着人们需求的增加，近年来，桂兴羊肉的烹制方法出现了一些变化，风味也趋于多样，分为炒、炖、蒸等，还开发出了羊肉香肠、羊肉药膳等，逐步形成了流派。这就是以白含德为代表的、以清香鲜美为特色的羊肉系列，以彭丽华为代表的、以麻辣醇香为特色的羊肉系列。

如果要说桂兴羊肉为谁所首创，那可不好确定。但是桂兴羊肉能够成为一个人们喜爱的饮食品牌，则离不开前面说到的白含德。这位白师傅并非土生土长的桂兴人，老家在广安肖溪，上世纪50年代就上山在当时的桂兴区公所食堂做炊事员。白师傅为人质朴，爱动脑子，对饮食文化颇有研究，尤其做得一手好羊肉。他在本地烹制羊肉的传统方法基础上，结合自己多年实践经验，从原料选择、烹制配料等方面做了改进，烧出来的羊肉味道鲜美，清香扑鼻。记得那时凡出差到桂兴者，都喜欢在食堂就餐，他们最大的愿望就是能够吃到白师傅亲手烹制的羊肉。笔者在桂兴工作时，也曾有幸一品老人家亲手所做的鲜美羊肉。确实名不虚传。白师傅的这道羊肉在上世纪70年代还被用来接待过时任四川省委书记赵紫阳和后来的林业部长杨忠，他们品尝后皆赞不绝口。于是这道菜便远近闻名，招牌也越来越响亮，成为一道地方名菜，并被冠以“桂兴羊肉”之名，在一些重要的节庆展示活动上大受顾客热捧，供不应求。

广安人有吃伏羊肉的习惯，每逢夏天入伏之时，不少人家便会在家煮上一锅羊肉大吃一顿。伏天本是高温之季，饮食当以清淡为主，羊肉燥热，似有火上加油之嫌。但民间经验，此刻吃羊肉有反季相补的作用，对强身健体颇有益处。而每逢立冬之日，人们更是不吃羊肉心不甘。因此一到入伏、立冬，大批食客便蜂拥上山，纷纷前往桂兴品尝羊肉。高峰时节每天接待量甚至达到近两千人。那时节，一个小小的桂花场镇车水马龙，人流如潮，如不及早订位，餐馆、食堂几乎一座难求，真可谓热闹非凡。每当这时，人们围坐于热气腾腾的桌前，大盆的羊肉、大碗的白酒，吆五喝六，大快朵颐，直吃得头上汗水直淌、面红耳赤。桂兴羊肉不但成为桂兴的一个品牌，也成了广安的一张独具特色的饮食文化名片。如今到广安，你可以看见到处都有打着“桂兴羊肉”招牌的饭店，味道也还不错。但是，如果你要想品尝到正宗的桂兴羊肉，我劝你还是到桂兴去，在那青山绿水间，在那蓝天白云下，在那浓郁的桂花香味中去感受一份任何地方都不能体验到的饮食之美。

之四：七间屋，纷争乱世盼人和

曾经有人问我，你觉得桂兴有些什么旅游资源呢？我告诉他，桂兴的旅游资源很丰富。其他不说，仅大大小小的山寨这里就有着许多：何家寨、马鞍寨、人和寨、向家寨、敦伦寨、青龙寨……每一个山寨都有说不完的古老故事。

桂兴地处华蓥山区，当年常有土匪出没。这些人打家劫舍，骚扰乡里，百姓深受其害。尤其到了嘉庆年间（1796−1820），白莲教兴起，战乱更是不断。

一些有钱人便组织当地百姓利用本地的山岭筑寨避乱，官府对此也积极鼓励，于是广安筑寨成风，桂兴也不例外，于是便有了前面所说的那一系列山寨。这些山寨建在高高的山顶上，四面多为绝壁，绝壁之上又用青砂条石垒砌成高高的寨墙。寨子一般东西南北四面分别筑门，有四道门的，也有两道门的。寨门多为圆拱形。门前蜿蜒陡峭的羊肠小道连接山下大路。由于山高坡陡，道路崎岖，这些山寨易守难攻，几乎可称一夫当关，万夫莫开。山寨上多建有房屋，没建房屋也有山洞可居。寨上常年备有充足水源和粮草。加之大量山寨上还有一些田地可供耕种，因此蔬菜之类也不缺少。即使被围上几个月，寨上人员也能保证基本供给。所以山寨就成为华蓥山区一道特色别具的历史风景，桂兴尤甚。

桂兴的山寨，我曾去过几座。印象颇深的当属前山的七间屋。七间屋，是桂兴与前锋镇交界处的一座山寨。寨不大，名气却响。七间屋原本不叫七间屋，而叫“人和寨”，因为这个山寨有一巨石，由人工在巨石上开凿出七个洞穴，犹如七间小屋，因此人们便把这寨叫作“七间屋”。七间屋所处的山岭是这一带最高的山岭，山上长满树木，尤以松树居多。立于山顶放眼远望，近可看见桂兴场镇，远可看见山下前锋，还可看见北边的天际。与七间屋遥相呼应的，是不远处的向家寨。

我最早去七间屋游览是在 1981 年。那时我还在桂兴工作，带着班上学生到寨上春游。这时的七间屋保存还相对完好，南寨门完整，上镌“人和寨”三字，“寨”字为异体的“砦”字，许多人不认识。那天我们踏着荆棘把整个寨子转了一遍，发现这寨墙实际是两层，外面一层为石头垒砌，靠寨内这一边则用黄土夯筑而成。寨子不大，两道门，南门和北门。从我们进寨的南门沿着左边寨墙前行，大概行两百米就到了北寨门，这北寨门一边以山崖为墙，另一边则以石头垒砌与寨墙相接。由于年久失修，已经看不出这寨门的形制了，似乎与前面所见南门不同，非圆拱形，而是呈方形。尤其令我诧异的是，这北寨门的寨名不是像一般寨门那样镌于寨门上方，而是刻在寨门的右内壁。而且由左往右看，其字排列成“人寨和”。怎会如此排法呢？我百思不得其解。

寨上已经见不到任何可以说明其历史的遗迹了，只有满地的茅草在强劲的山风中被吹得匍匐于地。当地百姓告诉我，这寨子原本就是一个石山，当初曾有一小岩洞，七间屋就是在这小岩洞的基础上扩大凿成，成为我们眼前所见。

七间屋的洞门外是一条长约十米，仅可容一人贴着山壁行进的狭窄小路，走完这条小路便来到洞门前。洞门南向，为方形，大石垒砌，厚近尺余，十分牢固。门框一侧靠石壁，一侧临深渊，为石屋总隘。门外空间狭窄，或可容纳三五人。任何人要进此门，都须在这狭窄的小道上靠着石壁才能到达。若有一人据此把守，仅凭一根棍棒就可守住。和常见的山门一样，山壁上凿有几个石洞，那是用来放置抵门杠的，平时只要洞门一关，抵门杠一上，在这样一个狭窄的地方要从外面打开大门那是很难想象的。或许脚跟尚未立稳，可能就已被洞内防守者打下悬崖。进入大门，山壁与另一寨墙之间形成约一米宽的廊道。廊道不长，左为洞壁，右边则是陡峭悬崖。崖高约数米，据我估计，当初修这洞穴时，实际高度可能比这还高，因后来洞穴弃用，山壁底部的泥土逐渐堆积起来，形成了今天所见的缓坡，使这里已经难以看出当年的险要了。

站在大门口观察，石洞的左侧有门一道，正对面是厨房。厨房设计在此，是为方便烟气排出。观察厨房石灶，即可见其烟道是在洞壁上凿出的一通向外面的石槽。厨房内有水缸一口，大约四五尺见方，深也大概如此。靠灶台的石壁上方有小空间，应是物品储藏之地。其旁有一观察孔，正对大门。由这观察孔向外望去，整个大门外的一切动静尽收眼底。这观察孔也可作射击孔，从这里向外射击，大门外的来犯者要想进入洞穴几乎没有可能，他要么退回，要么就是中枪掉下悬崖。而在靠大门的左侧有一小屋，我们称之为“门卫室”。门卫室的石壁上，也有一个射击孔对着门外，当有人来到大门前，其身体便正对这射击孔，室内守卫者不需瞄准只要扣动扳机，绝对弹无虚发。它与厨房石壁上的射击孔构成了一个火力交叉点，不允许任何来犯者在这门前稍作停留。由此可见七间屋的防御功能是相当有效的，尤其是在冷兵器时代，堪称固若金汤。

走进七间屋，我们打着电筒一个洞一个洞依次数来，果真七个，大小有别，里外不同，方方正正，洞洞相通。我们上山时出了一身汗，但一进洞，便顿感周身凉爽，犹如进了空调房一般。

当年在桂兴工作时，我曾问过当地老乡关于七间屋的情况。他们说，这人和寨为本地向氏家族所造。建造年代他们也说不清，反正在他们祖祖那辈就已经有了这个山寨。根据这种说法，我估计最早应在清嘉庆年间，可能主要是防范白莲教的袭扰。但这寨上的七间石屋，老乡说凿成年代却非久远，应在民国年间。

这七间屋的施工者是当地向家后代向直斋。向直斋何许人也？当地大户，家财万贯，喜爱诗书，满腹经纶，在桂兴一带颇有声望。这向直斋虽为有钱之人，但却还不是那种土豪财主，素喜清静幽雅，慎独修心。他曾在居家附近遍寻山林，欲找一读书养心之地。选来选去，见这山寨虽然年久失修，但四周树竹茂密，常有白鹤居其间，觉得是个修身养性的好地方，遂出资修缮，平常无事就在寨中读书习字，吟诗作赋。某年，一潘姓土匪得知向直斋家颇为富裕，心生歹意，放出话来欲打家劫舍。为防土匪，向直斋便出钱请人开凿了七间屋，以作防身避难之用。七间屋凿成后，当时并没派上用场。真正派上用场倒是在上世纪40年代末，共产党在华蓥山区闹起义，这向直斋的儿子向杰栋加入了共产党地下组织，在桂兴一代策动武装起义。为防当局搜捕，七间屋便成为其隐蔽藏身之处。

坐在廊前的石栏上，放眼一望，眼前松林茂密，林间山花烂漫，花丛鸟儿啼鸣。来到山顶，极目远眺，只见山峦起伏，苍翠葱郁，万千田畴，进入眼底，山风过处，松涛阵阵，真让人生出心旷神怡之感。于是就觉得那位向直斋老先生选此地作为修身养性之处是很有眼光的。但是，我不知道这种平静生活对他来说究竟有过多久，因为如果生活安宁，社会稳定，他是不会花大量人力物力来开凿这七间屋的。面对当年战乱不断，民心不安，社会动荡，盗匪出没的时局，向老先生定是忧心忡忡，难平心潮。因为他所处的华蓥山区，即使远离战场，也可能同样面临着其他无休止的苛捐杂税盘剥，像他这样的乡间绅士也难逃说不清什么时候就会降临的厄运。动荡的社会就如这岭上的棵棵大树，本欲安静却山风不止。于是他希望能够有和平安宁的环境，保己平安。希望这个世界能少些战乱，多些融洽，这便有了选择孟夫子的“天时不如地利，地利不如人和”的句子用作寨名。我坚信，那“人和寨”寨名，定是出自老先生之意，而那门上的“人和寨”三字，也定是出自他本人之手。因为在我看来，那三字方正敦厚，圆润平和，落笔不凡，颇有功力，正传递了向老先生内心的期盼。

之五：“村子”，山区特有的防御工事

说到山寨，桂兴还有一个历史景观不能不说到，那就是“村子”。桂兴人所谓的“村子”，其实就是黄土夯筑的碉楼。1949 年前，华蓥山区一带，尤其是桂兴境内的碉楼众多，据不完全统计，仅建于 20 世纪三四十年代的碉楼就有近 30 个。我当年读书的天池湖畔，就有一座这样的村子，被拆掉了内部的所有木头结构和房盖，只留下四面光溜溜的黄土碉墙，虽然经历了近百年风吹雨打，仍巍然耸立在茫茫湖边，见证着历史的沧桑。桂兴境内修建碉楼的目的主要用于防御土匪。碉楼一般都与邻近村落或者直接与村落相连。碉楼内，锅、灶、水缸、床铺等生活设施一应俱全，粮食、燃料、油盐、饮水等生活必需品储备充分，成为某个村子的标志性建筑，因此当地人习惯称其为“村子”，大概与此也有关系。

和很多地方的碉楼都用石材或者砖头作为主要建筑材料不一样，桂兴村子建造主要取材于本地的黄夹泥，属于土碉。陪同我们采风的桂兴镇文化专干胡友国主任对村子颇有研究。他告诉我们，这土碉建筑关键在于墙体的筑造。墙体往往用黄色黏土拌石灰夯筑而成。而黏土与石灰的配比以及干湿度非常有讲究，这样才能使墙体的强度达到最大化。同时，在底层墙体内，还要纵横交错地放入大量木材或竹圈，与黏土结合在一起，增强墙体的拉力，其作用主要是增大破墙的难度。墙体高度如果在 20 米上下，还需要 3 副宽窄不同的墙板才能筑成。村子墙体厚度一般由下而上逐步递减，既节约了墙体材料，减少了工时，同时也减轻了墙体重量，可使村子修到 4 层到 5 层，从而增加了村子容积和承重量。墙体的外表垂直于地面，随着墙体厚度的递减，村子的内空由下而上逐层增大。

村子的门框一般由整石凿成，其门扇由结实的木头制作，十分厚重，有的还在门板外表包上一层铁皮。碉门关闭后都要加上一根直径约十来公分的门杠，确保其不易攻破。村子的底层是不开窗户的，只针对入侵者的主要来

路开设 1 ~ 2 个望孔兼射击孔。这孔由木板镶嵌，内设小木门和门闩。 望孔外小内大，根据便于观察来敌的原则，确定其角度。二层及以上每层或前后或左右均开窗户兼作射击口，也是木板镶洞，外设窗栅，内设窗门、窗闩。楼层间架木檩，铺木板，以木梯相连。每层楼的楼梯口均有厚重吊门，平时可将其拉开靠于墙上，遇有紧急情况，则可将门放下，再加上门杠。如果有人要上楼来，那是非常困难的。有的碉楼顶层室外还设有走廊，走廊上留有便孔，对应地面所掘便池。村子的顶盖均系架木檩、木桷，盖小青瓦。

胡主任告诉我，桂兴的村子修建大致分为两个阶段。第一阶段始于清光绪年间（1875–1908），止于 20 世纪 20 年代。桂兴地处山区，匪乱猖獗。清朝末年，政府腐败无能，社会动荡不安，华蓥山土匪势力也日益猖獗，山民们为抵御土匪侵袭，便修建村子。那时往往为了共同的生命财产安全，由当地头面人物号召，众人参与，有钱出钱，无钱出力，齐心协力，共建村子。土匪来袭时，附近的人都到村子里躲避。由于需要躲避的人较多，因此一些地方的村子规模修得较大，常常选址在人口密集地方。这时的村子都选址于村落集中的山包上，村子规模较大，均为众人合建。第二阶段始于 20 世纪 30 年代，止于中华人民共和国成立。这时的村子选址邻近村落或者直接与村落相通，规模较小，多为各户单独自建。从 20 世纪 30 年代开始，抗战爆发，战乱造成纸张匮乏。而位于大后方的桂兴有着丰富的白夹竹资源，造纸业空前繁荣。一批资产丰厚的大地主和资本家便应运而生，而他们同时也成为华蓥山土匪“牵挂”的对象。为保全身家性命和财产，这些人便陆续兴建村子抵御土匪。1936 年，桂兴乡公所由各保出钱修了大小各一个村子，其中大村子占地 200 平方米，两间四层，位于乡公所后（今桂兴供水站建水塔的山包上），主要供乡丁居住；小村子占地约 60 平方米，一间四层，位于乡公所侧（今桂兴小学内）供值班的乡丁居住。

而民间自发所建造的村子就更多了。据胡友国主任介绍，这一时期桂兴较有代表性的村子有：谌克纯的村子，张氏兄弟的双村子，李、谢二姓合修的干洞湾（今桂兴五里村）村子，谌世均的村子。

谌克纯是桂兴乡桂花村人，曾任当时的二十军代理旅长。后回乡兴办实业和地下兵工厂，拥有自卫队 1000 余人（枪），是广安地方实力人物。他的村子规模大，每层三间共五层，配备火力也非常强大。村子里可布置密集交叉火力，碉楼外还筑有围墙，围墙上也设有火力点。

张氏兄弟既张元贵、张元榜，开有纸厂，各自拥有良田几千挑，竹山近万亩，家资颇丰。兄弟俩多次遭土匪抢劫，张元贵还险些被土匪“拉肥猪”（即绑票）。遭此经历后，兄弟俩决心合伙修建村子抵御土匪。张氏兄弟的村子规模颇大，并与其院落相通。村子修成后，兄弟张元榜不愿合住，又另在院旁修了一个村子，这个村子相对较小，村子顶盖为八角翘檐。相距约 20 米，当地人便将其合称为“双村子”。现在桂兴镇的双村村即因此而得名。

李、谢二姓是桂兴镇干洞湾大户，二人在干洞湾合伙修村子，并在村子四周深掘壕堑，引水入内，防止土匪靠近攻击。主人进出村子均靠楼梯行走。这座村子解放后改作学校，上世纪 70 年代我的父母在该校教书，那座碉楼已经改为两楼一底，做了学校宿舍。

在桂兴，流传着这样一个真实的故事，说是当年有一个叫谌德才的人在桂兴场镇开了一个铁铺，经常有抢劫到手的土匪拿着金银到铁铺验货，也就是通过炉火煅烧，来鉴别金银的真伪。谌德才往往利用土匪鬼祟慌乱之机，用铁钳将土匪拿来的金银送入炉灶深处的烟囱里，秘密盗取金银。其子成年后常混迹于赌场，结果豪赌露财。为防土匪报复，此人于 1949 年修建了一处村子。谁知刚修好就解放了，这村子自然没派上用场。

据胡主任考证，桂兴所有的村子除被土匪趁无人时烧毁的以外，没有一个被土匪真正攻下过，土匪在攻击村子时受伤害的倒不少。我曾经听老一辈的桂兴人讲过这样一个真实故事，说的是一次土匪包围桂花场附近谌某的村子，一连几天，不敢靠近。后来，狡猾的土匪顶着案桌（屠户卖肉的桌子）冲到村子墙根下，用石匠使用的手锤、錾子和茶壶等工具，一边往墙上淋水一边凿，企图强行破墙。有厚重坚实的案桌掩护，子弹、石块对案桌下的土匪构不成任何危险。就在土匪庆幸其方法可行时，一只大碓窝从顶楼丢了下来，重重地砸在案桌上。案桌被砸烂了，桌下的两个土匪受了重伤，其余土匪见状只好仓皇逃跑。

桂兴向家坝的大户人家向直斋拥有良田几千挑，竹山万余亩，还开有纸厂，土匪对他垂涎三尺。为保全其身家性命和巨额财富，他曾修建了向家寨、七间屋，后来又修建了向家村子，同时购买了大量枪支弹药与土炮，家中养有众多家丁。一次，范绍增所部军人与一些地方土匪勾结，打劫向家寨和向家村子，结果遭到猛烈的枪炮火力阻击，最后只好悻悻而去。从此，土匪对向家坝不敢轻举妄动。

为共同对抗土匪，当年桂兴各个村子间多互相策应。每个村子的顶楼上都有专人值守，一旦发现匪情或遭到攻击，即通过鸣枪敲锣等方式示警。于是匪情迅速传递，各地纷纷防范或增援，使得土匪不敢轻易出没，确保了乡里安全。

抗战时期，桂兴乡公所曾从东灵寺取来一口大钟悬挂于乡公所大村子的顶梁上，作为防止日本空袭的报警装置。成人站在这口钟内不用低头，坐在钟内靠着钟壁睡觉可两腿直伸。此钟声音洪亮，加之挂于最高层，一旦敲响，声震十里。每逢乡公所接到空袭电话，立即敲响这口大钟，于是场镇店铺熄火，纸厂闭烟，学生放学，紧急疏散……防止招来日机轰炸。遗憾的是此钟在乡公所村子拆除后，不知去向。

1949 年 12 月，广安解放。人民政府迅速肃清了反动残余武装。同时深入发动群众，展开声势浩大、卓有成效的剿匪运动，消除了匪患，华蓥山区恢复了平静，人民安居乐业。有了党和国家作为后盾，百姓的生命财产安全不再依赖于村子的庇护，桂兴村子的作用从此弱化。部分村子先后被拆除，其余村子也自生自灭。现在，桂兴保存完整的村子只剩下一个上场口的谌家村子，在第三次全国文物普查时，这座村子已被定为区级文物保护单位。

之六：王氏家族，湖广填四川的人文化石

上世纪 70 年代，父亲在桂兴王家湾村级小学教书，于是我也在这山清水秀的山湾里住过几年。学校附近有两座山寨，一座叫作“敦伦寨”，一座叫作“青龙寨”。两座山寨虽然离家很近，但因忙于上学当年竟然没上去过。而最近我才知道这敦伦寨是当地王氏家族的一座风水山。

这次到桂兴采风，我又回到少年时代生活过的王家湾。一别四十余年，故地重游，眼前的山山水水是那样亲切熟悉。不过，除了重游故地，我更想从历史的角度对这里作一番考察，因为这里是桂兴屏山王氏家族入川后最早

的落脚点。康熙三十九年（1700年），这支王氏家族由王仁杰、王仁信带队，从当时的楚北道来到四川，又辗转来到桂兴，卜兆白龙洞，族居白龙洞上湾、洞坪和干洞湾。因这几处地方皆群山如屏，耸立环抱，于是后来这支族人的高高祖王中纯便将这里取名“屏山”，而这支入川王氏也就称为“屏山王氏”。而白龙洞也因王氏家族的入住而渐渐改名“王家湾”。

在朋友给的那本桂兴《王氏族谱》中，我读到这样一段文字：“州沿东百里许，大山有白龙洞焉，其间居民惟王氏家盛。山形环抱，竹木丛茂。当春夏之交，山鸣谷应，风起水涌，山地而有河畔之声。四方来者但见一峰未平一峰又起，觉无路可入。而临其地，则四面开阔，村居稠密，鸡犬桑麻，相与往来，有桃源景，有隐士风。”这里所描写的地方就是数百年前的王家湾。但是这并非屏山王氏祖先刚来此地时的景象。王氏家族刚来这里时，此地环境相当荒凉，整个王家湾一带据说就只有一两户人家。白天林木遮天蔽日，夜晚山风呼啸令人胆寒。而更让人害怕的还是随处可见的野兽。那时的王家湾因为山深林密，人烟稀少，山中野兽居然都不怕人，虎狼成群结队地在山林里大摇大摆地窜来窜去，仿佛他们才是这里的主人。为防野兽伤人，刚刚落下脚来的王氏祖先便在大树上结庐搭棚栖身。白天下树劳作，夜晚上树休息，那情景今天想来真是艰辛无比，令人感慨。不过尽管王氏家族来桂兴的时间不长，环境恶劣，举目无亲，但是他们却含辛茹苦，勤劳有加，经过多年的艰难开垦，苦心经营，短短几十年，一个原始的王家湾便在他们的劳作中成形了。

从《王氏族谱》的记述中我们可以看到，王家湾发生的根本变化应在王氏入川的第三代。此时的王家三世祖王礼祥（1716–1788年）是一个头脑精明、善于开拓的人。他在前辈开垦的基础上根据白龙洞山地多、田土少的实际情况，率族人在王家湾一带的山上广栽白夹竹，利用其为原材料，开纸厂，搞实业，以此来使家族兴旺。山区地势，高低不同，他和族人垒石挡土，挑泥造田，种植稻谷。山区气候阴晴变化大，干旱水涝时有发生，庄稼收获难有保障。王礼祥发现当地五斗山下有一深潭，名“塘湾”，其水长年不断，尤到夏天，塘湾之水日涌数次，水源极为丰富。但因有山坳阻隔，潭水不能自流灌溉。加之山坳一带系石灰岩石，坚硬难凿。王礼祥便组织人力，挑来原煤堆砌于山坳石头上，以火燃烧数日，令山石炸裂疏松，然后再用钻子打凿成渠，引水下山。在他的带领下，王氏家族齐心协力，一改王家湾一带的荒凉之貌，使之成为桂兴山区的一片江南之地。于是便有了前面文字中所描写的情景。这个王礼祥，不但人很精明，吃苦耐劳，平日还“事亲至孝，尝割股啖亲治病”。即使告别这个世界也很坦然自如。《王氏族谱》对此是这样记载的：“乾隆五十三年三月二十二日，公沐浴，衣冠，集家人于堂，叮咛告诫，谈笑而终，享年七十三岁。里党相传为美谈。”

至王氏入川第四世，王氏家族人丁兴旺，田业广置，竹山绿浪翻滚，纸厂生意兴隆，实业兴族气候渐佳，堪称家大业大，成为桂兴乃至渠江以东的一个名门望族，其家族分布也逐渐扩展，形成了三大区域：一是最早落脚的王家湾，称为“上湾”，一是今天的云霄洞一带，称为“下湾”。另有干洞湾，即今五里坡一带。王氏后代曾给我讲过一个有趣的故事，当年广安有三大场镇，代市第一，花桥次之，观阁第三，人称“一代二花三观阁”。每逢场期，四面八方的人都会去这些地方赶集交易。而代市离桂兴最近，因此去代市赶场交易成为王氏家族的习惯。王氏祖先曾经说过这样一句话，我们王家去赶代市，不要去踩别人的田埂，要走在自己家的土地上。话语中之自信与霸气令人惊叹。果然，王家后来大力扩张土地，其地界渐渐由桂兴山上延伸到山下，一直达到今天前锋区的得胜乡凤米垭一带。足见其财力之富裕，实力之雄厚，势力之显赫。

到王氏家族第五世祖王育忠（1776–1841 年）这代，为缅怀祖宗功德，他重修了当年先辈所凿王家湾双水井。称其双水井，是因该井同一水源，两孔井口。王育忠在井边勒石刻碑。碑文曰：“吉地发祥远，醴泉吐秀长。康熙三十九载庚辰年，高祖王公讳仁信先君自楚来川，蒙息安插斯土，地名白龙洞，上湾古屋基立宅居住，宅后左角石厚土深，亘古未出之水，今有王育忠重修。道光十四年甲午岁四月初六日良辰吉旦立。”这两口已有数百年历史的水井，人们至今还在使用。

这里，我特别要提到王氏入川第六世祖王中纯（1803–？年），此人颇值大书特书。王中纯，字定矩，号心一，太学生。饱读诗书，腹有韬略，大展三槐遗风，在王氏家族的发展上倾注了自己一生心血，为王氏家族完成了三件大事：一是咸丰二年（1852 年）建筑敦伦寨。敦伦寨是王家湾中一座地势独特的山峰，山峰与周围的山岭完全脱离，于山坳之中拔地而起，傲然独立。昔有李南滨《敦伦参天》诗曰：“祠比嵯峨万古传，敦伦高耸接遥天。家人探手星能摘，稚子携床月伴眠。绕砌香兰烘日角，横窗丹桂拂云巅。此间搔首频相问，君到广寒曾几年。”在这诗前有一小序，作者写道：“祠比尖峰，挺然独立，蔚然深秀，群山罗列如儿孙之绕膝，因以敦伦名焉。石为寨，灯火辉煌，直接星月，势若参天，动人仰止之思。”其高耸之态可见一斑。

当年修建敦伦寨时，许多族人不很理解，甚至反对，认为深山之中建此山寨实无必要。王中纯遇到了前所未有的阻力，但他力排众议，坚持完成了这座山寨的建造。就在这个山寨完成后的同治三年（1864 年），王家湾遭遇了一场自王氏家族进山以来的空前匪乱，一伙盗匪先后数次抢掠王家湾。最后一次，盗匪猖獗至极，欲血洗王家湾。面对匪乱，王中纯不计当年有人反对修寨的过节，冷静沉着，组织转移全湾百姓于敦伦寨上，躲避屠戮。盗匪见状，数番强攻敦伦寨，然而因其地势险要，寨墙坚固，最终未能攻克。气急败坏之下，盗匪放火焚烧了王家湾几代人修建起来的房屋院落。这是自入川定居王家湾以来，这里遭受的一次空前劫难。但因有了敦伦寨，乡里百姓得以免遭涂炭，敦伦寨也成为王家湾百姓的救命寨。当初人们对王中纯坚持修筑此寨的非议至此平息，乡人无不赞其远见卓识，王中纯也因此备受人们尊崇。

王中纯完成的另外两件大事则是在咸丰十一年（1861 年），他主持修建的屏山王氏祠堂大功告成；由他精心编撰的《家谱》也于同年告竣。这对王中纯来说，无疑是一功在当今利在千秋的伟业。如果说前之先辈在开垦家园上曾奠定王氏家族发展经济基础，那么，王氏宗祠的建成，则让曾经历经艰辛，含辛茹苦的王氏祖先们终于有了一个安身之所，也为族人提供了一个庄严肃穆的精神家园，王氏家族的袅袅香火从此便开始熏陶着王家的子孙后代。据《王氏族谱》记载，当年的这座祠堂位于敦伦寨下，依山而建，蔚为壮观，颇有气派。堂前两侧旗杆林立，桅杆高耸，这桅杆墩础高达 80 公分，直径有 120 公分。《王氏族谱》还留下了当年人们祝其落成的贺词：“卓卓高山，炉锤何时。怪石森立，古树参差。千秋万岁，俄而为祠。尔宇大启，堂构斯基。以凭灵爽，阜笃宗支。子子孙孙，勿替引之。”从这贺词中我们可以感觉到这座王家祠堂确实气派庄严。

“夫人纲，人纪之原，而为万化之所从出者也。试思人既有是姓，则必有是祖；有是祖，则必有祖所出之原，是犹仰止者必企其极，循流者必会其源。”王中纯所编《王氏族谱》即遵循这一思想进行。在王氏家族入川之前，实际已有《王氏族谱》。这本族谱最初是由王氏梅山三世祖王仲连撰写，“仅及三世，人尚简少，事迹无几”，其时是明宣德四年（1429年）。到正德元年（1506年），六甲王永铎、二甲王以渊第一次重修族谱，增加了其间近八十年的记录，并请大学士杨世奇为《族谱》题写了序言。到康熙五十五年（1716年）春，王氏家族的先祖们在湖广江南镇开始了第二次重修，记录了距第一次重修后两百多年里本族子孙繁衍等等情况，第二年（1717年）七月付印。咸丰九年（1859年），王中纯所组织的家谱撰写，则是入川后在前述《王氏族谱》的基础上，着手进行的第三次重修。该《王氏族谱》三易寒暑，从众多的支派中分列出屏山一支，为入川屏山王氏广安分支编撰了这部传世家书，让这个越来越庞大的家族终于有了一个完整有序、真实可依的记载自己源流发展的家族系统谱牒。就如《王氏家谱》序言所言，这部家谱的完成，使王氏家族能够“上以明祖宗之世系，下以别子姓之尊卑”。同时，这部《王氏族谱》也为后人研究这个家族的发展历史留下了真实可鉴的珍贵史料。

就是这位王中纯，在同治元年（1862年），“滇匪犯境”之际，“募勇堵隘，骆制军嘉其功”，为其“奏请六品顶戴”。

至王氏家族入川第八世时，整个王家湾已至登峰造极之态，人丁兴旺，院落鳞次栉比。从白龙洞上湾过老院子到新院子，亭台楼轩，一座连一座，宛如伏龙。至今这里还流传着“走遍王家湾，雨雪不湿鞋”的说法，足以让我们感受到当年此地的宏伟繁荣。这些气派景象我们现在还可从当年的一些诗词中窥见。有一首《元夕庆庙》这样写道：“里有神庙，亭曰‘大有’。年例元宵，两岸轮流庆赏，维时少长咸集，把酒欢歌，辉煌彻夜，盖本古人祈谷之意也。”此诗是描写当年王氏家族迁来四川之前时老家喜庆元宵的热闹场面。而此情形也可看作当年王家湾鼎盛之时的真实写照。此时王家湾的屏山王氏号称渠江以东大户人家，已名副其实。

从王中纯1861年建祠、修谱，迄今已近一百五十年。其间，屏山王氏也与全国各地氏家一样，经受了历史的风风雨雨。前已有述，同治三年（1864年），盗匪数次洗劫王家湾，因为敦伦寨的坚不可破，盗匪一气之下放火焚烧了王家湾的房屋，几代人苦心经营建造起来的亭台楼轩毁于熊熊烈火。而此时此刻躲避在敦伦寨上的王氏家族在寨上目睹了山下盗匪的恶行，不禁悲声大放，痛不欲生。遭此大劫后的王家湾虽又重建，但是当年的气派却再也没能得到恢复，这以后频仍的连连战乱也使这个昔日的世外桃源开始走向衰败。就在距当年火烧王家湾九十年后的1954年，又一次劫难降临王家湾，在阵阵“破除迷信”的喧嚣声中，敦伦寨下的王家祠堂被彻底拆除，片瓦未留。昔日的袅袅香火在狂风骤雨中终于熄灭。1963年，敦伦寨前一对千年古柏被砍掉一棵，那可是王氏家族的风水树呀！而敦伦寨的寨墙也和其他许多地方的山寨一样被拆除，沉重的寨墙石被无情的撬杠撬下山来，垒了生产队的牛圈，修了村上保管室。这座曾经保护了王家湾数百口男女老少的堡垒，终于在疯狂的年代悄然破碎坍塌，只留下一道残缺的寨门在那里证明着一段历史的存在，见证着后来的风风雨雨。而今，这寨门也被杂草荆棘所遮掩，被岁月的苔藓封存。更令王氏家族痛苦的是，接　而来的“文化大革命”烈火焚烧了绝大部分《王氏族谱》和各房所记“生庚簿”，后龙山上的王氏家族古墓也伤痕累累。1972年，因“深挖洞”之战略决策，战备公路修进了干洞湾，大凹的王氏家族墓地因之而搬迁。1980年的一个月黑风高之夜，一伙盗墓之徒撬遍了几乎王氏家族存留下来的所有古墓，屏山王氏祖茔遭受了一场空前的浩劫。王家湾似乎又回到了数百年前王氏入川时的荒凉之状。

站在孤零零的千年大柏树底下，我以敦伦寨为起点，将视线绕着今天的王家湾做了一次认真的扫描，当年的繁荣气象确实已难寻觅，但我却并不为眼前的景象而失落。历史就是这样，它总是不断地循着自己的轨迹，以自己的规律在书写着一个又一个新的故事。这正好激发了我更大的兴趣来审视这段往事，研究这段往事。屏山王氏家族的发展历史，在我看来就是一部典型的湖广填四川历史事件的真实缩影，它生动地折射出当年那些入川者的艰辛与进取，苦难与欢乐。仔细考察王氏家族的历史足迹，我觉得它称得上是一个研究当年这段历史的珍贵人文化石。我在想，谁要是有这样的胆识在广安建立一个湖广填四川的历史纪念馆，王家湾无疑是最理想的场所。

之七：王家湾，曾经的世外桃源

我随采风组来到王家湾时，正是阳春三月，当我们站在王家湾的下湾云霄洞前，放眼望去，群山环抱，大片大片的油菜花将山下的山湾铺得满满的。一条小河蜿蜒流过，河岸杨柳青青，在风中轻轻拂动。麦苗青，菜花黄，塘堰中群群鸭子戏水拍翅，一只老母鸡领着一群小鸡在院落边觅食。春天的阳光下，几只大黄狗有的慵懒地伏在树荫下。依山而建的农家小院院坝边的树桠上，晾晒着刚收回来的青菜，从从不知名的黄花上蜂飞蝶舞，看着如此美景，采风组的同志们不约而同地惊叹起来：这不就是陶渊明笔下的桃花源吗？我们来到桃花源了！当地的朋友见我们兴趣盎然，也很兴奋，说，这里就是我们的最美乡村。顺着他的指点，我们对王家湾有了初步的了解：我们身后是著名的云霄洞，左边是高耸的敦伦寨，前方的那座山崖是青龙寨，青龙寨后面的远山上就是桂兴有名的红枫林，山下那条蜿蜒的小河就是王家河。

王家湾原本叫白龙洞。这洞名源于此地有一山洞，洞中传说有一条大白龙，每当天将下雨之时，即可看见阵阵白色云雾从洞中袅袅飘出。打从王氏家族进驻这里，繁衍于此，白龙洞之名便被王家湾所代替。当年的王家湾，山清水秀，景色宜人。周围林木清秀，幽篁从从，流水潺潺，百鸟啼鸣，非常迷人。有名王正纲者曾与一些文人墨客在王家湾四处浏览，发现了一批景点，号称王家湾八景：敦伦参天、青龙远眺、五斗瀑冇、横塘登阳、白龙峻壁、云霄仙洞、大山积雪、四山环抱。

所谓敦伦参天，是说王家湾的王家祠堂后面有一山峰，挺然独立，蔚然深秀，群山罗列如儿孙之绕膝，因以敦伦名焉，后人在这峰上　石为寨，修建房屋于其上，每到夜晚，山峰之顶灯火辉煌，直接星月，势若参天。有叫李南滨的文人为此写下诗篇曰：“祠比嵯峨万古传，敦伦高耸接遥天。家人探手星能摘，稚子携床月伴眠。绕砌香兰烘日角，横窗丹桂拂云巅。此间搔首频相问，君到广寒曾几年。”

第二景叫“青龙远眺”。说的是王家祠堂左边有一青龙寨，该寨位处绵延山势之上，远眺其状宛若游龙，尤为奇特的是，凡逢晴明之时，这龙则鳞角森然，而遇阴雨则风云聚合，不见踪影。因此常有文人学士于春夏之交，带着孩童来此远眺奇观。今天我们还可读到当年一位叫向炳楠者所作诗篇《远眺青龙》："指点群山第一峰，神留地势肖虬龙。兴云自觉堆蓝好，吐雾遥看点翠工。一道清泉绕海市，四围松影护蛟宫。飞潜变化原无定，凭槛层峦纵目空。"

王家湾的第三景，叫"五斗瀑布"。此景距王家祠堂约一里许，有大山形状如斗覆地，共五座，当地人便以五斗山为名。在五斗山的山腰有一小潭，宽约数步，水深丈余。遇久晴或久雨，潭中之水会突然涌出，奔腾于山坡之上，犹如瀑布一般。因此有张海门诗曰："小小溪潭短短浏，储才应逊两三筹。一条白练穿云泻，万斛明珠带月流。星影腾辉联合璧，文光伴日射牵牛。陶潜寻得此间乐，断不折腰失远谋。"

王家湾第四景为"横塘登阳"。此景正对王家祠堂，有一山横列，较群山微低。当旭日初升之时，容光先照，十分相似于湖南的登阳县，鸡鸣之时即可见日。故有王正纲写诗赞曰："凌晨结队听流泉，争道横塘景物妍。曙色刚分三面柳，晴光已 半溪烟。桥南古木沾春早，堤北繁花得气先。彩凤和鸣呈瑞霭，幽潭别有一洞天。"

王家湾之第五景谓"白龙峻壁"。此景在王家祠堂一侧的大山上，此山石壁千仞，上有三洞，相互连通，深邃莫测。相传有白龙潜伏其内。洞中有水澄清碧透，常产白鳞之鱼，状若松鲈。当地若遇旱灾，乡人便纷纷来此求雨，往往灵验非常。李南滨曾作诗一首："倚玉峰头别有天，穷崖峻壁绝尘烟。削成屏障遮危石，养就之而吸素泉。海市楼边云翳净，鲛人宫里鹤翎鲜。晶莹上下成联璧，添个潭心种白莲。"

王家湾第六景为"云霄仙洞"。此洞位于白龙洞右边，为两山所拱护。两山之间有夹涧，深达数里，洞中常闻音乐之声，乡人谓洞中住有神仙。洞口云蒸霞蔚，仙气缭绕。相传人若需要什么东西，只要焚香祷告借之，就会有你所需之物放于洞口，供你取用。但是物件用完必须归还，否则下次就不灵验了，有向炳南者赋诗一首，曰："代有名流寄此乡，桃源复见胜幽篁。深山露滴表莲座，空谷云笼绛雪堂。石壑地联三岛近，溪潭声和九皋长。此中岁月谁能记，纵笔淋漓咏霓裳。"

第七景，"大山积雪"。此景是因王家祠堂之后有大山耸峙，林深荫翳。

隆冬雨雪积聚，有昆山皆玉，古木尽花之象焉。故有张海门诗："万仞崇隆带雨看，频添瑞雪壮奇观。银河心泻罔陵遍，玉柱花开世界宽。长咏梨雪劳谢客，重铺冷絮困袁安。白如虚室生不断，直待红炉点翠峦。"

王家湾八景之最后一景为"四山环抱"。此景源于因王家祠四围皆山环列，措立如侍从然。王家祠堂端居其中，给人一种北辰居所，众星环绕之象。王正纲以诗赞之曰："纵目祠前四面山，峰回路转锁重关。僧迷旧径疑商皓，樵唱前亭和德颜。虎踞衡嵩离复合，龙盘泰华往犹还。中央护得钟灵秀，好接五星色色斑。"

上述这八景既为王家湾著名景点的写照，又传达出文人雅士对此地的钟爱之情。今天若能恢复，将为桂兴注入更加丰富生动的旅游元素。

其实在我看来，王家湾还有一景，那就是敦伦山下的那棵大柏树，当年这柏树实为两棵，并列而立，高约三十米，树干需三人拉手相围。当地人说，当年王氏家族进山，该树就已有之，高大葳蕤，至少千年。被王氏家族视为风水树。然而这树在上世纪60年代被人砍掉一棵。现存一棵也曾遭遇雷击，尽管如此，这树今日依然郁郁苍苍。由于此树历史悠久，傲立湾中，故四乡民众对其非常崇拜。所以，称其为王家湾之第九景绝不为过。

即将离开王家湾，一路上朋友们对如何开发王家湾议论纷纷，各抒高见。而我又想起了《王氏族谱》中对王家湾的那段记载："山形环抱，竹木丛茂。当春夏之交，山鸣谷应，风起水涌，山地而有河畔之声。四方来者但见一峰未平一峰又起，觉无路可入。而临其地，则四面开阔，村居稠密，鸡犬桑麻，相与往来，有桃源景，有隐士风。"无疑这段描写是当年王家湾的真实写照。今日再看王家湾，我以为称其世外桃源不无道理。在几平方公里的范围内，能够汇集如此青山绿水，巍峨古寨，深邃溶洞，迷人八景，其他地方堪称少有。因此，若能根据历史，对这里的山水重新规划，还原当年情景，让山岭郁郁葱葱、桃李缤纷、花香不断、鸟语啾啾，王家湾当年之繁荣景象将再现于世，此地定能成为人们访古踏青的旅游胜地。

我的神秘花园 ◎邹 蓉

一

松州距成都三百多公里，大概就是五六个小时的车程。如果不进到松州古城，就不算到过松州，好在我二十年前已经来过松州。我估摸，自己在松州老城门下的站姿，与二十年前大抵相同。我曾经两次路过松州，分别是1995年和2015年，还都是十月份，时间也是巧得很。时间一旦过去，就成为记忆，遥不可及。

1995年10月，我坐车从成都出发，经都江堰、映秀至汶川，分路，途经理县米亚罗，翻鹧鸪山，又分路，经红原草原去九寨沟。那时的交通远不如现在，路难走，耗时长，当晚入住红原县政府招待所。还记得那年中秋和国庆是同一天，县府办来人送月饼问候，许是海拔高气温低，月饼有些硬。第二天到达川主寺，第三天直奔九寨沟。从九寨沟返回去黄龙，仍夜宿川主寺。从黄龙返还成都，再次经过川主寺，然后顺岷江而下，过松州古城时，遇上阴天，像是下午时间，又像是傍晚。时间有点久了，就不大想得起那日的情景。我把所有的古城都想象成方形的了，这是我认识事物的方式，和它们本身实际的样子不相干。毫无理由，我对方形建筑偏爱有加，还对一切古老的东西充满敬畏，乃至我对松州古城的记忆，可能都是被修复过后的，很不真实。

我记忆中的松州古城，里面有一种显而易见的热闹。第一次到松州，才进城门，恰巧遇见有人奔走相告，说某个地方有大型演出。我初来乍到，不知道他们说的那个地方在哪里，只见许多卓玛和扎西从身边走过去，走过去就成了背影。那些越来越远的背影，越来越小，越来越小，城池变得越来越大，越来越大。仿佛他们这样便把整个城留给了我，城门不过是通往老时光的入口。青砖砌成的城墙很高，没有太阳照射，天空特别低，人站在城里，头上跟顶着一条旧床单似的。

2015年的10月，我驾车从成都经都江堰、汶川、茂县、松潘去九寨、黄龙。

又一次路过松州古城，车都没有停一下，就顺着西边城墙下的路开过去了，自然是没有进到古城里去。过了川主寺，突然遭遇冰雹，如鹌鹑蛋一般大小，噼里啪啦地打在汽车玻璃上，我担心玻璃因此会碎，找不到可以遮挡的地方，还是继续赶路。前面等着我们的是大雨，尔后又是雨夹雪，一天里的温差有二十多度，跟经历了四季一样，既紧张，又有一点小兴奋，还假意说早知道天气这样，还不如住松州城。话虽这样说，其实我们真要停下来，大有可能是住川主寺，而不是松州古城。

从地理位置上看，川主寺位于松潘县城北17公里处，是连接黄龙、九寨沟、红原、若尔盖的枢纽。川主寺北是九寨沟，东是黄龙，西去是大草原。其处于九寨沟景区、黄龙景区、若尔盖大草原的中心位置，在地图上显而易见。也正因为川主寺是黄龙—九寨的必经之地，我无论从哪条线去黄龙—九寨，都是夜宿川主寺。从我了解的情况来看，大多数人也是如此。川主寺与黄龙都隶属松潘。松潘古名松州。

突然才想起来，我在2007年的7月坐旅游大巴去过九寨沟和黄龙，仍然是路过松州，夜宿川主寺。照此来看，我已经来过三次松州，而关于松州古城的记忆并不多。相比之下，我对川主寺的记忆特别清晰，不管是它的街道和建筑，还是旁边的红军纪念碑，甚至还包括它的菜市场。那日清晨，我踩着头一天晚上堆积在地上的大雪，去了一个看起来还比较大的菜市，买到了新鲜的牦牛肉……

我敢打赌，只听名字，大部分人会以为川主寺是一座寺庙，而不是一个小镇。一开始我也是这样认为的，来过后才知道，川主寺是镇，而不是寺庙。说到川主寺，也是大有来头。说法有两种，其中有一种说，三国的刘备父子主政蜀国，在这里建造过一座寺庙，后人以寺庙为小镇命名，称之为“川主寺”。另一种说法，战国时期李冰父子治理岷江，需要了解和获取岷江水系的资料，沿江而上寻找岷江源，来到这里，之后主持修建了中国早期的灌溉水利工程都江堰，川西平原才得以过上富庶生活。后人为纪念李冰，在此修建寺庙，并以川主寺为小镇命名。可见两种说法中的“川主”不是同一人，前者说的是刘备父子，后者说的是李冰。事情太远了，就无法考证哪一种说法可信，抑或两种说法都不可信。就整个川西平原今天的富庶生活来说，我有理由认为李冰才是真正的“川主”，毕竟我也生活在成都，可谓饮水思源，便是如此。据说川主寺原来也有寺庙，只不过在“文革”期间被毁，现在的寺庙是2008年灾后重建的藏式寺庙，里面供奉的是藏传佛教的菩萨。

岷江源就在松州的弓杠岭。以前只是路过，并没有到实地，这一次正好安排有考察岷江源。实在是让人意想不到，岷江作为成都平原的重要水资源，岷江源的跨幅不大，还不及我们平时看见的一些沟渠，不过两三米宽，水也是浅得很，从一片灌木林中潺潺流出。实际上，站在岷江源是看不见出水口的，灌木林中也只是浅滩而已，水应该来自更远的地方。我能看到的远方，几座高耸入云的雪山，山顶上的雪也是水，一种固态的水。不由得把当地藏族老乡献给我的哈达，转献给了岷江源。我在那块写着“岷江源”的石头上，系了一个周正的蝴蝶结，希望这条洁白的哈达不至于被风吹走，而是翩翩起舞。

二

算起来，这是我第四次来松州，也是第四次来黄龙。

在我看来，有充足水量流动的黄龙美轮美奂，难怪被喻为“人间瑶池”。

早在1910年，英国植物学家欧内斯特·亨利·威尔逊就来过此地，他来中国的西部采集植物标本，还把大量的活体植物引回西方。他在书中这样描写黄龙：这里的急流充满了由万年积雪的雪宝顶冲刷下来的石灰岩的成分，在流水经过的沿途沉淀出乳白色的钙化物。

从地质学来看，黄龙属于高寒岩溶，岩溶泉是黄龙钙化的源泉。水自上而下缓缓而行，不同的水动力，遇上不同地段的条件，泉溶化沉积形成钙化池、钙化滩、钙化陡坎、钙化台，甚至还有钙化瀑布。根据四川省地矿局区域地质调查队对松潘黄龙钙化演化趋势研究资料来看，黄龙钙化景观形成于3.5万年以前。按专家的说法，黄龙的主沟水体在流动位置不断变化与摆动，从而形成了不同类型和不同演化阶段的钙化。

威尔逊的《中国——园林之母》一书中，写有他在黄龙所见：在钙沉积物附近，这些乔木看上去不很健康，不少已变白死去，还有些已变黄将死。从植被可明显看出，这些钙化沉积物年代不久，但扩展很快。这是一个植物学家眼中的黄龙，他看到钙化物对植物的损伤，字里行间能看到是对生命的怜惜。当然，他对五彩池也是情有独钟，不惜笔墨。去过黄龙，又见过五彩池的人，大概都看见过池水里显出五彩斑斓的美景。我也看见过那样的蓝色、乳白色、淡红色、绿色、紫色，还见过淡黄色。一路上次第开放的各种野花，颜色极为丰富，分外惹眼。长在水边的那些花儿，尤为娇羞。我想说的是，从头到尾，让我记住的是水，以及它的各种蓝，还有各种绿。可惜的是，威尔逊对水池中的水生植物没有深入观察，在他的书中也就没有加以更细致的描述。倒是中国科学院院士、著名岩溶学家袁道先在其主编的《中国岩溶学》中，对高寒岩溶黄龙景观的成因进一步分析，并对此做出更为详细的解释：池内盈满清水，水下生物繁茂……由于各个水池深浅不同，生长的生物种类不同等多种原因，水池呈现出乳白、翠绿、湛蓝、嫩黄等各种色彩，在该处生长有绿藻、蓝藻、硅藻、金藻等六门几十个属，藻类的结壳作用对钙化的形成也有重要意义。

黄龙山上有一座寺庙，寺庙的名字叫“黄龙寺”。寺内正殿供有黄龙真人的坐像。西番人是自然之子，他们崇尚自然奇观，故将此地视为圣地。每次步行至此，我总要在寺庙外的石阶上坐一会儿，遇上旁边有老乡卖黄瓜，就买一根来在旁边的水沟里洗净，啃完黄瓜才会离开。我在这几步石阶上，不止啃过两根生黄瓜，还吃过一个番茄。黄龙寺的海拔在三千多米，可以眺望远处的雪山，上山的路往后面去了，下山的路在灌木丛中若隐若现，唯有旁边的流水声不断。至于威尔逊在书中提到山上还有寺庙，我从未见过，记忆中黄龙除去黄龙寺，再没有别的寺庙了。

黄龙寺背后就是五彩池，好像所有来黄龙的人，都是奔它而来。二十年前，有人需要照五彩池的全景，而我作为画面中的点缀被放进去。这照片至今还在，被我挂在新居客厅的墙上。来过黄龙的人看见了，总免不了要感叹几句。无须与人说明绿衣服那个女子是谁，我时常能瞥见二十多年前的自己，哪怕是一个绿色的小点，哪怕只是一个背影，甚至只是那一瞬间，总还是有一些记忆。并且，那样的绿与黄龙极为般配。

我第一次到黄龙，黄龙景区还没有索道，全靠走栈道步行上山。顺着水流逆向而上，一路上景色美不胜收。因为边走边看，还要拍些照片，差不多用了两个小时。途中，遇见我的音乐老师，这样的遇见让人格外愉快，在校时觉得与老师们总是有些距离的，而在这样的时节和这样的环境下，说话间突然就觉得彼此更为亲近了。沟里的流水清冽、水源充沛，钙化池内的水，源源不断地漫出堤坎，层层叠叠一路往山下去。步行上山，又是在高原上，氧气稀薄，自然不轻松，好在心里对前面路上的美景甚是期待。

后来再见黄龙，沟内流动的水越来越少，钙化池的水位也发生了很大的变化。因为我是多次到过黄龙，可以说是见证了其景观在二十年内的变化——水流量明显呈衰减趋势，钙化也有衰亡。最近两次黄龙之行，中间只相隔一年，坐索道上山，几乎是二十多分钟就可以到黄龙寺下面。这个地方原本是有一个很大的钙化滩，缓坡、较宽，水流经此地，呈奔跑跳跃之势，潺潺之声不绝于耳，在太阳光下面，闪着晶莹剔透的亮光，很是耀眼。由于现在黄龙沟的水量相对减少，抑或是地表漫流的改道，如今这一片钙化滩完全裸露在空气中，失去水的养护，久干之后，水中的藻类生物死亡、炭化变黑，钙化体沙化。现在的情形，像是有煤渣散落在坡地上，观赏价值已经大大减小。

水是黄龙沟的主体，钙化景观是它漫流过程中的辅生物。当地表上流动的水越来越少，不能及时补给，钙化池里的水也会越来越薄。没有水，部分裸露在空气里的钙化体因此失去了保护，砂石退化，原有的景观正在慢慢退化和消失。

这也是我二十年里在黄龙看到的变化。这个过程着实令人不安，也引人深思。还是要用地学知识来解释此现象。地壳的运动，高原整体抬升，河流强烈下切，区域地下水位下降，对钙化体的发育和成长势必是有影响的。地球变暖，太阳照射，加快了水在钙化体表面流动的挥发。黄龙沟中还有无数动物的生存离不开水。另外，生长在水中计以万千的微生物和植物，它们对水的消耗也不可低估。加之，泉溶化沉积长时间对地表的侵蚀和溶蚀，生成新的钙化物，水很有可能就是通过结构疏松的地表，渗漏到地表下，形成地下河。

我相信，有许多早年来过黄龙的人会和我一样，无限怀念当年的黄龙，水源充沛的黄龙。虽然二十年在地质年代中只是一瞬，连弹指一挥间都算不上，但我还是见到了它的衰竭，不免会担心它就此枯竭。殊不知黄龙景区的水是呈周期性变化的。为此，2007 年在四川省发改委主持的《九寨——黄龙核心景区可持续发展综合应用研究》课题中，四川省地矿局承担了其中的水资源及生态地质环境部分，由省地质调查院遥感中心，对黄龙的核心景区1966——2005年不同时段的遥感影像图做出对比解译，液态水与固态水的变化互为消长关系，几年呈一个下降期，又是几年呈一个上升期，互为交替。而且，在同一年里，液态水也是要随季节变化，出现枯水期和丰水期。由此推断，我后来来的这几次，大概是遇上它液态水的下降期。

地质专家对黄龙的水循环及钙化景观成因进行研究，表明黄龙钙化源泉露于望乡台冰川终碛垅境下部，距离松州55公里。在雪山的地质地貌中，终碛垅位于雪线以下，是冰川末端与边沿堆积的冰碛形成的垅岗。终碛垅的物质是由冰川从上游搬运而来，其稳定性受自然气候变化影响，源于区内大气降水。黄龙沟景区的大气降水量、地表水和地下水的流量处于稳定阶段，其目前的变化属于多年周期性变化和年内季节性变化，钙化源泉的主要化学成分非常稳定，钙化景观仍属相对稳定阶段。虽然有久干和久湿的交替出现，随着丰水年降水量的增大，干枯多年的干钙化池会部分漫流或部分储水，景观区内水量增大，钙化景观会有所好转。

近年，常听见有些人爱说的一句话，“不去遗憾终生，去了终生遗憾”。这话不能称之为经典，却突然间流行起来，被用到国内的许多景观，包括黄龙、九寨沟，自然也包括其他地方的风景名胜区。这句话本身没什么毛病，不过是把主体和客体的位置本末倒置了，凡是以个体为中心的人，很难有事和物能引其深思。其实事情就是这样，你来与不来，自然界的所有的景观都以自己的姿态在那里，它有自己的形成期，也有自己的生长期，还有自己的衰退期。客观地说，景不由心生，在固有地质成因的基础上，景会随环境和气候的影响而改变。我就是想说，大自然就是一本教科书，而且还是一本科普书，它无时无刻不在教人以知识，有的人学到了，有的人学得不深，有的人永远都学不到。

我不是一个太悲观的人，一次又一次地把自己放逐到大自然中去，放空所有不好的情绪，这样做的结果就是：珍惜每一次走进的风和日丽。大自然的力量是不可抗拒的，人不是地球上唯一的生物，我们需要与自然界所有的生物共处。人不可以违背自然规律，妄自对其横加干涉，破坏自然界的平衡，倒是应该尽可能地维护地球的自然生态，让其自然而然发展和演化。自然之美，就是一种大美。记得多年前，女儿还在上幼儿园，跟着她姑妈和表姐来黄龙，回家递给先生一个空瓶子，说里面是她特意带回来的礼物，黄龙的空气。迄今为止，这大概是先生收到的最有意思的礼物了。

我曾经在秋天里来过黄龙，也在夏天里来过黄龙，五月应该是黄龙的春天。无论是在怎样的季节来这里，远处的山仍是雪山，山顶上的积雪一如昨天。

高原上的天气说变就变，如小孩的脸。

松州古城的早上还出着太阳，到了黄龙沟，天上就开始下起了小雨。海拔 2500 米以上的高山杜鹃开得正好，看起来种类还不少。放眼看去，红色的花，粉色的花，白色的花，还有紫色的花，雨滴落在花瓣上，作不了太多的停留，又圆鼓鼓地滚下来，眼见着花与水的冰清玉洁，让人心生爱怜。

这仿佛可以让人愉悦起来，想着若干万年以后，黄龙沟的地表水就算是衰竭了，地下河的运动有可能在这里形成大的溶洞，那个时候，呈现的应该又是另一种赏心悦目的自然景观。

三

松州的春天比成都来得晚些。

五月的成都已经进入夏天，我早就脱下厚衣服，开始穿短袖。但是，我在松州的早上和晚上，还得穿棉衣。

有一位当地的老师调侃说：松州一年只有两季。他说到这里就停下来，不再细说，大概是在等我的反应。我心想，这里应该是只有冬季和春季。人家大概是估摸我已经想过了，又不见我吭声，才接着说：松州除了冬季，就是大约在冬季。我一听这话就乐了，马上就感受到当地人的乐观和幽默。

下午路过一处农家小院，院子里有两棵苹果树，花开得正好，枝条上的花朵从院墙内探出来，花和枝迎风摇曳。我忍不住跑过去，想与它亲近些。松州的下午，风大，花瓣在我眼前飞过，一片又一片，如蝴蝶般轻盈，带着淡淡的甜味。

我突然因为花，想起唐代著名女诗人薛涛。

薛涛与松州是有关联的。据《薛涛传》记载，薛涛曾在贞元四年（788 年）

被流放松州。据说当年的薛涛就流放在松州的高屯子。高屯子位于松州城北7公里处的213国道旁，从松州城去弓杠岭，就要路过此地。古时以“屯”命名的地方，一般是用于屯兵，高屯子应当也是这样。现在的高屯子已是规模不小的村子，主要居住的是汉族和回族。如果时间充裕，我应该去高屯子村走一走，再与村子里的老人聊一聊，哪怕说的话跟薛涛毫无关系，也值得去看一看。

薛涛幼年丧父，迫于生计，遂入乐籍。身为乐伎的薛涛，且不说她与剑南川西节度使韦皋错综复杂的关系，也不说她与多少文人墨客有怎样的诗词唱和，迎来送往的生活实是如履薄冰。就因为一些事情没有处理得当，韦皋一怒之下就罚她到松州“慰军”。她在《罚赴边有怀上韦令公二首》中写道：闻道边城苦，今来到始知。羞将门下曲，唱与陇头儿。黠虏犹违命，烽烟直北愁。却教严谴妾，不敢向松州。其多变的命运，愁绪已跃然纸上。薛涛在松州还写过“十离诗”，诗中所有的“离”都是在写失去依靠的境遇，如诉如泣。她将这些诗差人送与韦皋，自然是有自己的目的。韦皋也是能诗善文之人，他从诗的字里行间看见薛涛在边关的凄苦生活，同时也看到了她的悔意，又令人将其从松州接回成都。

薛涛流放松州，写下众多诗句。相比之下，我还是喜欢她的《筹边楼》：“平临云鸟八窗秋，壮压西川十四州。诸将莫贪羌族马，最高层处见边头。”此诗有不凡的豪情霸气，非一般女子能及，有自己的深思和忧虑，而且不乏人文情怀。

说薛涛，还不得不说另一位与她关系匪浅的诗人——元稹。元稹曾为薛涛写诗：“言语巧偷鹦鹉舌，文章分得凤凰毛。”可见元稹笔下的薛涛才气超凡，文章确实写得极好。这首诗大约可看作是薛涛的剪影，她也是玲珑之人，能借诗向韦皋示好，果然才思过人，心思可谓缜密。

说起薛涛和元稹，两人虽然过了一段缠绵悱恻的日子，最终也没能在一起。好像是说元稹的生命中有多个女人，他不仅为薛涛写过诗，也曾为崔莺莺写诗：“低迷隐笑原非笑，散漫清香不是香。”元稹才从薛涛身边离开，又为逝去的原配韦氏写诗：“曾经沧海难为水，除却巫山不是云。”还以为元稹在韦氏死去之后，会来与薛涛执手偕老。不想，元稹此后又续过两个女子，就是没有像他当初应许的那样，回成都来找薛涛。我不能以现代人的视觉去说元稹始乱终弃，事情发生在特定的社会背景之下，如若能将薛涛和元稹的关系还原到唐朝，也许更为公正。

众所周知，唐朝的两性相对开放，当时的皇帝唐玄宗也是“重色思倾国”，风流事不断，难怪元稹这样的文人墨客会跟风效仿。就当时的情形来说，元稹是朝廷官员，薛涛不过是乐伎，两人无论是身份还是地位，均相距甚远。两人情爱面临的问题重重，一如与韦皋。两个男人都有家室，韦皋还是文武双全，只不过比元稹年长。薛涛四十岁后遇上比自己小十多岁的元稹，自以为是遇上真爱，便对其心生期望。难不成，已经年逾四十的薛涛还看不清楚形势，抑或她就是假戏真做？元稹不过是特定的时间段她情感上的依托，类似于我们常说的精神鸦片。我不说元稹始乱终弃，也没有说他喜新厌旧，谁知道两人之间的感情纠葛是不是野史，自古以来奇女子都有一两段佳话。事情的年代过于久远，虽然历史上确实有这么些人，其关系仍是无法考证，现代人不必当真。

薛涛离开松州后，隐于成都以西的浣花溪。成都因为遍种木芙蓉，古有“芙蓉城”之称。木芙蓉的茎皮纤维洁白，柔韧耐水，可以用作造纸。薛涛在浣花溪以木芙蓉皮为原料，采其花取汁，制作薛涛笺，故有后人认为，薛涛除了是诗人，也是发明家。相传薛涛晚年离开浣花溪，移居碧鸡坊，筑吟诗楼，安度余生，享年 65 岁。

人生一世，草木一秋。生命存在的方式只是形态，一切皆俱往。如今，薛涛墓在成都望江公园西北角的竹林内。

望江公园在九眼桥附近。我当年就读的学校就在九眼桥旁边的致民路上，距望江公园很近，走路十多分钟就可以到达。那几年里，望江公园是我最好的去处，差不多每周都要去一到两次，又几乎每个周末都是去了的。

在那之前，我只知道唐朝有这么一个女诗人，对她的诗却是知之甚少。我都不好意思对人讲，第一眼看到薛涛的塑像，因其体态丰腴，便误以为是杨贵妃。已经知道塑像是诗人薛涛，之后再见，还是要想到杨贵妃。一个以胖为美的朝代，杨贵妃几乎成为女性美的标准。凡是见到那样的仕女，不管是塑像，还是画像，自然而然就想到杨贵妃，再想不到别的女子。好在后来发现，薛涛背在身后的手上捏着一卷书，想必也是后人对女诗人才情的诠释。我记得薛涛墓前有白居易的诗：独坐黄昏谁作伴？怎教红粉不成灰。

再回头说碧鸡坊，其位置在今天的金丝街附近，属文殊院一带。碧鸡坊附近还有一条街叫玲珑街，也就是今天的草市街北段。我现在工作的地方就在草市街北段，从 2007 年至今，我在此工作已近十年。不管是金丝街，还是文殊院，我都是相当熟悉。碧鸡坊早已不在，吟诗楼也不知道是何时没了。如果不是因为朝代不同，我现在每天活动的地方，竟然离薛涛如此近。仿佛我在成都的学习和生活，即便是这么绕来绕去，都要与她为邻。这可不可以说，我与薛涛也是颇有渊源，抑或是上几辈子的事。哪怕是有些牵强，于我也是乐意的。

关于薛涛流放松州，可查阅的资料很有限。要知薛涛的命运如何曲折坎坷，还得找她的诗来读。任何一个写作者，免不了要写自己身边的人和事，实际上也是写自己。再看薛涛的“十离诗”，看似在写身边的事，确实也是在写她自己。若把她的诗读懂了，关于她的种种，便隐约可见。

四

我在松州听人说，虞美人是当年薛涛从松州带回成都的。好像又有人说，薛涛还带了高山杜鹃回成都。

每年春天，成都的公园里开着成片的虞美人，有白色的花、红色的花和粉色的花。现在三环路的隔离带也种上了。虞美人的花期虽短，却是异常娇美，属罂粟科。百度百科说花和全株皆可入药，有镇咳、止泻、镇痛、镇静等功效，药用价值高。此花在高海拔地区生长良好，花色更为艳丽。

如若真是像松州人说的那样，薛涛早在威尔逊之前就做了植物引进的事情，只不过她是将植物从高原引到平原，不像威尔逊把中国众多的植物引到西方园艺中去。

在薛涛去世一千多年后，威尔逊在康定的折多山找到了也属罂粟科的高寒植物——全缘叶绿绒蒿，又在途经汉源去泸定，穿过飞越岭时，在桌子山上发现并命名了香海仙报春花，在经灌县（今都江堰市）去松州时，在岷江两岸发现了岷江百合，并引回英国皇家植物园。我也听人说，全缘叶绿绒蒿的花特别漂亮，开花大，花瓣内卷成球状，多呈黄色。可惜一直不能见着实物，唯有从网上寻找图片，一睹花姿。而香海仙报春花，则是我最近去了汉源县宜东镇的三交乡才初次识得。在一个将雨未雨，时睛时雾的日子里，在茂密的森林中，踩着泥泞跋涉两个多小时登上桌子山，上万亩的香海仙报春花开得无比繁茂，花紫红色，长在山坡上潮湿的地方，有敞放的牛和马悠闲地啃着草。至于岷江百合，我在2007年7月去九寨沟时，沿途见过许多野生的百合，那个大概就是威尔逊说的岷江百合。后面这两次，可能是时间和季节的原因，再没有见过，希望是没有遇上花期，而不是已经消失了。才提到的这三种植物，既有观赏价值，又有药用价值。

在威尔逊来中国之前，法国传教士大卫神父已经来过中国，并且在中国待了相当长一段时间。大卫神父本名叫让·皮埃尔·阿曼德·大卫，是西方的动物学家和植物学家，是他在四川雅安的宝兴的邓池沟发现了“大熊猫”，又在湖北的神农架发现“珙桐”，并且还将活的珙桐带回欧洲。

其实，我在前往施家堡自然生态园的时候，对面山上的珙桐树正在开花。由于山与山之间隔着一条河谷，有一定的距离，即便是停下车来，还是看不清楚。我早些年见过珙桐花，还是在峨眉山上见的。珙桐花白色，花瓣两片，表面有细纹，看起来有纸的质感，又像是有手抓纹的白绫。我见珙桐花吊挂在枝杆上的样子，突然就想起小时候有过的白手绢，想着一整棵树上结的都是手绢，瞬间有变成仙女的感觉。更多的人觉着它形如鸽，就称之为“鸽子花”，树也因此被称为“鸽子花树”。这个名字与大多数人的臆想贴切，与要和平的愿望贴近，这也是人赋予珙桐花的花语。

或许还有人不知道，珙桐是经过第四纪冰川时期留下的前新生代孑遗植物。地球上大多数植物在第四纪冰期就相继灭绝，只有少部分留了下来。故珙桐被称为今天植物的“活化石”，世界著名的观赏植物，国家一级保护植物。今天，长在成都街头巷尾的银杏也是孑遗植物，只不过它是裸子植物。珙桐是被子植物。追溯银杏这种植物的历史，已经有几亿年了，比珙桐还要古老。

还是在施家堡，我见旁边一位老先生手里有一本《百年追寻：见证中国西部环境变迁》。我对此书早有所闻，忍不住就借来翻阅。书中一百多年前的老照片，是威尔逊在中国采集植物时拍摄的，主要是反映当时中国的社会和环境，照片非常珍贵。书的作者是中科院老专家、中国生态学者印开蒲先生。他在百年之后重走威尔逊之路，耗时十余年，并且在相同的地点，重新拍下书中的新照片。两百多组新老照片的对照，桥头的小树已长成遮天蔽日的大树，羊肠小道变成今天的大马路，低矮的房屋几乎不见了，取而代之的是楼房，变化可谓是日新月异。我将书从头翻到尾，最大的感触是中国农村的田地越来越少，城镇越建越大，心里甚为担忧。爱护环境就是爱护地球，人类除去要珍惜资源，还要懂得如何可持续地利用资源，满足当代和后代人的需要，眼下已经是人类必修的课题。

有时候，人心里的忧虑就是自己挖的坑，掉下去就深陷其中，不容易出来。我在这种不太好的情绪里，怎么也欢喜不起来。旁边的老先生从我手里将书要回去，翻到扉页给我看，上面有印开蒲先生的亲笔签名。一本书一旦签上作者的名字，对持书人便有了不同的意义，更何况还是一本好书。看得出他为此非常得意，难怪会如此。肯定是因为听说我们要来，大热天也要将这本大部头的书带到地里来，可见此人内心的虔诚。

2016 年的春节前，我见过印开蒲先生。那次是受邀参加《中国国家地理》四川站新春团拜，与先生同一桌用餐。可惜那天中午才参加了公司的迎春会，五个人喝了近四瓶红酒，脑子不清醒，人有点恍惚。整个晚餐时间，我都不在状态，与人说话甚少，也没能向先生请教一些自然和生态、植物和有关威尔逊的问题。现在想来，还真是错失良机。或许，时间故意这么安排，就是给足时间，让我做好功课，才能与先生再见面。

五

下午三点过，松州的气温跟中午时分差不多。

太阳照在身上，哪怕是隔着衣服，还是感觉有点痛。我原以为城墙上会比下面稍微凉快一点，其实不然。傍晚，天才会凉爽下来。没有风，插在城墙上的那些旗帜，懒懒地挂在上面，爱动不动的样子。

我是从城北门上的古城墙。城墙不算高，大概有十余米，人站在上面，却能看清楚城池内房屋和街道的布局。如果我没有记错，这是我第一次站在松州古城的城墙上。一个始建于明洪武年间（1368—1398）的“高原城市”——

松州古城，曾在“茶马互市”中有着不可替代的作用。松州是川藏茶马古道西路边茶的总汇地，是陕甘茶马古道和川藏茶马古道连接线上的主要贸易市场，也是川西北汉、藏、回、羌各民族商贸的大市场。我听当地人说，松州是西路边茶中“背不完，填不满”的松州，可见其用吞吐量非一般可比。今天的松州古城墙上，还放置有炉灶、铁锅、木制的桌凳，想必这也是昔日“茶马古道”上的一点缩影，只是已不见当时的那种繁华和热闹。

因为茶马古道，才想起北门城墙下立有一排拴马桩。拴马桩用条石雕刻而成，桩头上雕有人和兽，兽驼着人，身体有扭转之态，骑者背微弓，人兽皆呈俯冲预备之势。仿佛一旦得到口令，两者即刻合而为一，如搭弓之箭，脱弦而去。现在，我就想有一匹马，策马扬鞭，从城外飞驰而来，进了北城门，骑至拴马桩跟前，然后从马背上一跃而下……

城墙下有人在唱歌，唱的是羌族的多声部民歌，一种无乐器伴奏的歌唱。虽然不明白歌词的意思，从旋律中即刻就感受到这种多声部民歌的古老、原始、纯朴，能给人以自在。

这边唱罢，那边起。

古松桥上有人在边弹边唱。这回我听明白了，他们弹的是《正月里来》。一群回族民间老艺术家，平均年龄在六十岁以上。我见他们手里正在弹奏的乐器，样子介于三弦和琵琶之间，也不知道是三弦还是琵琶，我对这类乐器不在行，有点分不清楚。问过才知道是土琵琶，民间工匠自制的一种乐器，比传统的琵琶小，形状也有些不同。关键是只有三根弦，难怪我会将它错认成三弦了。

老艺术家们身着本民族服饰，穿戴极为讲究，男的戴白色圆帽，女的顶艳丽的纱巾盖头，弹唱间眉目有情。驻足观看，四下的喧哗声突然离我而去，唯有水流声、鸟鸣声不绝于耳。在人群中聆听到大自然的声音，让人怦然心动，还有一种是我非我的幻觉……我接收到艺术家们用音乐传递的情绪，还有他们对音乐的态度，感染力极为强大。我内心的情绪突然失控，完全没有想到，会在这种情形下泪如雨下。慌忙中戴回太阳镜，就想把自己藏起，还将手放在嘴上，怕自己哭出声来。可以说，在这之前，还没有哪一种演出让我如此感动过，或许这是一群有魔力的艺术家，他们手里拨弄出来的音符穿透空气，也有穿透世间万物，击中我，击中我内心里最敏感和柔软的部分，这让人始料未及。一曲弹罢，前排穿粉色衣服的阿姨站起来与我说话，我都不敢把眼镜摘下来，也说不出任何感动的话，只是任由老人家握着我的手，眼泪不断，心里感慨良多。我在一种极其复杂的心情中离开古松桥，不知道，那样的离开算不是仓皇逃跑。我从来没有发觉自己如此的渺小，如此微不足道，以至于感到无地自容，觉着这么活着很不好意思。

过了古松桥，离南城门就很近了。

其实到松州的当天晚上，我已经来过南城门。松州的晚上特别冷，跟成都的冬天一样。我从北城门走到南城门，冷得膝盖像是浸到冰水里一样，不自觉地把头缩进衣领，也不能让人暖和一点。大晚上的，天如此冷，我完全可以躲在房间里，甚至可以蜷在被窝里，都会比走在街上暖和。我之所以还要这样在古城里走来走去，并不是因为不怕冷，而是想对松州古城有一个大致的印象，有利于修复记忆。

南门外的白天不如晚上空旷，人多广场就小。那里有一大群羌族男女在边唱边跳，他们跳着本民族的锅庄。许多少数民族的舞蹈是从其农耕生活发展而来的，呈现人类在群居生活中的互助、友爱，还有热情与豪爽。从表现形式上看，松州的羌族锅庄和藏族有许多相似之处，包括他们的服饰也有相同的地方。这也难怪，松州本来就是一个多民族杂居的地方，主要以藏族、汉族、回族、羌族为主，另外还有苗族、彝族、白族等十多个少数民族。同一地域的长期生活，使得各民族的文化相互影响，甚至有同化现象，已不足为奇。

在热闹的人群旁边，欧内斯特·亨利·威尔逊的塑像显得尤为安静，因此特别出众，让人一眼就能看见。他旁边脚架上的相机，记载了中国当时的社会环境，以及人们的生活状态，照片中那些茶马古道上的背夫，很能打动人心。在威尔逊的身后的墙上，正是他百年前拍下的松州，照片上方写着他的一段话："如果命运要安排我在中国西部，我别无所求，只愿能够生活在松潘。"这是一个西方植物学家由衷发出的感叹。

六

离开松州古城的那天早上，我起得比平时早些。

本来是想去南城门，我在那里看见有一个小型的蔬果市场，总觉得可能会遇上有卖野菜的。再三向当地人打听，说是要碰运气，运气好的话，可能会遇上。

蒲公英是这个季节高原上最常见的野菜，开黄色的花，当地人称之为“黄花菜”。蒲公英属菊科草本植物，多年生，适应性强，对生长的环境和土壤不择。高原有充足的日照，以及草场上动物的粪便，土质肥沃，有利于蒲公英茎叶的生长。

我来松州的这几天，已经吃过三次蒲公英。几乎顿顿都想看到这么一道野菜。当地人吃蒲公英，喜欢连根带茎，还有叶子，生拌来吃。味微苦，入口清爽，与苦菊的味道差不多。它丰富的微量元素及维生素，有解热、消炎、消食等作用。据说还可以预防乳腺增生和乳腺癌，也不知道是不是真的。近年成都周边开始挖蒲公英进城卖，而且价格不菲。我平时食蒲公英，将它洗净、切碎，敲几个鸡蛋进去，放少量的盐，再用油煎成饼状食用，味道还不错，而且不会太苦。高原上的蒲公英比成都平原的蒲公英小株，开出的黄花倒也差不多大小。记忆中没有人食蒲公英花，所以误以为花是不能食的。蒲公英花开过后，会结出白色的绒球，吹一口气，就飞起来，散开去。

松州开餐馆的人家，门外放的筲箕里装满才洗净的蒲公英，等着晾干水气。在成都，还真见不着这样的场景，在别的县上，也没见过。这么多的蒲公英像蔬菜一样，成堆地摆放在各家各户门口，同样是迎来送往，心里却不由得喜欢上松州人的生活。

见过松州人吃蒲公英的方法，我又想出了新吃法。或许可以在蒲公英上面浇上沙拉酱，即可食用。这种方法更为简单，尽可能减少其有机成分的损失。很想去寻些蒲公英，捎带回成都，用各种想得到的方法尝试。不想才走到半路上，就被早市上卖虫草的热闹场景吸引住了。

满街都是卖虫草的人，街边黑压压的。早上冷，跟晚上差不多。可能是起得早，男人和女人身上都穿得厚厚的，大多数人头上戴着宽檐帽，有些女人用围巾包头，随带把鼻子以下的脸也裹起来。他们是以三五人为一个群体，各自面前的地上摆着各式各样的家什，里面放有黑色的湿泥条。我见他们用牙刷从泥条里刷出虫草来，动作极为娴熟。刷出来的虫草放在一旁，由女人绑成小簇，然后摆放在塑料小筐里面，等着出售。女人的手很巧，虫草到她手里，先放三四根在拇指和食指中间，接着用红色的细毛线缠上两圈，再往外层加虫草，再缠毛线，再加虫草，不管是二十根，还是三十根，最后都能摆弄成菊花样的一簇。

人家看我手里握着水杯，就招呼我买虫草。听他们的意思，说我的水杯里应该加两根虫草，喝完虫草水，再把虫草也嚼来吃了。使劲鼓吹虫草可以增强免疫，对身体好得很。他们说的话，我都能听明白。我还真不是买虫草来的，他们越说我就越不想买。我是没看见过人刷虫草，这么看着觉得有意思，就想试试，体验一下刷虫草过程。

递给我牙刷的小伙子叫马生华，回族，二十出头。他在递牙刷给我的同时，说我要是把虫草刷断了，就赔钱给他。我问他赔多少钱？他想都不想就说十块钱一根。我当时还想了想，十块钱不算贵，但忘记了赔钱之后虫草还是他的，不是我的。我照着他的样子依葫芦画瓢，刷虫草这样的事情，看起来容易，做起来还真难。我不能像马生华那样三五下就把虫草刷干净。我停下来看马生华刷虫草。马生华的哥哥在一旁宽慰我，让我不要害怕，也不要听马生华说的话，他那些话是用来吓唬人的。我再次问马生华，如果真的把虫草刷断了，要不要赔钱。这回他想了想，笑着对我说赔五块。他笑的时候，脸上两块高原红整个往上提，快挤到眼睛底下。看得出来，正如马生华的哥哥说的那样，他真的是在吓唬我。我亲眼看见他自己把虫草给刷断了，还看见他削了根细竹签，大概有三分之一牙签粗，从断的中间将两头接起来，看起来还真是天衣无缝。我不无担忧地问马生华，这样会不会有危险。他说不会。我们说的可能不是一回事，他想的是自己做事的过程，我说的是吃的时候，是我自己没说清楚。

我决定用手机给马生华拍一个刷虫草的视频，这个要征得他的同意。他唯一的要求就是，我得把他拍帅一点才行。他说话的时候停下手里的活，抬起头看我，那架势是要等我说开始，才会埋头去刷虫草。如此反复拍了两次，他冲着我说，比拍电影还累，显得他好像是拍过电影的人。我哈哈大笑，这个在松州古城遇见的马生华，我记录有他刷虫草的视频，从此他会进入我的松州记忆。

我都没有发现，这样就把买蒲公英的事情忘得一干二净。我买了马生华的虫草。今年的虫草价格不如往年高，也就不觉得贵。走的时候，他要留电话给我，说我以后买虫草可以找他，买新鲜的牦牛肉也可以找他。我记了他的电话，却不知道我会不会联系他。

在松州的日子过得特别快，许多去过的地方我没能多作停留，很想能有时间再来松州古城小住。

说来也是奇怪，我在海拔 2000 ~ 3000 米的高原上，竟然没有任何高反，自然也不需要喝什么“红景天”。除去感觉空气干燥些，身体的状态跟我在成都没什么两样。在松州的几日，如行走在时光的神秘花园，心里满是好奇。

松潘之忆 ◎羌人六

九寨沟出发到松潘那天早上，在身体里放肆了整整一夜的醉意依然没有破碎、散架。光芒万丈、毫无撤退迹象的它，已经抓牢了我的人，主宰着我，让我的呼吸、话语乃至心跳，也让我目之所及的一切，都变得醉醺醺的，摇摇晃晃，恍惚不堪。

整个人，尤其是两条腿，软绵无力，踉踉跄跄。

九寨沟用热情引燃的醉意，让人诗情澎湃，也让人异想天开，我在想：要是能装个水龙头把身体里的酒精放出来就好了，要是能拿个玻璃杯一杯一杯舀出来就好了。

心头暗暗发誓，如果再次碰到“辣辣水”，我会立刻把自己的嘴，拿针线缝起来。

尚未酒醒。

我，阿贝尔，还有九寨沟的作家白林，吃过早饭，便由司机陈师傅开车载着朝松潘进发。白林去年送我一本他的小说集《远亲近仇》。我的出生地平武，虽与九寨沟毗邻，但我确确实实第一次来，说起来未必是远亲近仇的缘故，大地辽阔，我能亲自涉足的却是有限的，定量的，用一次少一次，所以，尽量省着点花。

以前没来过九寨沟，倒是经常把它挂在嘴上。到外面参加活动，介绍出生地的时候，我基本不会说老家的名字，而是以自豪的语气告诉别人：“我的老家紧挨着九寨沟，欢迎来玩！”反正，说得好像九寨沟就在我家门口似的。我想，那就以后再来吧！

路上风景很美，眼睛忙得停不下来，我开了车窗，可谓一举两得，既赏了风景，也可以让自己慢慢醒酒。

太阳早已升起，仿佛一个超级灯泡，高高挂在蓝天之上。

白云朵朵，像是巨大的冰块，在辽阔之中温习着自己古老的幻形之术。

绿油油的山岗，空旷的海子，清新的空气……

都是可以拿满分的。

没多长时间，我们就进入松潘境内，地势瞬间开阔起来。远处巍峨、庄严的雪山，无比惊艳。

我没想到，五月了，还能看见雪山，而且是连绵起伏的雪山。

我更没想到的是，刚刚酒醒了不少，现在心又醉了！

有诗为证：

五月，雪似洁白的哈达
把自己献给了雪宝顶的巍峨
蓝的天，白的云，彩色的猎猎经幡
激活我飞扬的思绪
一块块阳光，在草尖追逐梦幻
风吹来，呼吸被层层剥去
只剩下一腔热血和骨头
在肉身里咆哮
不远处，背影稀疏的黑牦牛——
高原上的慢船，始终低头吃草
好像要把遍地苍茫
一点点塞进肚里
据说，沿途那狂野而又模糊的危崖
是鹰的终点
雪域之上的雄鹰
一旦
老得再也翻不过身体里的夜晚
也决不在死神面前束手就擒，要死
就死在自己手里。它们
高高飞起、盘旋、俯冲下来
用最后的气力
撞击山岩而死——

这种死，掐疼了我的呼吸
这种死，是否能让那些勇士
再活一次
耳畔，巡逻岁月的风如此深情款款
像母亲那样守望着这片庄严的土地
守望着所有在低处匍匐的
参差不齐的命运，以及它们那
从来没有高低贵贱的欲望、自足和尊严

望着远处的雪宝顶，我真是喜欢，喜欢得心都空了，脑子里的那根麻袋，想把它们一并带走。

我们一路走走停停，拍了不少照片。

拍照的时候，我的脑海不时冒出诺贝尔文学奖得主葡萄牙作家若泽·萨拉马戈那番意味深长的话：我们喜欢用镜头看风景，而不是用眼睛。

我的眼睛，不是在看风景，而是在读一首诗，松潘，就是这首诗的标题。

松潘，我不是第一次来。

2013 年，我跟一名同事还有我舅舅来过。准确点说是路过。

记得那次仅仅是在路边停车买了些牛肉干，特好吃。

我还记得，当时我问过当地一位羌族老人，松潘乱不乱？

老人面容安详地回答，我们这儿藏羌回各民族像一家人，好得很哦！

我相信她的话。

一回生二回熟，这次来松潘，我已经没有了原来的那份生疏，那种隔阂，那种无法松弛的距离感。所见所闻，更多的是回家那样的熟悉和亲切。

在松潘，与前来参加采风的大部队会合后，几天时间，小河乡、牟尼沟扎嘎瀑布、岷江源、黄龙寺、松潘古城墙，各种非遗展示……都像热情的松潘和松潘人一样，深深烙在了脑海深处，令人感动，也需感谢松潘张艳县长，宣传部马骞部长，以及文联工作的青年作家折让闼等，在采风过程中，始终无微不至地照顾着前来参加活动的作家们。

松潘生活节奏慢，却积淀出了厚重、神秘的历史和文化，无论是县城，还是县城之外，你随时都要准备与更为古老的时光、刀光剑影相遇，和成百上千年的风云雨雪邂逅；松潘天气变化快，个把小时前还飘着小雨，转过身来就晴空万里，就好像，一个身怀绝技的人，在迫不及待地向你展示自己。

在松潘，除了通过好山好水好人大饱眼福之外，有幸结识了一种花，它的全名叫“全缘叶绿绒蒿”。人们说，它是离天最近的花，有牦牛的地方就有它。我想，只有天堂一样美的地方，才会有如此不畏高寒的花，圣洁，令人心动……

转眼，松潘归来已近两月。

人是回来了，心还留在松潘。

离了一段时间酒，心，因为松潘，还醉着的呢。

大地的琴弦 ◎阿 郎

从成都乘机到宁夏银川，和大部队会合，参加中国作协组织的草原丝绸之路采访活动。

飞机不断攀升，繁华的都市和富庶的成都平原逐渐模糊。飞行中，我就有了这样的错觉——大地离我而去，飞向了未知的地方。

在银川上空，我再次透过舷窗鸟瞰。流云之下的大地一片沉寂，仿佛失而复得的大地依旧沉浸在睡梦中。

飞机不断下降。大地的面貌逐渐清晰。我看见一条细若游丝的道路在田野和群山间蜿蜒，在正午的阳光下，闪烁着斑驳亮光，游到了目力不及的远方。

丝绸之路。那就是草原丝绸之路！

同伴坚定地说，一脸兴奋。

明天，我们这些来自天南海北，操着不同方言的人，将从银川出发，去追寻丝绸之路的前世今生。随着那条闪烁亮光的道路的出现，我听到了大地传来的奇妙声响。我想，那一定就是天籁之音。

是的，大地就是一个巨大的乐器。她泊在蔚蓝的汪洋之上，泊在广阔的时光之中。

那条闪烁亮光的路，唤着丝绸之路的路，就是大地的琴弦。

“天为棋盘星为子，何人能下？地为琵琶路为弦，哪个敢弹？”这是一句偈语。看得出来，这句偈语的主人有着浪漫大气的想象。细细品味，更多的，却是对茫茫天地的尊崇和无奈。

是的，对于上苍，人们历来敬畏，只能仰望星空。对于大地，却充满了希冀，从来没有停止过探寻的脚步。千百年来，人们前赴后继地跋涉在丝绸之路上，来了又去，去了又往。每一个生命，都曾经是大地的琴弦上一个跳动的音符，弹奏出一个又一个乐章。

一、弓弦上的玉帛之声

两千多年前的一天，郎官张骞从中原长安出发，带着向导匈奴人堂邑父，踏上西行之路。

这支一百多人的队伍，肩负着一个神秘的使命。其时，屡屡被匈奴侵扰的汉朝，正筹划着一场对匈奴的战争。汉武帝为联合匈奴的仇敌——西域大月氏国，夹击匈奴，派出了这支由死士组成的出使队伍。

张骞像一支离弦的鸣镝，毅然决然地朝着充满艰险的西域飞去。在草原、大漠、戈壁和雪山之间，发出了萧萧杀意的鸣响。

当时，汉朝的西方和北方都控制在匈奴人手中。要联系匈奴以西的盟友大月氏国，就必须穿过匈奴的国境，其艰险可想而知。十三年里，张骞历经劫难，不仅成功穿越匈奴国境，联系上盟友大月氏国。其间，张骞足迹还遍及天山南北和中亚、西亚各地。每一处险关要隘，张骞都绘制成地图，并详细记录下沿途所有的重要情况。

这场以刺探军情和联络盟友为目的的军事行动，无疑是一次探险之旅。当然，张骞出使西域，为后来汉朝给匈奴的致命一击奠定了坚实的基础。更主要的是，不期然间，张骞为人类文明的传递和交融开辟出了一条崭新的道路。

张骞，那个最初视道路为弓弦，视脚步为音符的人，用生命划过大地的琴弦，弹奏出孕育了无限希望的乐音。

二、沉重音符发出的和平之音

战争，只是国家政治一种迫不得已的手段，不是全部，更不是常态。他不会是绝大多数君王喜欢和首选的方式，黎民百姓更是深恶痛绝。所以，和平才是长久之道。

张骞出使西域三十年后，又一个人踏上了西行之路。

这个人就是苏武。

和刺探军情、联络盟友的张骞不同，中郎将苏武以汉朝外交官的身份，手持使节，前往西域匈奴传导和平的福音。

苏武心里清楚，尽管被汉朝打得元气大伤的匈奴主动求和，但是反复无常的匈奴单于却是狼子野心，蛇蝎心肠。此去必然凶多吉少，归期难料。铁汉柔情，英雄有泪。面对嘤嘤哭泣的娇妻，临别之际，苏武挥泪写下了《留别妻》——“结发为夫妻，恩爱两不疑……行役在战场，相见未有期……”

苏武知道，自己不仅是外交官，更是一个肩负着维护汉朝天威和国家利益之重任的战士。

不出苏武所料，他一到匈奴就被扣押下来。苏武先被幽禁在大窖中，后又被流放到北海（今贝加尔湖）放牧公羊。

苏武经受了匈奴的各种威胁利诱，他以毡毛充饥，挖掘鼠洞里的果子作为度日的口粮。即便这样，他始终威武不屈，矢志不渝。

一晃十九年过去了，当年意气风发的中年外交官，已经成为一个牧羊老人。

朔风中，一个手持旌节，须发皆白的老者，怆然挺立，目送着南飞的大雁。千百年来，这幅画面已经深深嵌入历史和我们的内心。八百年后，唐代诗人杜牧感叹道：“何处吹箫薄暮天，塞垣高鸟没狼烟。游人一听头堪白，苏武争禁十九年。”

苏武，在他身上至少生发出两个流传至今的成语典故。

苏武牧羊。不断讲述着一个汉朝使者凛然不屈、忍辱负重的故事。

鸿雁传书。呈现出一个有血有肉的游子思念家国的拳拳赤子之心。

当老迈的苏武回到汉朝，家里已经空无一人。老母去世，娇妻改嫁，儿子获罪被杀。

但苏武不后悔出使西域十九年。他没有给家人丢脸，更没有辱没汉朝天威、损害国家利益。自己的小家虽已支离破碎，汉朝却在不断强盛。自己虽饱受屈辱，历经磨难，从现在开始，汉朝和匈奴两国的人民却无须再受战火荼毒。在生命的最后一刻，想到这些，苏武苍白的脸上露出了骄傲的笑容。

野草悲鸣，胡琴哀唱。苏武倒下了，化作和平之花根茎上的一捧泥土。

苏武，大地琴弦上一个悲壮、苍凉的音符，把和平的福祉，把渴望和平的心声，弹奏成一曲动人的乐章，千年回响。

三、三个亮丽的音符

历史上，冲冠一怒为红颜的故事有许多。几个国家为争夺一个和尚而兵刃相见，不惜灭国，则绝无仅有。

这个和尚是谁?

他就是鸠摩罗什。

鸠摩罗什，丝绸之路上星耀千年的人物。其故事，注定是一个传奇。

生于天竺望族之家的鸠摩罗什，天资聪慧，在佛学上有着极高的造诣。年纪轻轻就已名满西域，声振中土。

为得到这个人间至宝，建元十八年，前秦皇帝苻坚遣吕光攻伐龟兹国，灭龟兹，劫鸠摩罗什到凉州。三年后，姚苌杀苻坚灭掉前秦。吕光割据凉州，十七年间，吕光死死留住鸠摩罗什不放。后秦弘始三年，姚兴攻伐后凉，灭后凉杀吕光。姚兴亲自迎接鸠摩罗什进驻长安，以国师礼待。

鸠摩罗什到长安后，主持了大量的讲经和佛经翻译工作。为佛教在中土的传播培养了大量的人才，翻译出了大量的佛教经卷。

鸠摩罗什，这位佛教中观大师，堪称佛教传入中国第一人。

他自西而来，不是主动，而是被别样的盛情一路劫持而来。这个极不和谐的手指拨弄出的音符，烈火中开出的莲花，以净的道德，真的慈悲，善的知识，教化了一个又一个暴戾的君王，贪婪的大臣，嗔怒的士兵，蒙昧的百姓。

后人有诗这样评价鸠摩罗什道：

过去七佛译经师，颖悟绝伦善知识；

日记三万六千句，月印八百七俱胝；

畅显神源符圣意，挥发幽致契玄机；

恩播法界泽后世，大教流通永护持。

唐贞观元年（627 年），二十八岁的玄奘从长安出发，踏上西行取经之路。如同后来的文学作品《西游记》所述，玄奘历经重重磨难，最后终于到达了佛教圣地——印度的那烂陀寺。十七年间，玄奘历经五十六个国家，行程达五万里。学遍了大小各种学说，带回舍利一百五十颗，佛像七尊，经论六百五十七部，译出佛典七十五部、一千三百三十五卷。

回到大唐后，玄奘还完成了由他口述、辩机执笔的《大唐西域记》。该书较详细地记录了玄奘自高昌以西亲历的一百一十个和传闻的二十八个城邦、地区和国家的情况，内容包括幅员、地理、农业、商业、语言文字、文艺宗教、货币以及国王等。同时，玄奘还将《老子》等中国经典翻译成译梵文，传于印度。

几百年后，一个十七岁的意大利青年从遥远的地中海出发，踏上了东方的淘金之路。

这个青年就是旅行家、商人——马可·波罗。

马可·波罗随同父亲和叔父一道，从家乡意大利出发，穿过两河流域，翻过伊朗高原和帕米尔高原，历经一千五百个日夜，终于到达了梦中的黄金国首都元大都（今北京）。

在中国，马可·波罗一待就是十七年。

期间，他游历了大半个元朝的疆域。多年后，马可·波罗把沿途的所见所闻记述成为一本书——《马可·波罗游记》。

《马可·波罗游记》的出版，引发了意大利对满地丝绸、香料和黄金的东方神秘之国的好奇和向往。同时，极大地激发了欧洲人探索东方的热情。马可·波罗和他的《马可·波罗游记》，为世界新航线的开辟提供了积极的动因，把地处内陆的中国推向了欧洲乃至整个世界。

几百年间，丝绸之路上往返奔忙的身影多如尘埃。不断泛起，复又定落，最终深埋在时间的沙漠和荒草之下。然而，鸠摩罗什、玄奘、马可·波罗，这三个跳动的音符，却亮色依旧。是他们，在人类文明进步的道路上不停地求索探寻，一路播撒着思想、文化乃至科技和开放的种子。他们用渺小而短暂的生命，合奏出一曲促进人类思想文化交流和文明进步的盛大乐章。

四、琴声再起，乐音悠长

我们怀着一颗朝圣的心从西夏故都银川出发，历经内蒙古的乌海、包头、赤峰、锡林郭勒盟、乌兰察布，黑龙江的齐齐哈尔、北安、黑河等地。一路上，我们都在地理和历史的河流中穿梭和洄游。

望着车窗外不断向后退去、静默不语的大地，我眼含热泪，陷入深深的沉思。

大地不语。不语，其实就是最深情的告白。

在西夏王陵，抚摸着烈日下千疮百孔的土墙，那炙热，有如焚城烈火的余温，烫得人心痛。更让人心疼的是，西夏，那些和王朝一起被烈火焚烧，灰飞烟灭的文化和历史！

在正蓝旗的元上都，王城遗址的废墟一片静谧。放眼四外，金莲花灼灼，牧草凄碧。两三只起落的喜鹊，似乎在证明这里是龙兴的风水宝地。几个从首都来的作家站在废墟的台地上，遥望着一百八十公里外的家乡北京，感叹着彼处的繁华喧嚣和此地的寂寥。离开王城遗址时，乌黑的天幕外不期而至的滚滚雷声和刺眼的闪电，像是忽必烈大汗在提醒我们，这里曾经是车水马龙，商贾如云，万国来朝的元朝都城；这里曾经是草原文化和农耕文化融合的典范；这里也是你们这些人正探寻着的草原丝绸之路的发祥地之一。

在巴林左旗的辽上京遗址，我看见繁华的现代城市守望着沉睡的古都城。午后的风中，桦树林发出了沉闷的声响，像卡拉苏克、斯基太、匈奴、女真、契丹、蒙古，以及狄、鲜卑、突厥、回鹘等民族在这条道路上迁徙，从远处的群山背后传来的马蹄声。

在瑷珲，我听见了清朝政府签订条约落笔时那刺耳的声音。在黑河，望着彼岸的俄罗斯，我在想，此行我们的行程虽然已经完成，但丝绸之路依然还在延伸。要想让这条道路永远畅达，就得像兵工厂一样，关掉生产设备，枪炮入库，让它们成为供游客参观的工艺品。要拒绝战争，让惨烈的战争成为不再流血死人的游戏。

我又想起了宁夏银川，想起了银川的城市地标——中阿之轴。这个由黄河、农耕、梯田、绿洲、沙漠、月亮、金字塔等元素构成，长 2.1 公里的标志性建筑，十分完整地呈现出了中国和阿拉伯国家的文化特质。

两千多年后的今天，在中国，继吉林东北亚投资博览会后，在内地的银川，秉承着“传承友谊、深化合作、共同发展”宗旨的中阿博览会已经开启，并将长久地固化下来。丝绸之路再次沸腾起来，大地的琴弦，发出了交响乐的声响。

今天，这条道路上，我们走来了。我们是朝圣者，也是见证者，更是实践者。

就让我们的生命律动吧，把自己幻化成一个奇妙的音符，在大地的琴弦上，自由而深情地歌唱。

追寻三河 ◎罗伟章

2015年6月至2016年6月，我在达州市宣汉县深入生活。宣汉，宣扬汉之威德，由是可知其建县年代。十余年前，这个大巴山南麓的小县，因发现中国最大规模的天然气田，被誉为“中国气都”。境内的三条河，由东向西流，出境之后汇入嘉陵江。史上多次移民运动，特别是康熙年间的湖广填川，宣汉是湖北孝感、麻城民众入川的要道，也是中转站，从方言到习俗，都呈现出融合与多元的特征。加上宣汉的巴文化、“背二哥”文化、红军文化、民歌文化（《康定情歌》的作者李依若也是宣汉人）以及国家级非物质文化遗产薅草锣鼓等，使这里成为原生文化的宝库。人类学家称之为“三河文明”。

境内的那三条河流，名字简单得不可捉摸，分别叫前河、中河、后河。中河与后河，都发源于北部山区，前河发源于东北部山区，所谓前、中、后，如何确立？

这是特别让我着迷，也特别想弄清楚的。

我相信，那绝非古人的随意而为，每个名字的背后，定有故事和渊源。我曾请教过不少老人和文化人，虽各自提供了一些思路，但都缺乏基本的说服力。

上世纪90年代，在中河与后河交界处的罗家坝半岛，发掘出了古巴人遗址，出土文物显示，这里很可能是古巴国中心王都，文化叠层可上溯至新石器时代，是关于文明起源时期的重大发现，罗家坝因此成为中国巴文化地理保护第一标志（四川省历史学会会长谭继和先生语），并列入国家级重点文物保护单位。由此我认为，那三条河流的命名，也才揭开面纱，露出端倪。

《山海经》载：“太生咸鸟，咸鸟生乘厘，乘厘生后照，后照是始为巴人。”即是说，身居中原的太 伏羲，是华夏民族共同的始祖，伏羲的曾孙后照，是巴人的始祖。据此推测，宣汉的三条河，界定的标准不是方位，是文化，它们都有特定的文化内涵，正确的排序应当是：中河、后河、前河。中河是中原河的简称，它之得名，是巴人为纪念自己的根脉；后河本该叫后照河，它之得名，是巴人为纪念他们的世宗；前河，则是前进之河——敌势汹涌，巴人在罗家坝那片膏腴之地无法生存，被迫迁徙，但他们不改勇毅，步履维艰，也要勇往直“前”。

巴人，或者说巴文明，在华夏文明中并不显眼，甚至可以说非常边缘，致使浩瀚的《史记》，也只在《秦本纪》《秦始皇本纪》和《楚世家》中顺便提及，比如“楚自汉中，南有巴”“西举巴、蜀”“阴与巴姬埋璧于室内”，几无片言只语对巴作正面描述。但这并不证明巴不重要。华夏文明的起源，是满天星斗似的结构，缺失其中任何一块，整个文明体系就说不清楚；何况，巴人是逐盐而居的民族，在中国最早学会制盐的，中华地理对角线，中心地带也在秦巴山区。博学而谨严的司马迁，对此视而不见，除了巴人流动性强，文明不易保存之外，我觉得还暗含着他的某些理念。

资料显示，巴人不用文字，也不借助说唱艺人，只以战争书写自己的历史。他们在中原大舞台首次亮相，就让其他民族哑然失色。那次武王伐纣，巴人被征召，并作为前锋参战。其战阵亘古未有：兵士集体作歌，歌者继之舞者，歌声和舞步，震荡沙场。战争的结果，是武王大胜归朝。巴人“歌舞以凌殷人”的动人故事，从此在民间传颂。往后的岁月里，每到战争的紧要关头，这支奇异之师便被各地君王征召入伍，拼杀疆场。“勇于战”，成为巴人留给别国朝野的鲜明印象，也成为他们证明自己的自觉追求。然而，他们用于扩张和防御的生存之战非常少，多数时候，是以他国部队的前驱出现，是雇佣军。就是说，用战争书写历史，不是巴人自己的想法，是别人的想法。为了“别人的想法”，巴国男人战死，女人成为寡妇，并最终国破家亡。

司马迁要么是对丧失主体意识的厌恶，要么是对迷恋战争者的批判，才在自己的皇皇巨著中，弃巴人不写。但事实并不是司马迁想的那样（假定他是那样想的）。丧失主体意识，非巴人所愿；巴人深受战争之苦（罗家坝出土的骸骨，连小孩身上都布满刀箭伤），不大可能迷恋战争，果真迷恋，就不会千里迢迢，天涯奔走，落脚于西南边地。

更重要的在于，巴人并非只用战争书写历史，他们有自己的文字。

罗家坝的出土文物，礼器、青铜器和刀钺之上，都刻有花纹，这些花纹就是文字，只因我们不识，才以为只是花纹。四川省社科院副院长李明泉先生见到那些诡异的符号，情不自禁地想到巴蜀图谱。巴蜀图谱的样式，跟罗家坝文物上的花纹相类，但至今无人破解。

要找到破解的钥匙，最好是去古人生活的“现场”。

后河与中河已亮在明处，从建筑风格考察，这一带受中原文化浸染甚深，巴文化都埋到地底下了，流淌在生活中的相对式微。

巴人真正的“现场”，是在前河。

2016年春暖时节，我与宣汉县委宣传部及文联派出的摄影家谢兴双、作家石童天，一行三人，从县城出发，溯前河向深处进发。一路上，我想象着古巴人名为前进、实为败退的惨烈。就我所知，直到1980年代，过了前河上游的樊哙乡，便无人行道；过去的许许多多年里，“背二哥”们双脚踩出的毛毛路，是这里唯一的人行道；那些穿着麻耳子草鞋的背夫，一路唱着相似的爱情和哀伤，迤逦前往陕西。当背二哥需要体力，多数人没那个体力，便只能窝在老地方。这个“老地方”，峭壁林立，河口拥塞，此情此景，纵贯百里，乡民出入，全是穿林莽，攀石崖，下陡坎，走的是蛇蝎倒退、鬼神见愁的所谓“路”。由是可知，数千年前，这一带该是何等蛮荒。山不可登，河也不通航——前河被山壁挤压太甚，焦躁愤怒，声威不减追兵。或许正因为这样，追兵以为巴人会在绝境中自灭，止步息戈，才使这支困顿行旅得以在此栖身。

而今，前河流域的樊哙、渡口、龙泉等乡镇，是土家族聚居区；土家族的祖脉，正是巴人。这是潘光旦教授早就论证过，且得到了史学界的普遍认可的。

如前所述，过了樊哙乡（刘邦大将樊哙曾屯兵于此），就进入苍莽峰丛与狭长河谷，这便是与神农架和张家界鼎足而立、共同构成神异地貌金三角的巴山大峡谷。峡谷之水（前河），动处白浪滔滔，偶尔安静下来，就蓝得发翠。河岸即山，怪石奇之，林木秀之，鸟鸣于远处，云生于脚下；那云，白得空茫，有风奔驰，无风也奔驰，感觉不是云在奔驰，而是群山在急急赶路。走再远的路，也只觉腿软而呼吸平和，是因为氧气多得能舀一瓢就喝。山中多溶洞，号称“百洞千景”。奇特幽闭的处所，正是生命的繁盛地，巴山大峡谷被视为天然物种基因库，虎熊潜踪匿迹，猕猴随意嬉戏，水里有鲵，即俗称的“娃娃鱼”，海拔千余米的罗盘村，有世界极危物种崖柏……生活在这里的民众，持本真质朴的天道观，高兴了唱歌，不高兴还是唱歌。大山大水、险恶瑰丽的生存环境，使巴人勇悍刚正、浪漫疏阔，这种禀赋，也遗传给了土家人；而同样因为大山大水造成的阻隔与闭塞，使土家人疏于与外界交流，将那种禀赋留存至今。

但我们此行，到底不是欣赏风光，罗家坝出土文物上的刻饰，究竟是花纹还是文字？能否踏着先民的脚印，找到破译神秘巴人的密码？巴人是神秘的，连他们的消失，也被史学定义为“神秘消失”，对此，我曾在一篇小说中演绎：巴人逃到重庆丰都，被秦军围困，比黄昏围困大地还要严密，可一夜之间，城中十万军民去得无影无踪，连声叹息也未留下，丰都因此成为闻名天下的“鬼城”。

我们在龙泉乡找到一位名叫赵昌平的女祭司（巫鬼和祭祀文化，是巴文化和土家文化的重要组成部分）。一个星期前，县里请了几位省内外的文化专家，我陪专家们到峡谷时，就找过赵昌平。当时，纯粹是抱着试一试的心态，将拍在手机上的、罗家坝出土文物的印章图案拿给她看，她立即说：“拍反了，该掉过来，中间三个字，是盘法王，两边像树枝一样的，左边是五，右边是六，是说盘法王统领十一个部族。”在场的所有人，无不惊讶和兴奋，为她坚定的口气，更为她提供的某种可能性。接着，赵昌平在我的笔记本上写了十个字，均为符号类。

正是为了那种“可能性”，我们决定与赵昌平深入接触。

从春到夏，我和谢、石二位多次去峡谷，翻阅赵昌平的藏书、笔记，跟她彻夜交谈，发现她知识广博，儒道释三道——祭司，本就是这三教的领袖。为了弄清她所秉持的“前河文化”的生成缘由，我们随她花一整天时间，攀岩绝壁，爬上两千余米的五虎山，从壮阔而寂静的山脊和天宇中，觉察时空和深邃的含义。此外还参加赵昌平举办的祈求风调雨顺、国泰民安的庙会，体会峡谷人时时挂在嘴上的“大观思想”。峡谷民众读书不多，文化很浅，却能说出“大观思想”一类的话，证明这种观念已深入他们的骨髓。

庙会期间，赵昌平每天夜里教人写字，都是那种符号性文字。我们发现，这种文字确有它的内在规律，每个字也都不单纯只是一种形状，还埋藏着天地观和道德观；古人对大自然的尊崇，对美与丑的评判，都能通过文字及其起源显现出来。而且，多个字的笔画里面，都用古文字的“巴”作偏旁。

这让我们喜出望外。

它至少说明，三河流域也好，三河文明也好，的确可用“巴”“巴人”“巴文化”贯通。从“大观思想”之类的言辞，还可以推测，远古巴人用战争书写自己民族的历史，并非好战，而是有他们自己对正义的理解。

5 月下旬，我们请赵昌平去了罗家坝半岛。那里正进行第四次发掘。赵昌平面对发掘出的灰坑，以及展览馆里的若干图案（实物送到了省博物馆清理和暂存），都能给出自己的解释。尽管她的解释是否正确还需进一步认证，但她的话无不言之成理。她从古人留下的蛛丝马迹，复原了数千年前巴人的生活状态，以及巴人“惯行直路”的性格特征和命运轨迹。

北纬30度，一直令人类学家着迷，在这条神奇的纬线上，诞生了华夏文明、印度文明、玛雅文明……宣汉县，处于北纬 31.06 度至 31.49 度之间，这微弱的偏差，使华夏文明的一支重要源头，至今遗世独立。

不过，在三河流域如此追寻下去，或许能与它靠得更近些？

日子像麦子 ◎南泽仁

提早跟母亲说起，八月间会带上雍贝去洛古烧糌粑，顺道看望她。母亲说，会为我们准备簇新的棉被，语气带着欣喜。她是一个沉默寡语的人。

一路回还，天透彻的蓝。路边的青草衬着各色野花，鲜明耀眼。山顶上，几朵雪莲在冷风中展开矜持的紫，像那些婚嫁远处的姑娘的思念。抵达县城，灯孜喇嘛自驾吉普车来接迎我们，车上还随从了两名小喇嘛。一下车，他们就来牵住雍贝的手，脸上露出苹果红的笑容。他们会与我们一道去洛古山上，阿爷和父亲的墓相隔不远处，面朝阿热贡巴的方向。灯孜不熟悉阿爷的墓，便带着小喇嘛直奔父亲墓前，仿佛父亲还在人世那般殷切。父亲在世时，曾将野人寺的小喇嘛们一个个送往德格扎科学习苯教经文，他们去了，大多受不住清苦，父亲又会托德格的友人为他们送去酥油糌粑或一点钱物，那鼓舞像暖阳一样远远地照着他们，直到他们学成归来，能将一摞厚重的经文一页页念薄。如此，父亲又会许他们一个将来（去西藏昌都登青寺深造）。灯孜还没去成登青寺呢，尽管如此，他依旧坚信父亲许下了诺言就一定能够实现。围绕阿爷墓边的松林上牵挂的玛支经幡都风化了，像枯叶。雍贝帮助我解开新买的玛支经幡重新布满松林。风中，它们哗啦啦的，像一场盛大的超度。在林中捡了数颗旧年的干松果，堆放在墓前燃烧，火势旺盛的时候就把带去的糌粑、糖果、白酒逐一倒在上面。火红的火苗和蓝色的烟雾，是送往隔世的人间烟火。灯孜浑厚的诵经声随风传来，与玛支经幡的哗啦啦声一起飘向了远处……

母亲居住的尼慈村庄，在野人寺庙的后方。灯孜的吉普车又载着我们驶向了尼慈，一路上的麦地都还给了草，草在荒芜壮阔的土地上随风飘舞。公路在村口一株巨大的铁杉树前止住了，像指路，它把四根枝干整齐地伸向了蓝天。路边，一排新鲜的柴垛在静待冬天。格勒阿德背着沉重的湿柴，埋头朝柴垛走来。我唤她，她迟疑了片刻才认出我，认出我时，她提起围裙去擦拭额上的汗水还有脸颊泛起的一点红晕。她的孩子们个个长得好看，可是都走不出山去，最小的儿子，长着格萨尔一样的胡子，去沙德卖牛种的时候，带回来一个姑娘，给他生下一个女儿之后就走了，再也没有回来，他也没去找过。在这样一个幽僻的深山里，于一个外来的年轻女人而言，日子是寡淡、清净了一点。格勒阿德指着对面的石屋，示意让我去串门，我点头答应，她躬身作揖般双手去拉动胸前打结的皮条，背上的湿柴河流一样哗啦啦地汇入柴垛里。母亲的房屋是一个很大的老宅子，横亘在村子的最上方。再往上走就是神山、牧场、河流和磨坊了。尼慈，依旧孤寂而沉静。

叩响母亲的门，母亲和她的爱人桑吉就开门来迎我们了。母亲从头到脚被时光照得温和而陈旧，头顶的青布帕子上缠绕着几绺暗红的头绳，洗得发白的青布藏服，一双轻便布鞋。见到我们她粲然一笑，像一次崭新的盛开。桑吉，看看我们又去看母亲，之后无措地搓揉自己的双手，像一个远道而来的客人。我请雍贝称呼他：阿普。雍贝叫得很低，像是叫给自己的耳朵听。进入厨房，宽敞明亮，两眼窗户一个朝东，一个朝南，朝南的窗外面是一块碧绿的菜园，几朵野山葱在丛中开着淡淡的白花。从前的火塘被填平了，上面放置了一个庞大的钢炉灶，炉门紧闭，一个茶壶和两口蒸锅正冒着热气。待我们坐定后，母亲在钢炉和案板间轻盈地来回奔忙。桑吉从屋外抱进来一个沉重的木桌，安放在我和雍贝面前，母亲在上面摆满了各色菜肴和一叠麦子馍，热气围绕着我和雍贝。有母亲的日子就该过成这样，我大口地咀嚼，吞咽，吞咽的还有一些隐隐浮起的情绪。母亲和桑吉坐在一旁，默默地注视着我们。

向晚，落日的余晖照亮了母亲的院坝，我和母亲立在院中，看着周遭的大山像怀抱朝我们逼近，越来越暗淡，越来越厚重。母亲把我和雍贝安排在锅庄边上歇宿，锅庄许久不曾使用过了，却仍旧感觉温暖，它曾一次次地点燃母亲和妹妹南吉智美的希望。吱呀一声，母亲随手关闭了壁上的一扇窗门和窗外的夜。

清早，阳光从窗户的缝隙里投射进来，屋子显得古旧，宁静。几盏清脆的马铃声由远而近，忽然门口就闯进来一张圆润的小脸，他羞涩地喊我：阿芭格格（大姨）。又去喊雍贝：兄兄（弟弟）。雍贝惊喜地去拥抱他，他是南吉智美的小儿子——吉迈。院坝的几根柱子上拴着南吉智美从牧场上赶来的马匹，它们头戴红布包金边的笼头，额中镶嵌着一块小圆镜，日光被折射出耀眼的光景。耳朵两侧垂放着两朵红色的毛绒花，如此喜气。南吉智美正忙着从马背上卸驮子，见着我，她咧嘴笑了，眼眶里瞬间噙满泪水。卸下驮子的马儿轻松地在原地来回踱了几步，显出矫健。卸完，南吉智美抱起雍贝托举在马背上，吉迈也骑上了另一匹马，南吉智美牵着两匹马，不时回望马背上的两个孩子，朝磨坊沟水草丰茂的草坪深处去了。母亲小心翼翼地去打开驮子里的酥油、奶渣和居多，展开在一根长凳上，它们被大黄叶片包裹着，散发出怡人的清香，令人向往。南吉智美是幸运的，母亲教会了她从奶汁里提取能与碧叶如此匹配的色泽。

一辆摩托车摁着尖利的喇叭驶入院坝，他是母亲的三女儿珀萨的男人，叫朵儿。母亲说，珀萨又有身孕了，不便骑行便托朵儿来会我们。珀萨长得娇小玲珑，十六岁就能一个人看守牧场、挤奶、放牧。十七岁就嫁给了朵儿，独自承担起朵儿家牧场上的所有活路。她的第一个孩子在牧场上早产生下，极度缺氧后成了脑瘫。那孩子从来不在晚间睡觉，珀萨会从晚到早地一直陪伴他，哄他，一声声地喊他泽仁（为了孩子能活得久一点，给孩子取名叫泽仁）。时常听到母亲说珀萨会晕倒，一次在河边，一次在磨坊里，背上还背着一袋糌粑，撒了一地的白，路人唤醒她时她全身冰凉，起身就忙着去捧起散落的糌粑。还是在牧场上，珀萨又产下了第二个儿子。她说，早晚有一天自己会离开人世间，到那时，就有人替自己照看泽仁了。春天，珀萨就带着两个孩子一起上牧场，小的照顾大的，小的孩子每天不厌其烦地为哥哥泽仁穿上鞋子，希望他忽然就能站立在自己面前，像长大了一样，高过自己。冬天，珀萨又带着两个孩子下牧场去，村里的人要办喜宴了，珀萨的婆婆会对珀萨说，穿上你那些好看的衣服跟村子里的姑娘们接亲、送亲去，孩子们有我呢。那时，珀萨会穿戴漂亮地飞奔出去。这不由得让我想到了鸟儿和翅膀，珀萨是快乐的。我在九龙时，每年三月八日她都会约上南吉智美从牧场上赶到县城过妇女节，她穿戴些时下流行的服饰，比如超短的马裤配上超长的皮靴，还有短小的夹克，耳垂上佩戴两朵梅花瓣的金耳环，藏语夹杂着汉语愉快地跟我讲些发生在她身边的事情，从不诉苦。我和南吉智美伴在她的一左一右，感受着来自她的快乐。其间，她的电话铃声会像闹钟提示音一样不断响起，她会不时地挂断，电话铃声仍旧不停响起，她这才接通电话说，实在想来接我就开小汽车来吧，摩托车风大。这样回复后，电话陡然间变得安静了。南吉智美好奇地打探，又是哪个？珀萨坦然回话：不知道，说是想骑摩托车来接我回牧场。珀萨的内心定然有一道格外明亮的阳光，我无从想象柔弱的、内心艰难的她面对生活会如此从容，我不及她。去年，母亲打来电话告知我，珀萨的泽仁过世了，过世那早开口喊了一声阿妈。这一声阿妈是报答！珀萨不吃不喝，也不开口说话，她的快乐和豁达被她的泽仁带走了。我因为疼爱珀萨，也会觉得朵儿的亲切，仿佛我众多的妹妹中多了一个弟弟，希望他多爱惜她。

母亲从院子里挖来一堆白萝卜和洋芋，擦去泥土后装进南吉智美的驮子里。又为朵儿装些远嫁矮山的小女儿带来的嫩玉米、桃和梨。装得精细，像包裹爱一样，一层又一层。桑吉默不作声，坐在钢炉灶面前啜饮小瓶装的白酒，看着眼前的我们，他的内心定然自足丰盈。就在这样一个早晨，我们围拢在母亲的身边，又相互道别各自离去了。

日子，像麦子。

古城茶号的模糊身影 ◎贺小晴

那时候的清晨静得纯粹。没有车啸，没有人沸，甚至，也没有虫喧鸟鸣。青石板铺就的古老小街，有着麻花辫子般的柔软质地，仿佛，风一吹，脚一跺，它就能腾起来，飞出去，又稳稳地再回来，躺回地面。

街的两边，是褐色廊柱的木质房屋。廊柱之内，一间间铺面紧闭着，如路上的青石板。铺面之内却是醒了，暗河一般汩汩地淌：货物腾挪的声音，门开合，倒水泼水，脚板击地，娃子们（小伙计）的哈欠声……

哈欠声渐渐消失，脚步近了，门板一张张开启，晨彻底醒来。

这是民国初年的松州古城北街——茶马古道上一条举足轻重的街市。商道上闻名遐迩的四大茶号，都坐落在这里。它们是：丰盛合、义合全、本立生、聚盛源。如今，这四大茶号的详尽资料，已难寻觅。只知道四大茶号中，以规模大、资金雄厚的丰盛合最为显赫，开办于清顺治年间，兴盛于道光至民国时期，经营茶号三百余年。然而丰盛合的创办者是谁，已无从查考，史料上仅留下“道光十一年，丰盛合老板陕西渭南人何白玉”的名字。

与丰盛合齐名的另外三家茶号，也同样仅留下寥寥数语：“义合全开业于清康熙年间，由陕西渭南人严再芝创办，共经营290年；聚盛源开业于清嘉庆年间，由四川绵竹人熊绍堂创办，共经营170余年；本立生开业于清咸丰二年，由甘肃人马立本创办，于国民25年停业……”

有一点却是确凿的：这四大茶号，曾经在商道上显赫一时，是古松州商贸繁华的代名词，因其都坐落在北街，北街也因此成为财富的象征，并留下了“北街的银子中街的狗，南街的背脚震天吼”的著名谚语。北街的银子，指的正是四大茶号生意兴隆、财源滚滚的景象。而这四大茶号的创办、兴盛以及最终的衰落，与中国历史上一段特殊的历史现象“茶马互市”，及由此形成的“茶马古道”密切相关。

“茶马互市”的出现与内地与藏区的地理位置及环境、习俗紧密相关。

藏区地处青藏高原，高寒、缺氧、干燥，藏民们的膳食以青稞糌粑和牛羊肉为主，少有蔬菜、水果和茶。而茶中丰富的营养成分，具有清热、解毒、润燥、利尿等功能，可以“以一当十”弥补藏民膳食营养的不足。藏民中便有说法：腥肉之食，非茶不消；青稞之热，非茶不解。但藏族地区不产茶，所需之茶务必从内地供给。而蜀地紧邻藏区，又是我国乃至世界上种茶和饮茶的发源地之一。据史料载，早在秦汉以前，四川就有了饮茶习俗，并将茶作为商品生产，自然是藏区茶品输入的首选之地。与此同时，当时的封建王朝连年征战，需要足够多的优良马匹，而藏区盛产良马，互利互惠、以物易物的茶马生意自然形成。这就是最初的“茶马互市”。

宋时，朝廷正式颁行了“茶马互市”制度，以律法的方式规定了互市的口岸和相关办法，茶马互市由民间贸易升格为官府行为，一条条通向互市口岸和目的地的道路被开辟出来，这就是后来所称的“茶马古道”。随着“茶马互市”的发展，汉藏间的贸易逐步加深，彼此交易的货物，除茶马之外，延伸至内地的布匹、丝绸、糖、盐、五金和藏区的虫草、麝香、皮张、羊毛等物，“茶马古道”也纵横延伸，遍及藏区各地，形成了川藏、滇藏、青藏三条主要线路。

四川是当时茶的主产地，又毗邻西藏、青海、甘肃藏区，因此川藏茶马古道应是中国茶马古道开辟最早、运茶量最大的道路。而川藏茶马古道则分两条道路，一为西路茶道，又称“松茂道”，以松潘为中心的集散地，由都江堰至松潘黄胜关，过草地，转至甘南及青海东南部藏区。另一条为南路茶道，以打箭炉（康定）为中心的集散地，由邛州、雅州越大渡河至康定，再转运至康区南北及西藏。

松潘则是自宋代茶马互市开展以来，西路茶道的主要贸易口岸及川西北汉藏回羌民族商贸集散地。

松潘在历史上的位置首先在于它的军事战略地位。史料记载：“蜀西关键，松潘为最要，扼江源，左邻河陇，右达康藏，汉番杂处，不易抚绥，而屏翰成都，实有建筑之势，安危所系，非独一隅。”“西蜀之重镇”“西番之咽喉”“诸番之要区”等各种称法，更是不绝于书。

唐时，西部吐蕃崛起，大举东进，阿坝地区成为唐蕃交锋的主战场。松潘作为唐朝设置紧邻藏区的地方军政机构——松州，更是双方的必争之地。唐蕃战争长达 250 年之久。

明朝洪武年间（1368—1398 年），筑松潘城。城墙高二丈六尺，周九里七分，系土城。明正统时（1436—1449 年），御史寇琛筑砖城，城跨崇山，“垣周九里二分三丈五尺，隍深一丈九尺，广三丈，开五门。嘉靖时总兵何卿复于城南建外城，门二：西曰临江，南曰安阜”。明代所修松潘之城，坚固，壮观，至今犹存。

有专家言，时至今日，若观松潘古城，令人震撼的仍是其城墙、城市建筑所展现的极其鲜明的军事防御色彩。

然而军事要塞之地最终演绎成商贸重镇，有它的必然性。

一方面是藏区“一日不可或缺”的茶叶需求，另一方面是连年征战，朝廷对优良战马的需求。从唐朝开始，历代王朝便以各种方式控制茶马交易。唐肃宗至德元年（756 年），驱马茶市，开创了茶马交易的先河。宋朝为了获取战马，开展茶马交易。北宋熙宁以后，在四川设买马司，将四川年产的 300 万斤茶叶大部分运往甘肃、青海地区，设置数以百计的卖茶场和买马场。并规定茗山茶只许每年买马，不得它用，每年买马达 15000 匹以上。五代及宋时，内地战乱频繁，需要从藏区购买更多战马，同时，中央政府为了借助茶叶贸易加强与藏区的政治联系，正式建立了“以茶易马”的互市制度，使茶叶输藏成为政府专门管理的一项重大国策。明时，“帝绸缪边防，用茶易马，固番人心，且以强中国”，修通了茂州至松潘的陆路，沿途作驿站邮亭，架桥立栈。至此，这条由四川入藏的道路由唐代的军事政治要道成为茶马商道。

位于青藏高原、黄土高原与四川盆地之间，连接藏区与内地的松潘，从一开始，便是历代王朝重要的茶马互市口岸，尤以明清至民国时期为鼎盛。清至民国，松潘的辖域面积辽阔，包含了今天的九寨沟县、红原县、若尔盖县、阿坝县、壤塘县及青海果洛藏族自治州东南部。商贸的繁荣吸引着辖域周边的民众汇入松潘，又有陕、甘、青、滇民众因戍边、经商、逃避战乱、宗教纷争等各种原因，迁至松潘及周边地区谋生，更有大量陕西关中一带及西北地区回民在这一时期进入松潘从事经商贸易活动。一时间，松潘的贸易范围已不仅局限于茶马交易，而是“来自成都、温、崇、彭、灌、江、安、绵各县者，以大小茶包为大宗。绸缎、绫、绉、毛线、土布次之。铜、铁、瓷器暨各杂货、各食品，又次之。自关外部番部落者，以羔羊皮、野牲皮及羊毛为大宗，香、贝、贝母、大黄、甘松、虫草、各药材为次之。牛羊牲畜又次之。”

此时的松潘城内，县城扩大，偏街小巷 40 余条。有大小坐商 120 余户，流动行商、商贩 1200 余家，四大茶号丰盛合、义和全、本立生、聚盛源在这一时期因规模大，信誉好，名声显赫。另有裕厚长、饧丰、利贞长、利享永等新四大茶号也初具规模。稍后，还出现了山西军阀阎锡山开设的“利民茶号”，青海军阀马步芳开设的“德兴海商号”、四川军阀刘跃奎之弟刘跃袁开设的“宸丰永茶号”，松潘人屈锡通开设的“锡丰茶号”，德国人开设的“太古洋行”等等。同时，形成了各种“帮会”：以经营茶叶为主的陕西帮，以经营麝香为主的河南帮，以经营皮革为主的成都帮，经营羊毛为主的重庆帮，以经营药材为主的灌县帮等。此时的松潘城，已发展成为川、甘、青乃至内蒙古最大的边贸集散中心，“人烟稠密，商贾辐辏，为西陲一大都会”。

然而尽管如此，在我有限的阅读中，却发现，松潘古城作为中国历史上“西陲商贸重镇”被一再提及和论述，却仅听见了喧闹声而少见人的气息。许是受中国历朝历代重仕轻商、重农轻商的影响，对统治者而言，仕人是辅助统治的工具，农业的稳定除自给自足外，还可为统治者提供粮食，而工商业只是官府征税的对象，大可不必正眼视之。因而即使以被专家和各路作者反复引用的权威史料，民国时期修撰的《松潘县志》为例，提及“茶法”时，用了整个章节，细述唐朝至民国时期各代官府颁布的各类茶法，却无独立篇章记述商贸，仅在卷二学校一章里，以“附实业”的名目，在农业、商业、工业、矿业……的商业一栏里，有五百余字记录。可想而知，曾经茶马商道上闻名遐迩的四大茶号，在其史册中所能留下的，仅是一个名号和寥寥数字。

我却将目光久久停留在那几行简约的文字上：

各帮字号以丰盛合、本立生、义合全、杜盛兴开岸最早，聚盛源、裕国祥、协盛全次之。老号二三百年，余皆百数十年不等。资本雄厚，交易平和，尤重信义，不似内地商场之刻薄，盖习惯使然耳。

渐渐地，我的眼里有了画面，耳里有了声音。那是若干次负重的牦牛队伍缓缓走近的身影，那是若干次古老的店铺开门闭门的声音。老字号，二三百年，有着怎样的坚韧和恒久才可以抵达岁月深处？

四大茶号，他们都是以经营大方包茶（一包重122斤）著称。他们的手里有足够数量的“茶引”（宋朝始实行茶叶专卖“引岸”制度，由中央户部茶马司专管，下发省盐茶署办理。经营茶业，必须先申办“茶引”，经批准获得一定数量的“茶引”，方可制作经营），他们的供货商从成都来，从温江崇州彭州来，从江油安县绵阳来……那些在汉族境内的商运，他们不是马帮，也不是牦牛帮，他们是靠脚力运送茶包的背夫的身影。到达汉藏交汇之处茂州，背夫换成牦牛队或少许骡队，蜿蜒的牦牛队在峡谷中，在崇山峻岭之中，缓缓远去，可有牦牛的铃声在山谷回响？

到达松州古城，牦牛敲击路面的声音清脆起来，那是足下的青石板路。北街上的茶号，无论是丰盛合还是义合全，或者本立生、聚盛源，他们的仓库就在店铺之后？或者像今天的商号一般，在远处更远处？茶号大了，茶号的老板是不会轻易露面的，他们有严格的岗位设置及分工，东家之下，设有掌柜、总管、截长、师、相、娃等。

那被称作“娃”的小伙计可是刚进店的孩子？他可是被掌柜派去的收货人？他能扛得动那大包的茶叶吗？或者只是跑跑腿，几声吆喝，几声应答？

而那掌柜或者总管，可有长长的一串钥匙、一只精细的铁算盘？

货物收入，他们的手里，有厚厚的一叠“客户”。牦牛队再次出发，经黄胜关，过高山河谷区，越草地，爬雪山，行往更深处的青海甘肃藏区。

这条漫漫的茶叶销售线路，又是马匹、牛羊、麝香、鹿茸的来源线，路途坎坷，人烟稀少，常有盗贼出没。民间便有“一出黄胜关，性命交由天”之说。行走此道的商运，为安全起见，便以民间组织的方式结营扎寨，成群结队组成了靴子帮，又称“姑噌”（茶商）。他们以牛骡为运输工具，以“瓦卡”为计算单位，一个“瓦卡”300头牛，由10人管理，每人分别负责30头牛，负枪骑马跟随其后。据经历者回忆，民国初年，民间汇集在松潘往甘南及青海地区的必经之路戈林平的商队，每次至少有300个“瓦卡”。可想而知，这漫漫的牦牛之队，多么浩荡，多么艰辛。

而四大茶号，那些深居在北街店铺里的老板，他们又可曾安稳？他们是何等模样何种性情？老字号，二三百年。次之的，也是一二百年。几个简单粗浅的数字，想一想，却是地老天荒，沧海桑田。

百年字号，至少也要经历两到三个老板。几百年间，该是一长串的姓氏人名、一长串的性情癖好、一长串的高低胖瘦、一大堆的脸谱？

可是，史册所能记下，仅十余个字：资本雄厚，交易平和，尤重信义。

我却禁不住想象：处“诸番之要区”，以“孤城介绝域”的松潘，历史上一直战乱不断，仅清咸丰至辛亥年间，就曾有过两次“番变”。清咸丰十年（1860年）岁次庚申，被称为“庚申番变”。闰三月，受太平天国起义影响，以小姓沟为首的各番砦，反对暴征，以“抗粮不纳”为口号，发动事变。

事变开始不久，松潘外围各番队“占据要隘，四出焚掠”，以至造成“六关屯堡，下至沙湾北路漳腊、南坪相继失守，仅存松潘一城”。

九至十月，松潘城西门告破，厅署失守，镇边储银数万两被劫。至次年春天，城中粮食匮乏，武营官兵只得杀马以济兵食。五月，“兵民食尽，皮革及草根树皮皆被刮尽，兵困饿死大半，人民相食”。至七月，城破，四门大火燃烧了三天三夜不熄，“房屋无一存者。官绅兵民男女死者无数，暴骨原野，江中积尸累累，水为不流。损失财产不可胜计，受祸之惨，死亡之多，较内地寇贼加甚焉”。

事隔五十年，清宣统三年，岁次辛亥（1911年），松潘再次发生“番变”。起因为四川保路运动爆发，远近响应，清朝廷摇摇欲坠，同志军蔓延松潘各属。在归化沟“传习邪教”的黄占鳌乘机起事，声称同志军来后，推新政，废苛税，“众信其说，倒戈内向，祸遂构成矣”。此时事变以1911年10月18日为起点，至25日，“城厢内外同时纵火，经七八日始熄。人民死者无数……四顾荒凉，一片焦土……松民散之四方，天气严寒，死亡相继”“松城为墟，比于咸丰庚申，祸且有加无矣”。

两次事变，松城几近被毁，祸及无数，而此时，名声显赫的四大茶号，早已兴盛多时，很难想象，他们在狂浪般呈席卷之势的灾难之中，能够幸免？当灾难来临，他们又是怎样的惶惑和凄苦，他们又遭受了怎样的损失和毁伤，却又在怎样的处境之下，重整家业，光大茶号？

没有记录。历史的浪涛之下，他们也是一些与芸芸众生一并被淘去的泥沙。

然而，历史又总是在另一些时空，以另一种方式露出痕迹。在一本名叫《威尔逊在阿坝》的书中，我读到了英国植物学家欧内斯特·亨利·威尔逊在1910年第三次去松潘后写下的文字：

几乎所有的房子都是状态较好、有廊柱并带新异雕刻的木结构房子……1901年（光绪二十七年）10月，松潘城三分之二毁于火灾，1903年，当我第二次去时，松潘还没有从1901年的火灾中恢复过来，贸易也随之受到影响。但当我于1910年最后一次访问松潘时，烧毁的区域几乎都已得到重建，贸易已明显繁荣起来。

这里的人们喜欢花草，几乎每家都在花盆里、墙上或房子周边种有花草，给人明快的感觉。

毁损，重建，再毁损，再重建……这仿佛是松潘的宿命，也是松潘不屈服于命运的抗争写照。“孤城介绝域”的松潘，将“军事要塞”与“商贸重镇”集于一身，繁华背后必是难以想象的沉重。而耸立于北街的四大茶号，其命运必是与松潘休戚相关，生死与共。

然而，史料沉寂。

仍然是英国植物学家威尔逊，以充满感情的文字写道：

我到过松潘三次，在这儿的每一次停留都很愉快，离去时都很惆怅。如果命运安排我在中国西部生活的话，我别无所求，只愿能够生活在松潘。……这座城市是聚所有中国西部魅力为一体的地方。

只是威尔逊的文字相对于四大茶号的命运还是太早了一些。

民国元年(1912年)，国民政府改自古以来的“茶引”为“茶票”制，“每票一张征银一两外，所有税银、杂征、羡、截、余平及各项浮费、流币等苛捐杂税一律禁除”。这看似开明的变革，本该迎来松潘贸易史上更为显著的兴盛期，然而好景不长，天灾与人祸再度降临。民国22年（1933年）叠溪大地震，松潘三大茶号的皮毛、药材、金银等贵重物资300多驮全部沉于叠溪海底。据估计，丰盛合、义合全、本立生三大茶号损失达十二三万银圆。其堆放在茂县踏水墩的茶叶一万多包及房屋等财产被冲洗一空。民国27年（1938年），国民政府废除茶票制，边茶实行自由贸易，千百年来一直被官府掌控的茶盐贸易彻底开放。再度的变革，并没有给遭受惨痛天灾的四大茶号以复兴的机会，反倒带来了更大的人祸：茶票制废除，贸易放开后，引来大批军阀介入茶道，尤以青海军阀马步芳的官商势力为盛。马步芳进入川西北藏区，在松潘设立“德兴海”，垄断市场，排挤民族商业，对进入草地的边茶既强行贱价收购，又不付清茶款，致使供需双方现金流中断，贸易停滞。导致松潘城内各大茶号、商号、皮庄会、茸庄会陆续倒闭或歇业，商道上一片萧条。

民国 30 年（1941 年）5 月 29 日，是松潘历史上一个尤其特殊的日子。日本的 27 架飞机飞临松潘县城，向这个“绝域中的孤城”，向这个千百年来的军事要塞，向这个诞生了不可思议的商贸奇迹的西陲小城，扔下 300 余枚炸弹。霎时间，松潘城域，再度哀鸿遍地，满目疮痍，松潘的商业贸易再度遭受难以愈合的重创。

时光流逝。许多答案已难寻觅。日本飞机为什么会盯上松潘这座边陲小城，已无从查考，四大茶号究竟消逝在哪一瞬，也无详细记录。有据可查的是，那次日机空袭，松潘城内伤亡四五百人，烧毁店铺数十间，古城北街，最大的两家香号，“协盛全”和“杜盛兴”，成为战争的牺牲品，从此停业。

如今的松潘，早已卸去了它军事要塞和商贸重镇的铠甲，换上了旅游小城的新装。天高，云淡，水绿，草青……黄龙寺、牟尼沟、川主寺……古老而沧桑的松潘焕发出新的生机。然而，从它汩汩流淌的血液里，从它呜呜低鸣的山风里，我们仍然能听见曾经的苍凉与激越，曾经的繁茂与悲壮。因了这些，眼前美丽的松潘，便多了丰富与厚重，多了坚韧与深沉。

记住松潘的可能　◎袁　瑛

这是我第二次来松潘。

其实把这算成第一次，也是可以的。因为上一次，我只是路过松潘，只在松潘停留了一顿午饭的时间。而且，当时的我，整个人挣扎在长途坐车的腰酸腿痛和晕车的各种难受中，松潘或者其他地儿，于我实在没有分别。我只是在同事喊我下车的那一瞬混沌与清醒的过渡中望出车窗瞥见了松赞干布和文成公主的塑像，这个塑像，便成为我从前对松潘全部的记忆。

车进松潘的时候，我一直在等待那个塑像的出现。我要印证我的记忆。同时想印证的还有中学历史课本里一首歌谣令一个女子在我心里留下的传奇形象——

从汉族地区来的文成公主，
带来了各种粮食三千八百种，
吐蕃粮库打下了坚实的基础；
从汉族地区来的文成公主，
带来了各种手艺的工匠五千五百人，
吐蕃工艺打开了发展的大门；
从汉族地区来的文成公主，
带来了各种牲畜共有五千五百种，
使西藏的乳酪酥油从此年年丰收。

这首屏退了男人、男权、皇权、政治、战争等等关键因素的歌谣，让文成公主一个女子光芒万丈。

他们俩的塑像，站立在松潘古城北门——镇羌门。

松潘古城，“周九里七分，隍深一丈九尺，广三丈，开五门：东曰覲阳，南曰延薰，西曰威远，西南曰小西门，北曰镇羌”。

镇羌门，宽 6 米，高 8.5 米，进深 31.5 米，超过北京故宫，南京、西安的明代城门。特别是城门洞的进深度，是全国明代古城门之冠。

镇羌门的松赞干布塑像，右手轻揽着文成公主的肩头，左手做挥手致意状，拔背昂首，满面的盎然笑意，颇有心遂意足的气态。

是呵！心遂意足。

松赞干布贞观八年（634 年）起意求娶公主，贞观十五年（641 年）唐太宗才以宗室女文成公主入藏嫁之。这中间，是七年的时间长河——如果没有愿望，没有期待，七年不过是一页纸的正反面。反之，则七年亦像永远那么久。

七年间，松赞干布为了能与唐朝结亲，一直在发动战争。这个在《新唐书》和《旧唐书》里被分别冠以“慷慨才雄”和“骁武英略”的年轻首领，大概试图以武力唤起唐朝的注意。七年里，这个年轻的首领一直带兵在外打仗，打吐谷浑，打党项，打白兰羌，甚至，打松州（即今松潘）。从西藏到青海到甘肃到四川，战线辗转绵延数千里。当异域的方言屡屡在耳边响起的时候，松赞干布和他的兵士们心上，会不会卷过一阵阵思乡的烈风？

这真是一个奇异的男子，可以如此浩荡坚决地奔赴一个想法。

也许在有雪山草原的高原成长起来的男子，内心都是巍峨又宽广的吧？！从松潘去黄龙的途中，有一段路是在 3000 多米高的山上。车全在山巅与山巅间行驶。因为挨得天空近了，总感觉云层在向我们压过来，而雾气又悬挂在山峰之间，你会生出你是一个人与天地对抗的恐慌感。但这只是我的感觉，是一个从小在密集的人群中生长起来的人在独自应对茫茫天地时的失重感。像我那几个散落在大凉山、甘孜、阿坝的同学英布草心、夏加、木西，他们如此熟悉一个人与天地对峙的场景，日复一日地把这场景中的所有感应内化成他们的脾性、品行。这种与天地单独相对的历程，成为他们区别与其他地方成长起来的男子特征。他们具有很高的辨识度，没有枷锁拘禁过的思想脱如骏马。他们热爱歌唱与诗歌，眼睛里是宽阔的草原。

一个人的性格特征，实在与他出生成长的地方关系密切。

或许可以从松赞干布算起，吐蕃成为唐朝边境上最强劲的对手。

最初，这个“最强劲”是唐朝没料到的。

贞观八年，吐蕃开始向唐朝朝贡。“闻突厥及吐谷浑皆尚公主，乃遣使随德遐入朝，多赍金宝，奉表求婚，上未之许。”——《旧唐书》如此清楚记载唐朝对吐蕃的分别对待。

这种有差别的对待，加上使者的添盐加醋，求亲演变成战争的导火索。

“使者既返，言于弄赞曰：‘初至大国，待我甚厚，许嫁公主。会吐谷浑王入朝，有相离间，由是礼薄，遂不许嫁。’弄赞遂与羊同连，发兵以击吐谷浑。”这是《旧唐书》的文字。比较于《新唐书》，已经算客观冷静的了《新唐书》简直像在写小说，它写的是“使者还，妄语曰……弄赞怒，率羊同共击吐谷浑……”“妄语”二字，基本把这使者纳入搬弄是非之人了。一个“怒”字，战争的硝烟仿佛已经从纸面上滚滚而来。《新唐书》编撰者是欧阳修、宋祁等文学大儒，这些人不仅在北宋，就是放在华夏五千年的历史里也是鼎鼎大名的人物。且是在朝人物，文采虽然是一流的，语气却有武断的倾向。《旧唐书》常以第三方的姿态完成对所有事情的叙述，词语句子之间的气息安静而平和，所有的锋利和立场都被词语包裹起来，你要揭开，才能看见里面的锋芒。比如它也评价松赞干布——“弄赞弱冠嗣位，性骁武，多英略”，一句“弱冠嗣位”已经为松赞干布后来为结亲四处发动战争埋下了伏笔。

那时，松赞干布才统一了西藏地区，正是雄心勃发的当口。就是天掉下来，他也会伸出双手把它撑上去。

但是他遇上的是唐太宗。

唐太宗李世民，那是中国皇权历史上最英武最智慧的皇帝之一。彼时，李世民的事业以特别宏大雄壮的篇章开头，他的武功和智力尚未遭遇真正的对手，他心里的旗帜一定写着“所向披靡”四个大字。在太宗君臣励精图治之下，唐朝国力蒸蒸日上，社会稳定，人民富足，大唐盛世的画卷正在李世民手中徐徐展开。而不安宁的边疆，也因为唐朝大败东突厥，俘获颉利可汗，各族望风归附，开始进入安宁期。

其实松赞干布和唐太宗，二人何其相似。他们俩都是青年天子，都凭借自己的雄韬武略创立了自己的功业。《旧唐书》写松赞干布：“弄赞弱冠嗣位，性骁武，多英略，其邻国羊同及诸羌并宾伏之。”唐太宗李世民 17 岁时曾在雁门关营救被突厥人围困的隋炀帝，做秦王的时候更是平定了薛仁杲、刘武周、窦建德、王世充等军阀，为唐朝的建立和统一立下赫赫战功。两个人都是少年得志的骄傲男子。

以松赞干布，想以与唐结亲提升他部落的名望；以唐太宗，想边疆各族安稳服帖，彰显大唐力量。从思想开始，唐与吐蕃就南辕北辙着，那么，唐蕃之间的碰撞便成为必然。

而战况并不乐观。于松赞干布，用一个词语形容他当时的处境：内忧外患。

从《新唐书》的记载来看，吐谷浑终是败走青海之阴。那么，大约松赞干布从吐谷浑那儿得到了一些战果，比如土地，比如牲畜等，在党项、白兰羌那儿，也许并没有实际的得利。再看松州的攻打情况，首战因为唐朝的轻视而让松赞干布获胜。随后，唐太宗以“吏部尚书侯君集为行军大总管，出当弥道，右领军大将军执失思力出白兰道，右武卫大将军牛进达出阔水道，右领军将军刘兰出洮河道，并为行军总管，率步骑五万进讨。进达自松州夜鏖其营，斩首千级”。松州之战，松赞干布是败了的。

采风团有位老师某天在参观的时候类似自言自语：松潘真是很奇怪，老是有人在这儿打仗。

这句话恰好钻进我耳朵里了。

对啊，为什么偏偏就是松潘呢？

松潘，是川西门户，地处川、甘、青咽喉之地。

松潘，“扼岷岭，控江源，左邻河陇，右达康定”。

松潘，“屏蔽天府，锁阴锤”。

松潘，山城相连，四方五边。自汉便是边防要塞，古代用兵之地。每一朝中原政权都会在此筑城、屯兵。

……

从文字去理解松潘的地理位置是徒劳的。

我展开地图，找松潘。想以一种高处俯瞰的姿势找出松潘的秘密。

从地图上看，西安（长安）、松潘（松州）、拉萨（逻些），三点连起来几乎是一条直线。松潘恰好似一块小石头嵌在唐都长安与边疆之间。它是吐蕃最远的一块边界，进可以攻，退可以守；它是唐朝最近的一块边疆，是必须紧紧拽在手里的方寸之地。失掉松州，长安便可长驱直入，唐朝也就岌岌可危了。

再说松赞干布的后方，吐蕃国内。因为松赞干布连年在外征战，军需物资及人力消耗必然大。吐蕃是新成立的部落，从人口和经济都难以承担长期的战争消耗。因此，松赞干布的臣子为了求他罢兵回国，不惜以死相谏。《新唐书》载："初东寇也，连岁不解，其大臣请返国，不听，自杀者八人。"

如此尴尬的绝境之地，该怎么样化解呢——

弄赞大惧，引兵而退，遣使谢罪。因复请婚，太宗许之。——《旧唐书》

文言文真是妙啊，20个字，不枝不蔓地把故事最跌宕起伏、回环转折之处讲得清楚明白。

原来，双方都退了一步。

松赞干布虽然退了一步，实则进了一步。

七年，他终于心愿达成。

及与公主归国，谓所亲曰："我父祖未有通婚上国者，今我得尚大唐公主，为幸实多。当为公主筑一城，以夸示后代。"——《旧唐书》

他实在是满意这桩婚姻的。从这婚姻的各种影响，及婚姻里的这个女子，他应该都是满意的。

公元641年，18岁的文成公主和她的和亲队伍，像河流一样流淌出长安城。我想象她应该在春天的一个清晨出发，八百里秦川的关中平原啊，有柳如烟。她此去青藏高原，是数千里之遥。这一崎岖长路，足够她一点一点减去别离故土亲人的哀伤。

也许她还没有出发，松赞干布迎亲的队伍就已经从当时的逻些今天的拉萨开始流动了。《旧唐书》："弄赞率其部兵次柏海，亲迎于河源。"河源，也就是吐谷浑，归附唐后，其首领被封为河源郡王。具体位置在今青海玛多县。

她一定有令人过目不忘的美貌和风仪。史书里没有写，也不会写。但是史书里每一笔写松赞干布的，便是写她的。"既而叹大国服饰礼仪之美，俯仰有愧沮之色。"这是松赞干布在河源迎接到公主后的反应，他对她，应该是惊为天人的吧。

他们只有9年的婚姻。

公元650年，松赞干布便去世了。留下她，在吐蕃独活了30年。

从公元641年，到公元680年她去世，39年离开故土的时间，对她是漫长还是迅疾呢？她究竟，过得好不好呢？

作为一名和亲公主，她在史书里出现基本只是事件叙述中的一个名字而已。唐太宗曾对大臣们说："朕为苍生父母，苟可利之，岂惜一女！北狄风俗，多由内政，亦既生子，则我外孙，不侵中国，断可知矣。"皇权之下，男权之下，高贵如皇家公主亦面目模糊，不可能被作为个体的"我"来对待。

而我只能从那些词语有限的空间里，去努力感知这个女子的情感以及她得到的情感。也许同为女子故，我更关心她得到的情感是什么样的。

每一个人的情感都是有质地的。就像一匹布，你触摸过去，你大概能知道，这是棉，还是麻，是丝绢，还是软缎。

《旧唐书》："公主恶其人赭面，弄赞令国中权且罢之。"

这一句话好令人温暖，也令人宽心。原来他和她，亦如寻常爱侣一般，她所不喜欢的，他便也可以跟着不喜欢。

"自亦释氈裘，袭纨绮，渐慕华风。仍遣酋豪子弟，请入国学以习《诗》《书》。又请中国识文之人典其表疏。"——《旧唐书》

而因为爱她，亦爱屋及乌，爱她所爱的一切。

这种爱慕带来的变化，众所周知。唐人陈陶《陇西行》便云："自从贵主和亲后，一半胡风似汉家。"这是中原文化的力量，但更直接的却是来自她的影响和力量。

如果这些还不够，看看唐蕃战争状况：唐蕃200年间战乱不断，但自她和他成婚以来，有21年是异常平静的。其中9年，是她和他婚姻期间。他逝世后，这平静还维持了12年。

是不是就可以推断，作为和亲公主的她，作为政治婚姻里的她和他，当他们两两相对时，世界都是虚无的，哪里还有什么胡汉之分、唐蕃之分，他们俩，亦不过是世间一对普通的，普通却相爱的夫妻而已。

大猫 ◎席运生

居山地与沃原的结合部，说山非山，说平原，也有些土包。房前屋后，除了一些寥落的青杠林，正抖着胡叶，清冷地飘摇，便是几株冬青点缀，却遮掩不住雪季萧瑟的旷野。

我所见的飞禽也就是些麻雀、飞燕、斑鸠、黄鹂或雉鸡，偶尔可在河塘看见几只肥硕的野鸭。还有一种鸟，人们称它“哼呼”，只是听说，而终究没见过，麦子金黄的季节，晚上只要有“哼呼”的鸣叫声传来，接着必要阴雨。而关于走兽，鼠类，这些讨厌的家伙，自不必说。见过最多的便是野兔，守株待兔并非天方夜谭。夏日麦收，待田间裸露，大小野兔总会东奔西走，被雀跃的人群追赶。村口一塘，被放干了水，淤泥之上有鱼儿跳跃，有人提瓦罐泥中捡拾，跳崖的野兔深陷泥潭不能自拔，我便捧了回家。全家商量着一顿美味，我却为之造一个窝，就在厨屋灶王爷的下面。于是，早送水、晚送菜，那野兔日渐增长，常常嗅一嗅我的手，或扒一扒那笼子的小窗，憨态很是可掬。

而到了学校秋假，随母亲到外婆家做客，待返回，那兔竟没了。问，父亲信誓旦旦的样子；又问奶奶，奶奶把我带到壁间，我以为她有秘密告诉我，结果悄声言：大孙子哎，奶奶真不知啊！然后，就给我煮了俩鸡蛋，这已经是不小的待遇了。每年生日，我才能吃两个煮鸡蛋。笼舍尚好，怎就没了呢？我希望它回归自然，而非遭杀戮。于我来说，这灰褐色的兔儿，成为天大的不可破解之谜。

在此之前，我所见过的飞禽和走兽也就这些了。你想不到吧？我住的地方竟有豹子出没。当时，听到最多的千年绝唱是：“狼来了，狼来了——”其实，连狼也很少见的，休要言豹。

那年，却来了一只豹子，在一户人家的厨房门口，吃人家的狗食。狗能有什么好吃的口食哟？便是鸡呀、鸭呀剩下的；鸡呀、鸭呀能有什么好吃的口食哟？便是主人家吃红薯剩下的筋筋与渣渣。桂子的老爹就撵：“大猫，走开。”大猫可能饥饿难忍，虽然不悦，倒也保持着沉默。又撵，大猫直立跳跃。接着，桂子他爹半个耳朵便在一侧荡漾，有血流淌。

桂子从田间归来，见爹手持锄头，捂着耳朵在房前屋后逡巡，脸颊有斑斑血迹。爹说，有金钱状的大猫就在那个角落。桂子就沿那印迹寻去，接着就与大猫撕扯摔打。降服一只猫，无须管制工具，赤手空拳足矣。

桂子曾与村上打赌，麦场上的石磙，桂子“一二三，起”，必拦腰抱起，甩上肩头，再走几步，然后闷雷状掷于地，入地半尺有余。

古老的铜盆在村上击打，桂子他爹咆哮着：“老猫子来了，老猫子来了——”在这个山地边沿的丘陵小村，是没人见过老猫的，老猫子下山都是传说。而叫声渐趋悲烈，狂言桂子休矣。

桂子与大猫被村人包围，锄头、挑担林立，还有腰系围裙、手持火棍的老婆婆。有人捏了一柄钢叉，蹑手蹑脚近前，却不敢下手。桂子抱着大猫在沟壑滚爬撕扯。大猫抓挠着像要挣脱离去，桂子一骨碌，狠狠地压在大猫的身上，握住它的两只前爪，用头猛顶它的下颚。围观的人群瞪大眼睛，张大嘴巴，鸦雀无声。那大猫“嗷嗷”的怒吼低沉下来。桂子又“噌”地离地而起，扯着它的两只前爪，将大猫狠狠地摔在地上，接着又是一阵拳打脚踢，那大猫如土委地，不再嗷呜。

村人抬起大猫凯旋，被抬起的还有桂子。有人说不是野猫，是一只雌性金钱豹，它定是下了山找不到回家的路了。接着便有人计划着如何吃了他的肉，泡了它的骨，睡了他的皮。还说：“桂子，你娃儿这回可赚大发了。”

桂子却说：“就是个猫子嘛，咋就成了豹子，豹子下山要背猪。要知是豹子，哪敢？不敢不敢！”

这只迷失的大猫，没有让你暖胃的美味。在肃杀的冬季，除了山丘少有的橡子树橡板栗的果实又涩又苦，没有馋嘴的物件。要不就是一两棵柿树上的一两只老鸹柿，那是树的主人仁义，留给馋嘴的乌鸦的。其实，豹子平时是很温柔的，它领着它的孩子在山间悠闲地行走。不过，这都是后来在“动物世界”里看到的。

关于这只大猫，还没等动刀开剥，镇上来人了。接着，县上也来人了。

第三天，军分区也来人了。桂子戴着大红花，穿着崭新的军装被簇拥着照相。那时的学校后面正在修引水上岗，一担担大土筐整齐地布列着，等桂子带头。桂子跑得快，挑起土筐，行走如飞，后面的大队人马一窝蜂挑着跟上，摄影师哪能找到桂子的影子。

如此三番才算拍照完成，军区又要桂子劳动间隙苦练杀敌本领。桂子手持钢枪，杀声不断。待摄影师对焦拍摄，桂子却又闭口不言。摄影师便说：“桂子，说呀，说声杀。”

桂子便说：“说声杀。”

摄影师又言：“就说杀。”

桂子又说：“就说杀。”

摄影师一脸郁闷，翻来覆去做着示范。

接着，军区还为村上开来一台手扶拖拉机，桂子站立车厢，虎虎生威。

后来，听说距此不远的村庄有牛豹大战，一对雄性金钱豹撕扯一牛犊，老牛寡不敌众，带伤远遁，不知是否是豹子来报杀妻之仇的。

桂子是打豹的英雄，桂子一经过，便有了尖叫。桂子找了几个对象，却一个也没有谈成。我琢磨着，他肯定是打了那雌性的豹子，疼了女人的心，不怜香惜玉也就罢了，怎又伤它性命？

再后来，我带着远道而来的朋友参观当地的县政府和博物馆，见到了那只金钱豹制作的标本，威风凛凛状。而当初它不是这样的，应该饥肠辘辘，体力不支。要不，怎会这样呢？

山在远方云在身旁 ◎唐 红

——初识会理

一脚踏上会理城，心底就涌起八个字“山在远方，云在身旁”。先前还在头顶威武的峰峦，转瞬就退到天边去了。云，偶尔一朵，飘浮在湛蓝的天底下，似乎伸手可得。这种高爽的感觉，颠覆了先前路上对会理的遐想。从成都到会理的确不是一件轻松的事。早晨八点从成都出发，很快就把川西平原的余温享尽。迎面而来的是无穷无尽的大山，这些山粘着我们在成雅高速，继而攀西高速上飞驰，从旭日东上到日落黄昏，它们或高大威猛，或婉约可人，或云遮雾罩，或明眸皓齿，全都匆匆地来，又匆匆地去。倦了，就停顿一下，撇下一扇冲击平地，上面就集合着农舍。还没看清那些农舍的模样，山的浪潮又来了，就像一部山的巨著。读了近十个小时，终于下高速了，以为就要接近尾声，准备欢呼，可车轻轻一抖，又上了 108 国道，缘着小溪还在山谷蚂蚁般的爬行，完全没有快要到达目的地的迹象。这时候的太阳已经照不到谷底，只在山顶辉煌，车子行进的路是一条长长的夹皮沟。这让我们对会理的遐想有些零乱，路那一头的会理到底是个什么模样？想来想去，只能觉得它就是这群山间的一个逗号，重负着大山，腰都直不起来。谁知道呢，还没想完，我们蓦然被置于会理的迎宾大道上，山转瞬退去，而云就到身边来了，抬头看天，天蓝得叫人心抖，低头看地，脚底一马平川，许多建筑拔地而起，其间有绿荫，有花鸟，有靓车，有美女。这气韵，完全和夹皮沟不是一个频道。眼前的会理，梦一般。

宽阔古街

我们下榻在瀛洲宾馆，宾馆出门向右，便是会理古城老街。饭后迫不及待走上古街，觉得这街有点宽，走了几步就觉得不是有点宽，而是很宽。许多古镇的街道小家碧玉般的纤秀，从左到右，一个大步就可以跨过去，而这里，从左到右的石板街上，是可以撒开脚丫子奔跑的。当年的修街人如何要把街修这么宽呢？心底便升起疑问，答案只有灯下去翻书。会理，周商、战国时期为邛都国；西汉属越　郡，晋武帝时期为会无县；唐朝设会川县、会川府，属云南管辖；元随唐制，置会川路总管府；明洪武十五年（1382 年），改会川路总管府为会川府，洪武二十七年（1394 年）改设会川卫民军指挥司，隶属四川行都司；康熙二十九年（1690 年）改设会理州；民国改为会理县，直至今日。

在会理的历史中，烙印较深的是明朝。

明王朝建立以后，对南方的安定极为重视，专门设置了“卫”的建制，以利防卫、管制。《兵志 · 卫所》载：一郡者设所，连郡者设卫。大率 5600 人为卫，1200 人为千户所，120 人为百户所。所设总旗二，小旗十，大小联比以成军。并规定卫指挥长官为三品。明王朝为了控制大小凉山，在安宁河流域设置了建昌卫、会川卫、盐井卫。三卫建立以后，众多军队进驻。那时的会理，城楼军旗猎猎，城外军帐成阵，大街小巷军伍车马往来不息，熙熙攘攘，一派边地军城气象。由此推测会理古街如此宽阔，一是建制为卫，二是利于军事。不仅如此，为了开发安宁河流域，明王朝开展了大规模的“军屯”“民屯”和“商屯”。使得原本山清水秀的安宁河流域更加膏腴丰饶。《明一统志》说这里金珠富产，谷粟丰盈，民足衣食，牛、羊、盐、马、毡布通商货殖。这是会理最早的推动农业开发的官方行为，它的影响是深远的。如今我们在会理古城科甲巷的老宅“进士府”中的堂屋里看见，神龛上还供奉着明太祖朱元璋的画像，下面是这一家人祖宗的灵位，左起第一位是“赴川驻会始祖考胡公讳大玉官老大人之灵位”，以后依次排列着众祖先。想当年胡老先生赴会川闯天下一定功勋卓著，后人也一定发达恒昌，祖上随明军赴会川才能成为这一家人世代相传的骄傲。

在宽阔古街上，我们读到会理日子的惬意。鼓楼下，林立着众多的小食店，招牌上写着“羊肉粉”“鸡火丝”“熨斗糕”“手抓酥包”“筒骨肉”还有“油鸡枞”“饵块”等等，一看那些牌子，嘴里的口水就很丰富。第二天早 7 点，我就到“四祥羊肉馆”去吃羊肉粉，还没到店门口，就看见一大铁锅羊骨汤煮得乳白浓香，进店便要了一碗羊肉粉，店主问我生臊还是熟臊，我不知如何选择随口要了生臊。只见店主一刀从旁边悬挂的羊身上拉下一绺鲜羊肉，飞快切细，办了水淀粉，就在汤锅里摇烫，瞬间一大碗羊肉粉就出锅了，什么时候烫的粉，都没看清楚。店家为我放了佐料，自制的豆瓣，自制的胡辣椒，然后是香菜、姜蒜、花椒面，庞大的一碗羊肉粉红红绿绿、热气腾腾地放在我面前，顿觉得自己就是大明前来驻防的将军，豪情油然而生。那么大一碗我居然把它吃完了，并且汤也喝净了，买单的时候店主告诉我，他家店已经开了 30 年，羊肉粉从 3 毛钱一碗买到 30 元一碗。他们老小两代人从早上 7 点到晚上两点分两班营业。每天有七八千的毛收入。他还告诉我对门的重逢鸡火丝也有 30 多年历史了。我在想，30 年，有多少世事沧桑，但他们就如一日地羊肉粉，鸡火丝，鸡火丝，羊肉粉。孜孜不倦地只做这一件事，再清淡的日子也应该熬得浓浓的了。收了钱，店主站在店门前神清气爽地对街上一位挑担卖菜人大声招呼：张哥，早哇。那声音底气十足，如洪钟般高亮，鼓楼挑檐上的鸟就扑棱棱地飞了起来。

我家绿陶

去会理前，做了功课，知道会理有“绿陶”，感觉它名不见经传。

第二天上午我们见到了会理绿陶，作坊是一小院，进门一路小石梯，在高大的石砌堡坎旁，蜿蜒而上。石梯两边摆放着众多陶罐，有酒罐、泡菜坛，有花瓶、鱼缸，还有不知用途的各色陶等。油绿、淡青、抹彩、暗花、浮雕，高高矮矮，圆圆扁扁，琳琅满目。特别是那抹彩的泡菜坛，窑变后色彩任意挥洒在传统器具的古朴之上，自在而端庄，晶莹而厚重。很想立刻就抱一个回去，将艺术融入生活，将珍贵镶嵌在举手投足之间，那是何等的优雅。

上完石梯，进得院来。秋菊开得热闹，把花架上的叶们熏得醉眼迷离。一位工作人员模样的女子接待了我们，她说：欢迎各位客人来到这里，参观我家绿陶。后来知道，她是会理绿陶传承人韩进富的媳妇，担任了绿陶的售货员兼讲解员。听着她的讲解，我们走进了会理绿陶的历史。会理陶器的生产可以上溯到春秋战国时期，据考古发掘，会理雷家山春秋战国墓出土的陶器就已经堪称精美，以后唐、宋、元、明都有陶器出土，且各具特色。会理绿铀出现于宋末元初，因釉色如碧，晶莹如玉，被誉为“绿铀”。釉色碧绿是因为用会理盛产的孔雀绿石（硫酸铜矿）烧制而成。如今会理绿铀，色彩更加斑斓，仅绿就有墨绿、碧绿、青菜绿、粉绿，除此之外还有铁红铀、花铀、雨点铀、金沙铀。加之上百种不同的造型与纹样，可谓繁花似锦，美不胜收。

随后我们参观了绿陶的工艺流程，制坯、配铀、施铀，每一道工艺都是手工制作。在制坯的作坊里，一位女子正在制坯，一团泥在她的手中随着旋转的机座逐渐成形，她反复扶正，摩挲，良久也没有抬起头来看看我们，似乎除她手下的陶坯，世间的一切都不存在。这时候我才知道什么叫心无旁骛。接下来我们来到一座古窑旁，它已经老去，窑土斑驳脱落，窑砖也没有了棱角，窑堂漆黑没有了火焰，但它的骨架还在，从低到高，一间接着一间，梯级向上伸延，如同一条巨龙，盘踞在那里，神威不减。它的身旁堆满了陶器，熙熙攘攘，摩肩擦背，汹涌着昔日的辉煌。

在陶器陈列室里，我们见证了绿陶的古往今生。从唐宋元明清的古陶遗存到如今的创作新品，绿陶数千年的历史呈现在我们眼前。有一套茶具令我们惊叹不已，浅咖啡的底色上，洒满白色的星星点点，由底座的密集逐渐向上稀疏，那些白点如夏夜繁星璀璨，又如隆冬大雪飞舞。原以为这图案只是点的聚散，谁知绿陶女子让我们在高倍放大镜下看那些白点，那些白点竟幻化成千千万万朵杭菊，花瓣洁白，花蕊青黄，风来了，就迎风舞蹈。一时间，繁星、飞雪全都化为漫天落英，洋洋洒洒在它们的世界里。我们不知道这是创作者的有意为之，还是窑变的偶然得之。但不管怎样我们都被惊呆了。

不只石榴

在会理街上溜达，就看见会理体育馆有一幅醒目的会标：2016 年会理石榴节。眼下石榴季节已过，节日的喧嚣已成记忆。但我们不甘心，到了会理，怎能没有石榴。在古城南街我们终于找到石榴，掰开一个，细细品去并立即快递各位亲朋好友。

石榴，是会理的容颜。《会理州志》载：“榴，则名曰若榴，曰丹若，曰金罂，曰天浆，曰朱实，曰朱英，曰金英；有甜、酸二种，俗称石榴。”会理的春天是石榴花的春天，会理的秋天是石榴果的秋天。清朝，知州叶树东到会理赴任，刚踏入会理境内，就被红似丹霞的石榴花倾倒，即兴赋诗一首："一骑关山天际月，全家儿女岭头云，吏胥怕见先生面，万朵榴花照使君。"还有米易巡检陆蔚赴会理，也有诗句："香瘴似罗云似墨，石榴如火柳如烟，看山人入王维画，纵酒诗成李白篇。"

唐朝时期，南诏国每年都要向朝廷贡送石榴，石榴成为皇亲国戚、达官显贵的享用珍品。以后会理石榴名声远播，渐渐走入寻常百姓家。会理石榴就这样美丽了千百年。如今它成为会理农业的支柱产业，2015 年会理石榴的栽种面积已经达到 32.02 万亩，产果 40 万吨，果农仅石榴销售收入就达到 17.8 亿元。这对 40 多万人的会理县来说，这一笔收入让多少农家欢声笑语，多少农人喜笑颜开。

不只石榴，会理还有芭蕉、核桃、柑橘，还有鲜菇、蜂蜜、黑山羊，还有烟叶。这些当年房前屋后的种植，如今都成片成带成了规模。它们让会理山水不仅更加美丽而且更加富庶。2015 年，会理农民人均可支配收入 13154.4 元。

记着鼓楼下的鸡火丝，我又起了个大早。天色微曦，房檐下的灯笼还亮着，古街睡眼惺忪，可沿街小食铺已经炊烟缭绕，买菜人一担新绿从鼓楼的门洞走过，送饵丝的人将各家各户的饵丝放在门前就走了，买豆腐的女人也开始出动了，偶尔有单车骑过，把几颗铃声撒在石板街上。我端起一碗鸡火丝，望着鼓楼，看它高挑的房檐。终于楼上的鼓声响了，先沉沉一击，然后几声不紧不慢，再然后如马蹄般急骤，最后一声钟声长长响起，这是第十八响，古城抖擞抖擞精神，又开始新的一天。

老八路郑炳全 ◎唐俊高

那会儿资阳还是“小”资阳市（县级），我也刚调进资阳报社不久。成天在市委大门进进出出，很新鲜，也很神气。

有一天，却遭了当头棒喝。

就在那大门口，碰到一老头。老头白头发白胡子，个儿不高但很敦实，浑身上下利利落落。

老革命好！老革命好！同伴们热情、恭敬地招呼他。

好！好！老头显然对“老革命”的称谓十分受用，和颜悦色，还随口问道：去干啥子喃？

开会。去开会。

不想，老头突然翻脸，怒目圆睁，扯开嗓子破口大骂：开会开会，开你妈那个脚！一天到晚就只晓得开会！去做点实事嘛！

老头的突然暴怒让我莫名惊诧。心想：这老头才怪糟糟的喃。同伴们却似乎已习以为常，拉我一把快速离去。

过几天，又遇上了，我的心一下子紧了，看来老头是市委大院的常客。

老革命好！老革命好！同伴们照样那么热情、恭敬。

好！好！老头照样那样受用，还照样随口问道：去干啥子喃？

下乡。去下乡。同伴们改口了。

呵——，这就对了噻！老头脸都笑烂了，大手一挥，快去快去，就是要多做些调查研究嘛！

同伴们拉我一把快速离去，同时又忍不住捂嘴偷笑。其实还是去开会。像我们这样在县级小报爬格子、划拉版子的，大多时候除了撵会还是只有撵会，很难走得下去。

老头的一脸灿烂同样让我莫名惊诧。这老头，还有点意思喃。

后来，我搞清楚了老头何许人也。

老头名叫郑炳全，是市里赫赫有名的老八路，退休于民政局，快 80 岁了。他秉性耿直，疾恶如仇，常来市委大院走走，时不时地向有关部门反映反映情况和看法。他认为你整对了的，爽声赞赏；他认为你整错了的，立马指着你的鼻眼凶狠训斥。老干部们开会时，被安排发言的人都讲了，如果没安排他讲，即使该市委书记讲了，他也会腾地立起来，大手一挥，不忙，等我讲了来！只有一种情况出现，他才会自始至终规规矩矩、老老实实地端坐一旁绝无二话，那就是有老红军在场时。看来，老八路还是有他自己恪守的“规矩”。

所以，有的人很虚火他，远远地见了就开躲。

但据说，也有人惹过他，还只使用了两个字：俘虏。据说气得老八路眉毛胡子都在抖，双手双脚都在跳。

真正和老八路相识，是因为他的回忆录。

老八路辛辛苦苦写成了自己的回忆录，还四处找本城的大小文豪帮他看看，但两三年了都没得个说法，后来辗转到了我这么个小报编辑手中。那是只几十页的一叠打印稿，字有斗那么大。思路混乱、毫无章法、病句连篇、错别字起串串……我翻了后，不禁哑然失笑：太像一份交代材料了，难怪无人搭手哦。

可是，文中有那么一小节，可能就二三百字，引起了我的极大兴趣：在山西中条山区，这老八路居然曾只身护卫邓小平突围！

从通篇“交代”的口风来看，老八路是实诚的，无丝毫口若悬河天花乱坠，亦无一点刻意渲染描金绘彩。就如此重大的一个事件，在他的“大作”中也只是寥寥几笔犹如小事一桩。我与他电话约定见面谈谈，他在话筒里震耳欲聋：好！要得！你早点来哈！

那是 1997 年 3 月，邓小平刚刚逝世。提起那段久远的往事，老八路抹着眼泪哭了起来，哭声很响：我的邓政委啊，我想你啊……

那年，老八路已 82 岁。

原来，百团大战后，吃了大亏的小鬼子展开了疯狂报复。1942 年秋天的一个拂晓，老八路所在的 129 师 386 旅 17 团团部驻地暖　村（山西省阳城县），被 500 多日伪军围了个严严实实。外面的哨兵在打瞌睡！村里的兵力只有一个营 300 多号人，另两个营分驻在别的两个村。

而更要命的是，师政委邓小平前一天刚好来到这里视察工作。

幸好，有战士拉肚子，早早起来蹲茅坑，发现情况不对，赶紧将裤子一提，跑回去擂醒战友：快起来快起来，鬼子进村了！

战士们一个撞醒一个（在那艰难困苦的年月，一遇紧急情况，战士们一个“撞”醒一个已成为习惯），翻身爬起，绑腿来不及打了，挎上手榴弹、子弹带，提起枪就往外冲。一冲出去就与鬼子撞了个正着，枪栓都来不及拉了，抡起枪托就砸过去。随即，枪声骤起，轻重机关枪响成一片，手榴弹、小钢炮也隆隆轰鸣。

团部大院内，民运干事郑炳全提着匣子枪冲出住房，团长尤太忠（绰号“尤大麻子”，解放后曾任成都军区司令员）见了，用枪指着他下了死命令：你赶快保护邓政委转移！我去把鬼子引开！然后提着手枪冲了出去。这时，马夫已给邓小平那匹黄色战马备上了马鞍，邓小平疾步跨出门来：我跟大家一起走！

不！邓政委！那样太危险了！郑炳全急得大叫，一把抓过马缰：赶快上马，我保护你转移！邓小平已不得犹豫，利落地翻身上马，同时掏出“小八洋枪”（连击八发的小手枪）紧握在手。郑炳全一手抓马缰一手提枪，与邓小平一道冲出门来。

外面黑麻麻的，几十公尺外看不清东西。鬼子的炮火很凶，爆炸的火光频频闪动。子弹随着炒豆般的枪声，啾啾地鸣叫着划过黎明前的天空。有民房着火了，火苗越蹿越高，升起了滚滚浓烟。但尤团长带着战士们已把鬼子冲散，并逐渐把鬼子引向了东南头。

郑炳全松掉马缰，邓政委，你走前面，我在后面保护你！邓小平略一观察，小老乡（显然他已从口音上判断出郑炳全是四川兵），我们走村后，上大山！郑炳全急切地观察着四周，要得！首长！邓小平两腿一夹，策马前驱。郑炳全撒开双腿，紧随其后。

暖村是一个较大的村子，有好几条纵横的村街，散布着很多七弯八拐的小巷，房屋多是砖砌石垒，老百姓的日子在当时的中条山区还算好过点的。日本鬼子杀来后，时不时地来扫荡，杀人放火，无恶不作，当地的土匪也胡作非为，当地百姓的生活就雪上加霜了。17 团在参加了百团大战后，于

1941年开到这里，撵跑了鬼子，解决了土匪，建立了民主政权，与鬼子展开了拉锯战。

郑炳全护卫着邓小平拐进小巷，又东弯西绕。邓政委，快点！快点！郑炳全虽已是气喘吁吁、汗流满面，可仍一个劲地催促。邓小平骑得并不是很快，有意要他跟得上，甚至还回过头来关照他：小老乡，抓住马尾巴！郑炳全抓住马尾，又一阵紧跑。马夫没能跟得上了。

村后，有几块不大的菜地，地里满是鬼子的皮靴靴底印。跑过菜地，上几道土坎，就上了大山岭。往左拐，刚跑几步，就发现了在外围扎口子的鬼子，在叽里呱啦地喊叫。郑炳全举枪要先发制人，邓小平用手示意：别开枪！随即将马头一拨，向右边的山岭跑去。郑炳全跟上去抓住马尾时，后面的鬼子开火了，子弹打在坚硬的岩石上，弹得到处乱蹦。

又一大阵紧跑，邓小平带着郑炳全爬上了索起岭。小老乡，你叫啥子名字？

报告首长，我叫郑炳全，17团政治处民运干事！

哪么当上八路的？

报告首长，我……

哟，还保密嗦？

不，首长，我家里穷，我自小帮人放牛、干活，长大点又帮人挑着洋碱（肥皂）到处卖。七七事变后，我参加了壮丁队。

被强拉的？

不，自愿的！

好样的，那是我们国共合作时的第一期壮丁队嘛！

就是。可国民党军官不把我们当人看，像管犯人一样。

邓小平的和蔼可亲，消除了郑炳全在他十分敬重的大首长面前的局促。原来，他听了班长发牢骚时说的话：人家八路打鬼子不含糊，舍命，很神，对老百姓好，官兵平等，他便有了投八路的念头。1937年12月，在吕梁山区乡宁县，全师被鬼子打散，郑炳全和几十个兄弟被俘，大部分兄弟被杀掉，郑炳全被迫做了马夫，也几次差点被杀掉。次年3月，在太平县（现新绛县），已稍有一点诸如上街走走之类“自由”的他，与一位画油画的河南人熟识后，打听到 5 里地之外便有八路军，就带着一个与他同时参加抗日又同时被俘当了马夫的兄弟刘少章，逃出魔窟，找到了八路军。

入党了吗？邓小平关切地问他。

第二年就入啦。我开始还是当马夫，后来当马夫班长、步兵副班长、班长、排长、连长，百团大战后，还被选为386旅党代表，听过你给我们做报告呢……

下午，两人爬上了沈望坪。已经听不见远处的枪声了，想必部队已突围。

邓小平在一块大石头上坐下来，随手摘下那顶极普通的士兵帽。郑炳全在一棵小树上拴好黄马。邓小平叫他：来，坐下。

两人望着四下里绵延起伏的群山，邓小平似乎陷入了沉思，久久才说出话来。

邓小平当年说的话，老八路郑炳全记忆犹新。邓小平话里的核心，就是他一贯坚持的“实事求是”。

邓小平的大意是：有的同志在参加八路前，听说八路如何如何神，好像刀枪不入，神仙一样，那是不对的，是迷信；可有的同志在参加八路后，见八路在鬼子的优势兵力、装备前，采取灵活机动、避实就虚的游击战术，也有不像神仙的地方，就失望了，这也是不对的。要实事求是嘛。

邓小平还说：八路军的道路还远、任务还重，但有党的领导、百姓的爱戴和支持，一定能将鬼子打得举手投降！他还鼓励小老乡：相信你能立下更多的战功！

听了邓小平的话，郑炳全对抗日更加充满了信心。后来，他果不孚重望，拼得了二等功。

“实事求是”从此就成了老八路郑炳全的座右铭。

这也是我后来在任何场合都说得起话的资本！老八路嘴一抿，白胡子翘了起来。

我得把老八路这段不为人知的传奇经历述诸文字。但我不得不慎重。我在老八路那里翻阅了他积存的各种各样的资料，还到老干部局找有关同志深入长谈，得到了充分印证。

老八路那些资料里，有好几份是他写给组织的汇报材料的底稿。那些材料因写作时期不同，变换着不同的政治术语，但他革命的经历和忠诚的心态一直没变。特别值得一提的是，对于他被日军俘虏的那一段经历，他总是说得很详细，细到准确的时间、地点、细节，还总是保留着那个与他同时参加抗日又同时被俘当了马夫还一起投奔八路的兄弟刘少章的名字。

在那些年代，当俘虏是耻辱，当日军的俘虏，更是耻辱。时过境迁、世风变幻，很容易让当事人有口难辩，从而遭受莫须有的灾难。这雄赳赳的老八路，因为这当年的事挨过后来的整么？这么多年以来，这抹之不去的“耻辱”，在他心里，是一根羽毛，还是一块大石？

我似乎理解了老八路的回忆录为什么就像一份“交代”。

我也认定，“俘虏”一词会对老八路造成多大的打击和伤害。

我写成了《他只身护卫邓政委突围》。老八路审阅时，逐字逐句，时不时地抬起手背抹去老泪。看着他那认真、审慎的模样，我想，他写回忆录时，也就是如此吧？

文章很快得以发表，就在当年（1997年）陆续发了好几家报纸。城里一时闹热起来。有两个“文豪”（似乎还不止两个？）也给躁动起来，私下里就我的文章或断章、或拆句，一番改头换面大肆散发，还收入自己的集子。后来，更有一个外地作者（有点像部队上的）来得更“高明”，居然把邓小平同老八路郑炳全谈话的核心换成了“传达延安整风精神”。这些文章，至今还堂而皇之地挂在网上。倒是雁江区（原小资阳）政协的同志很讲规矩，他们经考证，又取得我和老八路的同意后，才将那篇文章以老八路口述的方式进行微调，收入了文史资料集。此为闲话了。

就这样，老八路和我成了忘年交。每隔一段时间，他就会到我办公室来坐坐。市委办公楼是一四合院，一道大门进出，我的办公室正对着那大门，很好找的。他很多时候都是问问我的工作，待的时间也不长，就一会儿，说是怕影响我。他的声音照样很响，隔壁好几间办公室都会被震动。

他还笑眯眯地向我嘀咕了一个“小秘密”：我每年都要去成都军区看看我的老团长尤太忠！我每次也是坐一坐就走，怕影响他。

1998年7月的一天，老八路一到市委办公楼大门口就哭吼起来：哎呀呀——俊高啊俊高啊——又疾步往我的办公室奔，哭吼声越来越响，哎呀呀——俊高啊俊高啊——我的团长死了啊——我的尤团长尤太忠死了啊——

只遗憾那天我不在。但可以想见，老八路那一哭一吼，对那四合院办公楼会是怎样的一个震动。

两年左右以后，老八路也悄无声息地走了。我常常想起他，也在心里一次次地学着他那架势，把手一挥：去吧去吧，老八路！你还会赶上你尤团长的队伍，还会拽上你邓政委的马尾巴……

云起的地方是故乡（外二篇）

◎唐雅冰

云，在天上跑马。鸟，在山顶盘旋。心是长出翅膀的鱼，渴望来场没有起点也没有终点的飞翔。

总有一个错觉，天上的云，就是漂浮不定的心情。云起的地方，就是梦的故乡。

梦里，一切都似雨后的云，洁白无瑕，纤尘不染，随心所欲飘逸在远离世俗的地方，自由潇洒，淡泊宁静。

梦里，云的心里，住着一片汪洋，每一滴水珠，都是不老的情话。无垠的苍穹就是大海的家。

梦里，云也有孤独与寂寞，独行天幕，偶尔想找个可以说话的对象，无奈，身畔的风不懂云的深远，云也不懂风的匆忙。

梦里，孤独时，云放出心中积攒的所有雨滴，雨落进海里，如云紧紧拥抱着天空，每个溅起的水花，都是云跳动的脉搏。

半梦半醒间，云如白丝带，就系在故乡的山头，游子的心上。

故乡的村庄不大，就唐姓和邹姓两个大院。邹家唤儿声常常在唐家门前响起，唐家刚熟的果子也不时端上邹家的桌子。日子很慢，也很清苦。

村子时时被包围在云中。我也就自以为生活在云中。

喜欢明净的清晨，静静地看云从半山腰升起，与袅袅炊烟一起相扶相携朝天空弥漫，渐渐给村庄穿上一件飘逸的外衣，我也就分不清什么是云、什么是雾了。待太阳一点一点驱散浓雾，把厚厚的云撕扯开一道口子，然后把染料倾倒进去，天空和大地瞬间都羞红了脸。吼一嗓子“太阳出来　喂，喜洋洋啷　……”背着背篓，跟在妈妈身后，一天简单的生活从云端开始。

喜欢暖暖的午后，大黄狗在墙角打盹，抱鸡婆带着小鸡在谷壳里刨食，老水牛在树下反刍……故事从小脚奶奶缺牙的齿缝漏出：孙悟空、太白金星、牛郎织女、七仙女……一个个鲜活地从云里走出来。看看自己黑漆漆的手，竟然幻想着也能织一条锦缎，能收获一个完美的故事。

喜欢彩霞满天的傍晚，炊烟又起，顶一片祥云，父辈们荷锄而归，孩子们则追着红蜻蜓奔跑，时光在云朵里翻滚。

故乡的云，一边是雨打芭蕉的禅意，一边是残荷听雨的诗意，带着红尘烟火的真实，神话故事的缥缈，缠绕山头，飘浮心底。

背上行囊，追着一片云离开故乡，打拼的日子焦躁、恐慌、苦恼、疲惫。红尘真实而虚幻，每当累得想要放弃时，抬首便看见天边的云，我知道，它来自故乡，来自炊烟升起的地方。面对世态人情，内心多了份淡定从容。把一杯淡淡的花茶，看茶叶在水中舒展开来，渐渐浮起又慢慢沉下，同时掉进茶杯的，是天上那朵变幻不定却痴情不改的云。就那样一杯茶，一眼闲云，再加一纸华年，我在天幕下渐渐老去了容颜，淡然了心性……

云起的地方是梦的故乡，梦的故乡是回归的恬淡。也许每个人本身就是一朵无根的云，来自天空最终又要回到天空，广袤的天空便是共同的精神故乡。

一株梧桐入梦来

小城边上有一座小山，山小名不小，称之“魁山”，是小城人散步遛狗练太极的好去处。我偶尔也去凑凑热闹，等朝阳升起，看夕阳落山。

又一普通清晨，顶着晨辉与友人山上信步走走。忽然，一片树叶擦着鼻尖滑下，顺着树叶轨迹抬首，一道久违的风景映入眼帘：斜斜的太阳光线密密地投射在头顶的树上，树上结满了一嘟噜一嘟噜的小勺子，每个小勺子边缘都长着几颗豌豆大小的果实。

梧瓢！泛黄的记忆立即复活。

儿时很多记忆都与吃有关，把野枇杷捣碎过滤后搅凉粉；将青冈果磨成粉反复浸泡后做馍馍；六月六过后漫山遍野扒野地瓜；顶着大太阳在荆棘丛中摘刺梨；把高粱秆当作甘蔗嚼得津津有味……大山就是我的天然零食供应站。

我家后面的山上有几棵高大的中国梧桐，因其果实长在小勺子里，我直接叫它梧瓢树。当教师的爷爷常常拖长声音吟诵“凤凰鸣矣，于彼高岗。梧桐生矣，于彼朝阳”“宁知鸾凤意，远托梧桐前”……并告诉我：“梧桐是有灵性的，能引来金凤凰”，我于是常常傻傻地抬头望着梧桐，希望有一只金凤凰能突然停歇到树的枝头，无奈梧桐绿了又黄，黄了又青，却从来没有凤凰飞来。不过，那丝毫不改我对那几棵梧桐的喜爱，它们既是我的玩伴，又是我的零食基地。

儿时的我野性而顽劣，爬树是我的强项，虽然梧桐树枝干滑溜，我依然可以毫不费劲地哧溜哧溜就爬到树上，摘一片手掌型的树叶，躺在树杈上悠闲地看日出日落。春夏之交，梧桐开花了，一串串淡黄绿色的花在枝头晃悠，散发着淡淡的清香。在我的眼里，那梧桐花会要魔术，不知道什么时候就变成了小勺形的果瓣，果瓣边缘长着圆圆的果实，三粒到五粒不等，煞是惹人喜爱。我便天天眼巴巴地望着那圆圆的果子，望着那满树晃动的小勺，盼望它们快点由绿变黄。

“梧桐一叶落，天下皆知秋”。当梧桐叶在秋风里翩然落下，梧桐果也成熟了。我如过节般开心，爬上树梢，用镰刀连枝带勺一起割下，然后摘下金黄的、豌豆一样的果实，馋嘴的我往往一边摘，一边把果子放进嘴里，轻轻咬开，露出雪白的果肉，满足地一嚼，满嘴微甜。不过，生吃不如炒熟味道好。妈妈会把我采摘来的梧桐果放锅里翻炒，待果壳变得焦黄并冒出浓郁的香味时，撒上些许食盐就起锅。抓几粒炒好的果子扔进嘴里连壳带肉嚼得“嘎嘣嘎嘣”脆响，满嘴溢香，比豌豆胡豆的味道要好得多，甚是解馋。

后来离乡求学，家后的梧桐渐渐淡出视野，却在记忆里愈熬愈浓。每次返乡，我总要到家后山上去看看，却只见几个干枯的树桩，再也不见那几棵高大的梧桐树的身影。倒是有关梧桐的诗句总是不经意间冒出脑海：“无言独上西楼，月如钩，寂寞梧桐深院锁清秋。剪不断，理还乱，是离愁，别是一番滋味在心头。”亡国之君李后主的孤独与寂寞是否就栖息在一株梧桐上；“梧桐更兼细雨，到黄昏，点点滴滴。这次第，怎一个愁字了得？”一代才女李清照柔肠百结，以梧桐，倾诉多舛的命运……

梧桐，难道除了会引来凤凰之外就是与离别愁绪紧紧相连？每一个人心里是否都有一棵梧桐，或远在天涯，或近在咫尺。春华秋实，时光荏苒，偶然触碰，有关故乡的记忆便泛滥成灾，内心也变得柔软。

今夜，可有一株果实累累的梧桐，顶着淅淅沥沥的雨入梦来。梦里，是否会有一只凤凰飞来，与坐在树杈这头的我对望？

稻谷黄了

昨夜梦里，一只后腿带有镰刀的谷黄蚂蚱后腿一蹬，向我传递丰收的消息，我立即在一片金黄中醒来。

稻谷黄了，秋天熟了。风里捎来田野的消息，催促我走出生活的羁绊，回归那一片金黄。

踏着夕阳余晖，来不及精心打扮，我便去赴一场季节的约会。风，带着熟悉的味道，扑面而来，把我牢牢系在微醺的田埂。

踏着略微潮湿的铁线草，稻谷的清香夹杂着汗水的咸味直往鼻子里钻，一直沁入每个神经末梢。眼神所到之处，阳光洒落的金片铺满田野山岗，好一件秋日盛装，把我也笼罩在了无边的丰腴里面。

犁铧碾过的沟壑依稀闪烁，春天的芽、夏天的绿转眼即逝，稻谷就这样熟了，熟在眼眸，熟在心坎。

这一地的金黄，是农人一年的守候、一年的等待。春天一株一株插下的希望，夏日月下守着池塘、小河沟一勺一勺、一桶一桶守水的艰辛，全部幻化成洋溢在每条皱纹里的笑意，一道混合进镰刀的齿缝。

打场的声音由远而近，熟悉的画面由模糊逐渐变得清晰。我复归为那个坐在田埂上的孩子，扯一株草一面逗弄着蛐蛐，一面欣赏田地里繁忙的丰收舞曲。

雪藏一季的镰刀主动请缨，青筋暴绽的左手拇指朝上，四指朝自己的心窝收拢，同时拢在手心的是结结实实的一兜稻子，右手挥镰，手起刀落，“咔嚓”，一株稻子便躺在了潮湿而温热的田里。勾着的背影埋首朝前，稻子顺从地依次躺下，偶尔有几只的蚂蚱跳上镰刀背，调皮地磕个头，后腿一蹬又钻进草丛，不见了踪影。膀大腰圆的青壮年早抬来拌桶，朝田里一放，往拌桶一头里面立一张竹席，拿起一把稻子抡得高高，狠狠地砸在拌桶壁上，再轻轻一抖，谷子便蹦跳着在拌桶里聚集。“咚——咚——咚”，此起彼伏的声音夹杂着秋虫最后的嘶鸣，汇成一曲绵远的田野交响曲。拌桶越来越沉，谷子越堆越多，身后，心灵手巧的农妇把几把稻草拢在一起，夹在腋窝，左手紧紧抓住稻草顶部，右手娴熟地撩起几根稻草一挽，朝地上一放，一个稻草垛便立在了田里。转眼间，田里便改变了模样，淡淡星辉下，稻浪退潮，稻草垛如士兵列阵，一排排一行行站成一道风景。扯一条看不出本色的毛巾擦一把汗，抽一支劣质香烟，农人们在田间一边唠嗑一边把谷子装进箩筐。

炊烟升起，“收工了——”号子一响，挑着箩筐的壮实身影便在田埂上排成了长队，沉甸甸的谷子在箩筐里挨挨挤挤，汗水随着晚风蒸发。新上门的准女婿咬着牙，一口气不歇肩也不换肩把谷子担回家，便算经受住了考验，一桩婚姻在丰收的季节成全。

白露豇豆、嫩南瓜、黄瓜、土豆等农家小菜外加三两斤五花肉煮了一大锅，热气腾腾舀了几大碗……玉米稀饭已经微凉。小猫小狗绕膝争宠，期待着从嘴角漏下的骨头饭粒，谷子在屋角占去很大一块地盘。心满意足地看一眼饱满的谷粒，在稻香里豪放地饮一碗酒，夜便醉在无边的快乐里。

房梁，有轻微的脚步响起，是馋嘴的老鼠准备偷偷摸摸先尝鲜吧。

时光这头，收割机代替了镰刀拌桶，我在城市的边缘，触摸一段温润的过往。谁家稻谷已经颗粒归仓？谁家新米已经上桌？

珙桐花开施家堡 ◎曹永胜

第一次去松潘，离开之后的一段时间里，我常常像牛一样反刍松潘的热情和美丽。尽管行程安排里有许多地点，但时常让我回想起的却是一些留下强烈记忆的地方，比如施家堡。我甚至会把它当作我的故乡一样回想、思念。

施家堡位于涪江上游，是松潘的一个乡，距松潘县城110公里，那里的生态自然保护区是我们要去的地方之一。出发后，蜿蜒的公路使我们的车队不断在半山盘旋。去一个陌生地点总是令人充满期待，初来乍到也没有一点不适。还没到目的地，只是在一个稍微平坦的地方，向导却让我们停了车。

一行人下车后不解地看着向导。

在陡峭的公路边，大家顺着向导手指的方向遥望。对面的大山郁郁葱葱，与世界上众多的大山也并无两样啊。向导带着骄傲的表情说，在那密林里有一种稀世植物——珙桐。

珙桐？为什么珍贵？为什么它会在这里？

珙桐树被称为“植物中的大熊猫”，也称“植物活化石”，距今已有一千万年的时间，常生长在海拔700~1600米的深山云雾之中。它和恐龙同一个时代，恐龙灭绝了，而珙桐却活着。珙桐花极像鸽子，又被人们称为“鸽子花”。再加上花苞的洁白，所以珙桐花也寓意着和平。100多年前，英国著名植物学家威尔逊曾先后五次到中国进行植物考察，其中三次到达松潘。他是“第一个打开中国西部花园的人”，他从古老的东方尤其是四川为西方引入了一千多种新的植物，几乎在西方园艺界引发了一场革命。

“但是，他却没能在松潘找到珙桐。”

听着向导这一句转折，我似乎有了一点优越和幸福感。也许，命运没有安排威尔逊与珙桐相遇，所以他才留下了“如果命运安排我在中国西部生活的话，我别无所求，只愿能够生活在松潘”的爱慕与憾惜。

我们去时，还没有赶上珙桐花大量盛开的季节，只有少量珙桐花迎接我们。肉眼是看不清几百米之外一朵花的。借助望远镜才能看到，在对面群山绿荫的环抱之中，点缀着一簇簇白色的珙桐花。于是，惊叹声、疑惑声此起彼伏。

仅仅是在去施家堡的路上，我们就收获了一份惊喜。我们的车队带上惊喜继续前行，很快就来到了位于施家堡的西沟自然保护区。而那时，阳光和当地人一起热情地欢迎我们，炽热地照耀我们。

举目环顾，青山连绵，峰峦叠翠，奇峰怪石、千姿百态。山脚下只有几户人家，是那种古朴的吊脚楼建筑风格。聚居在这样幽静的地方，不用“世外桃源”去形容将会是一个写作者的失职。

我生怕我们的闯入会惊扰这里的一草一木，一群外人带来外面世界的气息会不会让这些花鸟鱼虫也感到不适？我诚惶诚恐地和大家一起行走着。当我们穿过吊脚楼时，有几位老人闲适地坐在那里。毫无疑问，这里的恬静被一群外人打破了。但老人们并没有一点不悦，他们笑容满面地接受着我们的拍照，似乎没有被打扰。当一个阅尽人生的人内心安稳的时候，什么又能打扰他呢？

我们进入的是一个蓝莓种植基地。在这“世外桃源”的地方，怎么会有现代化的蓝莓基地？这样的“侵入”，当地人会不会抵触？

原来，由于受到交通不便、产业单一，这里一直处于贫困。蓝莓是一种生长于欧洲的水果，品种稀有，价格高昂。蓝莓对环境、海拔、日照、空气的要求极其严格。施家堡海拔适中、日照充足、植被茂盛，空气中负氧离子含量远高于其他地方，特别适合蓝莓规模发展。于是，一个跨越半个地球的物种被引进最终落户施家堡。同时，引进公司加农户的方式，土地流转为群众增加了一大笔收入，走出了一条偏远山区致富增收的新路子。

公司聘用当地人在基地上班，负责蓝莓的日常维护，每月支付工资。当地人说：“老了还有工资拿，日子比蜜还甜。”这样的好事，谁会抵触呢？这是新时代的田园生活，不一样的“世外桃源”。

我们小心翼翼行走在蓝莓基地。

一些蓝莓花盛开着，钟形的、白色的花特别美丽。而一些蓝莓花已经凋谢，开始结出了小小的果子。太阳能生态杀虫器、土地监控系统等设施一应俱全，现代农业在这“世外桃源”焕发了新的活力。村民在田间地头劳作的身影随处可见。行走在这“世外桃源”，古代诗人们那些田园诗句的意境就出现在我的眼前。

穿过小溪，在密林里竟然有一条瀑布从天而降，当地人称为“迎宾瀑布”。与炽热的阳光的热情不同，瀑布以沁人心脾的凉爽迎接我们。站在瀑布落下的池边，潮湿而滋润的水气将所有的酷热一扫而光，让人顿感神清气爽。同行的一位藏族女孩的慧眼在池子上空看到了彩虹。在她的帮助下，我也欣喜地看到了彩虹。那美丽的彩虹就停留在池水的上空，没有精致的心思是无法遇见它们的。瀑布池上的彩虹，多么别致的景象。

我们从“迎宾瀑布”出来的时候，突然，有人惊呼——“珙桐花”。

大家一齐朝他呼喊的方向望去。原来珙桐花就在我们头上。奇异而美丽的珙桐花开在密林深处，挺直的树干上枝繁叶茂，洁白耀眼的苞片如手掌般大小，成双成对，酷似鸽子的两只翅膀。珙桐花很奇特，它的花朵没有花瓣，由两片大小不一的乳白色苞片，包裹着一颗暗紫色的花蕊，在枝头随风摇曳，宛如万千只白色的鸽子在山间翻飞。一阵微风吹拂，万花齐动，犹如千万只白鸽栖息在树梢枝头，展翅欲飞。鸽子是和平、团结、圣洁的象征。比利时的布鲁塞尔，至今还矗立着一位妇女的塑像，她身披古希腊的传统服装，张开双手托着一只鸽子及鲜花迎接游客，让人们珍惜和平、热爱生活。

离开施家堡时，我突然觉得能与珙桐花一起，享受这现世安稳的日子，真是一件幸福惬意的事。

前不久，朋友说，施家堡的珙桐花正在竞相开放，两万多亩的珙桐花延绵八公里，漫山遍野的洁白，出乎寻常的惊艳，你赶紧来看吧，那才是诗画般的生活。

我说，一千万年以来，哪怕没人去欣赏，它们不是也在开吗。让它们安静地开吧，开在这美丽的世界，开在每个人的心中。

一个村庄的地名志

◎彭家河

——又一个村庄消失前的最后解密

在乡下，如果用经纬定位法去精确定位某地，用老家农村的话说就是顶上碓窝耍狮子，累死不讨好。

那些草木、河池、山石、田土，甚至某段典故或者逸事都是乡村的坐标。这些乡村坐标，如同一个个村落密码，在本村流行通用，跨过一个河沟或者翻过一座山垭，如果不给解码，别人打死都不会明白那些清清楚楚的地名到底指向何处。

相对于城市而言，村庄没有那么直白。城市的街名路名店名一长溜全亮晃晃地挂在露天坝里，真正的内容全藏进水泥、玻璃的墙里，那么生硬，如同一个个陷阱，同时还让人养成视而不见的恶习。乡村则不一样，碾磙、磨盘、水车这些全活生生地摆在那里，真实生动。城市留给人们的永远是精彩的封面，而农村直接就是画面般的正文。我固执地认为，在城市生活久了，目光就会呆滞，灵气也会枯竭，这也是城市人经常下乡接地气的原因。

科技是条好狗。村里早年放牛的都揣上了智能手机，无论走到哪儿，只要点一下百度地图或者凯立德、高德，GPS 都会在几秒精确定位，让你明白自己身在何处。如果再先进一些，还会告诉你脚下的经度纬度，如果你是本·拉登，遥远的激光导弹就瞄准你“嗖嗖嗖”地蹿上来了。但是这些比狗还高级的玩意，也有不少连狗都不如的缺陷。随便让村里一个不识字的人带路，它都能把客人带到村里任何一个你想去的旮旯角落，但是，把这个名字告诉任何一粒高明的飞弹，它都只会是个瞎子。对一个外乡人来说，一个村子就是另一个世界。

每一个村落都有自己五花八门的命名，这些名字就是村里每个成员使用的独特暗语，掌握这些暗语，才能在村里正常生活，也才能在天南海北迅速区分自己的族人。网络也是个神奇的玩意，一个一个都藏在屏幕背后，甚至看不见人，听不到声音，只要打上几个字，对上几句只有本村人才知道的暗语，就能一下子摸清对方的底细。当然，要回答这些暗语，不在村里生活个八九年，三五句就会驴唇不对马嘴，露出破绽。

你是哪哈的？四川。

四川哪哈的？南部双峰。

双峰哪哈的？彭家。

彭家哪的？大柏树下面那一家。

大柏树下面哪一家？大路上面挨着碾子院坝边上有个大石头那一家。

答上了这些暗语，对方就会直接从电脑那边打出你的名字。如果提问再深奥些：你知道桃木林那里有什么？如果你回答有桃树那就差之千里了，正确的回答应该是：桃木林有一口永不干涸的浅水井，没有桃树。

这种密语规则，世界流行。有部美国电影叫《风语者》，是说“二战”中有3600多名印第安纳瓦霍族人被征召入伍，其中有29人组成海军陆战队第382野战排，受命编译和解译密码，称为“风语者”。原来纳瓦霍族人的语言外族人听不懂，而且纳瓦霍词汇中并不存在军事术语，他们将常用的军事术语和原始的纳瓦霍词汇对应起来，编写通信密语，传递血火之中的战争信息，为胜利立下了不朽功勋。我们村的地名，与这些语言差不多，我们村的每一个村民，都是自己村子的“风语者”，虽然这些地名没有加密，但是对于异乡人，则是难以破解的密码。例如，在乡下，大家对米和公里这些单位没有多少直观印象，在表述的时候，经常会出现这样的对话：那棵树有多粗？有队里安高压线时砍的那棵柏树两个那么粗。那路有多远呢？有从宋家嘴到上河头那么远。这一问一答，双方都心知肚明，同村的人也都明白，但是，外村的还有谁懂呢？

如今，乡村这些亲切的地名，则似一张张久炼的祖传膏药，牢牢地贴在游子们的心坎上，在每一个佳节或者某些特殊的日子，缓减着一个个离乡族人怀乡的隐痛。

一

彭家不是一个家，而是一个50余户同族人聚居的小村落。当然，最初的时候，肯定只有一家彭姓的从湖广一站一站赶过来，最后在这个小山坡落户。我想，这个时间应该在二三百年前，是清朝乾隆嘉庆年间的事。

川北多山，连绵起伏，纵横交错，如同一棵倒下的残碎大树，树干是秦岭、大巴山这些大阻天堑，那些四处延伸的枝丫则是一个个有名或者无名的余脉。我们那些山是剑门山的余脉，剑门山脉有一处天下闻名的垭口叫“剑门关”。那个不知名的彭姓祖先选中了二帽岭山下的南坡，修房立屋，繁衍生息。二帽岭这山的得名也是因为在一面大山上又突兀地隆起了个小山顶，像古代状元戴的官帽。我相信，那位祖先选中这面山落户，应该与这座山形有关。后来不少阴阳先生时常说，这块地方背北向南，靠山是官帽，前山是笔架，是个好地穴，出人才。倒也是，山南和山北的村落里读书人不少，还走出过几个县令级别的官员，这在穷乡僻壤是了不得的事情。

二帽岭四面散落着不少村落，这些村落所在地之前都没有名字，哪家住下了，就按哪家的姓氏取名，彭家、李家湾、罗家河、袁家岩，这几个村落就把这座山的四面围完了，也就给这面山的每一片地域取了名。从此，这座无名的荒山开始美名远扬。

在周围的几个村子里，我都看到有圆桌面子粗的大柏树，树围有两三米，用“树围测龄法”来估算，这些大柏树生长年份在 250 年至 300 年间，倒推过去，栽下这些柏树的，就是乾隆嘉庆年间从湖北麻城迁徙过来的祖辈。这些远离家乡的湖北人，在修房立屋的同时，也栽下一棵棵柏树，殊不知，几百年后，这些树木居然成为寻根问祖的最好依据。这些迁居者在川北深山中拓荒生存，等家业兴旺之后，就修墓立碑，记载家族的来龙去脉，远远地怀念着自己的故乡。

村里的墓碑中，清代的古碑较多。石碑有写“皇汉考妣彭公讳 ×××”的，也有写“大清考妣彭公讳 ×××”的，看来，这些祖辈肯定精通文墨，对文字的选取极其考究，刻写碑文的书法也无可挑剔。为什么用“皇汉”这两个字？我特别查证了一下，没有多少官方的说明。有朋友说，立碑者肯定是个特立不俗的人，或许有反清倾向，可能是在清朝末期或民国初年立的。我又仔细辨认了一下斑驳风化的碑文，落款有“大汉辛亥年”的字样，我想应该是 1911 年。我按我父亲的出生年份和祖上几辈人倒推，经过国政、光耀、登庸、富成、永喜几辈人回溯，按 25 年一代来推算，立碑者应该是我的高祖富成在 60 岁左右为先祖永喜预修陵墓时刻写的碑文，我看到碑板上“皇汉考妣彭公讳永喜蒲安人预修墓志”的字样，就基本能确定我的推断没有多大出入。村里还有不少道光、宣统年间的碑板，都拆下来做成了淘菜的水缸、猪圈的围栏。如果那些老辈子还魂归来，不打死这些不肖子孙才怪。

父亲曾说过，我的祖上铸造过假银圆，后来还因此获罪。我想，这种银圆肯定不是一般的银圆，而是一种叫“辛亥大汉铜币”的东西。这背后的故事或许比我今天想象的更为惊心动魄。我查询了一些资料，基本摸清了脉络。1911 年（清宣统三年），孙中山领导同盟会发动资产阶级民主革命，因该年以干支计年为辛亥年，故名“辛亥革命”。辛亥革命爆发后，全国各省相继响应起义。江西革命党人发动起义并建立政权，制造了全国最早体现革命政权建立的铜币，其面文与封建王朝的大清铜币针锋相对，为“大汉铜币”。因 1911 年是我国传统的农历纪年辛亥年，所以在币面的左右侧有“辛亥”两字。在当时的历史背景下，币面“辛亥”实际上就是辛亥革命的隐意。币背内外圈各有九颗星，共计十八颗，象征着湖北、湖南、陕西、江西、山西……等先后宣布独立的十八个省，十八颗星联成一体，象征着十八个省的军民团结起来，共同战斗。辛亥革命政权刚建立才两个月多，这些“大汉铜币”便从造币厂里造出来了，并且在当时的社会上流通使用，由于历史原因，加上清廷的查禁，流通时间极为短暂，铸量甚少，弥足珍贵，被钱币收藏界视为“铜圆十大珍品”之一。通过斑驳的碑文，我知道在高祖的时候，家道已经极为兴旺，估计那时染房也生意兴隆，高祖在家大业旺的情况下，才树碑立传，歌功颂德。想必也是在这个时期，走南闯北，见多识广并有激进思想的他也开始铸造“大汉铜币”，响应革命，结果落得家道败落，百年未振。

二帽岭、九龙山从仙人岭分枝出来，中间还伸出了一个个没有命名的山包，形成两个大山坳和许多小湾。这些小山湾里，要么聚居着各姓的族人，要么埋葬着逝去的先人。九龙山下的叫蒲家湾，牛郎垭下的叫李家湾，远远的与彭家南北相对。在这个山坳的东面，则是深深的峡谷彭家河。彭家河早年是一条蜿蜒粗糙的小河，涨水则漫田淹地，枯水则乱石暴露，成为光屁股孩子摸鱼捉虾的场所。河边陡峭悬岩上下的蛇形小路，如同一根曲折的脐带，暗示着生命的走向。如今，水面抬升，变得波澜壮阔，这条小河沟已经深埋在百米之下，当年的小路则隐身底层，成为著名风景区升钟湖的一段河床。关于这条小路，我相信，只会有越来越少的人知道它的容貌，直到有一天，它将永远成为一个谜。水，仿佛是另一种时间，把水下的一切变成历史。

彭家的右前方是河对面的李家湾，左前方是河谷对面的蒲家湾。几个村落间烟火吵闹，红白喜事，都一览无余。开门一望，就看到了对面的人家，即使是在这样的深山中，人家从没有感觉到孤单。每一个村落，就是一个祖辈的后代，他们聚族而居，日出而作，日落而息，守护着这祖辈留下的家园。

二

老院子、染房头是两座有名的四合院。老院子在上面岩，染房头在下面岩。半坡中间一条大道，把一个村落分成了两半，在成立农业社的时候，以大路为界，把这个村落分成了两个社。虽然是一个大家族，这一分，田地庄稼保管室也就划分开了，随着上下两个社分田分地和分财产的不均，多多少少引起了一些纠纷，上下两个社族人之间的情分就有了些隔膜。

上面岩最大的院子是老院子，老院子里有我的姑姑，经常上去。虽然同在一个村落，从下面岩到上面岩，还是感觉有些生分。在我能记事起，老院子就已经缺了一角，四合院只有三面。四合院里住的都是一个祖辈养育的几个亲儿子，儿子成家后，就分灶独立。祖辈有多少间房，有多少台柜子，多少田地，就按儿子的多少平均分成几份，成家一个，就分出去一份。没有结婚的，就跟父母一起生活，到了成家后，一年半载，就要分开过自己的小日子了。往往兄弟多的，媳妇间往往就会因此结下宿怨，老大分得少，老幺占得多，大媳妇占强，二媳妇心凶……这些分分毫毫的小事，就会让兄弟姐妹间产生矛盾，结果亲兄弟之间的怨怼胜过外人。分家过后，低头不见抬头见，各家各户又生儿育女，老份子的房子不够用了，于是都纷纷拆旧屋建新房，曾经完完整整的四合院如同当年整整齐齐的一口牙，一个一个慢慢掉落，最后，只余下两条光秃秃的牙床。在四合院还没有拆完的时候，祖辈们就一个一个去世了，当年的雕花门窗、朱漆挑梁、桐油板壁全都拆得七零八落，有用的就用刨子一推，把上面的尘土污垢一除，或者重新刷一层漆，又是崭新的木料了，安放在新的房屋上。如果用不上的，就直接扔进火堆，化为灰烬。

老院子还有一排房屋没有拆，虽然有粗大的柱子和抬梁，但是木楼低矮，后辈们进去都要撞头，所以只能堆放杂物了。老院子少的那一面，就是楼门。拆下了楼门的四合院，就是一张缺了门牙的嘴。

染房头在我小时候还是非常完整的，严严实实地把一大家装在一个方院子里。幸好我们院子里面的晒坝较大，可以铺两张大大的晒垫，所以我小时候没有感觉到局促。楼门是院子入口通道前一个高坊，檐下可以挂匾额，还有阁楼石梯。特别是红白喜事的时候，楼门前粗大的柱子上贴了或红或白的对联纸花，那才是要喜庆有喜庆，要肃穆有肃穆。楼门是一个四合院的脸，更是院子里各家各户的脸面，丝毫马虎不得。

染房头的居民中，我记得的都是光字辈的长辈了，之前的登字辈、永字辈的，在我没有出生前就去世了。光字辈的我要叫祖父，之中出过两个先生。先生就是老师，是民国时期剑阁师范的毕业生。国字辈与宗字辈是一个辈分，这个院子里又出了两个先生，还不包括另一个支脉的两个教师。这个院子叫染房头，却走出一个又一个教书先生，看来起初以经商为业的人家已经转向了耕读。经商的成果就是让这个院落命名为染房，同时还有那些土豪般的建筑。但是随着后来各家各户的拆迁，这个家族的商业成果已经荡然无存。耕读传家的家训却让儿孙们勤奋苦读，纷纷外出求学，结果也一个个远走他乡，离开了故园。

还能叫得出名字的院落，除了新房子就是保管室了。新房子是从老院子搬出去的兄弟新修的楼房，修建已经没有老四合院那样精细，同时也没有修成四合院，只是一排立木的川北民居，没有多少味道。然而保管室，则是一个应运而生的事物。保管室是什么时候修建的，完全可以推断。保管室修在下面岩一个大平坝里，有二十多间，室内抬空，无一根柱子，西面有一个木楼，楼上的板壁可以拆卸。室外的大坝子里还铺上了大小一样的光滑石板，是全社的晒场。在农业社的时候，全社的粮食都堆在保管室里，全社的男男女女集中在一起掰苞谷、晒谷子，那场面真是壮观。

包产到户以后，保管室就日渐空落，只有在春节或者空闲时，又会热闹非凡。春节初几头，村里组织看大戏，就在保管室演出。舞台布置在那个木楼上，把板壁一拆，观众就在晒坝里摆一排排长板凳看戏。如果下雨，演员们就转个身，村民们就搬到室内观看。雪亮的煤气灯光把舞台照得透亮，周围几个村的群众都赶过来，把保管室挤得满满的。每到这个时候，晒坝里卖甘蔗、橘子、小吃、玩具的小贩也过来了，这便是小孩子最开心的日子。那些穿得花花绿绿，唱得咿咿呀呀的川戏小孩子不感兴趣，都跑出来在晒坝外的小摊前打转转。剧团的演员分派到各家各户，与社员们一起吃住。各家各户都把这些演员当稀客一样款待，在吃饭的时候，我发现这些演员与平常人一样，没有什么特别之处，但是在舞台上，他们要么威风凛凛，要么美若天仙。大戏一般是唱五天七天，每天保管室都是人山人海，各家各户都有远近的亲戚过来，还有不少是带着介绍对象的重任来的。这家带个姑娘，那家带个小伙，远远地打个照面，然后背地里谈谈印象，于是就有了来来往往的媒妁之言。

保管室的外墙上方有一排篱壁，一米见方，大小一样，上面用排笔写着一行白色的标语“全队总动员，苦战一星期，攻下米半高，胜利把洪关”。这幅标语白日黑夜站在屋檐下，鼓动着来来往往的行人。原来晒坝前面就是两山间的河谷，当年曾发动全大队的群众在这里拦河筑坝，修了全村最大的一个水库，让下河头的全部田地可以耕种两季，旱涝保收。

随着两个大院子人丁兴旺，在我小学还没有念完的时候，这两个院子就已经不复存在了，如同拆字游戏，四合院的一笔一画四处零落，再也看不出这些新修农家之间的亲疏远近。那些上了年纪的长辈，也开始如同一个多余的人，在这个儿子家吃住一个月，又到另一个儿女家吃住一个月，其间鸡毛蒜皮的柴米小事，也让村里家家户户吵闹不断。如今，保管室在闲置了几十年后，也终于拆除变卖，在原址上修起了一套民房。

这样的解体与纷争，与当年老人家唯愿多子多福家大业大的想法相去有多远呢？

三

彭家这个村子有四个多平方公里，除了在卫星地图上可以看到点黄绿的底色外，这块地方连名字都没有，因为这个村落小得连上地图的资格都没有，只有凭借彭家河、青龙宫村周围几座山和河流来推断，那几个地名围起来的地方，就我们的那个村落。

老院子和染房头如同两株茂盛的蒲公英，在上面岩和下面岩自由生长，等到花繁叶茂的时候，微风轻轻一吹，那些小小的种子就四处飞散，然后落地生根。早年那两朵完整的家族之花并蒂开放了多久也无法查证，除了零碎的记忆，没有留下任何一丝影像资料。

这一朵朵小小的种子飞散到各地，在各自生长开放的同时，也把这一块块土地注上了地名。大爷家、二爷家、三爸家，这种格式的地名也进一步把那一片没有名字的土地划分得清清楚楚，让大家都能明白自己的所指。

除了这些房屋进一步细化了这块土地的命名外，其余的则是给一片片田地命名，让村民们能掌握自己的每一块土地。以山谷为界，村落对面统称对河，对河还有候子坪、新坟林、旧屋地、桃木林几个地标，用这些地标不能进一步表述的时候就用某某家的地来缩小区域。张国英的地，就从一块地的主人变成一片地域的名字。以河谷来命名的有上河头、下河头，然后就是黑瓮塘、石板堰几个水潭把河谷分成了几段。上河头和下河头水源好，田地可以种两季，春夏天栽秧，秋冬天种麦。一年四季，田地里都不放空。下河头的面积大，这么多的田地，还得细细命名，才得分得清楚。洞洞田、耙子田、凉水田、澄水田、青坪子、阴岩头、灯盏窝、坝尔头、青岗林，这些地标一定，各家各户的田地基本就能知道个大体方位了。

顺水走的田地一清楚，四下的旱地则又有新的取名法则。十亩地、栅上、麻石峭、柏树嘴、庙子嘴、宋家嘴、清明嘴、狮子嘴、蛮孔岩、偏倒石岩、尖角地、瓦子坪、矮木坪，这些地名一一与某一片地域对应，整个村庄的田地就各归其主了。

耕田种地要用牛，烧火煮饭要用柴，所以，还得把放牛场和柴草坡也要取个名。所以，南瓜坡、枯坟湾、水头坡、枣子树岩、四坡头这些名字就指向了那一片广阔的山坡。

对于长期居住在村里的人，只要这些名字一出口，脑袋里就有了那一方土地的方位轮廓，甚至在那一片土地上曾经发生过什么样的故事，都能一一浮现。狮子嘴的大石狮子一直待在那块地里，偏倒石岩的那块大石头还是那样黑漆漆的，枣子树岩的确有几棵野枣树，南瓜坡上没有南瓜。这些独家记忆，只存留在族人的记忆之中。

每一个村民，只要提起一个地名，肯定会记起许多自己的故事，而且有些故事不能与别人分享，只有独自回味或者慢慢遗忘，能分享的，许多也都是经过自己层层解密，没有多少利害关系的故事。

四坡头那一片荒坡，每天一早，不念书的孩子和无事的叔叔婶婶就背上背篼镰刀，把自家的黄牛水牛拴上嘴笼，然后邀约着一起浩浩荡荡地向东面的放牛场前进。

到了坡上，把牛嘴笼解开，然后大家就找块平坦的石头，围在一起打扑克、捉虱子。等快到午饭的时候，才赶紧四下割点草回家。大家回家吃午饭的时候，就找棵粗壮的灌木或者小柏树，把牛拴在坡上，然后一同回家吃饭。饭后，又一路上坡，解开牛绳，继续晒太阳或者做游戏。有一种叫打杈的游戏，孩子们乐此不疲。砍三根小树杈，支在地上，大家一起割一小堆草放在树杈边，站在几十米开外，拿出自己镰刀扔过去，谁打倒了那个小树杈，那堆草就归谁。然后又割一小堆，继续比赛。年龄稍大的姑娘小伙不喜欢这些，大姑娘就跟上婶婶们学扎彩垫、织毛衣，小伙子们则打扑克。如果没有带扑克，就在石头上画个棋盘，走那些叫“山东棋”“田字棋”的游戏。这些游戏玩腻了，要么就躺在软和的草坡上看龙马镇那边公路上一辆一辆拉沙的车，要么就找两株挨得近的小树在树间做空翻。就在这清新的空气中，凭借这简陋的健身器材，农家子弟个个长得壮壮实实，虎头虎脑。

从水头坡回来要经过一个绿幽幽的深潭，叫黑瓮潭，传说深不见底，无论天多旱，从来没有干过。早年我家木楼上有一堆破铜烂铁，我无事时常在里面翻，有天发现了几颗一柞长的子弹，我爹知道后，就把这些子弹摔进了黑瓮潭。后来他说那是搞武斗时捡回来的，之前好像有一颗手榴弹，也丢进了这个深潭，看来这个深潭才是最安全的地方。

从黑瓮潭上的水沟淌过，就是一块一块的层层水田，经过传说之前有个庙的庙子嘴和满是麻子般石头的麻石峭，到了柏树嘴，就回到了贯穿整个村落的大路。

走在各家各户的房前屋后，闻着一阵阵的油锅香味，仿佛就看到了自家灶台上留着的一碗蛋炒饭。

四

彭家这个小村落，在我懂事时，已经发展到 50 余户人家，村里所有的男人都姓彭，村里的女人除了娶过来的媳妇也姓彭。村里每个人的名字都按“思志学成，永登光国，宗本志祥，文章传世，正立中堂……”的字辈取名，每个人的名字都有三个字，彭是姓，第二个字是辈分，第三个字才是自己的名。只要看到对方名字中间的字，就知道是自己的长辈还是晚辈，如同军人肩上的星杠肩章。如果是长辈的，不管对方年龄大小，都要按辈分让小孩子叫人家爷爷或者爸爸。与我同时代的，登字辈就是最高辈分的健在者了，只有一个老人，90 多岁去世的。然后是光字辈的，也没有几位，基本上是国字辈、本字辈的，志字辈的还小。几年没有回乡，我爹说，光字辈的，只剩一个了。而现在大家取名都不按辈分了，老人们常说，现在的娃儿都没大没小的，不知道什么叫长幼尊卑。听到同姓结婚老夫少妻这些事，更是长吁短叹气得要死。

50 余户人家，全聚居在村里耕田种地。后来，慢慢出现了赤脚医生、教师、厨子、砖匠、瓦匠、窑工、木匠、劁猪匠、算命先生、阴阳先生这些职业。这些人还是以务农为主，如果遇上需要自己出手的，他们就成为另一种身份的人。比起只会耕田种地的庄稼人，这些有手艺活儿的更加受人尊敬，同时能在种地之余挣点零用钱，家里的开支也宽长些。

早些年，村里还没有电的时候，磨、碾子、风斗、筛子、垫子、簸箕这些是家家必备的农具。大磨和碾子算是村里的重大设备，都是祖传的，单家独户的一般没有能力再添置这些重装。村上大磨的磨盘直径有一米多，碾盘的直径在两米以上，磨扇和碾滚是两三百斤重的青石，这些装备，只有成年的牛才配套。在没有推磨和碾米的时候，这些纹丝不动的石头，就是周围邻居一起吃饭闲聊的场地。

在闲聊之中，村上的大凡小事很快就在全村传开了，让大家对村子里发生的一切都了如指掌。当然，口口相传的过程中，难免有言过其实添油加醋，于是传来传去，又传回当事人耳中，如果传得有点过分或者以假乱真，当事人就会找到传话人当面对质，这就是一追一的“对闲话”，是农村很扫面子的一件事。对的结果往往是两人当场对骂，都是道听途说，结果双方都觉得委屈，从此有了过结。

不过，在茶余饭后的闲聊中，村里的人和事如同一粒粒风中的种子，飞进我的耳朵，然后在脑袋里发芽生根。这个细节虽然与《尘埃落定》里面那个偷罂粟种子的藏人相似，但是，村庄里的故事不用偷，是随风传播的，只要愿意收藏，就会源源不断地送来。

其中有一个人物是果尔。乳名一直叫果尔，大名应该叫彭本什么。果尔生下来是好端端的，出麻子时把眼睛烧瞎了，但这似乎不影响他的生活和劳动。村里摇面的时候，家人把他牵来，他与常人一样，有力地摇动着摇面机沉重的手柄，在歇息的时候，也能端起一碗饭丝毫不差地吃进嘴里。他除了眼睛是灰色的，其他与别人一样。为了能给果尔找个谋生的职业，家人让他跟上师傅学算命。算命先生一般都是瞎子。果尔记忆力惊人，学得也非常快。他在摇面的时候，人家向他请教，他还能随口背出那些复杂的口诀："甲子乙丑海中金，丙寅丁卯炉中火，戊辰己巳大林木，庚午辛未路傍土……"没学好久，果尔已经能上场摆摊了。我们村子周边有四五个乡场，逢场天，赶场的就顺路把果尔牵上场，然后果尔就在路边拉起自学的二胡，等过往的行人前来卜问吉凶。

果尔用一双看不见光明的眼睛，洞穿了一个个尘世俗人的前世今生，慢慢的，果尔声名鹊起，慕名而来的人越来越多。一个场镇，同行也不少，卖灰面的见不得卖石灰的。事后分析，肯定是果尔的名望和收入沉重地打击了另一个算命先生，果尔无意之中砸了人家的饭碗。一在个平常的当场天，当果尔吃了有人递给他的一个馒头后，在回家的路上吐血而死。是谁策划了这场谋杀致一个盲人于死地？果尔本身也看不到，同时也无法说出半点线索了。有人问，既然果尔神机妙算，那他为什么没有算出自己的死期呢？如果早知道，不吃那个馒头不就没事了吗？然而事实并非如此，冤死的果尔用自己的遭遇再次证实了一个铁律：再厉害的算命先生，都算不准自己的命；再非凡的阴阳先生，也看不准自家的地。大家有看到能够给自己理发的理发匠吗？有能照见镜子本身的镜子吗？虽然果尔去世多年，他仍在族人言说中长存。

除了果尔，还有一个人物叫屁狗，屁狗的故事很传奇，我已经在另一篇文章里专门讲述过。屁狗之外，大家最感神秘和神奇的，是一个懂阴神化水的。虽然这种职业看似不那么光明正大，但是在乡下，却是少不得的人物。这个人的辈分比我高，我要叫爷爷。我在知道他时，他已人到中年，慈善而略带羞涩的一个男人。别人讲些荤腥的笑话，他都会露出一丝难为情的笑容。村里如果有人披头散发、胡说乱道、噩梦连连或者三更半夜往村外跑这些怪异的举止，他就知道中邪了，别人会找他治一治。万物皆有因，病只是一种暗示或者表象。要治病就要找到病源，中邪的病要到阴曹地府里面去寻根问底。这事一般在晚上进行，小孩子都要被赶得远远的，但事后总有一些细枝末节流传出来。那爷来到病人卧床的房间，烧几张黄纸，在水碗中放几粒米，口中念念有词，转眼间，打几个呵欠，倒床就睡，进入了阴间。然后那爷与阴间的人对话，询问病人得病的原因。这看似自言自语的一问一答，周围的人都听得清清楚楚。最为神奇的是，那些已经去世的人的声音与当年在世的时候一模一样，而且有些去世的人是这个阴阳先生从未见过面的，他咋能模仿得如此相像呢？所以，在场的没有不对这事信以为真的，日后对这个阴阳先生没有不恭敬惧怕的。病因查清了，那爷又一个呵欠，回到阳间，再使点法术，几天后，病人就完全康复了。我还听人说，阴阳先生下了阴曹后，会全身冰凉发硬，如果这期间谁摸了他的身体，他醒来后，会钻心疼痛。如果法力不够，还有下了阴曹回不了阳间的。这些事，虽然传得玄而又玄，但确实帮了不少人，我想，这或许是一种古老的催眠术或者神秘的心理疗法。

整个村落有名在册并全待在村子时候，有四五百人，人上一百，形形色色，其实还有不少故事，一直在不断上演。

五

我老家屋后有几棵粗大的柏树，它用自己的腰围暗示着我们族人在这个山坡安家落户的年月。那些树粗得要两三个成年男子才抱得住，我想，如果这些树一直长，会不会把我们村子长满，长到村里没有地方修房屋了呢？到时候，我们在哪里住呢？然而，我的担忧确实是杞人忧天了。

村庄如同一个成人的肚子，看着肚子一天天胀大，在我担心它大得双腿会不会承受不起的时候，那肚子却不长了，甚至一天天瘪下去。

上面岩的房屋从庄子嘴一直修到了老坟岭，下面岩的房屋从上河头修到了柏树嘴，第三层山坪坝，有两家人落户了，对河也有一家人修过去了。照这样下去，二帽岭的南坡就要被一层一层的彭姓农房修满了。虽然房屋一年年增加，但从来没有谁修过柏树嘴的，那边属东面了，全是村里的地，大片大片的，有一种广阔的阴森。

早年的立木房大家觉得不洋气了，换成了用砖头方块石砌墙用水泥板做楼板的砖瓦房。家里兄弟多的，一个兄弟修一层，三四层小洋楼也出现在深山里。殊不知，几十年后的一次大地震，立木房只是落了些瓦，而砖瓦房就裂缝坍塌，没砸死人也要吓死人。

修砖瓦房要不少钱，一般人想都没有想过。挣钱才是首要的。之前村民们努力种田种地，养鸡养猪，一年下来，总存不了几个钱。

是好久大家才开始谋划着走出村子去挣钱的呢？现在几乎没有谁记得了。我们村最早成规模外出的，应该是到新疆摘棉花。这还是从一件婚事引起的。村里有个叫云的姑娘初中毕业后，家里就开始张罗着给她介绍对象，父母介绍了几个，那云姑始终不同意，眼看着又到春节了，男家又要上门提亲。云姑的同学有亲戚在新疆，说回来在招人去摘棉花。云姑横下一条心，私自加入了去新疆摘棉花的队伍。见人也跑了，父母也没有办法。两年后，云姑抱着一个孩子回到四川，好歹是自己孙子，云姑的父母才将就了事。云姑回来讲了不少新疆的事，新疆的棉花又大又松，轻轻一扯就下来了，一天可以摘上百斤，也就有上百元的收入。村里人听得热闹了，于是就跟上她踏上淘金之路。

头一年到了新疆的，见了些世面，觉得气候不惯，就商量着往广东跑。深圳、中山、东莞这些从来没有听说过的名字，成为村里另一个聚居地。一年一年，村里的男女老少都跑出去了。进厂的、当保安的、制模的，什么工种都有，三五年回来，都收拾得洋歪歪的。年轻人打扮得光鲜锃亮，中年人也穿夹克衫牛仔裤，比早年在家周正多了。村里有个中年人，既没有多少力气，也没半点技术，还是兴冲冲地跟上年轻人跑了三五年，钱虽然没有挣多少，但他把全国逛得差不多了，给人家摆起龙门阵，大家都羡慕死了。

之前村里 50 多户 400 多人，现在留在家里的，不到 20 个人，全是老人和小孩。小孩一长大，也跟父母到广东福建去了，村里的老人也越来越少。庄稼地也荒了，没有人种得动，也没有人愿意种。虽然现在连农业税也免了，老人们也只是在房前屋后种点菜和一点点庄稼，自己够吃就行了。一户一户举家外出，草都长到了院子里，没有人居住的房屋，毫无生气，一天天苍老。房屋无人护理了，就连各家各户的祖坟要么深深的藏进杂草中，要么被山洪冲毁，更无人理会。

竹木森森，高过房顶，似乎要把村庄吞没。

大家都很少回到村里，都在各自的城市早出晚归，与城里人一样呼吸着城市的空气，穿行在城市的街道，然而，有谁知道，他们是一个个村庄出走的人呢？我们这个村落，有在山西、成都做老总坐大奔的，有在广东、湖南、福建、陕西各大城市当小老板的，也有在浙江、江苏买房定居的，他们都在异乡抛头露面，成为当地人。

突然有一天，我的 QQ 闪烁，有人加我进一个叫“青龙宫彭氏心灵驿站”的 QQ 群，一看这几个字，我心里一热，于是迅速进去一看，啊！全都在，原来村里的邻居、小伙伴全挂在网上，如同当年选举时的花名册，排得看不到尾。虽然前面的头像各不一样，后面数字不尽相同，但是看到姓名的开头，全是彭彭彭彭，就像当年在保管室开社员会一样，黑麻麻的。

大家都在电脑那头各自做着自己的事，挣钱糊口养家，空了上来说一句，然后大家有空的都七嘴八舌跟着说说，这与当年在碾子上吃饭摆闲条一样，只不过换了一种方式。

虽然村子一天天败落，大家在群里还不时说着不可能回去长住的乡村，还设想着，什么时候也在村里建一个大的狩猎场、无公害种植园、农家乐……

然而，我却在一边安静地计算，村里有多少户人全家外出，还有几户人家家里还有老人，再过五年，十年，村里还有几个人守在那里。

为了让我的地名统计不遗漏，我问网上挂着的一个个姓彭的，有早年在村里的年轻人，也有在外出生成长的，还有跟着儿女进城的老年人，有好些地名已经记不准了。当下都是这样，再过个三五十年，我们遗忘了村庄，村庄也会把我们遗忘。那些谜一样的地名，又会像当初取名之前一样，在土地上消失。我想，在什么时候，还会有新一轮移民过来，在这里修房立屋，然后给这里的坡坡坎坎重新命名。

不知道世事还会如何变幻，不知道我们还会走向何方，我相信，生养我们的那一块土地，永远会在那里等着我们。总有一天，我们还会在那里碰头。

我与这片土地久别重逢

◎蒋　林

——壤塘散章

一

藏地，对大多数人来说都充满向往。辽阔的草原和清澈的河水，让我们亲近自然；巍峨的高山和盘旋的雄鹰，让我们放飞心灵；悠久的历史和丰富的人文，让我们找到寄托。这世上有太多物质丰富却内心荒芜的人，在灵魂的召唤下踏上神秘的藏地，寻找内心的安宁。

七月的壤塘，万木葱茏，梵音缥缈。我们从喧腾的成都出发，途经都江堰、汶川，经过梭磨河、则曲河、杜柯河，直奔大渡河的源头——壤塘。一路上穿行于高山峡谷，行走于大草原，河谷时而开阔时而狭窄，河水时而平缓时而湍急。千年不断的流水，安静地诉说这片土地的神奇和美丽。当我踏上壤塘这片纯净的土地时，所有疲惫和期待，都化成惊叹。那时那刻，这惊叹无法用言语明示，只有内心荡起层层涟漪。

远山苍翠，百花芳香；如诗如画，世外桃源。

一天车马奔波，到壤塘时已是傍晚。五彩斑斓的霞光下，牦牛安静地啃着青草，时不时抬头望着远道而来的客人。走在回家路上的孩童，热情地向我们挥手和微笑，即便我们并不相识。又或许，我们早已相识，就像那句流传甚广的话说：所有的相遇，都是久别重逢。

我宁愿相信，我与这片土地是久别重逢。

壤塘地广人稀，林草覆盖率达到 90% 以上，被称为世界上最大的天然氧吧。青藏高原横断山脉被延绵不绝的绿色覆盖，“壤塘绿”成为人们对壤塘的第一印象。星星一般散落的藏寨，勾勒出宁静、祥和的生活图景。如果说世间还有世外桃源，壤塘就是最清晰的坐标和最明确的阐释。矿产丰富的壤塘，坐拥巨大的财富。但是，为了优美的风光和良好的生态，壤塘抵制住了物质的诱惑，保留住了让人心旷神怡的“壤塘绿”。

在壤塘的几天里，我被旖旎的自然风光深深地吸引。但是，最让我怦然心动、难以忘怀的是海子山。这里平均海拔超过4200米，鲜有人踏足。海子山共有四个景点，分别是措阿尔玛海子山、俄雅措海子山、阿拉尔措海子山和尕吾措海子山。

群山之间，一面明镜等着我们——这便是措阿尔玛海子。镜中有蓝天、白云，镜中有水草、闲鱼，镜中有过往人们疲惫的影子和憔悴的脸庞。我风尘仆仆地站在措阿尔玛海子前，看着平静的水面，欢快的鱼儿和翱翔的雄鹰，从眼帘抵达内心。面对我们这些不速之客，鱼儿与雄鹰并没有表现出生疏。它们就在我的脚边游动，它们就在我的头顶飞翔，好像我与它们是久别重逢。

我挑了一块石头，坐下来。青草的甘甜混合着泥土的芬芳，慢慢拂去我身上的尘埃。那一刻，我忘却了城市中的诸多烦恼，内心澄明，心无杂念。我就像雪域高原上自然生长的一株百合，安静地呼吸着纯净的空气，听清风流淌，看白云飘荡。

我的朋友走过来，拿着刚刚拍下的照片。照片中，她站在浅水处的一块石头上，四肢舒展，手托白云，就这么站立于天地之间。

二

在壤塘的第一个傍晚，我们来到宗科乡，见到了充满传奇的日斯满巴碉楼。夕阳下、青山中、绿水前，这座四川省乃至全国发现的年代最久、规模最大、层数最多、建筑最高的藏族传统民居巍然耸立、格外安静。

被称为“碉楼之王”的日斯满巴碉楼的主人叫罗尔依王尔甲，是这座碉楼的第十三代嫡系传人，也是措斯甲土司的第十三代子孙。如今，他是一名唐卡画师，用画笔和画布传承悠久的历史文化。历史上，卓文君与司马相如的爱情传奇千古流传。在日斯满巴碉楼里，也有一段从历史深处走来的爱情故事。

在嘉绒地区，流传一个美丽的传说。措斯甲土司有个儿子叫泽旺扎西，爱上了嘉绒藏族贫民女子容中斯基。这段地位悬殊的爱情门不当户不对，遭到措斯甲土司的坚决反对。措斯甲土司要求泽旺扎西与容中斯基一刀两断，否则就断绝父子关系。但是，就像所有爱情故事一样，反对的外力越强，两颗相爱的心贴得越紧，直到最后融为一体。

司马相如带着卓文君一路私奔的故事惊心动魄，感动无数后人。泽旺扎西带着容中斯基离家出走沿江而上，定居宗科乡石坡寨的故事同样令人动容。泽旺扎西的叔叔泽旺仁真，在宗科乡石坡寨为侄子修建了九层碉楼——日斯满巴碉楼。从此，泽旺扎西和容中斯基在这里过着幸福的生活。“碉楼之王”之所以共九层，不仅是权利的象征，同样是亲情的见证。据说，泽旺扎西希望措斯甲土司骑着骏马从山巅走过时，能够看见自己爱情甜蜜、生活幸福。说到底，泽旺扎西理解父亲作为土司维护门第的立场，同样用行动为自己忠于爱情表明态度。

这是一段融合了亲情与爱情的传奇故事，这是一个最美好的结局。

从明代到今天，日斯满巴碉楼经历了风吹雨淋和岁月洗礼，依然巍峨矗立。从石坡寨离开时，天已漆黑。汽车颠簸在乡间小道，摇摇晃晃。因爱而生为爱而建的日斯满巴碉楼，久久地浮现在我的脑海。我永远也无法忘记站在日斯满巴碉楼的第六层上，望着连绵起伏的山脉和缓缓流淌的河流，为几百年前的爱情故事而感慨万千。

那一刻，群山回响，爱情永恒。

三

在壤塘的第一个夜晚，我们住在宗科乡。当汽车停在八家寨时，草地上早已搭起了帐篷。尽管我多次前往藏地，但还是第一次走进牧民的帐篷。热情好客的藏族同胞早已准备好牛肉、青稞酒、酥油茶等美食。接过洁白的哈达，我们坐在帐篷四周，开始享用美食。

夜空里挂着明月，草地上燃起火堆。

大家三三两两地走出帐篷，围绕火堆席地而坐。除了美食，等待我们的还有或醇厚或嘹远的歌声，或奔放或优美的舞蹈。我们兴致盎然地吃着牛肉，喝着酥油茶，在清凉的月光下，看着大家载歌载舞。几米之外，河流奔腾。

在歌声中，我听见了山间虫鸣、万物生长；在舞蹈中，我看见了热情奔放、生生不息。

锅庄舞是藏族的民间舞蹈。在节日、农闲以及欢迎远方的来客时，男女老少围成一个圆圈，自右而左，边歌边舞。一位藏族朋友告诉我，他们从学会走路那天开始就会跳舞，从学会说话那天开始就会唱歌。锅庄舞又称为“卓”，藏语的意思是圆圈舞。舞姿矫健，内容丰富。“天上有多少颗星，卓就有多少调；山上有多少棵树，卓就有多少词；牦牛身上有多少毛，卓就有多少舞姿。”这些词、调和舞姿，无不体现了藏族同胞对生活的热情、对大自然的亲切。

是夜，我与三位同行的作家朋友住在八家寨轮布的家里。如果要想了解一个地方，与生活在那片土地的人深入交流是最佳的方式。这天夜里，我们与轮布没有初次相识的陌生、隔阂，轻言细语地聊着家常。

我宁愿相信，我与轮布也是久别重逢。

翌日清晨，我们在阳光沐浴中醒来，整个八家寨薄雾飘绕，流水潺潺。

四

转山转水转佛塔，不修今生只为来世。

壤塘的宗教文化十分浓厚，寺庙众多，经幡猎猎。我们参观了石刻传习所、唐卡传习所，观看了藏戏表演，在学员和表演者专注的眼神中，我们看到了他们对文化的传承。在曾克寺、棒托寺、夏炎寺、确尔基寺，我们听了很多与宗教信仰有关的故事。

20世纪50年代，曾克喇嘛晋美俄赛受第十六世噶玛巴的嘱托，修建了一座九层的米勒塔，这就是曾克寺。后来，曾克喇嘛又修建了一座噶举派的“那若六法”闭关中心，很多修行人闻讯而来，曾克喇嘛为他们灌顶、传法，曾克寺便慢慢兴旺起来。这里以3座9层50米高的米勒塔为中心，周边有1108座大小佛塔围绕，显得格外庄严、神圣。

随行的讲解员指着其中一座九层佛塔的顶端问，知道那凸出来的部分用来干什么的吗？我们都摇头。讲解员告诉我们，那是用来绕着佛塔转经所用。迎着透明的阳光，我望着佛塔的顶端，内心被深深地震撼。从仰望的视觉看，那个地方很窄，估计只能容下一个身位。转经者围绕着九层佛塔转经，要多大的定力才能做到？不过，细想又觉得，任何一个修行者都必须做到心静、神定，抛开世间一切杂扰。

在轮布家住宿时，他告诉我，他不喝酒、不抽烟，戒律很好。包括他在内的很多人，年老不再劳作后，便开始修行。有人问：“是为家人祈福吗？”

他说：“不仅仅是。”

又有人问：“是为所有人祈福？”

他又说：“为这世上所有生命祈福。”

听到这句话，我内心为之一震。

夜里，睡梦中的我感觉有只蚊子在脸旁飞舞。迷迷糊糊的我没有动手拍，而是挥了挥手，把它们赶走了，继续埋头睡觉。第二天醒来，想起这件事觉得格外奇妙。我与轮布接触时间不长，但是这片土地和这里的人深深地感染了我，潜意识里开始尊重每一个生命。

这是信仰的力量。

五

我在微信朋友圈里发了一组照片，一位朋友看到后感叹：“这就是让人心驰神往的香格里拉，只是路途遥远。”的确，十来个小时的车程让人疲乏。但这世上艰难险阻那么多，又有什么能难住心灵的呼唤？让我们彻底逃离都市或许不现实，但对净土的向往又总是那么热切。壤塘，犹如一位蒙着面纱的少女，鲜有人识得她的真面目。不过，只要你一旦靠近她、了解她、认识她，便会把她的低吟浅唱、轻歌曼舞永远藏于心底。

这片土地有你未曾见过的风景，只要你带着双眸前去，她自然会让你看；这片土地有你未曾听过的故事，只要你带着真心前往，她自然会说给你听。即便你是第一次踏上这片土地，也会感到是久别重逢。

在桅子湾 ◎黎大杰

这天有些微雨，细细地飘。

柑子镇，盛产柑子。桅子湾，结满李子。

橘花浓香，李花清香，两种花不相见，不同香。夏季橙花香，追着春季李花香而开，因此在活水沟，一年四季都有花香在溪水中流着开，一路蜿蜒下行，如山泉水奔涌，叮咚而去。

桅子湾，不大，狭长，是四川邻水县活水湾沙坝沟下段一个小村庄。

相对矿产丰富的华蓥来说，这里几乎是让现代遗忘的角落。

山高，地瘠，偏僻，再加上民风淳朴。

刚从酷夏进入初秋的桅子湾雾蒙蒙的，仿佛罩在一层薄薄的细纱之中，加上不时有微风吹来，让人感到一丝丝说不出的凉爽。

村上已通水泥路，院落间也穿插一条条曲折的泥泞小路。

一只皮毛有些脏的半大黄狗从一单家独户中冲出来，对着我们狂吠。

主人家是一妇女，听到狗叫，马上出门观看，两手还在围腰上使劲擦水，见有村干部模样的人靠近，忙呵斥黄狗，回头大声对村主任说，村主任又要到哪家去？村主任说，去李相福家看看。

村主任说完，回过头来对我们说，县乡干部经常到村子扶贫，这些村民见惯了，一般都要问问我们今天又会去哪家。

村主任姓李，叫李燮林，他说当年在镇派出所办身份证时，户籍员无法在电脑上打出“燮”字，就叫他改名，他说他对那名字很怀念，认为有文化味，尽管现在户口簿上不是这名儿，但只要有人问起他叫什么名儿，他就告诉人家他叫李燮林。

李燮林预先应该知道我们是一群写字的人，不是扶贫干部，但他还是很热情，他介绍说，由于近年来，村干部引导得当，桅子湾村外出打工青壮年增加不少，村里经济活泛了些。他指着前面不远处的新砖房说，看嘛，村里现在已修起不少砖瓦房了。是的，一大丛竹林里，是有不少漂亮的新房点缀其中。

这就是现代村庄的模样，基本还保持原始乡村的布局。

然而，更重要的是这里还是李准的故里！

李准谁也？李准就是清末广东水师提督，一位让我们至今都不能忘怀的民族英雄。

那李相福又是谁呢？李准的同宗同族人，我们去村里，除了深入了解农民生活的一些状况外，也想同时了解一下从这个村子中走出的名人李准的一些典故。

李相福就住在桅子湾村，李燮林也是桅子湾村人，他们都是李准的同宗同族人。

李相福今年 84 岁了，仍然精神矍铄，头发全白，眉毛长长，一脸皱褶，穿一件对襟扣粗布衣服，衣服上有暗色龙形印花，拄一根拙朴的竹节拐杖，走路很慢，瘦瘦的，背驼，耳聪目明的，一副饱经沧桑的样子。

李相福在村子里是长辈人，大伙对他非常尊敬。

“这是李准的照片！”李相福拿着一张保存较好的塑封黑白照片给我们看，照片上面，李准穿着水师提督服饰，还有一幅李准的手迹字画，以及广东水师提督府等，李准是一位文武双全的人。

陪伴并搀扶李相福的男人大概有六十多岁了，他手里拿着一本薄薄的邻水县李氏族谱，这本褐红色面子、印制一般的族谱里详细记载了柑子镇李氏一脉的发展史。与这李氏男子的交流还算通畅，遗憾的是我已记不得他的名字，他说他前几年还在外打工，收入也不错，现在年纪越来越大了，在外面也不好找活干了。去年春节后他去了深圳一趟，跑了几个工地找活干，这些包工头都将他上上下下打量一番后说，工人已招够了，其实他懂，是那些包工头嫌他年纪大了，怕出意外，担不起责，因此委婉谢绝了他。他找不到活干，只好又回到村里来种庄稼，白白花费了几百块钱路费。

“打不到工无所谓，现在种庄稼也有补贴，泥巴地里也可挖到钱。”看到这男人脸上的神色，我还是觉得他有一种言不由衷的落寞意思在里面。外面的世界对于这批六十岁左右的人来说是精彩的，按推算，他们在外打工逾三十年了，太多美好的城市生活让他们留恋，要他们一下子回到以前的寂寞乡村，落差一定少不了，尽管他们没说出来，但从他们脸上还是多少能够看出点什么。

现在六十岁左右的那一批最先挽起裤脚走上田埂、离开农村去城里打工的农民，到如今真的已经老了，身子骨也无法再承受以前的重量了，精神头也消退了。他们没有一定的技能，就是在建筑工地也没人敢招他们了，在城里打工半辈子的他们，也没在城里建一个家，即使他们有钱，他们也不会在城里安家的，他们总觉得城里没他们的根，因此他们最终都会回到村里。我曾经将这一部分人的回归称为“归巢”，他们如候鸟般的回归将是延续乡村生命的一根稻草。回归的这一部分村民在过惯了城市生活后，回到农村，他们的心态如何呢？他们的生存状态如何呢？他们又如何摆弄自己的那一亩三分地呢？这些都是我最关注的问题。

“回到村里，搞得惯不？”

“作家同志，这你就不知道了。我们农民大多是恋家的，即使我们在外打工那么多年，但是根还在村子里，落叶归根的道理我们懂。外面的世界就交由我们下一辈年轻人去打拼了。我们回村来给他们看守家。”

“那你们还种庄稼么？”

“当然种，种这点庄稼算什么，比起在城里干活的要轻多了，城里要天天干，不干就没有钱。而村里种庄稼是分季节的，农闲时间多得很，现在是种懒庄稼，不需要多大的体力，种点庄稼够我们老两口吃就行了。”

我知道种懒庄稼，就是地一般不需要耕，庄稼禾秆也不需要砍，让其自然腐朽掉地里做肥料，牛也不需要养，好多庄稼的收割都用机器了。

“村子里还有多少户人？”

此时，村主任李燮林插话道：“我们村子里还有十几户，他们大多是李准的族人。”

话题又转到李准上了。

村子里大都是李准一脉的人，他们骨子深处还充盈着一股李氏血脉的傲气，这可能也是村子里以前少有人出去打工的原因之一吧。

已不见当年能居住一百多人的深宅大院了，唯有台阶上青苔还在延续着李准的气息，李准故里显得有些低调。是的，当年的幽深庭院在如今的砖房高楼面前已不再有当年的气势，那些雕梁画栋，那些精美屋脊，那些平铺的青石地板等，早已在“文革”破四旧中被毁了，如今只余下一座看起来有些寒碜的老祖屋，孤立在风中。

古人对风水有研究，从李准故居门前当年那条笔直的青石板延长线向对面看过去，还能看到一枚如官印的斗石朝天直立着。村主任李燮林说，凡是屋基对准其山的，都能当官。我笑着说，村里那么多的房子都向着那山石，又出了几个官嘛，李燮林笑了笑没回答。

李准能升任到广东水师提督高位，不是靠风水一说就可解释的，这里除却他生在一个世代显宦的家族之外，也与他自身努力分不开的。李准的科举之路并不平坦，家境丰厚的他靠着捐官进入仕途。他在任广东水师提督期间，曾三下南海西沙巡察，在西沙永兴岛上勒石树碑，宣誓主权，他的这种护国卫疆的卓越壮举，为世人景仰，“果勇巴图鲁”名号，和赏穿黄马褂就是对他赞誉的最好注脚，这也是今人仍然频繁来此凭吊的原因了。

院子里有一口石缸子，边缘有点破损，缸上的錾花印迹很深，可以看出，这块整石錾成的缸的取材就是附近山石。我们都以为是石水缸。

“那可不是石缸哟，这是当年李家大院大门前的两个石桅杆基座之一，长长的石桅杆就插在基座的石洞里，沉稳。应该叫作桅礅，这也是桅子湾的来历。”李燮林说。桅子湾的李氏族人也纷纷聚拢来，与我们交流李准家的前尘往事。

我望着那座古旧的石缸基座，这石桅杆是否寓意着李准后来将架起大海上的巨大桅杆，扬帆南海的英勇壮举呢？不得而知。

村主任李燮林对我们说，走，我们去看另一家人。

我们都以为这是他们村树立的典型，有些不想去。他不开腔，伸开手，恭敬地弯腰邀我们，穿过几户人家，我们向深湾里走去。

一户农家出现了，有些低矮，花团锦簇似的。

屋子不新不旧，屋前摆放着好多盆花，屋侧面一个小院中也是鲜花遍地。

我对李燮林说，村里还有这样的家庭，怎么不早让我们来？

李燮林说，这家也姓李，不说你肯定不信，这是一个残疾人的家，他家门前的那盆盆景有人曾经给了他两万元都没卖。

啊！我们都张大了嘴巴。

这还是一位有点清高的残疾农民呢。

李燮林说，他原先是我们的扶贫对象，由于残疾，快五十岁了，还没成家，他当初种花的初衷很简单，就是想靠此美化环境，娶一个老婆来过日子。

我们都深深地被这位李姓农民的朴素想法感动了，多么纯朴的农民呀。

现在这位农民的家境相比当初殷实得多了，家里还安装了空调。

看着整洁有序的花园式独家院落，我想，这是一位非常会生活的农民，也是一位有品位的农民，我们都祝愿他的愿望早日实现。

我们边走边想，像这样用鲜花草木来装饰的农家小院，在村里肯定会越来越多的。

我们一路也在想，我们无法在资金上帮上这位农民的忙，但为他美好家园取一个有诗意的名字还是可以的，可到现在，我们都还没有找到一个恰当的名儿，想起来都有些过意不去，是不是我们有些过于迂腐了？

穿过一座座青砖瓦房往回走，路旁见到一棵大树，树上面结满了密密麻麻的果子，果子有如麻糖，不知其名字。摘一颗尝尝，有点甜，有点涩。

“我们叫它拐果。”李燮林说道。

“哦，记起了，这是拐枣。”我们一行人有人认出来了。

我略有所思，这拐枣弯拐的样子就如我们走过的一条路，偶尔会遇到一个拐点，继续前行，前面或许会豁然开朗的。

有微风吹来，桅子湾起雾了，有如大海涨潮，朦朦胧胧的。

诗 歌

松州行（二首）

◎马 嘶

在松潘清真北寺

先是光照到这儿
接着有空气、有雨水，有土地和蓝天
现在，我们蝼蚁之躯
幸运的，成为他的一部分
过大门楼，入沐室，上礼拜堂
微风吹拂过的世界，在仁爱中生长。
他的颜色来自园圃和泉水
山峰的启示，来自于洼地
你的歌喉，如同明亮的手风琴
那微小的善意，必将溢出永久的蜜糖
必将拥有坚实的，拐杖，和律法

五月松州

清晨有凛冽之风，我有昨夜混沌之气
白云附身下来，阳光侧身而行
偶然读到梁平《给母亲写下的第一封信》
高原上泛起了古老的新意
所及之物，洗我肺，濯我心，断我肠
家书如古铜，在体内发出呜呜声

松州啊，容我借岷江水，在此大哭一场
以时间盟誓。回家去，陪母亲种一园子雾气

羊角花花的供词

◎方志英

从一场盛大的命名开始
打开羊角花花的供词
遵从阿巴木比塔的圣意
杜鹃花败诉给了羌族人的羊角花花

无非是用朴素的爱唤来初夏
无非是为高山密林镶上蕾丝花边
无非撩起天际湖的水
浣洗粉红的净白的裙裾
无非把草甸当作素净的纸笺
任性地在上面赋诗作画
白的雪山，蓝的天，葱绿的古木
无非与这些同谋一起
成为无限澄明的解药
风是这里的主人
无非它一个呼哨
就会遇见跌跌撞撞的童年
烟雨朗日无非一个转身
鸟鸣托着梦的行李打捞昨天的秘密
无非只是微笑呵
就惊动了毕棚沟的朝野

羊角花花的供词清洗着肮脏的魂灵

暂且躲避灯光和职业
山水一程，清风流云一程
羊角花花再一程
毕棚沟敞开恭迎之心
若是你来风景美与风景
自己就是风景里被救赎的唯一证词

我的乡村（二首）

◎邓太忠

乡民

庄稼长满你的心思
你才是庄稼的爸
没有一天，你不朝思暮想
轻风细雨的牵挂

骨髓里饱含土地的味道
鼾声里也有禾苗的蓬发
眼睛长出茂密的青藤
开满压嫁的花
千姿百态
季节的呢喃里惊喜如画
你晨起暮归，一生
拥有百转千回的潇洒

田埂穿过你的心眼
绣出大道的锦绣年华
车水马龙之后
甜蜜的日子四通八达
炊烟翻过山梁
牵着一辈子的家
讲儿孙满堂的感受

也谈老屋的窗花
天晴下雨，也会
绽放纯朴雅致的奇葩

只有庄稼的妈笑掉了牙
拽开一道栅栏
一边说这日子的味道大
一边在园子里指指画画

乡下读雨

缠绵之后，这片丘陵
沐浴成清新而又迷幻的倩影
鸟的啼鸣呼叫白云
想念太阳的心情烂醉如泥

根终于走进土地的话题
过坎，又翻岭
森林的童话难以入眠的时刻
耕耘那些沉淀的光阴

那些狼，那些天空的鹰
触摸到了心情的泥泞
萤火在崖的夹缝里自我陶醉
照亮黑夜蹒跚的行程

长筒靴踩直被扭曲的田埂
日子里的女人们
将炊烟舞动成隐秘的心情
檐下那扇窗一片透明
不知真相的山狗学会了郁闷
鱼在一个出口望穿秋水
唯独小草读懂苍天的惬意
满山遍野响起拔节的声音

延　续　◎龙　叟

我试着擦去表面的尘埃和偏见
对我爱过的小镇，相交如水的阳光
从小镇尽头流淌出去的岁月
我献唱过的田埂和竹林
他们说那一页已经翻破啦
初冬的霜打下来
浮在上面的心情收了一下
深一点的骄傲还在
一切延伸得并不盲目，几千里之外
那里百流归海

沿着堤岸再数一数草的荣枯
根须在泥土里总会有来龙去脉
我深信不疑。在山坳的拐角
一朵云和另一朵云相遇，而后贴近
或多或少有一秒钟的热泪盈眶
免不了下一阵雨。最先淋湿的
是整张脸和衣襟。你看
那些鸟的翅膀下永远挂着一片林子

写信的笔越来越短，情绪露出牙齿
一段一段的行程被水泥忽略
破土而出是当时的小心眼

现在被桥头的农资服务站出卖了
只有赶集的人，塞了一背篓的热情
还在拼命追赶那个负心的浪荡儿

仙游（二首） ◎白鹤林

仙海湖的鸟

我们沐浴着初夏白银般的阳光
环绕着山中湖前行
那天空的胜景与大地的幽隅
同时呈献最高的礼遇

像一群迷恋人间的天鹅
或一只外表谦逊
但眼神中透露出高傲与孤独的鹤
你在碧玉之镜般的湖面
照看自己清瘦的前世

你想写作一首最纯正的抒情诗
恰如这人间仙境般的仙海湖
它让每一位异乡人
在夏日漫长的旅行中学会沉默和感激

在湖水之上群星隐退的天空
我是一只远游的云雀
偶然发现自己蔚蓝的前程

雨中游魏城

魏城，下雨了
这是深秋和我们
对于过去的第一次
共同的回溯

而古老的魏城
不是一座城
至少对于田园来说
对于这一天的漫游来说
或对于细雨的沉默
与吟唱来说

乡野深处的庙宇、石刻和传说
都是被封存的孤本
流逝的时光
风化的文字
像一幅幅古旧的水墨画
向一群年轻的采风者
不急不缓地讲述

很幸运！我刚刚尝了鲜——
一个熟透的野柿子
一位寺院守夜人的慷慨赠予
在山腰的一户农舍旁
我以草木上的露水洗手

和净心

后来，当我起身

抬望一派朦胧的山水

看见深秋的大地上

万物萧瑟，恰如创世之初

唱给宜宾的歌谣（组章）　◎庄　剑

打马过宜宾

这个特殊的日子，我策马扬鞭，跃过这个城市
阳光洒下来，没有杂质
如这个被酒浸润的城市，洁净、温润，泛着光泽通透而又香醇
浮云之上，扑鼻而来的，是老街里弥漫出的特有味道

是谁，独坐流杯池喃喃自语
那首与五粮有关的诗，在他的嘴里细细品咂，让诗与酒的韵味，不仅在古典里荡漾，还滋养今人的目光曲水流觞旁，黄庭坚留给我一个潇洒的背影
我要下马，用我的眼神，在坚硬的石壁，为你定格一幅永不磨灭的雕像

今天，我打马过宜宾
而另一匹马，奋进塔上的腾飞马，与我不期而遇它在我响亮的鞭声里，昂首远方
这就是酒塑的宜宾啊，它，处处飘游着太白的意象
盛装的酒都，在飘逸的酒香里，喜气洋洋

月亮田

江畔的风，很生动
月亮田，肯定是你的家园。因为激情澎湃的诗人耗尽了几乎所有的热情
仍然没有能够留住你风华绝代的飘忽身影
所以，他只能“轻轻地挥手，作别西天的云彩”

然而，生命绝非童话

当梁思成用没有华丽诗句装点的日子陪伴你的一生时
你感到了一份长久，一份宁静

相濡以沫的深情浸透了精神的芬芳

在时间的背后
在第一部《中国建筑史》的诞生地
我悄悄地立于月亮田
把自己的声音藏进你当年江边眺望过的那块石头
然后，像一部已经被时光历练得线条闪烁的无声电影里的画面那样默诵你的诗句：
“到如今我还想念你岸上耕种，红花儿黄花儿朵朵生动”
果然，长江岸边耕种的人儿和朵朵生动的花儿，此刻，构成了层次分明的彩色画面

真的，在中国李庄，在长江之侧的月亮田，今人的思绪，不仅仅是策马溯江而上……

去乡野（二首）

◎麦 笛

去乡野

或许明天，我就从了这些山水
去乡野，伐薪、烧炭、吹箫
种苦艾，治百病
去乡野，做一棵低头的麦穗
比光合作用还安静
在山水的围城里，可以辜负花朵
游鱼、帝王、光阴
不能负了月亮和酒精，在乡野
月亮是兄弟，酒是情人
照一次，醉一次，少一次
醉后，还可以爬上悬崖
然后用笛音
牵一排山出来

一把钥匙开一把锁

街边的锁匠，正在为钥匙锻造暗语
锯子、刀凿、砂轮、锤子
敲得路人，胆战心惊

一块铁进入另一块铁，需要死去多少铁屑
一个人进入另一个人，需要虚度多少光阴

一个朝代进入另一个朝代，需要荼毒多少生灵
更何况，不是所有钥匙都能进入锁孔
不是所有锁孔有需要钥匙，更何况
每次进入都会附带血腥，否则
钥匙上也不会留下那么多齿痕

寒风呼啸，一凿一凿下去
天空就暗了下来，稳稳地安放在山峦之上
星星铁屑般飞溅出来，烫伤行人

夜泊安顺

从红军渡再出发

◎李自国

这是一个漆黑的夜晚
十七勇士的浮雕与气息
就从我这些文字的衣袂下穿过
红飘带、草鞋、万水千山
现在就陈列在我眼底
被温柔而残存的一苗煤油灯光所触动

夜泊大渡河被眼泪咬伤的细节
夜泊安顺场一阙晴空一叠瓦砾一阵桨声
都在阴历五月的丰水期里屏住呼吸
在二万五千里流离失所的水路、绝路中生还

强渡一次苦难命运的冥想之河
掬饮一口时光蜿蜒的桀骜之水
仿佛一切，一切的一切都从群山的身后褪色了
日夜与岸相伴相生的母亲们，隐约看见
我收藏的这支笔，依然挺着的英雄牌依金笔
在多少生死，多少水文与地理枯荣的攸关面前
还能将十七勇士滴血的手指一一找回

雪山与草地，爱和恨
对于幸存者的石头

总是这么持久，而棱角分明
那些来回长跑于大渡河谷的枪声与名声
生长阳光、自由的森林，亲属一样的空气
此刻，我该深潜于水急浪涌者的名册
还是听任诗和远方的召唤
从孟获城的池拖乌山的鹰红军渡的肺叶和心肌里
再出发
一路向北，盛开千万朵英雄与鲜花的别名：安顺，安顺

山岗上的流水谣 ◎何 文

——写给汉源永定桥水库的山歌

水质：优良

这水浇过的树长得高大
花开得娇艳
饮过这水的牛羊肥壮
鸡鸭兴旺

被这水灌溉的土地
如被油浸过一样
听说，舀一瓢水
烧开了有鱼汤的味道

须发皆白的老人
身体里似乎涌着一股不竭的泉
心地善良的人
如这清澈见底的水
那个水灵灵的女讲解员
说到水，每一句话里
都透着凉丝丝的甜

听老人讲缺水的历史

理想因为缺水
轻轻一揉就碎了
渴久了的嗓子，提起干渴的历史
张开嘴，烟先冒了出来

靠天吃饭
山坡上十年九旱的村庄
要哭，也要用碗接住泪水
浇灌苦焦焦的日子
最后剩下的
是与汗水中的盐粒子
一样说不尽的苦涩

曾有老人立下遗嘱
要求子孙将他扔到大渡河
想一直冲到大海里
来世投生成一条鱼

当老人讲完
世界仿佛因为缺水而沉默
山下的河也跟着忍住了流水声
那一刻，感觉血突然流得慢了

记实唐家河深秋

◎雨　田

一

深刻的秋天，有的事物在我的眼里变得多么可怕
时间之外的某个高处，乡愁伴随着古老的歌谣
秋风像一把迟钝的刀，锈迹斑斑，我恐惧
不是那挥刀人的力气，而是我出生后就被岁月的刀
一层一层地削着，连同我的思想也被剁碎

夜晚，一只黑熊挡着路，两头扭角羚越过青竹河
我回想起三十年前这里的四月开着油菜花、洋芋花
空腹喝了两大杯蜂蜜酒后我站在外面，发现
还是透明的月光和星星依然掌管着天空

二

我曾经赤身裸体地跳进这条河
想洗净身上肮脏的东西，而最终还是不尽人意
不是洗不掉，而是现实里有许多肮脏无法去洗
也不是我迷惘、猜疑，是我们身边污秽太多

我静静地坐水边听河水歌唱，几只讨厌的红头鸟
在我旁边喧嚣，秋风吹落红色的枫叶
我漫不经心地想起一些无关紧要的往事

然后悠闲地望着幽深的森林，我知道
我只是临时来到这里的一位过客，心会被秋风吹空

靠着一棵树，和眼前的河流与落叶对话
我的脚下有许多动物走过的蹄印，猜它们是黑熊
或者是扭角羚，或者是马，我无语望着那些高阔的树

三

穿过桥，漫步在阴平古道，不知为什么我躁动的心
要去刺痛漫长的河道，难道是不想走邓艾当年走过的路
还是在蓄意与时光、爱情，或生死誓盟，而脚下
这路是古人用生命走出来的，穿越过几代王朝
淋湿过几代历史，望着千疮百孔的遗址，我的沉默
似铁，当我发现有的良心披起潮湿的盔甲时
茫然地失声痛哭，面对比骨头还要缺钙的现实
我想，所有的幸福与我无关，人类的悲悯
亮出我的沧桑与伤口，我想说，我要说
我不是一个瞎子，但我要把所有的黑暗走完
路过半边街，我已经闻到李春酿的醍醐酒香味
久违的暖意，正驱散苍茫人生的种种冷寒

四

站在河滩的乱石上沉默
一群有着天蓝色面孔的金丝猴正在河里戏水

有着水汪汪大眼的金丝猴
它孤傲地坐在树上，威严而又忧郁，像似在望风
守望着猴群们的爱欲如歌，河两岸的树上
还有叽叽喳喳的雀鸟叫唤着，也在宣泄爱欲与冲动
一只山鹊从我头上飞过，两只花蝴蝶在我面前飞来飞
去
那些看似自由的人，其实是被别人操控，而我
独立的思想就像被禁锢的鸟，此时此刻
我是多么的羡慕这世外桃源的雀鸟能自由歌唱

五

登上摩天岭，我体内的雄风比山顶的风大一倍
假如我脚下就是当年战壕的遗迹，说不定
我会用灿烂的目光去捕捉那些漂浮不定的身影
然后抒写淋漓的诗行，用正义去丈量灵魂的高度
我不会带着绝望去猜想那些疼痛的身躯
从诞生到死亡，仅仅只是瞬间的爱与恨吗

是的，我们戴着面具活着的今天，谁蒙着遮羞布
镇定自若，装腔作势地说着滔滔的瞎话
当我猛然抬头时，两只苍蝇在天空盘旋
一只孤独的乌鸦站在枯树上，一声接一声地叫着
像是在哭泣并不久远的冤魂。我的挽歌
该献给谁呢，谁能解除我困惑的哀愁哦

六

这里的山水和石头擦亮了我的眼睛，我想
秋天是不会隐喻一场爱情的游戏，她会留下
令人体悟和回味的芳香，然后悄悄地溜走

时光深处的力量（二首）

◎欧阳美书

高原的八月

八月的高原属于青稞
迈过丛丛灌木，阳光列阵于山坡
在青稞的前方，风马猎猎
农人手握镰刀，紧张地戒备着

紧贴溪流，一群可爱的白豌豆
开白花，结白荚，孕白果
她们无比勤奋，她们每次弯腰
寺庙的铜号都要为之奏鸣

牦牛的速度更快，他们不舍昼夜
向着更高的夏季牧场迁徙
这是与时间赛跑，每年轮回
牦牛沉默不言，牧人愈益坚韧

在高原，每个人都有自己的八月
都有一片沧海桑田，都
比青稞和豌豆更加勤奋
看着他们的身影，我无比羞愧

唯美主义笔下的狗尾草

虚空，我看见虚空，无尽的怜悯纷纷而下
闪电的光，碧玉的柔软，以及双手的风
拂过她，拂过她脸上的绒毛

那些金色的，黄褐色的，紫色的衣裳
那些清冽的，亮丽的，翡翠的声音
弥漫着草莓与石榴的香味

金殿上众多的好姐妹，无论骄傲或者慈悲
她都是小不点儿，开着素朴的花儿
我们都在她干净的内心里

她很纤细，叶鞘散漫而羞涩地伸进风里
绒毛轻微地颤动，像某种不朽的情绪
虚空中一片娉婷清影

有如千面美人，从谷莠子到狐尾到光明草
令人惊叹的锦绣前程，又化身阿罗汉
绝嗜欲，除烦恼，自证涅

走遍前世今生，没有谁比她更简单与纯粹
虚空在光芒中上升，驱赶昏暗和阴郁
她玉立于彼岸，看谁飞渡红尘

故事深处 有一把铁骨（二首）

◎胡雪蓉

孟获城，绿风穿过索玛花的舞衣

绿的风，穿过索玛花的舞衣

露珠晶莹。马蹄踏碎星子
月一样闪着寒光的
藤甲衣，在刀枪箭矢中穿行

多少次生死，多少次逢凶皆化吉
刀枪不入的神话，在一场场战事中灰飞烟灭
悲凉，秋一样深。兵者
诡道也。在诡字的两端
多少名字被鲜血浸透，化为整整一条河床
的红石头

走出死地的人，是一群顶着五角星星的人
骄傲的人。在时光的彼岸举起右手
向历史致敬。胜利者
打开通往晨曦的门，面对世界
放飞，一群群扑扇翅膀的东方神话

绿的风，穿过索玛花的舞衣

谜一样的泥土，在春天滴着蜜的花香里
饱满，生长

云端之上 王岗坪

金子一样的霞光宠着贡嘎。伸进云海的目光
辽远无边

还有什么比这绿浪翻涌的密林更能
让呼吸酣畅。一声鸟鸣滴在肩头
天籁般的歌声遍野开放

所有的念想，沿着红石岩的纹理
刻骨铭心。每一步
都是洗心洗肺的舒畅

云是蓬松柔软的温暖，一伸手
你就挨近天空

每一朵怒放的杜鹃花，都藏着一匹马的喘息
驮着茶包子的蹄窝，盛着昨日星光

王岗坪，那么多的喧嚣，都已尘埃落定
只剩下浩渺无边的云海搂着古松
看旭日东升，夕阳沉落

羊皮鼓在荒野回响

◎俄尼 · 牧莎斯加

是他，一定是他，那个彝人
那个上有老，下有小的彝人
那个爱女人，被女人所爱的彝人
是什么力量，超越平常
忘乎所以，不能自已
抬举着他，像飞了起来一样
跃过河谷，跳过土坎
踩断荆丛，穿越密林
打马要走三天的路程
只需一杆烟的工夫就能来回
还心平气和，没有一点劳累
是什么力量，赋予那个彝人
神秘的力量
他能在万千树木中准确地找出神树
他能赤足踏熄猎猎燃烧的篝火
他能口衔烧红的铧口
在风中舞蹈。一只绵羊
他也能叼着，只轻轻一跳，便摸着了屋顶的
房椽
是他，是那个彝人，他是谁？
力量，他的力量——是什么？

我们都不要出声，嘘——

千万只能用眼睛说话
羊皮鼓被拿在了手上
羊皮鼓被急促地敲响
不要遮掩耳朵
不要躲闪目光
他多么像一只猛虎，洁白的雪虎
转动浩瀚而神秘莫测的宇宙
而在星光灿烂下，谁？
丢失了一句梦话
像丢失了一句诺言。
失魂又落魄
是女儿，是儿子，是父亲母亲
还是我们自己？丈夫与妻子
是陌生人的父老乡亲

去过的地方，会被遗忘
崭新的黎明，似曾相识
一个石头，万千个石头
在水底沉睡
在荒野流放
指挥千军万马的神鞭
雄鸡鸣叫声声，不速之客莅临
那一瞬间，神鞭
失灵
荒草
从此自生自灭
牛羊与驱赶不动的石头

从此，是不是
心灵的纽扣。一颗颗泪珠
在梦魇中多么想痛快地翻一下身
痛快地喘出一口气
神鞭落下，被抽痛的
是不是心灵
像雨丝敲打种子的门帘。然后醒来
然后羊皮鼓敲响
然后，奔赴四野

夜，寂寞地滑向深渊。白天继续
羊皮鼓仍然在擂响
像在天地相连的地方
滚动成群的牛羊
像挥动牧鞭的人
并不知道自己的孤独
天苍苍啊，不是你，不是你
野茫茫啊，不是我，不是我
云朵啊，你走你的，我走我的
不管你是去婆家
还是回到娘家去
泪容与笑脸。与我们仿佛很有关系
并不在于得到一件崭新的披毡
也不在于丢失几粒饱满的荞籽
而是一只绵羊，仅仅是绵羊
和它雪白的毛，以及珍珠般的粪便
（谁将会在意它的存在除了我们，除了自恋般的我们）

湿漉漉的空气。在木门外惆怅
徘徊
看我们在屋内的火塘边敞襟露怀
没有谁的酒碗，哪怕是谁的
都没有举得高过
我们的目光
我们的牵挂
温暖
寒冷
破门而入的，那被顶礼膜拜的
不是我们
而是别人
至少，是列祖列宗
至少，在梦醒的边缘
火，把羊皮鼓烤得越胀满
鼓声会越响亮
撕心裂肺

羊皮鼓在擂响。在荒野
与手推磨的声韵
酷似夫唱妇和
酷似情歌对唱
而我们听不懂了
我们间没有谁听得懂了
我们的眼睛
火辣的热望
不能像黑油油的花椒籽

落地生根
爱上油菜花的金黄。形影不离的我们
迷恋春天，迷恋春天以外的季节
是的，是的，是的
风儿漂浮我们
我们呼吸风儿
一如太阳
一个个温暖的火塘就是一个个太阳
鲜活在我们宽广的
胸间

背着羊皮鼓的人
还会在黄昏的山路上匆匆走过
羊皮鼓就掩藏在他那紧裹着的羊毛披风披毡里
他还会自若地走进山谷，走进
孑立荒野的木屋
像回家那样踏实，没有一丝丝的惊慌

擂响羊皮鼓
牵动荒野的心跳
啊，假如那一刻
有谁滚落一颗泪珠
必定因为想起了悲伤的往事
想起了欢乐
想起了
灵魂
在对明天的憧憬等待中

雄鹰在天空折翅
骏马在草原老去

在荒野
在荒野般的日子
在耳边在心间，在荒野般的思想中
羊皮鼓回响。千真万确的
是万物和我们相溶
相互依存。患难与共。生死休戚
忘掉我们吧！熟悉的彝人
除了荒野，我们什么也没有
铭记我们吧！陌生的彝人
鼓点殷实地敲打在脚跟上
声声入耳，像滚动的绵羊群
一浪高过一浪的潮涌，占据目际
召唤力量。给我们什么
我们至今还不认识自己
像那个拥有羊皮鼓、敲响羊皮鼓的彝人
（谁也不会在意它是谁但我们知道，千真万确的那是我们的一个好兄弟呀）

……那木船般的木屋
乘风破浪……

进行曲般的鼓声是不是震耳的涛声
谁在水上，在岸上沉湎长河落日？
是悲壮，还是伤感？

我们的头颅……一尊尊凄凉的鹰爪酒杯

像空谷间的巨石

空落落的

对峙——屹立

静穆。一幅永不褪色的画卷

浓墨

重彩

老村所见 ◎逍 遥

那些小山，用更加浓郁的树木
搂住老村的静，那些曾经长满茂盛庄稼
的田地，用如今的荆棘示威游行
时光的坡坡坎坎，反射出一两声犬吠

我还是怀想，我曾经挤眉弄眼的童年
我还是怀想，和蟋蟀争抢黄昏的热闹
从大院往后走，那棵核桃树固守清贫
露水里的一只黑山羊，在山脚
用咩咩声，缠绕树桩

但令我不解的是，被老井一口吞下的月亮
怎么又咽进了池塘的肚里

某一天 ◎黄虹秀

随便记录一天
情况几乎都是这样
黎明，有鸡或者狗不规则的叫声
寄住的农家早有喧哗
没有丝毫懒床的机会
用眼睛去探寻阻挡视线的山峦
不忘说在乡下就是吸氧

不到 8 点，与村支书一起走访农户
不厌其烦倾听他们不同的声音
满是期望的眼神
不管他们是懒是勤
走到哪儿就地蹭饭
午休的习惯必须忘记
那段时间改成了和群众拉家常
乡亲们总是那么热情
他们从不散发各种小道消息
只希望村里的石头都能开花

蚊子和冷风会在不同季节入侵
夜里的蜷缩是住村的基本功
这样的好处是把身体的面积尽量缩小
以减少风的阻力和蚊子的攻击面
而这样的夜晚
很快就与黎明相连

壤巴拉行吟（外一首）

◎曹 琨

壤巴拉是个富贵的名字
坐拥好山好水
独享一方蓝天白云
前有格桑花四季盛开
后有杜柯河流淌着黄金
我是流浪而来的乞丐
除了一身红尘
汉字是口袋里最后一把米
而在都市的喧嚣里我早已丢失了拐棍

我将自己腾空
着宽大的衣袍
来到壤塘不为求财
只想傍着财神做三天最简单的人
如果我前世罪孽深重
这便是一次自我流放
去棒托寺旁垒石为庐
终日礼佛诵经
当然壤塘最好是我今生的故土
我正好叶落归根

这些年我被时光追杀
为生计所迫、名声所累
病痛在身体里四处放火

内心忐忑却又欲念丛生
此刻，我是站在夏炎寺的门前
天空突现日晕
一片树叶从我头顶飘然坠地
佛对我耳语：光环再美也是空
需学会轻轻放下
放下便会天高海阔，云淡风轻

壤塘，如果我有万丈高楼
必定换你一寸蓝天
然后我一贫如洗
只求在财神居住的坝前
赐我巴掌大一块草坪
拇指粗的一股流水
再给我三天——仅仅三天
做一回世上最快乐的人

海子山抒情

大海留下最小的女儿
嫁给一座俊朗的山
湖山相嵌血肉相连
骨头里长出彼此的姓氏
对爱情怀有希望的人
海子山正好海誓山盟
庄严的许诺便是浪漫的诱饵
请投向湖中那些正赶往汛期的鱼

我远道而来
只为给心灵寻个家
当我从一只鱼眼里
看见天空放肆地辽阔
一只鹰在云端悠闲漫步
我知道除了宽广的草原
没有谁能救我于大雾围城
湖边盛开的小黄花像铺着黄手帕
我脚下溅起的一块卵石
似乎正好点破了海子山的心事

岩壁上布满月光之白
觅食的盘羊在砾石间频频抬头
它们与湖水之间
仅隔着昨夜的一场风雨
而这些正在抢食面包屑的鱼们
只需一个眼神
就会有一朵云飘过来
向湖中抛洒万吨情丝

既然恋爱中的羊
无法把这些被宠坏的鱼
喊到高处
就只能在树冠后
目睹一场场落日的葬礼
远方苍茫大雪在途
随后湖水出走河谷湿润

一匹黑马卧在暮色中
反复咀嚼一句禅语

这些凡间精灵
已经习惯在人声鼎沸中
倾听神的旨意
用自由和快乐
赶走海子山清修的空寂
如果真的有一天
海子山会海枯石烂
我就和那些鱼
枕着草甸下羊的白骨
雪线之上便是葬身之地

在安顺场
我看见在大渡河中飘摇的船

◎龚学敏

夜色拧紧，如一树未开的花朵。要紧的紧
我只能这样形容一支队伍的际遇
和它流水的名字

在安顺场。诗歌又一次被船桨拍打成夕阳
用传说划船的人[①]为首姓龚，是我的本家
被水浸着，来回渡一次
我的诗便多了一行。直到万水千山写遍
我又重来……

直到今天。路上的草，走出安顺二字
男人在田中插秧，行行成诗，叫安
领我读古书，读写下的新田园
女人摘枇杷，腰细，是大渡河谷的
柳。顺。在一本关于长征的书中
播有四时的芬芳，和一种叫作安顺的香

龚划船，要带我的书，再走一遭

---

①中国工农红军强渡大渡河纪念馆内藏有安顺场当年摆渡的老船工照片，上有船工：龚万才、帅士高、张子云、何廷楷、韦崇德。

在水中，兄弟们不识字，只是把书洗白
像是我想着的洁净。然后
霞光一万丈，尽染山河。给我一丝红
游成书的封面

在安顺场，那艘大渡河中飘摇过的船
黑色，是夜里拍打我的水声

在安顺场。我用霜降把书中的歌声擦亮
我和龚，用照片中的黑白
聊了八十年河水洗过的天色

从此，龚在墙上，成了我姓氏的故事中
飘摇的大船

康若文琴的诗

◎康若文琴

茶堡女人

独木梯
爬一步就少一条退路
弓身入门围坐火塘
温一壶青稞酒
门外的世界就关在了门外

打开房门，放下云梯
需要花去一生的月光

阿吾[1]的目光

阿吾坐在门前眺望
这是祖先留给他的习惯
那时候，对面的山上没有路
缕缕青雾跨上他浑浊的目光

①阿吾，嘉绒藏语，爷爷。

艰难地攀登

阿吾的目光累了
栖息在碉楼的石墙上
一片猩红。侧耳倾听
崖壁上传来斧凿之声
铿锵，如苍老咳嗽

獒在风中狂吠
炊烟驮着糌粑的清香迤逦而来
阿吾的目光拐了三道弯
乘坐山尖上第一道阳光
轻松滑落了下来

新娘远在圣山的深处
步子比阿吾的目光还沉重
她双手合十
把前世今生庄严地捧上额头
仿佛托起一座山

九龙村记事（组诗）

◎敬丹樱

白鹤嘴的初夏

男人扶犁赶牛。妇人们埋头插秧
偶尔直起腰
像几只高贵的鹤

妹仔把鹅撵下塘，顶着荷叶，踮脚跑过湿漉漉的田埂
捉蝴蝶去了
风开始翻书，满枝桑叶哗啦啦响

时间在白鹤嘴收拢翅膀
竹蜻蜓一样易于掌控。躺在草丛，我是一朵懒散的蘑菇

小蚂蚁不管不顾
顺着一架燕麦梯子奋力爬向天空

九龙村的秋天

西风穿过骨缝，桂花婶
踩着霜粒走进菜园
扶着叶片紧裹的莲白，挥起菜刀

女儿十岁上被拐，她不觉得疼
男人前些年去外省挖煤，脚板苕一样埋在井下
也不觉得冷

霜后的莲白多甜呐
屋顶上空，很快便会升起薄薄的炊烟
田野空茫
有的绿着，有的荒着

车窗外的风景（外一首）

◎鲁 娟

车窗外的风景

每次快速经过
总会撞见缓慢的画卷

它们远远隐藏于
群山之侧
森林之外
童话般羊群零星散布
男人与女人躬身劳作
孩子们如鸟歌唱

不经意间
仿佛快错过
一瞬间又跃出
在命运的拐角处
忽然翻回丢失的一页

阿伙哈洛的夜空

星星更垂爱她们
高高的山冈
流淌蜜一样的母语

低矮的房子里
交谈简单愉快
一生未出远门
却做着喜欢的事
自然而然
在阿伙哈洛，时间无用
夜晚自己降临
牦牛群奔跑过的大地
又溅起烧土豆的点点火光
不远处，亲爱的麂子
温柔地注视着这一切

冰山在上（二首） ◎蓝 晓

看见遥远

达古冰山就在眼前
我的目光似极速的闪电
在时光的壁板上洞穿
时而溅起的火光飞向云天

悠长的深邃的遥遥的时光之道
牵着冰凉的手指
莽莽撞撞
坠入第四纪石破天惊的奇观

之前又之前
退却海水的山势一点一点突显
突然，宇宙躁动
风的轨迹狂乱
饥渴的岩石和崖壁上
轻柔的雪花从高处奔来
汹涌澎湃铺天盖地

白色凝固的星球如硕大的珍珠
悬浮在浩渺的宇宙空间
深深浅浅开放的足迹消逝

跃动的脉搏在落叶的旋转里骤然停滞
万物在寂静里休眠

如今，稚嫩的高原，突兀的山尖
我看见层叠的冰山
像女王头顶晶莹剔透的王冠
纯洁庄严
那些孤独的泪滴
带着星星的光晕流落凡尘
倏然之间，一丛丛古蕨破土而出
阳光和煦温暖

聆听高处

脚步轻轻
身体以孤独的方式投奔静默
阳光之下
我听见冰山的呼吸
和铮铮傲骨在天空的空旷里
发出的声声巨响

来来去去的风牵动鸟的翅膀
在耳畔滑翔
撩起一缕缕发丝
在冰山的脉络上演绎绝世华章

一滴雨从云上坠落
破碎的声音
在冰渍湖的波光里闪烁
阳光温暖地伸出手指
我听见重生的雨滴幻化成云朵

日升日落
死亡在雪被下缄默
屹立的冰山
刺破我曾经所谓的美好生活
咚咚的心跳声啊
唤醒真实的自我

王坪烈士陵园 ◎蒲 苇

烈士陵园坐落在依山傍水的王坪
一部震慑人心的历史画卷
彰显了红军将士血染的风采

烽火，早熄灭在和平的日历上
浩荡的场面，平息了战争的阴霾
一枝枝深情的菊花，致敬先烈

那些躺在这里的英烈们，依然
按照自己的章程队列和号令
时刻等待复活的军号吹响

军号是军人的耳朵，正义是真理
的心脏。军人的刀枪指向邪恶
补丁的中国向往崭新的未来

其实，军人有没有军衔不重要
烈士的墓碑上，有无姓氏不重要
他们只在乎和平的花朵满山崖

革命的子弹，昭示了军人的胆略
烈士的鲜血换来新中国的曙光
生命的意义赋予改天换地的华章

一个个鲜红的记号留在了王坪

红色沃土上掀起赤化全川的巨浪
就是劳苦大众日思夜念的好光景

我早已不配做一个农民的儿子 ◎熊 焱

高粱献出的紫，稻子捧出的黄
玉米燃烧的金火焰，在草叶的油绿里
在秋风浩大的画笔下
调和着这卷乡野的油画

我从小在乡村长大，这是我无限熟悉的场景
一把稻穗打开皱纹里的花蕾
一把豆子炸开眼泪里的水晶
谷粒饱满，在秋风中交出晶莹的身子
跟随着一枚枚厚厚的茧花回家
孩子们的欢呼穿过田野，在镰刀的锋刃上
溅出天空瓦蓝瓦蓝的梦
一个年近七旬的老翁背着一捆稻子爬坡
我走过去，想扶他一把
却惭愧地发现，原来我竟然扛不起这一捆稻子的沉重

这是九月的铜山村
我在乡镇挂职，给这个山村扶贫
我为这盛大的丰收而喜悦
为乡民们劳作的艰辛而心怀感动
而我多年不事稼穑，早已不配做一个农民的儿子

我的故乡在双盛

◎黎正明

枕着章山洛水编织的大盆地
枕着白白黑黑的日子和风风雨雨的岁月
吊脚楼、青瓦房、石板路倾斜了视野
吱吱呀呀的独轮车碾过
无数场战争的马蹄踏过
东岳庙、洪山寺，信众的背影渐行渐远
千百年香火不绝，余音缭绕
通洛桥，李冰在导洛的一部无字的史书
还有古老的纸币夹带着西南官话的什邡腔
见证着古镇的商贾云集货通天下

少小离家老大回的我，回到了故乡的怀抱
每一棵树，每一朵花都长满了重逢的语言
远远的时候，我在双麟桥边看潮起潮落
在故乡的小溪旁读李白读杜甫读陆游读白居易
读孔子读老子读孟子读大江东去小乔初嫁了
不经意白渔河就流走了，只留下了记忆的小船
不经意老双盛就飘去了，只留下了故乡的炊烟

而今我住白渔村，一幅小桥流水人家的画卷
从远方飞来的燕子叽叽喳喳叙述家乡的变迁
走过双盛土地，我看见大大小小的车辆
像一尾尾鼓着腮的鱼，把那些安居双盛的人

那些作客双盛的人
那些建设双盛的人
吞进去，又吐出来
每当走过我的故乡，总是踩不住时代的刹车

透过石亭江的倒影，我感知了诗意乡村
我读懂了故乡独特的气质，故乡的激情与梦想
这里是双盛，现代集镇与美丽乡村和谐相融
这里是双盛，现代文明与历史文化交相辉映

我的故乡在远方，我的故乡在双盛
如今的故乡已经出落得漂漂亮亮
我漂漂亮亮的故乡像一位楚楚动人的姑娘
招来了许多风华正茂的工厂大哥上门安家落户
还有父老乡亲在梦想里盖房子，在房子上盖梦想
他们把新房子盖成新农村，把小集镇盖成大都市

明天的故乡，月亮不会老，桃花不会瘦
丰满圆润的故乡是挂在川西平原一个甜蜜的月饼
每到丹桂飘香的中秋，还邀你到这里
品尝我故乡的月亮

华蓥山偶遇安丙（组诗）

◎黎 阳

在安丙公园之行吟

大暑的余温在南宋的背上扣了半道美味
汗水从安丙的额头旋下节节上升的台阶

落日里依依惜别风波亭外的胡笳
几声叹息里传出八百里告急的蹄声

巴蜀众生的锣鼓点沿路敲到崖山后沉没
前世的安丙没有迈出七十三岁的一道坎

从南宋回到华蓥山，安丙站在岁月的檐子下
那些足迹深深地刻画出眉宇间淡淡的凛然

然殿外，齐整的方砖
摆放的都是凝固的回忆和一方水土
无声的眷恋

好人安丙

从纷扰的乱世中伸出双手，安丙
用铁腕扭转了濒临崩溃的时局
这是一盘没有下完的棋

安丙手捻着一枚棋子，在反复沉吟
一目十行，十目千里
华蓥山下，这满目缤纷起舞
一座廊桥牵挂着前世和今生的乡人

好人安丙，站在原地
用幽远的目光投向人群
商鞅之法在这里生根发芽
长成华蓥山最高的一棵大树

好人安丙，手捻着又一枚棋子

短篇小说

快递二题　◎王平中

投递员小李

那天，我正在写一个东西，办公室里门突然推开了，一个人探进个头，满脸歉意地对我说：不好意思，打扰你了！我可以进来吗？

我是单位上办公室里文秘，经常写些总结汇报什么的，如正写得顺手，突然被人打断，很不容易回到原来的思路上，而一些推销保险的、卖按摩保健品的经常闯进来，不管我愿不愿意，便喋喋不休地说起来，很让人心烦。这个人推开门不进来，还一脸的歉意，征求我的意见，让我对他有了好感。我放下手中的笔，对他说：有什么事吗？请进来吧。

他轻轻地走过来，从包里摸出一张纸片，对我说：我是快递公司的，姓李，你就叫我小李好了。这是我的电话号码，如果你今后有物品要快递，只要打个电话，我就上门来取，随叫随到，保证不会出问题。

小李说完，眼光有些怯怯的，怕我拒绝他似的。从小李的神情看出，他是才从农村到城里来打工的农民工，正到处揽业务。想着我刚到城里打工时，受了不少白眼。我便笑着接过小李递过来的电话，有意识地看了看，然后放进桌下的抽屉里，对他说：好的，我需要快递，就通知你。

小李如释重负，脸上有了一些笑容，对我说：打扰你了！我走了啊！

不久，我准备寄一快件到成都去。以前我都是将快件送到快递公司去寄，刚要出门，想起小李留下的电话，一个电话打过去，很快他就气喘吁吁地来到了我的办公室。一进门，他就对我说：大姐，往哪儿寄呢？请填一下投递单。

我见他满头大汗，就准备用纸杯给他倒杯水。

小李见了，忙说：大姐，我自己倒水，你去填投递单吧。说着，他将我手中的纸杯接过去，在净水器里放了一杯冷水。我对小李说：小李，走热了，还是喝热水好些。小李说：没事，我习惯喝冷水，喝起凉爽！小李说着，一仰头咕咕咕地将一杯水喝进了肚子里，满脸惬意状。

我刚将投递单填好，听到小李的手机响了，见小李摸出手机，快速地按了一下接听键，听了对方的话后说道：好哩！我马上就来！说着，接过我的快递单，仔细地看了看，确认都填完整了，便放在他身上背着的一个包里，急急忙忙地走了。

后来，我每有快递，都叫小李过来拿。久了，知道小李每接一笔快件业务，可以获得三元报酬。我问他一个月挣得到多少钱，他脸上露出满意状：一般每月能挣两千多元，多的每月能挣三千多呢，比在老家种庄稼强多了！我说：每天你要接三四十笔业务，不容易呢！他笑着说：嘿嘿，还不是全靠你们的关照！听他的语气，绝不是恭维，是发自内心的感激。

有一天，我给大学读书的儿子寄两本学习资料去。小李拿走货件不久，突然打来电话，着急地说：大姐，不好了，你的快件我在路上不小心丢了！你还有不？我重新来拿！我说：小李，我只有那两本学习资料，丢了就算了，也管不了多少钱！小李在电话那边喃喃地说：这怎么行呢？这怎么行呢？

不一会儿，小李喘着粗气来到我的办公室，歉意地对我说：那两本资料五十八元，还有十二元投递费，一共七十元，我赔你！说着，就将钱放在了我的桌上。我对他说：小李，将钱收回去，哪个要你赔呢，你也不容易呢！小李说：按公司规定，丢了客人的货件，不但要赔偿，还要赔礼道歉！对不起了，大姐！我说：小李，你要挣一两天才能挣得到这点钱哩！你今后注意些就是了！大姐怎么要你赔呢！小李还要说什么，我佯装生气：你再说赔，就是不认我这个大姐了！今后我也不叫你来接件了！小李叫了一声大姐，眼睛就有些红了，说我这个大姐对他这么好，每次都是端凳倒水的，别人的快件都没丢，咋就把大姐的快件弄丢了呢！

第三天，儿子突然打来电话，说我寄给他的两本学习资料收到了。这是怎么回事呢？难道是小李补寄的？我打他的电话，没人接应。我到他公司去问，公司负责人说小李前天辞职了！

检验员老曾

老曾回到家，感到今天工作上有些不对劲儿。他反剪双手，在客厅里踱来踱去，踱了一会儿，将两手举到头上，伸出食指用力按在太阳穴边，按了约莫两分钟，感到太阳穴有些胀了，才将手放下来。

到底哪里不对劲呢？老曾觉得脑子清醒了些，又苦思冥想起来。

老曾是一家快递公司的货品检验员，工作职责就是查看客户送来的货品有无违禁东西。这个工种说来轻松，但责任重大。他查看货品时谨小慎微，一丝不苟，从不马虎。但今天他对检验的货品感到有些不对劲儿，想了半天也没有想起哪里不对。

老曾快六十岁了，记忆大不如从前。今天清晨出门，他刚到楼下，好像门没有关好，忙咚咚咚地快步返上楼，看到门已关好，他用力推了一下，然后还用手砰砰砰地捶了几下门，确认门关闭了才放心地去上班。

你还在愣着干啥？犯神经了哇！还不过来吃饭！老伴冲着他喊道。

我感到今天有啥不对劲儿。他对老伴说。

啥不对劲的？天塌下来有高长子顶着呢！吃饭！老伴瞪了他一眼。

吃饭时，老伴对他说：今天孙儿尿床了！

尿……老曾猛然想起，下午快下班时，他去厕了泡尿。转来时同事小李说有人送来了一个快递，是一个普通的货件，就放在已经检查那货堆里了！原来不对劲的地方就在这里了！是呀，没有检查，你敢说那是普通的货件？敢说里面没有冰毒？没有白粉？没有伪钞？没有像氟乙酸甲酯那些禁寄品？想起氟乙酸甲酯，老曾打了一个冷战：湖北荆门市那家快递公司违规快递氟乙酸甲酯，造成一人死亡，九人中毒！想到这里，老曾脸上冷汗冒出来了，啪地一下将筷子扔在桌上，对老伴说：不行！我得去看看！

看什么看？神经兮兮的！老伴嘟囔道。

老曾顾不得解释，急急忙忙跑到快递公司。还好，货品刚装上车，还没运走。他急忙对司机说：你不忙开！我还得将货品检查一下！

这些货品你今天不是检查了么，还查个啥？司机问。

我有一件货品检查漏了！老曾说。

一件货查漏了有个啥嘛！未必就有啥问题？这阵搬运都下班了，哪个帮着你下货？

搬运工走了我自己下！老曾说。

你一个人？要好久哟？影响我运货呢！司机有些不高兴。

不查一下，万一那件货有问题呢？你负得起责任？老曾犟劲来了，脖子上的青筋鼓了出来。

好！你查你查！司机见劝不住，到一边吸烟去了。

老曾忙将车后门打开，将门口的货件搬到地下，然后爬上车，弯着腰一件件地找。凡是检查了的货件，他都盖了“已检验”的印章的。他将车上的货件都翻了一遍，没有发现没盖章的呀！难道看漏了？于是，他又将车上的货件都翻了一遍，还是没有发现没盖章的呀！日怪了！老曾伸起腰，用手抹了一下额上的汗。

老曾，你在车上翻个啥呀？这时同事小李路过这里，走过来问道。

你不是说我下午屙尿去了，有一货件没有检查你就放在查了那堆货里吗？我不放心，怕有问题，来看看咧！老曾说。

我是放了一普通货件在那里，可你屙尿转来不放心，还是查看了的嘛！小李说。

是吗？我怎么不记得了呢？狗日的，瞧我这记性！老曾一拍脑袋，有些不好意思地笑了，不过，嘿嘿，查了，我回去就睡得踏实了！

一只王八　◎凤　凰

村在山里，是真正的小村，原先全村只有八户人家，现在，小村就只剩下两户人家了，都姓李，叫大李和小李，他们是兄弟。大李和小李因为穷，才不得不留在山里。

村边有条小溪，溪边有个深潭，潭里有鱼虾，大李和小李经常去潭里弄些鱼虾卖钱做零用钱。大李和小李有一手绝活儿，就是下水摸鱼虾。只要下了水，他们就如鱼得水，在水里游来游去，摸鱼虾非常容易。

每隔几天，大李和小李都会到潭里摸一次鱼虾。这天，大李和小李又一起下了潭水。大李和小李在水里欢快地游着。近来潭里的鱼虾越来越少，主要是小溪上头没怎么来鱼虾，大李和小李在水里游了好一阵子，岸上的水桶里还没有多少鱼虾。以前，大李和小李在水里只要摸一个小时就可以了，但是这天早过了一个小时，他们还不肯上岸，他们得多摸些鱼虾，多换些钱。

突然，大李兴奋起来，他发现了一只王八，大李赶紧将手伸了过去，这时，小李的手也伸了过来。大李和小李一人抓住一半王八出了水。大李和小李相视一笑，小李就赶紧松了手。上了岸，大李和小李都很兴奋，这是一只挺大的王八。小李说："这王八至少能卖 600 块钱！"小李和大李曾在集市上看到过有人卖这样的王八。

大李笑着说："肯定能卖 600 块钱！"大李说着就把王八放进了水桶里，不过他不是放进自己的水桶，而是小李的水桶。小李不由一愣，吃惊地说："哥，这王八是你抓住的，你给我干啥？"大李笑着说："这王八是你抓住的，我怕你失手了，才搭了一把手！"小李说："哥，这王八明明是你先抓住的，你的王八，我不能要！"小李说着就弯腰伸手从水桶里抓起了王八。大李看小李要将王八放进自己的水桶，赶紧阻止了小李，说："你就留着吧，家里需要钱！"小李的妻子病了，小李正愁药钱，有了这只王八，妻子的药钱就不用愁了，小李感激地看了大李一眼，终于将王八放回了自己的水桶。

回到家里，小李突然想到大李的儿子小宝马上就要上学了，需要一笔学费，可大李却把王八给了自己，小李的心里很不是滋味。小李决定将王八还给大李。小李从水桶里捞起了王八，然后往大李家走去。走到半路，小李又折了回来，他想既然大李把王八给了他，当然不会再收下。

小李的妻子见小李拿着王八出去一会儿就又回来了，便问他发生什么事了，小李将一切都告诉了妻子，妻子听了说："哥真好！"小李说："是呀！所以，我才不能要哥的王八，哥家也有困难呢！"小李无奈地将王八放进了水桶里。小李想，要是改天能再摸到一只王八就好了。

第二天，小李去找大李，小李说："哥，今天我们去摸鱼吧！"昨天，大李和小李摸的鱼不够多，于是大李提着水桶跟小李去了水潭。

大李和小李在水里摸了一个小时，同昨天一样，也没有多大收获。就在大李和小李准备上岸的时候，小李突然兴奋地叫起来："哥，我摸到了一只王八！"大李浮出水面，看到小李手里抓着一只王八，而且还是一只大王八，大李就笑了，说："小李，你运气真好！"

小李上了岸，大李也上了岸。小李将王八放进了大李的水桶里。大李见了，赶紧说："小李，你这是干什么？"小李笑着说："哥，昨天你给我一只王八，帮了我一个大忙。今天我送你一只王八，这下好了，你也不用为小宝的学费发愁了！"大李笑了，上前拍了拍小李的肩膀说："我的好兄弟，走，回家去！明天咱们卖王八去！"

小李回到家里，把自己摸到一只王八送给大李的事对妻子说了，妻子一听就笑了，她说："你做得对，大哥送你一只王八，你也送他一只王八，这下小宝的学费就不用愁了！"小李说："明天我就和大哥卖王八去，然后给你抓药回来！"妻子听了却说："王八没有了，我把它给放了……"小李一下子睁大了眼睛："你说啥？你说你把王八给放了？哎哟，你可知道，它能卖 600 块钱！"妻子说："我知道。正因为我知道，我才把它给放了。我把它放进了潭水里，我想也许你刚才抓到的那只王八就是我放的那只！"小李回忆了一下自己抓住的那只王八，突然笑了，自己抓住的那只王八，正是昨天大李给他的那只。小李拉着妻子的手说："我不怪你，你做得对！这会儿，也许大哥和大嫂正为那只王八高兴着呢！"

这天晚上，小李睡得很踏实。

第二天，大李来找小李，小李以为大李要去卖王八，可一看大李的水桶，空空的，小李说："哥，今天还要摸鱼虾？"大李说："摸，家里的鱼虾太少了，再摸一点吧！"

小李提着水桶，和大李来到了潭边。小李放下水桶，脱衣服。大李也放下水桶，却在一边磨磨蹭蹭。小李觉得大李有点怪怪的，一看大李，发现大李的衣兜里装着一只王八，小李心里嘀咕起来：哥不把王八放在家里，把它带出来，这是干啥呢？小李没有问大李，脱完衣服就下了水，但他偷偷地观察着大李。

大李见小李下了水，就赶紧脱了衣服，然后从衣兜里抓出王八，紧紧地捏着它也下了水。不一会儿，大李叫起来："小李，我摸到一只王八！"小李浮出水面，看到大李手里抓着一只王八，而且还是一只大王八，小李就笑了，说："哥，你运气真好！"

大李上了岸，小李也上了岸。大李将王八放进了小李的水桶里。小李见了，赶紧说："哥，你怎么又把王八送给我？你已经给过我一只王八了！"大李说："我家里有一只王八了，小宝的学费已经足够了，这王八还是给你好，你用钱的地方比我多！"小李说："哥，我知道这就是你家里的那只王八。刚才的一切，我都看到了……"小李把王八从水桶里捞出来，然后一把扔进了潭水里。大李吃了一惊："小李，你这是干什么？"小李说："哥，这王八，谁抓住就是谁的！"

然后，小李和大李跳进了水里。小李和大李在水里游来游去，他们摸着鱼虾。好几次，他们两人都摸着了王八，但他们都又悄悄地将它放掉了。

于是，这只王八永远地留在了潭水里。而每一次小李和大李摸到它，都会感到特别幸福。

那 边

◎冯小涓

太阳从山头落下去，黑夜从山头滑下来，转瞬间就吞没了西天的残霞、近处的山峦，还有这个不大不小的村庄。

村庄里亮起了电灯，十多年前这里还是点煤油灯。煤油灯比电灯暗多了，电灯比油灯至少强十倍。但还是黑，竹林啦，树木啦都隐在大片的黑暗里，灯光显得有些孤零零的，像村庄里剩下的老人们昏暗的眼睛。

张老五家的门被一个背着背篼拿着蛇皮编织袋的女人一脚踢开了，女人的声音一惊一乍的，哟，金花，我还以为你没下床哩！

被称为金花的女人瘦得像个游魂似的，捧着饭碗的手像桌上的竹筷那样细，指节像竹节一样显眼。

金花说，玉叶，来了哈，吃饭不？

张老五闻声给玉叶让坐。张老五的两个眼珠炸飞了，是前些年在那边修路时，炮眼炸掉的，两只眼眶就成了两个黑窟窿，永远留在黑灯瞎火之中。

桌上还有两个孩子，大的是儿子的，小的是女儿的，儿子女儿两口子都到那边打工去了，孩子是张老五和金花两口子带大的。

玉叶把背篼放在门外，又把编织袋塞在背篼里，坐到饭桌上。

金花起身给玉叶舀了一碗绿豆稀饭，说，天刚黑，不急，再吃点，半夜饿得慌。

玉叶也不推辞，捧碗就喝。

玉叶也是将近五十的人，头顶已有一大片白发，脸上被黄斑糟蹋得不成样子，嘴唇像秋天的两片叶子，早已失去了光泽，只有两个大眼睛仍然有些神采，隐约可见年轻时秋波迷人的样子。

玉叶问：病好了？

金花说，没好，也要起来啊，男人和两个孙子都要靠我，死不下去啊！

金花放碗，簌簌地掉泪，和着稀饭吞进肚里。

张老五尖起耳朵听，伸一只黑漆的手过来拍金花的肩膀，给她一点虚弱的安慰。

金花不敢哭，忙起身去添饭。

张老五又转着耳朵去听两个孙子，女孩对他说，外公，外婆又在想妈妈了。

张老五便安慰孩子，妈妈回不来了，妈妈到天上给王母娘娘打工去了，天上比那边好，那边比我们这里富多了。

金花早已哭得像泪人儿，玉叶便到灶房去，玉叶说，人都死去一个月了，你也睡了差不多一个月，孙子们还要靠你，这个家哪离得你嘛，你不要再怄气，总得活下去嘛！

金花哽噎着说：道理是这个。可我就是想女儿啊，想得快发疯了，脑袋里全是她的影子；笑的样子，小时候的样子，离家出去时的样子，结婚时的样子……

玉叶说，看孙女的样子嘛 ，那么乖的小人儿，跟青凤小时候一模一样。

金花说，是有青凤那么漂亮，比她还聪明哩，成天安慰我：外婆，我妈不能侍候你，我长大了侍候你，我不到那边去打工，我就守着外公外婆。

金花说着，脸上勉强有些笑容，这使她的脸看上去更显凄凉。

金花放下碗说，我今晚跟你一起去，再不去，癞蛤蟆都给人抢光了。换几个钱，下半年两个孙子要读书。

玉叶说，你的身体行不？

金花说，我倒想两眼一闭到阴间去享清福，还能见着我女儿。但阎王偏让我活受罪，死不下去啊！

玉叶说，看你这样子，风都吹得倒。

金花说，你以为我们是啥子金枝玉叶啊，那么经不住摔摆！

玉叶笑，这才是金花嘛！

金花收拾好桌上的碗筷，吩咐丈夫照顾两个孙子睡觉。又拿了家里的电筒，换了一对新电池，也像玉叶一样背上背篼，拿上编织袋，还特意找了一节麻绳装在衣篼里，这才跟玉叶往外走，张老五摸了一件黑色的塑料雨披放在背篼里，说，这几天每天下半夜都下雨，你要淋病了，咋办？

金花说，放心，天亮就回来。

张老五两个空洞的眼睛望着黑夜，他的老婆跨进院坝外的那片竹林，就被黑夜卷走了。张老五还在门口站着，老婆的脚步声一左一右地传来，敲击着他的牵挂，渐行渐远了。

两个女人一前一后走在乡村的小路上。小路有点白色的反光，纵横交错的路看上去像一些毫无规则的细网，她们像网上的两只黑蜘蛛，茫然地向前移动。

金花问玉叶，要走多远啊！

玉叶手提着停电宝，要走十多里路哩，近处的都被人捉光了。

金花说，你说那边的人咋个尽吃脏东西呢，前些年抓乌烧蛇、打青蛙，这几年又要癞格宝，那东西看一眼都肉麻，咋个下得了嘴巴？

玉叶说，听说那里的人眼睛小得像黄豆，两个鼻孔朝天，嘴唇又黑又厚，白米白面吃得不耐烦了，专找怪东西吃。

金花说，吃得怪，病得也怪。青凤就是给传染上的。

玉叶忙说，青凤一心想要带玻璃、地砖的房子，才到那边去的。

玉叶说，听说那边的房子有山那么高，全是玻璃的，亮堂得很呢，晚上都不黑，像水晶宫一样透亮。

金花说，那不美到天上去了，小时候听大人说月宫里才是那个样子嘛！

玉叶说，差不多吧，听说比月宫热闹多了，晚上通夜都有吃的喝的耍的。月宫里只有嫦娥和她男人嘛，冷冷清清的。

金花说，怪不得都要往那边跑，乡村里的娃儿刚长大就扔下爹妈，跑到那边去了。

玉叶的声音有些哀怨，我们老了， 跑不动了。

金花说，我年轻二十岁也不会去。

玉叶问，为啥？

金花说，我恨那边！

玉叶便不再说话，两人沉默地走路。两道细弱的光柱之后，是两条悠长的黑影。

玉叶又说，听说那边的女人住在没有一点灰尘的玻璃房里，抱一条小狗睡觉，手指染得像花朵一样。

金花反问，男人呢？男人到哪儿去了？让狗爬到床上，不成狗窝了？

玉叶说，男人在河那边，河那边的人富得流油哩，肚子大得我们的背篼也装不下。

金花说，那些女人苦哩，沾不上地气，又等不到男人，手指像花朵，内心像黄连，只有跟狗作伴。

玉叶说，你嫌人家苦，人家还嫌你这些乡下人土得掉渣呢！人家有小轿车呢，一身珠光宝气的，我们这种乡下人，一看就矮一大截。

金花说，怪不得青凤说那边的女人傲得很。

玉叶说，那才叫金枝玉叶呢。

金花说，人与人不同，你又没生在那边，你生在山里，命就不同罢。

玉叶叹气，人就得信命。

两人又沉默，仍然急急地赶路。走了一会儿，玉叶耐不住寂寞，又要说话：金花，听说那边的女人不做活路，结婚后待在家里。

金花说，家里也有做不完的事嘛。

玉叶说，家里都有老妈子，那边叫保——姆，吃饭端到手上，衣服拿到床边，就像解放前大户人家的千金小姐。

金花说，那成啥样子，像猪嘛，哪是人过的日子。换了我，还不闷死了！

玉叶觉得话不投机，便对金花有点轻微的懊恼，拿话回敬她：都像你一样，一人要管三口人、两头猪、一头牛，累得像牲口，你就不闷了？

金花自嘲，活贱了有啥法，我比猪牛还闲不住。

玉叶轻松了，说，人家也不闲，人家那边有钱的女人晚上都在耍。

金花问：咋个耍嘛？

玉叶有点见多识广的样子，说，这你就不晓得了吧？人家晚上泡——酒——吧，喝外国的那种又苦又黑的饮料，叫啥子我就记不得了。我也是以前听青凤说的。青凤说，玉　，你就不知道吧？人家一晚上要脱成千上万的，眼皮都不眨一下。

金花说，怪不得青凤到死都不回来，这女子在那边染野了。

玉叶说，人家晚上忙得很，白天在家蒙头睡觉。

金花说，夜叉或是猫头鹰也是这样，昼伏夜出。

玉叶并不理会她，自己嘀咕，这辈子能到那边看看就好了。

金花说，你还去过县城嘛，我只到青岗椏赶场，其他地方都没去过。

玉叶说，金花，哪年我们一起去嘛，长点见识。

金花有点警觉，那得多少路费嘛？

玉叶说，坐火车去耍一趟，得一两千元吧！

金花说，那得抓一辈子癞格宝也凑不够。再说，癞格宝越来越少了，想抓一辈子也不行。

玉叶便不再说话了，垂头丧气地跟在后面。

金花的兴致来了，话便多起来。金花问，你说那边的人哪来那么多钱，是地里长的，还是水里养的？是人家的鸡一天下十个蛋，猪三天就长肥，牛屎拉出来都是金子？

玉叶扑哧一声笑出来，笑得影子也在摇晃，干脆把停电宝关了，放进背篼里。

玉叶笑够了，却无法回答金花的话，玉叶说，人家那边靠着什么香——港，香港是多大的地方啊，房子都长到云里了，满街都是哗哗啦啦的银子在淌。

金花说，我就不信，那银子是下雨带来的？人家把耳朵都给你吹竖起来了！

玉叶说，那你说钱是哪里来的嘛？难道那边遍地都是乌梢蛇、癞格宝？

金花便无话可答。在这边，除了鸡下蛋、猪长肥、牛生犊之外，最值钱的东西，就是那边传来的风向，一会儿说那边要茧子，这里便忙着栽桑树，为争田边地角，乡邻之间一锄就可以挖掉半个屁股。家家户户养蚕忙，半夜三更偷桑叶。过了几年，那边又传来口风，茧子价格一落千丈。乡亲们嫌桑树荫了庄稼，又挖又砍当柴烧。后来又养海狸鼠，养蝎子，养来养去，还不如养鸡养猪。再后来听说那边人喜欢吃蛇，吃青蛙，就去打乌梢蛇，捉青蛙。这段时间又流行癞格宝。乡里人一向觉得癞格宝是受诅咒的不洁之物，就像过去的麻风病人，避之唯恐不及。但为了几个零花钱，大家不得不去争抢这种在阴暗潮湿地方生长的脏乎乎的东西，一时间，癞格宝便成了这里的宝物。留守乡间的老人孩子中，就有人忙完庄稼和家务，摸黑跑二三十里路，去捉癞蛤蟆卖了捞一些外快。

走过一大片竹林，竹林背后肯定有人家。玉叶安排金花，你轻点，不要弄出响动，人家听见会出来撵的。

金花便做出轻手轻脚的样子，玉叶说，癞格宝喜欢在房前屋后，这东西怕光，一见光它就愣了，你出手要快啊，一抓一个准。

金花这时候在玉叶面前谦虚得像个小学生，玉叶又教她，抓住了装在蛇皮编织袋里，再背到十多里外的青岗垭去卖给收购的老板，老板收够一卡车，就运到那边去。

金花和玉叶从背篼里拿出口袋，猫腰踮脚往竹林背后的人家侧面包抄过去，专捡房檐下的阴沟走，金花走在玉叶后面，听见屋里有电视声音传出来。玉叶打开停电宝，灯光下两个癞蛤蟆愣在那里，颈脖上一鼓一鼓的，两个眼睛惊异地瞪着，玉叶眼疾手快，抓了一个又去抓另一个，两个都装进口袋里。

金花心想，跟在玉叶后面，都叫她抓光了，今晚不就白跑了？便走进屋后墙的阴沟下，哪知连日的阴雨使石板都长了青苔，金花一不小心，脚一滑，溜了一个屁股朝天，头还在吊在背篼上，背篼已经变形了，金花哎哟叫了一声。玉叶这才听见，刚往这边跑时，猪圈的后门打开了，一股粪臭扑鼻而来。与粪臭一起出来的还有一个拿着竹竿的黑影，黑影的后背被屋里的灯光照亮，从长头发判断是一个女人。同时，叫声就尖厉地响起来。

偷癞格宝的贼，偷到人家后墙下了，再不滚快点，老娘的竹竿不饶人哦！

金花赶忙咬住嘴唇，爬起来就跑，玉叶跟在后面，也跑。

跑了一段，金花才停下来，两个膝盖上沾满又黑又脏的淤泥，手上擦落一块皮。玉叶问，摔伤了没？金花说，只要背篼没坏就好了，背篼坏了要花钱买，老五的眼睛看不见无法做篾活，手受点伤不要紧几天就长好了。

玉叶说，这个时辰早了点，人家还没睡。再等一会儿，差不多都睡了，就没有人撵我们了。

金花没说话，许是手疼，啮牙咧嘴，很难受的样子。

前面是一所村小，金花说去看看，教师不会撵我们。

玉叶很有经验的样子，玉叶说，那后檐沟不知给人找了好几遍了，即使有一万只也被捉光了。

金花说，可能又有新的跳过来呢，旧的不走新的还不来呢！

这次是金花走在前面，金花没有走下面的阴沟，走在屋檐下的干处，电筒光却在沟里和坡地上晃动。这次，金花发现了一个，刚伸手，又嫌脏，最后下定决心一把抓住，慌忙往口袋里扔，完了又把手伸向草丛上擦了又擦。玉叶笑她，你还臭讲究呢！金花笑着说，真是嫌脏，下不了手。

四个教师围在灯光下打扑克，两个人嘴上贴着白纸条，其中一个贴纸条的说，又是捉癞格宝的来了，干脆把我们捉到那边卖了。另一个打趣他，把你当鸭子卖了，听说那边的富婆凶得很，专拈嫩鸭子吃。

打牌的笑成一团。两个女人走出学校。玉叶又多嘴，金花，前些年王老师喜欢你家青凤，青凤嫌人家在这里没出息，偏要往那边找当老板的。要是跟了王老师，青凤也不至于……

金花说，山里的女娃都想跑哇，你没看见四个男教师都还是光棍，换我们年轻那阵，要是被哪个教师看上，那还不把周围的人眼红死了！

玉叶说，就是啊，变化太快了。

翻过学校后面的一座小山，周围黑漆漆的，人家还在远处。山弯里很僻静，有一处桐子树下经常闹鬼，走到这里很是恐怖。这就是远近乡邻都不愿路过的桐子弯。所以，玉叶不敢一个人出来，虽说一个人出来可以捉到更多的癞蛤蟆可以卖更多的钱，但毕竟不安全。乡村的黑，黑得人心里发怵。又黑又静的地方，简直就像掉进地狱里。

玉叶说，金花，我给你唱歌，你也唱嘛，唱歌能驱鬼，就不害怕了。

金花说，我哪有心情唱歌嘛。我这个样子，鬼见了也是抓我嘛，你还怕啥？

玉叶就唱：

李家溜溜的大姐，

人才溜溜的好哟，

张家溜溜的大歌，

看上溜溜的她哟！

金花笑她，看你老不正经的样子，唱得人牙齿发酸哟！

玉叶又唱，反复就那几句歌词，玉叶说，我只唱得这几句嘛！

金花自嘲，你看我们家张大哥，那个溜溜的样子，现在每天都是溜溜的离不开我哟！

说完，金花便笑，笑得伸手抹眼泪，玉叶也笑得前仰后合的。玉叶说，你总比我这个孤老婆子强，也比那边那些抱狗睡觉的女人好嘛！老五哥总算是个男人，除了缺两个眼睛，其他东西都还在嘛！

金花说，那是，那是。又嗔怪玉叶，看你没男人，就爱胡思乱想，这年龄对那些东西还有啥兴趣嘛，好歹有个说话的伴就已经不错了。

金花又问玉叶，你男人有音讯不？

这回轮到玉叶抹眼泪，玉叶说，死了倒好。过一会儿又说，他在外边当了包工头，跟一个剃头的骚货好上了，还生了一个私娃子，十年都没回来了。

金花又问，给你寄钱回来不？

玉叶的声音充满愤怒，他妈在的时候还寄点钱回来；他妈死了，就很少寄钱了。

金花便安慰她，你又不能给人家生娃儿，你把男人有啥办法？人家挣了钱，想干啥就干啥。这年头又不犯作风问题，有钱能使鬼推磨，搞个把女人生个娃，哪还在话下！

玉叶一边点头，一边哽噎着说：道理是这个，可心里就是觉得憋得慌，我一个女人家，本本分分的，我有啥子对不起他李富财？山里的老婆就像苗子，说垮价就垮得一文不值。外边的女人就像癞格宝，一进城就洋了就涨价了就是个宝了。

玉叶说话的声音很激愤，心里那股浊气隔几步路都能感觉到。金花又劝：人与人不同，你命相不好，不能怨谁。

玉叶偏不认这个理，玉叶问：为啥命有好有薄呀，天道就公平？

金花说，你还相信公平？张老五的眼睛炸飞了，人家只付了医药费，外加两千块钱赔偿费。青凤当时也生气，青凤毕竟见过世面，去找那老板，老板娘抱着狗出来帮腔，青凤一看见那么名贵的狗就来气，说你赔那点钱，还不如你婆娘的那条狗！人家老板怎么说，听来气死你，老板说，你们还敢同我这狗比，我那两只狗眼也比你家老汉那条命值钱几十倍，也不想想你们是啥东西！你说，玉叶，我们是啥东西？

玉叶哪里答得上来，默默地关了停电宝，说，节约电，桐子弯一过，人都轻松一大截。

金花说，你还怕鬼，兴许鬼也是欺软怕恶。

两人又沉默。黑夜中能看见远处的白墙，零星的小屋泛着幽光，召唤着两个深夜寻宝的女人。

快要走进另一个村子，玉叶说，这地方的人还不知道癞蛤蟆可以卖钱，可能那东西很多，前几天我就想来，因为怕桐子弯，就没敢过来。

金花没答话。

玉叶又说，等会儿进村，你走左边，我走右边，我们在这条通往青岗桠的路上会合。

金花有点不高兴，左边靠阳面，只几户人家；右边是一个山窝，有很大一片房屋呢，玉叶在耍奸，金花心里清楚，又不好使脸色，毕竟是人家带她出来挣钱的。

金花便往左边走，玉叶打亮停电宝，两眼放光，急忙奔向右边的人家。

金花走左边，没捉到几只癞蛤蟆，心里很是沮丧，一边恨恨地想玉叶的样子，骂了一句，那么奸猾，还是没耍过你男人！

金花绕过最后一户人家的阴沟时，手电晃着了屋檐下的一堆木柴旁边的一个塑料口袋，里面有什么东西把塑料弄得窸窸窣窣地响，金花打着手电看了一阵，确信里面是什么活物，便伸手解开了，一只癞蛤蟆跳到她手上又跳到阴沟里。金花借着手电光看见那些癞格宝正惊恐地看着她。金花便一把挽住口袋，迅捷地放进背篼的蛇皮口袋里，也顾不得去捡那只逃命的癞蛤蟆，一手撑住阴沟上方的坡土，防止滑倒，踮着脚，又怕房主人听见声音出来追赶，慌得憋住气，没命地跑，一直跑到大路上玉叶指定的会合地点，才放下背篼，把癞蛤蟆倒进蛇皮口袋里，小心翼翼地用麻绳系好袋口，这才把塑料口袋挽成小团往路边的狗尾巴草丛里藏住。

这一切做得天衣无缝，即使人家追来，金花想，你敢说这癞格宝就是你的，你有啥证据？癞格宝又不是你娃长得像你跟你姓张姓王姓李，在我背篼里就是我捡来的。金花这样在心里跟想象的那个来人辩白，又得意又轻松地笑了，仿佛她已经理直气壮地讨回公道，而那个臆想中追来的人正垂头丧气地回家，只好打烂牙齿往肚里吞。金花觉得她终于胜利了，尽管这胜利来得不明不白，她还是觉得莫名地高兴，意外的横财让她终于露出一些开心的笑容。转念又想，玉叶这回是聪明过头了，我却因祸得福了。这样一想，更加兴奋，一手叉腰，又用未受伤的手按摩胸口，心已经在胸口跳得快蹦出来了。

左等右等，始终不见玉叶出来。金花又想，玉叶盘留这么长时间，是不是一锄挖到金娃娃，遍地都是宝啊？

金花便背上背篼去探看，抄近路又捡到一些，这才又更加怨恨玉叶要奸了。右边的人家没有捡癞蛤蟆，但左边金花到过的那户人家已经在周围捡了一些，兴许是准备凑多了再去卖，肯定是一个没有体力跑远的老人捡的，这样一想，金花心中便有一些愧疚。但又给自己打气，这世界，哪个不是欺软怕恶，我家老五不就给别人黑了，我们还不是只有忍了？青凤死得不明不白，连冤家都找不到啊！

金花走了几户，果然好捉，癞蛤蟆稀里糊涂就被装进口袋，金花想，还是人聪明，动物只好受人欺负，你癞蛤蟆还斗得过人？你们也怨不得谁，各是各的命。

金花在一家后檐下碰见了玉叶，玉叶问：你怎么来这里了？

金花说：你又不是这里的人，你都可以来，我为啥不能来？

玉叶咬住嘴唇，瞪了金花一眼，又不便声张，收拾行头，扭头气呼呼地往外走。

到了大路，各自放下背篼比战绩，玉叶的口袋里估摸着比金花多些，玉叶还是说，你还不错嘛，头一晚上就抓到这么多。

金花不软不硬地说，奸人发横财，傻人有傻福嘛！

玉叶并不回话，心满意足地往前走。

天下起了小雨，是大诗人杜甫写的那种“春夜喜雨”，“随风潜入夜，润物细无声”。要是睡在春夜的暖被里听着天上地下的沙沙声，真会生出这样的柔情，对夜雨有一番诗情画意的体验。偏偏是两个只识几个字的村妇，又在这样的荒村野外，干着这样荒诞滑稽的发财营生，淋着这样不大不小的雨，深一脚浅一脚在泥泞中摇摇晃晃地走，生怕摔坏了背篼里的宝物。这时，玉叶便一个劲地骂天，说老天就像一个撒尿总也撒不干净的老男人，点点滴滴往下流尿水。金花咧了一下嘴，先前的同情变成此刻的幸灾乐祸了，金花想，你那么好强，偏偏留不住男人，骂天也没用！

金花心里这么想，手上却拿出她家男人张老五给准备的雨披，两人用手牵着顶在头上，金花便越发有点幸福感了，有男人没男人就是不一样，知冷知热的有人疼着护着牵挂着。

但一走近村子，玉叶便一把掀开雨披，不顾一阵紧似一阵的雨声，直往有癞格宝的地方奔去。金花也不管玉叶的安排，始终要往她身边挤，道理很简单，她是对付癞格宝的行家里手，知道在哪里能捉到更多的活物。金花和玉叶一左一右并排行进，摸到一户人家阴沟后。竹林边有浓烈的粪臭，两个女人已经顾不得这种异味，心随着惊慌不安的癞格宝一起跳来跳去。捉得正酣时，猛听一声狗叫，一条大黄狗瞬间已蹿到面前，一口咬住了玉叶的后腿，玉叶不敢吱声，只好放了背篼去撞狗头，慌乱间编织袋掉在了粪坑边，袋口的绳子滑脱了，癞格宝便往外直跳，玉叶大叫一声：天啦！便和金花扑过去抢，差点掉进粪坑里，脚上、手上，甚至额上都沾满了秽物，慌忙把癞格宝放进背篼。这时黄狗邀约了村里另外的几条土狗一齐包抄过来，两个女人操起舀粪的工具，一边威胁群狗一边后退。直退到大路上来，又用石头把狗打散，这才一屁股坐在路上喘气。玉叶撩起裤腿看到几个很深的犬牙印，庆幸狗东西下嘴并不很，没将皮肤咬破。两个女人直叹气，大骂疯狗扰了她们的好事，又看见人家的窗户已亮起了灯光，便不敢再回去，只得往场镇方向走。又到小河边洗了手脚，捧水洗了脸，互相闻了一阵，还有一身臭味。再看对方，头发上尽是雨滴，衣袖和前胸后背都湿透了。两个人便再次牵了雨披，顶在头上。见天边已有一些白光，两人便商量今晚收工，虽有意外，但收获不小。两个人的口袋也装了大半袋。玉叶说前几天晚上没走这么远，捡一些便回家了，家里还放着一些癞格宝，忘了背上一起来卖。玉叶便牵挂那些宝物，说，要是死了，我就惨了。隔了一会儿，又说，也不知这些瘟物吃什么，饿不饿，饿了要掉寸斤的，少卖价钱。今天回去，还要赶快把它们养着。

金花取笑她，你把癞蛤蟆当男人来侍候了，看把你操心成啥样了！

玉叶说，哎，比男人还值钱。男人能卖钱不？依我心里那个恨啊，恨不得把我那个负心男人像癞格宝一样捉去卖了！

两个女人都开怀大笑，只是各人笑的意思大不相同。

然后，便走上公路。她们要到场镇上找到收购的老板，再将癞蛤蟆换成钱，再用卖癞蛤蟆的钱买点盐巴、酱油、醋，给自己买一个饼子，塞进早已饥肠漉漉的肚子。金花还要多支出一点钱，要给孙子买几颗糖，让没爹没妈看护的孩子尝点甜。然后，再摇着空背篼和空口袋往家里走。玉叶说，趁还抓得到，每晚都要来。金花只能当玉叶的伙伴，金花也想过，张老五要是眼睛好着，也不会再跟玉叶搭伙，发财都是一家人的了。但张老五目前那个样子，她只好跟玉叶结成暂时的生意伙伴了。毕竟，两个女人都怕桐子弯的阴森，黑夜里都需要一个伴。

公路在青白的晨曦中闪着亮光，这时还跟乡镇的房屋一样，沉睡在寂静酣甜的梦乡。再等一会儿，这里的汽车和赶集的人便会喧闹起来，商店里摆放着大地方运来的货物，流动商贩们叫着香港、上海的女袜、内裤，乡镇中学的学生们留着大明生的爆头发式，把父母给的一点零钱（这其中可能有卖癞蛤蟆的钱）去投超女的票，或是去买老明星刘德华喜欢戴的黑眼镜，在网上恋上半老徐娘的芙蓉姐姐，这些都是金花和玉叶无法想象的事情，也是她们长期待在乡村，无法理解的事情。

青岗椏只有这一条公路，还是金花、玉叶他们这一辈人上世纪 70 年代末肩挑背扛修出来的，这里才有了汽车，这里的后生才坐着汽车往外跑，脚跟像装了弹簧似的，中学没毕业就想往外溜。这汽车可以通到哪里呢？据说可以通到北京、香港，都是一些大得吓人吓人的地方呢！

湖　雾

◎召　唤

雾不知打哪冒出来的，上不着天，下不沾地，缥缥缈缈，一忽儿，雾罩子就扯起来了。

人在雾中，就有了些飘忽感，跟梦里一样。一条鲤鱼打个挺，飚进船舱，把个绿叶惊得一跳。

船晃动起来。

雾罩子没晃，仍死死地罩住返湾湖。没一丝风。或许风被雾罩子罩死了。

一阵蛙鼓溅进来。先是一声，接着是一片，清清亮亮地聒噪着湖的寂静。雾在蛙声里绕。青枝立在蛙声里，心头的雾幔却一丝一缕地淡了，散了。

可绿叶不。绿叶的心，跟雾样迷糊得不行。雾幔犹如湖里布下的迷魂阵，让她怎么也走不出去。

青枝跟绿叶是双胞胎姊妹，就如同一棵树上的枝和叶，连着血脉，分不开。青枝大，也就半个时辰；绿叶小，虽落后了半个时辰，却永远只能是妹了。怪谁呢，怪娘？可娘生下姊妹俩就到了另一个世界。此刻，青枝立船头，绿叶在船艄，打湖草。湖草很多，也很杂，扁担草、锯齿草、乃藤草、水仙草……当然还有好些叫不出名儿的，都生在湖里，水灵灵，是喂猪的好食料。

爹养了一头半糙子猪，说白了就是喜猪，等猪“催”大了，宰了请客。爹开春就发了话，男大当婚，女大当嫁。双胞胎女儿一路来的，总不能一路嫁吧，凡事都兴先来后到呢，谁抢先，就嫁谁。可没想到的是，本该是妹妹绿叶在先的，节骨眼上却转了舵。青枝抢了先。也就是说，那头猪是专为青枝“催”的，绿叶呢，是在帮青枝打猪草。

湖雾裹着竹篙，竹篙有些飘，可手感却沉了许多。

一滴露水流进了绿叶的嘴丫，绿叶的心酸了一下，就朝湖面啐了一口。

尽管雾很浓，能见度低，但绿叶的酸劲还是被船头的青枝看见了，心说，看把你醋的！

一篙湖草被绿叶气吭气吭地绞上来，磕得船帮子咣当儿直响。绿叶是背着青枝做这些的，那背影仿佛也是气吭气吭的。

青枝抿了嘴角笑，切，气还不小呢！

在青枝看来，绿叶一定是由起初的醋发展到了现在的气。也难怪，要是这事儿，落在自己头上，怕也要又醋又要气哩。

好在雾幔像块遮羞纸，蒙住了姊妹俩各自的心事，没让那层纸捅穿。没捅穿又怎样呢，其实都心知肚明的。

风是斜着身子筛过来的，雾和蛙鸣漏下来，和着皱起的湖水簸了簸船。那只天鹅，穿透白雾，立在了绿叶的篙梢上，双翅　起了比雾还要白的声声蛙鸣。

不动，青枝说着机灵地跨过船舱，一把就捧住了天鹅。天鹅起初看见姊妹俩时还怯怯的，有些认生，经过一段时期的相处，天鹅竟亲起姊妹俩来了。

绿叶的身子不服气地耸了耸，老天作证，可她手中的竹篙却纹丝不动，要不，天鹅就不会乖乖地落在青枝的手上呢。

喏——青枝用肘拐了拐绿叶，夸张地把头歪给绿叶，说，快把头绳解开。

头绳是红的，挽了个活结，把青枝的一头秀发束着。或许自小言听计从惯了，绿叶轻轻一扯，头绳就开了，秀发瀑布似地泻下来，沾了雾气和蛙鸣，就有了一种湿润清亮的气味。

天鹅在怀里扑腾得欢实，青枝赶紧从绿叶手中拿过红头绳，系在天鹅的一只腿上，说，莫怕，给你做记号哩。然后将托举着的双手一扬，天鹅"嘎"的一声展了翅儿，一头向雾里冲去，那根红头绳，还有那叫声，像一束燃烧的火　子，飘啊飘啊，在雾白的世界里好耀眼。不一会儿，雾就散了，云也开了，日头从湖里冒出来，雾开始渐次退去，湖就清朗明亮起来。

在绿叶看来，这湖就是被那根红头绳给飘醒的。也就是说，青枝又创造了一个奇迹。干吗奇迹总是她青枝创造呢？

青枝心头滋生的那些美好情愫，一定被那根红头绳带走了，准确地说，是被美丽的白天鹅，带走了。要不，她像湖水一样清澈的眸子里，怎会漾起那束一飘一飘的红呢？

绿叶更不好受了。哼！鬼青枝，还真是个抢能精呢。江汉平原把好显摆逞能的都称“抢能”，在绿叶看来，她青枝不光抢能，还是个抢能精呢。哼，凭啥都让你抢能呢？现在，绿叶对抢能的青枝不仅仅是醋，又凭空多了一份妒忌。能不妒忌么，这事儿搁谁头上谁都会妒忌呢。

船穿行在一片芦苇荡里，有湖鸟扑棱棱地飞起，鸟语划出一道弧线，逶迤出几许别样的韵致，湖就往柔美里浪了浪。船拐了一个弯，仿佛拐进了姊妹俩的心湖里。

媒婆一迈进门槛，就对爹说，胡子哥 ，这些年，你这又当爹又当娘的，把双胞胎闺女拉扯大，真不易哟。爹一脸络腮胡，湖区人都称他“胡子哥”。爹笑笑说，是啊，愁生不愁长呢。媒婆话锋一转，言归正传，说胡子哥，我还为你愁呢，姊妹俩般长般大的，总得有一个先一个后啊。爹说，是啊是啊，那就劳你婶操心哩。爹就先替姊妹俩叫了媒婆一声婶。这是湖区人托媒的礼性。

媒婆说，那胡子哥留哪个在家吃老米？当地把招上门女婿叫“吃老米”。

爹说，哪个都行。看来，爹怪舍不得俩姊妹的。

青枝看看绿叶，绿叶又看看青枝，脸飞红，心发跳，都不语。按当地的风俗，都是留老大在家吃老米，可青枝有些不甘，把自己嫁出去吧，又不忍撇下爹。绿叶呢，按说是嫁出去，可事真到了眼皮下，又心疼爹，当然，她心里还藏着个小九九，就是体验一下吃老米的味道，留在家里孝敬苦了一辈子的爹。可是，那不是夺了青枝的饭碗么？

还是媒婆打破了僵局。胡子哥，千年的风俗代代传，还是老大——青枝吃老米吧。

媒婆的话其实也是对姊妹俩说的。姊妹俩又对视了一眼，惶惶地等着下文。媒婆走过去，拉过绿叶的一只手，拍了拍，说，跟婶走吧。

直到两人走出了好远，绿叶突然转回身，朝正在怅然中发愣的青枝叫了一声：“姐——”

这是头一回绿叶把青枝叫姐。青枝的心头莫名地暖了一下，泪湿了眼眶，好像一路来的胞妹就要跟她分手似的。

“陪我去吧姐。”绿叶的声音也像泪浸过一样。

没待青枝缓过神来，绿叶就挽起青枝的胳膊，朝湖边走去。

竹篙轻轻一点，船就漾进了早春萌动着几分羞涩几分憧憬的湖里。

青枝自告奋勇地当起了撑船手。妹妹相亲，她高兴哩。

越冬的鸟儿们，又陆续迁徙到了返湾湖，有白鹭，天鹅，丹顶鹤，还有一些叫不出名儿的鸟，在湖面上或游弋或嬉戏或盘旋，示着风情，寻找配偶。湖面上不时有新藕舌冒出，像伸出的舌头，风一漾，舔润着湖的春色。

春夏交至，禁渔刚过，龙生就下湖了。龙生是三代单传，爹娘生下他就取了龙生这个名，心肝宝贝地当龙疼爱着，也巴望着儿子真正成一条龙。

龙生前些年也外出打过工，据说挣了一些钱，人们都以为他会继续在外面一边挣钱一边看世界的，可龙生却急流勇退，回到了返湾湖。龙生回来后，既不种田也不做生意，单单瞄上了返湾湖，干上了摸鱼踩藕的行当。爹娘不理解儿子，在外干得好好的，干吗要回来下湖呢？

龙生就反驳，下湖不好吗？你们不是望子成龙么？龙怎么离得开水呢，龙只要有了水，保准就会成一条蛟龙呢。放心吧，看我的。龙生的话把爹娘说得一惊一乍的，不知儿子要鼓捣出什么惊天动地的事来。

龙生的划子像一片树叶，在白淼淼的湖上起伏，不知是湖水颠着划子，还是划子簸着湖水。就这样颠呵簸的，划子像吐丝的蜘蛛，弯来绕去地布下一道道水上屏障，像蛛网一样把龙生和划子裹在了中间。这是刚布下的迷魂阵，一种捕鱼的特殊工具。一旦鱼儿游进只进不出的迷魂阵，就跟瓮中捉鳖一样，十拿九稳哩。

划子是一种比渔船瘦了许多的小船，当地称“划子”，用它捕鱼灵活便捷。划子载着龙生绕出了像迷宫似的迷魂阵，然后泊在芦苇荡，相亲。湖区就是湖区，相亲的地方也离不开湖。什么荷叶林呵，芦苇荡呵，湖柳下呵，湖堤边呵，都是谈情说爱的好去处。

龙生穿一件白背心，在黝黑皮肤的映衬下，真是黑白分明。胳膊上鼓起的肌肉，一疙瘩一疙瘩的，透着健壮和一种雄性美。

一见面，姊妹俩的目光都落在了龙生的身上，龙生呢，一见到美得分不出彼此的姊妹俩，两眼就花了。

天鹅在天空盘旋，准确地说，是在他们的头顶上盘旋。青枝朝天鹅招了招手，天鹅就螺旋式地飞下来，然后，稳稳地立在了她摊开的掌心上。

媒婆说，这就是上湖的龙生，接着轻描淡写地介绍了一下青枝，最后加重语气特别介绍，这是绿叶，就看你俩的缘分了。

青枝只顾跟天鹅亲昵，本来嘛，妹妹相亲，不关她的事。

龙生一边心不在焉地噢噢着，一边却把目光聚焦在正跟天鹅逗玩的青枝身上，就忍不住说，噢，这天鹅真美啊，让我看看。龙生说着就从青枝怀里抱过天鹅，一边爱抚天鹅，一边拿眼看青枝。绿叶看在眼里，心就忽闪了一下。好在青枝知趣，很快又把天鹅抱过来，双手一送，将天鹅放飞。

青枝拉上媒婆，撑篙使劲一点，船就驶出了芦苇荡。

绿叶坐上了龙生的划子，心情好了许多。划子小，但轻盈，跟水上快艇似的。

龙生说，你俩长得真像。

绿叶说，双胞胎嘛。

龙生又说，但又不太像。

绿叶纳闷，咋讲？

龙生说，我也讲不清。

绿叶不知龙生是什么意思，总感到他说的是半截子话，还有半截子藏着掖着。一只蛤蟆跳到了荷叶上，骨碌着眼。有歌子随湖风漾来，恰好跟蛤蟆有关：

一只蛤蟆一张嘴吔，

两只眼睛四只腿吔，

花花绿绿跳进河里的水吔。

两只蛤蟆两张嘴吔，

四只眼睛八只腿吔

花花绿绿跳进河里的水吔……

歌叫《数蛤蟆》，是江汉平原土生土长的民歌，有一阵子，就是这首歌由省里的长辫子组合唱到了北京，并夺得了全国青歌赛原生组的金奖呢。听得出来，歌是青枝唱的。青枝人不在，歌却在，一声声，清亮亮落进水里，就真个逗来了一只两只、五只八只的蛤蟆哩。

哼，又抢能呢！绿叶的“哼”不是没有道理，她从龙生的心猿意马，断定龙生的心已野到了歌子上，不，是唱歌的人上。也难怪，这样好听的歌子，不勾魂才怪呢。

歌子明明是断了，可余音仍在耳际缭绕，也就是说，龙生的魂，还在那歌里头犯野。

那只天鹅也在歌子里盘旋，久久地，不肯离去。

绿叶不满地“哼”了一声。龙生还沉醉在歌子里，这时偏偏又无端地冒出了一句：这歌唱得真好听啊！

什么好？

歌好。

还有呢？

人也好。

那你就听她唱吧。

绿叶夺过龙生的撑篙，猛几下，划子就靠了岸，人也上了岸。

龙生这回彻底地醒了，喊着岸上离他而去的人：

“青枝——”

绿叶哭了。

那个心猿意马的人竟把自己叫成了“青枝”。绿叶没有回头，泪水流进嘴角，扑面而来的湖风也跟着咸了、涩了。

绿叶的心糟糕透顶，没想相亲相了一肚子气。

怪谁呢，怪自己不该叫上青枝。那怪得在理么？

那就怪青枝不该唱歌，抢了风头。那又怪得在理么？

那就怪龙生花心，不是个人，对，就怪他！

还别说，龙生相中的单单就是青枝哩。

再下湖时，绿叶就绷了脸子，暗自怄气。

青枝说，你咋了？

绿叶用鼻子“哼”一声。

青枝说，咦，到底咋了你？

绿叶用鼻子又“哼哼”两声。

青枝忘了撑船，船随风儿在湖面上飘。一只划子驶来，人未到声音先到：

青枝、青枝　。

是龙生。

青枝噢了一声，说，你是来接绿叶的吧。

可龙生却说，我是来接你哩。

青枝疑惑地看了看龙生，可龙生的目光笃定无疑。再看绿叶时，绿叶早已把脸扭向了一边。

但青枝还是纠正说，你肯定是叫错了。我俩双胞胎，容易搞混呢。

龙生说，没有。你叫青枝，是姐，她叫绿叶，是妹。龙生说着伸出一只手，将青枝牵到了他的划子上。

绿叶愤然握起撑篙，只一篙，船也愤然地驶出老远。

青枝没想到会是这样一个结局。陪妹妹相亲，却把自己“赔”进去了。虽说纯粹是对方自作多情乱点鸳鸯谱，可老实说，打看见龙生第一眼的当儿，心里还真莫名地动了一下。再说，这样雄健剽悍帅气十足的小伙子，哪个姑娘见了不动心呢？可……这不是夺妹妹的爱么？青枝为自己的动心、自己的自私，感到无比羞愧，感到自责。可是，世上独单这种事儿，又是最自私最不可侵犯的啊！

天鹅又飞回来了。

那红头绳一飘一飘的，带着一点白，像一片白羽毛。天鹅稳稳地歇在青枝的肩头。红头绳系着一张白纸片，白纸片上画着一双嬉水的鸳鸯，一只鸳鸯下面写着龙生，一只鸳鸯下面是空白。这是龙生的作品，显然，他是等着青枝在另一只鸳鸯的空白处，填上他想要的那两个字：青枝。

青枝是背着绿叶看的。她怕，怕伤了妹妹的心。青枝好不困惑，或者说是煎熬。说不喜欢龙生吧，那是跟自己过不去；说喜欢龙生吧，那又是跟妹妹过不去。她感到自己真跟烙锅里的煎饼一样，两面都经受着烙。要死要活地烙。

湖草像座小山，堆满了船舱。湖水又把船吃下了一指。下湖姐撑船，收湖妹撑船，这似乎成了约定俗成的规矩。天鹅迎风立在船头，面对青枝，伸长颈子，任苇荡、荷林随前行的船一一退去。其实，天鹅观景是假，催青枝是真呢。

一声急促而悠长的鸽哨响起。荷林和苇荡发出窸窸窣窣的声响。绿叶一篙续一篙，水珠一串串被撑篙带起，又一串串落进湖中，晶莹剔透，像串着的珍珠，跟着落进湖中的还有日头和她内心的沮丧。

船行得急，犁起的湖浪扩散开去，被晚霞泛滥成一片红。青枝悄悄地从头舱里拿过小提包，拿出一支眉笔。不知从什么时候开始，姊妹俩下湖时都要随身带上她们精致的小提包，提包里装的尽是女孩家的一些小玩意，什么镜子呀，口红呀，眉笔呀，一有空，就这里涂涂，那里画画，比赛着往美里打扮自己。姊妹俩原本的水灵标致，加上锦上添花的淡妆浓抹，真是赛过了出水的芙蓉。

青枝这时拿出眉笔不是化妆，而是在那只鸳鸯的空白处，重重地写下了：绿叶。就两个字，写得她手颤心抖，额头上竟浸出了细密的汗珠。汗珠是冷的，心却是滚烫烫的。她要让龙生彻底地对她青枝死心的同时，对妹妹绿叶，热乎起来。

鸽哨再一次响起。

天鹅衔起青枝的心愿，向鸽哨飞去。

黄鹏飞出现在返湾湖是八月。也就是七菱八落的月份。七菱八落是湖区人的说法，意思是七月的菱角，到了八月就该菱熟蒂落了，得赶紧采摘。

八月的南阳风，拱得小船儿悠。绿叶一手打着荷叶伞，一手采菱。菱已熟透，手指轻轻一碰，就会乖乖脱落，生吃，菱米的肉质满口清香嫩滑；煮熟了食，又成了糯而生津的淀粉。所以，两种食法，都成了食客们的抢手货。

一条鲫鱼游过来，啄了一下手背，让绿叶受用得轻声啊了一声。只听“咚”的一声，几滴水花溅在了脸上。绿叶一惊。水花不是鱼溅起的，而是岸上的人打起的水漂溅起的。水漂，是湖区人常玩的一种游戏，随手捡上一块土块或是瓦片，斜了身子，朝湖面上削去，土块瓦片就像长了脚样，起伏着一路颠去好远，那带起的水花也会吱吱地响一路。

绿叶一抬头，就看见了岸上打水漂的人。那人穿着制服。不是渔政员老李，而是一位英俊帅气的小伙子。

不好意思，吓着美女了。小伙子一边赔礼，一边自我介绍。原来这位叫黄鹏飞的小伙子是来接替退休的李渔政的。

我也想采菱呢。黄鹏飞说这话的意思再清楚不过了，就是要坐上绿叶的船，跟她一起采菱。

绿叶脸子上矜持着，可心弦又被小伙子的英俊拨动了。旋起了一阵风，船顺风顺水地朝岸上的人拢去。既然是来接替李渔政的，就说明人家管着这片湖哩，放不着冷落人家。好在风遂人意，也免了那份尴尬。

绿叶悄悄地瞄了一眼坐在船艄上的黄鹏飞一眼，不由怦然心动。这人不仅英俊，而且还透着几分文绉绉的儒雅，啧啧，比起那个龙生来，不知强多少倍哩。话又说回来，人家龙生又差在哪呢？这不是吃不到葡萄说葡萄酸么？哎，别管了，再说龙生就要成自己的姐夫了哩。哎呀呀，我这比长比短的，是何苦哟。

我来撑一下船试试。黄鹏飞说着拾起撑篙，猛力一撑，船没前进，却往后退了一篙远。

绿叶笑弯了腰，说，这船不是哪个都会撑的。就讲起了撑船的一些基本要领，如用力过大，撑篙就会被湖泥咬住，抽篙时船自然要往后退；力太小呢，船就打横，行不直。其实啊，力，是可用大用猛的，只是在抽篙的那个当口，要用手掌把撑篙蹭一下，喏，就这样，撑篙自然就从湖泥口中轻轻抽了出来。绿叶示范了一下，果然，船跟离弦的箭一样，笔直向前射去。

黄鹏飞大开眼界，啧啧感叹，真是靠山吃山、靠水吃水啊！

船又回到了自然风的流动中。

一阵好听的歌子又飘了过来：

三只蛤蟆三张嘴呐，

六只眼睛十二只腿呐，

花花绿绿跳进河里的水呐，

四只蛤蟆八张嘴呐，

八只眼睛十六只腿呐，

花花绿绿跳进河里的水呐……

歌子是从苇荡那边飞过来的。大前天，龙生就以网箱养鱼忙不赢为由，要青枝过去帮忙。此刻，一定是两人都在兴头上，尤其是青枝，喜过了头，喉咙痒，就又唱起了龙生爱听的歌子。抢能精！

天鹅又飞来了，在歌子里尽兴地盘旋。

这歌唱得真好听啊！黄鹏飞突发感慨。

绿叶一抖，手被菱角尖狠狠地扎了一下。她有些夸张地啊了一声。好在听歌的黄鹏飞很快反应过来。

咋啦？

手指……扎了。

血，洇红了一圈儿湖水，还有那歌子。黄鹏飞惊醒，随手从湖里扯起一根扁担草，替她包扎流血的伤口。

歌子还在湖面上飘，黄鹏飞的心，没再往歌子上野，早已回到了她的伤口上。绿叶疼得受用，也疼得得意，不由地，就稀里糊涂流下了泪。

还疼么？

疼……疼着好哩。绿叶的回答令她自己也好奇。她的心湖里漾起了久违的幸福和美妙。这幸福而美妙的涟漪，把她一拱一拱地抬起来，像众星捧月似的，让她终于引起了一个陌生而又英俊、身着制服的公家人的注目。这种幸福和美妙，竟让她失态地忘了把手指从对方的手中抽回来。

心里有了这疼，就像拥有了幸福和美妙，绿叶的脸子就俊美了许多。

傍晚，青枝回家时，绿叶说，还舍得回呀？青枝一笑，我才不愿意回哩，跟那制服一块采菱才安逸哟。

哎呀，你咋看见的？

嗬，要想人不知，除非己莫为。

不许你瞎说。

看把你乐得，脸上都飞荷花哩。

绿叶岔开话题，问起了龙生的网箱养鱼。这是她头一回那么主动那么热心地关心龙生，自然也就是关心青枝。青枝有意地拿眼在她的脸上、身上上下左右地打量，想看出个究竟来，却被绿叶不轻不重地回了一句，咋啦，不认识呀？青枝抿嘴一笑，那人是谁？

绿叶说，八字还没一撇呢。

青枝说，一撇是没有，可“捺”却有了　。

哪里有“捺”呀？

“拿”手哩。

青枝说着拿起了绿叶伤了的手指，绿叶一激灵，就想起了黄鹏飞给她包扎伤口的情景。哼，这青枝真个能啊，偷看不说，还把个“捺”跟“拿”说得妙趣横生、天衣无缝哩。

绿叶冷不丁咯吱起青枝来，叫你瞎说，叫你瞎说。青枝笑岔了气，直叫告饶，绿叶才松手。

姊妹俩疯了一阵，就回了各自的闺房。

月上柳梢的当儿，青枝又悄没声地摸进了绿叶的房。

绿叶正在灯下描红哩。

描的是一对并蒂莲，那并蒂莲水灵鲜活的，艳艳地散发着清香。青枝用鼻子深深地吸了一下，又一下，就惊醒了入迷的绿叶。

青枝扑哧一笑，扭头就走，却把笑声留下，惹得那羞答答的并蒂莲忍不住也盛开了……

绿叶的脸上也飞起了红，是那种幸福而美妙的红。青枝再清楚不过了，这红，就是那个叫黄鹏飞的黄渔政带给妹的，就跟龙生带给她的一样。

青枝真心为妹妹高兴。

反过来说，绿叶也为姐欣喜。这回是真心的，不带任何私心妒意的欣喜。绿叶再下湖打湖草时，就变得心也甘情也愿了。在她的眼里，那湖，那草，那鸟，那人，还有那缥缈不定的雾，都变得有情有义了。

这一天，雾还是满世界地跑，绿叶主动约青枝下湖，不是打湖草，也不是捕鱼采菱，用绿叶的话说，是散散心。

青枝就笑，是跟你的那位黄渔政散心吧，还拉我当灯泡。

绿叶给了她一拳，就兴我当你和龙生的灯泡呀。

姊妹俩说笑打闹地就下湖了。

这些年，胃口越来越大的城里人，开始对飞禽走兽情有独钟，这就吸引了不少猎手们将枪口对准了湖上的珍禽稀鸟。湖堤或苇荡里，时不时地出没一些鬼鬼祟祟的身影，他们的肩上挂着的不是猎枪就是老铳，伺机捕杀湖上的野鸟野鸭。

这些捕杀野鸟野鸭的人，把自己扮成渔佬，却干着不可告人的勾当。

暗地里，黄鹏飞曾带着公安排查过，却没有查出个究竟。最近，捕杀的势头又旺了起来，那些在湖的上空啾啾盘旋哀鸣的鸟鸭们，就是最好的证明。

尤其是大雾天，鸟鸭们更是惶恐不安。

一声鸽哨，雾裂了一道口子，湖和天渐渐地开了。

绿叶看着鸽哨从雾中漏下来，一声声，裹着雾气，白而清亮。

听——龙生在唤你哪！绿叶用胳膊拐了一下发愣的青枝。

看——龙生来了。绿叶指着天，就见那只白天鹅随了清脆的鸽哨，在天空盘旋。那根飘啊飘着的红头绳，绿叶现在看来，是那么的赏心悦目，那么的柔情蜜意。

天鹅传情，在龙生的眼里，天鹅就是青枝；在青枝的眼里，天鹅自然就是龙生。

青枝忽然心一动，一把搂住了绿叶。她感激善良的绿叶也把天鹅当作了龙生。

青枝看着天鹅飞来，仿佛是看着心上人龙生向她飞来。

"砰——"一声铳响，雾和风哆嗦了一下，那刚刚还在天空蹁跹起舞、美轮美奂的天鹅，突然发出一声凄白的哀鸣，俯冲下来。

天鹅扑通一声落进水里，扇着半个翅儿，痛苦而无望地挣扎着。

"龙生——！"

青枝惊叫一声，跃入湖中，奋力地向不知是龙生还是天鹅扑腾而去。

"姐——！"

绿叶在船板上急得直跺脚。她知道，姐跟她虽是撑船的好把式，可都是不会水的旱鸭子，一旦落进水里就成了秤砣。一个浪头打来，青枝呛了一口水，但她很快又浮出了水面。应该说，是天鹅那双渴求的眼神，迫使她不得不拼尽最后一点力气。就在天鹅要往下沉的一刹那，青枝将它轻轻地也是高高地托举出了水面。风突然发疯似的刮了起来，船在漩涡里打了几个旋。绿叶慌了手脚。等她脚忙手乱将船撑到距天鹅一篙远时，青枝被涌动起来的湖草缠了双脚，整个身子就像被水鬼猛地一拽，没了；有的只是她本能呼唤的一声"龙生——"。

绿叶嗖地一下将撑篙横刷过去，天鹅借助最后一丝浮力，用爪子抓住了撑篙。天鹅得救了，可青枝被更大的一股漩涡卷到了湖的深渊……

“姐，姐啊——！”

湖面上冒起一串串水泡，破了又鼓，鼓了又破。青枝听不见了，再也听不见妹妹绿叶叫她“姐”了。

天鹅伤了一只翅膀，绿叶精心护理几天后，又开始了它天使般美丽的飞翔。可绿叶却像失去了半个生命，整天没精打采，郁郁寡欢。冥冥中，绿叶感到她的生命里少了什么，具体是什么，又说不出，总之，就觉得是少了半拉子东西。没了这半拉子东西，她这片绿叶，就成了没有青枝伴着的叶子，渐渐枯萎，孤零零的，在风中飘。

跟她一同枯萎的还有龙生。

龙生不吃不喝，成天在返湾湖上，疯跑，那疯跑的身影，拽起长一声短一声的呼唤：

“青枝——回来啊！”

“回来啊——青枝 ！”

往往这个时候，在撕心啼血的呼唤中，会有一个跟青枝一模一样的少女出现。

是绿叶。

有了“青枝”的呼唤声，绿叶顿感失去的半个生命又回到了她的体内，那枯萎了的叶子，又绿了，长在同样绿了的青枝上，摇绿了风，曳绿了雨，生机盎然。

绿叶碎着步子，双脚悄没声息地走进“青枝”的唤声里，不由就把自己整个儿也走了进去。

青枝、青枝，是我的青枝。龙生唤着，突然变成了一个正常人，说，青枝，我的青枝，你终于回来了。

绿叶不忍心，先是哇地呜咽了一声，这一声急而短促，接着十分镇静也是十分清楚明白地说，龙生，我回来了。

龙生说，青枝，我要娶你哩。

绿叶说，嗯。

龙生说，青枝，我要你唱《数蛤蟆》哩。

绿叶说，嗯。

随后，歌声就从绿叶的嘴中溜了出来：

八只蛤蟆八张嘴哋，

十六只眼睛三十二只腿哋，

花花绿绿跳进河里的水哋。

十只蛤蟆十张嘴哋，

二十只眼睛四十只腿哋，

花花绿绿跳进河里的水哋……

歌子仍是诙谐风趣，悦耳动听，龙生的眼前就有了一只只扑通扑通跳进水里的蛤蟆，也花花绿绿了他眼前的世界。

青枝，我的青枝　。龙生抱着绿叶一声声地唤，唤来了风，唤来了雾，也唤来了人们酸酸暖暖的泪。

人群中，呆呆地立着英俊挺拔的黄鹏飞，也流着酸酸暖暖的泪。歌子和着雾霭，将他柔柔暖暖地裹了起来。他终究没有叫出声，也没有哭出声。

他忍了。也认了。

又是一个大雾天。

绿叶出嫁了。

绿叶嫁给了上湖的龙生。

细心的人们突然发现，绿叶的嫁期正是青枝的忌日。人们不解，可一听说嫁期是绿叶自己择的，就理解了她的一片苦心。

这天，满湖湾的人都来了。这些被湖风吹黑了皮肤、湖水咬烂了手脚的渔民们，像约好似的，争相着帮忙整酒席、抬嫁妆、打响器。人们手上忙碌着，心头却时不时地涌起一股说不清的滋味：酸的，涩的，甜的，暖的……都有。

有人稳稳地立在船头，托举着那只伤已痊愈的白天鹅，随了一声鸽哨放飞，白天鹅剪了双翼，向水天一色处飞去。那根红头绳，系着一张写着“龙生”和“青枝”的白纸片，在天空一飘一飘的，像一束火　子。

天一擦黑，发亲起船了。

桨声咿呀，嫁船缓缓启动。倏地，锣鼓喧天，唢呐呜咽。

下雾了。

雾是夜雾。可不一会儿，湖却亮堂了起来。湖面上满是穿梭游走的河灯。河灯不是白的，尽是大红灯笼，清一色的红，清一色的喜气，从不同的方位，似万箭齐发，浩浩荡荡地一起向嫁船涌来……刹那间，暗下来的湖，就成了天上的银河。银河上有牛郎，有织女，一个在这头，一个在那头，老是被银河隔着，牛郎追了几千年，硬是见不到面，把一个凄美的传说留在了人间。此刻，人间的牛郎是龙生，织女是青枝，一个在阳世，一个在阴间，可一湖的红河灯把美丽的传说变成了现实。绿叶看见，那簇拥着她的那些红河灯上，一律写着“龙生青枝花好月圆”。

湖湾的渔民们举家出动，以这种特别的方式，把哀伤和喜庆融在红红的河灯里，为这门招人疼的婚事祈福。

有人看见，黄鹏飞也呆呆地立在湖堤上，目送他的红河灯渐渐远去。

绿叶感到自己简直就穿行在银河里，她无时无刻不被银河流淌着的人世间的脉脉温情，暖着，漾着……

船行人行，行至湖心，就是上湖和下湖的分界线，新娘得唱哭嫁歌。绿叶望着银银亮亮、喜喜气气的红河灯，和红河灯上晃来晃去的“龙生青枝花好月圆”，不由一个恍惚，就变成了青枝，那唱出的《哭嫁歌》，也成了青枝最爱唱的《数蛤蟆》：

一只蛤蟆一张嘴吔，

两只眼睛四只腿吔，

花花绿绿跳进河里的水吔，

两只蛤蟆两张嘴吔，

四只眼睛八只腿吔，

花花绿绿跳进河里的水吔……

“姐，我把你活过来了啊！”绿叶突然朝湖心喊了一声，不由鼻子一酸，终究没忍住那一声压抑了许久的悲咽。

雾霭浓了起来，似乎又被红色的河灯舔淡了几分。雾裹着歌子，裹着河灯的红，裹着阴阳两隔的爱，满世界地绕。

返湾湖，就是雾多……

冰蚕记

◎安昌河

一

在桑杰的感觉中，王书讲的这些简直就是小说情节。他说，我是活不过三十八岁的，不光我，我家族所有的人，无一例外，没有谁活过三十八岁。

桑杰当然不是第一次听他这么讲。只是之前的哪一次，也没有这次让王书如此哀伤和绝望。他伸出两根指头说，我他妈的还只剩下两年了啊！

阿多对此却毫不在意，他正跟王书带来的两个女人聊得火热，取下手上的珠子，慷慨地一定要她们笑纳。有关王书讲的这些，桑杰曾经跟阿多聊起过。阿多劝他不必相信，他妈的，阿多唾骂道，要我有他那么多钱那么多女人，我也担心自己活不长，无福消受……

所以这一次桑杰也只能和往常一样，先装作吃惊，再流露同情。

王书看出了桑杰不相信他，叹口气，干了杯中酒，吼歌去了，吼了一阵，觉得没意思，说累了。见他要走，他带来的两个女人也只好跟着。王书乜斜着她们说，想要你们就去要。

两个女人，一个长发，一个短发，穿金戴银，打扮时髦，很是放得开。长发女人对桑杰是很感兴趣的，一个晚上都在挑逗他。但是桑杰害羞，脸红得像新鲜的牦牛肉。越是这样，那个长发女人越是觉得他有趣，大声武气地说要给他生个康巴汉子……

桑杰不是不动心，主要还是面子上的考虑，怕影响不好。见他扭扭捏捏，阿多过来开导他，说咋个嘛，王书在场的时候你装，没在场的时候你还装？你不要的话，我一把全揽 ！桑杰噘着牙花子，说你好生点，她们是王书带上来的！阿多叹气，说，背时桑杰，我还不清楚他哦？他这种纨绔子弟有钱人，遍地都是女人，他哪里在乎她们？

似乎的确如此。

半夜的时候，王书什么话也没讲，开着车子不见了。留下那两个女人，在酒店百无聊赖大半天，就去了阿多的“阿多虫草”店帮忙选虫草。

三天过去了，王书还没回来。桑杰很担心，他会去哪里呢？进山了？去亖原了？回爱城了？阿多和那两个女人倒是毫不在意，玩得很开心，好像已经忘记了王书这回事。

又过去了几天。那天桑杰正在文化馆跟两个乡里来的诗人谈他们的诗歌，突然听见阿多惊乍乍地叫唤，问他看见那两个婊子没有。婊子？他咋这样骂人家？桑杰意识到出事了。

果然，阿多说那两个女人昨天晚上把他灌醉了，等到他上午醒来，发现她们已经不见，和她们一起不见的还有刚刚选好的三斤极品虫草！

三斤虫草呀！阿多急得满头冒烟。一边报警，一边驱车去撵……前后忙了一个多月，阿多的脑门都急出白发茬子了，也没找回来一根虫草。那阵子整个松州城尽是关于阿多的笑话。桑杰仔细听了听，这些笑话里头没有他的名字，终于舒了口气，庆幸当初的坚定。

咋办呢？现在。桑杰问阿多。

只有等王书的消息了。阿多让桑杰听手机的忙音，气急败坏地诅咒道，狗日的王书，栽崖了么？挨飞子儿了么？死哪里去了呢？

虫草季过去一个多月了，有关山洪和泥石流的事故几乎天天发生。桑杰那些天尤其忙，白天写先进人物，晚上呢，听阿多的哭诉——

三斤极品虫草啊，每一条都小拇指粗啊。肯定是王书设的局，他现在可能正躺在水床上把虫草当凉拌菜吃呢！

桑杰觉得王书不会是那样的人。阿多冷静下来想了想，也觉得可能冤枉了他。

事实证明王书的确不是那样的人。王书是被一辆摩托车载到他们跟前的，他的样子很狼狈，浑身泥污，又瘦又黑，难以想象他都遭遇了什么。

昏睡了大半天后，王书才回应阿多的哭诉。他摸出一张银行卡，丢给阿多，说，损失好多钱自己去取。接着倒头又睡。

阿多去取钱了，留下桑杰呆呆地坐在一边。王书睡不着了，他爬起来，点燃一支烟，埋头吸着，疲惫而又哀伤。

桑杰说你的车呢？王书说掉河里去了。桑杰说你都跑哪里去了呢？王书说草原上，大山里，很多地方。桑杰说你去干什么呢？王书说找东西。桑杰说啥东西啊，这么费力去找。王书抬起头，看着桑杰说，你听说过冰蚕么？

二

王书是阿多介绍给桑杰认识的。而桑杰和阿多的认识，则是通过虫草。

那会儿桑杰还是乡村教师，正饱受生活的戏谑和摧残——女朋友花光了他所有的积蓄后，跟人跑了；阿妈欠下一大笔医疗费后，毫无征兆地就被死神带走了，就剩下他，在偏僻的小山村，孤立无援，前途灰暗。

这个时候，阿多骑着一辆破烂的摩托车，从远处摇摇晃晃走来。

有虫草卖么？阿多问。

桑杰摇头。

阿多问，你咋不去挖虫草？

桑杰说我是老师，要教课。

阿多看着空空荡荡的学校，说你的学生呢？

桑杰说都去挖虫草去了。

哦，都去挖虫草了……阿多想了想，说咱们做个生意咋样？保证你赚钱！

桑杰看着眼前这个人，灰头土脸，不是逃犯就是骗子。

阿多摸出身份证给桑杰看，说我是个贩虫草的，老家土镇的，不晓得为什么，这些藏民就是不肯把虫草卖给我们这些汉人，你愿意跟我合作吗？我出钱，你收购，赚的钱二一添作五……

原来是要我跟你一起当虫草贩子呀！

桑杰抱着极不情愿的心情，开始了跟阿多的合作。根据阿多的建议，他从学生下手，从学生家长下手。真没想到事情会进展得那么顺利，两个虫草季桑杰就还光了债务。第三个虫草季刚开始，他就买上了崭新的摩托。

本来，桑杰是很愿意跟阿多合作下去的，只是阿多越来越不像话，他竟然在秤上打主意，还拖欠货款，争吵三次，打架两次，桑杰发誓不再跟阿多来往。

直到王书的出现。

王书是以慈善事业人士的身份，由阿多介绍，出现在桑杰跟前的。阿多说，他叫王书，爱城人，想捐点款子，做点善事。看着王书年纪轻轻，桑杰心想他会有多少钱呢，大不了又是三个书包五把铅笔吧。见桑杰不冷不热，阿多着急，悄悄跟他讲，老先人，我给你介绍的可是个有钱的主儿，你咋这样怠慢人家呢！桑杰说他有好多钱？阿多说他有好多钱我不晓得，我只知道我的那些极品虫草都给他买去了！桑杰一笑，哦，一个大虫草贩子嘛！阿多急得直跺脚，说你咋个乱说呢？他才不是虫草贩子呢，你看他咋个吃的虫草，你就晓得了。桑杰说他咋个吃的？阿多说你咋个吃的青椒土豆丝，他就咋个吃的虫草！

桑杰很快就对王书刮目相看了，因为王书给他建了所新学校，非常漂亮，给他挣够了面子，他几乎是没怎么费力，就调回了松州，在文化馆里写写画画，清闲而又惬意。你晓得么？是王书给你打的招呼，他上头啊——阿多伸出指头，往天上捅了捅，说，可是有不少大人物的！

几乎每年五月，王书都会来松州小住些日子。而每次前来，都是桑杰作陪，喝酒，唱歌，耍坝子，睡大觉。当然，差不多每次，就在大家玩得正高兴的时候，王书都会不合时宜地以极其无奈和哀伤的口吻，谈及自己的短命……

你真的，呃，就要死了？

这一次，桑杰觉得自己不得不认真面对王书的死亡问题了。

王书沉重地点点头，喑哑着嗓音说，我需要冰蚕。

桑杰说你别急，我去给你找，只要有，我就一定可以找到。

三

冰蚕。桑杰在很小的时候听阿妈讲过，似乎只存在古老的民间故事里。桑杰在文化馆的图书室里找到了线索，东晋有个叫王嘉的方士写了一本叫《拾遗记》的书，书中说，“员娇之山有冰蚕”。员娇山是传说中的五大仙山之一，冰蚕，又叫冰蛆、雪蛆。而经一个日本人考证，说冰蚕就是今天的冬虫夏草。

不，冰蚕是冰蚕，虫草是虫草。桑杰向松州最长寿的老者请教，老者说他曾经见过冰蚕，冰蚕的样子是很像虫草的，但是通体雪白，三五寸长，小拇指粗细，有足十二对。活人吃它可以返老还童、延年益寿，死人的身体里要是塞上一条的话，可保千年不腐！

进入五月，松州开始多雨，天气回暖，万物萌动，又到了虫草季。

傍晚时分，虫草贩子从各处归来，带着一身疲惫，来到古城大街上“阿多虫草”的店门口，一面彼此寒暄打闹，邀约接下来的酒局和牌局，一面等着验货、过秤、数钱。

“阿多虫草”店的挂牌价比前些日又低了不少，这招致了很多人的不满。有人愤恨地离开，要去别家看看。别家的牌价还低些，而且不是现钱。那些离开的又陆续回来，咒骂着，发气似的将虫草摔在秤盘上。

阿多从里屋出来，乜斜着大家，叹着气，说你们闹锤子啊，晓不晓得眼下啥子光景？好多搞虫草的都跳楼了，晓得啵？

阿多讲的是实话，虫草价格一直下跌，最开始还以为只是正常波动，等到回过神来，已经缩水大半。囤积货，进价高，这个价钱咋个敢脱手，想观察一下，看是不是兜得住，是不是会有回暖，结果，他妈的一下子跌得裤子都没底底了，前胸后背冰凉。

阿多算是稳得住的。稳不住也没办法。维持进货出货，为的是资金链不断。要是晓得他关张了，老天，那些债主逼上门来，他怕也只有跳楼。

站在门口，张望着冷冷清清的街道，阿多摸出电话，问桑杰，那个东西有消息吗？

阿多说的那个东西，就是冰蚕。

从去年开始，王书就花了大价钱来打听冰蚕的消息。

在赏金的激励下，那些满山跑、遍地飞的虫草贩子们很快就传递回了各种有关冰蚕的消息。经过逐一核对落实，没有一个消息是靠谱的。

唯一靠谱的消息还是来自桑杰的人。这个人是松州文化馆专门搞民间文学采集的。他说，在雪宝顶下面，一个叫纳咪寨的地方，有个叫洛桑的人说，他的舅舅阿塞可以找到冰蚕。

王书得到消息的第二天晚上就赶到了松州。

和往常一样，桑杰为王书准备了最具有松州特色的美食，土火锅、乳牦牛、豆汤……这些菜不光美味，而且做法独特。面对美食，王书和过去一样，吃得极慢，但是咀嚼有力，像是要把潜藏在食物里头的味道通过这近乎无情的咀嚼一点一点研磨出来。

咱们这一回真能找到冰蚕？相比去年，王书苍老了许多，他面色苍白，给人感觉好像他身体什么地方破损了，正在漏气，似乎很快就会瘪掉。没等桑杰和阿多回答，他轻叹一声，放下筷子，说这一年我每天顶多睡两三个小时，很多时候是彻夜不眠，我以为已经做好了准备，可以迎接死亡了。结果发现我什么准备都还没做，我甚至连死亡是什么都还没搞清楚。

桑杰想到了阿妈的死亡。阿妈的病情来势凶猛，她以为自己很快死掉，慌忙地开始做各种安排，都没时间来思考自己的死亡。结果病情很快就遏制住了，阿妈一点点好了起来，阳光灿烂，鲜花盛开，她松了口气，开始重新规划生活，却没想到死亡突如其来……桑杰认为自己是可以跟王书谈谈死亡的，但是转念一想，面对这样一个死亡就像终点站牌明明确确摆在那儿的短命者，自己有什么资格呢？

跟你们讲讲我的父亲吧。王书丢下纸巾，身子往椅子上一靠，惨淡一笑，说，讲讲他是怎么死去的吧。

那一年，王书说，那一年我刚满十二岁。那天清晨，我从睡梦里醒来，嗅着从窗户缝隙里弥漫进来的馥馥桂花香，感到从来没有过的舒心。

在经过堂屋的时候，父亲端正地坐在屋子正中，双手紧紧握着椅靠。他拥抱了我，他的手冰凉。他说，来，我的娃儿，我们来说一件很重要的事——

我就要死了。

父亲的语气显得很悲怆，也很无奈。

我马上就三十八岁了。我们这个家族的人，三十八岁都要死。不仅是我，包括你的祖父，你的曾祖父，所有的人，世世代代……当然还有你。

空气凝滞，时间的钟摆缓慢，老半天才“咔”地动一下。

在这样的一个四处洋溢着桂花芬芳的早晨，我不认为父亲是在开玩笑。父亲的表情也告诉我他所言当真。当时我有些懵懂。我对死亡全无概念。父亲一旦开了口，似乎就不再有任何顾忌，他深呼吸了一口，决定把自己早已经计划好的，全盘托出，没有犹豫，没有隐忍，而且开始注重起语调来。他说你妈妈将随同我一起死。你现在十二岁，你还可以活二十六年。二十六年后，当你三十八岁生日到来时，你就会跟我一样，跟我们的先人一样，死去。

没有理由。也没有方法改变，必死无疑……

不管是上天安排，还是遭到了万恶诅咒，早夭就是我们这个家族的宿命。就像感染了霉菌的梨子还挂在树上就早已腐烂一样，我们这个家族的人正值壮年就不得不死去！父亲深深吸了口气，说，你不要去探寻，去试图改变，因为不会有结果。我的父亲，祖父，曾祖父……太多的祖先们，他们已经做出了所有想象得到的努力。就像穷途末路的赌棍，而命运是个强悍的庄家，在他面前，我的孩子啊，怎样的努力都是徒劳无益的。

父亲死亡前一个月，他宴请了他所有的朋友。他的朋友很多，他分期分批地宴请，每一场都很尽兴。他向所有的朋友敬酒，请他们一定喝下，说这是他最后一次跟他们欢聚了。大家都以为他喝多了，但是他说话条理清楚，情深意长，肝胆相照。他向每一个帮助过他的人登门致谢，向每一个不小心开罪的人鞠躬道歉……

这一天终于到来了。那简直一场盛大的死亡表演。一口巨大的黑漆棺木从我们家门口缓缓抬出，谁都可以从弥漫的香气里嗅出这口大棺材的材质是罕见而名贵的檀木。在棺材后面，是我盛装的父母，他们手挽手，脚步沉稳，表情平和，像是去参加某处的宴会。他们穿过大街，在众人惊愕的目光之下，来到郊外的龙隐寺。

老方丈早在庙门口恭候他了。庙里正在进行一场法事，很显然，我的父母是这场法事的主角。他们跪在大殿前的坝子里，四周是朗朗的诵经声。父亲摸出一瓶药水，母亲含泪喝下，眨眼就死了。父亲将母亲凌乱的头发整理好，将她抱在怀里，然后自己也死了。

四

前往纳咪寨的路上，王书一直两眼望着窗外。他的思绪好像还没有从父母的死亡中回过来。车子盘旋着上了高山。起雾了，窗外一片模糊。桑杰口干舌燥，脑壳昏沉。阿多探着脑袋，山高，路窄，他不敢有半点分心。

纳咪寨坐落在雪宝顶大山的半山腰上。

在昏暗的灯光下，桑杰见到了洛桑。只是一见到他，桑杰的心情马上就不好了，感觉这事情还真是不靠谱。因为洛桑是个老人，那满脸的沟壑一般深刻的皱纹，那花白的稀疏的头发，那佝偻的腰背……哦，瞧瞧吧，他连转经筒都拿不稳当了。

村里还有别的洛桑吗？阿多问。

我们就是洛桑家。洛桑老人的儿女们看着他们，你们找我家老人有什么事情？

我们想跟他谈谈，可以吗？桑杰看着洛桑老人，见他呼吸短促，神情倦怠，似乎病了。

哦，他没病，他只是老了。洛桑老人的儿女们说，他耳朵不中用了，你们跟他讲话，要大声吼。

桑杰凑近洛桑老人，在他耳朵边吼道，冰蚕，听说你的舅舅阿塞，可以找到冰蚕！

洛桑老人用那浑浊的眼睛，长时间地看着桑杰。桑杰嗅到一股子死亡气息扑面而来。他打了个寒噤。

哦，舅舅，阿塞……洛桑老人轻轻念道，似乎想起了久远的事。

是的，舅舅阿塞，他在哪里？我们怎么可以找到他？阿多也在一旁大声帮腔。

纳咪寺。洛桑老人终于想起来了似的，他在纳咪寺……

桑杰松了口气，看着王书和阿多，三人对视，都点点头。

洛桑儿女四五个，加上女婿儿媳和孙子辈，十好几口。他们端出酥油茶、牦牛肉、烤洋芋、面饼，拿出烧酒和啤酒，满满地摆了一桌子。

听说了桑杰此番前来的目的，洛桑老人的儿女们流露出了不可思议的神情。他们觉得这事情不靠谱。尽管他们的父亲这辈子无数次地讲起那个叫阿塞的舅舅，但是无法确定他的生命里头是不是有过这么一个人的存在。因为根据他们父亲的讲述，他第一次也是最后见到阿塞舅舅的时候只有七岁，这都八十多年过去了……而且，从他的讲述里头，他们觉得这个叫阿塞的舅舅根本就不是俗人，是得道者，是天行者，是在高原上飞来飞去的神仙。他们怀疑这个舅舅阿塞，可能只是出现在他们父亲的梦境里。

他不是说，他的舅舅阿塞，在纳咪寺么？桑杰说。

他还跟我们讲，纳咪寺都是他的舅舅阿塞选的址呢。洛桑老人的儿女们叹息说。

见桑杰他们一脸失望，洛桑老人的儿女们又开始宽慰他们，说纳咪寺就在山后，也不妨去看看。再说了，他们在这个时候远道而来，冥冥之中，似乎也是有安排的。他们迟疑了一下，说早在几天前，他们的父亲精神还不错的时候，就跟他们讲，说有三个客人远道而来，叫他们多备些好吃好喝的，好生款待，那时候，他们还以为他是在讲胡话……

这话叫桑杰的精神为之一振，顿时感到一团黏稠的混沌中，有一线亮光在闪烁。

洛桑老人的儿女们继续讲着他们的父亲，说他对传说和远古的歌谣极其痴迷，深陷传说中的人物与情节里难以自拔，他和传说里头的人物对话，和他们战斗，很多时候自己也变成了传说里头的人物，生活混乱得简直就是一团乱麻。正是因为如此，曾经有那么一阵子，村庄里的人都当他是疯子，这让他的儿女们感到羞愧和痛苦。

洛桑老人的儿女们说，他们难以忍受父亲的混沌生活，所以只要他们一长大，就迫不及待地从他身边逃离。他们有的去了爱城，有的去了拉萨，还有两个在格尔木……随着父亲越来越老，他们惊讶地发现，他竟然越来越清醒，那些传说故事和传说故事里头的人物，正在从他的生活中渐渐远离。突然一天，他给他们打去电话，要他们都赶紧回来，因为他只剩下个死亡的空壳了！

洛桑老人的儿女们抹起了眼泪。

几杯酒下肚，歌声起来了。歌声里面那股子悲伤的味道刀子一样捋着大家的肝肠。桑杰想起了阿妈的辞世。他端起酒碗，递给那悲伤的歌者。

洛桑突然睁开眼睛，不满地嘟囔道，来点快乐的吧，来点像白酒那样快乐的吧！

五

王书说，因为对死亡洞悉无遗，他们这个家族的人总是早熟，还不到十六岁就已经明白很多事理了，这些事理搁在别人身上，就算他活到六十也不可能明白过来。比方金钱和权力，很多人到死都没搞清楚是什么东西，然而这个家族的人却像猎人熟悉猎物一样熟悉它们，十分清楚该怎么样俘获、玩弄它们。

——所以，王书说，我们的家族一直拥有着数不尽的财富。我的先祖们用这些金钱改变了世界，改变了历史，但是，却永远也没办法改变短命的命运！

王书说，一百多年前，他的一位叫王墨的祖上投资了当时的革命，没想到那么容易就取得了成功，他不仅获得了高出投资百十倍的金钱，还得到了高不可攀的权力。可就在拿到印把子的一年后，他就不得不死去。他开始重新思考如何改变自己、改变家族的宿命，他的目光投到了当时那些在这片土地上通行无阻的西洋人身上。

西洋人那时候头顶上不仅跟随着无所不能的上帝，身后还尾随着无所不能的科学技术。一个叫威尔逊的本事还不及草药郎中的西洋人在对王墨进行一番诊断后，认为他那不过是一种隐秘的家族遗传疾病。威尔逊跟他讲了大自然的神秘力量，认为这世间总有一种力量可以改变他的宿命，而这种力量，多半隐藏在某种植物里头。为了寻找到这种植物，王墨就像个愚笨的仆人一样，紧随在威尔逊的身后——

你讲的这个威尔逊，全名是不是叫欧内斯特·亨利·威尔逊？桑杰问。

就是那个被你们称为“发现松州的威尔逊”。

王书说，我们所有的祖上，都有一个令外人无比羡慕的死亡，因为准备充分，那简直是庄严的盛大的仪式，是对生命的完美解释，是对死亡的极致表演……但是像王墨那样下去，他的死亡必将是仓促的，就像一个不忍目睹的意外！而他的草率的仓促的意外的死亡，必然会影响到我们……这个时候，一个叫冬巴歇洛的法师出现了。

冬巴歇洛？桑杰对这个名字是熟悉的，在松州那么多的传说中，这个名字总是频频出现，因为他是智慧之神。

是的，冬巴歇洛，我知道他是你们高原的神，正是因为如此，我对我正在跟你谈论的这一切，保持着警惕的怀疑和侥幸的希望。王书说，冬巴歇洛找到我的这位叫王墨的祖宗和那个叫威尔逊的洋人，希望和他们谈谈。

最起初，他们的谈话很不愉快，因为威尔逊傲慢地认为冬巴歇洛不过是个只会敲打兽骨的原始部落的巫师。冬巴歇洛说，你为了认得几样花草，不远万里跑这里来，那么，我且问你，你可叫得出你这些随行人员的名字？除了王墨，威尔逊只晓得他的厨师和翻译的名字。冬巴歇洛笑了，说，在你的语言里，王墨其实是个钱袋子，厨师关系你的饥饱，至于你的翻译，他可是你通天的巴别塔！

你知道巴别塔？威尔逊很惊讶。

冬巴歇洛一笑，说，我不光知道巴别塔，我还知道你的上帝，我跟他有过几次比较畅快的长谈。

威尔逊哪里肯相信冬巴歇洛的话，他以嘲弄的口吻问道，你既然跟他那么熟悉，你知道他现在在哪里吗？冬巴歇洛看着威尔逊，说，他不正被你们当成抵达彼岸的工具，紧紧地握在你们手上么？威尔逊愣住了。冬巴歇洛微笑说，你不是一直虔诚地接受着上帝的教诲么？如果真是这样，你那么在乎远方的花草，历经艰险只为知道它们的名字和生长，为什么不在乎你身边的人呢？不在乎他们姓甚名谁、悲欢几何呢？

冬巴歇洛跟威尔逊和王墨的谈话持续了整整一夜。虽然王墨对家族命运一清二楚，却认为眼前这一切已经表明奇迹在出现。是啊，这个自称从遥远过去走来的人，如果他所言是真，又凭什么不去相信这世间真的有一种可以改变一切的神秘力量呢？

我要他和我一起去寻找的那种神秘的力量，来自于一种神秘的生物，它叫冰蚕。冰蚕，一种动物通过死亡重生为植物的神秘生物，我相信这种生物一定蕴藏有不可思议的逆转力量！欧内斯特·亨利·威尔逊抓住冬巴歇洛的手说，如果你真的跟上帝有过交谈，那么你一定能够为我们找到这种神奇的生物！何不让他一试呢？

六

站在纳咪寺跟前，桑杰和阿多面面相觑。这样一座古老的寺庙，如果真是阿塞舅舅选的址，他又该多大年岁呢？

纳咪寺不大，被岁月淘洗尽了颜色，古旧，低矮，沉稳，像远古归来者的最后栖息之所。

几个年迈的僧人坐在老墙下面，白云飘散，亮出了雪宝顶，金色的阳光照耀着群山，有如锋利的剑戟刺向天空。僧人们眯缝眼睛，脸被映得明晃晃的。

没人知道阿塞舅舅是谁。

怎么会没人知道呢？不是说这个纳咪寺就是他选的址吗？

一个独眼喇嘛努力睁大他的独眼，打量着桑杰和王书他们，问他们从哪旦来。听了他们的来由，独眼喇嘛颤巍巍站起来，一边捻动佛珠，一边埋头前行，一边喃喃自语——

智慧之神冬巴歇洛在雪宝顶的山峰上俯瞰人世，因为凡人的问题，他思考了三千年。三千年后，他缓步下山，无意间留下神迹，被绕山的喇嘛看见，就在神迹显露处修建了这座纳咪寺……

冬巴歇洛，冬巴歇洛，王书念诵着这个名字，仰望着雪山，突然扭头看着独眼喇嘛，问，山上还有人吗？

有。独眼喇嘛扭身看着王书。

谁？

冬巴歇洛。独眼喇嘛说，他又回到了雪山之巅，思考凡人的问题。

除了神仙呢？阿多问。

苦修者。独眼喇嘛说，上头有不少苦修者。

七

王书说，冬巴歇洛分别给了王墨和威尔逊两盒子冰蚕。根据祖先们留下的故事，这位叫王墨的没有吃下冰蚕。至于为什么没有吃下冰蚕，故事里没有讲原因，只讲了他的死亡很冷清，他没有按照惯例举行告别仪式，也没跟后代多讲什么，他一直躺在黑暗中，拒绝所有的陪同。他几时死亡的都没人清楚。当光明重新回到屋子，发现他浑身尽是呕吐物和排泄物，硬邦邦的，臭烘烘的，像一坨马粪。

威尔逊留下了不少著述。但是在他所有的著述里，都没有对冰蚕的描述。

王书曾经去过英国，寻找到了欧内斯特·亨利·威尔逊遗留下的所有文字和图片，甚至还走访他的后人，非常遗憾，他没有得到半点有关冰蚕的线索。

前行一点都不顺利，先是遭遇大风，接着是雨雪。雨雪持续的时间很长，他们浑身搞得湿漉漉的，又累又冷，苦不堪言。尽管桑杰一再叮嘱脚底下小心，王书还是摔倒了，幸亏阿多眼疾手快，一把薅住了他。

咱们回去吧，难道你们真相信冬巴歇洛住在上头么？就算找到苦修者又怎么样呢？他们知道冰蚕吗？没有冰蚕的，一切都是故事，都是传说……阿多嘟嘟囔囔地说，再往上，路会越难走，搞不好咱们会死在这里的！

你很怕死吗？王书问。

阿多说，你不怕吗？你不怕的话，为什么会来这里呢？

王书说，你认为我来这里是来干什么的嘛？

阿多愣住了，看着桑杰，桑杰仰望着山顶。

云雾散去，金色的阳光照耀着雪宝顶，光辉灿烂。一架飞机从远处平行而过，像缝纫在湛蓝天空的金色的针线……

桑杰听见有螺号声悠远而来，梵呗之音在身下涌起，他有些站立不稳，身子晃晃悠悠像是失去了重量。

就在此时，阿多发现了山洞。山洞位于一处山峁之下，洞口落满厚厚积雪。

这就是苦修者们的修行洞。桑杰说。

就在他们犹豫着要不要进去看看的时候，里头传来了响动。接着，洞口钻出个人来，伸伸腰身，打了个哈欠。

山洞里的摆设叫桑杰他们都感到惊愕。羽绒睡袋、酒精炉、太阳能灯具、不锈钢炊具、净水设备……

洞主人是个年轻人，尽管一脸胡须，却难掩他一身蓬勃朝气。他熟练地操持着净水设备，拿出速溶咖啡，打着酒精炉子，开始了烧水。酒精炉上的英文表明这东西来自美国，火力很猛，呼呼响，不大一会儿工夫，水就烧好了。

阿多说你是苦修者？年轻人笑眯眯地说算是吧。阿多说你一点也不像苦修者，你这个样子怎么像是苦修呢？呃，你是登山者吧？年轻人说你以为苦修者是个什么样子呢？阿多问你是汉人还是藏人？年轻人说你看我是什么人呢？阿多说你是汉人吧……

顺着阿多的问题往下扯，是越扯越无聊，年轻人明显厌倦了，他打了个哈欠，说你们上来一趟不容易，好好感受一下吧。阿多说感受什么？年轻人打着哈哈，说器宗弄赞在这里避过风雪，一个叫阿塞的苦修者在这里神思了一千年，智慧之神冬巴歇洛对着洞口吹响了海螺……你说，你们能感受到什么呢？

我们是来找人的。阿多说，冰蚕，冰蚕你知道吗？

当然知道。年轻人说。

你知道哪里能够找到吗？阿多问。

你们已经找到了。年轻人从石头缝里摸出一个铁皮盒子，递给他们。桑杰接过来就要打开。年轻人伸手挡住。

阿多说我们就不能先看看吗？

年轻人摇摇头。

八

夕阳西下，雪山轻盈。

下山之路充满了忍耐和沉默。终于，他们还是开始了争执，争执主要集中在桑杰和阿多之间，桑杰认为这个铁盒子必须归王书所有，而阿多则认为那不公平，他有铁盒子三分之一的拥有权，而且，不管里头是什么。

阿多艰难地做出了让步，他可以放弃铁盒子的拥有权，但是王书必须以三年前的价格买下他所有的囤积货。

只要谈到钱，对于王书来说就不是问题。

可是前行不到一百步，阿多又突然提出第二个要求，他要看看盒子里头究竟是什么。

其实王书更想知道。

桑杰把铁盒子递给了王书。王书小心打开，忍不住哈哈大笑起来。

——几根虫草。

笑声翻滚，王书淌出了眼泪。他就像从愚弄中幡然醒悟过来似的，愤怒地将铁盒掷在地上，那几根虫草火柴棍一样飞溅老高。火柴棍一样的虫草落入雪中，忽然变得雪白，不，在雪的映衬下，晶莹剔透。余晖之下，它们焕发着光亮，像被点燃了似的，开始蠕动，很快就钻进雪地。雪地之下，它们在继续蠕动，往更深处。

随着它们的深入，光亮越来越灿烂，光带越来越巨大，相互蔓延，彼此辉映，像一条条生长的光明的河流，浸润，奔涌，交汇……直至整座山体都变得透明。

看着透明的脚下，桑杰、阿多、王书，三人你看看我，我看看你，如同置身透明的玻璃之上，不敢挪步。

老　家

◎吴春华

一

“爸爸还是没有接电话。”忙着出门上班的赵兵站在门厅换鞋，耳朵边还夹着手机，转过头，对站在厨房外的妈妈王瑢说。

王瑢看着儿子，心里一紧，圆圆的脸上额头眉心立起一把锁，嘴里嘀咕着：“这死老头，在干啥呢？再打两个看看——现在他应该起床了啊！”

赵兵看看手机，都七点半了，在农村一直习惯早起的父亲应该在土里干活了。何况这秋季的农忙十月，挖收家里那块红苕地就够他一个人忙碌好几天的。

“乡下人现在都少，不可能是碰到谁在说话吧？”

“肯定不可能。我们那个湾里面，只有你爸爸和你闫叔叔在。村里其他的人，都隔得远，每家人都那么一两个。我们的土和田都隔得远。”

王瑢忍不住又给儿子说起他打工出来后乡亲的变化来：“你二爸一家人都搬到成都去了，你红红妹妹在广州当过星级酒店领班，人长得漂亮，又见过世面，嫁得好。她弟弟就在成都打工成家；你黄阿姨一家都在镇上了，他儿子做面包发了财，还买了门面；你张叔叔……”

“好了好了，妈，我快迟到了。这样，你把手机给我，我给你设定爸爸的号码。等会儿你再打几次。拉个肚子，小事情，肯定不是大问题。你不要这么紧张。”赵兵对乡亲们的家庭走向，早就多次听妈妈说过了，他感觉家乡肯定是那个农业大市最少留守农民的村了，几乎他的同龄人都混得很好。反而让他感觉自己在这边疆小城混，实在还不算咋地。只是她老是害怕他记不住似的，嗦了N次。他伸手要了妈妈的手机，把爸爸的手机号码设置为1，把自己的手机号码设置为2。

“妈，你看，你这么长按2，就是在拨我的电话；如果长按1，就是拨爸爸的电话。你等会儿先按1，如果到八九点他还没接电话，你就拨2，给我打个电话过来。”

“要得。那你先去忙嘛！”王瑢小心翼翼地看了看这神奇的按键，把手机捏得紧紧的。自从进了城，有儿子陪在身边，她换了手机卡后，却连手机都没有用了。两年前在乡下，还是定居广东的女儿春节回家这么给她设定的手机号码，那时候，儿子是1，女儿是2，丈夫赵洪兴是3，邻村的弟弟是4……几个电话代码，被她背得滚瓜烂熟。

二

儿子一出门，王瑢有些恍惚，菜也不想买了，拿着毛巾在客厅擦着电视柜上的灰尘，脑子开始像陀螺一样旋转。

到新疆这小城跟着儿子快两年了，自己离家出走事件还历历在目：2013年8月的一个上午，老头子赵洪兴穿着短裤在外面晃悠回来，手里拿着一块条形铁块，她看着偏屋摆放得乱七八糟的，他捡回来的东西快把这间屋子填满了，忍不住又说了两句老话：“你这东西有啥子用处？拿回来搞啥子？”

“哪个晓得有啥用？说不定有天就用上了！”赵洪兴头也不抬，还是那句老话。自从家里的新楼房修好后，他好像见不得家里有屋子还空着，每次赶集回来，都要带些镇上别人丢下的东西，还把一屋子破烂当宝。弄得她都要崩溃了。她不明白，好歹也在城里待了十几年，为啥他就没有学会城里人的习惯——地板比凳子还干净，房间没有任何多余的杂物。

“一块烂铁，能有啥子用？”

“没用没用，你眼里啥都没用！我也没用！”一辈子倔脾气的赵洪兴没说两句，又咆哮起来。鼓着牛一样的圆眼睛，转身就冲出房间。

王瑢瞟着他出了门，进屋就拿起他刚放下的铁块，像个仇人似的研究着：卖铁？哪个会买？现在乡下难得的货郎都卖的吃的。做农具？家里哪样农具还缺？楼房旁边的猪圈屋好多年没有养猪，农具横七竖八都堆满了。这东西堆放在家里，跟他无数次捡回来的东西一样，是破烂，谁都不会要。

她转身看看，没见丈夫的身影。于是，提着铁块走出来，准备找地方扔掉。

“你要干啥？！”刚出堂屋的门，赵洪兴的一声怒吼像地动山摇，吓得她一个激灵，头发差点跟着身子跳起来。还没等她回过神，赵洪兴一把抢过铁块，重重地打在了她的腰上。然后把铁块扔到屋里地上。

像一把无形的剑刺进肋骨，钻心的痛，从身子左侧散发开来。王瑢一屁股坐在地上，本来红润的脸色瞬间苍白。眼泪，无声地从眼窝里流下来。赵洪兴并不在意，白了她一眼，从身边跨过，在堂屋外的屋檐下提了锄头就下地去了。

剧烈的疼痛持续了一个多小时，王瑢止住了没人关心的眼泪，终于爬起来，把自己挪到凉椅上。看着眼前了无生气的庄稼，每次跟丈夫吵架之后了无生趣的感觉再次涌上心头。她顺着腰上系着的带子，摸到口袋里的手机，掩出来用力长按了1。她要给在新疆的儿子打电话。

“喂——”一听到儿子的声音，王瑢哇地一声大哭起来。

“妈，你咋了？”赵兵慌了，不知道家里发生了什么大事。

“我——呜呜呜呜——要离婚！”

“哎呀，妈，你们都多大岁数了，还说这个？你不知道你孙子都念高中了？！”赵兵短暂的惊愕之后，心想以前老是听妈妈告爸爸的状，但从来没有哭过。他定了定神，对着手机，温和地劝老妈不要哭，有啥事慢慢说。

像是有了主心骨，王瑢慢慢停了大哭，抽泣的声音还是颤巍巍的：“儿子，就是要离，肯定要离。我都忍了他一辈子了，我不想忍了。我跟他，实在是过不下去了。”

“你说一哈，今天到底发生啥事了？”

王瑢左手抚摸着还在痛着的左侧肋骨，断断续续地给儿子讲了刚才发生的事情。赵兵觉得不妙，以前爸妈吵架总是为鸡毛蒜皮的事情，而老爸天生就省，收拾破烂那习惯也不知道多久了。每次吵架都是老妈让步。这次竟然打了妈妈，怪不得她这么伤心。

他一直不懂，为啥中国人的婚姻，总是耳鬓厮磨一辈子，最终还是相互厌倦一辈子。

“难道这么多年，你还没有习惯他么？”

“啥叫习惯？从来都没习惯，也习惯不了！小时候你们小，长大了你们要读书、要结婚、要带娃，我们都在忙。现在老了，两个人在一起了，他倒是把那些垃圾看得比我还重。你要我怎么习惯？”好久之前，妈妈的话还在他耳边响起。

对于老爸这个老习惯，他本来也是非常反感的。自己和妹妹都在外面工作安家了，虽然是打工，但也非常稳定，从来没有打算回老家。儿子在进入中学寄宿制之前，爸妈都生活在这新疆小城里，虽然偶尔有矛盾，但有儿孙在旁，大家都可以帮忙化解。可回老家之后几年，老爸捡破烂这习惯真的是变本加厉了。

2010 年才修的楼房，每次回家，看到的还是从前破烂房子里一样，堆了不少破烂。看得他好不生气。可老爸个性从来都强，做儿子的，又能怎么样？他急着说了好几次，见老爸无动于衷，也不好再说。反正自己也不长住，家里房间又多，就由着他去了。

“妈，这样好吗？你不用离婚，过几天你到我这里来就是了。”赵兵脑子一转说道。

快六十的妈妈要离婚，怎么都是可笑的。他觉得这样最好，俗话不是说“眼不见心不烦”么？反正都六十多岁的人了，分开住也无所谓。

“好嘛，分开。那你好久来接我？”

“你等一会儿，我先看看火车票。”

没过几天，赵兵果然请了两天假，加上周末四天时间，赶回了家。老两口竟然一桌吃饭，两间屋睡觉，一直都没有说话。

儿子在家里住了一晚上，不管怎么调停他们之间的矛盾，就是没有和好的迹象。倒是王瑢早就打包好了行李，随时准备出发。

到新疆的小城里，王瑢感觉自己脱离了跟可恶的老头子怄气，过得很舒心。儿子儿媳一直都很孝顺，在这里打工多年，买的房子虽然不到一百平米，但家里安排得井井有条。三个房间，够住。孙子又去了寄宿制中学念高一，周末回来还是和小时候一样，喜欢抱抱奶奶再进房间看书作业。从小到大都是城里人的范儿，感觉奶奶永远都很亲近。喜得王瑢随时乐呵呵的。还跟小区不少老太太交上了朋友，一起买菜聊天。真是乐不思蜀了。

“哎呀，还是城里好耍，在老家，要找个人说话都难了。只有赶场的时候，才碰得到老乡。哎，乡下就是乡下，一点意思都没得。”她时常跟儿子儿媳感慨。赵兵夫妇见她开心，心情也好，跟她打趣：“那是因为老家的人太有出息了，都能在外面打拼世界。你跟小区的老太太还可以去广场，跳跳广场舞。现在中国大妈的广场舞可厉害了，全世界都晓得。”

三

倒是两人分开不久，王瑢的气也平了。不时让儿子电话老爸，问候身体和农活儿的情况。周末孙子回家，也用他爸的电话跟爷爷讲几句。

距离产生美。没想到用在老年夫妻之间也很适用。赵兵开心，更觉得这样挺好，老爸中等个子，白头发都没长一根，一年到头，连感冒都是没有的。那壮实的身板，活到九十岁一点都没有问题。

昨天下午六点，赵洪兴给刚下班回到家的儿子打了个电话。照例，母子在客厅开了免提，跟他对话。他的声音竟然完全没有了中气，一副蔫丝瓜的样子。他说自己今天赶场回来，另外一个乡卖菜的搭了顺风车，那人不给车费，给了他一个白色的瓜。让他自己切片炒来吃。中午他就把整个瓜切了炒了三碗。

“这瓜以前没有吃过，比苦瓜还要苦。硬是苦得哈喉。我就两碗饭吃了一半的瓜。”赵洪兴没有想到，一个小时不到，他就觉得肚子痛，跑起了厕所。

“好多年没有拉肚子了，搞得一下午都不安生。”他这样给母子俩说。

王瑢想着又是他节省到极点才这样，有点生气，冲着手机大声说：“苦就不要吃嘛！哎呀，苦得哈喉你还吃，为啥要吃？！”

“我当时以为苦瓜清热，这个瓜也一样吧，要不然咋这么苦？”

“那你可能是吃得多了点，晚上你就不要吃干饭了。熬点稀饭喝，让肚子轻松一下。”很多城里人养生都过午不食了，赵兵皱了皱眉，心想，这样缓和一下，应该也没有问题了。他自己也一样，难得有次拉肚子，只要稍微控制一下进食，基本上是一觉醒来就没事的。

他们都没放心上。

一个瓜而已，赵洪兴那么壮实的身板……

王　看到客厅的时钟走到了八点，她左手拿起手机，用右手食指长长地按了 1，“嘟——嘟——嘟——”铃声响了到结束，都没有人接。

“死老头，赵洪兴，你干啥去了？”王　眉头紧锁，再用右手食指长长地按了 1，“嘟——嘟——嘟——”铃声还是响到结束，都没有人接。

她真的有点心慌了。以前从来没有这样啊！每回儿子回家电话给他，他都是响三声就会接起来的。他的手机跟自己一样，拴了跟毛线绳，装在布袋里，再一头拴在裤子皮带上，另一头放右边裤子兜里。

手机是儿子专门给他们配的老年机，键盘大、声音大、拨号的时候字号也大。除非赶场，在家里和田里干活，怎么都是听得见的。离家四公里的小镇每逢一、四、七是赶集日，昨天赶集，今天他应该在家里才是。

难道是裤子脱到一边，还在昏睡？难道是取了手机放另外一个屋了？难道这么短的时间里，突然手机就丢了……王　脑子里一个想法又一个想法，像摆在土里的地瓜，都被自己一个又一个地否定了。她无奈地摇了摇头，把帕子洗干净后晾在厕所里，坐到了沙发上。

脑子里开始像北方铺满白雪的大地，白茫茫的一片，不知道还该怎么想。农村人生活就那么简单，她完全没有想象力想出其他结果——难道倔男人这次是被一只瓜害得连接电话的力气都没有了？

好不容易到了九点，王　又拨了几次赵洪兴的电话，还是没有人接。

她突然就觉得心里空落落的，有点害怕起来。

她迫不及待地长按了 2。“儿啊，你爸爸一直都没有接电话呢！是不是有啥事？你还是想法找人去家里看看？”

赵兵电话那头传来他跟别人说工作的声音。“哦”了一声之后，他坐下来，对着手机说：“妈你放心，拉个肚子，真的没事，你看我哪次拉肚子不是一两天就好得舒舒服服的？”

“不行，你爸爸从来都没有拉过肚子。你赶快找人！”一辈子温顺的王　口气很硬，她的声音里有股惊悚之气让赵兵纳闷。

“好的，妈。我马上找人去家里看看。”

四

赵兵马上给同村的同学庆娃打电话。庆娃接电话的声音很大，他一听就是熟悉的尖厉的工地背景。他有点失望：“你好久又出来了？不是在家里的么？”

估计庆娃走到工地一边，背景声音稍微小了点。“兵哥，你不晓得，乡下我待不住。挣不到钱，家里太恼火。又不好耍。还是只有出来。”

“不是可以干养殖么？”

“养猪？赔死！现在乡下人都不养猪了。养几只鸡自己吃。城郊的农业产业化搞得好得很，我们那边，离城市太远了。”

“那你爸妈和女子呢？”

“我在郊区租了一套房子，都跟着我呢！对了，你有啥事情呢？”

赵兵说了情况，庆娃长长地哦了一声说：“我手机里存有邓家湾邓大爷的电话，等会儿我短信发给你？”

赵兵谢过，挂了电话。几分钟时间，短信来了。他赶紧拨了过去，只听到一个苍老的声音在问：“喂——喂——喂，你是哪个？”

赵兵对着话筒大声说：“邓叔叔，我是赵兵，赵洪兴的儿子，你还记得我吧？”

“啊？你是哪个？”

“我是赵洪兴的儿子赵兵，邓叔叔。”

“哦，兵娃子啊，你有啥事？”

“叔叔，我爸爸昨天病了，在拉肚子。你能不能帮我去我家看看我爸爸？”

“啊？不行啊，我前几天出去收红苕藤，在田坎把脚崴了，还没好呢，走不动。”

赵兵失望重了一层，又大声说：“那你还知道村上还有谁在家呢？”

“嗯——”邓大爷想了想说，“马大嫂在。这样啊，你等会儿，我要把手机里的电话找出来，抄到纸上，再给你打电话过去说。”

“要得，谢谢邓叔叔，麻烦您了！”

没想到这一等就是半个小时。邓大爷打来电话说了马大婶的电话。

赵兵马上又照着电话打过去，马大婶很热情，还记得他，马上在电话里絮絮叨叨说起赵兵小时候的事情了。

“等等，等等，喂，马婶婶，我有事麻烦您！”

马大婶这才停下来，问他有啥事。赵兵给她详细介绍了一下他爸从昨天赶集回来后发生的一切，然后哀求："婶婶啊，您能不能帮我去看看他？"

"哎呀，有这事啊！可以可以，不过我胆子小，现在乡下人也少，你还得找几个人陪我去看你爸爸。"赵兵有点犯晕了，好不容易找个能动的，还要人陪。老家现在就这么荒芜可怕?

他又找庆娃要电话，庆娃给了一个大叔的电话。结果爷不知道是手机有问题还是耳朵有问题，不管他在这边说啥，不管他声音多大，他都在"喂——喂——喂——哪个？你是哪个？"赵兵说什么他都在喂。烦不胜烦，他干脆挂了电话。

坐在办公桌边，赵兵感觉自己的脑子开始像电脑杀毒软件扫描一样，搜索老家乡村还留守着的人。小时候自家院子就有七八户人，在他二十出头的时候就不少搬出院子"自立门户"为的是房前屋后都是自家的地盘。而出来这么多年里，更多的年轻人都在城市里打工成熟，像他这样四十多岁的壮年男女几乎没有了。最次的，都在距离村上四公里的小镇上买房居住了。还有不少在市上的、省城的。对了，那个家对岸的黄叔叔呢？上次听妈说，终身未婚的他领养了一个女孩，他应该还在村上。

但是，没有电话联系方式。棘手的问题是，他根本找不到其他认识的人了。

熬到下班，赵兵飞快地回家给妈妈汇报电话联系的情况。

"黄叔叔的电话你有没有？另外还有一个人，隔家里最近的闫叔叔电话呢？"

"哎，黄叔叔的电话号码我没有。你闫叔叔？没用，都七十五岁了，他有一年得了中耳炎，耳朵早就不管用了。"

王瑢中午的餐饭准备得特别简单，三个人就一荤一素还没有汤。她也是急得没有心思了。一听儿子这么艰难地找人，边吃饭边想，最后终于说："算了，我们村的人都出来得差不多了，还是麻烦你舅舅跑一趟吧？"

"舅舅那么远！好麻烦哦！"赵兵还是觉得这就小事一桩，没准儿爸爸下午就电话过来了呢。妈那紧张的样子，有点夸张了。

"自家人，不麻烦也要麻烦！这电话我来打。"王瑢把饭碗推一边，坐到沙发上去，把包里写着亲人电话号码的纸拿出来，开始一个数字一个数字地摁电话。趁妈妈和舅舅话没说完，赵兵接过电话，又给舅舅说了上午自己找人的情况。赵兵的意思，舅舅舅妈可以找上几个乡亲，一起过去看看。毕竟都是老年人，多几个人结伴总是好的。

五

赵兵一直觉得舅舅是个真正的劳动力，皮肤黝黑、身材高挑、强健有力，跟自己爸妈那矮墩墩的样子总是形成鲜明对比。他跟自己爸妈年龄相差不过三岁，还常在省城打工。而赵兵运气很好，身材偏偏像了舅舅，所以在矮个子的家族里面，身高反而长过了一米七，真是万幸。“外甥种舅”这话是有一定道理的。从小他就经常和妈妈回娘家，跟着舅舅下田种地。

放下电话，他不禁问妈妈：“舅舅舅妈不是一直在省城打工吗？”

“你表妹表妹夫出去打工了，你舅舅舅妈就留在家里照顾孙子，做庄稼，看屋。”赵兵的舅妈跟妈妈一样，长得珠圆玉润的，就是皮肤黑，身上的衣服乡土味重。不过一看就知道是被丈夫呵护着不愁吃喝的农村女人。早年外婆还在，她那厚厚的嘴唇一说话总是抱怨外婆这不对那不对。后来外婆80岁得了老年痴呆，越发不遭人待见。但舅舅人虽然长得好，却又憨厚得很，是个怕老婆的主儿。外婆去世后，赵兵就没再去过他们家。总的说来，他是很疼舅舅，不喜欢舅妈。

长年在外打工，舅舅也是见过世面的人。赵兵印象最深的一次是在老家的市里，他跟舅舅走在闹市，他一会儿叫舅舅买这，一会儿叫舅舅买那。舅舅语重心长地说了一句：兵娃，商品是买不完的。

这是一个多么有智慧的老农民啊！听完这话，瞬间让赵兵无地自容，亏得自己还是个中专生，还常年在城市里待着。

还有一次，春节在家里过年，一大家人坐在一起，舅舅就感慨过这样很经典的话：这人生啊，前二十年是猴子，猴跳舞跳，不晓得在干啥；中间二十年是鸵鸟，为了养儿育女干苦力；这后二十年就是狗了，子女外出打工挣钱，把父母放在家里守屋，当条看家的狗……还是自己靠自己好，睡得着觉，也不挂念啥。

没想到，打工到老的舅舅还是回去当留守老人了。

幸好乡下人都没有午休的习惯。舅舅舅妈对这事很惊讶，答应马上去看看。

要等舅舅舅妈的消息，赵兵提前给厂里办公室请了迟到假。

有了亲人去打探情况，一家人的心都定了下来。到中午两点，赵兵的老婆按时去上班了，赵兵陪着妈妈干坐在沙发上，有一搭没一搭地说起乡下各种情况。都没有看电视的心情。

在妈妈的提醒下，赵兵给远在广东的妹妹打了电话，说了爸爸这两天的情况。妹妹好不惊诧，说自己半个月前给老爸打过电话，感觉日子过得还不错。赵兵答应她，一有消息，马上通知她。

没想到，不到一个小时，舅舅的电话就打过来了。

六

“兵娃，姐夫、姐夫他死了……”像个炸雷在赵兵家客厅响起，赵兵手一抖，差点把手机掉地上。侧身低头的王瑢脸色瞬间煞白，倒在沙发上，眼泪哗啦啦地就掉下来。

“你，你说啥？！”赵兵不相信自己的耳朵。

“兵娃，你爸爸，他死了……”舅舅的声音一点力气都没有，却像棱角分明的大石头，狠狠地，砸在他们的心上。

七

在火车上，赵兵的耳边一次又一次响起舅舅电话里抽泣的声音：“我和你舅妈到你们村上，找到马大婶，马大婶又找了两个大哥，我们一起去的你家。你家门是从里面关着的。敲了半天没人答应，我们就从楼房侧面看你爸爸的卧室。看到你爸爸跪在地上，头还枕着床沿，地上是一堆呕吐物。屋子其他地方也有好几堆呕吐物，都是用谷灰盖得厚厚的……”舅舅在电话里，又断断续续地说，他们几个老年人一起用力砸开了大门，舅舅去摸了一下，才发现，他的身体早就是冰冷的了。

两天后的中午，赵兵一家子、妹妹家三口和舅舅舅妈在镇上见面。

小镇跟二十年前没有区别，除了多了不少商住楼。大街上没有高大的树天，但在每个人的脸上都写着深秋的萧瑟。赵兵心底悲凉，突然发现，身边的老人脸上，都像堆满了落叶一般的褶皱起伏。

已经过了12点，舅舅带他们到了一个小吃店，每个人叫了一碗面条。舅舅这么安排是有深意的，他之后在电话里就说了，当天以瓜当车费的那人卖过一只瓜给这家小吃店。在等面条的时候，钟姓老板娘脸色凝重，陪他们坐在饭桌边就说起来："哎呀，小赵啊，这个卖瓜的不是人啊！下了好重的农药，才能种出这种瓜啊！我们两口子那天买了他的瓜，三斤重，中午就炒来吃。我一尝就不对，怎么这么苦啊！老钟还不信，非得要多尝尝，结果他还是吃不下。我们就把一大碗的瓜倒掉了。"

老板娘没等赵兵回话，继续说道："第二天……我们才晓得你爸爸他竟然吃了那么多！"

"那是啥子瓜？"一路悲戚戚的王瑢问。

"他说叫福瓜，我们也没吃过。一头大一头小，有点像葫芦，但是很短。是白色的。"

赵兵心底早就窝了一肚子火："那个卖瓜的，你们认识吗？是哪里的？"

"这个还真不知道。好像要从你们家门口过，所以他搭你爸爸的三轮车回去的。"

赵兵心里堵得慌："现在的农民可以种出这样的瓜，良心都到哪里去了？"

"哎呀，小赵啊，你是不晓得，我们在镇上生活的人，都是自己种菜吃。怕农药。你看对面街后面那些肥水养鱼的，鱼吃的都是猪粪！种菜的，为了长得好，又好看，都不晓得施的啥子肥哦！我就是看那瓜没见过，想尝鲜，结果……"

赵兵真的很想，想拿把刀把那人杀了。但是，连找人理论，都找不到对象。他的敌人像空气一样不可触摸。看来是没办法的了。赵兵感觉，曾经淳朴的乡村，空气都被污染了，比城市的雾霾更加可怕。

不愿回老家定居，还是因为在外经历太多之后，觉得农村始终是愚昧而荒凉的。小时候的故乡更是回不去了。偏远的家乡所谓发展，也就是修路而已。

有路有啥意义呢？都没有几个人走了。

吃完面条，一大家人找了辆三轮车，离开小镇，回到村里。村上的房子都是楼房了，白白的，像城里的一样，甚至比城里的宽敞很多。但每家人之间，起码都是1000米的距离。极少的青瓦房，也都破旧不堪，住的往往是还有能力自理的孤寡老人。

自家的楼房才修不到五年，还新得很。但在一片绿色的庄稼、杂草丛生的黄色土地中间，显得孤零零的，躺着的火柴盒一样单薄。闫叔叔家修得更高，两楼一底。他的子女都在城里，老伴去世多年，真不知道留给谁住。

倒是房子周围的坡上，都绿茵茵的，长满了柏树。退耕还林，这个，赵兵是知道的。往年回家，爸爸还喜欢叫上孙儿孙女去坡上种树。孩子们都欢喜得很。

八

推开没有上锁的房门，赵兵看到舅舅已经打扫了地上，但地上仍然有好几大块有着湿气的阴影。父亲已经躺在床上，感觉一下子瘦了20斤的样子。人挺挺的、直直的，小了许多。脸上痛苦不堪的表情犹在。

舅舅给他指了指客厅里的碗柜，里面还有一大碗炒好的瓜，白寡寡的。赵兵伸手就端出来，连碗扔到院坝前面的垃圾坑里。

王瑢自从知道丈夫死讯之后，就没有停止掉眼泪——虽然总是吵架，但一旦这样的死别来了，心里翻起的还是几十年的夫妻恩情。她不是在抽泣，就是嚎几声出来，嘴里嘀嘀咕咕地自问自话：

“怎么可能？怎么可能？你爸爸身体那么好。”

“赵洪兴，你这短命的，你一辈子都是省、省、省，现在把自己的寿命都省了，这下可就好了？”

“赵洪兴，你这个背时鬼，这么苦的瓜你都吃，还吃那么多，你硬是有好傻啊？！”

“赵洪兴，要是我在你身边就好了，我怎么也不会让你吃那么多啊！”

“你脾气不那么大，我就不会走，你也不会死。你说这是你造孽还是我造孽？”

……

赵兵感觉她把一辈子的眼泪都流光了，也把一辈子的抱怨和回忆说完了。

赵兵一家三口谁都不敢接王瑢的话。他老婆红着眼，儿子抱着奶奶的手臂，偶尔跟着奶奶掉眼泪。赵兵一只手牵着老妈的手，一只手抚着老妈的肩膀，掉一会儿泪，又红着眼。看着悲伤的妈，心痛得不知如何是好。

九

乡下也要求火化了。

骨灰怎么处理？火化之后就这个问题摆在面前。儿孙们都看着老人家王瑢。

王瑢没有多少犹豫：你爸爸经常喜欢在坡上走动，就撒房子后面这坡上吧。

没有守灵，没有道场，赵兵是个奉行生前尽孝的人，赵洪兴的丧事就简单到几近于无。再说丧假的时间不长，传统农村那套也兴不起来了——村上熟识的人并不多。

赵兵的爷爷和外公都死得早，早得他没有一点印象。前些年，八十多岁的外婆死的时候，那热热闹闹的场面，现在也是看不到的了。赵兵想起自己和妹妹，几个表兄妹围在外婆身边守灵，就像陪着熟睡的外婆，大家甚至没有悲伤的心情，愉快地聊天。偶尔回头看看外婆，怎么都觉得她像没死一样，脸色红润，头发黑得跟年轻人一样，自然卷着，一脸的安详。

舅舅那个大院子里，敲锣打鼓，连唱带跳，热闹非凡。“喜丧”这个词，他就是那时候学到的。自己的奶奶，也是八十多岁去世的。那年春节后，家庭大聚会。估计是奶奶太高兴了。远方的儿子儿孙全部围到老人家身边，第二天早上她就没有醒来。脑溢血。三天后就十分宁静地去了。

长寿是要遗传的。所以他一直坚信，家里人都会长寿的。

没想到。谁能想到呢？山绿水清的农村，也有了人祸！山绿水清的农村，也有了莫名其妙的瓜！

赵洪兴收来那一屋子的破烂，赵兵都搬出去，扔在垃圾坑里。他的衣物，也都烧了。一层浅浅土填平了垃圾坑。家里每个房间都清爽得跟城里人的家里一样。只是更空了，空得连空气都是寂寞的。赵洪兴的手机，还有电，赵兵迟疑了很久，非常正式地用双手把它端端正正放在客厅的方桌上。

他怕回到新疆小城，妈妈会忍不住拨打这个电话，自己会忍不住问候一下爸爸……爸爸会不会随着风穿过窗户进来，看看手机，听听城里亲人的呼唤？

没过几天，赵家七口人，带着更多的行李准备离开。到镇上，转车去市里，再坐火车。各回各家。

一路的沉默。赵兵没有叫车。从家里到大马路，有一段大约1000米的土路。因为一场秋雨，还是像小时候的泥泞，一步一个坑。路上有微耕机留下的车轮痕迹，路边除了蓬勃的杂草，还东倒西歪了不少谷草。再过些日子，雨更多些，谷草就烂在路边、小沟渠里。大马路边，零星的楼房基本上没见到人。有的锁都生锈了，庭院草长莺飞。

赵兵回头看看自己的家，一楼一底，更小了。像个白色火柴盒，也像一座墓碑。

十几万，算是浪费了。他不知道，什么时候，他和妹妹会回来。多年打工，他乡已是故乡，故乡渐成祖籍。或许，爸爸能有一丝欣慰——老婆儿子都没陪在他身边，这座空空的楼房，这寂静的山村，就是他今生来世的伴了。

而赵兵自己，或许，真的就再也不回来了。

槐花的心事

◎欧阳明

从槐花村回来，槐花就少言寡语，一副心事重重的样子。

男人问她，遇到什么事了？

说了你也不懂。槐花懒懒地答。

你不说我咋懂？你当我弱智啊？男人说。

不到时候。槐花轻声叹了口气。

槐花的这种变化，是因为父亲。父亲在她十二岁那年就死了，张大田用锄头挖死的。那年，土地刚承包到户，她才上初二。

土地没承包前，槐花家经常吃了上顿没下顿。承包以后，不仅吃得饱了，还有了余粮。父亲对承包地特别珍惜。可那年春耕的时候，张大田竟越过界限，把庄稼种到了槐花家地里，父亲叫他退回去，张大田咬死说那是他的地。父亲找来皮尺量给他看，他还是不退。父亲就动手铲他的苗子。张大田见状，扬起手中锄头，吼道，你再铲老子挖死你！父亲急忙挥动锄头去挡，结果脑袋却不偏不倚撞到了张大田的锄头上，顿时鲜血直流，还没送到医院，就断了气。事后，张大田被判了无期。张家人自知理亏，从此见了槐花家的人，大老远就避开了。

槐花回乡下是祭拜父亲。为了生活，她在城里打拼，忙忙碌碌，几年都没回过老家了。

在坟前给父亲烧完纸抬起头来，槐花一下子看到了张大田的儿女也在上坟。张大田后来改成了有期，六十多岁才出来，不久就病死了。其实，时间早已把槐花心中对张家的仇恨冲得很淡了，当年的事，也不能全怪张大田。冤家宜解不宜结，槐花想过去打个招呼。可张家的人看到她，就急忙走了。

张家的人走后，槐花才发现，原来两家人争得死去活来的那点地，还包括其他的土地，全是半人高的杂草。她突然觉得，死去的不仅是父亲和张大田，还有这沟上沟下的土地和祖祖辈辈生存的村庄。

乡下的情景始终萦绕在槐花的脑子里，让她寝食难安。救救土地！夜里，父亲反复在梦中对她叫喊。

槐花做出了一个决定：回乡下去。男人一听，说，好不容易在城里混出头来，又跑回去，你有病啊？

你不去我去！槐花说。

槐花说去就去。她在村里承包两百亩土地，全部种上了槐树。前三年，全是投入，几乎把以往的收入全部都投了进去。男人为此没少和她吵架。第四年，槐树盛花期到了，满山遍野的槐花洁白如雪，在三月的暖阳下，散发出阵阵芬芳。槐花养了很多蜜蜂，当年，就收回了几十万元。槐花蜜，是公认的好蜜，无农药残留，生态。男人长期拉着的脸，松弛了下来，还有了笑容。我是怕好不容易挣到的钱，打了水漂。男人不好意思地说。

你就知道钱！槐花说。

有了收入，槐花还是高兴不起来。这么多的槐树，只养蜂太可惜了。还有张家人看到她那种怯怯的眼神，叫她心里发酸。

她计划搞些养殖和旅游开发，邀张家人入股。张家人这么多年在外地，也挣了不少钱，但因为父亲的事，从不敢像其他人那样声张。

张家人听了槐花的话，很爽快地就答应出资。

次年三月，槐花如期开放。来旅游的人络绎不绝，两家人联合办的农家乐，天天座无虚席。

槐花笑了。张家人也笑了。

叫槐花更为高兴的是，村子那些在外打工的人，也陆陆续续回来了。他们也把自家的承包地种上了槐树。每年的三月，整个村子，沟上沟下，像铺了一层洁白的雪。

槐花村的名字越来越响，来槐花村的人越来越多，快要死去的村子又活了过来。

不过，槐花又有了心事。因为槐花村有条河，水源好，政府正引进一家化工企业。槐花怕河流被污染，蜂蜜品质会下降，找政府反映了很多次，都不起作用。地里的槐树，夜里被人砍了很多。报案，也没人理。一向很有主意的她，现在，竟不知道该怎么办了。

许　愿 ◎庞 雷

山子还未出世，山子爹就是山里的村长。

山子初中毕业，外出打工。因为忙，10 年都没回家。

山子是老幺，上面有五个姐姐。山子娘生山子，因为条件差，没有送医院，在山里找的接生婆。没想到，母亲生下山子，大出血。还没赶拢医院，就因为失血过多去了。山子爹觉得愧对山子娘，他早就准备好了送山子娘上医院生产的钱，可就在山子出生的前几天，他把钱都送给了村里贫困户盖房子。

山子爹常常都对他说：山子，记住啊，你可是你娘用命换来的。

山子说："爹，您不知说了几千几万遍喽，我记住啦。"

山子初中毕业，五个姐姐早已外嫁他乡。山子成绩不错，本可以继续读高中，但看着爹日渐苍老的面容，他狠狠心，放弃学业，外出打工。10 年来，他每个月给爹寄 1000 元生活费。山子爹逢人就夸山子孝顺。

这天黄昏，山子爹正在院里喂鸡鸭。一对时髦男女走进院子。

"爹——"

时髦男子高声叫道。

山子爹抬起头，眼里放出惊喜的光芒。

"山子，你可回了？！"

"爹，这是俺媳妇姗姗。姗姗，快叫爹。"

时髦女郎甜甜地叫了一声："爹！"

"山子长大了，出息了！"

山子爹看着儿子和儿媳甜甜蜜蜜的样子，高兴得合不拢嘴。

"爹，知道今天是什么日子吗？"

山子微笑着望着爹。

"啥日子？"

山子爹挠挠头，想不起来。

“爹，你真为村里的事忙糊涂了。今天是您老七十大寿啊！”

山子提醒爹。

“哦，是啊。爹真是老糊涂了。”

山子爹孩子般乐了。

山子拿出 10000 元钱，塞给爹。

“爹，这是儿子给您准备的贺礼。您留着买些好吃的。”

山子爹乐呵呵：“好！好！”

山子又拿出买来的凉菜、炒菜等，摆了满满一桌。

“爹，这菜刚才在镇上炒的，咱趁热吃吧。”

“好！”

山子爹一向俭省，几时吃过如此丰盛美食？肚里馋虫被“勾”起，拿起筷子，大吃大嚼。

山子给老爹倒上一杯五粮液，和珊珊一起举杯，祝福老爹：生日快乐！身体健康！

山子爹乐得眉开眼笑，一个劲说：“好！好！”

米饭是山子从镇上买的，热乎乎。一家子热热闹闹吃着，比过年还高兴。

山子爹吃着吃着，突然落下泪。自从山子 16 岁离家，他这个孤老头子一过就是 10 年。逢年过节，山子的五个姐姐从不回家看一眼。连一分钱都不寄回。山子爹看着别人家儿孙满堂，热热闹闹，好生羡慕！

山子似乎看出老爹心思：“爹，别难过。往后不管多忙，我们过年一定回来！”

山子爹孩子般收住泪，破涕为笑。

吃过晚饭。珊珊拿出大蛋糕。

山子爹愣住。这家伙是啥，他从未见过。

珊珊点燃生日蜡烛，告诉他：“爹，这是生日蛋糕。快来吹生日蜡烛，许个愿吧！”

山子爹照着儿媳提示，吹蜡烛，郑重地许下愿望。

山子和珊珊一起拍手，欢快地唱起歌：

Happy brithday to you

Happy brithday to you

Happy brithday to you

……

看着老爹微微湿润的双眼，山子似乎明白了什么。

不知几时，门口已经聚了不少孩子。

他们瞅着山子和珊珊漂亮、时尚的衣着，想挤进屋，却又有点害羞。

珊珊热情地招呼他们：“小朋友，进来吧。阿姨请你们吃蛋糕哦！”

小朋友们瞅着漂亮阿姨，拥进屋子，乐得手舞足蹈。

珊珊把蛋糕切开，调皮地逗着孩子们：“小朋友，你们会唱《Happy birthday to you》吗？”

“会！”

孩子们异口同声。

“那好。依着次序，一个一个唱哦。谁唱完了，我就奖励谁蛋糕哈！”

孩子们欢呼雀跃，轮番登场。

小屋里欢歌笑语，不绝于耳。

山子爹脸上的笑容，一点点荡漾开来。

唱完生日歌，吃完蛋糕，珊珊又拿出糖和水果分给孩子们。

末了，珊珊微笑着问孩子们：“小朋友，你们想不想过年时还让阿姨给你们带更多好吃的糖和水果回来？”

“想。当然想哦！”

孩子们一个个开心得直蹦。

“那，你们得答应阿姨一件事哟。”

珊珊神秘地笑一笑。

“什么事？”

孩子们好奇不已。

“很简单哦。每天有空时，过来陪陪老爷爷哟！陪他说说话，聊聊天，打发打发时间。有问题吗？”

“没问题。”

孩子们畅快不已。

第二天一早。山子和珊珊因为忙，吃过早饭，匆匆回去。

山子爹琢磨着，几千里，得走多久啊。山子说，到城里坐飞机，要不了多久。山子爹站在村口，望着儿子、儿媳渐渐远去的背影，眼泪止不住地流。

几个月转瞬即逝，春节到了。

山子和珊珊走到村口，瞧见村口新修了一所小学，高兴不已。他对珊珊说，以前自己读小学要跑十多里山路。遭遇雨雪天，可难走了。现在好了，有了学校，孩子们不用再跑那么远。

回到家，山子问起学校的事。山子爹道出原委。

原来，山子十年间给他的钱，他都舍不得用，一直存着。孩子们每天走十多里山路，他身为村长，总感觉心里有愧。自打当上村长，他就想在村口建所小学，让孩子们上学不用再那么辛苦。他把想法同大伙一谈，大伙大受感动，觉得这是造福一方的大好事，争相出力，兴建学校。

人心齐，泰山移，新学校很快建成。孩子们欢天喜地走进新学校，就跟过年似的。

“哇，老爹，你真伟大！”

五个女儿走进院子，高兴不已。

“你们——”

山子爹微微一愣。

山子爹当然不知道，是山子把姐姐、姐夫、外甥们召集回来的。

山子爹虽然不明真相，但那笑容，却比奥运领奖台上冠军健儿的笑容还甜哦……

满屋泥香 ◎柳恋春

一

听见淅淅沥沥的雨声越来越密集，我就警醒了，在心里说了一声不好。窗外已经很明亮了，对面的房屋清晰可见，雨水就像断线的珠子，一颗一颗地往下掉，掉到树叶上，就发出噼噼啪啪无规律的声音，掉到地上就无声无息。久旱的土地，一下就吸收了从天而降的雨水，也吸收了因雨水带来的湿气。

我起床坐在阳台上抽烟。望着眼前的一切。远处是郁郁葱葱的华蓥山，在半山腰上，一团白雾萦绕其间，这雾似乎把华蓥山一割两半。山的上半部分如仙境，如海市蜃楼，若隐若现地直插云天。在山的下半部分，在朦胧的雨雾中，隐隐约约可以看见无规则的一小块玉米地，或者不规则的稻田。这样的看见，是要心去感受了。如果不知道山的特性和山民的耕种习惯，一眼望去，根本不可能看见山民在群山乱石中开垦出来的一小块一小块的坡地。人们根据山的颜色，就能够判断出，是山还是庄稼，或者感知那稻田里的几个农民正在干什么。

阳台上，妈妈种了很多花草，长得异常茂盛。远比我家阳台上的花花草草强多了，我家阳台也种了几盆花，全靠用花肥，但是，仍然长得很勉强，根本不像妈妈种的花草，郁郁葱葱的不说，仔细看，叶面还带着露珠，完全就和长在地里的一样，完全就像接了地气的山野植物一样。阳台还有一个花坛里，种着一些姜、葱、蒜苗什么的，有掐过的痕迹。这是妈妈的生活习惯，需要小佐料时，就在阳台上随手掐一点。妈妈经常说，过日子嘛，要方便，要简单。再说，自己种的，吃着放心！此时此刻，雨水顺着楼上阳台的边沿往下滴，滴在花花草草上，滴在葱姜蒜上，这些植物的叶子，一时间就显得更加绿油油的。

我望着这些出神的时候，弟弟也站在了阳台上。妈妈一直和弟弟一家住在一起。我从 18 岁当兵离家后，就基本上很少回自己籍贯上的出生地了。

后来，在另外一个城市结婚、生子，虽然说两个城市之间只有4个小时路程，由于各种各样的原因，当然这各种各样的原因，也是我自己给自己找的理由，就更少回老家了，工作不忙的时候，每年也最多回来一两次。没有特别的情况，一般都不回去。有人说我妈，老黄，你的大儿子就像一个闺女一样，嫁出去了，一年难得回来一次！每到这个时候，我妈就回答说，他忙！家里也没有什么事情，喊他回来干什么？因此，妈妈和弟弟家的一切，我基本上都是通过电话了解的。某年，妈妈的眼睛不行了，患了先天性黄斑断裂，先来我生活的城市检查，结果医生说，先天性的，没有办法做手术，住了几天，妈妈就回去了。某年，妈妈的腰闪了，在家吃了半个月中药，才慢慢好转。我作为家里的长子，还真没有尽到长子的责任。在电话里，每次妈妈都说家里一切都好，钱也够用，我就再没有话了，也就放心了。谁能够想到，妈妈平时的病痛，根本就没有让我知道。

弟弟说，大哥你怎么不多睡一会儿？我说，听见雨声就睡不着了。

弟弟说，你想什么呢？

我说，看这天气……

弟弟盯着我，没有明白我意思。说，这天气很好啊！干旱了这么久，农村最需要这样的雨水了。

其实，我们家除爸爸外，都是农民。我是当兵出去离开土地的，妹妹是考学离开土地的，弟弟是做小生意离开土地的。特别是我，离开土地时间太久，根本不知道农事了。

我把烟头丢进雨里，若有所思地说，今天的事情，会顺利吧？

弟弟一下就笑了，说，你担心这个啊？雨要下就让它下吧！来，吃烟！

妈妈也来了，笑着骂我们，你两兄弟不好好睡觉，在阳台上吃得乌烟瘴气的，搞什么名堂？

这个时候，我不得不把自己的担忧说出来，我说，妈妈，今天真能来这么多人吗？

妈妈望着我，不解地反问，你说什么？

二

老家华蓥山一代的风俗，老人是要做大寿的。30、40、50、60、70、80、90，这些岁数，是要通知大家来吃酒的。叫生双满十。当然，你就是不通知，别人也知道你的生日，农村不像城市，邻里之间都不相往来。农村人之间，一个村，甚至一个乡，都有盘根错节的亲戚关系。生日都不叫大家吃酒，怎么都说不过去。现在不比以前了，满地找吃，就算满地找吃的日子，生日那天，哪怕是炒一个鸡蛋，煮一盆面条，抓一把生花生，也得请大家热闹一下。

妈妈在农村过完50岁生日的时候，就搬进了城市，和弟弟一家住在了一起。妈妈50岁生日那天，在农村老家的院坝里，我们办了12桌。天气本来好好的，临到中午准备吃饭时，突然狂风大作。亲戚朋友马上招呼，快搭篷子。于是，很多乡邻就跑回家去，拿来了一大块塑料布，一阵忙乱后，塑料布硬是把整个院坝都罩住了。四只角被牢牢地绑在树上和竹林上。由于空间太大，中间还有序地加了不少受力的支撑。等这一切弄好后，刹那间乌云密布，不一会儿，瓢泼大雨就下来了。

妈妈说，这鬼天气，刚才还好好的，怎么说变就变了？

都说，好啊！这雨来的是时候，又可以在玉米地里栽红苕了。这雨一催，辣椒啊、丝瓜啊、冬瓜啊、茄子啊什么的，见风长！

见我妈有点生气，都劝我妈："老黄，你生日好啊，风调雨顺的！"这样一说，大家一想，还真是这么一回事，你想想，明明是太阳高照的，突然之间就狂风大作、倾盆大雨的，这要是以迷信的说法来看，如果此时此刻出生一个婴儿，那么，这个婴儿以后肯定是一个了不得的人物。每当一个大人物的降生，都会出现天地的异象。比如，大家知道的某个大人物，在他出生的时候，都是乌云密布、狂风大作的！于是，很多大人物的出生野史，被这些农民肆无忌惮地演绎。气氛突然就空前热烈了，欢声笑语不断。

在暴风雨中，妈妈的50寿宴正式开始了。我当时是在部队工作，请假回去的，还穿着军装，因此，很不方便加入他们的讨论。我就穿梭在其间，给他们倒酒上菜。

头顶是哗哗的水声。地上已经有水在流淌，然而，这样的天气，丝毫没有影响大家吃酒的兴趣。老队长说，看这雨下的，正是时候。刘大汉说，来来，大家喝起！张老五推说，一会儿雨停了，还要去栽点红苕，肯定土都喝饱了！老队长拿了一个鸡腿在嘴里啃了一下，白了张老五一眼：“你比领导干部还忙？喊你吃酒你好好吃不就行了，未必，明天再栽红苕就跑了？”张老五不说话了，左右看看，在寻求支援自己的人。农民中，也有勤快和懒惰之分，勤快的农民，基本上一年四季都不休息，赶着天色干活，从来不错过一场好雨的，孙子们天天在家背诵“好雨知时节……”什么是好雨，久旱逢甘霖就是，已经干旱了十来天，土地都干旱得结壳了，什么农作物都种不下去，正在心似猫爪抓般的盼雨，雨说来就来了。张老五可以肯定，唐老鸭、麻鸭子他们肯定心里也惦记着地里那点活。因为，在这个村里，如今只有他们三家人是全部依靠土地生存的，他们没有子女外出打工，除了牲畜收入，就是卖粮食的收入。这样一想，张老五就用眼睛找唐老鸭和麻鸭子。没有想到，唐老鸭和麻鸭子正在闹酒，左手端着一个大酒碗，右手拿着一个“鸭子”（调羹）在空中比画，逮着人就说，来，我们搞三下！华蓥山一带喝酒很奇特，大家把喝酒叫吃酒，最先是一土碗老白干，由本桌最有威望的人喝一口后，就递给下一个，下一个也喝一口后，往下传，这叫吃转转酒。喝酒过程中，从来没有谁来监督，喝多喝少，全凭自觉。都说，这样吃酒，如果你只是抿一小口，或者装着喝了一大口，一看就知道哪个是偷奸耍滑的，他们都铆足劲地吃，不能让别人认为自己在偷奸耍滑。生活紧张那几年，一碗酒还喝不到第六个，就已经空了。后来，一般来说，一碗酒到一桌人的最后一个，刚好喝干！渐渐地，吃酒又有点变化了，还是用大土碗装酒，不再一口一口地传着吃，而是每人拿一个调羹，在碗里去舀酒。这样，比以前那样喝酒，似乎要卫生一些。每人舀酒的时候，根本不用监督，把调羹舀得满满的，一调羹一口。这样舀下几碗后，酒量大的，就开始对舀，一般是三调羹起，也有的不计调羹数，一直舀下去，舀得对手不舀为止。唐老鸭和麻鸭子现在就正在找人拼酒。

老队长再次发火了：“张老五，你妈的，今天是老黄过生，喊你吃酒，又不是喊你喝农药！”老队长好像突然地就来了怒气，大着声音吼：“你自己是不是忘记了？婆娘得了阑尾炎，不是在柳老师这里借了20块，现在婆娘恐怕就是一堆骨头了！”老队长气喘吁吁地挨个用筷子点着大伙：“你们说说，你们哪个没有在柳老师家借过钱应急？”我妈妈连忙跑过去，央求老队长，说：“皇帝死了都要借铁锹，哪个不遇着点困难！”又劝道，都十几年的事情了，再说就不好了。老队长余怒未消：“我再不说说，可能有些人就要忘本了！”在集体时代，我们这个大队，只有我爸爸是人民教师，每月都有固定的工资，因此，在农民面前，我们家就算有钱人家了。农民们难免有个大灾小难的，每到这个时候，首先想到的就是找我爸爸妈妈借钱。我爸爸妈妈对农民，总是有求必应。很多时候，大队长亲自来我家，帮着给村民们借钱。那个时候，老队长是最有威望的，派谁做什么工，给谁记多少工分，都是老队长说了算！曾经，张老五每天都是10分工，就是老队长决定的。现在虽然已经再没有集体了，但是，老队长的威望还在，70多岁了，很少干农活了，但是，哪家要断个理，要拿个主意，都会准备好酒菜，请老队长来坐坐！如今，老队长这样一发话，张老五就感觉自己今天的表现不好了，也许还得罪了主人家，也许还犯了众怒。想想，左邻右舍几十年，和和睦睦几十年，那几斤红苕未必真比这样淳朴的乡情友情还重？你种的是红苕，又不是种的金子！

张老五就端了酒，对我妈说：“来，老黄，我敬你三下！祝你生日快乐！”

张老五这样开了头，唐老鸭，麻鸭子，一个一个地都跟着敬了我妈的酒。

妈妈的50大寿，在狂风暴雨中，完成了皆大欢喜的喜庆。

妈妈的60大寿，是在城市里大酒店办的。妈妈过完50岁生日后，就已经随弟弟一家住在了城市里，爸爸退休后，也进城住在了一起。当然，村里离城也不远，一个多小时的车程。妈妈生日那天，我因为确实工作原因，没有回去。只是当天中午给妈妈打了一个电话。电话里面，妈妈那边吵闹得不行。我又把电话打给弟弟，弟弟大着声音说，又是狂风暴雨的，坐了8桌，正在喝酒！闹得很，听不清楚，不说了！

我拿着电话，看着我这个城市，太阳在天空火辣辣地挂着，知了在不知疲倦的鸣叫着，相距并不远，而天气，却完全是两块天地。

三

妈妈和弟弟一家搬进城市后，仍然恋恋不舍乡间生活。退休在家的爸爸，每天起来绕着护城河的公园走几圈，锻炼一下，就回家吃饭。然后就看看书，去找朋友喝茶聊天，这样，一天很快就打发了。妈妈呢？除了买菜煮饭、接接孙子，最多的时间就是再回乡下。

乡下基本上与我们没有了现实意义。我爸爸是大学毕业后，逃避家里大地主的身份，跑乡下当老师的，这里的乡下，是我们三兄妹的出生地，但不是我们的祖籍。正因为如此，所以，爸爸虽然贵为教师，仍然把这里的农民当亲人，和妈妈一样，处处与人为善。只有妈妈是本地人，在这里土生土长几十年，这里有她的妈妈、姐姐、弟弟。和这里的每个农民都能够沾亲带故。后来，当我在一个陌生的城市工作和生活后，始终感觉这里不是我的根，处处小心翼翼，谦虚谨慎地活着，才理解爸爸在乡下的日子，可能也是我同样的心情。

按说，外婆去世后，乡下再没有了我们的牵挂。顶多，清明节去扫扫墓就可以了。人们经常说，人一阔脸就变，其实不是这样的，农村有农村的生活习惯，城市有城市的生活习惯，不是阔不阔、变不变的问题。农村的客厅叫堂屋，供奉有祖先牌位。有正式待人接客吃饭的大方桌，周围墙壁上，不是挂着锄头镰刀，就是挂着蓑衣辣椒。城市的客厅，就是电视、茶几、沙发，看着干净清爽。一般来说，在城市生活久了的人，很难再适应农村生活。主要是农村晴天一身灰、雨天一身泥，衣服穿在身上，在田间走一趟，就脏了。特别是做饭，农村有的人家还烧柴烧煤，一顿饭下来，满身灰。不像城市里，哪里都是干干净净的。

但是，在城市生活得无忧无虑的妈妈，依然时不时地回到农村。妈妈没有工作、没有多少文化。我一直不明白，那些日子啊、事情啊，她是怎么记住的。比如，她随口问一句，今天是旧历多少？我爸爸就去查看日历，回答她说，7 月 12！我妈妈就接着说，还有 3 天，就是刘大汉 66 岁生日了。村里现在留守的老人，至少还有 100 多个，每个人的生日，她都一口准。我也经常和妈妈开玩笑，我说，你记得这样准干什么？妈妈说，到时候好还礼！

我说，天远地远的，还啥礼？叫舅舅带去不就行了？妈妈说，不是你说的那样简单！

妈妈说，其实，也不是要还礼。现在哪个也不缺你那几十、百把元，关键是人。你去了，大家就觉得你还有那个人缘，你不去，人家就会想，我什么时候得罪人了？当然，还礼也很重要，记得欠谁的，找机会还上，就行了，还礼要亲自去，这样的交往才能长长久久。

妈妈很感叹，摇着头说，城市就是这样，人情淡薄！

经常性的，我打电话回去，很多时候，是爸爸接电话，说你妈妈回去了。刚开始，我还不明白“回去了”的意思，城市不是家吗，还回哪里去？爸爸说，今天是你舅婆婆八十大寿，她回去吃酒了。爸爸说的舅婆婆，我真没有任何一点印象。不久，爸爸因食道癌去世了。接电话的就换成了弟弟或者弟媳。回答我的，都是吃酒去了。

我说，妈妈有高血压，还去吃啥酒？

弟弟说，走一下也好！

给妈妈买了手机后，我就直接打电话了。我问：“妈，最近身体没有啥吧？”妈妈说，还是脑壳有点晕，眼睛还是看不大清楚。我感觉她那边闹哄哄的，就问，在干什么呢？

妈妈说：“今天是你四　生，马上要吃酒了！”

哦，原来妈妈又回乡下了。那几天全国各地一直雨水多，我就担心她的安全。回乡下吃酒，是妈妈最充实的生活。在家吃过早饭后，溜达一圈，10点左右，就去车站乘车，到了乡下，刚好11点过，再走一段土路到主人家。这个时候，主人家已经开始摆桌子了。一看见我妈妈来了，很多人就围着摆龙门阵。说我妈妈长胖了，还问家里每个儿女的情况。接着又摆起某某了，说，得了个什么癌，说估计要不了多久，就要“交粮本本了”。他们说的某某，转弯抹角的也是妈妈的啥亲戚。这样一来，在吃了这家酒后，妈妈又去那个某某家，住一个晚上，或者吃一顿饭，去表达一个心意。有时候，妈妈回乡下的时候，说好晚上就回，往往的，回不了。不是主人不让走，就是另外的亲戚非要留。几天后再回到城里，原来的一身新衣服，也糊满了泥巴。我问，怎么会这样呢？妈妈说，别人下田，我也跟着下田了，我又不是城市人，也装不像，天生就是一个农民的命。有一次，和主人一起下田采摘藤藤菜，脚下打滑，把腰闪了几个月才好。但是她仍然无怨无悔，动不动就“回去了”。

曾经有很长一段时间，我都不理解。离开土地，过城市人的生活，是每个人特别是农民的愿望。以前，爸爸有一次给妈妈、我、弟妹一起农转非的机会。当时，妈妈那个高兴啊，逢人就讲，似乎马上就要成为城市人了。把一些农具也陆续地送了人，那段时间，左邻右舍、亲戚朋友都来我家祝贺。最幸福的是妈妈，她端茶、倒水、炒花生的，忙得不亦乐乎。妈妈经常挂在嘴边的一句话就是：“终于要走水泥路了！”

真正离开土地后，而且这么多年了，妈妈为什么还那样对农村情有独钟？

一周前，妈妈在电话里说，我 70 岁你回不回来？我还没有回答，妈妈就强调，你舅公、你大表哥、你表妹夫、你……都要来。妈妈说的，都是农村的亲戚。对于离开家乡 30 多年的我，要记住这些亲戚，确实太难。

我问，是怎么安排的？

妈妈说，就在富豪大酒店办 8 桌算了。家里吃也可以，也不是麻烦，就是没有这么多碗筷！城里人过生日，都是在大酒店，简单、大气！不像农村，再大的宴席也没有问题，需要菜、就去地里采摘，需要肉，就杀一头猪。需要桌椅碗筷，左邻右舍家的，全部就可以给你搬来！

一听说 8 桌，我犹豫了一下，有没有这么多人来吃？我的担心是，在城市里，我们没有什么亲戚，也就是 10 来个，8 桌可以坐 80 人，还需要 70 来个人，到哪里去找？再说，这个节气，农村也是比较忙碌的时候。我又问了弟弟，弟弟也没有把握，因为他在做点小生意，对农村也基本上少有来往了，说，妈说怎么就怎么吧！

四

今天是妈妈七十大寿。昨天我们就在富豪订了 8 桌。定金都交了。现在，雨下得这样大，给来吃酒的人肯定带来不少困难。乡下进城的班车少，甚至根本不叫班车，没有时间概念，没有按时发车这一说，营运的小中巴都是合伙的，想什么时间开就开，想不开就不开了。或许，这样的天气，就根本没有班车了。我担心的正是这个。他们没有住在公路边，还要走很远的路到公路拦过路车。

吃过早饭，我就在阳台上跟弟弟商量，看看能不能给大酒店打一个电话，只订3桌。弟弟看看仍然不断下着的雨，也在犹豫不决。妈妈一边把淘米水倒进花盆，一边回答我："宽备窄用！"这话我理解。我不说话了。妈妈说，人家来了，没有坐的地方，站着吃酒吗？没有这个道理啊，来的都是客，不一样对待怎么行？就是浪费也值得，浪费的只是钱，没有浪费感情！你们就别想这个事情了，该来的自然会来。不是那个人，你就是用轿子都抬不来的！

几十年城市乡下的穿梭，妈妈对人情世故已经有了哲学似的思考。待人接物也自有了一套自己的理论。看看她说出来的话，都充满着哲理。我如果再纠缠这个，妈妈肯定不高兴了。我基本上是难得回来一次，再蠢也不至于惹她老人家生气。何况，在今天这个大喜日子，一切以妈妈开心为主。

10点刚过，就有亲戚陆陆续续地来了。他们把门拍得砰砰的响，扯着嗓子喊："老黄，快开门！快开门！"说实话，弟弟的房屋比较大，如果人在卧室或者厨房、厕所这些地方，很难听见敲门声，即使房屋再大，这样理直气壮的敲门和肆无忌惮的吼声，也足以告知"我来了！"

妈妈说，快去开门，你罗孃孃他们来了。我连忙就去开门。门口站了6个人，有的背着背篼，背篼里面是刚刚采摘的蔬菜，有茄子、南瓜、冬瓜、辣椒、西红柿、豇豆。有的提着一只老母鸡，还有的提着一筐鸡蛋。浑身上下湿漉漉的，还滴着水。感叹道："狗日的，雨太大了！蓑衣雨衣都不管用了！"

妈妈赶过来招呼，快进屋！

他们都是穿的水靴，满靴子的泥巴，在门口站着，不愿意脱下来换成拖鞋。我猜是他们的脚肯定很臭，长期被水靴捂着，连袜子都泡烂了，味道肯定很难闻。还是妈妈理解他们，妈妈大声说，不换鞋，直接进来就行了。妈妈这一喊，如同大赦令，他们背着背篼就往屋里撞了。看见我后，不自然地笑了一下，柳老大回来了？

我连忙递烟，招呼他们坐。他们先是到处看看，才自己找地方坐了，有几个亲戚，不坐沙发，自作主张地坐在了楼梯上。妈妈就像见了亲人一样，拉着我给我介绍，这是谁，这是哪个，这个你喊啥子等等。我一一和他们打招呼。他们说，有好几年没有看见你了，长胖了点！中午一定好好吃点酒！不然，都快不认识了。日子过得太快了，你看看，柳老大都有白头发了。

妈妈就和每个女客人摆龙门阵，问某某怎么没有来，对方回答，走不开，孙子要上学。有的回答，栽了点红苕，再不栽下去就完了，耽误不得，我先来了，如果他一会儿赶着车了，再来！妈妈就不住地说，这雨天，还真是折磨人！都说，这雨下得好啊，农村最需要了，又是风调雨顺。

又来了几个客人，家里就有点拥挤了。家也不像家了，到处都是泥水，甚至墙上也有了整块整块的黄泥巴。特别是地上，进门玄关那个位置，简直就像一块田土了，有了一指厚的泥浆。

我妈妈说，干脆去大酒店，在那里等！

于是，都朝大酒店去了。他们把带来的东西摆在客厅，像一座小山，背着空背篼，提着空框子，走得意气风发。雨仍然在下，且越来越密集。他们就把塑料布什么的遮住头，蓑衣、雨衣的几个人顶着，等我们到大酒店的时候，那里早已经等了不少人了。除摆开的8桌酒席，周围放满了背篼、箩筐。还有几只鸡在那里咕咕叫！雨衣、蓑衣、雨伞在旁边堆成了山。大酒店已经满地泥水了。

妈妈宣布，大家坐起，吃酒了！

能够喝酒的就坐在了一桌。安排好大家后，8桌已经是坐得满满当当的了。刚开始吃酒，又来了几个人。先来的客人就说，刘大汉，怎么才来？你只有喝洗碗汤了。刘大汉也不生气，说，那我今天就只喝汤！每桌又加了一个人，总算把大家安顿好了。

没有想到的是，在倾盆大雨的时候，又赶来了10多个人，这样一来，就麻烦了，连忙协商酒店，再加两桌。于是，先加塞的，又去坐新桌了。刘大汉笑着说，我吃了两桌了！都说，两桌就要吃两桌的酒，不然不算！

开始吃酒。仍然是调羹酒，一碗酒舀不了几下，又开始倒酒。我作为长子，就带着弟弟妹妹挨桌敬酒。每桌3调羹。他们也不劝我。每到一桌，他们都说，你爸爸妈妈这个人啊，在乡下那么久，可能连一只蚂蚁都没有得罪！莫说今天下雨，就是下刀，我们也要来吃酒！几调羹酒下肚，我的头有点晕乎乎，眼睛就有点模糊了。

吃到后来，就只有10来个人在拼酒了。大家又干脆把这些人拼到一桌。这样，气氛就更加热烈了。有的吃了就走了，不走的，就坐在一边耍。还有的进城办点其他事。总之，没有事情的，就坐一起喝起来。

张老五说，一晃又是10年了，可惜老队长不在了，如果他在，这酒吃得更带劲。唐老鸭说，老队长骂了你几十年，你怎么还……张老五说，骂也是为我好！都感叹，这10年，又走了哪些人。一数，居然走了6个了，长期病怏怏的，反而还在喘气。都是很突然的就走了，查出来什么癌，果然就挨了，哪个都没有跑脱！边吃酒边谈这些，宴席就有了点人生感叹。麻鸭子说，如果我们这一辈不坚持这样互相走下去，我们的儿子、孙子辈，可能都互相不认识了！

我就专心地坐下来陪酒。面对这些农村亲戚，我没有更多的印象，只知道他们是我爸爸妈妈一辈子的亲戚亲人，就够了。看着他们满身的泥水，只知道他们是来吃酒的，就够了。看着满地鸡鸭，只知道是他们一颗粮食一颗粮食喂出来的，就够了。看着满地蔬菜，只知道是刚采摘下来就背来的，就够了。

我突然心血来潮，我说，我们来喝转转酒怎么样？

一时间沉默了。我连忙说，在我小时候不会吃酒的时候，感觉你们那样喝很有意思！一直没有喝过。

唐老鸭露出一口被叶子烟熏黑的牙齿，看看我，又看看大家。张老五就看刘大汉，刘大汉就往地上吐了一口痰，又整理干净了一把鼻涕，说，随便！

因为，他们根本没有想到，我这样一个城市人，会和他们这样吃酒！

两碗酒还没有吃完，我就醉了。醉得泪眼婆娑的，不省人事。

我醒来的时候，已经是晚上9点了。我听见哗哗的声音，摇摇晃晃地起来一看，妈妈正在打扫屋子，地上的泥土已经被规整到了一块，有不小的一堆。我问人呢？妈妈说，都要回，留不住，有的吃了夜饭才走的，怕不安全，全部被你弟弟喊车送走了。你弟弟还没有回来，带车送最后几个亲戚去了。我看着妈妈，她真是辛苦了，这么晚了还在收拾屋子。我说，让我来吧！

我就用铁撮箕去铲泥土，准备弄下楼去。妈妈说，铲到花盆里，这泥养花种草啥都好。我突然明白，为什么妈妈阳台上的花草长得这样好了。妈妈催我，你闻闻，还有香味！

我使劲地闻了一下，一股新鲜泥土的味道直逼肺腑，整个房间都充斥着这种味道。这样的味道，在任何城市都是闻所未闻的。

走出萨河

◎俄狄小丰

一

从故乡萨河到人潮汹涌的广州城，确实很远。

但惹固乌吉觉得越远越好。此前，他从未想过出远门去做点什么，今番他迫不及待地跟着一个回来过年的包工头老乡去广州打工，是为了逃避一件事，所以觉得越远越好。

惹固乌吉被老乡安排在城郊的一个采石场上班。因为识字，他还直接被提拔做了领班，负责管理不怎么懂得普通话的民工。他的工作就是准时带民工们上工地，然后监督他们干活，同时管理民工的饮食起居，领工资的时候代理民工们签字画押，仅此而已，比在家里干活还轻松。工酬也不比下苦力的低。然而，他内心里并不向往这样的打工生活。

他是个独儿子，父母还年轻，一家人不缺衣少食，生活还算富足。父母对他的要求历来只有一个：该娶妻时就娶妻，该生子时就生子。本来，他想踏踏实实地过这样一种生活的，但现实却不能了却他这么简单的心愿。他不远万里到这个陌生的地方来打工，初衷只是为了放逐一颗失落的心，相当于换个环境散散心。

不过，他想，他是来对了。因为数个月后，他的心终于平和了许多，失落感不如当初那么深了。浮华都市的熙熙攘攘和变幻似梦的外面的世界日夜熏陶着他这个农民的所思所想，很多事情他已经想得开、放得开。曾经日思夜想最后却成为别人妻子的姑娘也从他的脑海里慢慢淡出。包工头回乡去招工，他还写了一封信让其捎给自己的父母，写的尽是些愉快话。

半个月后的一天，惹固乌吉领着一帮民工在工地上正干得起劲时，包工头老乡突然出现在他面前满脸堆笑地说：“嘿，乌吉，我又招来了一批老乡，我想让他们加入你的队伍，你跟我去看看吧。”

“好啊，走。”乌吉满口答应道，随即同老乡说说笑笑地离开了工地。

半路上，老乡突然回过头来笑眯眯地对他说：“乌吉，你见了他们定会高兴死的。”

“见到老乡自然会高兴的嘛。”乌吉不假思索地说。

“那不一样。”老乡神神秘秘地说。

“不一样？”乌吉心里不完全懂这话，但他又立刻想到在这么远的地方见到老乡，感觉或许会不一样。

新来的民工一排儿坐在民工宿舍的屋檐下，因为长途坐车，都显得很疲惫。但一见到包工头老乡和乌吉走过来，他们的脸都神采奕奕地舒展开来。乌吉一看，有男有女，都是再熟悉不过的老乡。但突然，一张牢牢镌刻在他心扉里的脸映入他的眼帘，仿佛重又看到一张丢失了很多年的珍贵照片。他简直怔住了，还觉得有点头晕目眩。

“真是你吗，我心爱的阿撒？”乌吉直勾勾地盯着阿撒，心突突直跳。接着，他的眼睛狠狠地眨了一下后肯定地告诉他：“不错，是她！”

“哎——耶——”包工头老乡一见他痴呆呆的样子，带头嬉笑起来。大家都知道乌吉和阿撒是对被生生拆散的苦命鸳鸯，如今这对小鸟又飞到了一起，大家心里都觉得很高兴。

阿撒看到乌吉灼热的目光向她投来时，心里突然掀起一阵波澜，激动得让她直想哭。在老乡们的哄笑中，她羞涩地埋下了头。没人看见此时她已是热泪盈眶，心里头好像蹿进了一只撒欢的兔子。

老乡们也识趣，不一会儿都跟着包工头出去了，只留下他们俩。乌吉带着激动又忧虑的心，情意绵绵地地盯着阿撒略显苍白的脸庞。这是一张花季少女的脸，俏丽的鼻子，丰润的嘴唇，长长的睫毛和光洁的肌肤，让乌吉顿生独沐春光的感觉。

“你怎么来了？”他小心翼翼地问道。

“我离婚了。”

阿撒话音未落，乌吉的心突然涨潮得不行，只觉得浑身都湿透了。

“真的？”

“嗯。”

“那你父母同意你来打工？”

“没有，我跑来的。”

“为什么？”乌吉尽量控制住亢奋的心，明知故问。

阿撒不作声，伸手狠狠地捏了一下他的胳膊。

“痛快！”他心里叫道。他真没有觉得痛，心头反而一阵欢喜，便顺势把阿撒揽入怀中。两颗煎熬已久的心再次甜蜜地贴在一起，一些酸楚的往事随之涌上他们各自的心头。

二

如今，乌吉想也不用想就明白，自己和那个不幸的姑娘的婚姻，其实在相亲的那一天就注定了结局。

他的父亲告诉他，他家的某个亲戚知道布拖那边有合适的姑娘，问他愿不愿意去相亲时，他一句话也不回。不回话就是默认。几天后的一个清晨，父亲把那个亲戚带到家里来了。

“走路到布拖，说不远那是假话。要是相成了，日后给你买个摩托，回来回去就方便了。怎么样，儿子？”父亲温和地说。

乌吉默不作声。

“路远不是问题，我的老婆不也是布拖那边的人吗，路远，多走几趟就不觉得远了。主要是人家的姑娘的确长得好。”亲戚接着说。

“怎么样，儿子？”父亲又说。

乌吉依然默不作声。父亲想，不作声就是默认，便扭头对亲戚说：“兄弟，麻烦你了。”

于是，乌吉恍恍惚惚地跟着媒人走了。

乌吉想，阿撒都出嫁了，他还能怎样呢。如今，他的心空空的，什么欲念也没有。他想，人说的心死应该就是这样。他甚至觉得自己的手脚和身躯也是麻木的，这会儿只会紧跟媒人的脚步，亦步亦趋地赶路。

“可怜的阿撒，要是我不姓惹固或者你不姓阿宾就好了。”他又情不自禁地在心里这样说。他记得阿撒出嫁的前一天晚上，他们偷偷出来相会时他说过这话。“要是这样，那我明天嫁的就是你了。”阿撒说。之后，他们相拥而泣，把胸口紧紧贴在一起，尽量让两颗心多相依一会儿。阿撒的泪水扑簌簌地滴落在他的胸口上时，他感觉到了一股暖流，可是当她离开自己的怀抱而去时，他突然感到自己的胸口冷得像块冰，里面的心也被冻住了。他想，他的心已经死了。

前面的媒人发觉他一直不声不响，心事重重的样子，便回过头来说："乌吉，你还在想阿宾家的女儿吗？"

"怎么会，她都嫁人了。"他终于开腔道。

"对，她都嫁人了，你还空想些什么。赶快娶个漂亮的老婆，你就会把阿宾家的女儿给忘了的。"媒人说。

"嘿嘿——"乌吉笑而不答。但他心里说，但愿如此。

乌吉不是没有去过布拖，但这一趟走起来觉得异常的远，异常的累。一路上，媒人的那张甜嘴呱呱呱地叫个不停，让他好生厌烦。他觉着自己承受的不是山高路远，而是前面这个人的废话。好不容易走了一天后，他们终于到了"有合适姑娘"的那户人家。夜幕降临的时候，相亲的程序便游戏般一一上演了。这是乌吉头一次相亲，但相亲的场面他见得多了，因而他镇定自如地坐在火塘边上，让女方家的人观望打量个够。旁边的媒人则一套一套地尽拣好听的话说，让女方家的那些人一直喜上眉梢。但他一句话也没仔细听，事不关己般只管坐着，像雕塑一样。

"乌吉，快看，她来了，就是那个戴红头巾的姑娘。"媒人突然凑过头来在他耳边小声道。他面朝火塘，迅速用余光扫了一遍刚进屋的一群姑娘，但那些姑娘只逗留了短促得只够眨几下眼的工夫，便相拥着出屋去了。他似乎看见了她，又好像没看见。他凝神回顾留在脑子里的影像，却发现那只是一些影影绰绰的影子。他再次忆想起时，一个戴红头巾的女人终于从这些影影绰绰的影子里显露出来，不料，她竟然是阿撒。乌吉神经质地摇了摇头，赶忙甩掉了脑子里的这一幕。

一会儿后，媒人再次掉头道："乌吉，人家的女儿同意了，你呢？"

他什么也不说，只是点了点头。他的终身大事就这样定了，草率得简直没有话说。很快，他们就结了婚。婚后，他没有像媒人所说的那样，因为妻子的漂亮而把阿撒给忘了。像所有没有感情可言的夫妻一样，他和妻子同床异梦，还时常把躺在身边的女人想象成远嫁他乡的阿撒。他想，这样下去自己也许会发疯的。

三

阿撒至今想起婚后头一天晚上与丈夫同房的事，还觉得后怕，同时也觉得好笑。她犹记得那个晚上，自己是带着一颗恐慌的心走进他们的小巢，而看见精心收拾好了等待她躺上去的新床时，她的心一下子提到了嗓子眼，这倒不是因为她怕做那事，而是不愿把自己的身子交给一个陌生人。最后，她和衣而卧，还把腰带束得紧紧的，就像把自己五花大绑起来。

不多久，丈夫进来了。他发现被窝里的新娘子畏畏缩缩的很紧张，还以为她这是头一次呢。于是，他满心欢喜地宽衣解带，准备让新娘子变身成为他的女人。

眼看丈夫要睡过来了，她便鼓起勇气说："你到别处去睡吧，我这两天正'洗衣服'呢。"

丈夫知道'洗衣服'说的是女人来月经的意思，便一声不响地在床沿上坐了半晌，然后又点支烟抽了半晌。

"好吧，今晚就放过你。不过，我们得一起睡。"最后他说。

"那你得管好自己。"她只好说。

丈夫什么也不说就顺势躺了下来，还生怕碰着她似的一动也不动，很安分的样子。但她仍然忐忑不安，无法入眠。大概到了三更半夜，迷迷糊糊中她感觉到有什么东西在动，她惊慌不已地清醒过来。原来是丈夫。她匆忙翻了个身，可是丈夫已经识破了骗局，因而显得有些恼怒，并开始毛手毛脚地挑逗起她来。

"这下糟了。"她恐慌起来，心里面空落落地不知所措。"只好如此了。"最后她想。

于是，当丈夫移动身子要强行同房时，她冷不防地一脚把丈夫踢下床去。

"哎哟——"丈夫猫着腰，双手捂住他的"家私"，痛苦地在地上滚来滚去，嘴里嗷嗷直叫。

"正好，踢中他要害了。"她心里说，然后一骨碌爬起来穿上鞋子夺门而逃。她想，她才不管丈夫的死活呢。

天还没有亮，她就回到了娘家。

之后，人家三番五次来接她，她都不肯回去。问其缘由，也是缄口不语，搞得双方父母一头雾水。最后，夫家以为她年纪尚小，还不适应做新娘子，便容她在娘家待一年半载后再说。其实，那时候她还没有抗婚的念头，只是心底里有那么一丝不甘，便抱着能拖则拖的态度应付人家。

四

乌吉万万没有想到他和妻子离婚会这么容易。

他原以为一旦跟妻子提出离婚的事，妻子定会叫上一家族的人前来大闹，等他家赔够了钱财方能息事宁人。而且他觉得赔钱给妻子是应该的，谁叫他不要人家呢。因而私下里他还积攒了一些钱以备急用。但他迟迟不敢提“离婚”二字，这倒不是因为他怕妻子的家人前来吵闹，而是怕自己的父母。

这样拖了一年以后，他再也无法忍受和妻子无言无语地过日子了。于是，他壮着胆子捅破了最后一层窗纸。没想到妻子竟欣然同意，好似她也在等待这一天的到来。

可是他的父母却不这样宽宏大量，他们气急败坏地把他拉到一边逼问起来。

“是不是阿宾家的女儿又来勾引你了？”母亲很泼辣地问道。

“说什么呢，这跟人家的女儿没关系。”他说。

“肯定有关系，阿宾家的女子一直不肯回夫家，现在你又想离婚，你们肯定是串通好了的。”父亲也说。

“无凭无据的，别说漏了嘴。”他说。

“她不肯回夫家，你则要离婚，哪有这么巧合的事。”父亲强词夺理。

“我和阿宾家的女子根本没有关系，如今我们在路上相遇都不说话了。我确实是和妻子合不来，你们看嘛，我们结婚都一年多了还没有生娃娃不是。”他一脸无辜地说。

“离也行，但离了你还是不能去惹阿宾家的女子。”父亲最后说。母亲则怎么也不同意，她说：“你想离婚，等我死了再说。”

离婚后一段时间，乌吉心底里老是有一丝隐痛。他没有想到妻子竟然会帮着他说服了母亲。他也才发现妻子原来是这么通情达理的人，因而心里留有一股对妻子的歉疚和可怜之情。

乌吉深深知道这辈子自己和阿撒是有缘无分的，尽管他心里仍然装着她，但和她有什么结果是不可能的，何况她已经身为人妻。可是，一想到阿撒不肯回夫家的事，他的心里就有点乱。

“她不肯回夫家不会是因为我吧？”有时他还自作多情地这么猜测。

“可是，我们好几次相遇彼此都不搭话了，她心里肯定没有我了。”接着，他又这么想。

五

一些日子过去了。抱孙心切的父母又开始为乌吉物色对象。

“别瞎忙了，这回我自己找。”乌吉不耐烦了。

“好啊，你自己找，但要快点。”母亲笑呵呵地说。

“又不是做买卖，如何赶时间。”乌吉说。

“经常出去转悠嘛，见得多了就有选择的余地了。除了阿宾家的那些女子，你想娶谁我们都支持。”父亲则严肃地说。

一谈到阿宾家的女子，乌吉的脸便立刻沉了下来。阿撒的婚事一直悬而未决，他的心里便平白无故的始终有个疙瘩。他想，这个阿撒也真是的，她应该做个决断了，她要是马上回夫家去，我也会马上去找对象的。

又过去了好些日子。阿撒仍然不肯回夫家去。双方父母之间也开始产生言辞上的摩擦。

这些天，乌吉越来越觉得这个女子成了他的心病。因为他老是梦见自己和她成亲了。他想，她要是永远不回夫家去，他也就可能永远成不了家了。渐渐地，乌吉觉得阿撒其实不是在和她的夫家作对，而是在和他作对。

久而久之，村里也流传出一些闲言碎语，大意就是乌吉在等待阿撒。乌吉觉得大家并不完全冤枉他，他心底里确实有那么一丝幻想。不过，他也想，要是再这么耗下去，将来他定会有口难辩。

就在他犹豫的时候，到沿海地区打工的老乡们回来过年了。他灵机一动，脑子里就有了随他们出去避风头的想法。

“好吧，你不走，我走。”他在心里干脆地说。

六

萨河的冬天依然阳光明媚，天高云淡。在这样美好的季节离开家乡去远方，乌吉心里有着很多割舍不掉的东西。当他跟随老乡们登上南去的列车时，他的眼里饱含着依依不舍的泪水。

列车在高原的清风中穿梭，透过车窗，他看见那些熟悉的村庄和山峦渐渐远去，记忆中萨河潺潺的流水声却一直在他耳边起起伏伏。这时候，乡愁便已结上他的心头，脑海里随之浮现出一些或远或近的往事。

他想起还在婚姻中痛苦挣扎的阿撒，想起他们是在一个暧昧的夏季里相爱的。

寨子周围鸟语花香的林子和清澈见底的萨河历来是牧童们的天堂。打记事起，他和阿撒就在这片天堂里一起放牧，一起玩石子游戏，一起泼水嬉戏。上学后的每个周日和假期，他们仍然在一起放牧，一起玩游戏，天真无邪地过着阳光灿烂的童年。当然，这片天堂不只属于他们两个。众多的牧童中，他和阿撒也不是最好的伙伴，记忆中他俩还吵过架来着。

阿撒只读完小学三年级就辍学在家成了真正的牧童。而他自己也好不到哪儿去，小学毕业后照样回到了牧童的行列中。其实，他们中的多数孩童在读书这事上都是半途而废，终又回到最初的这片天堂，过完属于童年的最后一点时光。

牧童们进入青春期后，一些少男少女便在磕磕碰碰中顺理成章地相爱，最后结为连理。

那年那月，他感觉自己已经发育得很硬实了，就像那些骄傲的大男人们一样能顶天立地了。他已经知道男女之间的约会是怎么回事儿。他还知道自己迟早也会在某个女孩身上进入神秘的成人世界。

他混在同龄的男孩们中间，神采的目光一天到晚在含苞欲放的女孩们身上游离。他常常怀着一颗兔子般跳跃的心，远远地盯住漂亮的女孩想入非非。他渴望属于自己的缘分能快点到来。

夏日的一个傍晚，阿撒照例在牧归前点数自家的牲畜时，发现丢了一只快要下崽的母羊。眼看天色逐变，阿撒便着急起来。

“拜托大家把我的羊赶回家去吧，我回河边去找找那母羊，它肯定下崽了。”阿撒说着就走。

“阿撒，等等，我陪你去。”离她最近的他下意识地叫道。他想，天快黑了，就她独自一人去河边肯定会很害怕的。

“那谢谢你了。”阿撒向他投来了无比感激的目光。

他把自己的牲畜交付给邻友，然后陪同阿撒回河边找羊去了。当他们在河边的丛林里找到那只母羊时，它早已生下了一只小崽崽。

天渐渐变黑了。他抱着小羊羔走在前面，阿撒紧跟在后面咩咩叫着招引母羊。她那甜美的声音和着潺潺流水声在他的耳边萦绕着，阵阵和煦的晚风迎面吹过，怀里毛茸茸的小羊羔给他的胸口带来一阵又一阵暖流。他感觉自己的心突然被一阵温柔又暖和的潮水袭湿，跟着一阵痉挛传过了他全身，仿佛他跳进了清凉的河水里。

“哦，阿撒姑娘，你窜进我的心里来了。”他情不自禁地在心里说，然后迅速地回头看了她一眼。

“阿撒，其实你就像这只小羊羔一样可爱。”他心里又说。

走到村口把小羊羔交给阿撒时，他鼓起勇气在她耳边说：“阿撒，吃完饭后我想到你家背后的苞谷地里等你，你会来吗？”

阿撒什么也不说，抱着小羊羔一溜烟跑回家去了。

“她会来吗？”

这个问题一直占据着他的整个脑海，以至于他都不记得这顿晚饭是如何用完的，吃的是什么。

“管她有意无意，我还是先到那儿等着好了。”

夜色中，他既激动又不安地钻进了路边的那片苞谷林。他知道村里的年轻人通常以吹口哨的方式召唤约好的姑娘，便也吹了几声。没过多久，路上果然传来了女孩子的咳嗽声。他知道是她。

“阿撒，我在这儿。”他小声叫道。

阿撒没有答应，站在路上一动也不动。

“阿撒。”他又叫了一声。

这回，她答应了，说：“干什么呢，我只是来给你道谢的。”

他的心咯噔一下失落了几分。

“哪个女孩会这么直接呢？！”他又转念一想，便走过去一把将她拉进了苞谷林里。果然，她乖乖地随他摆布着呢。

几年过去了，他还清楚记得第一次抚摸阿撒时的那种温柔感正像抱伶俐的小羊羔一样。

七

他们像干柴烈火般偷偷热恋了一阵后，彼此的心头都已有了谈婚论嫁的意思。然而，他们不曾料到快乐的日子会那么短暂。

“儿子，这两天我听到了一些风言风语，都是真的吗？”乌吉突然被父亲这样问道。

“风言风语？我不知道你说的是什么意思。”

其实，他知道父亲是在求证他和阿撒之间的事。

“难道不是真的？”

父亲的话模棱两可，让他感到无所适从。

“真的。”最终，他满脸通红地说。

“是那个阿撒吗？听说你们还想私订终身来着？”

“嗯。”

“你成人了，谈恋爱是正常不过的事。不过——”父亲平和地说。

“不过什么？”他敏感起来。

“我该早一点告诉你，你是不能和阿宾家的姑娘好上的。”

父亲的话很意外。他有些紧张。

“我不明白。”

“我问你，咱们这儿姓阿宾的和姓惹固的有没有成亲的？”

他想了想，果真找不到成亲的。

“不光现在，以前也没有，近百十年来都没有。”父亲说。

他的心扑通一声掉进了冰窟里。

“我们一不是同宗族的人，二不犯什么伦理道德，为什么不能耍朋友？我也没有听说咱们与阿宾家有什么冤仇嘛。”他歇斯底里辩解道。在他记忆中，他们这个家族和阿宾家的关系一直都很好，同辈的人都以兄弟姐妹相称，不曾有什么过节。

“唉，都怪我们这些当爹妈的疏忽啊，要是早一点让你们知道，你们就不会耍朋友了。”

“别牢骚了，到底为什么？”他毛糙起来。

“这都是先祖们做的事啊，”父亲娓娓讲道，“一百多年前，咱寨子里姓惹固和姓阿宾的人比现在还多，那时，寨子经常受到强盗和一些亡命家族的侵扰，为同防歹徒，一致对外，咱们两家歃血为盟结为兄弟，互助互济，共同对敌，还定下了永世不准通婚的规矩。”

“歃血为盟，结为兄弟，结就结罢，为何不准通婚？”乌吉想不明白这些事，很是恼火。

“不准通婚是有缘故的，一是咱彝人家族内自古不通婚，既然结为一家兄弟，双方后代自然不能通婚了；二是很多冤仇都是婚变所致，为避免兄弟之间反目成仇，只好禁止内部通婚喽。”

父亲说得很轻松，他却心如乱麻。

“可那是以前，现在都什么时代了，还必要这样吗？”

“问题是这些奇怪的先人又打死一条狗，共念毒咒，说两姓通婚者如狗而亡，断子绝孙。这样下来，谁还敢破戒。所以，咱两家的人都世代友好，历来以兄弟姐妹之礼仪相待，至今还无一例通婚之事呢。”

父亲的口气含着自得的成分，似乎觉得两家的人这么规矩守戒是件可喜可贺的事。

“嘿，不过就是一道诅咒，如今谁还会这么迷信。”

“打狗立咒，这可是最毒的诅咒，千秋万代谁都不敢去破。”

“我才不信这个邪。”

“不行，你得马上和阿撒断了。”

“不，我不怕这些迷信事儿。”

“你不怕我怕！我和你妈当初干那事可不仅仅是为了制造一个儿子出

来，更主要的是为了传宗接代，你明白吗？”

父亲发怒了。马吉觉得自己那颗掉进冰窟里的心快要冻死了。

“真是无理。”他说，然后带着懊丧的表情跑开了。他想，父亲的性格历来固执，看样子是不会让步的，只好求助于母亲了。

“母亲，你说说，这是什么道理？”他紧张得有些语无伦次。

母亲一听就明白是什么事。

“傻儿子，你说说，你平时是怎么称呼阿撒的父母的？”

“唔，是喊伯伯和婶婶。”

“既然阿撒的父母是你的伯伯和婶婶，阿撒就是你的妹妹了，你们怎么能好上呢？这就是道理啊，傻儿子。”

“嘿，又不是什么血缘关系的伯伯和婶婶，无亲无故的，凭什么拿这个来说事。好啦，别把我当作是三岁小孩儿了。父亲都说了，他怕那个什么狗屁诅咒来着。母亲，你倒说说，父亲他是不是很愚昧？”

“愚昧？你才愚昧呢，大家都怕这个诅咒，你们倒好，断子绝孙也不怕了。我可白养你了。”

想不到对他一向依顺的母亲照样给他碰了一鼻子灰，这叫他伤心极了。

“母亲，你怎么也变蠢了。”

“傻儿子，你就瞧着吧，看看阿撒的父母会怎样，看看他们到底怕不怕断子绝孙。”

母亲的话好似雪上加霜，让他那颗可怜的心凉了一大截。

八

萨河的秋天，牧童们的天堂一片橙色，阳光暧昧，河边上茂密的丛林静静地庇护着乌吉和阿撒的恋情。山坡上，萌萌秋草掩映着他们的羊群。

“从明天起我就不放羊了，咱们也断了吧。”阿撒躺在乌吉的怀里泪眼婆娑地说。

“阿撒，难道你变心了吗？难道你也怕迷信？”

“没有，我对你的心像萨河的水一样永远清澈洁白。可是，我父亲说我要是和你成亲，我那两个弟弟也会受到牵连的。还说要是我再和你好，他就割断我的脚筋。”

“怕什么，这是吓唬人的话，是他们这些大人惯用的伎俩。现在可不比旧社会，父母打自家的孩子都算犯法，他还敢断你的脚筋？只要你不变心，谁也拆散不了我们。他们凭什么拿迷信的东西干涉我们，让那个古老的诅咒见鬼去吧。”

“咱们还是断了吧，我母亲知道咱们的事后差一点就气疯了，还拿木棍追打我呢，我真的很害怕。”阿撒颤颤巍巍的，好似心有余悸。

“别怕，我会保护你的。如今，咱们都是大人了，我们完全可以靠自己的双手生活，我们谁也不靠，自己的事自己做主。”

“可是他们都怕这个诅咒，肯定不会同意咱们结婚的。”

“他们只是嘴巴上这么说，实际不敢对我们怎么样，你说对不对？”

“但愿如此。”

“阿撒，我们不能光在心里祈愿，我们要勇敢地反抗他们的阻止。你说，你敢和我一起抵抗吗，即使被他们逐出家门也不怕？”

“只要你对我好，我就敢。”

“阿撒，我对你的心也像萨河一样永远不会断流。”看着阿撒含情脉脉又有些忧郁的那双大眼，乌吉感觉到了从未有过的温暖，他心里面的冰雪被融化了。一颗勇敢坚定的心在他的胸腔里有力地跳动着，散发出前所未有的热情。

几朵稀薄的白云飘在蓝天下，林子一片幽静。他们紧紧相偎的心依然甜蜜如初，身边那条潺潺歌唱的小河仿佛流自他们的心间。

九

很多远亲近邻突然成了自己的媒人，这是乌吉始料未及的。用不着多想，他就知道都是父亲搞的鬼。

阿撒也不曾想到会有人上门来相亲，更未想到父母不征求她的意见就替她定下了婚约。她委屈极了，蹲在父母面前呜呜而泣。

“多不错的人家，说富有比惹固家富有，说人才人家的儿子比你那个乌吉高大英俊，你还要怎样？”母亲显得很烦躁。

“不嫁就是不嫁，要嫁你去嫁吧。”她气急败坏地对母亲说，脸上豆大的泪珠一个撞一个。

“我生了你，养了你，就有资格定你的婚事。”母亲很气愤。

“难道你们要逼死我不成？”她歇斯底里又痛恨又哀伤地说。

“是你逼我们的，叫你跟乌吉断了你不听，还想和他私奔来着。你要是不嫁，我先死给你看，我说到做到！”母亲也哭了。

“死吧，死吧，都去死吧，这样我就没有什么可担心的了。”父亲在一旁不痛不痒地说。

不料，就在当晚，母亲真的倒在了偏房的谷草堆里，身上散发出一股臭臭的农药味。阿撒被吓坏了，在父亲的手里挣扎着要去寻死觅活。幸亏邻居们把母亲救活了。

经历这事后，阿撒终于向父母妥协了。半月之后便是她的婚期。而她也许永远也不会知道，她的母亲只不过是在嘴边沫了一点点敌敌畏。

十

阿撒的母亲曾为逼婚成功暗自喜庆，如今却为女儿不肯回夫家而伤透了脑筋。每次问女儿到底什么原因，都只得到同一句话：该回去的时候我自会回去！

她不明白女儿说的“该回去的时候”是什么时候。她思来想去，最终都会落脚到一个怀疑上。终于有一天，她忍不住地发问道：

“傻女儿，乌吉都结婚了，你还不死心吗？”

“对呀，人家都结婚了，难道我会去当人家的二房？所以啊，你就把心好好地放回这里去吧。”阿撒俏皮地指着母亲的胸口说。

“那你还不回你夫家去？难道非要人家把你绑了抬走？”

“会去的，会去的，该回去的时候我自会回去的。”

“瞧瞧，又来了！又来了！”母亲说着不耐烦地走开了。

渐渐地，村里又有了一些有关乌吉和阿撒的风言风语。母亲心头再次聚起一团厚厚的疑云。而当乌吉家突然离婚后，她更自作聪明地认为这两个逆子烧的那团火焰一直没有熄灭，甚至瞒着他们烧得更大了。她气愤极了，指着阿撒破口大骂："不要脸的小贱货！小妖精！你到底还是想和乌吉双宿双飞啊，原来那些传言都是真的！"

"冤枉啊！冤枉！"阿撒突然哭喊着倒在地上滚来滚去，一肚子的委屈让她站不起来了。

见此情形，母亲觉得自己似乎是冤枉了女儿，便悄悄地离开。

一切又归于平静。往后很长时间，母亲不再提起此事。阿撒的心里却渐渐萌生了一些莫名的想法，像搁进了一块石头一样沉重，一直让她坐卧不宁。

彝族年临近。阿撒想到夫家很快就会来接她的。

"母亲，让我留下来跟你们一起过这个年吧，等过完年，我就回去。"她开始给自己打"预防针"。

"你已经是人家的人，过年过节得到人家那里去团圆。"母亲说。

"求你了，母亲，我还想和你们一起过一个年，你就让我留下来吧，过完节我一定回去。"她拉着母亲的手卖乖起来。

"你该知道，婚变往往是冤仇的祸根，你要是不想让你的两个弟弟被人家杀死，就乖乖地回去。"

"放心吧，母亲，我一定会回去的。"

"一定？"

"一定！我保证。"

"好吧，一言为定。到时候你要是敢造次，我还会死给你看！"母亲正言厉色道。

几天后，丈夫来了，但被母亲的一番好言好语给劝了回去。

彝族年刚过完，乌吉出去打工的消息就传到了阿撒的耳朵里。搁在阿撒心头的那块石头一夜之间加重，让她愈发寝食难安。她觉得自己的心被彻底搅乱了。夜里，她焦虑地躲在被窝里偷偷哭泣。她的意志时而冲动时而绝望。

丈夫牵着一匹马驮着大包小包的东西，好心好意来拜年，却被她拦在了门外。

"不消来拜年了！"她看也不看他说。

"我不跟你说，叫你母亲来！"丈夫气急败坏，一屁股坐在地上。

"叫她也没有用。不错，我曾经答应她过完这个年就跟你回去，但那是我骗她的。我已经决定了，我要和你离婚！”她坚定地说。

“好哇，请准备好足够的钱等着吧！”丈夫火冒三丈，立马掉头而去。听见了动静的父母风风火火地跑出来时，人家早已没了踪影。

“你这个逆子啊——”父亲痛恨不已地指着女儿半天说不出话来。

“快去——快去——追——”母亲依靠在门框上有气无力地说。父亲便慌慌忙忙一路小跑去追女婿。他追到村口时发现一大堆东西被凌乱地丢弃在路边，有猪膀子，有香肠，有冻肉，有烟酒糖果，但不见一个人影。他知道是怎么回事了，便就地转回家去。一回家，妻子竟已气倒在门口，两个儿子不知所措地在母亲身边哭叫着打转转，而女儿不知去向。

“去死吧，你！”他愤恨地盯着奄奄一息的妻子道，然后慌慌张张地跑到邻居家门口大声喊叫起来，“来人啊，我的女儿不知跑到哪里上吊去了！”

阿撒满脸泪花站在自家堂屋后檐下正选择便于上吊的木梁时，听见了父亲的呼叫。她的四肢便突然失去了力量。

邻居们闻讯赶来，跟着风风火火地展开了搜索。他们发现阿撒时，她正在笨手笨脚地拴绳子。

阿撒挨了父亲重重的一巴掌，乖溜溜地跟了回去。

母亲过了好一阵子才恢复过来。

“你怎么又活过来了，”父亲恼怒地对妻子说，“真可惜啊！”

十一

夫家的人很快来了。来的都是大块头，一副要打要杀的架势。

阿撒吓得直哆嗦。心里老想离婚又怕引发事故。

父亲理解女儿的心境，说：“女儿啊，别怕，只要你保证以后不再和惹固家的儿子有瓜葛，我就同意你离婚。”其实，他想，惹固家的儿子已经出去打工了，她还有什么辙。

“我保证，我保证！”阿撒迫切地说。

“好吧，就这么定了。”父亲说，然后领着更多的族亲和人家谈判去了。

“事到如今，咱两家的姻亲缘分已尽，你家的礼金我如数奉还，你家花掉的婚礼费用我也照实赔偿，这些是你家该得的，谁叫我女儿不愿做你家的儿媳呢，其余的就免谈。要是想来点别的，我阿宾家也奉陪！”他仗着庞大的家族队伍，毫不客气地给人家来了个下马威。

对方叽里咕噜一阵商议后同意了，随后拿钱走人。阿撒就这样轻轻松松解脱了包办的婚姻。

阿撒自由了，心里却更加忧愁。她开始怨恨起一个人来：他出去打工是什么意思？

数个月后的一天，她看见带乌吉出去打工的包工头老乡又回来了。她的心便一下子飞了出去。

她跑到母亲跟前说，她好久没见外婆了，想去外婆家住两天。母亲说，去吧，你这个丫头倒是孝顺。母亲还给了她几十元钱，叮嘱她多买点糖果去孝敬外婆。

她高高兴兴地去了外婆家，但七八天过去了还不回来，母亲便觉得奇怪了，于是叫一个儿子去探个究竟。儿子当天去当天回，说姐姐三天前离开了外婆家。

“什么？”母亲突然急得不得了，一副痛苦状，“她到底去哪儿了？

“她跟那个包工头走了。”父亲一脸阴沉地说。

“你怎么知道？”

“我怎么知道？想都不用想。”父亲爱理不理地说。

母亲“哇”一声号哭起来。

“哭什么哭？想死就滚远点！”父亲骂骂咧咧地起身走开了去。

十二

遥远的广州城。乌吉坐在工地的一块巨石上，悠闲地凝望着天边的游云，仿佛在捕捉遥远的萨河的流水声。想家的时候，他总爱这样。他掐指一算，嘿，出来打工已经两年多了。

他回头朝宿舍那边望去。他的阿撒正挺着大肚子在院坝上晾衣服。他又掐指一算，乖乖，再过三月就生了。

他的脸上浮现出一片红彤彤的云彩，记忆中故乡那条小河的潺潺流水声又在他耳边起起伏伏，柔柔地歌唱。

匠 ◎洼西彭措

大舅已经病入膏肓了，头发和胡须都变得花白，人也消瘦得不成样子。

都是“疯水”把他祸害的。我从县城经过几里灰尘弥漫的乡村路去看望大舅，刚落座，大舅妈就这样当面数落大舅。乡村俚语有时还真深刻，一个“疯水”就把酒的危害说得入木三分。大舅照例露出一排白牙笑，眉边和嘴角的皮肤折出几条干涩的皱纹，脸上满是宿醉的残局。

我们已经没有多少共同话题了。自从大表哥尼玛，也就是大舅的长子去世后，大舅就已经不关心身外事了，包括我们这些侄辈的工作和生活。他的世界里除了他自己和酒，就只剩下朝晚礼拜的神佛了，季节的变更，世事的变迁，似乎都与他无关。要不是查出他得了肝癌，也许今天我也不会登门造访，就算来，也不会带上酒。他没有多少日子了，医生说过，趁他能吃能喝，啥都别拦着，免得将来遗憾。

我和他对坐于窗前的木榻上，中间隔着一盆炭火和煨在炭火上从壶嘴里冒出热气的酥油茶壶。

大舅，最近身体好些了吗？我打破了沉闷的气氛。

他连连点头：咱们家的诗人来了。我好着呢，好着呢！

喝酒要适量，别每次都喝醉，那样太伤身体。

这次他却摇头：酒这玩意儿，量最不好控制，喝了一杯想二杯，总是没够。

我捕捉到他嘴角浮起的一丝浅笑，转瞬即逝。这一刻，我猛然醒悟，我们所刻意隐瞒的病情，很可能早已被他察觉。难怪他对自己的病情不闻不问。大舅是何等聪明角色，这些日子家人的言谈举止，能不让他看出破绽？

我用铁钳扒拉着炭火，盘算怎么和他交谈下去。

大舅从皮垫上抬起半边屁股，吃力地伸手够住碗柜第二格，取下两个小瓷碗放在桌上，朝我带来的酒瓶努努嘴：咱爷俩喝两杯？

我不由得笑了：我正劝你少喝呢，你可倒好，还拉上我一起喝。

他也笑了：藏家男人喝点酒不算啥，何况你还是个诗人，只要别像你大舅这样死喝就成，毕竟你还年轻。

溢出瓷碗的酒香顿时让大舅憔悴的脸泛出一抹淡红，仿佛没有酒精帮忙，他的血液就不会流淌。他迫不及待地端起瓷碗，美美喝了一大口。一直坐在他身后灶台边的大舅母眼眶发红，忙不迭地用衣袖擦拭眼泪。

大舅是乡城知名的人物，这都因为他曾是一位技艺高超的银匠。大舅的师傅噶地中里，解放前就有“神匠”美誉，经他手做出的金银器，几乎都成了十里八寨人家的传家宝，无论佛具、首饰、刀具还是日常所用的器皿，放在那里，都会透出一种高贵脱俗的气息，令人刮目。新中国成立后的几十年间，噶地中里一直没机会重操旧业，一则因为他本人曾经在民改时参与叛乱，被判刑蹲过多年劳改农场，出来后又接受贫下中农再教育，一直干的是为生产队喂马的活，二则那时人们的头脑中充斥的都是另外一些狂热的东西，不再有人找他做奢侈的金银器物。他那小小的银匠铺柱斜梁塌，几乎成一堆废墟了。

据说唯有那么一次，区委书记扎西把他从马厩里叫出来，给他十几块袁大头和一把日本刺刀，命他三日内配一只刀鞘。噶地中里不敢违命，头两天半时间都用来打理工具和银匠铺，最后半天才锻打刀鞘。寨子里的人看见废弃已久的银匠铺里冒出黑烟，过去看究竟时，一只新鲜出炉雕刻完毕的刀鞘已经亮闪闪躺在风箱旁的木槽沿口，鞘壳上的飞龙身姿飘逸，似乎稍有风吹草动就会腾跃而起，刀柄上的莲花枝瓣灵动，几乎可以闻到花香。

这把银刀被扎西书记视若珍宝，平时都是红绸包裹，深藏箱底，轻易不拿出来示人。而他那支五四式手枪，却随意挂在柱头或放在枕下，并不那么在意，有一次被十岁的小儿子悄悄偷去打兔子他都不知道呢。这成了乡城的一个笑谈。

之后，在扎西书记的关照下，生产队分派噶地中里的活越来越轻。因为那把银刀的故事，人们对他也是尊崇有加，早把那顶“地富”的帽子从心底拿掉了。到上世纪 80 年代初包产到户的时候，他们家也分得十几亩地，日子逐渐好起来。

当衣食无忧的人们开始怀念金银器装点的岁月的时候，蓦然发现全县唯一健在的银匠噶地中里，已经被无情岁月催老了。他太老了，厚厚的镜片放大了眼角的皱纹，却难以让他看清眼前的故人，一双青筋毕现的手，手指弯曲如弓，撑一下木榻的扶手，也要瑟瑟抖抖摸索半天。

大舅就是在那当口拜的师。

大舅本是个木匠，心灵手巧，能自己画图雕刻一些鸟兽花草什么的，在乡城也算小有名气。当寨子里的一些小伙子纷纷托人来找，想拜他为师学习木工时，却惊异地发现，他已经不做木匠，拜在歇手已久的噶地中里门下做起了银匠。

大舅不止一次对我讲过拜师的情景。他说那天噶地中里老人正坐在银铺门前花开得正艳的梨树下，拣起被风吹落到身前的一瓣梨花，用手指揉碎，凑近鼻尖闻呢。有一对喜鹊在梨树的枝丫间上蹿下跳地嬉戏，仿佛不愿惊扰树下的老人。

在大舅的描述中，这对喜鹊至关重要。用他的话说，喜鹊的出现，预示了上天不忍噶地中里的手艺失传，注定要由他去传承。我还记得他说到此处时那副踌躇满志的样子。我想象不出假如当初树上是两只乌鸦或麻雀，大舅的说辞又会怎样。

大舅告诉我，噶地中里其实不是一位善于拒绝的人，他没费多少口舌，就让老人点了头。大舅说拜师之后，老人的高兴程度并不亚于他，好像他也在一直等待这一天。

大舅确实是聪明人，他看到了富起来的人们的新需求，也看到了发家致富的新门路。他知道做一名银匠，不仅有不菲的酬金，还有另一笔隐性的、大大超过酬金的收入，那就是金银余料。按理说，银匠接活的时候，别人送来的金银原料都要过秤交接，那精致的小秤杆必须升得平平的，成品也须同秤交割，在一般人看来，并没有机会昧下余料。我就这个问题问过大舅，他也不瞒我，把嘴凑近我耳边说：收缴不换秤，这是行规，但谁说过不能换秤砣？从他神秘而狡黠的神情，我看见了另一个陌生的大舅。这一刻，我所熟悉而敬重的他，俗不可耐，匠气十足。

换秤砣？难道别人不会发现？问这个问题的时候，我以为大舅会有复杂的技术性答案。不料他却说：能得到上好的金银器物，谁会计较一点边角余料？再说换下的秤砣也不过几粒麦子的差别呢。

后来大舅盖起了富丽堂皇的四层碉楼，还为尼玛表哥举行了令人艳羡的盛大婚礼，而他那逐渐发福的身体，也愈发像一个秤砣了。一直到尼玛表哥出事前，大舅一家的日子就像他从噶地中里手里接下的银匠铺冒出的青烟，蒸腾直上，惹人注目。

大舅从师一年之后，噶地中里老人离世。这位经历漫长风雨飘摇年代的老匠人，把他的银铺交给关门弟子和唯一传人大舅，安详地走了。由此，大舅成了乡城炙手可热的人物，上到达官富商，下到村夫农妇，一谈到他，都是搜肠刮肚极尽艳羡之词。而他的手艺，确实也得了噶地中里老人的真传。尤为乡人所称道的是他打的刀具，轻巧精美，锋刃可削铁，鞘柄纹饰华贵灵气。因为最是有利可图，大舅几乎只做银刀，很少接烦琐精细的银器活。那几年，大舅做的银刀上那标志性的波浪符号，成了乡城最著名的民间商标，甚至出现了不少假冒伪劣品。

正当人们对大舅和他的银器趋之若鹜的时候，退休多年的扎西书记在村长大嘴布珠的陪同下突然造访。据说他们来的时候，大舅正在银铺的火炉前忙乎，用长长的铁钳扒开红得发紫的炭火，从中夹出一把已经成型的通红的刀片，锻打几锤，随手扔进水槽淬火。刀一入水，在突兀而绵长的“扑哧”声中，槽里的浑水顿时开了锅，一股夹杂着木炭和金属味的白雾射到银铺低矮的木梁上，雾得木梁湿漉漉的。水槽口的裂缝中，齐整整插着一排未开刃的反射着火光的刀片，有点像县里开干部大会时插在后幕上的红旗。

据说扎西书记只在大舅银铺里待了几分钟，也没和他说话，摇着头就出来了。大嘴布珠向大舅点点头后匆忙跟出来，刚好听见扎西书记的一句自言自语：木匠毕竟是木匠。一天以后，这句话就插上翅膀到处乱飞。这并不奇怪，因为第一个听见这句话的人就叫大嘴。

大舅并没有为扎西书记的话而沮丧，他甚至来不及仔细考量，接不完的活才是那时的他最大的烦恼。名利之间，他只在意利。在他看来，只要有了足够的财富，其他一切都会随之而来，并不需要刻意寻求。我记得那时的他几乎白天黑夜都在银铺里忙活，脸上抹着烟黑，眉头挂着炭灰，看起来又黑又丑，但精神头十足。我劝他收几个徒弟，自己也好歇歇手。他听后那惊诧而又不屑的表情让我终生难忘。他盯着我的眼睛说：哈？你这孩子咋这么傻，我现在收徒弟就等于把财路往外推，你怎么连这道理都不懂？

他已经完全钻到钱眼里去了。周围的亲人、朋友、乡亲好像也在用认同、羡慕、崇敬等各种方式拼命把他往里推。后来他想让尼玛表哥接他的衣钵，但尼玛死活不肯，父子俩为此还大吵了一架。尼玛不肯的主要原因，其实是我的一番直言相劝。

对于大舅不收徒的理论，我无言以对。想起扎西书记的话，我觉得，大舅现在连木匠也不是了，他只是搭在银器与金钱之间的一具肉桥了。我流露出的诗人在这个时刻应该有的厌恶表情被大舅看在眼里，但他什么也不说，只摇摇头，坐到风箱前开始锻造又一把银刀。从那时起，我渐渐疏远了大舅，有时见面连话也懒得说几句。而大舅对我却依然像过去那样好，有一次还托人从成都给我买了一部新款手机，让尼玛表哥送了过来，说我用的那部太旧，作为家族里唯一的国家干部，还是个诗人，有点跌份儿。我自然不好拒绝，但也没怎么用它，那部锃亮外壳的手机，我老觉得像是一堆卷着边的碎银屑，拿在手里烫手。

尼玛表哥结婚那天，我带上了那部新手机，特意在大舅面前接拨了几个电话，只为让他看见高兴。表哥的新娘并不是他相好了多年的秋措，而是大舅为他选中的邻寨的一家“门当户对”的富庶牧户的女儿，叫央措，结婚前大舅一家只有大舅见过那位姑娘呢。婚礼上，我问表哥：秋措怎么办？表哥苦着脸朝大舅努努嘴：你去问他。

大舅脚踏镶彩毡靴，身穿豹皮袍子，头戴印度礼帽，一会儿高声招呼客人，一会儿又对帮忙的亲友指手画脚，拖着圆滚的身子忙得不亦乐乎，浑身透着一股夸张劲儿，仿佛今天的新郎不是尼玛表哥而是他。

尼玛表哥热闹而铺张的婚礼，被乡人谈论了半年多，直到后来城里的一个暴发户举办了另一场更奢侈的婚礼。有趣的是，那次城里婚礼的新娘正是表哥的老相好秋措。据说这位漂亮而心气很高的姑娘出嫁前给夫家提出的唯一条件，就是要办一场乡城人没见过的盛大婚礼。这场婚礼让大舅和尼玛表哥都郁闷了一段时间，只是他们郁闷的缘由各有不同。尼玛说：可怜的秋措，她不会幸福的。而大舅则是一句酸溜溜的话：这么虚荣的姑娘，幸好当初没让尼玛娶她。

后来，大舅家新装修了经堂，并从遥远的尼泊尔请回了三尊价值不菲的铜佛，又一次制造了具有轰动效应的乡间话题。大舅的银铺，依旧人来人往，不是揣着钞票来取货的，就是带着金银定做器物的。而尼玛表哥也终于不再挂念秋措，和也有着几分姿色的央措嫂子亲密地出双入对了。

记得小时候，老师要我用“幸福”造句，我写的是：我走在路上很幸福。结果老师打了个叉。我一直觉得我当时就表现出了诗人的潜质。但老师不是诗人，他不认同走在路上就可以幸福。现在，说到大舅一家，我还得说：大舅一家走在他们的路上很幸福。

后来有一次，尼玛表哥带怀孕的央措进城检查身体，到我家住了一宿。晚上我们喝了点酒，尼玛表哥的话明显多了起来。他一脸认真地说他预感央措怀的不是凡胎，很可能是某位活佛或高僧转世。这话听得我笑了起来。尼玛说完也跟着笑，他说这话他只跟我讲，连他父亲他也懒得说。

尼玛表哥讲了一件事：他和央措结婚几天后，有一对燕子也到他们三楼新房外的木檐下衔泥筑巢，每天穿梭往返，辛勤忙碌。燕巢筑好以后，偶也有其他燕子飞来抢窝，这一对燕夫妻拼了命保护爱巢，一次次击退进犯者。尼玛和央措怜惜它们，有时也伸手帮它们赶走来敌，并时常在檐下的天台上撒些谷米给它们。一来二去间，屋里和檐下的两对伉俪有了默契和信任，雌燕甚至敢落到央措手上啄食了。近日，燕窝里孵出几只雏燕，燕夫妻寻食归来喂食时，雏鸟的叫声便像音乐般美妙而充满生机。因为表哥夫妇也在孕育新生命，一股温暖的情愫便流淌在新房与屋檐之间，于朝朝暮暮中传递着鸟与人同样的关于生命的感动。那一天，尼玛表哥起床推开门，看见屋檐上有几十只燕子一字排开，安详而温和地啾鸣着，像是在轻声商量什么。接着，不可思议的事出现了，尼玛表哥看见那对燕夫妻正在燕巢与檐脊间来回忙碌，它们一只只接同伴到巢边看望巢里的雏燕，然后又一只只送回檐脊原来的位置，秩序井然，煞有介事。原来是燕群在朝贺燕夫妻添丁呢。尼玛表哥看得呆了，赶紧叫央措出来，央措都忍不住哭了。到最后一只燕子探望完毕，燕群才一块儿结队飞走，燕夫妻停在檐上欢鸣着道别。

这是啥景象，你见过吗？尼玛表哥得意地伸出杯子问我。我听得有些恍惚，他所讲的，我不仅没见过，就连听也是第一回。我一度以为这只是一个编造的故事，表哥在逗我玩呢，但转念一想，别说憨厚的尼玛表哥，就算让自恃诗才过人的我来编，也绝编不出如此经典的场景。

这是否是一种征兆？难道我的银匠大舅家里真要诞生金龙银凤之胎了？从尼玛表哥的角度来看，燕子的事让他有那样的联想也不足为怪。我看着已经完全陷入美好憧憬的表哥，说了一句：别乐了，这份幸福还没到手呢。

这句话证明我除了是一个思维活跃的三流诗人以外，还似乎具备哲人的特质。因为，这份表哥所期待的幸福，就在檐下雏燕出窝学飞的第一个清晨，化为血水从央措的身体里流走了。央措流产了，而且留下了严重的后遗症，医生告知她今后绝不可能再生育。

我知道央措嫂子流产的事后，还没来得及前去看望，另一件更加不幸的事接踵而至。这一次，尼玛表哥死了，追着他那还未在人间谋过面的骨肉，去了另一个世界。

央措流产后，尼玛表哥的失落和痛苦可以想象。那些天，他混迹于县城的各种玩乐场所，经常夜不归宿。大舅在深夜给我打过几次电话，都是让我出去找找尼玛，每次我都可以在酒吧或是赌馆里找到他。有一次我找到已经醉酒的表哥，把他带回家后，给大舅打电话报了个平安。电话那头的大舅居然哭出了声：好侄儿，你要好好劝劝他，你的话他听得进。我说尼玛表哥本来就不是瞎胡闹的人，让他放心，过一段时间会好的。不料他却说：孩子，你不知道，尼玛糟践自己，不光是因为孩子没了。央措如今不能再生了，我和央措家父母都商量好了，想让央措离婚在家的姐姐把央措换回去，他死活不依。你说他怎么就这么死脑筋呢！你会写诗，懂的道理多，一定得劝劝他，我家不能绝后啊！

大舅的一席话让我哭笑不得。我也觉得自己懂的道理还真不少，真正不懂的，却正是电话那头喋喋不休的大舅。

我挂了电话，听见歪躺在沙发上的尼玛表哥在不停嘟囔什么，仔细一听，原来是在叫秋措。我自语了一句：乱了。

尼玛表哥死在一个细雨迷蒙的午间。他和秋措的男人在县商贸中心门前打架，互捅了十几刀，雨水和着血水从台阶流到街面，染红了十几米的街区。

一股血腥味从此滞留于此，经年不散。看见斗殴的人都说那是他们所见过的最为惨烈的场面，两个人互不躲闪，只一个劲地把手中尺把长的血淋淋的佩刀送进对方身体，戳进去很快，拔出来却挺费劲。伴随一声声刻意忍痛的压抑的哼声，鲜血四溅。一位正巧打着伞路过的老人这样感慨：这两个孩子呀，像在用心做一件需要俩人配合的事呢！

我赶到现场时，警察还没到。已经被人们拉扯开的尼玛表哥和秋措的男人相对半躺半坐于长阶两头，手里还提着刀，都只有出气没有进气了。我一把抱住尼玛，他含混地叫了一声弟弟，眼睛并不看我，只死死瞪着对手，又说了一句什么。事后我仔细回想分析，他说的好像是一句“好样的”。他在称赞对手呢！这时，秋措也赶到了，她号哭着抱住她的男人。表哥是听着秋措的哭声在我怀里断气的，跟着，秋措的男人也死了。当县医院的一帮医生匆匆赶到，手忙脚乱进行无济于事的抢救的时候，人们掰开秋措紧搂住男人的手臂，把她拉开了。我的第一反应就是两个男人的死一定与她有关，怒火攻心，冲过去一把抓住她的衣领，使劲甩了她一耳光。秋措惊愕、痛苦、无辜交织的表情，瞬间就让我为自己的轻率后悔了。没有人上来劝阻我，仿佛周围的人都跟我有了共识，断定祸事就是因她而起。

尼玛表哥和秋措男人斗殴的起因，成了一个谜，公安局也没查出来。目击者说他们分别从不同的方向而来，见面后也没有争吵，直接抽刀厮杀起来。我猜测他们可能在电话里约了决斗。

几年后，我在汉地一个集镇上偶遇远嫁他乡的秋措，肥臀圈腿的农妇模样，一度叫我不敢相认。但我还是从她眼睛里看见了曾经属于她的美丽，这份美丽连着那令人唏嘘的往昔。我没有向她表达歉意，她脸上的惊喜告诉我，她现在也不会责怪我。我们站在人声鼎沸的街边，拉着手热切地交谈了几分钟。她还关切地问起了尼玛表哥家的近况，话里不时夹着一些纯粹方言的汉语词汇。我很想问问她尼玛表哥和她前夫争斗的缘由，但话到嘴边又吞了回去。我知道那件事对于她来说是一个要极力忘却的梦魇，不忍心勾起她的伤心回忆。道别时，我双眼发潮。我感觉能在尼玛表哥离世几年后，在远离家乡的一个汉地乡间集镇遇见她，除了天意，别无解释。这都是后话。

尼玛表哥死后，作为银匠的大舅连同银匠铺的青烟都从寨子里消失了，取而代之的，是足不出户的消沉的大舅。开始几天，他把家里的银器一件件拿出来，反复端详擦拭，不时唉声叹气。后来，就把银器随意堆在客厅角落，再也不去触碰它们，自顾自倒酒痛饮，醉了就睡，醒了又喝，每天吃的食物几乎还没有灶膛前的灰猫多。不管谁劝他，他都要酒疯骂人，有时骂着骂着，突然又会号啕大哭。那些日子，我母亲每隔几天就要去看他，每次回来，眼睛都会红肿。这样的日子持续了几个月，大舅终于病倒了。而且，被医院查出了大问题。

住了一个多月的院，大舅就闹着要回家。看着他的气色有所好转，医生和家人也就同意了。我借朋友的车去医院接他，他的主治医生认识我，特意把我叫到一边嘱咐，这种病，千万不能让病人知道病情，否则，病人的精神一垮，什么药也不起作用，很快就会死的。他还说，病情已到晚期，大舅时日无多，要吃啥喝啥都随他。

于是，大舅回家后，又继续喝起了酒。家人先是假意阻拦，后来索性不再劝他，一切都顺他意。而他，似乎也从医生和家人的言行察觉到什么，从不和家人谈及病情，该吃药时吃药，想喝酒时喝酒。他和亲人之间，隔着一层泛着药味浸着酒香的窗户纸，谁也不去捅破。

我这次去看望他，本来也是见一回少一回的心理，他让我陪他喝酒，也不再推脱。我们喝了约莫大半瓶酒，大舅就不胜酒力，斜躺在坐榻上睡着了。大舅妈给他盖上一件薄毡毯，他无声无息地蜷缩于里面，只有毡毯不易察觉的上下起伏，让人知道他还喘着气。

我走的时候，大舅母送我到寨口。她一路不说话，只是抑制不住地哭。到最后辞别时，她把我名字叫成已故表哥的了。她说：尼玛，你走好。这一回，她哭得更伤心，有几位过路的妇人见状上来劝慰，劝着劝着自己也开始抹起眼泪。我也忍不住流泪了，这泪水，一半为尼玛表哥和大舅，一半为眼前苦命的大舅妈。

大舅病危那天，我正好在前往大舅家的半道上，车里还装着两瓶酒。我觉得我和大舅之间是存在心灵感应的，因为头一天晚上我梦见大舅的银铺又开张了，一股青烟从银铺的烟囱里冒出几十米高以后，悬浮半空，渐渐积成一团蓝色的烟云，在阳光下显得飘逸而美丽，几乎可以用惊艳一词来形容。

这好像就是大舅即将离世的先兆。但我不知道这团既不升空也不消散的烟云，代表的是他对人世的不舍还是不屑，或许兼而有之。这应该是连大舅本人也没有答案的问题。

我心急火燎地赶到大舅家，大舅的病床前已经围了一大堆人，有女人嘤嘤哭泣，村长大嘴布珠在低声呵斥：要哭出去哭，别搅病人的心。看见我，大嘴布珠如释重负：谢天谢地，孩子，你可来了，他一直念叨你呢。

大舅的脸色白得像我办公室里的打字纸，口里只剩下微弱的气息，眼睛半睁半眯，睫毛上还挂着几颗细小晶莹的泪珠。我终于明白“奄奄一息”是怎么一回事了。接着，我又见识了“回光返照”是咋回事了——听见我的声音，大舅的眼睛突然睁开。我抓住他无力耷在一边的枯瘦的手，感觉他的手指里慢慢积蓄起了力量。他居然握住我的手，蠕动着干涩的嘴唇说话了：你们都出去，让我跟侄儿讲几句话。

大嘴布珠推了推犹豫不决的大舅妈，对大家说：都出去吧，他这口气就是给他侄儿留着的呢。

人们出去后，在大舅示意下，我拿了一床棉被垫高枕头，扶他半坐了起来。

在我的人生中，这是最为艰难的一次交谈，短短几段话，大舅用了几十分钟，中间还喝了几口水，吐了几次痰。

大舅说的第一件事是他一直对我们隐瞒的一个秘密。他说他拜师时，噶地中里老人曾告诫他，做银匠其实并不是一件好事，原因有二：一是会经不住诱惑贪图别人的金银余料，积累不义之财，留下身后罪孽；二是打造的刀具一旦成为凶器，银匠就和帮凶无异，传世的刀具越多，罪孽也越深重。银匠把握不住自己积下的罪孽，吃斋念佛都枉然，一定会现世现报。噶地中里说许多历史上有名的银匠之所以大多结局惨淡，佛法盛行的藏地之所以自古不把银匠推崇为好行当，原因均在于此。在噶地中里的坚持下，大舅立下重誓，答应除了酬金，不贪金银，多做器物，少打刀具。

说完这事，大舅闭上眼睛休息了一会儿。我也陷入沉默。几只麻雀在窗外的柳树上欢鸣，从窗口看出去，浓绿的树荫里，只看见枝条在晃动，并不见麻雀的身影。

大舅说的第二段话很短，原话是：违背誓言的报应来得真快，噶地中里在天上看着呢。孙子在娘肚子里就没了，儿子也凶死街头。做银匠这么些年，和最终失去的东西相比，我得到的是些啥呀？孩子，你知道杀死尼玛的刀和尼玛杀人的刀出自哪里？都出自我的手呀！

我形容不出内心的震惊和悲凉，只呆呆地盯住无力呜咽着的大舅，也不知如何劝慰。我只觉得眼前这个行将就木的生命，已经没有任何挽留的必要了，对于他来说，这世上所有的幸福，都是别人的，他自己拥有的，是可怕的心灵煎熬，死去，才是最好的解脱。

大舅的后事办完后，我特意去看了看尼玛表哥新房屋檐下的燕巢，巢口缺了一块，露出里面的干草和羽毛。而朝贺燕群曾经停留的檐脊上，长了一排青草。我不知道明年那对燕夫妻或它们的孩子还会不会回来，如果回来，因为见不着尼玛表哥夫妻，它们一定会度过一个寂寞的春天。

依照卦示，大舅就埋在小银铺西面的山坡上。新坟与旧铺之间，有一条蜿蜒小路相连。这条路，我一直觉得是我的银匠大舅在世时，来来回回踩出来的。这是他在生前就为自己准备好的一段轮回。

小小说二题

◎骆 驼

刘菊花

说实话，我做梦也不会想到，刘菊花会来找我。

就在去年，秋天吧。天空像书上说的那样万里无云。其实，也不知道是多少里无云，因为我的心情好，感觉万里都不够。

刘菊花面带微笑，无数苍老的痕迹，布满了那张当年青春荡漾的脸，那笑容里甚至还看出了几丝祈求。不敢想象，当年在小镇红极一时的刘菊花，在多年以后，会以如此模样，出现在我的面前。

当时，市里正举办一届技能大赛，范围广泛。我在负责这次大赛的具体事务。刘菊花来找我，是想参加这届比赛。至今也不知道，刘菊花是如何打听到我的。她甚至还托我的那位在县城某局当副局长的同学给我说情。

我对刘菊花说，只要有技能，谁都可以参加啊。

刘菊花说，我这个技能，你是知道的，十几年前，不必说，现在，不知道还算不算？

我当然知道。

刘菊花一说，我真的犯难了。我不敢贸然回答她。我告诉她，我请示了相关领导后，再给她答复，但请她一定放心，我会当成自己的事情来办。

刘菊花满怀希望地离开了。

我怎么也难以将刚才这个刘菊花，与当年那位刘菊花联系起来。

我需要啰嗦几句。刘菊花当年是云盘梁所在的那个小镇邮电所的发报员，她收发电报的技术，在全县范围，无人可比。发报间那满壁奖状、锦旗，足以说明一切。“长得像画报上的人儿样”，这是小镇人对她的评价。

我还在读小学的时候，刘菊花已经在邮电所发报很多年了。我们常常偷偷地在她所在的发报间的窗下，偷听她发报。她把“1”不读成一，要读成“幺”；“7”不读成七，要读成“拐”；“0”不读成零，要读成“洞”……

当她读出这些令我们无比兴奋的词和音调时，我们便一遍又一遍地跟着她极小声地念，然后便捂着嘴，窃窃地笑。她的嗓音惊人的动听，我们认为，远比县广播电台的女播音员的声音动人。我们常常听着听着就忘记了回家，直到她下班出来，对我们一声吼，我们才鸟兽般散去，意犹未尽。

而今，我在给朋友报手机号码的时候，都难以改变对那几个敏感数字的读法。

我将刘菊花准备参赛的事情汇报后，领导们也十分为难。领导说，电报退出我们这个通讯舞台好多年了，新的一代人，谁知道什么叫电报啊？这次，连打算盘都不在此列，电报，就更不能算了。

我不知如何答复刘菊花，我的眼前，老是闪现出她当年的模样，老是闪现出她前几天报名参赛时那双期盼的眼睛。

我把情况告诉了我的那位副局长同学。同学在电话里，半天没有作声。他长长地叹了一口气，对我讲述了刘菊花的一些情况。

电报业务退出通讯舞台后，刘菊花便被调到另外一个小镇任报务员，每天面对一大堆报刊信件，刘菊花很快就觉得索然无味。她常常在下班之后，一个人戴上耳机，很认真地演练收报或发报，几乎到了忘我的境界。小镇邮电所的领导怕这样长期下去会出事，便向县局领导做了汇报。领导们商议后，将她调回县城，提前办理了退休手续。

退下来的刘菊花，表现日渐怪异，常常独自静坐，对着自己那些发报工具发呆。她时常自言自语地背诵电报内容，说出来的，全是数字，没有几个人能够听懂。她甚至将报纸上或者书上的文章，翻译成电报，一个人默默地背诵，默默地收发。她常常对人说，她这样一手好技能，就这样废了，她不甘心！大家都认为，刘菊花算是被她的特长毁了。

同学告诉我，这次一定要想法救救她，让她展示一下技能，说不定可以改变她的病态。

我再次向领导提出这事，结果可想而知。

我在焦虑不安中度过一段时日。

某天，在与市电视台的一位当编导的朋友喝酒聊天时，我茅塞顿开。我当即与他商定，让刘菊花参加他主导的“梨州奇人”的节目。

没想到，刘菊花在电视节目录制现场，表现得出人意料的好。我的那位编导朋友说，这是他编导生涯十几年来，看到的为数不多的奇人。刘菊花天生就是一位搞表演的料子，可惜发现得太迟了！她的镇定自若，简直是与生俱来！我要对她进行包装！让她快速红起来！我的那位编导朋友慷慨激昂地对我说。

果然就红了。

刘菊花的那期节目在市台播出后，反响强烈。人们对刘菊花对数字的超强记忆能力，极为佩服。刘菊花很快就成了名人。

后来，在我的那位编导朋友的努力下，刘菊花又多次参加了省、市电视台的娱乐节目。刘菊花在电视里，表现依然那么镇定自若：她转过身去，短暂地看一下背后那满版的数字，然后，面对观众，一字不差地背出。在聚光灯下，在阵阵掌声里，我仿佛又看到了当年的刘菊花，坐在小镇那个简陋的发报间里，美丽动人的样子。

美中不足的是，无论编导们怎么引导，刘菊花始终改不了那唯一的缺点，她始终把“1”读成“幺”，把“7”念成“拐”……

张大个

我至今还对云盘梁上的风景记忆犹新。

我在那家市级机关工作的时间不长，但对那里很多人，都极有感情，开旅游车的张大个，就是其中一位。

那时候，我一般在下午下班后，喜欢去云盘梁上转转。云盘梁面积不大，方圆就几公里，但景区环山而建，山路蜿蜒，自然就会有许多电动旅游车代步。

那天，我带着外地同行去云盘梁参观，坐上了张大个的电动旅游车。游毕，我拿出一张百元钞票，张大个说无零钱找补，叫我方便时补给他就成。我诧异地看看张大个，当时，我们互不认识。张大个见我诧异，挥挥手说，去吧，我姓张，我知道你在哪里上班。我都放心，你怕啥？陪客人去吧。

我们便这样认识了。

我常常在业余，独自一人拿着书，去云盘梁上读。紧张的机关生活，在这里能得到全面放松。张大个有时候会凑过来，随便看看我手里的书，或是与我闲谈一阵。

在闲谈中，我断续得知，张大个叫张志明，以前在一家市级企业的管理科上班，十多年前下岗了。

那时候，我的老婆孩子，还在我以前工作的县城。周末，单位若不放假，我有时候会来到山上，与张大个闲谈。

我感觉张大个这人见多识广，对一事一物，总有自己独到的见解，他认识和分析事物的能力，有时候甚至让我佩服。更有趣的是，张大个与我一样，喜欢在业余喝几杯酒。每次，张大个都要点上几个小炒，点上一瓶白酒，我们共享。饭后，我抢着付钱，张大个总是用他那双有力的大手，将我半道拦下，从衣袋里摸出钱来，付了。

我几次急红了眼，抢着要付账。我总觉得，我好歹一月有那么多的工资，张大个要靠开电动车养活自己和全家啊。张大个看出了我的心思，说，你孩子还小，用钱的日子还长，省着用吧。你我算是有缘，对吧？有缘人哪里能分彼此呢？我们之间，不谈钱，不谈钱！

饭后，张大个会将手搭在我的肩上，去露天茶摊喝茶，一坐就是一下午。那时，还没有时兴查酒驾，但张大个却说，喝酒不开车，开车不喝酒！

有段时间，我故意躲着张大个，一来老是他付钱喝酒，我心有不安；二来我们中午一喝酒，他一下午都不去开车，会影响他的收入。再就是，我感觉他这人不会过日子，开一天车，满打满算，收入就百把元钱吧？但张大个要抽云烟，软的那种，要喝铁观音茶，小袋装的那种。中午还要炒几个小菜，一天下来，几乎都是倒贴钱。我时常想，他这样上班，如何养家糊口？几次我都想问他，可话到嘴边，又咽下了。

张大个好像看出了我的心思，一天他打电话对我说，中午来一起喝几杯，这次你请客！我爽快前往。那天，我感觉特别愉快。

又一个下午，单位加班。下班后在云盘梁转上一圈后，已是暮色降临。我慢慢朝回走，一辆小车停在了我的面前。车上一个声音对我说，上车！我们一起走。

我一惊，是张大个。我有些不安地坐上车，才发现这车的豪华。更让我吃惊的是，车上坐的，居然是景区管委会的李主任。李主任我认识，我忙向她打过招呼。我疑惑地看看张大个，再看看李主任。张大个笑着说，没事，这是我老婆，一家人。李主任微笑着对我点点头说，我们老张常提起你，感谢你对他的照顾啊。

我不知如何走下车的，矛盾与疑惑占据了我的心。

冬天很快就到了，云盘梁上冰封霜冻，狂风呼叫。我上山去的时间渐渐少了，也很少见到张大个了。我们通过几次电话，张大个说，冬天，他一般不去山上开旅游车。路面太滑，不安全。

后来，我离开了那家市级机关，来到了目前所处的城市。我还是偶尔与张大个互发些短信，以示问候。

前几天，还在那家市级机关工作的一位同事来看我，我问及张大个，同事一脸茫然。我说，就是云盘梁管委会李主任的老公啊，那个在景区开旅游电动车的。

同事一脸惊奇，你认识他?

我说，当然！关系好着呢。

同事说，你小子隐藏得深啊，居然与百万富翁认识!

我忙问，谁是百万富翁?

同事说，你真不知还是装蒜？就是你说的那个张大个啊。

我感觉我快要窒息了。

同事接着说，张大个是一家大型连锁超市的老总，总部在成都，在几个市都开了分公司，现在身价恐怕早就过千万了。他与她老婆关系特好，也要感谢网络，感谢现在的办公设施，为了与老婆在一起，张大个白天在景区开电动车打发日子，晚上回去在网上打理公司的事情。

同事感慨地说，张大个的小日子，真他妈牛!

故乡的赶鸭人 ◎贾 飞

一

作家三毛曾写过这么一句:“我希望自己是一名乞丐,可以去看鲜艳的花,可以去拾新奇的石子。”然而,三毛并没有实践她的愿望。

曾几何时,也有一位伙伴对我说:“小刀,我愿意当一辈子赶鸭人,这样就能留住每一个春天……”

说这话的人名叫大闪,闪光的闪,闪亮的闪。他有一个弟弟,叫二闪。记事起,大闪的父母都已不在人世。特别是他的父亲窦广,还死得很不光彩。

年轻的窦广结婚没几年,就吆喝着到沿海打工。走时,大闪才 5 岁,二闪 3 岁。由于胆子大,很快,窦广就承包了活路,挣了一些钱。包里鼓了之后的窦广,心也花了,胆也大了,还勾搭上了年轻漂亮的女人。两人偷偷摸摸在城里同居,村里种庄稼的大闪母亲并不知情。但没过多久,政府就开始严打,耍流氓的人一律要坐监。窦广这种有妻儿的人搞艳遇,显然就是耍流氓,理应属于严打对象。

害怕事情败露,窦广苦思冥想以希脱身。一年春节前夕,窦广领了工钱就不辞而别,丢下女人在沿海。他则赶火车回了渠县。

挂着包,揣着钱的窦广,走在回村的山路上,心情格外舒畅。他以为得到了解脱,时而吹着口哨,时而哼哼咿咿唱流行的歌:“哦呵,哦,你要怎么走。哦呵,哦,一无所有……”

然而,事情并未他想象的顺利。在离村口不远的山坡下,窦广就被一直悄悄跟来的女人给拽上了。女人不是别人,正是窦广在城里同居的“小三”。

原来,得知窦广跑掉后,女人气愤至极,来不及收拾行李,就急忙追到了火车站。也是碰巧,女人刚好在车站看到了行色匆匆的窦广。于是,便不声不响跟在窦广后面,也并未让男人察觉。

“娘的,不是给你说现在政府严打么,我们坚决不能搞在一起了。”窦广感到既吃惊，又害怕，他将女人拉到路边，轻声轻语好声劝说。

“我不管，反正我要跟你，生是你的人，死是你的鬼！”女人倔强地说。

“我在家里有老婆，娃娃都长得齐我腰高了。你就放过我行不，我的姑奶奶！”窦广近乎哀求地说。

“告诉你，窦广，你狗日的敢打枪，难道就不敢负责？今天我把话撂这儿，要么选我，要么选他们。走，回去给她们娘儿母子说清楚！”

“娘的，你这不是存心要害我坐牢吗？”

“我不管，说什么我都得跟你回村里。”姑娘用手紧拽着窦广的衣角，一点也没有放松的意思。

“你给我放开，你给我放开，你这个死婆娘放不放开！”

“我就不放开，我打死也不放开！”

……

后面的具体情节，道听途说来的有好几个版本。有说是窦广和女人在争执中，不小心将其推进了路边的堰塘；也有说是女人对窦广发毒誓，要是不选她就死给窦广看，于是，女人便跳进水里淹死了；也有说窦广为了掩人耳目便杀人灭口……版本很多，谁也没有在现场目睹。不过，女人的死最终还是败露，当尸体漂浮在水面时，迅疾轰动了整个乡村。

警方经过调查，窦广被定性为流氓、杀人犯。

枪毙窦广，震惊了整个小镇。行刑那天，万人空巷，全镇的男女老少都去看稀奇，有人惋惜，也有人义愤填膺。

自此之后，窦广杀人的堰塘，很少有小孩敢独自去游泳洗衣。窦广的传说也常常用来吓唬我们这些不懂事的孩童……

窦广被枪毙后，大闪的母亲悲痛至极，怎么也想不开。她的肺病更为严重，也不愿吃药，没过几年光景，便一命呜呼。年幼的大闪和二闪随即成了孤儿。

二

大闪和二闪没了依靠，幼小的他们有时竟只能吃野菜。村里乡邻看他们可怜，便常常给他们留一些饭菜。村长窦五叔实在看不下去，遂好心将其收留。

要说村长与大闪两兄弟的关系，倒还有些亲，按家族辈分是他们的族叔。

自此，两兄弟有了依靠，大闪受窦五叔安排，专门看鸭子，二闪因人聪明，学习成绩好，则继续在学堂读书。有时周末放假，二闪也跟着帮忙一同赶鸭子。

窦五叔种了十多亩庄稼，收养大闪二兄弟后，他又承包了好几亩。窦五叔还养家禽，特别是养的鸭子远近闻名，不仅鸭蛋质量好，鸭子肉也香。

大闪是窦五叔养鸭的功臣。每天一清早，大闪便吆喝着成群的鸭子，到村外的田野上。几百只鸭子嘎嘎地闹哄着向水田赶，有的扑扇着翅膀，有的骄傲地仰着头，有的懒洋洋地摇摇摆摆，宛如一群受训出征的“士兵”。大闪戴着斗笠，迎着风，跟在鸭群后面，就像一个指挥作战的“将军”，带领着自己心爱的“队伍”。

鸭儿扑腾进田水中，兴高采烈地叫唤。有的将头埋进泥水里寻黄鳝，有的将脖子仰向天空嘎嘎叫唤，有的互相梳理着羽毛套近乎添感情，也有的懒洋洋地在后面磨蹭……它们欢欢喜喜，热热闹闹，仿佛在迎接盛大的节日。

大闪坐在田埂上的柏树下，专心致志地盯着鸭儿，希望一只也不要丢失走散。

早饭时，二闪会提着碗筷给大闪送饭来，然后背着破旧的帆布包去上学。大闪望着弟弟远去的背影，心中有难以言说的羡慕，然而更多的或许是祝福。

等到稻谷丰收，大闪吆喝着他的几百只鸭子，在空旷的谷田中到处“扫荡”。这时被遗落下的稻谷，则是鸭儿丰盛的美餐。大闪则悠闲地在田埂上走来走去，乐滋滋地欣赏着他的“士兵”，期待着鸭儿们多下圆滚的蛋，长出结实肥美的身子。

遇到晴朗的日子，我就会去找大闪玩。我们一同坐在田埂上，风微微地吹着，田园的景色很美。

看着大闪赶的肥美鸭子，我对他说：“大闪，你的鸭子真听话，你让它们跑哪儿，它们就跑哪儿。”

“那当然啦，我可是它们的‘将军’，哪有不听将军话的士兵呢？！”

坐在田埂上，我们有时会傻傻地发呆。偶尔，我会打断大闪的沉思，问他：“大闪，你想读书么？”

“切，读书有啥子好，每天坐在黑屋子里听老师‘教训’，哪有我赶鸭子自由。我要当一个赶鸭人，这样就能留住每一个春天！”

“这怕不是你真心，瞧你弟弟读书多好。以后能考大学，还能讨漂亮的媳妇！”我不容分说地辩道。

大闪听后不再说话，沉默了很久。我知道，他心里藏满了隐隐的忧伤。

“人生下来上帝就做了安排，我没弟弟成绩好，所以就只能赶鸭子。不过，我赶鸭子很牛的，全村没有谁比我更懂鸭子。”过了好一会儿，大闪才开口说。

“那倒是，你赶的鸭子肥美，鸭蛋味鲜，全镇都闻名呢！”

大闪听我表扬，笑眯眯地看着田野中闹腾的鸭群，他自信的笑容，仿佛在风中绽放成美丽的莲花。

三

周末。晴朗。云朵灿烂。风柔和地吹着树叶。

村口的湖水荡漾，令人沉醉。

我早早吃过午饭，便去田间找大闪。

他坐在田埂上静静地发呆。成群的鸭子，依然在水中快乐地嬉戏。

我轻手轻脚地来到大闪背后，猛地拍了一下他的肩，“审讯”似的问：“大闪，你发呆干啥，是不是在想花姑娘啦？”

“乱说，乱说，才不是呢！”大闪一口否定，瘦削的脸上瞬间泛起一丝红晕。

“看，你脸都红了，哈哈，被我猜中了吧！”

“不是，真不是！”大闪依旧坚持否认。

“大闪，我们去办件大事咋样？”我神神秘秘与他商量。

“什么事？”大闪不解地问。

“我们去……去……去湖边看小琴！”

小琴是我们村最漂亮的姑娘，宛如鲜艳迷人的向日葵。村里小伙伴都喜欢她，也包括我。

只要一放学，我们都会远远地跟着小琴，看她靓丽的背影，秀美的长发，修长的玉腿……

夜里做梦，我也多次梦到她。在菜花地里，在芦苇林中，在青山坡上，我们相视而坐，深情对话，说不尽，道不完，看不够。然而正当我想亲一亲她，嘴唇才刚刚贴过去时，梦却不争气地醒了。

小琴与大闪同过学，是小学一二年级的事。大闪仅仅读了三年书，就跟村长窦五叔开始放鸭。我知道大闪喜欢小琴，每次小琴走在村口的田埂上，大闪总会痴痴地看，口水掉在下巴上，专注的眼睛一刻也没转移。

“你胆真大，不怕小琴骂我们？”大闪很吃惊地说。

“怕个屁，小琴正在湖边洗衣服。不去瞧，你可要后悔！”我鼓动道。

“可我要放鸭子，没法脱身。”大闪有些心动。

“放心，你鸭子不会跑的，先叫二闪帮你看着。”

“这怕要不得！”

“有啥要不得，走，我们现在就去……”

经我死磨硬缠，大闪受不住诱惑，便喊了正在做家庭作业的二闪帮忙看着。

于是，我们小心翼翼轻跑到湖边，躲在小琴的侧背后，看她秀美的长发，在微风中就像丝丝的柳絮，飘进了我们心扉。那雪白雪白的手指，像玉一样一摸就担心碎掉。那如牛奶般嫩滑的脸上，没有一点瑕斑。一双如珍珠玛瑙般的眼睛，闪着迷人的光，俨然勾走了我们的魂儿……

“真漂亮！要是能娶到她，就烧八辈子高香了！”大闪自言自语。

“哈哈，还说不喜欢她？咋样，这样自己主动招了吧！”我像得胜的将军对大闪说。

“才没有呢，才没有呢！”大闪再次否认。

我们争辩了一番，便开始商量，准备吓唬吓唬小琴。

随即，我捡起一块泥块，朝小琴洗衣服的湖水中扔去。“咚……”，一声轻响，惊住了正在洗衣的小琴。

“哪个？”她抬起头，朝我们藏着的方向看来。

我立即将头埋进草堆里，心扑通扑通直跳。

谁知小琴站起身就看到了我们。

“不要藏了，大闪，小刀！躲在草丛里算啥男子汉！”

“嘿嘿。不是我，是小刀扔的！”大闪站起身，脸红得像猴子的屁股，立马就给招了。

“大闪，你不讲义气。别怪我揭你老底！”我很气愤，没想到大闪太没骨气，豁出去喊道：“小琴，小琴。大闪喜欢你，喜欢你呢！”

被我这么一咋呼，小琴生气了。她指着我们骂道：“你，你们……我要到老师那里去告你们！”

大闪听到这么一着，脸更红了，没等我反应过来，他便一溜烟朝村里逃了。

看到大闪跑开，我更不知所措。突然，又反应过来，便也如受惊吓的野兔，撒腿狂奔。

那天，大闪因和我去吓唬小琴，田里的鸭子没被二闪看好，不小心走散了两只。回家后，大闪被窦五叔用竹枝条狠狠揍了，屁股上打得青一块紫一块。

自那以后，大闪一见到我，就像防贼一样，坚决不和我干坏事了。

四

时光飞逝，一转眼我读初中了。

离开村庄，我到了百里外的县城求学。上世纪 90 年代的古惑仔电影，正在青少年之间广泛传播流行。我也跟风成了一名小混混，在学校有了三朋四友，加入了校园的“斧头帮”，并担任八大“护法”之一。

每天，我像其他不良少年一样，穿着宽大廉价的喇叭裤，口袋里揣一把小刀，头发染得黄红间杂，以旷课为光荣，以耍横为流行，以早恋为追求……

至于大闪，由于相隔太远，也很少再见到。两人之间的交集，变得愈来愈少。

不过，倒是后来读大学时，二闪到达州遇到一次。

当时，窦五叔已高血压犯病去世，他唯一的女儿也远嫁外地。

五婶带二闪到达州，要去找在水泥厂当工人的四叔。原来，二闪考上二本院校，成为村里第一个大学生，但上万元的学费却没有着落。邻里乡亲能借的都借遍了，也没能凑足一万元钱。无奈之下，只有来投奔四叔。

当天，我请假带她们去了水泥厂。

遗憾的是四叔在厂里上班没回家。等到夜里 10 点，五婶她们才终于见到晚归的“救星”。

说明来意，四叔却皱了皱眉，黝黑的脸上满是灰尘与沧桑。他从口袋里掏出一包天下秀，抽出一根含在嘴里，烟火点上之后，半晌没有说话。

五婶和二闪“恭恭敬敬”坐在破木椅上，忐忑不安。

四叔抽完了半支烟，才从牙缝艰难挤出：“二闪考上大学，是我们村的骄傲。当叔爷的脸上也有光！但是，这几年我也不好过……”

“是啊，四哥。你也知道，我要是还有别的办法，绝不会来麻烦你。你在城里住，门路多，有挣头，你就给帮帮忙吧！”五婶一溜顺地说了许多求情的话，她那布满皱纹的脸上，同样布满希冀和不安。

“你嫂子没有工作，娃儿也在读大学，的确没有多的节余。要不，我答应给二闪借2000元。”接着，四叔又承诺道，“明天，我再去别的地方去问问，想想办法。你们今晚就住这里，出去住旅店也浪费钱。”

“谢谢四叔，你的大恩大德我一辈子都不会忘记！”正说着，二闪一扑通就跪在了地上。

“快起来，侄子，四叔帮你是应该的！”四叔上前一步扶起了他，二闪的眼中满是泪花。

当晚，二闪和五婶就住在了四叔家里。

第二天，四叔出门求人借钱，说了不少好话，东拼西凑了5000元交给五婶。

二闪满眼泪水，哽咽不断，他给四叔磕了三个响头，又写了张借条，才扶着五婶离开了水泥厂。

后来，二闪去了重庆读大学，我们便没见过面。听说他在学校异常用功，为减轻家庭压力，不仅年年获得奖学金，周末还找了几份家教兼职。

大闪则留在村里，种庄稼，干农活，并照顾多病的五婶。

日子就像潺潺的溪水，哗啦哗啦地朝前奔流，从不等待，也从未停留。

数年过去，我在城市安了家，对于大闪的印象也越来越陌生。

五

去年春节前夕，我回了一次故乡。

村里早已修上柏油马路，镶嵌在田野中，就像一条白色的玉带。

一天，我漫步于田间的石子路上，碰巧遇到大闪。他开一辆破旧的摩托车，车上载着一桶饲料，车尾冒着浓浓的黑烟。

大闪熄了火，停下车，热情地走过来和我招呼："小刀，啥时回来的，听说你现在阔气了！"

"那是村里人乱说的，没有的事！"我高兴地走上前去，握住他满是破茧的大手。

久别重逢，我们两人站在路边聊了许久，童年的友情也再次燃烧。

大闪为何一直不出去打工，是因为两年前五婶受刺激瘫了。

那是深秋的傍晚，五婶正从田间割了猪草回家。手机突然响了。

手机是二闪在重庆买的，为了让五婶通话方便。每月话费，二闪会准时充到手机上。

最开始，五婶觉得浪费，坚决让二闪给退回去。但二闪坚持给充了话费，并隔三岔五地给家里打电话。

五婶十分珍惜那部手机，揣在荷包里小心爱护。

有了手机，方便了许多。嫁到外地的女儿，也常给五婶打电话。

这不，五婶刚将猪草割回来，铃声就响了。按了接听键："喂，哪位？"五婶将声调拉得很高，声音弥散在雾色中。

"妈，妈！"电话那头传来一个女声。

"啊，你是桂花吗，你是不是桂花？"五婶听这么一叫，第一反应就想到自己远嫁外地的女儿。

"是啊，妈，我是桂花。妈，我在这边出了点事。"

"出了啥子事，幺儿，你给妈说。"

"我住院了，需要点钱。不然，医院不给做手术……"

……

打电话的人并不是桂花，而是骗子。五婶刚一接电话那边就喊妈，五婶便以为是女儿了。两人没聊多久，那边就让五婶给打几千元过去，说什么出了车祸，马上需要动手术。五婶担心女儿身体，没有丝毫犹豫，便答应下来。她从家里翻箱倒柜，拿出存蓄，便急急赶到镇上邮局，将钱打到了对方说的卡号。

钱汇了之后，五婶还不放心，便又打了个电话给二闪，让其也寄钱给桂花。

二闪听到五婶吩咐后，便打电话给了桂花，哪里知道压根就没有车祸这回事，五婶原来遇到了骗子。

五婶听到这一信息后，万万没想到自己几年的存蓄，就这么轻易被骗子给拿去了。五婶想不开，躺在床上，悲伤难以控制。许多天，她都窝在床上不吃不喝，嘴里嘀咕着："为什么他要叫我妈呢？这世界怎么啦？都怪我，当初要是打给桂花核实下就好了，就好了！"

五婶饭也不吃，不断重复着这些话，本已多病的身体，经这么一折腾，更为严重了。

后来，躺在床上多日的她突然吐了一口鲜血，整个头像爆炸了一样，没过多久人就瘫了。

桂花因为远嫁外地，只能抽空回来看望五婶，照顾五婶的重担，自然就落在了大闪身上。平时农闲，大闪就用摩托车在村里拉客。要是村里谁家修房子，他便过去帮小工。这么一来，婚姻就给耽搁了。

其实，中途也有人给大闪介绍过对象，但都嫌负担重，镇上也没买房子，再加上大闪又不愿出去打工，处对象的事遂黄了不少。

"这不怪人家姑娘，现在有谁愿意跟我受苦呢？"大闪自我安慰道。

"大闪，那你就没想过出去打工？"我关心地问。

"怎么行呢，你五婶现在瘫痪在床，我走了她怎么办？当初要是没有她和五叔，我可早饿死了。"

"知恩图报是应该的。不过，你也得抓紧找找，岁月可不等人。"

"一切都是命运注定。我和你，甚至和二闪，都不是一样的命！"大闪谈起了二闪。

二闪大学毕业后，轻松考到重庆一家机械厂，目前已当上部门主管，不仅工资待遇好，还在厂里讨了一个漂亮姑娘。

"二闪命好，还把婚给结了呢！"我由衷地祝福道。

"我弟弟从小成绩就好，爱读书，这不就是'书中自有黄金屋，书中自有颜如玉'嘛！我就不一样了，成绩差，只能干农民的粗活！"大闪这么说时，我看到他脸上有隐隐的悲伤。

"大闪，一切都会好起来。"我鼓励安慰大闪，但自己也并不坚定。命运有时就是一件说不清的东西。

道了声珍重，望着大闪骑着破旧的摩托车，渐渐远去，我知道故乡的赶鸭人，也在那一刻消失了……

民工王小朋 ◎樊碧贞

王小朋很小数，这在新民建筑队已经不是新闻。

小数的意思，就是抠，文气点的说法是吝啬。建筑队里是清一色的男人，成天干的又是力气活，隔三岔五会找点乐子打发时间。喝酒解乏，自然是男人们的首选，而且大多数人都会去。只有王小朋每次都推三阻四的，基本不参加这种活动。大家酒桌上就说这个王小朋太小数了点，不与人打堆，光找进钱！

男人们七嘴八舌地说着王小朋，转背又对我说："今儿个你才来，我们先给你讲，你跟王小朋住一块，可别学他那个样子！"

我淡淡地笑了笑。我来这个工地，与他们可不一样。我家里条件不差，只是听从了父亲的建议，才到他的建筑工地上来体验生活。当然，这一层关系，我对工地上的人都没说。

在一起有一段时间了，除了不一起喝酒外，王小朋也没什么异常举动。他每天上工总是第一个。而且，"上高""哈腰"的难度活儿都归他干。我暗暗想：那些从喝酒的男人嘴巴里吐出的话不过是一种消遣性的胡诌，没有任何来由的！

偏在这时，发生了一件令我惊讶的事情。

那天中午太阳很大。我这样说，很多人都理解不到。我记得当时就在大家干活的钻机旁边，一个大红桶里的水已被晒得冒泡。在工地上，人歇机器不能歇，民工需要轮班吃饭。等王小朋下来，汗水已经湿到裤腰了。我递过去刚买的矿泉水，他摆摆手，没接，而是从桶里舀起一瓢，一饮而尽："这水，快赶上汤了。"我自嘲地笑了一下，随他一起去吃饭。

临时搭的工棚里，几张木板铺在砖堆上变成了吃饭的桌子。上面还放着没有来得及收拾的残茶剩饭。王小朋走过去，把那些散着的碗筷收拢一堆，示意我过去坐。我刚要挨着他坐下，他却说自己要先歇一下，让我先去打饭。

我走近大木甑子前一看，好家伙，前面的人把饭吃得见底，只有甑底盖上还巳着那么一点。一看是甑脚饭，我顿时没了食欲。看到我端空碗回来，王小朋很诧异，问是怎么回事。我一五一十地对他说了，并请他一起到附近下馆子。他不肯，端着饭盒子跑过去看。不一会儿，他笑呵呵地端了满满一盒饭转来。

“看嘛，明明还有，你说没得。”

“可那都是甑脚饭，潽了水，不好吃。你最好也别吃，我们出去吃！”

“不去。出去就得花钱。”

“我请你！”

“你请也不去，都是一样花钱。”

“你这个人小数得很。”话一出口，我自己先怔住了。

“你……”王小朋那只端饭的手剧烈地抖动了起来，但很快地又平稳下来。“你早点去吃饭嘛，等会儿就开工了。”他反而催促起我来。

等我回来时，王小朋已经在工地上。在建的是一座商业广场。顺着接近45度角的大坡往下走，越接近10米深的坑底，越是闷热。基坑底没有任何建筑物的遮挡，阳光肆无忌惮地在身上撒野。上烤下蒸，才几分钟，汗水已经从安全帽下涌出来，一颗一颗地砸在泥地上。

在我看来，这样的天气真是糟糕透了。王小朋说：“七八月的天，不都是这样子！不动也热，忙起来反而感觉没那么强烈。再说这个时候，进度要紧！”为免别人说闲话，我要求现在就实打实上场。王小朋问：“你行吗？”我点点头。“那就从最简单的抬钢筋笼开始吧。记得我刚来那阵，就是做的这个。四五个人一起抬，每个人就50公斤的样子。”我一听，心里直打退堂鼓，但态度还是坚决。走过我身旁时，王小朋塞过来一副手套，“把这戴上，要不你会受不了。”倒也是，那钢筋笼上全是铁刺，铁管子上全是铁锈，磨得皮肉生疼。等战战兢兢地到目的地时，我只觉腿肚子发紧，嗓子眼儿发甜，差点跌倒在地上。幸好被王小朋扶住了。回去时我全身都散架了，随后一头栽在床上。

当天的晚饭，王小朋没在工地吃。他问我想吃什么，我摇头。我看见他没炒菜，在蘸着什么吃饭。问他，也不说。等我缓过劲来起身一看，惊讶得合不上嘴——分明就是盐嘛！这不印证了男人们之前的那种说法？

“你怎么这样子吃？”

“点盐（蘸盐吃饭）的吃法，你不知道？”

“不知道。也不喜欢。你不喝酒，菜也舍不得吃，挣钱做啥呢？”

“钱嘛，总有用处。”再问，他也只这句话。

日子并不因为我们的喜欢或不喜欢而停住，总是不停步地向前。在我离开的前一晚时，男人们又约在一起喝酒，说是给我饯行。王小朋破天荒地出来了，痛痛快快地和我们喝了一次。那一晚，我们说了很多话，似乎彼此再无秘密。

谁知第二天，当地早报上报道一条消息，说有个年轻的建筑民工，在义捐现场为一位患白血病的大学生捐了 5000 元。他戴了个大口罩，现场也没人认得。可记者抢拍下的一个镜头，被工地上的男人们识破了。那个戴大口罩的人，正是王小朋。

从那以后，工地上再没有人说王小朋是小数的人。

希望的田野

下

2016

文学扶贫暨百名作家

深入生活

扎根人民

作/品/集

四川省作家协会 主编

成都时代出版社
CHENGDU TIMES PRESS

图书在版编目（CIP）数据

希望的田野：全2册／四川省作家协会主编. -- 成都：成都时代出版社，2017.4

ISBN 978-7-5464-1806-3

Ⅰ.①希… Ⅱ.①四… Ⅲ.①中国文学－当代文学－作品综合集 Ⅳ.① I217.1

中国版本图书馆 CIP 数据核字（2017）第 084775 号

希望的田野・下

XIWANG DE TIANYE・XIA

四川省作家协会 主编

出 品 人　石碧川
责任编辑　龚爱萍
责任校对　李卫平
封面设计　许天琪
装帧设计　邹其兰
责任印制　干燕飞
出版发行　成都时代出版社
电　　话　（028）86742352（编辑部）
　　　　　（028）86615250（发行部）
网　　址　www.chengdusd.com
印　　刷　四川金邦印务有限公司
规　　格　165mm×240mm
印　　张　38.25
字　　数　620千
版　　次　2017年4月第1版
印　　次　2021年3月第2次印刷
书　　号　ISBN 978-7-5464-1806-3
定　　价　98.00元（全2册）

CONTENTS

目录

中篇小说

非虚构（含报告文学）

中篇小说

迁 徙 ◎谷运龙

一

我站在南宝山新建的东羌村寨门前，温煦的阳光给雄伟的寨门增添了些许的威仪，东羌村的牌匾闪耀着金色的光芒，偌大的花岗石碑上深深地镌刻着“汶川 5 · 12 地震纪念碑”几个醒目的大字。春天是那么不经意地就来了，湿润的空气中夹杂着芬芳的味道，嫩绿的茶林，自下而上环环相扣，那么葱茏地与天边相吻，成为一道波动的天际。人们缓缓地移动在茶林中，飞快地采摘着清明前的嫩芽，艳丽的服饰成为一道道绿环中不经意的点缀。

震姑头顶有些夸张的小彩帕，走在云朵的前面，时不时将采摘的新茶衔在嘴里让我看，十分可人。

我放眼南宝山，薄薄的云气幻化出仙境的美妙，漫波的笑语中夹裹了明明丽丽的歌声，让南宝山有了飘逸的动感，我被这些笑语轻歌叩击着心灵，怡然之美迷蒙了我的双眼。

震姑雀跃着向我跑来，我抱起她，心里有一股暖流纵贯全身。她在我的额头上柔美地吻了一下，挣脱我的怀抱，抓住我的手，让我去采茶。

我被她的话牵引了，小小年纪的她抓住我的那股劲让我有些不敢相信。但我却一屁股坐在了纪念碑前，把震姑搂在怀里。

“乖丫头，你知道这碑上写的什么吗？”

女儿陡地走到纪念碑前，用她与碑十分不相称的身子和小手，指着碑上烫金的字往前移，稚嫩的声音敲击着我的心灵。

“汶、川、5 · 12、地、震、纪、念、碑！”

女儿的声音轰然把我击倒，我被五年前的一切所吞没。

二

那天，我去省里找领导，请领导帮我解决西羌村公路建设资金，这是他以前答应的。好不容易找到领导，鼓了几个月的劲一下就没有了，不知话该从哪说起。

他却笑微微地先我而言了。

“是西羌村的？”

我点点头。

“找我是说修路的事吧？”

我更加起劲地点头。

“金枝大娘还好吗？”

我一下被他的话噎住了，但我的勇气却一下被鼓起了。

“金枝奶奶已经在去年底去世了。临死时，我们去看她，她从枕头底下摸出了一个小布卷，递给老村长，说这是她买棺材的钱，分文不少地捐给村里，嘱咐我们一定要把路修到西羌村，没有路，什么事都做不成，老村长接过来，向金枝奶奶郑重地答应了。不一会儿，奶奶向村长说‘你们一定要去省里找领导，领导知道西羌村的情况’。村长还对金枝奶奶说过，‘你一个五保户为了村里的路把棺材都卖了，不仅为我做了榜样，也为大家增了信心，看来，这条路我不支持不行’。金枝奶奶还说她死后一把火烧了，家里的油肉全部卖了支持修公路。”

“一个五保户，那里来的油肉？”

“年轻时一年一年攒下的，时间最长的腊肉已经有近四十年了。”

“还能吃吗？”

“是县上的一个老板全买了，给了一万元钱，随后就将这些猪膘存放到一个博物馆里了。”

我把县政府转报的文件双手递给领导。领导只是晃了一眼就在上面签了字。

我拿着领导签字的文件，兴致勃勃又心急如焚地往交通厅赶，刚把文件递给厅长，办公室的吊灯便不停地剧烈摇摆起来，厅长说：“快跑，地震了。”

“我的文件咋个办？”

“以后再说。”

我不想走，厅长却冒火地把我推出来。我怒火中烧。

当听到震中在汶川时，我被重重地击倒了，眼前一片茫然，我不知道该怎么办，也不知道我的村庄究竟会怎么样。看见别人不断地打电话时，我才想起了电话。我掏出电话，拨出了村长的号码，无法接通，又拨云朵的电话也无法接通，再拨汶川县朋友的电话依然难以接通，我知道西羌寨的凶险了，不知道哪里来的血性和劲头，我不能作片刻的停留，必须马上赶回去。

赶到都江堰时，已是下午 5 点，风中夹杂了浓重的血腥味，救护车、警车的啸叫声撕裂着我的心肝，潮水般向幸福大道奔涌的人流让我更加害怕。都江堰如此，汶川会怎样呢，西羌村会怎样呀！

我想，西羌村是彻底地报废了！

但我不能停留，什么也不顾及，什么也不怕地往回赶，当天晚上，我赶到了映秀，映秀已彻底被摧毁，哀声四起，血雨腥风，我再也找不到回去的路了。213 线已经被无情地折断和撕碎，所有的山都被巨兽的魔爪活剥生剐得血肉模糊。第二天早上刚微亮，我便上路了，在老虎嘴，我看见那么多身首异处的尸体，甚至于看见在翻越中的行人被飞石打飞在空中，打落在河里的惨状，在彻底关，大桥被巨石彻底击断，滔滔岷江以其十倍、百倍的凶猛咆哮怒吼，我双手吊在已没有一块木板的钢绳上奋力向前吊去。我没有被所有的余震所屈服，没有被沿途的尸体所吓倒，我穿越了草坡隧道那么密集如雨的飞石，一片漆黑的晚上，我匆匆地从汶川穿越而过，顾不得看一眼我的县城，也没有时间去听一声汶川的呻吟，径直向我的村庄走去。

我来到了西羌村的山脚下，轻松地涉过了平时望而生畏的河流。雨似乎停了不久，泥泞的路上还有汩汩的雨水流淌，天空被尘埃拥塞着，显得有些低沉，月光从尘埃中穿越而下，给山水一些朦胧的剪影。趁着月光，我摸索着向上登攀，再也找不到来时的路了，所有的路不是被折断，就是被乱石如山地覆盖，甚至很多地方，岩壁上的附着全被剥去，只剩下光洁而陡直的壁坡，连岩羊也难以立足。我只好按照地形自己另选路径，用力地抓住树木杂草向上攀，实在不行，就钻刺笆窝，以此争取时间。我的指甲有的因用力太猛掀翻了，我的鞋磨破了，脚掌有一串串的大血泡，我的身上到处都是倒钩刺划破的血道、三颗针刺出的血眼，但我别无选择，必须义无反顾地回到村里，在这种时候，村里不能没有我，我是一村之书记，是主心骨、是顶梁柱。

我不是一些人看不起的毛桃子书记，也不是一些人说的关系书记，我懂人情世故，知道天文地理，胸怀理想抱负。整整一个晚上，我都在被依稀月光照着的山上摸黑攀登，什么都不怕，什么都不惧，眼里只有我的村庄，胸中只有我的父老乡亲。

天快亮时，我爬上了养我的这块土地，刚掩鸡公尾的玉米苗也还沉寂在恐惧中，西羌寨没有鸡鸣，也没有狗吠，死寂得让人不寒而栗。依稀天光中，寨子的轮廓已经没有了，寨碉似乎不见了，连半截都没有。偶尔传来似哭非哭的声音，幽灵一般游荡经久，好像也有轻微的羊皮鼓声，鼓声中有喃喃的念颂，空气中有那么浓重的血的味道，有那么模糊的死的味道，以及和这些味道一起随风漂流的柏枝的味道。我疯了似的向寨子跑去。

“老村长，我回来了。”

“云朵，我回来了！”

“父老乡亲们，我回来了！”

山谷里满满当当的回音，经久不息地回荡着，我仿佛听见谁在说：快跑，余震又来了，满山都是嗡嗡的声音。

接着，是一声响亮的婴儿的啼哭。

再接着，是谁吼出了：书记回来了，书记回来了！所有的人都从那个临时的窝棚中急不可待地跑出来，突然又十分奇怪地停下来，不认识似的将我打量很久，然后潮水一般向我扑来。

我们相拥相抱在一起，紧紧地相互依偎相互支撑着，无言的泪水任其哗哗地流淌。

三

我们围坐在玉米地里，大家都不说话，好一阵的沉默，让我有几分害怕。

我陡地站起来，往寨子走去。金友和桃花他们跟着我，我钻入寨子时，心都碎了，偌大的一个西羌寨，所有的房屋非倒即垮。经历了上百年烟火的梁和柱被重力折断和撕破，如一柄柄寒光闪闪的宝剑从那些断壁或破墙中直刺出来，带着冤死的目光逼视着蓝天。大片的砾石乱成一堆堆坟岗似的，昔日通幽的曲径，昏暗的巷子，城堡一般的连排邛笼均活脱脱地倒了硬桩，到处都有血和泪相融的泥泞，到处都飘着不散的阴魂。我家的碉楼还有几分阳刚的杀气，虽折去了半截却依然呈示出一种震不倒灭不了的硬朗之气。这时，我突然想到了我的爷爷，村里的老释比，八十多岁了，却天天以酒养性，以食壮体，我四处寻找他，大声地呼唤他。

“爷爷，爷爷！”

不一会儿，他便从一根欲断未断的柱子下钻了出来，很神秘地说道：“我去跟你爸妈他们再说说话，送送他们。”“爷爷，他们在哪里？”

爷爷向垮塌的碉楼努努嘴，于心不忍地说：“他们走了。”

我被爷爷的话击倒了，双腿再也没有了丁点儿的力量，一个趔趄栽倒下去，嘴里仍有气无力地问。

“云朵在哪里？她可是快生产的人呀。”

“你爸和你妈已经跑出来了，看见云朵还没有出来，回去帮云朵时，被落石打死了。”

“两个老的换两个年轻的，还是划算的。”爷爷若有所思地说。

我浑身无力，站起来都很困难，一屁股坐在地上，双手抱着快要炸裂的头，怒狮一样地吼道：

“老村长在那里，快喊他过来，我要和他商量现在咋个办？”

“我爸我妈死了。”桃花拭着泪告诉我。

“这种时候，他咋个能死呢？”说后，我血冲天灵盖，怒火灼烧着我，我站起来，原地吼叫，嗷嗷转圈，又跳又骂。

不远处传来婴儿的啼哭，很响亮很刺激似乎也很明快，我被这啼哭召唤回来了，我急切地向啼哭的地方小跑而去，我躬身钻进彩条布遮盖的窝棚里，云朵锥子似的目光就让我肝肠寸断，那么恐怖的余悸从夺眶而出的泪水中流淌出来，我只轻轻地叫了一声云朵，她便垮山一般地瘫软在了我的怀中，我俩用死别生离的泪水诉说这几日的一切。

“你终于回来了。”

“我离不开你，更离不开这个西羌寨了。”

“大家都等你回来拿主意。”

我听了这句话，再一次感到了肩上担子的重量，随即松开手臂，用伤痕累累的手掌为云朵拭去泪水，继而用衣袖在自己脸上一抹，精精神神地从彩条布下冲了出去。

我马上召开党员大会，但仅剩 5 个党员，其他不是出去打工，就是在地震中遇难了，几乎每一家人都有人遇难，粗略统计达 117 人。我们 5 个人死瞅瞅地坐在那里，谁也不说话，心里都是空空的没一点实在的东西。我再三让大家发言，出点子，可他们不是耷拉着脑袋，就是眼鼓鼓地望着我，我又急又气。平时，他们都嫌我嫩，说吃的盐比我吃的面多，过的桥比我走的路多，现在，我看未必了，但要我说，我也没个定数，确实不知道怎么办。相互望了两个多小时，只好无果而终。我只好又请了爷爷、舅爷、表爷等一批老人和我们一起商量咋办。

刚一坐下，舅爷就火烧屁股地跳了起来，“开啥球个会，房子垮了只能修，路断了只能修，水断了也只能修。除了修以外，哪个想得出好办法我手板心给他煎豆腐。”

舅爷的话说得实实在在，滴水不漏。

表爷咂了两口兰花烟，一声咳嗽吐一泡浓痰，手掌在嘴角上一抹。“修是个办法，但这西羌寨几百号人，水从哪里来？从白龙池可以修水渠引，几十里山崖，要多少票子。再说，山上的柴也砍光了，以后连烧死人腿杆都莫得了，总不能全部吃生的吧，回到原始社会。”

我听出了表爷的话中话，就激他。

“表爷，你是不是可以把话说穿。”

他看看我，胆子大了一些。

“这鬼塌塌现在不是人住的地方了，想法搬起走，不然，我们对不起后人。”

舅爷跳起来，声音又高了八度。

“我看你龟儿子是老昏了，搬起走，一户人、两户人还好说，几百人往哪里搬。如今土地都到户了，连林地都到户了，旮旮旯旯都是有主的，你去抢！”

表爷也不示弱。

“活人还让尿给胀死了。我看你龟儿子比老子还昏。”把烟锅子在鞋帮上敲得笃笃响。

话到这个份上，已经有了小量的火星子，大家都不约而同地把目光投向爷爷。

爷爷在西羌寨总是有几分神秘，这不仅与他释比的历练有关，更与他的胆识有关。平时总是难有言出，只要说话，总就显得承天接地，铁板钉钉，丝毫不能走动。

他习惯性地轻咳两声，像做法事前总得要敲三下羊皮鼓，然后捋捋他的白胡须，很老到地打开话匣。

“依我看，搬是搬不动的！几匹山的西羌寨说搬就可以搬吗？站起说话腰杆不痛。但这修也得要有所讲究，一个是应该找个匠人好好规划，像桃坪羌寨、萝卜寨那样有个好的样式。二个是也要看得远一点，这土里是刨不出金娃娃的，学河坝里的人，以后搞旅游。三个是全部组织起来，集中火力打歼灭战，人多力量大，柴多火焰才高。水是个关键，莫得水，就生存不下去，可以去找政府支持。我就是这么想的，对，就干，不对，等于没说。”

爷爷的话很有分量，也说得很对路，大家都说好，但我还是以为表爷的话似乎也有他的合理性。

人挪活，树挪死。千古同理。

话虽这样说，我心里依然没底，这么大，这么重的一件事，不是三两个人就可以左右的，我必须听取方方面面的意见。赓即，我又找了金友、三跛子、桃花等一大批年轻人，我们年龄相差无几，从小一起念书、放羊、牧猪，毕竟有很多共同语言。这一批人中，三跛子威望最高，腿是跛了，但心里亮堂、脑子灵光，让大家口服心服的是他从小胆子大，7 岁时，便敢一个人走夜路去汶川县城，特别是打架斗殴时敢下手，从不屈服谁。

大家席地而坐，高山的寒意丝丝入怀。为了让大家表达自己的真实想法，我开门见山地把话扔给大家。

“请大家来，是想听听大家对西羌寨何去何从的意见。”

大家一听这话，都有些惊诧，眼睛直勾勾地盯住我，十分不理解。

我只好抬出表爷的话给大家以启示。

“你们来之前，我已请了村里的老人和党员开了会，表爷和相当多一部分人都主张不原址重建了，搬起走。”

“你爷爷的意见呢？”三掰子抓住关键人物反问我。

我看他一眼，有几分不爽，但又不得不实话实说：“爷爷和一部分人主张原址重建。”

“你爷爷都是这个意思，还有啥值得讨论。”

“书记，你是啥主意说给我们听听。”金友说。

“对，把你的主意说来听听。”桃花等人一起说。

这话我不好说，也不能轻易说，说了，如果以后不能兑现，我这书记就更不好当了。和爷爷唱反调也会让爷爷生气，折他老人家的寿。

“今天主要想听你们的想法，你们的想法是我拿主意的基础。”

金友说：“依我看，趁机搬走绝对是好事，对子子孙孙都有利。”桃花拍手表示同意，还有些零星的赞许声。

三掰子这时却十分稳重地陷入沉思，一会儿望望天，一会儿又拍拍地。

“三掰子，你做得那么深沉给哪个看，把你的屁放出来，让大家闻闻是臭还是不臭。”不知是谁冷不防地冒了这么一句。

“是不是舍不得你那几个天麻。”

三掰子横了桃花一眼：“是舍不得，咋了！”话后又把头低下去了。

气氛有些凝滞了。是啊，三掰子的天麻来得容易吗？那是他几年出去打工遭了冷落、白眼、讥讽以后才毅然花血本念的致富经，好不容易通过引种、试种，今年刚刚开始小规模的种植，如果成功，这便是他以后奔小康的金娃娃呀。想到他那些天麻，我的心都被牵扯了，我不也正在谋划种羌活、大黄等中药材吗？

“书记，这事不是那么简单，更不是那么轻巧。我们这代人更要讲科学不要鲁莽和草率，等我们都回去好好地想想，想明白了再说，但有一点我不明白，这么大个西羌寨说搬就可以搬吗？往哪里搬？”三掰子说到这里，很不理解地扫视大家，随后起身走了。

大家又一门心思地望着我。我只好顺着三掰子的话说：“这么重大的事，大家回去细致地好好想想，想明白以后我们再开会吧。

我们缓缓地站起来，有的慢慢地走了，有的却生了根似的纹丝不动。

“路也垮了，山也塌了，水也断了，这哪里是人住的地方呀！”

这些我们都知道，但我依然只能说：“大家再回去好好想想，不仅要想到现在，还要想到以后，不仅要想到我们这一辈，还要想到儿子、孙子几辈人。大家回去吧，也和家里人商量一下。”

四

几天之中，雪宝顶下就齐崭崭地多了几排新坟。没有隆重的送葬场面，没有羊皮鼓和释比为其开路，也没有鞭炮和唢呐为其送行，只有亲人们比常规中多流的眼泪让其走好。

爷爷总说我不孝，连父母的尸体都不去挖，但我没有时间，的确没有时间，问题一大堆一大堆的难以有个头绪。事情一串串地牵扯着连着绊着，没有一件是小事。这些问题，这些事，好多我都解决不了。

我必须去汶川县上，要水要粮要药，不然整个西羌寨都会渴死饿死病死。

汶川县城虽还尘雾四起，灰头土脸，但毕竟已有了几分秩序，好不容易找到我弟弟——岷江和我同学腊梅，他们住在帐篷的急救室里，虽然气色还有些不好，但毕竟已恢复得比较好了。只是腊梅的一条腿被截肢了，看见我以后，她摸摸另一条腿，眼里闪耀着凄楚的泪光。“这么大的灾难，一条腿丢了也是大幸，要振作起来。”她用牙紧紧地咬着嘴唇，从鼻孔里吭出一种十分具有穿刺的声音，狠劲地点点头，眼泪在眼里转悠。

我找到了指挥部，县领导正在开会，我闯进去，认识我的领导呵斥我：“岷山，你不知道我们在开会吗？”我没听见，我也顾不了那么多，“西羌村都快渴死了饿死了病死了，我要东西，要水要粮食要药品，你们马上给我，不然我就不回去了。”

书记说：“不回去了，我就把你枪毙了！”

一个办事员带我去物资分配处领东西，我突然听一些人议论：“专家说汶川县城必须搬。”我心里一亮，上前拉住办事员的手问：“县城是不是要搬？搬到哪里去？”他却不紧不慢地说：“专家说的又不是领导说的。”我马上往回跑，跑到帐篷里，高声武嗓地问：“书记，汶川县城是不是要搬，搬到哪里去？”

书记横我两眼，吼道：“这么大的事，我能定吗？赶快回去把老百姓安慰好安排好。再闯进来，我让公安局把你抓起来。”

我把手一挥，心里有几分疑问地走了。

回去的路上，我碰上了石头和竹子，还有五叶和依娜，他们都是出去打工的。石头有一手砌墙的绝活，不吊线不拉绳便可把石墙砌得壁立千仞，棱线笔直。竹子的独门技艺是羌笛演奏，两根并排的小竹管经他一吹便可入心而动，融血而奔，余音绕山。五叶是和爷爷可以并排而坐的释比，在九寨沟表演他的经典节目，依娜天生的一副好嗓子，吼起来即可裂天撕雾，又可轻风入怀。

他们回来了，我很高兴。

爷爷站在窝棚前，好像等我很久了似的。

“再不把你爸妈的尸体挖出来，就烂完了。臭气都跑出来了。”

“爷爷，说汶川县都要搬迁。”

“搬个球，我看你娃娃是鬼迷心窍了。赶快找些人把你爸妈的尸体挖出来埋了。”

我突然看见棚子里有矿泉水、饼干、方便面等救急东西，心里有几分慰藉。

“云朵，哪里来的这些东西”。

“直升机空投的”。

震姑开始咿咿呜呜地不高兴了，接着是大声地哭，越哭越收不住。

我有几分不耐烦，“你给她喂奶呀！”

“今天，这奶突然就少得可怜了，不够她吃了。”

她才出生几天就面对断奶的日子。我看着她弱小的身子和寻找的无果，挣扎着哭泣的恐惧，心里很不好受，云朵边哄拍着她边说：“爷爷给你都说了好几回了，让你找几个人把爸妈的尸体挖出来，你要听才对呀，不是妈当时用力把我推出几米远，我和震姑也没命了。”

但一出门，我就又忘了。我要去找金友、桃花他们商量找水的事。

金友和桃花包括三瞬子都看不过眼，在帮爷爷挖爸妈的尸体，我带回的武警战士也让爷爷叫去了。我站在那里不知道怎么是好，水是那么重要，如今这近渴必须得要远水解呀！我不死心，以前的水源会跑哪里去了呢？钻地了，钻地了就挖不出来了吗？我必须去把它挖出来。

“挖到了，挖到了。”三踂子发出欣喜的声音。

我兴奋地向他跑去，心里说挖到就好，这下，西羌村有救了。这时却听爷爷说：“慢点，不要再伤到他们。”我跑过去，拨开两名战士，我看见了妈妈即腐的双手直而有力地向前伸出，使足劲地住前推，渐渐地，我看见爸爸成弧圈的手又罩在妈妈的头上，然后是他用整个身子覆盖着妈妈，看到这里，我眼睛湿润了，我咬紧牙关，尽量让眼泪不流出来。

“爸、妈，儿子对不起你们。”

我走上前，抱起爸爸的尸体，金友抱起我妈妈的尸体，然后把他们平放在地上，我让桃花去把云朵的衣服拿来，再脱下我的衣服，用手轻轻地拭着尘土，然后给他们分别换上我和云朵的衣服。

在两堆黄土前，我伫立良久，这两堆黄土牵扯着我的心，牵扯着我的情呀。

我还往哪里走呀！

我迷茫在父子、母子的情爱之中。天啊，有多少人可以走出这片浩瀚而深沉的情海呀！

五

我派出了五个找水小组深入到雪宝顶辐射开的五条沟去找水，有点不相信天绝人路。三天以后，大家回来了，脸上都挂着失望和沮丧。我又亲自带队到山背面去找，只要我找到水源，总会有办法解决别的问题。两天后，在背面的阴坡找到了不小的水源，淙淙地在林间穿行，但隔着那么大的几匹山，没有几千万资金连想都不用去想，有了水却又为钱犯难了。我们十多个人坐在水边，看着水花，听着刺耳的水声久久地无语。

突然，金友和石头抓起身边的石头狠狠地向流水砸去，我也用手上的木棒使劲地击打流水，溅起的水珠湿了我们的衣服，随后突然转身嘤嘤地哭了。

我们回到寨里，大家都无精打采，希望和信心都被无情的现实彻底粉碎了，我虽然也心灰意冷，却又不能溢于言表，只能装出一副斗鸡的架势。

黄昏来临，余晖金彩，把九峰山照耀得火光四射，那么远的距离却烧烤着我的心。突然，九峰山也随着余震抖动起来。火光被震波不断变幻着，雪宝顶那些已松散的岩体再次被这魔掌击碎，瀑布似的倾泻而下，直击西羌寨，巨石崩飞，有些沉沉地砸在离寨子不远的地方，腾起的尘暴吞没了整个世界，很多人趴在了地上。

我站在那里，一只羊带着一只羊羔向我走来，鼓胀的乳头似有乳汁在滴落。

我抱起小羊羔，用脸抚擦着细软的毛，心里划过无尽的酸苦旋即又升起温馨的情爱。

搬迁的念头在我心里再一次点燃。

我被爷爷狠狠地训斥了一顿，本想和他好好讲讲理，作一些比较，但在爷爷面前家理大于真理，家教大于政教。只要我顶嘴，他就会逼视我说："迁走以后，你爸你妈就成孤魂野鬼了，你娃娃忍心不忍心！"这话入骨三分入情七分，哪还有话反对。但我现在才真正地长大了长醒了，我虽只有二十五岁，但我是一村人的书记哩，是这个家庭的户主，是这个家庭的未来神，如果就这样偏听偏信，老人们说走就走了，我们却还有几十年的日子要过，这些日子不能再像老辈人那样打发了之，必须要一天天地过，过出味道，过出色彩，小辈子们更要过好，过得舒心，过得有尊严，不能让山下人看不起、外地人看不起。我找到五叶叔、依娜，他们长年在外，有切身的体会，或许他们会给我更好的答案和理由。

"岷山呀，你这个问题我已想了好多年了，搬，是个好主意，可你往哪里搬呢？哪里还有这么大个村的落脚之地呢？"五叶叔反诘看我。

"这么大个地球难道就找不到这么个小地方？"

"有倒是有。我去新疆演唱过两次，地方大得很，不说一个十个百个西羌村都安得下。但那些地方的条件还不如我们西羌村。要搬也要往比我们这里好的地方搬才是。"

"依娜，这我晓得。"

离开依娜，我又去找竹子。

"竹子，我们村这个样子了，很多人都想搬，你说行不行。"

没想到竹子不认识似的瞪着我，伸长舌头好久不说话。

“我想听听你的想法。”

“你疯了是不是，做梦是不是？”

“不是！”

“你一个书记咋会冒出这个主意？”

“逼出来的！”

“你是逼出来的，我这些话也是逼出来的！”

“我在外混了这么多年，岷山，你晓不晓得我是咋混的，钻下水道，睡立交桥下，在下穿隧道吹笛子挣钱糊口，像一粒尘土，飘忽不定，被人看不起。西羌寨不好，这我承认，但总归是我们扎根的地方。北京、广州、成都，那么大的城市，连我都容不下，西羌村这么大几匹山，哪里有安顿的地方。”

我没有再听他往下说了，孤独地往回走，走几步又转过身，再倒转，倒转，完全失去方向感，不知究竟该往哪里走。

岷江的伤还没有痊愈就回来了，他是村里唯一的大学毕业生，生不逢时，毕业以后就窝在家里，心比天高，考了几次公务员都金榜无名，这才知道天外有天。

见到我就说“哥，这几天汶川嘲得更凶了，说汶川要搬。”

“真的啊？”

“书记面前敢以假行骗吗？”

“一张死嘴！”

“你说可不可能，往哪里搬呢？”

“好像上面都定了，搬都江堰。”

“有那等好事？”

岷江不再说话了。

“如果那样，我们也可以沾光了。”说后，我也无话了。

我再次召开党员大会，想以此统一思想。会上，尽管还有极少数几个党员有意见，但80%的党员都认为搬比不搬好。

第二天，我让表爷和金友带队，抽了十多个精干的小伙子到都江堰甚至于茂县、理县去寻找有没有可以容下西羌村的地方。

打探队前脚走，工作组后腿就进村了。工作组一到就开会，传达上面的指示。

“大家不要跟着闹，汶川原址重建，各乡镇、村也原则上按照原址重建的思路进行规划和建设。确实因次生灾害严重，土地灭失严重的地方，采取就近、分散的方式进行重建。”

“就近、分散，咋个就近、分散？”我问工作组。

工作组的同志作了解释，但我不甘心。“西羌村的山全都成了发面包子，松散得风一吹就往下落石头，水要从几匹山背后去引，这种环境和条件连狗都生存不下去。”

工作组的同志说：“下来以后，我们一起做方案去争取支持。”

工作组住下来了，和我们同吃、同住、同规划。还有一个重要的任务就是督促我们尽快动手搭建过渡房。

六

搭建过渡房的进度的确太慢了，很多灾民住在帐篷里根本不考虑过渡房，工作组的同志天天批评我，说我工作不称职、思想认识不到位，我争辩了几次，他们说我找理由，我就不再与他们论道了。

“这过渡房到时建不完，冬天要是还有灾民住不进去，我撤你的职。”

我一下被工作组刺激了，“你撤职就把老子吓到了是不是？有本事现在就撤吧，我早就等这一天了。”说后，一拍屁股走了。

我一走，工作组就再也开不下去会了，人们一窝蜂地散场，不满的话满天飞。

“修啥过渡房，我们不在这儿住了，要搬迁。”

随后，是一帮鬼蛋子起哄：“我们要搬迁，要离开这鬼地方！”

我被这帮鬼蛋子的起哄深深地吸附，民心所向，民生所求，在这种时候，恰恰需要一个当家人的归引和带领。我再一次地陷入责任和使命的双重压力之中。

我似有几分茫然地向村前的那壁悬崖走去，想看看悬崖究竟有多高有多陡，在离崖不远的地方，五叶叔在那里，头戴五叶帽，手执羊皮鼓，仰天不语。

我走到他身边时，他居然不晓，五叶叔正在作法事，神情专注，神色淡然。我不忍心打扰他，便凝眸于他的举动，很久以后，他才一气长出，舒胸展臂。

“对不起，五叶叔，惊扰你的法境了。”

“我想听听天意和神授。”

话后，五叶叔什么天机都没有漏便匆匆走了，神色之中似有不祥的兆头。

此刻，我正站在千古绝壁上，想到爷爷给我讲的古老故事，何等的凄冷苦热。

我的民族，历史上就不停地迁徙，洪水把我们从东赶到西，战争把我们从北赶到南，我们已经被战争的刀剑穿刺得千疮百孔，因此，我们在建设村寨时总会无可奈何地优先想到战争来了以后的躲避和逃逸。总会在选址时十分青睐那些孤山绝壁，那些穷山恶水。就像眼前的这面悬崖，背后的这座巨山。我们在这些交通阻隔、信息失灵的地方营造着我们自得其乐的居室，创造着我们一小块一小块明明灭灭的文明母地，独守着自以为是的美好生活。殊不知，斗转星移，沧海桑田，外面的世界已是花香四溢，硕果盈枝，文明已几易其态。今天我们为什么不能从山上走下去，从山里走出去呢？事在人为啊！

不远处有几个人在向上攀登，尽管吃力也从不停滞。

“岷山，我们没走出去，就被乡上的人劝返回来了。”话后他们都挨我而坐。

“回来就回来吧！只要心不回来，我们就会走出去！”

“昨天，听说你又和你爷爷吵架了。”

我没有正面回答，只是看了表爷一眼。

“你爷爷的话有些还是对的，年轻人要多理解老年人。”

我又看他一眼，他就不再说话了。

我和爷爷的关系的确有些僵了，甚至到了我不愿见他他也不愿见我的地步。他看不起我年幼不老到，在他面前我始终是无知，只要与他不一致就肯定是错的，必须听他的按他的话去做。昨天，他又以当然的口气教训我，要我断了搬迁的念头，一门心思原址重建。

“这事我说了不算，你说了也不算，要全村人来公决。”

这话就把他激怒了，一烟袋给我打过来。我气愤地瞪着他，他却又举起了烟袋。云朵才拦在我们中间，哀求道：

“爷爷，岷山是村里的书记，他要按照规矩办。”

“我是他爷爷，在他面前，家法比啥都大。”

几十年了，爷爷以释比的技艺征服了很多人，以他的德行和为人又征服了很多人，他就是西羌寨的一尊神，这尊神灵不灵也得灵。只要他还在就得听他的，好也罢坏也罢，成也罢败也罢，全都得这样。人们敬而远之，尊而疏之，惧而离之，年轻人更是不愿与他亲近，话不投机，言不由衷，总尿不到一个马桶里。对我就更是了，支部的事他要问，村委会的事他也要问，我要把他视为神圣的古董，越老价值越高，以至达到价值连城，只要稍有菲薄便奉棍招待。再这样下去，西羌村就无日月了。

我必须结束这种状况，我是书记，这是历史的使命。

我回到窝棚的时候，天早已黑尽，星星月光，爷爷坐在窝棚前，好像在做法事，我径直进了窝棚。

云朵正给震姑煮羊奶，闻着羊奶的乳香，震姑明目流盼，手舞足蹈。

“云朵，你来看。”

云朵应声而出，跑向爷爷处。

“你看着水卦。”

“说的啥呀，爷爷。”

“西羌寨搬不得，搬不得哩，搬了有血命之灾呀！”

这句话声音很大，似乎整个西羌寨都听见了。

爷爷收起法器回到窝棚，脸色铁青，放好法器后　了我两眼，很不服气地训斥道：“你爷爷的话可以不听，天神木比塔的话你不得不听吧！”

“那也不一定！”

“　，你再给老子说一遍！”爷爷恼羞成怒地暴跳如雷。我对视着他，没有半点害怕的样子，他却有了加倍的失望。

云朵上来把我拉走。“爷爷，岷山是跟你斗嘴的，其实他心里很疼你，孙儿哪有不听爷爷话的。”

“老子白心疼这杂种了。”

我一甩手把云朵扯得往前窜出几大步。

过渡房的事进展十分缓慢，以此下去，西羌寨的过渡房在规定时间内是肯定完不成的。这里又系高山地带，冬天十分寒冷，要是冻死、冻病人了，是无论如何都交代不了的。一个“搬”字就让我鬼使神差地放弃和轻视很多，我不得不尽快地了解大家的真实想法，以利极早地做出选择。

我选择了一种古老而又现代的形式，选择了一个很古老的民主抉择场地——议话坪。

那天早晨，太阳鎏金，群山生辉，一千多人便都来到了议话坪。我首先向大家讲话：

“父老乡亲们，今天我们在这里召集会议，用我们祖先议话的形式来决定西羌寨究竟搬迁还是不搬迁。我先把我的意见给大家讲讲。”

“我当书记以前，村上就有一部分人要求搬迁，特别是年轻人，要求搬迁的呼声更高。地震以后，我们的生存环境更恶劣了，资源更缺乏了，特别是水断了，柴没地方砍了，加之山体松动，滚石难防，生活的基本条件和生存的基本保障都得不到满足。地震那天，我正在省里找领导解决修路的资金，现在再看看以前可以修路的地方全都垮成万丈悬崖了，难度更大不说，关键是投资翻番也拿不下来。以前，我们是被别人撵进深山老林、穷山恶水之地的，祖祖辈辈生活在这些地方不觉得不好，现在，世界向我们开放了，信息向我们敞开了，不比不知道，一比吓一跳，这样下去，人家都全面小康了，我们还在温饱线上挣扎。

“地震是个大灾难，但只要我们利用好，就会成为一次千载难逢的好机遇，抓住了，弄好了，子孙都享用不尽，丢失了，弄不好，我们就会愧对子孙，成为历史的罪人。”

话到这里，下面有情不自禁的掌声。随后，金友、岷江、桃花、石头、依娜、表爷等事先安排好的人都发了言，赞成搬迁。

静默片刻以后，竹子却首先跳出来反对。

“书记，我不同意搬迁，理由如下：一是你还不知道搬迁是否有地方，有了地方是否有我们这儿好，在任何条件都还不明确的情况下说这些话为时过早。二是我们是少数民族，我们的文化是一大财富，搬迁以后，在其他地方，民族文化还怎么保留？”

三踫子马上鼓掌给以响应和支持，舅爷更是迫不及待地说：“老释比昨天打了水卦，天神木比塔都不同意搬迁。”

爷爷从不在这种场合与孙儿对打，却让舅爷抛出他的撒手锏，马上就有人站出来问：“老释比，是不是那么回事？”

爷爷说：“木比塔是那么说的。”

“天意不可违哟！”

“祖祖辈辈都过来了，认命吧。”

我早就知道大家的心思了，搬迁是85%以上的人的心愿，但又心存疑虑，怕隔口袋买猫。于是我便进一步说：“今天我们先测民意，也算民主决策，如果同意搬迁的人在70%以上，我们就可以派出小分队去找地方，地方找到以后大家再去看，看后再最终决定，好不好？”

很多人都异口同声地说：“好！”

我示意金友、依娜、岷江他们作好点数的准备，他们从人群中站起来。我大声喊道：“我们用举手表决的方式进行，好不好？”人群中有些异样的涌动，爷爷离开了现场，接着是舅爷。五叶叔、竹子等人尾随爷爷而去，接着是人流跟着，不一会儿，议话坪上的人便所剩无几了。

我惊诧不已，金友、桃花他们招呼的手僵直在了风中。

我被这种结果再次打击，心里有说不尽的苦涩。

“这是为什么呀？”我不住地问自己，难道他们都欺瞒我吗？

第二天，便有人背了东西往河坝里走。以后几天，搬走的人不断增加，我无心去劝说，工作组的同志拦也拦不住。

“有本事，生出翅膀飞到天上去！”爷爷不屑地对那些搬走的人说。

“他们走不了多远，过几天还会搬回来的。”爷爷又像个预言家，很有几分得意地把话说给我听。

七

我没有被现实击退，心里的希望之星依然被那些搬走的背影催升。

我不服这口气，我不能让西羌人的子孙再这样生活在这样的环境中，我必须为他们负责，为他们改变这种状况。

我和金友、石头等人又一次组织起来，决心出去找一个让西羌寨落脚的地方。

我们一行人凭着各种关系和以前听到的消息，深入到沿河谷四处寻求可以居住的空地方，哪怕是乱石窖、荒河滩都不放过，但都不能如我们的愿。

一天下午，我们大家已经快丧失信心了。突然有一条乱石丛生的河湾让我们眼前一亮，我们疯了一般地跑向河湾。石头扑在石头上说修房的石头再不用去找了，金友捧起岸边的黄泥如黄金般的不可释手，我掀开小石头，下面是油乎乎的沙土，让我们的眼睛都发出了绿光。我们吼叫着在河湾里乱跑，突然传来了呵斥声："湾子里的人吼啥子？"我们寻声而去，几个汉子大大咧咧地向我们走来，还没近身便问道："你们是哪里来的？做啥子？"我上前和他们解释，他们却根本不听，训斥道："这是我们拿钱买的砂石场，趁天黑前赶紧离开，不然，我们的家伙是没有长眼睛的。"金友和桃花他们还想哀求他们，几十人都举起了手上的家伙，而且还示意要喊村里的人。寡不敌众，我们默默地都不争辩和哀求了，自认倒霉，离开了河湾。

就这样，我们又毫无目的地像找魂似的找了几天，都没有一点收获。但我依然不死心，就这样回去，我的脸没地方放，我在村人面前就再也没有书记的分量了。

到了汶川以后，我们又分头去打探，我和金友去看他三爸。他说地震以后还未去看过。他以前在省劳改局的一个农场工作，如今告老退休。

我俩还未进帐篷，就闻到了烧老二的味道，门帘一掀，他正一边剥花生一边饮酒。一看见金友，惊喜之至。

"你杂种还没被打死？"

他老伴恨他一眼："你还像老辈子呀，说话连牛都踩不烂。"

金友一笑："三爸这是怕我死哩。"然后把我介绍给三爸。

"这么年轻，青钩子娃娃当书记，坐不坐得稳哟。"

还未坐稳，酒盅就递给金友和我了，"来，喝一盅，压压惊。"地震以后就再也未闻到酒气味了，这酒一入口，劲就上来了，瘾也就发了，一口就干了。

“好久从山上下来的？”

“十多天了。”

他“　”了一声，应声给金友肩上一巴掌，“十多天了才想起老子。”金友就把情况一五一十地说给他听。

“找到没有？”

金友摇摇头。

又喝了几杯以后，他便回忆起往事来了，“唉，我在劳改农场管犯人时，我们那一个农场就整整一座山，几千亩茶园，几十个犯人管也管不过来，十之八九被糟蹋了。”话后摇摇头，又是一杯。

这话让我和金友听入心了。

“现在茶园还在不在？”

“在不在，你们都莫打那主意，国家的，还能给你几个山蛮子，鼻子想干了莫得天河水，还是规规矩矩守在西羌寨那山上，多看几个野猪老熊。”

“老辈子，你说的那个农场在哪里？”我隐隐地感到了一种希望在动。

“在哪里都牛头不对马嘴，那里是茶园，又不是玉米青稞地。采茶，那是细活，你们山猴子会做？”老辈子很不屑地看我们一眼，然后又干一杯。

他老伴看我们着急，就说：“在邛崃的南宝山。”

“那么好的地方，几十年就让那些狗杂种给糟蹋了，多好的土地哟，种玉米，亩产不过千斤，我倒起走路。”说后起身歪歪斜斜地走两步便倒在了床上打起呼噜了。

我们决定去看看。

看了以后，我们被南宝山把魂钩住了，恨不得现在就不回去了。但这南宝山毕竟是在邛崃，而且又是劳改队的。我们像一群如获至宝的讨口子，高高挂在天上的宝物让我们垂涎直滴，就是无法获得。

这一次，我不像上次在河湾上那样，我们都十分冷静，既没有吼叫，也没有激动，而是比失望时还显得无助。很久很久，我们无一人说话，都仰躺在地上，无可奈何地看天上厚厚的云层。

“咋都不说话呢？是地方不好？”我打破沉寂。

“好倒是好，就是找不到修房子的石头。”石头说。

桃花说："啥都好，就是不晓得咋个才拿得到。"其他几位都重复她的话。于是我们又开始商量如何才可以拿下南宝山。你一言，我一句，自己想得办法，出了主意都一一地被否决了。最后，我才把我的主意说出来。"只好再找找省领导试试，行就行，不行就认命吧。以后也好死了这条心。"大家的眼睛都亮了说："书记这个办法好。"

我让金友、石头他们几个先回去，把消息封锁起来。我和桃花留在成都找省领导。苦苦等了三天，领导才在百忙之中给我们十分钟的时间。看见我和桃花一副落寞惆怅的样子，省领导先问我们："又是修路的事吧？""不是，不是修路。"他有几分疑惑地看着我等我说清楚："我们西羌寨已经无法生存了，大家都要求搬迁。"我心里无底，但话说得依然很坚定。他的目光一下变得很惊诧："往哪里搬？"还未等我接话，他解释道："省委定了原地、就近、分散原则，你们知道吗？"我点点头，然后又争辩道："西羌寨原地是无法住了。""可以分散在就近的村寨嘛。""也不行！""不行吗？"领导语气更加质疑，我铿锵地落地有声："不行！"领导有点不相信地看我好一阵不说话。我和桃花似乎被他的默然所吓倒也呆若木鸡。

"往哪里搬？有地方吗？"

"有！有！有！"我有些上气不接下气。

"在哪里？"

我一时语塞，咽下一口口水，桃花却接话答道："邛崃的南宝山。"

"那是成都的，我都没有把握。"

我马上纠正道："不是不是，是劳改队的。"

"哪个劳改队的？"

我们就再也答不上来了。

没有话了以后，气氛就让人快闷死了，我和桃花走也不是不走也不是，相互看看又低下头。好一阵，领导才说我问问再说，你们先回去吧。

桃花已起身欲走，我却心里不踏实，坐在那里像生根似的不想走。领导我两眼，挥挥手赶我走，我不得不走了。出门时，我又看看领导，领导又轻轻地向我挥挥手。

金友、石头他们回西羌寨后就受到了很多人的打击，真是芒刺在背。盼我盼得度日如年。

我和桃花回去时，他们欣喜若狂，以为这下什么都大白于西羌寨了。但我们的神情让他们陷入了更深的黑暗之中。

我们被这种黑暗淹没着，村民们对我已没有了信心，爷爷更是目有射钉，欲灭了我的“邪念”，钉死我的心。

八

我的心真是快死到临头了，但我不能死，只要有百分之一的希望，我都还得尽百分之百心。我相信省领导不会不管我们，他的话没有把门关死。

我让岷江美美地写了一封信，逼得他几天没出窝棚，信写完成以后，我把支部和村委会的成员全召集在一起，还让依娜他们都过来评判评判，看是不是拿得出手，而且能打动人。

听了以后，大家都赞许不错，于是我们就在信的开头分别加上县领导、州领导、省领导，并分别到村里让村民签名或按指印，对那些不愿签名和按手印的，我们便分别为其行使权利。为了更加强烈地表达我们搬迁的愿望，如实地反映我们极其恶劣的生存环境、极端坏的生活条件，金友、石头等小伙子还咬破手指，写了血书附在后面。

在等消息的日子中，我分别让金友、石头、桃花组织一些户主到南宝山去实地看，他们都说要是能搬到那里，就是狗窝窝跳到金窝窝里了。就连竹子、五叶叔等人都在我面前竖起了大拇指。

县上领导爬上西羌村一看，便紧锁眉头，一个劲地摇头，不断地重复一句话：“这哪里还是人生活的地方呀！”并说一定要去州里、省里强烈呼吁搬迁。领导的话让我们很兴奋。

“往哪里搬，你们有没有方向。”

“邛崃的南宝山。”我向领导报告。

领导吓了一跳，“那可是成都的地盘，你们晓不晓得？”

“是省监狱局下属的一个劳改农场”

“那更不好整！”

“农场已经闲置了，好些年没人管了，茶树都长成柳树了。”岷江形容道。

“你们去看过了吗？”

大家说是。领导就夸我工作做得细，做得实，有头脑有思想。“想不到，20多岁的小书记，做得还滴水不漏。”

正在这时，空中传来飞机的轰鸣声，不一会儿飞机就盘旋在我们头顶，慢慢地下降，气流把地上的尘土吹起来，漫天飘飞，人们还不知咋回事，飞机已稳稳地停放在玉米地上，舱门打开，跳下几个人，有省领导和州领导。

县领导迎上去向省领导和州领导打招呼并双手握住领导的手久久不放。

省领导喊着我的名字，然后握住我的手，我心里突然热血奔腾、澎湃难平，眼泪都快出来了。

“领导，我们搬迁的事定了吗？”

“你们写的信我收到了，也认真地读了，州领导又来省里详细地做了汇报。今天我和州领导专门来看看是不是必须要搬迁。”

县领导招呼大家站好后说：“西羌村的父老乡亲们，今天省领导和州领导亲自到山上来关心我们，让我们以热烈的掌声欢迎省领导讲话。”

省领导站在一根木头上，不紧不慢地说：“西羌村的父老乡亲们：我和你们州领导今天专门代表省委、省政府，州委、州政府来看望和慰问大家，大家辛苦了，受苦了！”

掌声雷动，经久不停。省领导用手势往下压压接着说：“你们的岷山书记半月前来找我说搬迁的事，他怕我不重视，回来后又发动大家写信、写血书，我和州领导都看了，所以今天专门看看是不是必须得搬。”

群情激动。“不搬迁，我们只有等死。”

正当领导准备继续讲话时，余震又开始了，雪宝顶下那些松散的山体哗哗哗地下泻而来，一些巨石砸在离领导不远的地方。待余震过去，省领导向州领导小声说道：“这看来是天意哩。”抿笑一下后问县领导，县上有没有安置的地方？县领导摇头否定。他又问州领导，州领导说：“以前可以安置的地方，现在全都被埋掉了。群山松动，次生灾害频发，哪里还有一块清静之地呀！”

我马上上前向州领导说：“领导，我们已看好了一个地方，只要省里支持就能搬迁。”

领导有几分肯定地看着我：“省领导已告诉我了。”

省领导把州、县领导拉到一边去，不知说什么，许多村民却齐扑扑地跪在了他们的面前。

“求你们了，领导们，求你们了。”

领导被马蜂蜇了似的马上去劝村民们：“这样咋行呢，快请起来，起来，我们这不在商量吗？”

“你们不答应，今天就不准你们走。”有的村民耍横了。

铁了心的村民们与领导形成钢铁一般的对峙，省领导没有任何办法。

好一阵后，领导感到了这种僵持的可怕。爷爷向他们走去，领导向爷爷投去信任的目光，我发现这一危险信号后马上也向领导走去，但我还未走拢领导，爷爷就说话了。

“大家还是起来吧，俗话说，金窝窝，银窝窝，不如自己的狗窝窝。西羌寨这么大几匹山，养得了我们的祖先，就养得了我们的子孙。不要再为难领导了，只要领导给钱把水引过来，路修上来，这日子照样会过得风车斗转的。”

爷爷还准备往下说，有的村民愤怒了：“滚远些，不要你在这里打胡乱说。”有的甚至给他吐口水、撒泥巴，场面一下就乱了。

爷爷灰溜溜地离开了，老眼里冒出古老的火花，在天地间一闪而过。

下跪的人不仅没有起来，没有下跪的人也陆续下跪。

这种不达目的誓不起身的氛围让领导的确没有办法收场，他看看我，示意让我解围。我只喊了一声“父老乡亲们”，他们就让我滚下去，而且吓我：如再说话，就不认我这个书记了。我两手一摊，一脸苦涩。在这种时刻，谁说一句他们不如愿的话，他们都会吼骂，甚至用土巴石头打击。岷江甚至说你们究竟还是不是人民的领导，屁大的事都不为人民做主。跪下的人有哭泣的了，须臾之间便哭声一片。

这时，州、县领导都给省领导求情，万般无奈，他不得不叫过来一个大个子说：“这是省司法厅的领导，地是他的，问他同意不同意？”大个子有些难言之隐：“不是我的，是省委的，省委咋定我们咋办。”领导从人群中走出去，大伙儿嚷道：“不许领导走！”领导说：“我不走，去打个电话。”边说边拨通卫星电话。通了足有几分钟的电话，回到人群中说：“大家起来吧，起来后我宣布省委的决定。”很多人依然原地不动。州领导说要相信省领导，大家快起来。我也招呼大家起来，村民们迟迟疑疑地都起来了。

我们都以焦渴的目光望着领导，领导扫视全场一眼，直截了当地说：“同志们，省委同意你们搬迁了！”话一出口，我再也抑制不住激动地蹲在地上流下了郁积多天的眼泪，场面就炸开了，人们不能自已地涌向领导，把领导抬起来抛向空中，一次、两次、十次……我怕伤着领导，一个劲儿地制止他们，他们哪里听得见，只是边筛领导的糠，边忘情地吼道，搬迁了！我们要搬迁了！

飞机发动了，螺旋桨旋起的风进一步鼓荡了村民们的激动，他们把咂酒抱了出来，拉着领导的手不让走，姑娘们把鞋垫子（羌绣）拿出来塞进领导的怀中，他们还把心爱的东西往飞机上扔。飞机起飞了，我们全部都仰望着，留着幸福的泪目送飞机翻过一座座山峰。只有爷爷，对着飞机不断地吐唾沫，嘴里还说着什么。

五叶叔敲响了羊皮鼓，咚咚咚，咚咚咚，咚咚咚，鼓声如皎月银辉的深夜流水般清脆，表爷牵着桃花的手，桃花牵着竹子的手，竹子拉起了依娜的手，依娜牵着岷江的手，所有的手都牵起来了，他们把我围在中央。

夜达莱，夜新路，夜星洛莱哦萨德呀德延，夜星洛莱哦学德呀德延。（今晚为什么呀，为什么这么亮呀，因为天上有月亮。小伙子们呀，为什么这么高兴呀，因为舞队中有漂亮的姑娘。）

这时，突然桃花挑头领唱《格尔西莫》。

格尔西莫，格尔西莫演哟西呀勒，格尔西莫。

（我要回到梦中的家，那里的山水很美丽，那里的阳光很灿烂，那里有动听的歌声，那里有美丽的舞步。）

小伙子们和道：哟喂！姑娘们应到：呀喂！

小伙子们哪里还经得起这么烧灼的刺激，更加来劲了，他们更加高亢地吼起了《萨朗贝莫》《前都前都》。

这么热烈的场面让我招架不住了，美好的夜空星月更加明丽。我从萨朗圈子中走出来，爷爷孤独地站在他的帐篷前，轻轻的羊皮鼓声已让歌声全部吞吃了，但他依然不放弃，不一会儿，起风了，月亮一下就被天狗吃了，暗暗的天空吹出一些寒冷，高高地呼啸着向地面下落。我的心情也开始下落，以前的这种活动总是爷爷的风光，爷爷很习惯这种风光，一种自尊的荣光罩在他身上，满嘴的古话，连我都不完全听得懂。我拨开簇拥我的人群，向那顶孤独的帐篷走去，爷爷站在帐篷前，仿佛离我很远很远。这时，他却把鼓敲得更密集更响亮了，火光在他衣袖上闪现出幽微的光亮，风有些肆虐地开始席卷，帐篷有些瑟瑟地发抖，爷爷魂一样地闪进了他的帐篷。

我站在帐篷外，内心升腾起对爷爷的不孝。

云朵和我并肩而立。

在她的后面，是那只如震姑奶妈似的母羊，小羊羔咩咩地贴在母亲的后面。

我走到帐篷前，轻轻地敲击几下。

“爷爷，我是岷山。”

爷爷不答应。云朵上来，亲昵地叫他，他不答应。母羊也灵性地叫了一声，爷爷似有所动，但依然用身板牢牢靠死篷帘。

“爷爷，省里同意我们搬迁到南宝山了。”

爷爷突然从篷帘后愤愤地钻出来，气咻咻地给我劈头盖脸的一顿骂：

“你滚，滚得越快，滚得越远，老子心里越好受。你这个狗杂种，白眼狼，忤逆不孝的畜生，我们岷家没有你这个东西。”

他举起了手里的长烟袋，在空中挥舞着，我们低头躬身等着一声闷响，他却一转身又钻进帐篷，靠在篷帘上。

我和云朵都叫着，他充耳不闻。

“你们去走你们的阳光道，我自己过自己的独木桥。再说一遍，老子哪里都不去，这把老骨头烂都要烂在这里。滚远些！”

从爷爷的话音里，我听出了他很多的心酸和苦楚，他舍不得这个地方，就像我舍不得南宝山一样。但爷爷要真是不走，我又该怎么办呢？难道把他一个人丢在山上吗？

我从心里有些后怕。我和云朵往回走时，白母羊却痴痴地站在那里，好一会儿，便卧在帐篷外，小羊依偎在母亲的身边，头靠在它母亲的头下。

下午，工作组的人通知十天以后搬迁。

晚上，我立即召开会议，大家坐在篝火旁，叽叽喳喳地反倒觉得时间不够了，近便的亲戚必须要走，该卖的猪、牛还得要卖，不能丢的东西先得背下山，老坟、新坟都要去通白通白。最最难办的是我给大家出的题目：

必须一个不剩的全搬走，留下一个人，我们都对不起西羌村的祖先。不走的，捆到背上、绑在担架上都得背走、抬走。

大家你看看我，我看看你，心里没有把握。粗略估计一下，有十多户还得做工作，通过工作可以争取七八户，最没底的是我爷爷、舅爷和三跰子。于是有针对性地进行分工，岷江和云朵去做爷爷的工作，五叶叔去做他儿子三跰子的工作，依娜打配合，表爷和桃花去做舅爷的工作，其他各户也明确人员，时间限定在了五日之内。

三天以后，所有的工作在预料之中，就是爷爷、舅爷、三跰子油盐不进，他们三个中最顽固的又数爷爷，不要说做工作，就连近身都困难。岷江和云朵拢不了身，就在帐篷外给他说，但爷爷年事已高，耳朵听力不好，说破嘴皮子也是白费功工夫。舅爷的态度有些松动，但前提就是爷爷走他就走，他哥俩必须在一起，三跰子只希望守着明年天麻收了以后，不然野猪一进地就全糟蹋了。

距搬迁的时间只剩下一天了，我不得不再次与爷爷沟通。我站在帐篷外不停地呼唤他，山山水水都听见了，轰隆隆地应声而旋，就他听不见，我没有办法，只好用刀子把绑死的帘子割下。爷爷坐在地上。没看见我似的，也不答话，我仍然叫着他，靠近他，但他始终不让我靠近，还没等我正式发话，他站起来，拿起一根木棒让我滚，我突然跪在他的面前。他却不屑一顾地钻出帐篷，到我爸妈的坟上去了。我向那里走去，他又向远处走去。

爷爷走远了，我索性跪在父母的新坟前：“爸、妈，请你们原谅儿子要远离你们。爷爷不搬迁，我们都没有办法，这里他有很多牵挂，但你们和祖奶奶是他最大的不舍，如果你们愿意，就请你们帮儿子做做爷爷的工作，让他理解我，支持我，和我们一起搬迁吧，他不走，我也走不动呀！”祈求后，我重重地给父母磕了三个头。

晚上，迷蒙之中，祖祖和奶奶都来到我身边，说“岷山，你为我们祖宗做了一件我们想做而做不到的事，好事啊，我们完全支持你，我们已给你爷爷说了，让他和你一起去南宝山，子孙日子过好了，我们在阴间也有面子。”我马上睁开眼睛，祖辈们已飘然升空。

我早早地来到爷爷的帐篷外，奇怪的是爷爷没有将门帘关上，我进到篷内。他没有训斥、怒吼，但却面有难色，我再次虔诚地跪在他的面前，眼巴巴地望着他自责道：

“爷爷，孙儿对不起你，但我也是为西羌寨，为我们的子子孙孙呀。你要原谅孙儿的不孝，自古忠孝不能两全。我知道你的心思，知道你留在这里不只是因为你，你是舍不得养育了我们祖祖辈辈的山水土地，丢不下埋在这里的祖老先人，特别是地震中遇难的儿子和媳妇。但你再看看这些山水土地呀。山不像山，水没有水，路不成路，不说别的，种几包玉米野猪老熊就糟蹋得差不多了，栽几个洋芋，靠人背去汶川卖，背都背驼了，日子依然是以前的样子。你们这辈人有几块老腊肉就可以打发日子了，可年轻人、小孩子不行呀，他们要吃鸡鸭鱼，要吃汉堡包、麦当劳呀，爷爷。”

爷爷身子有些发抖，他抬起头望天，眼泪从他的皱纹中浑浊地滴落下来，砸在我的脸上。我使劲地抓住他的手摇晃：“爷爷，你原谅孙儿吧，孙儿以后一定更加心疼你，尊重你。”听了这话，爷爷心甘地蹲下来，扶着我的肩：“起来吧，岷山。”

“你不答应我，我就一直跪在这里。”

“爷爷就把心窝子里的话说给你听。”

“爷爷虽然是个老古董，但爷爷是懂道理的。这几个月，我前前后后想到几十年，爷爷啥事没看清楚，县上人过的日子，河坝人过的日子，我们过的日子我翻来覆去地不晓得比较了好多回，好和孬你爷爷都分不清吗？只是爷爷心里疚，眼线短，脑瓜子旧，死要面子，总以为在西羌寨丢不起这个人。你是村上的书记，书记是大家的，孙儿才是爷爷的，大家的人就要做大家的事，不然家就不成家了。这些天，我嘴上不说，心里还是透亮的。人挪活、树挪死。以前，天灾人祸把我们撵上山，现在共产党、人民政府又在大灾之后把我们接出去，天大的好事呀！”

“这次我不走，我要等你们把那边建设好了以后再去。何况这么大个寨子，几座大山，一下就走得连个人影都没有了，那些祖老先人不孤独不害怕吗？我好好地再陪陪他们。再说吧，我还有一件十分要紧的事要做。”

我没有问爷爷什么要紧的事，像爷爷这种老人，总会保留一些自己的隐私。

“起来吧，我的话说完了。”

我站起来，爷爷有几分释然地笑，满脸的皱纹如大山的沟谷，纵横有序又深入浅出。

九

爷爷把现有的老人召集到一起，神情活现地给大家安排活路，并要全村的人都按照他的安排做好配合和支持。

晚上，爷爷早早地来到了临时广场上，他让五叶叔敲响羊皮鼓招呼村民。不一会儿，村民们把家里所有带不走又派得上用场的东西全都搬到临时广场上来了，柴薪堆成了山，酒缸排成了排。

按照爷爷的分工，有的指挥堆柴，有的指挥烧水，有的指挥煮肉，有的指挥蒸饭，秩序井然又一派忙碌。

一切准备停当后，爷爷向大家招呼，人群就集中得更紧密了，他再一次地伸展伸展他的麻布衣服，理理他的黑布头帕，一本正经地说话了。

“乡亲们：

“明天你们就要离开我们祖祖辈辈生活的老寨子了，大家都很高兴，爷爷我也高兴。今晚上，我们大家最后一次团聚在老寨子里，告别我们的祖老先人，告别生我们养我们的黄土地，我们就热热闹闹地走吧，让祖宗们晓得我们到哪里去了。下面，把火点燃，把坛子启封。”

“这把火还是由我们村上的书记岷山来点吧。”

全场答应，继而是经久不息的掌声。

爷爷把火把举起来，在空中挥了三下，我上前双手接过火把，高高地举过头顶，上上下下地升腾几次，给爷爷行过注目礼后，将火把伸向柴堆的火口处，风将火苗紧贴在干草上，干透的柴草顿时在哔剥作响声中火光腾起。人们欢呼着再次响起掌声。

在火光的映照下，爷爷向咂酒坛走去，待大家静下来以后，爷爷抽出咂酒杆往天上一甩，敬了天神，再往地上一甩敬了白石神和地神，又往天上一甩敬了家神，然后握着咂酒杆说道：

“天神木比塔、白石神阿巴锡拉：西羌寨明天要搬迁了，今晚我们给你们禀报，向你们通白。不是我们嫌弃神定的地方、先人们选的地方，而是可恶的地震毁了我们的房，断了我们的路，绝了我们的水，盖了我们的地，我们莫法在这里再生活下去了。是共产党、人民政府给我们找了更好的地方，那里有水有路，有地有柴，是过日子的好地方。等到南宝山建好以后，我们再回来接你们过去，我们不会不管你们，更不会不要你们，请你们保佑新寨子人好畜好样样好，家和寨和事事和。”说后又把酒杆往天上高指。

场上只有隐隐的抽泣声。

爷爷喝了一口咂酒，一抹嘴说 ：“好酒！”便招呼老人们按规矩依次去享用。舅爷、表爷和五叶叔等都生根似的不肯前去，让我必须先饮。虽然我是书记，但毕竟是小辈、晚辈，自古的规矩是破不得的。我站着不动，坚持规矩不动摇。

竹子站出来说：“哪里那么多规矩，规矩也是人定的。西羌寨搬迁你是头功，你不喝哪个敢喝，大家说是不是？”

村民们吼起来说：“是、是、是！”

我便在半推半就中破了祖传的规矩，先长辈们第一次喝了咂酒。

在场的人都饮过咂酒以后，爷爷便牵着舅爷的手，老人们便依次牵起了手跳起了锅庄，我们都牵起了手，男人们的手在一起，女人们的手在一起。

“仁木察沙，喔呀依麻沙，啊仁木察沙呀莫啊呀哟依哟，喔亚非啦手呀亚非啦依呀察沙。”

……

一曲终了又是一曲，由慢到快。我从未看到爷爷这么尽兴这么入情地跳过锅庄。他在前面领舞，手和脚的配合是那么的协调生动，手高扬起时，脚也停在了空中，手划下时，脚也划出优美的弧线，手向下落下时，脚却灵动地点在地上，脚尖与地面的接触形成巧力的反弹，让脚随手轻巧地又旋转着划向空中。慢下来时，每一步都深深地踏入这片土地，快起来时，每一步都飘向座座大山。最终爷爷还是敌不过年龄的不依不饶，他看到年轻人们已经不满足他的速度，不满足他的节奏了，他自觉地脱离大家，一屁股坐在了地上，大口大口地喘着粗气，不停地摇头。金友带着我们这一帮血性冲天的年轻人越跳越起劲，越跳越快，一直跳到姑娘、女人们一个劲地说“来不起了，跳不动了”，才散了圈子。锅庄圈子一散，咂酒坛的小圈子又扯圆了，人们放开了量地喝，酒司令无论男女老幼，坚持一人三盅的标准，人们拥护、执行甚至于坚决捍卫。两轮下来，不胜酒力的人便瘫软在地上了，有的便哇哇地吐了起来，整个场子都飘散着酒的味道。

爷爷似乎力所不支，仰躺在地上。森森的寒气让息下的场子有了几分冷落，两只羊执着地卧在老人的身旁，嘴里咀嚼着。小伙子们又向火堆添加了干柴，火光再次升腾起来，竹子等一帮小伙子吼叫起来：“今晚哪个都不准睡，睡了明天就不准搬了，我们必须闹个通宵，热热闹闹地离开这里。”话后，他把羌笛从腰间抽出来吹奏起来。

所有的人都被这凄美而嘹亮的笛声召唤着，爷爷坐起来了，金友他们都站起来了，连两只羊都站起来了。我们都知道他吹的是《羌魂》，这真是我们的魂呀，那么坚韧的追求，那么坚强的跋涉，任何时候，任何情况都没有退却没有惧怕过。那么多次的迁徙，无论是灾难所逼，还是战争所迫，羌笛都是召唤我们的精神使者，都是凝聚我们力量的精神勇士，都是朗照我们希望的精神阳光。听着这羌笛声，我们的心里都燃烧起向往生活、憧憬未来的力量，我们都不约而同地把目光望向东方，一起向东方深深地躬身礼拜。礼毕，爷爷说：

“五叶，轮到你了。”

五叶叔走上前，把羊皮鼓高高举过头顶，单膝着地行跪拜礼，头低着说：“爷爷，还是你老人家来吧。这么大的场面，这么久远的告别，你最合适。”

爷爷显得有些局促，伸出去接鼓的手立马又缩了回来。

“我不是给你说过吗？这是在为难我。”

五叶叔才猝然想起什么似的“喔”了一声，便收回羊皮鼓，神情十足地站起来，大声招呼道：

“小伙子们，跟我来！”

二十多个羊皮鼓手便跟随了五叶叔，迈着禹步，节奏明快地敲着羊皮鼓向祭祀塔跳去。

跳了三圈以后，三个小伙子便牵出一头牦牛，他们用清水洗净牛的四蹄，洗净牛角，甚至连牛尾巴都用水洗得干干净净。这时，五叶叔走上前用柏枝蘸上水从头至尾地洒在牛身上为牛净身，净身完后，五叶叔跪在祭祀塔前，将头磕下去，为神灵通白：

“天神木比塔，白石神阿爸锡拉，山神、水神、树神、灶神、土地神、列神列宗，今天我们就要离开你们了，我们在这里杀牛祭拜你们，愿你们保佑新寨子早日建成，保佑所有寨人莫病莫痛，保佑我们高高兴兴，风调雨顺！”

话后，起身，大家围着牦牛，敲响羊皮鼓转三圈。

这时，牦牛已被这种场面吓坏，加之冷水的寒气，全身打抖，五叶叔说：“看啊，众神已经笑纳了献给他们的牦牛了。”于时，小伙子们将套在牛腿上的绳子使劲一收，牛便倒在地上，五叶叔念念有词地边说边用刀割断了牛的喉咙，血流如注，场面肃然。

羊皮鼓声又一次响了起来：咚咚咚、咚咚咚、咚咚咚、咚咚咚、咚咚咚、咚！

阿火火衣火火，扯玛哈拉扯哈火耶，哦火哈衣，哦哈火甲萨火唉。（在神台边上跳舞呀，歌唱！求山神菩萨来保佑，一来风调雨顺，二来五谷丰登，三来六畜兴旺，四来国泰民安，五来家和万事兴，六来进出都平安，七来无灾又无难哟，八来山常青水常绿，九来九九长寿哟，十来日进斗金）

我们的魂都快被这鼓声敲出窍了，全村人齐刷刷地跪在祭祀广场上，在五叶叔的带领下，重重地磕下三个头，别离我们的祖先。

这时，天已大亮，我大声说道：“大家抓紧时间回去收拾，办理其他的事，十点半出发。”

不一会儿，四周都响起了不绝于耳的鞭炮声，鞭炮的硝烟从那些新坟园老坟园处袅娜而起，在空中集积，形成长长的烟带，缓缓地向山顶飘去。

我和云朵、岷江、震姑也来到爸爸妈妈的坟前，两堆黄土已披覆着零星枯草，晨风将其轻轻地摇动。岷江点燃鞭炮，我和云朵跪在地上，点燃香蜡，恭敬地拜过以后插在碑前，然后，点燃纸钱，给他们通白：

“爸爸、妈妈，不孝儿子、媳妇还有你们的孙女等一会儿就要走了，你们好好地在这里安息吧，等南宝山建好以后，我们再把你们接去……”

说到这里，似乎所有的话都卡在了喉里，又似乎再没有任何话可说了，一个头磕下去就再也抬不起来了，我们都泣不成声，震姑也呜呜地哭了起来，在她奶气的惊呜中，小羊也咩咩地叫着，似有几分凄厉。

好一阵子，我们才站起来，环顾四周，所有的新坟前都有人在告慰亡灵，哭声传来，肝肠寸断。我抹一把眼泪，回到广场，县上、乡上的领导和电视台的好些记者都到了，他们要完整地记录这历史的迁徙场面。他们都对我说，要让乡亲们走得高兴，不要掉眼泪，喜笑颜开。

我知道这是个天大的难事，但我不得不答应。我环顾广场四周摆放的已捆绑好的东西，五花八门。

十点半，人们准时地来到广场，我招呼大家开会，大家围拢过来，县领导、乡领导几乎都说的一口话，我知道话的善意，乡亲们心里也都明白，但就是听不进去。他们讲完，我接着说：“大家是搬迁到好地方过日子，要走得高高兴兴，不要哭天抹泪的，出发吧！”人们都久久地不动。五叶叔又敲响了羊皮鼓，带头向寨子跳去，小伙子们依次跟去，全村的人都跟随而去，人们边走边哭，渐渐地，哭声便淹没了一切，泪眼模糊中，我又看见了我祖祖辈辈生活的美丽而雄伟的西羌寨，又看见了那些生活、劳动、歌唱的场面，我们越走越慢，脚步越来越沉重，绕寨三圈以后，我再也走不动地跪了下去，人们都纷纷地跪下，齐刷刷在向寨子磕头，嗡嗡地哭叫声弥漫开去，形成遮天蔽日的层层声幔。

“领导们，请原谅我们吧，我们实在抑制不住，这是养育过我们祖祖辈辈的土地，这里有孕育我们祖祖辈辈的亲人，哪是说走就可以走的，说笑就可以笑的呀！”

还是金友的一句话让大家惊醒了过来。

“走啊，再不走，今天就又走不出去了！”

年轻人一窝蜂地背起了自己的包袱，吆喝着大家。

是啊，再不走，今天就又走不出去了。我们都起身向寨子投去最后一瞥，各自背上沉重的背子。

人们牵起线一般沿了那条新踏出的小路往前行进，我最后一个背上背子，爷爷站在不远的地方向我招手。我几步冲过去再一次拥抱我的爷爷，他摸着我的头：“走吧，你是书记，大家都在等你。”我泪眼婆娑地望着爷爷，十分愧疚地给他下跪，爷爷把我扶起来，愤怒地说：“男子汉，当断则断！”我陡地站起，转身就跑。

当我们下到沟底向西羌村仰望时，崖沿上站着三个人和两只羊，像三棵古老的树，伸向天空的树枝被风吹着不停地摆动，我们都停下来，向其挥手，并同声地喊：“回去吧！”

路过汶川时，好大的欢送队伍放响了鞭炮，牛脑寨的、凉水井的、雅都的、曲谷的，他们组成了上百人的羊皮鼓队夹道欢送，雅都和曲谷的狮子表演队在车队的前面轰轰烈烈地舞了起来。减速的车队款款跟在舞狮的后面前行，客车的窗子都被打开，下面不断地有人招呼车上的人，车上也不断地应答着，一碗碗咂酒双手举过头顶递给了车上的人，相互叮嘱着。夹道的横幅，高举的标语牌，大呼小叫的送行声，让场面充满更多的乡情和亲爱，我们挥着手，沉浸在这种牵扯和不忍之中。

傍晚，当我们的车队到达邛崃市时，成都市和邛崃市为我们准备了更隆重的欢迎仪式，我们的车队被迎接的队伍夹道欢迎，迎面的标语上写着：邛崃汶川是一家，南宝西羌同一室，欢迎你们到家！人们挥舞着手上的鲜花、彩球，不停地喊着：欢迎、欢迎、热烈欢迎！突然有的人呼起了口号：“欢迎羌族兄弟到家！”大家振臂而呼，鲜花的巷道升到空中，彩球飘向空中，组成一幅艳美的图景。

省领导、成都市的领导、州领导、邛崃市的领导早已等在那里，他们握着我的手，不停地说：“欢迎你们！以后这里就是你们的家！”快慰的话让我们心那么安适和舒心。领导们带着我参观临时的居处，这是为我们准备的过渡活动板房，一排排地向前伸展，光滑的水泥路，琳琅满目的小超市、社区服务站、警务工作室、医务室、幼儿园、冲水厕所，应有尽有。到得室内，家具一应俱全，除锅灶、床桌、衣橱、沙发以外，还有大米、面粉、腊肉，就连我们离不了的洋芋每家都准备了一麻袋。

领导们并没给我们开会，每家都看过以后，叮嘱我几句话："刚来可能不习惯，住一段时间就好了。给大家说，这里就是大家的家，羌汉民族是一家，有什么事尽管给市里说，市里全力以赴给予解决。"我不住地点头，嘴里依依唔唔地不知说了些什么。

我把领导们送到大门口，社区工作站的同志分别到每户发生活补贴费和慰问金，几乎所有的人都慌了手脚，都不敢去接，表爷说："这咋了得啊，我们消受不起呀！"就连金友手都颤抖了，久久地推开工作人员的人，有些言不由衷地说："这不是看不起我们吗？我们好手好脚，咋还能要政府的补贴。"工作人员再三解释以后，他才双手接过来，紧紧地贴在自己的胸前。

人们都睡去了，我走出板房，路灯把一切都照得透亮，桂花树和杜鹃花散发出清新的芬芳，我站在门前，向西眺望我的西羌寨，心里难以有瞬间的平静。爷爷呀，你以前给我讲我们民族历史上的迁徙是怎样的一种悲伤和苦痛啊，流离失所，家破人亡，无依无靠，血流成河，命如草芥。家破以后不知道何处是家，何时有家；人别了以后，不知道何日相聚何处相聚。如今，我们刚告别了破家就住进了新家，这么好的家，这么温馨的家，家里什么都有。这么温暖的家把人的心都快化成水了。

又有人从板房里钻出来了，是竹子。我看见他手里拿着羌笛，就咳嗽示意他不要惊扰刚入睡的人，他背我而去，有些不情愿，又一个出现在水泥路上，手里拿着羊皮鼓，依娜也出来了，表爷、金友也出来了，有人招呼似的。突然，竹子的羌笛响了起来，他吹的是《花儿纳吉》，旋律婉转清丽，音色云舒云卷，我们都以为他吹的曲子有点不对路，依娜却有些抑制不住地唱了起来：

汶川地震，毁了我们的家园花儿纳吉，

住进新房，我们的心里永远都升起不落的太阳尔吉尔吉。

我也应合着走上前，唱道：

父老乡亲，吃水不忘挖井人哟花儿纳吉，

自强不息，用实际行动感谢我们的活神仙——共产党呀尔吉尔吉！

大家又跟着一起唱了起来。

五叶叔又敲起了羊皮鼓，我们全都跟在他的后面跳起禹步，围着我们美丽的家园顺时针三圈，反时针三圈，那么欢快，那么铿锵！

十

接下来的十余天里，大家都衣食无忧，市里安排了十几个年轻人去酒厂、水泥厂上班。没多久酒厂上班的人偷酒被开除了，他们一家人到厂里去耍横，闹得不可开交，公安局都出面了才把事情摆平。又过了不久，小区里的清洁工不满了，说我们一点都不讲卫生，乱扔垃圾，乱倒污水，乱丢果皮，特别是那么好的厕所里解大便以后不冲水，整天臭气熏天。事情虽小，但已经影响到与社区的关系，甚至于关系到我们的形象。

我们召开户主大会，约法三章，只要不服社区管理，不按规矩办事，不讲卫生不爱清洁者，一律驱除回西羌寨，南宝山没有他的房和地，并让岷江和依娜作为监督员严加看管。

这以后，虽有些改进，但祖辈养成的坏习惯哪是说改就能改，人们的闲言碎语杂草一般地冒了出来。对我的不满情绪也在增加，特别是房屋的建设到现在还看不到影子，大家都十分着急。

我找到市领导，市领导说规划建设局正在规划和设计，我又找到规划建设局，他们说还在编制规划。

又过了些日子，我又去找规划局，规划局说再过几天就完了，我就有些不耐烦了，一巴掌拍在桌子上："你是不是在耍我们？我们眼睛都望穿了，你却不当回事。"他并不冒火，好言好语地给我解释，我的火熄灭了，后悔自己不该这么急。

过两天，市里召开评审会，我带着石头、五叶叔去参加。评审会上，五叶叔说应该加一个祭祀广场，石头说不要用砖，还是用石头。我没有发表任何意见，就是觉得不伦不类，寨不寨，家不家的，一点自己的味道都没有。我向市领导要求："领导，这么大的事情，我想回去让大家看看，共同拿拿主意。"市领导欣然同意。

现在，我突然察觉寨子的形状、寨子的外貌、寨子的味道的重要性了。寨子的规划应该和我们的产业有机地结合起来。

整整一个晚上，我想啊，挠着我的头，我把岷江和云朵叫起来，让他们也为我把脉。我们先从整个寨子想起，认为可以把旅游作为我们的主打，然后当然是茶叶，但茶叶怎么做心里无数。尽管只想到了这些，我还是很高兴。

我把户主们全部带到南宝山，把规划图摆开，给大家讲解。大家看图以后都说不像个东西，然后，我给大家讲我的想法，以旅游定位，大家虽还有一些畏难，但都觉得只有这条路可以走得通。这样我们就以旅游这个定位来讨论我们寨子的规划和设计了。

依娜说："搞旅游，就要现代一点，不然留不住人。"

竹子说："外土内洋，外装可以土得掉渣，内装就必须现代化。"

石头说："寨子还是要建成羌寨的样子，不然跟周围的小洋楼、小木屋一样，就啥味道都没有了。"

主基调一定，我就让石头带几个肯动脑筋的人又回到汶川、茂县、理县去看不同羌寨的规划布局和设计，我让他们主要去桃坪、黑虎、萝卜寨考察和学习。

并让岷江、金友、桃花、腊梅认真思考一下和旅游配套的一些活路。

规划局催问了几次图纸的事，我都以还在讨论为由搪塞了。

石头他们终于回来了，我们大家聚在一起研究起来，最后我让石头按照桃坪羌寨的样子设计一个雏形，不断强调以水定居的重要性。

腊梅给我写了一个把羌绣做成旅游产品的材料，对羌绣寄托了那么大的期望；竹子和依娜联名给我写了一个组建西羌魂艺术团，把羌歌羌舞都栩栩如生地描述了一番；桃花给我说把羌餐好好地开发出来，"比如羌寨老腊肉、豆花、洋芋糍粑、锅圈馍馍……"她说得眉飞色舞，啧啧生味。五叶叔说："可以把羌人的节目都兴起来，正月初五的狩猎节，五月初五的瓦尔俄足节，十月初一的转山会，还有花儿纳吉对歌节，再把羊皮鼓队增加些人，敲得震天动地的，岂不吸引人。"他们的这些建议，让我一下就活灵活现地看到了南宝山一个个热闹的场面，希望之星霎时飞得很高。

夜已很深了，我很兴奋地叫岷江喝酒，岷江取下眼镜，很不解地看着我。

"高兴了，哥俩喝杯酒吧。"

岷江把书放在桌上，对我说："开春以后，我带些人去峨眉茶厂学习制茶。"

我欣然举杯，与他碰而干之。

十一

秋天快到了，新寨子也快建成了，我让五叶叔准备准备断水和上梁的仪式，他却给我提出坚决不干这事，我问他为什么，他有几分神秘地告诉我说：“这事非得让爷爷做不可，怕以后镇不住。”

我说：“五叶叔，你装啥神鬼，这奠基、安门的法事都是你做的，上梁断水的事你为啥又不能做了呢？”

五叶叔说：“这奠基是管地下，上梁却是管天上。爷爷法力大一些，他做会更好，我也是为全寨考虑呀。”我知道他在骗我，从来就没有这一说。

“走时，那么隆重的活动都是你主持的。”

“那是因为爷爷的释比印掉了没找到。”

我这才想起爷爷说的他还有一件事，一件大事要做。

“爷爷又没在这里，万一他不下来呢？”

“只要释比印找到了，他肯定会答应的。”

岷江和五叶叔真把爷爷接下来了，舅爷和三跰子都一道下来了。我们为他们的到来，为西羌寨的彻底迁徙而庆贺。

早晨，爷爷上到南宝山，山上仙气缥缈，鸣鸟清幽，近山远峰全都在雾岚中若隐若现，他深深地吸了几口气，微微地闭上眼睛说：

“真是好地方啊，神仙住的地方一样。”

说后，转过身向着西羌寨的方向拱手一揖：“都是木比塔、白石神保佑的结果啊。”看见我不解地看他，他便更由衷地说：“没有共产党和人民政府，我们哪会有这么好的地方啊，祖祖辈辈，子子孙孙都忘不得啊！”

我带着爷爷走进还未竣工的新村，石头给爷爷介绍寨子的结构、形状，让他看了祭祀广场，他久久地看着，“可能有西羌寨的五个大吧！”石头说不止，他就啧啧地不出声。他看到每户人家门前和楼下的水渠，连声说想得周到，想得远。走出寨子，远远地看去，寨子依山而建，错落有致，花树相衬，完整地呈现出一个羊头的逼真造型，他兴奋至极，不住地赞叹：“好啊，好啊，简直太神了，把我们民族的崇拜都完完全全地体现了，这是我们的魂哩，魂在一切就在。”

"什么时候为寨子上梁？"

"就等你下来看日子。"

"不需要看了，这么好的地方，这么好的世道，天天都是好日子，明天就上吧！"

我们都为他这几句话鼓起了掌。

中午时分，南宝山的云雾散尽，山岭一派难得的清新，阳光朗照了所有的山岭，即将落成的新寨在阳光的照射下散发出泥土的味道。小伙子们喊起号子将裹了红绸的梁木拉上了寨门的柱顶，爷爷带着猴头帽，先用法器将法事做完，然后将蹲在梁上的红鸡公抓起来，绕梁三圈，一刀就宰去了鸡头，顺手将鸡公抛下。鞭炮噼里啪啦地响起来了，糖果和面馍馍从天抛洒而下，人们争抢着从天而下的圣物，场面一片沸腾。

支部研究并征得全村人的同意，将寨名定为：东羌寨。

我们把农历的十月初一，定为我们的开寨日，这是我们过年的日子。

时间在一天天地逼近，我和金友、桃花等一行去茶厂看了一下，茶厂建在寨子的不远处，有些阴湿，厂房建设很规范，很大气，峨眉茶厂和雅安茶厂给予了极大的支持，不仅派出技术员手把手教我们，还为我们捐资。秋茶刚过，已有鹤鸣雀舌和南宝羌芽、长海飘雪三个品种问世。岷江一脸的喜悦，我问他有什么困难时，他只说："就是还有部分村民对合作社不放心，他们偷偷地将嫩茶卖给茶贩子，我对此有些担心。"

"把情况弄实在，开会时我们大家一起讨论讨论。"

"还是我先做做工作吧。"

我们来到西羌羌绣绣庄，腊梅也是喜不自胜，抱出一大堆绣品让我选定开寨日贵宾的绣品，我选了一幅东羌寨的乱针绣给金友他们看，他们都说好。我再看看，对腊梅说："在寨子的左上方加上'因为有您'几个字。"大家说这个好。

我们来到西羌魂艺术团，竹子和依娜却面有难色，问他们节目怎么样，竹子说因为前些日子大家都忙于建房，晚上太累难以集中，临时抽出大家排练，不是基本功不行，就是创意不行。我没有怪罪他们，鼓励说：

"干脆搞几个大节目，全村的村民都上台，你们想想。"

五叶叔的羊皮鼓队是最有表现力的，不仅威风，而且独特，什么时候都可以一展风采。他整队，正欲开始，我示意不表演了。

“不担心你们，到时候再表演，给我们一个惊喜吧！”

什么都准备停当，这请客倒成了天大的难事，我们将省领导、州领导、汶川县领导、成都市领导、邛崃市的领导，乡上的、村上的都一一排出来，长长的单子，竟达600多人，这么大的场面，这么多的领导，我们应酬得了吗？第一次就砸了可就断了我们的后路，特别是伤了大家的心，打击了大家的情绪以后就更不好干了。

全村村民都信心十足，大家说这也是考验我们究竟能不能搞旅游。于是大家献计出策，最后成立起几个小组，村支部的委员各负责一个，所有的姑娘由依娜负责培训接待，还各自都做了应急预案。各组抓紧时间，利用晚上反复演练。

那天，人们全都按照分工进入自己的岗位，我和村支部一行人穿上崭新的羌装，外面套着有些艺术的羊皮褂子，站在寨门前恭迎领导和嘉宾。

太阳已经朗照了东羌寨，寨门在阳光下熠熠生辉，城堡一样的寨子沐浴在阳光中显得格外威武和雄壮，三根雕冲天而去，羊头的造型使寨子有了跃动的灵性。

小车、中巴车、大客车从山脚下鱼贯而上，我们都有些紧张地你看看我，我看看你，羌姑们捧羌红和咂酒的手微微地抖动。我咬咬腮帮子，瞪瞪眼，示意大家不必紧张，要稳起。

领导们从中巴车里走下来，我迎上前为省领导挂上我们特别的羌红，又双手给他敬上咂酒，领导喝下咂酒以后，表扬道：“没想到，你们在不到一年的时间里，就把一个完完整整的羌寨建起来了，而且建设得这么有特色，这么有气势。”

我陪着领导们视察了民居，他们对室内的设计和装修都给予了很高的评价。我又带着领导去参观了茶厂、羌绣绣庄。领导不停地摇头：“不敢想，不敢想，我还一直为你们操心，结果你们创造了人间奇迹，为灾后重建树了典型。”我说：“领导，全靠你们的关心，阿坝州、成都市的大力支持，特别是邛崃市，我们要啥给啥，要咋个做他们就让我们咋个做。阿坝州还在任务那么重的情况下，给我们派了近100名石匠、木匠、泥水匠。”省领导看着大家：“做得好，大家做得好，为省委争了光，为重建添了彩。”

参观完后，开寨仪式开始，金友主持仪式，首先让我致辞，我上到台上，不知说什么，写好的稿子也不翼而飞了，我站在台前向大家深深地鞠躬，眼泪就下来了，但我还是站到话筒前泣不成声地说：

“我们东羌村有今天，全靠共产党、全靠祖国，全靠所有领导的支持关心。我们会子子孙孙记住这一切，用实际行动感恩党、感恩祖国、感恩全国人民！”

话完，我再一次站到台前，再一次深深地鞠躬。

接下来是省领导讲话：“西羌村的成功搬迁又一次证明了共产党的伟大，社会主义制度的优越，祖国大家庭的温暖。我们的实践生动地诠释了伟大的抗震救灾精神，雄辩地印证了民族团结的坚不可摧。”

其他领导的讲话我已听不进去了，我的心又沉沉地陷入这两年的艰苦卓绝之中，眼前的一切让我自豪，但过去的岁月才让我骄傲。不知不觉中，羊皮鼓的咚咚声将我唤回，五叶叔两百人的羊皮鼓队在台上跳出了威风和神气，让我想不到的是，爷爷也在台上，手执法杖抖动着，法器发出哗啷啷的绝妙之声，那为情而驱的禹步，每一步都踏在我们的神经上。

竹子新编的羌笛曲子，已丝毫没有了羌魂中的哀怨，那么欢快地飞翔起来，依娜唱起了感恩的歌《多谢了》，最后，我们所有村民都上台，齐声唱起了《因为有你》。

你向我们走来，没有太多表白。迎着风，冒着雨，还有满身尘埃，目光诉说着无限忠诚和关爱，告诉我，不要放弃，人间有大爱。啊啊，因为有你，驱散阴霾，啊啊，因为有你，生命之花再度盛开！

……

啊啊，因为有你，生命之花再度盛开，啊啊，因为有你，让世界充满爱！

所有的人都站了起来，和我们一起唱起了这首让我们全体流泪的歌。前排的村民将一幅长长的绣品打开，一片五彩的羊角花盛开在岷山之上，光芒四射，“因为有您”几个大字更是灿烂夺目，熠熠闪烁。

领导们向台上走来，和我们站在一起，歌声再一次雄浑地响起。

十二

我不知道震姑什么时候离我而去了，我也不知道自己在这里坐了多久，当我再次环顾南宝山时，南宝山已被雾气裹住，什么也看不见了，东羌寨还在太阳的光辉照耀之中，三座碉楼在雾中朦朦胧胧的似有似无，采茶的人从雾幔中一群群地涌出来，背篼里、竹篮里都盛满了那么新鲜的嫩绿，她们叽叽喳喳地向茶厂走去。

从寨里向外走来两个人，看不清是谁，已到了寨门外才看清是爷爷和竹子，爷爷有些颤抖，但步履依然还稳健。

“岷山，出来已经四年了，家也安顿好了，厂也建起了，日子也一天比一天好了，该回去把你爸和你妈接下来了，不然，他们太孤独了。”说后，他望着我等待什么。

“不回去了？”我问爷爷。

“哪个人不想过好日子呢？这阴阳同理呢！”爷爷反问我。

爷爷站在那里不肯走，不知在等我的回答还是从此断真的一步都不愿挪动了。我将目光移向竹子。

竹子说：“今年的出外演出计划都拟定了，等书记审定。”

“金友都看过了吗？”

“村主任已看了，完全同意。”

“金友审定了，我没意见，按他的要求办吧。”

“只是……”

我用眼睛问竹子。

“只是，今年文化部邀请我们到法国参加艺术节，这事，他说必须你定。”

“这还需要定吗，大好事呀，东羌寨这不就出国了吗？”

爷爷有些诧异，不明不白地问道：“那些节目也能出呢？”竹子抢言道：“爷爷，那是文化，只有是民族的，才是自己的。说不定，你老人家哪些绝门独技那天也要出国了。”

几辆自驾游的车停在我的面前，全是清一色的宝马、奔马车，他们下车以后便开始拍照，不停地议论着什么。接着是几辆大巴车，车还未停稳，游客就往下跳，不住地赞叹漂亮。

雾较先前又轻薄了些，阳光洒下来，空气中有股太阳的爽味，云朵和震姑从羽化似的雾中向我走来，震姑快乐地叫着祖祖，祖祖将她抱起，亲吻着她的额头，我们站在那里，一抹阳光洒向我们，把我们温暖地拥抱，我们相视而笑。

广场上有歌声雄浑地响起，给这曼妙的仙景增添了几许生动的色彩。

若因波，若因波嘞卡动勒呀，麻勒日九卡动来西，若因波因波呀，若因波呀卡动勒呀！（朋友啊你来自远方，相会在这吉祥喜庆的日子，在这欢乐的时刻，我要为你斟满美酒。来吧远方的朋友，尊贵的客人，我们一起唱歌，我们一起跳舞。）

黄家村

◎陈学知

马海刚下车，一个女人的声音就响在耳畔，那声音饱蘸着热情，洋溢着惊喜，飞舞着兴奋灌注到他的心里。瞬间，地心产生了极大的定力，她产生了较大的磁场。他呆呆地站在黄家村村委会的坝子里，愣愣地望着她，脑海里的鼠标迅速点击着记忆里的档案，搜索着数据库里的数据，停留在高中时代，一个名字从他的脑海中闪现出来——“秀青！”

秀青说，想不到我们等来盼来的驻村扶贫干部竟然是你！她迎接着他，免了常规的握手礼节，热情地接过他手里的背包。

两人的眉眼中都飞舞着难以抑制的兴奋和快乐。

一时间他说不出话来，这个世界说大就大，说小就小。二十一年从没见过面的高中同学，今天居然以这样一种方式见面了，而且还会近距离地接触两年。

真是太神奇了！

真是无巧不成书！

这是缘分还是上天的安排？

秀青与他并肩走着，控制不住内心的激动，嘴里不停地说着，没想到，没想到，真没想到。

马海抑制不住内心的兴奋，语无伦次地说，两年，我在你们这里驻村扶贫两年。

秀青笑一下，玩笑似的问，是太长了还是太短了？

马海小声地说，太短了，有你在这里，一辈子也愿意。

秀青红着脸说，你没有变，仍然是那么诙谐。

马海说，你也没有变，故意装傻，总把我的真心话当成玩笑话。

她看他一眼说，我是不是老了？

他不知该怎样说。二十一年前那个白嫩、紧致的秀青不见了，站在他面前的是一个皮肤黝黑，双手粗糙的农村妇女。依稀可见的是那双清澈有神的眸子。他说，你的眼睛仍然像海洋一样深，仍然像井水一样清。声音很小，小得只有他们两人才听得见。

秀青看了一下天，叹息着说，光阴似箭，日月如梭，转眼二十一年就过去了。唉，没有其中的二十一年该有多好啊。岁月布满了裂痕！人生充满了苦难！唉，要是永远都停留在高中时代那该有多好啊。

马海注视着秀青关切地问，日子过得好吧？

秀青避开马海的眼光，看了一下天说，今天的太阳比昨天的太阳好，是插秧的好天气！

春阳已经扫描过来了，村委会坝子右边的柏杨树和桂花树，在春阳的爱恋下焕发着勃勃生机，左边的桃花和月季花在春阳的撩拨下，散发出奇异的香味，招惹着蜜蜂，招惹着蝴蝶。三只鸽子栖息在村委会的屋檐上，两只燕子在屋檐下筑窠，两只喜鹊和三只麻雀在坝子里跳来跳去，像是凑热闹。

两人走到村委会办公室门口时，李书记笑着迎了出来。李书记是一个六十多岁的瘦小老头，面带土色，呼吸有些急促，像有什么病一样。李书记对马海说了一些官场上的客套话后，便安排秀青给马海打扫房间。那个房间在村委会办公室后面，在农家书屋右侧，有二十多平米，没有窗户，黑咕隆咚的，以前村委会一直用来堆杂物。

村委会没有通电，李书记扛来梯子，准备在三革委家搭线。马海见李书记和秀青为他忙个不停，哪里闲得住，忙抢先爬上梯子去接电线。梯子是用柏树做的，很结实，马海拾级而上。

马海觉得钉子不够，叫李书记再准备一些，李书记便安排王文书到三革委的小卖部去买。马海一边理着电线，一边问秀青的情况。李书记站在地上扶着梯子，仰头看着马海，说秀青现在是黄家村的村主任，说别看她是一个女人，当村主任比男人还当得好，大家都很拥护她。马海说她的娘家好像是山花村的。李书记说是呀，她是山花村的人，二十年前她嫁给黄家村十二社的张明，生了一儿一女，是一个非常能干，非常有孝心的女人。天底下难找这么好的一个人。说到这里，李书记叹了一口气，接着又说，只可惜好人没有好命。马海的双手僵在布满黑灰的墙壁上，低头看着李书记。李书记以为马海在催要钉子，说等一下等一下，王文书还没有买回来呢。马海镇定了一下情绪，又开始固定电线，锤子敲在水泥钉上当当地响。李书记见电线固定的位置没有错，又接着说，张明的父亲患脑溢血瘫痪在床上十多年了，都是秀青一人照顾。是秀青，只有她的心才这么好，换成别的女人早就撒手不管了。马海的头有点晕，觉得就要栽下去了，他慌忙抓住梯子。李书记感到梯子剧烈地摇动了一下，下意识地用力按住梯子。

这时王文书回来了，踮着脚把水泥钉递给了马海。三革委走过来，问李书记马海在他家搭伙多少钱一顿？李书记冒火地说三革委你龟儿子个鬼，没见我们正忙着吗？三革委说不是快要煮午饭了吗？李书记说亏得了你吗？我问你，我们哪次安排人搭伙亏待过你？三革委说不是亏待不亏待的问题。先说清楚，先说断后不乱嘛，一碗肉不埋在饭底下，吃亏要吃在明处，我这个人历来是明来明去。王文书捅捅三革委的腰，提醒他小声点。李书记瞪着他，怕他的话被梯子上的马海听见。马海恰恰就听见了，马海说对，把话说明好些，我先说个数看行不行？中午二十块，早晚各十块，每天四十块。三革委高兴晕了，连连说要得要得。李书记一脚朝三革委踢去，说要得你龟儿子个鬼！你抢人呀？！君子爱财要有道！每天二十块。二十块你龟儿子个鬼也占便宜了。你算算两年时间你要赚马书记多少钱？三革委不服，还想说什么，王文书忙推他回去帮婆娘烧火煮饭。

一根线把太阳一样的光亮接进了村委会。

村委会里顿时光芒四射，村委会里顿时生机勃勃。

马海从梯子上下来，浑身沾满了灰尘，他站在坝子里拍打了头上和身上的灰尘，然后四处找洗手的地方，找遍了也没有找到。李书记歉意地从三革委家端来一盆水。马海心里想，看来我还得去买两个塑料桶。

马海洗完手走进自己的房间，秀青已经把泥巴地面扫得溜光，床头边的桌子和凳子摆放得整整齐齐，擦得干干净净，床也铺好了。马海怔怔地站在房间门口，他没有想到秀青会给他铺床，他以为她只是给他打扫房间。把房间给他打扫干净，他就很感激了。马海心里想，是别人她会给他铺床吗？不会，肯定不会。她是看在老同学的情面上，还是？一股暖流漫遍他的全身，将他的整个身子和心都浸泡在温柔乡里。

晚饭后，马海躺在秀青给他铺的床上看了一阵微信，然后走出去，站在坝子里，望着山湾的夜晚，觉得一切都是那么的陌生和别致，天，空旷而又高远，夜，静谧而又幽深。月光像一潭清水一样，把近处的路，近处的田野，近处的油菜，近处的树木和近处的房屋都呈现了出来。春天的白天是花的世界，夜里却是青蛙们的世界，每一块水田里，每一个池子里，每一根田埂上都有它们活动的身影，都有它们合唱的音符。

一个身影从灰白的乡村路上，由远而近地移了过来，渐渐清晰地映入马海的眼帘："秀青！"

秀青今天给他铺床，发现他只带了一床毛毯，乡村比城里冷一些，夜里没有棉絮是不行的。

马海从秀青手里接过棉絮，走进屋去放在床上。秀青没有跟进去，站在村委会的坝子里，看着一地的月光出神。马海招呼她进屋坐。她说不了。说罢转身就往回走。十二社离村委会很远，要翻过两个坡梁，虽然通了乡村公路，但也要走三十多分钟。马海不放心，追出去，说开车送她回去。秀青拒绝了。马海只好跟在她的身后，步行着送她。

像一条带子似的灰白色乡村公路，缠缠绕绕像筋络，穿过竹林，流过田野，绕过土地，爬上山梁，滑下陡坡，长长地铺展开去，延伸过去，连接着各社，连接着各家各户。

青蛙们的演唱会还在继续，院子里守夜的狗不时发出一阵阵汪汪的吠叫声，时而漫不经心，时而亢奋不止。

月光流泻在他们的身上，时而将他们的身影叠合在一起，时而拉长，时而缩短。

马海说为什么把我安排在三革委家搭伙？秀青说是村委会研究的。说三革委家是这个村的首富，条件好，离村委会近。马海看着月光中的油菜花，说为什么不安排在你家？秀青说我家那么远。马海说远怕什么。秀青说我们家条件差。马海说有难同当有苦同享。马海嘴上这么说，心里却清楚，他这是痴心妄想，怎么可能把他安排在她家去搭伙呢。孤男寡女在一个屋子里吃饭，要不了两天谣言就会飞满天。

马海一边走，一边了解全村情况。秀青告诉他，黄家村一边是坤龙，一边石龙，地属一条沟，地理位置相当差，水源奇缺，资源匮乏，交通落后，距场镇约20公里，属于旱片死角，自然条件较差。全村有12个村民小组，总人口1437人，农户376户，低保户25户、59人，贫困户106户、259人，耕地面积1330亩，田（水田）527亩、土（旱地）803亩，现有3米宽通村水泥路2.5公里，通社道路2公里。7公里的路面未硬化。

马海听后半天不说话，心里沉甸甸的。

秀青说，怎么不说话？

马海重重地叹一口气说，难度太大了？压得我都说不出话来了。唉，比我想象的大得多。

秀青说，如果知道有这么大的难度你会来吗？

马海说，没有人愿意下乡驻村的。单位先派了好几人，都找人说情说脱了。

秀青说，那你为什么愿意？

马海说，我也不愿意，我是没有法，我找不到人帮我说情，我没有关系。

两人沉默了一阵。

马海抽了一支烟说，不说这些不愉快的事了，给我讲讲三革委的故事。秀青看一眼月光下的他，说累了一天了，还是享受享受月光吧。马海看一眼满地的月光，说我月光也要享受，故事也要听。

这时他们已经爬上第二个山梁了，翻过这个山梁离秀青的家就不远了。如果不说故事，秀青很快就会与他分手。马海又说，给我说说三革委的发家致富吧。秀青说你回吧，我明天再告诉你。马海说我明天要到镇上去开会。秀青只好站住。

马海看着月光中的秀青。

秀青看着月光中的马海。

春风送来一阵阵油菜花和野花的芳香，阳雀和野鸡在山坡上的树林里不时发出梦呓声。

两人对望一阵，各自脱下一只鞋子，垫在山梁上的乡村路边，并排坐下。当春夜的风再次吹来的时候，三革委的故事便从秀青的嘴里娓娓道来，一个章节一个章节地铺陈在月夜中的山梁上，深深地吸引着马海。三十几年前的一天，三革委赶观音场，在场口边看见一个长得眉清目秀的姑娘，突然间动了心。从此他吃不下饭，睡不着觉，更无心做活路，白天躺在山坡上望着天上的白云和鸟儿想那姑娘的模样，夜里在幻觉中拥抱那姑娘，亲那姑娘。他像害了大病一样，一天比一天消瘦。

一个炎热的中午，全院子的人都在竹林里乘凉，好心的三婆摇着篾扇，问出了他的心事。问后用篾扇打着他的头，说你这个砍脑壳的，只晓得愁，不晓得动脑子想办法。三婆的话如醍醐灌顶，一下打开了他的思路，他从地上跳起来，大叫一声，疯了似的跑了。大家吓得面面相觑，说他得了菜花癫。他不管别人怎么说，吹着口哨，在家里找东西卖。他的家是一个崖洞，在半坡上，夜里有虫鸣伴奏，长年有泉水叮咚响。他找遍了，也没有找着一样值钱的东西，只有一个铜瓢，这是他舀水煮饭用的东西。为了女人他不管吃饭的事了。说实话，他的心他的魂都在那个姑娘的身上了，哪还有心管其他的事。他把铜瓢卖了，扯了两米多布，做了一套衣服。然后在坡上砍了几根树子，在竹林里砍了四十多斤竹子，卖了，买了一双皮鞋和一个挎包。

他穿着新衣服，背着新挎包，每个逢场天都在观音场的场口边转来转去。一个秋天的下午，天下着绵绵细雨，在他转了几百趟后，突然看见姑娘的母亲背着一背红苕藤正艰难地行走着，他急忙走上前去，十分殷勤地说大妈我来帮您背。大妈正背得吃力，突然见这么一个好心肯帮忙的人，何乐而不为，她一边说谢谢一边松开背篓绳，将一背沉重的红苕藤让给他背。他帮大妈把红苕背回去，放在石磨上，用袖子擦了一下汗。大妈招呼他坐下，端出茶来请他喝。他从来没有喝过茶，不晓得那是茶。后来回来给湾里的人描述，说那水有颜色，里面有些渣渣草草，味道嘛有点苦。

他一边喝着有颜色的水，一边用眼角瞟着屋里，希望能看到那姑娘。大妈是个聪明人，一眼就看穿了他在看什么，他希望看到什么。大妈心里想，看来他是冲着我的闺女来的。大妈笑一声，想对他说她的女儿不在家。谁知大妈刚说出我的女儿四个字，他慌忙打断她的话问姑娘到哪去了？大妈哈哈一笑后却不说她女儿，而问他，问他这段时间老在场口边走来走去的干什么，他灵机一动编出一个人物来，说他是三革委，这段时间检查这一带的工作。大妈从来没有听到过三革委，不知道三革委是个什么东西，以为三革委是一个很大的官。大妈放下手里的活儿，仔细端详着三革委，认真研究起来，不错，这身穿着打扮一看就是个官老爷。人呢，长得伸伸展展的，五官也还端正，只是个子瘦小了一点，但没啥子关系，人家是吃国家饭的，不担不抬，瘦小怕什么。嘻嘻！真是老祖先人显灵了，给我们送来了神龙快婿！大妈喜不自胜。立即问他是哪里人，家住哪里。三革委机智的回答让大妈很满意，当时就定下九月十八日带上女儿和舅舅姑姑去他家看人户。

老天爷，这下可把三革委愁死了，一来他家不就原形毕露了吗？他拖着软绵绵的腿，心不在焉地往回走着，与正颤颤巍巍担着半挑水的三婆撞了个满怀。三婆放下水桶没好气地骂道，你个死娃儿，走路不长眼睛，鬼追起来了呀？三革委没有心情也没有精神回骂，抢过三婆的扁担，一阵风似的帮三婆挑了一缸水。然后坐在三婆的门槛上，像一头刚犁了地的牛，呼哧呼哧地喘着粗气。三婆舀碗饭给他，他不吃。三婆捧一捧花生给他，他也不吃，一张脸愁得像苦瓜一样。三婆说别像别人借了你谷子还了你糠一样。有啥子你说出来嘛，说出来三婆听听，看天塌不塌得下来。于是三革委一五一十地对三婆说了。三婆听后，拍着她那双干枯的手，咧着她那没牙的嘴笑道，我还以为什么大不了的事呢。我不信活人会被尿憋死！傻娃儿，你没房子，难道别人就没有房子呀，这个湾里这么多家难道就凑不够一家的粮食和一家的家具？你个傻娃儿。三革委苦着脸，说三婆老人家啊，你说这个湾里谁会借房子谁会借粮食和家具给我嘛？三婆说这个你莫愁，我来帮你张罗。

三婆把自己的家收拾出来，又借了些粮食和家具，把一个家弄得像模像样。然后叫全村人统一口气，说这个家就是三革委的家。

当姑娘回门的时候，一切才真相大白，一家人哭天无路。怎么办？结婚证扯了，堂也拜了，酒席也摆了，生米已经煮成熟饭。认命吧。命，这就是命！

县城里的舅舅不忍心让侄女去住崖洞，去挨饿受冻，便把堆杂物的半间房子腾出来借给侄女儿住。一家人寄人篱下，三革委一面感恩不尽，一面吃苦耐劳，发奋挣钱。白天在工地上顶着烈日、冒着风霜做杂活，夜里打着电筒、就着月光在垃圾堆里寻找能卖钱的东西。十年后，他带着二十万块钱和妻子儿女回到了黄家村，新建了两楼一底的楼房，在村里开了一个小卖部。村里人开玩笑说三革委，城里那么好挣钱，你为啥还要回来呢？三革委说为啥，不为啥，只想过正常人的生活呗。

马海听完故事，看了看月色中的山坡说，他这辈子，应该好好感谢感谢他妻子的舅舅。

秀青说，可不是。大家都这么说，如果不是他舅舅借半间房子给他们，说不定他们还跟许多人家一样贫困。

马海说，他不到城里去开眼界，怎么会想起开小卖部呢。人的眼界是外部世界打开的。

秀青说，就是，这些年他开小卖部也赚了些钱，不然他们家哪有那么富。

马海说，所以我主张，凡是有劳力的人，都通通输送出去打工见世面。

正说着，两个黑影突然嗖的一声，从他们的面前像一阵妖风似的窜了过去，两人吓得站起身，面面相觑。马海问是什么，不会是狼吧？秀青按着怦怦乱跳的心，说我们这里偏僻是偏僻，但是野兽什么的还是没有。正说着就听见油菜地里响起一阵野猫子的叫声。马海生在城市里长在城市里，哪里听过这种声音，好奇地问秀青。秀青说是野猫在叫春。马海问野猫叫春是什么意思？秀青笑着打马海一下说你真不晓得，还是假不晓得？马海说真不晓得。

在这样的夜晚，秀青不能告诉他野猫在发情。她看了一眼天上的月亮，又扭头环顾了一下月光中的菜花。说你回吧。马海不想回去，含情脉脉地注视她一阵，拉她坐下，叫她讲这些年的经历。

秀青捡起一块石头，在水泥路面上划了一阵，便开口谈起几个高中同学来。两人正谈着，马海的电话不是时候地响了。马海示意秀青别出声。电话是马海的妻子打来的。问马海在做什么？为什么不给她打电话？马海说还在开会，说等会儿打过去。说罢挂断了电话。秀青笑着说马海撒谎。马海说善意的欺骗，常有的伎俩。说后两人哈哈大笑起来。

笑声在静夜的山梁上滚动，是那么的响亮，是那么的无遮无拦。两人仿佛又回到了高中时代，无忧无虑的高中时代，如诗如画的高中时代。同窗三年，他们在一个教室里听课，在一个操场上打球，课业紧紧地把他们联系在一起，彼此的成绩、长相和习气都深深地映入对方的眼帘，刻在记忆的深处。记得头一年她坐他的前排，第二年她坐他的左侧，第三年她坐他的右侧。上自习时他们偷着递纸条，偷着交换小说看。

秀青问马海，你的妻子漂亮吗？

马海说，漂亮。

两人沉默了一阵。马海抽了一支烟，问秀青过得怎样？秀青没有回答，扭头看着夜色中的山坡，把话岔开说村里的一些事。马海这时不想听村里的事，又问秀青这些年的情况。正问着，秀青的电话响了，是邻居瘟得痛打来的，说他们家的猪跑出来了。秀青没来得及向马海告别就快步往家里跑。

这个穷山村的单身汉很多，马海怕秀青出事，远远地跟在她的后面，护送着她。直到她进入他们院子，马海才转身往回走。一边走一边给妻子打电话。妻子责备他不回去。他说将近五十公里，路又不好，一趟要跑一个多小时。妻子说，你每天去报个到就回来嘛。马海说哪有那么轻松，督察组要来督察，再说事情也很多。妻子说你们单位那么多人不派，为什么独独派你？还不是因为你老实好欺负！我看你一辈子都只有吃亏！马海有些生气，说我没有亲戚老表当官，一辈子是只有吃亏。妻子说我怎么就嫁了你这么一个没有出息的窝囊废！马海压下心里的火气说，别仙女下凡似的委屈。说点好听的好不好？妻子说我哭都哭不出来了，你还叫我说好听的。我真是瞎了狗眼，这辈子怎么就嫁了你这么一个倒霉蛋！别人是夫贵妻荣。我呢？一点面子没有不说，还要为你守两年的活寡。马海的心受到了极大的刺激，他真想把电话摔进菜花地里，再把脚下的路踢成两半。

马海站在路边，望着深不可测的夜晚连连抽了几支烟。然后深深地，长长地叹了几口气。

他穿越夜色，头顶着天，脚踏着地，继续往回走。走到八社的岔路口，突然听见前面有野兽一样的厮打声。再走近一看，是两个男人在打架，一个女人站在一边，嘴里嘀嘀咕咕在念着什么。马海叫两个男人住手，两个男人根本不听，斗鸡似的，继续打着，越打越凶猛，把摔跤和拳击的技能天才般地使用了出来，两人按在地上，一个猛然翻起身来，逃似的跑开几步，捡起一坨土块朝对方砸去。对方一闪身，躲过土块，又猛追过去，抓小鸡似的抓住对方，于是两人又抱在一团，翻滚在地上，拼命地击打着对方，都恨不得把对方置于死地。

马海急得团团转，劝又劝不住，拉又拉不开，只好打电话把李书记叫来。李书记极不高兴，一脚一脚地朝两个男人踢去，说你龟儿子个鬼，深更半夜都不让老子睡个安稳觉！说你龟儿子个鬼，个个丢人现眼！没有女人难道就要死人呀！两个男人跳到路边的油菜地里，说李书记你是饱汉不知饿汉饥。李书记说都给我滚回去！一个男人拉起女人就跑，另一个男人跟着追去。李书记箭一样射过去攥住后面的男人，说跟我老老实实回去，不然我把你送到派出所去蹲黑房子！男人突然蹲在地上哭道，我今天给她买了饼干，还割了一斤肉。呜呜，我好久都没有睡到她了，李书记啊我好难受啊！

马海被这一闹剧弄得糊里糊涂。等李书记把那个男人吼走后，便问起来。李书记支支吾吾不想说。马海生气地提高了声音。李书记见瞒不过就告诉了马海实情，说他们村的单身汉经常为这个女人打架。马海说，她没有男人吗？李书记说，她男人死了一年多了。马海说，她愿意吗？李书记说，她神经不正常，谁给她吃的她就跟谁走……马海打断李书记的话叫起来了，你们为什么不阻止他们！欺负这样一个人简直是丧尽天良！

月光下，近处的一切都依稀可见。路的那边有两条狗在交欢。菜花在夜风中起着层层波浪。

马海闷着头走回去，门口站着一个女人，马海还没有开口，那个女人就自我介绍道，我是二社的南瓜花。

马海说，南瓜花同志，你找我有事吗？

南瓜花说，我摘了几个柚子，你尝尝。

马海说，现在还有柚子？柚子马上又要开花了。

南瓜花说，满树都挂着呢。想吃随时可摘。

马海说，你们怎么不摘去卖？

南瓜花说，离街这么远，又不通车，来回走一天，卖几十个柚子盘缠钱都不够，所以懒得摘去卖。

马海剥一个柚子，与南瓜花吃起来。南瓜花说，怎么样？

马海说，味道好，水分也好。

南瓜花说，喜欢吃，我明天再给你摘一背来。

马海忙说，别，别，别摘了，这几个我都要吃好几天呢。谢谢谢谢！

第二天马海四处看了看，果然到处都是柚子。马海想这些柚子弄到城里去至少卖五块钱一个。可是这个地方这么偏远，怎么弄进城呢？马海冥思苦想，最后决定号召同事和朋友开车来买。星期天，十几辆车浩浩荡荡开进黄家村，以三块钱一个的价格，把全村所有的柚子都买走了，另外鸡鸭蛋也打开了销路，家家都意外地得到了一笔收入。

这天傍晚，马海把李书记叫到柏杨树下说，你能不能帮我另外换一家搭伙。

李书记玩笑道，你是不是想到秀青家去搭伙？

马海说，别开玩笑。

李书记收住笑，为难地说，这个，这个，真的再也找不出一家合适的了。另外一家条件好的是瘟得痛，但又远了，在十二社。怎么？三革委家吃得不好吗？

马海说，不是这个问题。是他们太客气了，天天都是大鱼大肉，更要命的是三革委和他的妻子一个劲地往我碗里拈菜，弄得我一点也不自在……

李书记大笑起来，哈哈哈哈！那是他们敬重你！我当了这么多年的书记还没有得到这样的待遇呢。

马海望着李书记的笑脸，心里想，一坨又一坨带着腥味的鱼给你挑起来，一大块又一大块的腊肉给你挑起来，你吃得下吗？你笑得起来吗？还有筷子上的黑灰，还有满地的鸡粪。

李书记像看到了他的内心，说，你吃饭只看碗里的饭和碗里的菜，其他地方你别看，农村家家都养鸡，家家都烧柴，肯定没有城里干净。

说得马海没有话说。唉，两年的时间只有咬着牙坚持下去。马海抽了一支烟，看着山湾的深处说，那请你给三革委说说，别那么客气，粗茶便饭最好。另外叫他们千万别再给我拈菜，我喜欢啥拈啥。

第二天三革委家果然煮的是农家饭，夫妻俩也不再给马海拈菜，马海自在多了。时间久了，马海不再擦筷子上的黑灰，也不再注意地上的鸡粪了。

显然，马海已经融入到了这个偏僻的穷山村。

一天中午，正在吃午饭，瘟得痛打电话叫三革委晚上到他家喝酒。马海听李书记讲过三革委和瘟得痛的结缘。说几年前三革委的肚脐红肿，肿得像面包，红得像熟透了的番茄。到县医院、市医院、华西医院都看了，都无济于事。打针吃药都不见效，专家也没有办法。三革委只有回家等死。很快就要离开人世了，三革委的心灰透了。这天，他一步一拖地挪到村诊所，想与瘟得痛道个别。瘟得痛是一个赤脚医生，因为治不好病，所以大家叫他瘟得痛。三革委去时，瘟得痛正在诊所里打瞌睡。三革委坐在他的对面，敲着他的头说，和我说几句话吧，再不说就没有机会了。

瘟得痛抬起头，眯缝着眼看着三革委说，你这是怎么了？一脸的死灰，像要死了样。

一滴泪水从三革委那窝陷下去的眼里滚落出来，他说，老兄啊，你说对了，我就是要死了。

瘟得痛吃惊地看着他，说不出半句话来。

三革委擤一把鼻涕，抹在桌子脚上说，不瞒你说，我得了绝症，黄土泥巴都埋到我的颈子上了。老兄啊，我不想死，我还没有享几天福，我舍不下我的女人，我舍不下我一屋的财产，我舍不下我的儿孙。过去我那么穷，那么苦……三革委说不下去了，扑在桌子上号啕大哭起来。

瘟得痛精神一振，猛然站起身，把桌子一拍说，哭个球！人又不是稻草做的，说死就死，哪那么容易。来，让我看看。

三革委抬起泪眼鄙夷地看着瘟得痛，心里想，你感冒都看不好，还能看好我的绝症？

瘟得痛说，说说你哪里不舒服？

三革委转念一想，反正已经要死了，让他看看，死马当活马医吧。说不定观世音菩萨显灵了呢，说不定缺牙巴吃豌豆遇上缘了呢。这么想着，他站起身，将衣服捞起，让瘟得痛看他那红肿不堪的肚脐。瘟得痛看了看，摸了摸，然后把他扶到诊所的床上，敷上膏药，输上液。

奇迹就这样出现了，第二天红肿消了。即将熄灭的生命火焰又重新燃烧了起来，这是多么大的喜事啊。死里逢生的三革委，感激涕零，连着几天请瘟得痛到酒店喝酒，连着几天在自己店里抱起火炮到瘟得痛的诊所门口去放，放得震耳欲聋。还逢人便说瘟得痛治好了他的绝症，又花钱请人写了一篇稿子，在广播上大肆宣扬瘟得痛的医术，说大医院的专家都治不好的疑难杂症，瘟得痛却轻而易举就医好了！把瘟得痛吹得神乎其神。

从此，瘟得痛的诊所天天病人爆满，生意红得像正午的太阳。

从此，瘟得痛与三革委结拜成兄弟，隔不了几天瘟得痛又请三革委到家里去喝酒。

三革委放下电话的时候，马海突然问他，瘟得痛真的有那么神吗？

三革委突然哈哈大笑起来。马海心里想，他肯定是想起了什么好笑的事，不然他怎么会笑成这个样子。

马海又问，他真的有这么神吗？

女人说，神个屁。

三革委吃一口饭，又笑起来，将饭喷得满桌都是。马海吃不下了，起身进灶屋，将碗里的饭倒进潲水桶里，在水缸里舀起水把碗筷涮了涮，然后在锅里舀了一碗米汤。

三革委还在笑，女人也跟着在笑，笑得左倒右歪的。

马海说，有什么好笑的说出来我也笑笑。

女人就要告诉马海了，但三革委却不准，说，瘟得痛的酒不能白喝，兄弟不能白拜。

女人说，我又没有对别人说，马书记又不是外人。说后便告诉马海，原来三革委不是患了什么大病，而是肚脐眼里钻了几个虱子，被瘟得痛的膏药闷死后，就没有东西在肚脐眼里作怪了，红肿自然就消了。哈哈，简直笑死个人了！

女人的话还没有说完马海就哈哈大笑起来，这确实是歪打正着。太好笑了！简直是太好笑了！

几个人笑得东倒西歪。三革委拍着大腿说，每当我想起膏药上黏着的那几个死虱子就忍不住想笑。

女人用筷子打一下三革委说，笑死你个傻瓜！

三革委说，不管怎么说我都得感谢他，我这条命是他捡回来的。说后警告女人不要对外人说。马海听出了话音，说，我们哪里说哪里丢。你们放心吧。

三革委有些尴尬，说，我不是说你，我是说我屋头，女人家嘛嘴巴不稳。

这时，两只下蛋母鸡红着脸从灶屋里叫着走出来，女人指使三革委说，快去把蛋捡了，免得狗瘟吃了。

三革委起身朝灶屋走去。

马海看着三革委的背影，突然想起了秀青给他讲的故事，觉得这个人物的命运很厚重。他还想再听一遍三革委的故事，等空了，他一定叫秀青再给他讲一遍。

这天早晨六点过，李书记的电话把马海从梦中惊醒，说邓二和南瓜花打起来了。马海跳下床就往二社跑。

事情是这样的，早晨，邓二担谷子，断手臂无法拉住摇摆不停的箩筐，撞断了南瓜花家的一枝花椒。

马海走拢的时候，邓二和南瓜花闹得正起劲。南瓜花像母鸡打架似的伸着脖子骂邓二道，断尾巴！断手杆！大天白日的你瞎了狗眼呀！我的花椒树长得好好的你把它撞断。

邓二说，我又不是故意的。再说你那么一枝花椒管几个钱？不就是因为昨天你叫我给你家打谷子我没有答应吗？我不可能把我家的活路丢下来帮你家做。你说你哪次丢下自己的活路去帮别人做过？

南瓜花跳起双脚骂道，放你妈的狗屁！我会找你断手杆帮忙？说起哪个会信？你说这个湾里哪个我没有帮过？我帮你断手杆还帮得少吗？不是好东西！

马海心里想，说转去说转来都是因为劳力问题。唉，现在农村里的劳动力确实是个问题，在家的都是些老弱病残。

马海上前劝南瓜花，南瓜花同志，算了，邻里邻居的，低头不见抬头见。

南瓜花说，和他这样的人挨着住真是倒了八辈子的霉！去年他喝醉酒踩死我一只小鸡，前年他故意踩死我一窝丝瓜，说栽到他的地里去了，今年他把我的地铲了一巴掌宽过去。他欺人太甚！连他的核桃树都欺负人。她一边说一边指着邓二家的核桃树，你们看嘛，他家核桃树的枝桠伸到了我的院坝里，霸王似的挡着太阳，害得我晒东西都晒不成。哪天我会找一瓶硫酸给你烧死……

邓二跳起来说，你敢！你敢把我的核桃树烧死，我就敢把你的房子烧了！

李书记吼道，无法无天了！

马海把南瓜花拉开，南瓜花蛮不讲理地哭闹道，不得行！我今天非叫他赔我的花椒树不可！我那一枝花椒今年结了两三斤花椒，明年起码要结四五斤。

邓二冷笑一声，鄙夷地说，要结八九十斤呢！吹你妈些牛！

满湾的知了都扯着嗓子大叫着，像是在比谁的声音最大。太阳火辣辣地烤着大地，生怕别人说它的威力不够大似的。

两人越闹越凶，以至于动起手来，马海在劝的过程中挨了几次误伤不说，还被南瓜花拉着撒起泼来。马海哭笑不得，把脸上溅的唾沫星子擦了后，把邓二拉到村委会去，一场战争才算结束。

这天到镇上开会回来，马海的车上只有李书记和他。马海想趁机问秀青的男人张明是个什么货。李书记却避而不答，把话岔开，问他车买成多少钱？

马海说，十几万。

李书记说，看样子没买多久吧？

马海说，通知我扶贫驻村的第二天买的。

李书记说，有个车方便得多。

马海说，那是，那是。

李书记问了他车又问他家里的情况，像搞调查似的。马海不好不搭理他。快到村子了，马海不得不切断他的话，问，怎么一直没有看到秀青的男人回来？

李书记叹一口气说，他不会回来了，自从在外面和一个年轻漂亮的女人好上后，再也没有回来过，再也不管家里的事，已经有十来年了。

马海的心像被一只魔爪撕扯了一下，痛苦地痉挛着。马海心里想，看着秀青整天露着一张笑脸，我还以为她过得很好。万没有想到她的笑容后面还隐藏着这么深的痛苦。

李书记说，世界上难找秀青这么好心的女人，也难找她这么刚强的女人。说实话，这个世界上没有几个人能过得了她这样的日子，一人拉扯着两个孩子，还要照顾一个瘫痪病人，一人忙里又忙外。

马海手握方向盘，双眼看着前方，心里增添了几多的痛惜与愁绪。

针对单身汉们侵犯女人一事，村里召开了一个会，马海在会上组织大家学习了妇女权益保护法，并着重强调不要伤害有精神病的人。会上人人都听得很认真，但是下去仍然是过去的样子。马海见他的第一举措没有起作用，又实施第二步，规定一个村干部管理几个单身汉。这一招最见效，那个常被欺侮的女人睡了几天安稳觉。但平静下面却翻卷着层层波澜。单身汉们放浪惯了，这一管简直要了他们的命。偷偷地在一起商量后，李书记家今天死一头猪，明天死两只鸡。秀青家的麦子刚扬花，一夜之间全部被踩倒。秧苗刚刚怀胎，一夜之间全部连根拔起。马海夜里出来解手不是踩着蛇，就是听见鬼叫。这样恶毒的报复让村干部个个胆战心惊，渐渐地放弃了监管。单身汉们又一群群地往那个女人的家里跑。眼见着女人走路那种负痛的样子，眼见着女人那日见消瘦的样子，马海的心一股股的疼痛。他几次要报警，但被李书记的哀求阻止了。

为这事，马海焦头烂额，他必须采取新的措施。这天，马海把李书记、秀青和王文书召集起来，再次专门研究保护那个女人的方法。会上三个人都不怎么发言。马海无法，也没有理由发火。村干部除了管理村里的事，还要种地养家糊口。

马海抽着烟，李书记和王文书弓着背抽着烟还是不说话。马海从鼻孔里喷出两股浓烟说，我知道你们忙，但这事不管不行，我们都是有姐妹的人。看着怪可怜的。马海说着泪水涌了出来。

王文书小声地嘀咕道，单身汉们也可怜！

马海生气了，气愤而又大声地说，他们这是丧天良！他们这是犯法！你知道不知道？！

秀青撞马海一下说，王文书说的也是实话，你别生这么大的气。

马海说，早知道你们这个村这么多鬼事，就是打死我都不来。没有女人难道就要死人呀！

李书记和王文书笑起来了，王文书说，那你每周回去做啥子？没有女人要死人，你试试，说不定还真会死人。

李书记打王文书一下，笑道，你龟儿子个鬼，喊你赶场，你却专门抵黄。

马海没有笑，马海笑不起来，他接着问，你们真的不知道她的娘家在哪里？

李书记说，二十几年前她跟着聂驼背来，神经就不正常，聂驼背也不晓得她是哪里人，说是在一个垃圾场里遇到她的。

秀青说，她有个儿子，在外地打工，把他叫回来吧。

马海说，你们把他的电话找来，我给他打电话。

李书记摇着他那满是白发的小脑袋说，这不是什么好办法，她儿子也不可能守她很久，现在的年轻人不像秀青。

马海到茅房里去解手。茅房在村公路边，是用乱石砌的，四处都透风，马海从来没有见过这样的厕所，刚来时解不出手，大半年后才习惯。茅房离村委会有三百多米，白天夜里他要来回跑好几趟，他常常利用来回的时间想问题，好多办法都是在这来回的路上想出来的。今天也不例外。他突然想到有个办法既能保护好那个女人，也能解脱她的儿子，那就是把女人送到精神病院去，这样还能得到治疗，说不定还能治好她的病。

马海这样想后就照这样办，但是女人没有户口，没有户口精神病院不接手。于是马海想办法给她办了个特殊户口。

女人终于完全得以解救。

马海松了一口气，心里充满了快乐！嘴里不停地哼歌吹口哨。

这天夜里，马海躺在床上哼着歌看微信，秀青的电话突然来了。接通电话，秀青只是哭不说话。马海跳下床，开车急驰而去。秋天的夜晚有些薄雾，弯弯由曲的公路模糊不清，有几次马海差点栽下山沟。

蟋蟀在路旁的泥地里叽叽地叫着，野鸡在山岗上不时发出一两声鸣叫，路上不是蹿出一只野兔，就是蹿出一只野猫或一条野狗，害得马海常常踩急刹。

秀青家的大花狗很凶，马海不敢下车，打电话叫秀青出来。

秀青坐在车上还是哭，不说话。马海预感到发生了大事。马海的心里难受极了。马海想知道，又怕知道。秀青在车上哭了一个多小时才告诉他所发生的事，傍晚她在田坎上赶鸭子，突然蹿出两个男人，把她的嘴和眼睛捂着拖进芭茅林里……马海的意识里出现了一片空白，他的肺要炸了脑要爆了！他救了那个精神病女人却害了秀青。马海气得说不出话来，坐在车里像僵死了一样。

秀青家的狗在车外哼着。竹林里吹起一阵夜风，带出一些寒意，增添了几多萧瑟和凄凉。

马海掏出烟，抖动着手抽了几口，恢复了一些意识。他掏出手机报警，秀青却一把拉住他的手，不让他报警。

马海说，不能让这些犯罪分子逍遥法外。

秀青哭着说，你报了警我怎么活下去？我怎么有脸见人嘛？

马海拿手机的手无力地垂下了。

夜色更加浓厚，夜雾更加密集，山村被一层一层黑灰所掩埋。远处近处的狗狂吠不止。蟋蟀的叫声更加杂乱无章。秋风无力地吹拂着，枯草和枯枝发出凄怆的声音。

马海已经抽了大半包烟了。眼见着这个他暗恋着的女人受害蒙羞，他却不知道该怎么安慰她。几句话能阐述清楚他内心的痛楚吗？几句话能抹去她的蒙羞和受辱吗？不能，不能！有那么一阵他真想大喊大叫，有那么一阵他真想毁灭整个世界！

受了奇耻大辱的秀青，已经沉入到一个幽深的黑洞里，她不敢抬头看马海，捂着脸哭得死去活来，哭声中断断续续地带出一些话语，我不是挂着两个孩子和瘫痪在床上的老人，我真想一死了之。

马海含着泪，紧紧地搂抱着她，生怕她一下就不见了，他连连说，别说这样的傻话，别说这样的傻话，千万不要说这样的傻话，一切都会过去的。

这一夜，马海没有睡，他想了一晚上，该怎样解决这个问题。他想马上将万恶的犯罪分子捉拿归案，但秀青又不同意。他理解她，他懂她，名声对于这个具有传统观念的女人来说很重要。那么让这些犯罪分子逍遥法外，他内心的愤怒难以平息，这个村的平安也是一个问题。这一系列的问题装在他一人的肚子里，好不苦煞人啊！他简直都快要疯了！

接下来的事，真的要把他气疯了，南瓜花受性骚扰缠着他哭闹不止，一个六十二岁的老太婆大白天被人拖到山沟里强暴。马海差点昏倒在地。他顾不了那么多了，立即报案，将两个犯罪分子捉拿归案，然后以输送劳力的名义将单身汉们送到城里去打工。

秀青病倒了，马海不方便天天往秀青家跑，他委托李书记安排人去照顾。他远远的在电话上安慰她，问候她，在微信上找些开心话发给她。秀青以前玩不来微信，是马海最近给她开通的。马海的关心在这个时期对秀青很重要，犹如黑夜里的一盏灯，犹如冰雪中的一盆火，犹如孤岛上的一个知音。一股股暖流包围着秀青，让她的生命像春天一样渐渐地复苏过来，让她的精神像春阳一样重新焕发出了光彩。

秀青终于挣脱出奇耻大辱的枷锁，轻装上阵了。当她焕然一新走进村委会时，马海差点没有控制住自己的情感。

特困户和贫困户按上面制定的标准重新评出来了。这项工作开展得非常艰难，家家都说很贫穷很艰难。没有评上的人，到村委会来大闹，不堪入耳的脏话，一句句从他们那满是黄牙的口里迸发出来，像一颗颗导弹，具有很强的破坏力。马海的心里难受极了，反复给他们讲规定，讲政策，讲标准。但是都无济于事。有的骂后，硬逼着马海给他们扶贫款，马海叫苦连天！马海觉得自己跳进了火盆里，他盼着时间快快地过去，好早点回城，好早点回单位，好早点回家。

他的家庭生活已经发生了很大的变化，自从他驻在黄家村，家里再也没有开过火，妻子天天在外面吃。星期天回去也找不到妻子的踪影。妻子的社交圈大大地扩大了，朋友多得难以计数，下班后这个不邀她打麻将那个就会邀她。妻子的麻将瘾是越来越大，输的钱也越来越多。高利贷已经借了两万多。更可怕的是她已经染上了毒瘾。马海劝她不要打麻将不要吸毒，她便勃然大怒。说她一个人在家不出去打麻将日子怎么过？说这一切都是马海造成的。马海有口难辩，痛苦不堪。

星期一该马海到岗，但马海没有来，星期二马海也没有来。秀青心里非常不安，不方便打电话，就发了几条短信，但马海没回。这是非常不正常的现象。驻村一年多时间，马海从来没有缺习过一天。一般情况马海不会不回短信，马海不会不来电话。秀青的心悬在了半空中。

星期三，马海来了，车停在路边，半天不下来。秀青站在村委会门口，又不方便过去，便发短信问他。他回短信说头有点晕，想在车上坐一会儿。秀青说，你是不是病了？快到瘟得痛的诊所去拿点药吧。马海说，没事，我一会儿就下来，你别管我，去做你的事吧。秀青说，我哪有心思做事，这两天我像热锅上的蚂蚁，到底发生了什么事你告诉我吧。马海再也忍不住，扑在方向盘上无声地哭泣起来。秀青不见马海的回复，便抬起头不安地看着路边那辆静寂无声的黑色轿车。一分钟过去了，两分钟过去，马海还是没有下来。秀青顾不得什么了，径直朝那辆黑色轿车奔去。

几天不见，马海变了个样，像害了一场大病的人。

山坡上的树和草，以及地里的红苕藤、芝麻、黄豆、海椒等农作物都露出疲惫不堪的神色，一切都老了，一切都累了，一切都枯萎了。秋阳时出时停，黄家村时明时暗。天上的白云堆积着，像受了惊吓一样的僵在那儿，一大片一大片的乌云趁机飘过去，覆盖在上面，霎时，那奇异无比的云锋和洁白如雪的美丽不见了。

秋天的景色围绕着他们，秋天的凄凉紧紧地包裹着两颗心。

车顺着乡村公路慢慢地滑过去，他们不知道要到哪去，眼前蜿蜒曲折的乡村公路没有尽头地向前延伸着。

车开了一个多小时，到了一个陌生的地段，秀青说，停下吧，再往前走我们就要迷路了。

马海停住车，僵硬地坐在车上，秀青给他理了理衣领，拍了拍肩上和背上的灰尘，然后拉过他的手，默默地握住。马海突然像小孩子一样放声大哭起来。

马海和妻子离婚了。马海的妻子在马海驻村的第四个月就与一个有钱人好上了。半年前马海的一个哥们儿告诉他，他不信。上周五下午，他因身体欠佳，想提前回去休息休息，谁知，却意外地发现他的妻子和那个男人在床上裸露着身体正颠鸾倒凤地狂欢着。

秀青想好好地安慰安慰马海，但是李书记的电话突然来了，说下午督察组要来。马海没有时间疗伤，他擦干眼泪，抽了一支烟，平静了一下心情，然后开车奔回村委会。

这天，马海正在电脑上做扶贫上报表，南瓜花扛着锄头突然闯了进来，把锄头朝地上一顿，说，你们扶贫扶贫！你们到底扶的啥子龟儿子贫？！

马海说，南瓜花同志，你别激动，有话好好说，有话慢慢说。铁冷了打不得，话冷了是说得的。

南瓜花尖着嗓子怪声怪气地说道，瞄准扶贫开发对象全面实施扶贫政策。你们说的比唱的还好听。结果呢，还不是在放屁！

马海说，南瓜花同志，你说得一点不错，我们是瞄准扶贫开发对象，全面实施扶贫政策。看来你对政策还是非常了解嘛。

南瓜花挥着手说，上面说得个好！你们在下面净是个乱搞！

马海一脸正色地说，我们没有乱搞，一点也没有乱搞，我们完全是按政策办事，都是坚持公平、公正、公开的原则，特困户和贫困户都是准确识别确认的，都是村民投票推荐的，你不是也参加了的吗？

南瓜花说，我一时昏了头，没有想清楚。今天早晨陈二嫂、甘大妈打电话给我说，你们评的那些贫困户都是冒牌货。

马海说，怎么是冒牌货呢？李老三患癌症，狗尾巴是个瘫痪病人，甘二打二被化学药物烧后长期皮肤溃烂，长期吃药不断……

南瓜花说，那断手杆邓二呢？我们家也很贫困，男人虽然在外打工，但也是长期吃药不断，医生还说他是胃癌呢。很显然我们也是特困户，你们为什么不给我们扶贫款？你们简直瞎了狗眼！我们也是特困户，你必须把我们补报上去。

马海满脸难色，说，南瓜花同志，上面的政策是坚决杜绝“穷人落榜、富人戴帽”现象的发生。我们坚决不能乱开口子，你要理解我们。

南瓜花放下锄头，突然转换了口气，声音意外地亲热，马海，马哥，别跟我说政策，政策我不懂，我也不管，我只要扶贫款。其实大家都清楚，什么政策不政策的嘛，这还不是你口头一句话吗？

马海说，南瓜花同志，你把我看高了，我没有那么大的权力。我只是一个执行者。

南瓜花靠近马海，马哥，政策不是说精准扶贫，不落一人吗？你们不是说一份捐赠，一份爱心吗？

马海移开身子说，你别这样，我晕，你别让我犯错误，我已经四十几岁的人了，你别让我晚节不保。

南瓜花逼过去说，你别躲着我。

马海退在墙角边，翻身跃上办公桌，别追哥，哥只是个传说。

南瓜花哈哈大笑，你以为我要强奸你吗？太好笑了！

马海有些尴尬地说，其实我不是怕你，我是想增加自己的高度。

这时，李主任走了进来，见此情景，朝南瓜花吼道，南瓜花，你太不像话了，你把马海逼得要悬梁自尽了！你太过分了！

南瓜花哈哈大笑道，我想给他把头上的渣渣拈了，他以为我要强奸他。

马海从桌上跳下来，拍着头上的渣渣，心里自嘲道，孔雀开屏，又自作多情了一回。

李书记说，南瓜花，马海头上的渣渣他自己拍了。现在没事了，你龟儿子个鬼该走得了。

南瓜花突然哭起来道，我不是来做好事的，我是来要扶贫款的。你们今天不补报我就不走！

李书记说，你的男人不是被我们介绍出去打工了吗？

南瓜花说，男人是男人。

李书记说，劳务输出一人，脱贫致富一家。你们不是一家人吗？

南瓜花一边哭一边说，他是他，我是我，我们是两个人。他那几个钱还不够他用，哪里富得了一家嘛，呜呜。

李书记气恼地说，你个龟儿子个鬼怎么乱球扯，一点不讲道理！你这个女人家哪个跟你说得清嘛，去把你家的明白人喊回来！

南瓜花勃然大怒，李老头，现在不是那些年，别对我大喊大叫的！没人理你，没人怕你！你个鬼老头，说我不讲道理，我怎么不讲道理了？你跟老娘说清楚！别以为我一个女流之辈好欺负，惹毛了老子敢杀人！你信不信？

王文书小声地在一旁说，人不要脸，百事可为！

王文书的女人慌忙拉王文书一下说，嘴巴闭紧点，别去惹她这只母老虎！

村委会已经围了许多人，南瓜花像受了奖励似的继续哭闹道，你们给别人扶贫款，就不给我们扶贫款？这是什么原因？明摆着我们家没有请你们吃，没有请你们喝嘛！

邓二躲在人群里冷笑不止，说，人不要命好办，人不要脸真不好办。泼妇，真是他妈一个不要脸的泼妇！

三革委在人群里与瘟得痛耳语道，看样子她不要着扶贫款是决不罢休的。我看这河水怎么消啊？

瘟得痛漫不经心地说，办法总是会有的，政府有的是钱。

三革委的妻子撇着嘴和瘟得痛的妻子说，啧啧，怎么好意思啊！脸都不要了，这样的人，啧啧。

瘟得痛的妻子附和道，他们家也不是舀水不上锅。是我就不愿意跌那个份儿。贫困户难道就好听得很呀。啧啧！

一个女人插嘴说，人家就不管那些，要着一分钱是一分钱。不出力不出汗的，要着千儿八百的还是可以。

瘟得痛的妻子说，你说得也对。如果她要着了，我们也跟着要，国家的钱大家都该得，对不对嘛？

瘟得痛瞪他妻子一眼说，你做梦嘛！

三革委同情地说，唉，马海这个扶贫干部当得真是艰难啊。唉！

一群麻雀在柏杨树上你言我语地叫个不停，山坡上的斑鸠发出浑厚的声音，一声一声地叫着，像是在宣讲着什么。秋阳钻进云层，将脸彻底藏了起来，将阳光收了回去。

南瓜花越闹越凶，马海安抚着南瓜花，南瓜花同志，你别激动，别激动！有话好好说，有话慢慢说。

南瓜花突然恼羞成怒，像条猛兽一样，猛然将马海推倒在地，跃身骑在他的身上，一边挥舞着手乱打乱抓，一边不停地说，给不给我家扶贫款？给不给？不给老娘打死你！

马海用手挡着南瓜花的攻击说，南瓜花同志，别激动别激动！有话好好说嘛。

李书记拉开南瓜花，抓起笤帚朝南瓜花打去，你吃了豹子胆！竟然敢打县上派来的领导！你胆大包天！你要翻天了！

邓二用那只好手在大腿上拍着笑道，打得好打得好！打她的脸打她的脸！打死她这个不脸的泼妇婆娘。

三革委瞅一眼邓二说，别得意，小心你的另一只胳膊！

瘟得痛扭过头劝邓二道，你别惹她，你惹她干什么？落点清闲吧。

李书记还想狠狠地收拾收拾南瓜花，但被马海拉住了。马海说，山不和水斗，男不和女斗，算了算了！

李书记气得脸青面黑，掏出手机说，简直无法无天了！我看你有好凶。

我马上报警，把你龟儿子个鬼关进黑房子我看你凶！

马海急忙抢了李书记的手机说，别小题大做，有话好好说。

南瓜花也拿起胸前挂着的手机说，你告我也告，你们欺负我弱势群体！我要找妇联为我撑腰。

马海突然对南瓜花怒斥道，南瓜花同志放下你的手机！别没事找事！

南瓜花拿手机的手僵持在胸前，抬起头，吃惊地看着马海，她没有想到马海原来也是一个有脾气的爷们儿。

马海擦去嘴角上的血说，南瓜花同志，你的问题我们一起来商量解决好不好？现在有很多扶贫项目，给一个项目让你做，看你愿不愿意……

李书记打断马海的话，小声说，你别白费口舌，她龟儿子个鬼是四季豆不进油盐。

马海说，也不一定，让我试试。说后接着与南瓜花说到，包鱼塘怎么样？政府给你买鱼苗。

南瓜花昂着头说，我只会吃鱼，我不会养鱼。

马海说，那种桃树吧，政府给你买树苗。

南瓜花说，我天天守在地里，还不如在城里打工挣几个现钱。

马海说，那养鸡，政府出钱给你买鸡崽。

南瓜花突然冒火地大叫起来，你哄小孩子呀！他们那些人家你们给的都是钱，我要点扶贫款你们就喊我做这样做那样。这太不公平了！你们为什么不喊他们养鸡养鱼种树呢？

马海说，明摆着他们没有劳力嘛。

南瓜花一屁股坐在地上撒起泼来，皇天菩萨在上，你们欺负我女人家！欺负我们家没有关系！老天爷啊，你睁睁眼看看他们是怎样欺负我这个女人家的！呜呜！你们今天不给我解决我就死给你们看。说着就疯了似的用手机砸自己的头和胸，乱扯自己的头发，乱撕自己的衣服，把头在地上碰得山响。

马海吓傻了，急忙从包里摸出两千块钱，拉着南瓜花说，起来起来，别闹了，我给你解决。

南瓜花拿着钱，破涕为笑，说，我说马哥好嘛，马哥就是好，大家都说马哥好。

邓二小声地鄙夷道，不要脸，又不要命！呸呸呸！

人们见南瓜花要到钱了，都纷纷说自家也是特困户，都纷纷要求马海给他们扶贫款。马海听到村民们的叫嚷声，头都要炸了，就是把他两年的工资拿出来也给不够啊。

秀青见此慌忙制止，别闹了别闹了！马海不可能再从包里掏钱出来，他还有一家人，他也要吃饭。

瘟得痛的女人扁着嘴对三革委的女人说，啧啧啧，她这样护着姓马的人，就好像姓马的人已经是她的男人了！我看她是想男人想疯了。

三革委的女人冷笑一声说，她现在是昏了头了，以为姓马的人硬是喜欢她了。我看她是癞蛤蟆想吃天鹅蛋。看嘛有她哭的日子！

王文书的女人嘿嘿地笑道，干柴烈火，点火就着，我看燃烧燃烧，去去火也是可以的嘛，现在的人放得开得很，哪有你说得那么玄乎。

几个女人，相互推搡着，十分淫荡地笑起来。

南瓜花乜着眼看着秀青说，主任大人，你到底是哪里的人？胳膊肘怎么往外拐呢？人家马书记一心扶贫，自然晓得想办法到上面去要钱。

人群里一片哗然，对，南瓜花说得对，政府就是派他来给我们送钱的。

李书记气得面色发青，大声吼道，你们龟儿子些鬼别跟着起哄了！

村民们一起大声地说道，我们没有闹，我们是在要扶贫款！南瓜花能要到，我们也应该要到。

秀青突然大叫一声，哭着说道，你们别把马海往死里逼！你们看看他现在的样子，又想想一年前他来时的样子。人心都是肉长的！人要有良心啊！他来我们村扶贫付出了很多，失去了很多，吃了很多苦！你们晓不晓得？他的妻子因为他来我们村扶贫，现在已经与他离婚了！他一个城里人驻到我们这个偏远的穷山村，过着穷苦艰难的日子，为了什么？不就是帮助我们大家早日脱贫致富吗？他辛辛苦苦要来的项目，给你们却不要，只是给他出难题，把他往死里逼。你们到底还有没有一点良心？！

人群里有许多人都低下了头。

南瓜花说，别人能得到解决，我们家也该得到解决。这是政府给的钱又不是他给的钱。我们怎么把他往死里逼了呢？别把话说得那么难听好不好？

再说他到这里来又不是我们喊他来的。我们有什么错？这关我们哪搭事嘛？

李书记气愤地说，是他马海的错，他来帮扶我们错了！大错特错了！

南瓜花把钱揣进包里说，李书记，有话好好说。别这么激动！别这么大喊大叫没文化。

秀青说，特困户、贫困户、低保户，都是按上面制定的标准，按大家的投票评出来的，你们还有什么话说？你们都有人在外面挣钱，哪一点贫困嘛？你们饱鬼也在叫，饿鬼也在叫。

李书记说，你们把我们村干部的脸都丢尽了！

南瓜花拖着唱歌般的声音说，李书记，你把话说清楚，我们一没偷，二没抢，怎么就把你们村干部的脸丢尽了呢？

李书记说，邓二家和你今天得到的钱都是马海自己掏的腰包，你龟儿子个鬼晓不晓得嘛？我们将心比心嘛，马海来到我们黄家村吃了这么多的苦，受了这么多的罪，还要他掏自己的钱，于心何忍啊？你们好好想一想！摸着良心好好想一想！

人群里响起一片低语声。南瓜花羞愧地低下了头。

时间到了第三个春天，马海驻村的时间满了，该回城了。走的那天，大家依依不舍，李书记擦着眼泪说，你为我们村争取国土整理项目 200 万元，争取高标准万亩良田整理项目 600 万元，完成了 7 公里的路面硬化工程，建设了老年活动中心，建设了村级文化活动室，建起了文化信息资源共享工程基层点，完善了农家书屋管理，改变了大家的思想观念……

南瓜花拉着马海的手抢过李书记的话说，你让我们自强自立起来了，过去是你劝我们致富，现在我们是自己要致富。村里 260 多亩冬桃、200 亩药瓜长势喜人，明年就要大获丰收了，我们这 25 户参与种植的人家很快就要成富翁了！马海，马哥，我们舍不得你走，真有些舍不得。说着就抹起眼泪来。

断臂用他那只好手握着马海的手说，你让我们活出了人样，我们一辈子都不会忘记你。空了回来耍，我们把土鸡土鸭给你留着。

大家围着马海说那说不完的感谢话，道那道不完的感激情。

秀青被人群挤在一边，一腔的情一腔的话却找不到机会倾诉一句，眼巴巴地看着大家把马海送上车，眼巴巴地看着马海的车朝远处驶去。

秀青正在失魂落魄的时候，马海的短信突然来了，说，记住，我还想听你讲三革委的故事，我还有很多话要对你说。

春阳暖暖地照着大地，点燃了所有的生灵，枯木发出了嫩绿的枝叶，山坡上的野花欢笑着，地里的油菜花一地金黄，点燃了春天，流泻了一地的灿烂，鸟儿们在树上对唱着一首又一首情歌。

村长桥

◎周仁华

天阴得像灶王爷的脸，曹二泰出门的时候，王三麻子的小花狗与敏大妈的小黑狗正在草垛旁交配，晦气，妈的不要脸！曹二泰就这样以骂骂咧咧的方式走到三泰家去吃酒，还没走拢院门，突然被人按住坐在竹林边的一桌上。早春的风冰凉溜尖，专门找缝缝钻，坐在院子外竹林边吃酒的二泰缩着脖子，脸色冻得酱紫，像一只可怜的鸡。大家都拿眼睛不停瞟他，他也明白大家别着脑袋看他的那个意思，还不是想看他出洋相。亲兄弟做五十大寿，当兄长的吃不了正席，这事有点那个。冰冷的风呼呼的，很快吹凉了桌上的菜，二泰的心其实早凉了。只是，表面上，二泰不吭声，心里却起了怨恨。二泰越吃越感到心里寡淡，丢了筷子，下了桌子，蹲在旁边一块麻石上吃烟，眼鼓鼓地看着远处。烟气很快被吹散，心里的愁结却越结越紧。柳溪河在他前面不远处拐个弯，一株老柳擎了一树稀疏的绿，几只鸟在上面争夺地盘，抑或打情骂俏，土地平荡，早开的油菜花高高地挂一两朵在枝头，就像谁家小媳妇脑后的插花，冷冷地笑着。三泰的狗躬在桌子下吃骨头，看二泰吃烟，黄狗黠了一下眼睛，一副爱理不理的样子，很像三泰的态度。二泰怒了，脱下鞋去砸黄狗，手不准，鞋子掉在一碗汤里。还吃个屁，李四等一哄而散。村长被三泰陪着，出来挨桌敬酒，敬到竹林边，桌子上已经没人，只看见一只鞋在汤碗里，鞋子前后豁着口子，菜肴残存的热气从豁口里冉冉冒出，像一个人最后一口气。三泰的脸上乌云滚荡。村长把酒洒在地上，瘪嘴又摇头，说声“唉”！走了。黄狗去舔酒，舔了几下，也皱眉头，一张狗脸就更难看了。

林根爹在堂屋吃酒，听说了这事。林根爹年老，爱说往年的事。林根爹说，这事，民国二十九年（1940）村里也有一次。村长还年轻，不知道民国的事，就说，老爹，你说说民国那事。林根爹说，民国二十九年的时候，尚保长请一个袍哥吃酒，袍哥来了的时候发现位置不对，筷子都没有摸一下，脱下一只鞋放在一个汤碗里，又退下一只臭裹脚布也放在汤碗里，后来不久，尚保长的儿子就被人绑票了……

三泰的脸一直绿着，汤碗里那只鞋前后的豁口就像一张嘴，发出蔑视和嘲笑的表情，在他脑海里挥之不去。三泰不说话，使劲喝酒，喝下去就使劲嚼。林根爹瞟一眼三泰，知道要出事，摸一把胡子说，酒饭都饱了。于是从八仙桌上下来，拄了拐杖回家了。

黄四娘在河里漂衣服，看到林根爹，说：三泰二泰要起棚事？

传得还真快！林根爹住了脚，把拐杖在地上杵了杵：多嘴，听哪个胡乱说的？

相中没吃好，啥都说了！

林根爹摇摇头：闲心操多了，心尖尖要烂的，快些回去！莫掺和！

太平在堂屋门口瞅，终于看见王大户冒着油汗的一张大脸，太平招手喊道：王总，鞋子的事与我无关哈，我上来呼一声哈，回去喂狗了。王大户养十几只藏獒，太平给养着，养着养着，自己也成了狗。王大户正敬村长的酒，醉眼看门口影影绰绰的太平，淡泊而虚幻，皮影似的，挥挥手，不耐烦的样子，显得很派头。

二泰脚上少只鞋，像跛脚狗一样一路跳着回家，跳过石拱桥，见采花正站在枣树前骂人。这个婆娘，全身的劲都用在嘴上了。二泰嘀咕道：妈的瓜婆娘，你不把那些脏话骂出来，会在嘴里生出孩子？二泰弯起腿脚看没鞋的那只脚的脚掌，已然沾满泥土，索性恨气蹭掉另一只破鞋，臭鲢鱼一样挑在指尖上，踏实光脚着地说：又有哪个撞了你的门神了？采花调转头看二泰，发现二泰光脚，嘲笑道，咋啦，到兄弟家吃个寿酒，把鞋子都喂狗了？骂谁？老娘骂那个该骂的人！做个生，不就是一个五十岁的农民吗？搞得跟个干部似的，有什么了不起？放那么多的炮仗，把老娘的枣花都吓落地上了。二泰走过去看枣树，地上果然一地枣花，白生生的一片，像撒了一地的米粒。心里有些空落，蔫萎萎地走了。采花便把怒气转移在二泰身上，看你那熊样，都是一母所生，你看人家那气象，再看你那鬼样子，嫁给你真是倒了八辈子霉。二泰口笨，结婚几十年从来骂不过采花，只有挨骂的份，知道反正骂不过，就干脆不吭声，就跟自己生气，越生气越对自己狠，采花说他窝囊，他干脆就把自己当乞丐打扮，好端端的一个帅气的小伙子，二三十年下来，硬生生就被采花打造成了人人都厌恶的人。今天这事，二泰本来心里有些愧疚，毕竟是亲兄弟，把鞋子弄在汤碗里是过分了些，正在一直跟自己生着闷气，采花一阵乱骂，像一堆点燃的炮仗崩出了火星子，点燃了二泰乱冒的鬼火，就势将那只破鞋举过头顶要砸出去，采花便飞叉叉地满村街跑，二泰喝过几杯酒，跑了一阵就头晕，不想跑了，扔出鞋子，采花蒙头一蹲，鞋子打着了坐在门口打毛线的小玲。小玲捡起鞋子看了好久，往日的伤心一下子灌注在眼前的侮辱里，顿时大哭：二泰叔，你好欺负人！

小玲离婚回家疗伤，又贵心里跟撒了把辣椒面一样难受，一个捧在掌心鲜鲜嫩嫩的闺女，突然之间发现被猪拱了，哪个当父母的都有所不忍。中午的时候，小玲说晚上想吃爸爸亲手做的韭菜炒鸡蛋，又贵就屁颠屁颠拿把刀去屋后割韭菜，出门的时候见太阳明晃晃地正照在自家门口，心想是个阳气旺盛的好天气，就叫小玲出来晒太阳，沾点暖和气对心情也好呢，想不到被二泰这杂种给欺负了。又贵一手拿刀，一手拿一把韭菜向二泰冲去，要讨个说法，眼泪已经迷糊了一脸。

又贵伤心地哭着：曹二泰，你他妈欺负人真是欺负到家了，想我那年真不该帮你狗日的，你娶媳妇，说家里没一样像样的家具，老子把桌子借给你，六个新崭崭喜鹊闹梅的碗送给你，就在你办席桌的当天，还送你三斤猪下水，还有，那年你婆娘跟曹三泰干仗，老子拼死挡在中间，结果我的脸被抓得跟蜘蛛网似的，还挨一闷棍，在床上睡了五天……如今，如今你打我女儿，还用一只破鞋打我女儿，你……你这是杀人不见血啊！恶毒啊……又贵伤心地哭，引来许多在河对面三泰家吃喜酒的人，都指指戳戳地说二泰的不是。黄泥巴落在裤裆里，不是屎也是屎了，二泰结结巴巴地说，又贵，你不要乱说，老子我，老子我哪是想打小玲，我打我老婆呢，失手了，失手了知道不？不是你说的那样。

又贵说，你放屁，你两口子好本事，演双簧啊，演双簧啊！

阿九的气从来就没有顺过，看到村街上有这般闹热，还有不掺和的？阿九抱着膀子站在人群里阴黢黢地说：曹二泰，你他妈就是欺负人，老子今天好不容易捞一顿酒饭喝，还没喝好，你就把你那只全村最臭的臭鞋子丢在汤碗里，你这不是恶心老子吗？

相中自从腿瘸了后，走路是弯的，思想也就转弯了，一切都往坏处想，包括人，所有人在他眼里都是他娘的充满坏心眼、随时想祸害人的杂种。相中脊背往后，以寻求双腿的平衡，看上去就有几分趾高气扬，嘴角翻沫，骂骂咧咧地说：龟儿子曹二泰，平时看你不声不响的，屁都没闻见放一个，原来你娃娃心里最邪性，要出气打谁不行？却偏偏打小玲，你这是牛肉吃不到鼓上报仇，你是柿子专挑软的捏，要这样下去，全村人恐怕谁都别想有安静日子过了？

二泰头昏脑涨，加之嘴笨，招架不住这众人众口、万弩齐发的阵势，急得恨不能把舌头拔出来说话。听外面闹哄哄的，敏大妈手持一串佛珠出来，走在二泰的面前又一阵数落道：二泰啊，你咋变成这样了呢？你咋变成这样了呢？小玲可是走路连蚂蚁都不敢踩的善心人啊，刚刚有个糟心事，你还要伤口上撒盐，你这样作孽啊！

是啊，我咋变成这样了呢？我咋变成这样了呢？二泰突然泪奔：老子咋变成这样了？老子咋变成这样了？都是因为你们，二泰用手一个一个指着站在他面前的人说：都是因为你们，你们看不起老子，我老婆看不起老子，我儿子嫌弃我，怪我给他丢脸，害得他找个女朋友都困难，一气之下出去打工，六年了，硬是连电话都没有一个，曹三泰看不起我……三泰也站在人群中，看着泪流满面的二泰，心里有些不忍，说：二哥，我咋看不起你了？三泰狠狠地往地上吐一口痰：我呸，你看得起老子，平时里喊过一声二哥吗？你看得起老子吃个席桌都不让老子进院门？三泰的脸上便有些不好看。

听了二泰的哭诉，敏大妈并未所动，瘪嘴道：那都是你自找的，不会怪怪别人，会怪的怪自己。敏大妈转身走了，一身的香火气一直以来就让村人另眼相看，纷纷赶紧着给她让道。

这事大家以为就这样差不多就完了，想不到敏大妈刚刚进了家门，砰一声关了屋门的时候，二泰突然冲过去抢了又贵手里的镰刀，拐着手就势把刀架在又贵的脖子上。二泰号哭道：你们反正看不起老子，成天没日都说老子坏话，一天不洗刷老子好像就活不下去，那好，老子今天就当一回坏人恶人，杀个人，彻彻底底地当回坏人恶人，爱说咋说。这是始料不及的，完全出乎大家的意料，都啊地一声大叫。突然而起的一声“啊”，起音整齐，悠长，像二胡突然拉了一个长长的闷弦。

三泰觉得今天这事自己也有错，不管咋说，不该把二泰安排在门外那桌，打发孤魂野鬼似的，气性大的人哪受得了？三泰冲过去，双手激烈地在胸前比画着说：二哥，你冷静冷静，千万冷静，都是兄弟我的不是，我马上在堂屋正中再安一桌，请你吃酒，我陪你，也请村长陪你好不好？村长站在人群中忙点头：是呢，二泰，我保证陪你吃，不吃醉谁都不能下桌子。

又贵在二泰的怀里诚恳地说：二泰啊，我家可是一向对你有恩啊！

二泰手臂一紧，又贵哎哟哎哟直叫。二泰靠在又贵的耳朵上，恶狠狠地说：老子突然想起来了，老子最应该厌恶的就是你狗日的，不错，你是对老子有恩，对老子有恩老子心里明白，总有一天会报答，但你狗日的天天斜起眼睛看老子，高人一等似的，老子心里难受啊！杀了你，就去了老子的一块心病。二泰手臂又一紧，做出一个要动手的样子。又贵这次不哭，又贵全身开始筛糠，尿都流了出来。村长急了，摇着双手，像一只大鸟一样跑出来：二泰啊，你可不能头脑发热啊，你杀了又贵又如何？你想过没有，你杀了又贵你也得死。二泰嘴犟：老子反正烂命一条，死就死，老子本来就不想活了。村长又说：那好，你死就死吧，死远些，别给我们村精神文明抹黑，还有，春林为啥不理你？因为你给他的生命抹黑，你这样死死的跟狗屎似的，还要给他抹黑一辈子，他要恨你，他的儿子你的孙子以后也会恨你，全村人都一辈子吐你的口水，村里的坟地也不会允许你埋，你就孤魂野鬼了，你想过没有？

二泰拐在又贵脖子上的手臂有些松，哭了，悠长的哭声像一个老娘们死了男人，二泰道：村长啊，老子不死，老子活着没意思啊！

村长看着有门，继续说：咋没意思？有意思啊，有意思得很啊，你看现在我们农村这日子多好，城里人都想当农村人了，可是国家不同意啊，生病也给报医药费了，旧房子想换成新房子也给补贴。村长会做思想工作，扭头问围观的人：你们说是不是？

大家都齐声说：是啊，二泰，你不要想不开，好日子现在才刚开始呢，你别犯糊涂啊。

二泰别开刀，可是手臂还是绕在又贵的脖子上，伤伤心心地流泪，哭得脖子一抽一抽的：可是，你们狗日的都看不起我啊！

村长蹲在地上，螃蟹样慢慢移动过去，递根烟给二泰，二泰迟疑了一阵，还是伸手接了，放在鼻子底下闻了闻说：狗日的村长，你也很势利，第一次给老子敬烟。村长点头笑，要点火，想找机会一把夺下镰刀，但二泰突然警觉过来，示意村长退后，又把镰刀别在又贵的脖子上。

村长看着暗中夺刀的计划失败，有些气愤，但不敢刺激二泰，压住火说：二泰啊，你想多了，我们都尊敬你呢。老百姓总是善良的，看看笑话可以，但谁也不想死人，很配合，都点头说：是啊，是啊，我们都很尊敬你呢！

此时的二泰已经不哭了，他拿镰刀的那只手一挥，在空中划一条冰冷的弧线，说：放屁，你们他妈的都放屁，想糊弄老子？

村长说：二泰啊，我是村长，我是村长我咋会糊弄你？我当村长说话是算数的啊！不信，我可以给你盖村委会的大红公章呢。

这一点二泰倒是没有想到，但凡盖章的事大概都是能够算数的了。二泰想一想说：那好，老子就相信村长你一次，不过，只有你一个人盖章不算，大家都得签字盖章，白纸黑字写清楚，从此不准再在背后议论老子，不准喊我菅烂龙，不准再叫老子二乞丐……说，你们答不答应？

众人想笑，但又都不敢笑，偏着脑袋拿眼睛看村长，像一群母鸡齐刷刷举起头看一只公鸡。要不是人命关天，村长绝不会有如此好脾气，忍了很久，终于有机会把怒气发泄一些出来：看我干什么？看我干什么？你们他妈的平时是不是老欺负人家二泰？你看你们把人家二泰逼的，都要出人命了，这咋要得，都是乡里乡亲的，要一家亲懂不懂？签，签，去拿纸找笔，快点！快点！迟了大家都是罪人。

没想到，想看笑话，自己却成了笑话的一部分，跟演戏似的，都十分认真地演着，加上村人很少有签名的机会，能和村长一样把名字签在同一张纸上，暗自高兴，都签得郑重，不会签字的，沾了印泥，先把指头放在嘴里哈了气，实实地按上，那张白纸就红红黑黑地漂亮起来。当村长拿着花花绿绿的一张纸站在离二泰五尺开外时，二泰竟然有些茫然，是放了又贵，还是该有一些其他想法？村长看二泰神情木然，村长谦恭地满脸堆笑：二泰，这下你信了吧？我们都签字画押了呢！村长晃荡着纸张：这纸条硬气得很，连银行都得认呢！

二泰还是不吭声，二泰模糊觉得还是有哪里不对劲，想了一会儿，突然说：不对，签字了，你们也会反悔的，还是糊弄老子。

村长急得跺脚：曹二泰，你要面子，大家给你面子了，你还要咋样嘛？

二泰说：简单，年底村委会不是要改选了吗？你们得选我当村长，都得投老子的票，老子要当村长。老子当了村长，你们想不给老子的面子都不行了。

村长崩溃了：妈呀，曹二泰，你他妈原来在这里等着老子，想夺老子的权？村长冷笑，不停地发出类似擤鼻涕和笑的混合的声音，村人也觉得这曹二泰也真是癞蛤蟆想吃天鹅肉，想当村长，他那个样子，怎么能当村长呢？

村长气得在原地踩踏了一阵，终于把已经冒在脑门心的那股气硬生生压进肚子里，调整好自己的表情，说：曹二泰，村长不是想当就能当的，村长是什么？村长是一村之长，是全村的领头人，要给村里做出过贡献的人才有资格当的，当年老子为啥当村长？老子把村口那条烂路修了，大家走起来方便，下雨也不湿脚了，大家高兴，才选老子的。你给村里做过啥贡献？你又能为村里做啥事？莫把规矩坏了。

二泰耍横：老子不管，老子就要当村长，你说要做啥子贡献才有资格当村长？你说了老子就贡献，只要你说得出来，老子把命搭上也贡献。

村长又开始冷笑：你能做啥子贡献？村长很想说一句“你拉泡稀屎照一照自己”的话，但怕刺激了二泰，就没说。但村长就是村长，心里突然就想到一个坏主意：那好，你把下河口那座桥修了，村里早就想修了，可就是没钱，你曹二泰若是果真把那桥修好了，老子我带头选你当村长。

二泰想不到村长会答应，说：你可是村长，说话算数？

村长拍下胸口：你去打听打听，老子说的梦话都是作数的，老子还可以给你盖上村委会的公章，要是老子说话不作数了，你可以打官司。

二泰爽朗地说：那好。

三泰却捏一把汗，他最知道这个二哥的家底了，拿什么修？这明显是村长的圈套，怎么就自己跳进去了？还高高兴兴的。三泰跳了出来：二哥，你不要冲动啊！

二泰手指三泰：滚，给老子滚，你曹三泰最不是东西了，当年家里穷，爹妈供不起两个人读书，老子主动回家干农活打工供你读书，如今你出息了，有两个臭钱了，连亲哥哥都不认了，你就是个忘恩负义的白眼狼，滚，老子的事不要你操心。

三泰的脸红一阵白一阵，很没意思的样子。

三泰说的话，其实正是采花想说的，作为家里捏钱的那只手，她最知道家里的境况，一头老母猪，三头架子猪，九只老母鸡，五只鸭子，六百元存款，修桥？羞（修）先人啊！采花一直躲在人群之外，听到二泰狮子大张口，乱表态，说要修桥，疯了似的撞进人群：曹二泰，你修你妈那个逼，你猪脑壳遭门夹了，你有钱吗？你有物吗？你有人吗？你还修桥，家里堂屋漏雨都漏了几年了，你都没修，你还修桥？你拿啥子修？

二泰换左手卡住又贵，右手以刀指着采花，扯开嗓子吼道：给老子滚一边去，林采花，老子今天当着大家的面告诉你，老子从今往后不怕你了，老子今天反了，堂屋漏雨是老子故意不修的，老子那是为了让你不自在，你天天骂老子，老子还把房子给你修好，你想得美？老子床底下也有一双好鞋子新鞋子，但老子故意不穿，老子就是要一年到头穿一双破鞋子，就是为了让你不自在，为了恶心你……

反了，反了，完全反了。几十年来，只要林采花一开骂，二泰就全身哆嗦，屁都不敢放一个，今天这是咋啦？门神对子贴反起了？林采花一招不成，感觉无奈、失望、气恼，一屁股坐在地上撒泼似的大哭，村人平时对曹二泰那是看不起，对林采花那是厌恶，她这样一闹不但没有博得半点同情，反而惹大家哄堂大笑。村人的情感朴实，从娘胎里出来就固执地认为，好人有好报，坏人遭天谴，如今看到林采花的丑态，认为她遭到了报应，那是活该！

暮霭渐起，一群鸽子贴着村街两侧的屋脊上来回飞行，鸽子绕着飞，村人的脖子也扭着看，鸽子一圈一圈地飞，村人就不断摇着脖子看，突然，有人脸上一湿，手摸了拿在鼻子底下一闻，是鸽子粪，嘟囔林根爹真是欺负人，养的鸽子在人们头上拉屎。鸽子飞走了，人们再看村街中央，二泰怀里抱着的已然是村长，而又贵正爬伏在地上，与国秀抱头痛哭，国秀说：作孽啊！作孽啊！

村长到底见过世面，比较淡定，把今天这事前后想了一遍，村长的意思是二泰其实并不是一个太混蛋的人，事情走到这一步，完全可能是被众人架上去的，随着事态的发展越架越高，最后连自己也跟着都下不来了。于是，村长觉得这时候该给二泰找个台阶，让他自然地下来，他下来了，大家也就下来了，这事也就解决了。村长和蔼地说：二泰啊，你别急，我这就跟你去村委会，给你写保证，盖公章好不好？

其实二泰的心里也惶恐不安，今天这事结果不外两种，一种是虎头蛇尾，草草收场，那自己在村里会更加让人看不起，一种是村长顺水推舟给盖了章，算梳个光光头，痛快出口恶气。

这时候，三泰从人群里突然蹿出，手里多了一瓶酒，三泰说：二哥，算了吧，大家都理解，今天你是喝多了，说了些过激的话，做了些过激的事，大家都能理解，就算了吧。三泰是帮二泰打圆场，大家也没有真要难为二泰的意思，连阿九心里也升起一丝同情，说：是啊，谁没有喝醉过的时候，算了吧，大家还是好邻居。

二泰却不允：啥子意思？说过的话签过的字都不认账了？老子是要当村长的，那桥老子是修定了的。推着村长往村委会走。村长摇一摇头，叹道：真是憨货呢！大家是好意，帮你解扣子下台阶呢！你今天认真了，以后就难了啊！

天麻麻黑的时候，二泰贴胸口揣着两张盖着村委会公章，还有村民签字的纸黑着脸回了家。村人也各自回家煮饭，村街上顿时炊烟与暮霭纠缠，远远近近传来的人声、锅铲声、狗吠声总觉得隔着一层纸，世俗的生活一下子像走进了书里，一下子有了几分意境。林采花不开灯，一个人坐在灶房里流泪，二泰找了半天，刚在灶房门口露个脑壳，突然飞出一个筲箕砸在头上，采花愤怒地挤出来，在二泰身上又掐又打，二泰退后几步，厉声说道：林采花，再动手老子不客气了。采花踢翻了一只木桶，木桶在地上滚着，林采花跨过木桶进了睡房，砰地一声关了门。二泰就势蹲在地上抽烟。

柳溪村这个晚上过得不平静，许多人说着二泰的闲话，越说越兴奋，翻起来瓶瓶罐罐的找酒吃，醉了，一拍脑壳才突然明白，要是老子早来这么一招，老子不是也可以当村长？妈的，窝囊废曹二泰，原来心里明亮得很啊，曹二泰，你他妈装猫吃象胃口大得很啊！

下河口热闹起来，柳溪村人有一大半第二天一大早都给自己找个理由去下河口，要看曹二泰可能在哪里下桥墩，如何修桥，但是直等到日上三竿，也没有见到二泰的身影。正在大家有一搭没一搭地说着闲话的时候，耳朵尖的突然隐隐约约听到老石埂那里传来砰砰砰的伐木声。才一说，众人立即从河埂上爬起来伸长脖子扯长耳朵往一个方向听，动物世界里的猫鼬似的，然后几个人就说，是呢是呢，哪个在砍树子？莫不是偷砍老子的树子？众人哄地散了，像鱼儿发现食物一样一群群向老石埂涌去。二泰在砍树！众人赶到的时候，地上已经躺着三棵大树，大树压倒了小树和草，叶片翻转着，一片片叶子，像翻着白肚子的鱼。三泰走在齐膝盖的草丛中，二泰伸手拦住，不让三泰说话，自己抢先说：我知道这树子你也有份，是妈老汉当年栽的，你说这些树值多少钱，我们二一添作五，我给你一半，但我现在没钱，我给你打欠条……

三泰跺脚：谁跟你要钱了？谁跟你要钱了？曹二泰，不管你把不把我当兄弟，但我们毕竟是兄弟，你是不是想修木桥？桥面用树子，那两头的堡坎总得浆砌吧，算我的行不？

二泰制止道：不用了，这个桥我自己修。我知道大家都笑我傻憨，林采花昨晚说了我一晚傻憨，没关系，傻憨也罢，傻逼也罢，我说出的话我认，是泡屎我也把它吃了。我就不相信我曹二泰修不起一座小桥，就是把我的骨头车成钮子卖了我也要把这桥修好……

继续砍树，继续砍树，直到中午的时候，老石埂的大树全部被二泰放倒，平日里黑蓊蓊的老石埂一下子变得透亮，变得低矮而扁平。二泰用一把卷尺在树上画着刻度，用锯子锯得齐整，然后就剐树皮。村长从乡上办事回来的时候，差不多傍晚时分，村长并没有把昨天的事放在心上，他认为曹二泰修桥的事不过是一时脑子短路，睡一觉醒来就会后悔，他等着二泰来向自己认错呢，至少是三泰会出个面打个圆场。但当他走到石拱桥边的时候，远远看见老石埂上站着黑压压一层人，而老石埂上面的天空干净清爽，连一片树叶都没有了，咋回事？村长跑拢去拨开人群，只看见眼前白花花一片，细看，才是一躺平剐了皮的树，它们整齐地躺在一起，像杀了几十口年猪的边口……村长心里咯噔一下，暗说一声糟了，如果这个曹二泰把酒话当真了，莫非自己村长的位置还真拱手让给他不成？

还有后悔的人，这个人是王大户。几年前林保选村长时，王大户陪过选，也是两个候选人之一，按王大户的话说就是“老子也是陪过杀场的人”。当不当村长，王大户本来不介意，几年下来，眼看林保这狗日的披着村长这张皮活得越来越滋润，王大户心里就开始长癣，越来越发痒。他知道要竞争过林保还是有些难度的，但想不到曹二泰借着酒性出了暗度陈仓的奇招，王大户后悔得肠子都疼，妈的，要说修桥，老子比你有资格有实力吧！王大户心中暗自打定主意，要让曹二泰的桥修不成，最好是修着修着就修不下去了，那时候老子就跑出来摘桃子！

王大户头天并没有在观看曹二泰砍树的人群之中，那时候，他正坐在自家院子里那棵花椒树下吃酒，想着出奇制胜翻身上马当村长的计谋。酒吃了半瓶，主意并没有想出来，王大户迷迷糊糊睡了，又迷迷糊糊起来，已经是第二天的日上三竿了，叼支烟去下河口看曹二泰今天搞什么。可是左等右等，半包烟已经吸完，曹二泰就是不到下河口看一眼，王大户捏着空烟盒烦乱地说，说好的修桥呢，树砍了就完球事了？林根爹拄着拐杖站在对面河坎上笑得意味深长，王大户觉得莫名其妙。看热闹的都去老石埂了，曹二泰不在，就又去看曹二泰砍下的那些树，指着那些卧倒的树木说聊斋。下河口的河边就没几个人了，像长势不好的几棵树栽在河岸上。此时的柳溪河水浅而细，石头沙子白生生地袒露着，王大户突然心痛，这都是修桥的好材料啊，现成的，顺手取来，这桥比自己想象的要容易修啊！王大户心情没法好，病狗一样往回走，走到石拱桥，往村街那头一瞟，一个人精精神神走过来，王大户一看，是曹二泰，还是那头蓬乱的头发，犀利无比，还是那看不出颜色的破衣烂衫，王大户赶忙把目光往曹二泰的脚上瞧，曹二泰知道些意思，故意抬起脚把脚背拱起给王大户看，不是昨天那双破瓢似的玩意，鞋子完好齐整地穿在脚上，没有趿拉着，虽不是新鞋，但也完好，绑带绑成蝴蝶结，蝴蝶结在曹二泰的脚背上跳舞。再看曹二泰的眼睛，眼珠子黑而深沉，里面有一点一闪一闪的火光，王大户的心一下子完全凉了。王大户养狗多年，懂得相狗，后来他发现，人其实和狗是一样的。王大户知道有这种眼神的狗是好狗，战斗力强悍，而有这种眼神的人，尤其男人，那是不服输的，不容易打败啊！王大户的心莫名地再一次痛起来。

二泰一路呼啸而过，身后留下一长串惊叹和议论。王大户突然一拍脑袋明白过来：刘二拐！卖建材的刘二拐是曹二泰的干兄弟啊！难怪林根爹笑得意味深长，这个老鬼总是想得比人快半步，有了刘二拐，水泥什么的还是个事吗？

看来，原来那个等曹二泰桥修了一半实在修不起了自己再接手捡现成的办法行不通了，王大户又赶忙跑回去坐在花椒树下吃酒想主意。这次思想通泰，一想就想出来了，给春林打电话，叫他回来，春林一贯跟他爹不合，他一回来，定然会把曹二泰修桥的计划给搅黄了，那时候，自己再出手，不但收拾了曹二泰的烂摊子，也算给村民做出了贡献。王大户又大喝一口酒，很满意自己的好计谋。王大户一高兴，脑袋飞速转动，觉得自己得找个同盟，想来想去，最怕曹二泰修桥修成功的，除了自己，应该就是村长林保了。

王大户刚走出门去找村长，就远远看见村长站在石桥中间望着河的下游沉思，时近中午，太阳的金针刺破淡泊的村雾，村长的脸看上去一半红亮一半灰黑，王大户走拢说：村长，找你说个事情呢！村长不看王大户，仍然把目光软软地搭在下游某个地方说：啥球事？王大户说：村长，你说曹二泰他一个人修桥是不是单薄了点？不如把他儿子叫回来跟他一起修桥？村长终于扭头看王大户，微笑很久又瘪嘴说：叫春林回来？要叫回来也不该我们叫啊！得曹二泰自己叫啊！王大户心里骂道，林保啊，林保，你狗日的又想吃羊肉又不想沾腥膻，高手啊！王大户自言自语：一个人修桥，总是单薄了些啊！村长说：是啊，不如找太平、相中、阿九他们帮着出把力？

王大户急了：那……不行，那桥不是很快就修起了？如今曹二泰水泥有着落了，那沙石就在河里，那不是让他捡便宜？你这村长还当不当了？再说，叫太平他们帮着修，谁给工钱？

村长笑笑，又轻轻摇摇头走了，剩下王大户独自一人站在桥上想了许久，突然明白过来：要是真要太平、阿九、相中帮着修，即使那桥修起了，也不算他曹二泰一个人修的呀！村人的承诺也可以不作数了？曹二泰的村长梦不就黄球了？王大户一拍脑袋，林保啊，你狗日的是智多星啊，肚子里的烂肠子就是比别人多。只是，那工钱，莫非要出在老子头上？

午饭的时候，梁胖子终于把他那满身猪屎臭的破车开来，梁胖子是个猪贩子，在这一带很有名，他买猪有个绝活，从来不需要秤杆，打眼一看就能报出一口猪有多重。梁胖子来的时候，曹二泰家三口架子猪拱在猪圈角落拉屎，梁胖子把头往猪圈里一瞅，说：四百二十斤，你这猪瘦了些，老子还得拉回去上膘，人家十元一斤，我只能给你九元，要卖我就数钱，不卖的话老子转身就走。梁胖子把一叠钞票在手里划拉着，曹二泰知道梁胖子的为人，还算厚道，什么也不说，一手抢过钱，数数，一共三千七百元，又在心里默默算计，狗日的梁胖子神仙了？还就这么多，一张不多一张不少。曹二泰数了七百元揣在怀里，剩下的三千等梁胖子走后，用塑料袋包起来，在院里鸡冠花下找个位子埋了，那里有块磨刀石，旁边还有一只破瓦盆盛着鸡食，环境比较邋遢，不招人注意，即使林采花杀个回马枪回来搜索，也是枉然。

有了钱，曹二泰修好桥的信心大增，草草吃了一碗面就扛着尖嘴锄下河去了。

但是走拢以后，曹二泰的心突然凉了半截，河里有水，没法砌堡坎和下基脚啊！曹二泰站在河边不知如何下手，不懂修桥的人傻兮兮看着曹二泰的茫然。林根爹微笑着向曹二泰招手，曹二泰丢下尖嘴锄过去，林根爹指指旁边不远处的一个水窝子，曹二泰突然就明白了，林根爹的意思是把上游的水拦截了，再把水引在水窝子里，可那得用抽水机啊！

抽水机我有啊！曹二泰一系列疑问还没有在心里完全形成链条，人群中突然走出一个人来，是三泰，三泰说：哥，你忘记我是干什么的了？人称“曹堡坎”，这堡坎部分还是我帮你修了吧！

曹二泰没答应，也没否认，上下把曹三泰看了好几遍，才说：我同意，乡邻也不同意啊！到时候这桥算你修的还是我修的？曹二泰隐隐觉得这样不地道，跟自己的誓言不吻合，多少有些欺骗乡人的意思。于是，曹二泰说：我说了桥我自己修，就我自己修，不过，你那抽水机算我租借行不？钱的话，我可以先给打个借条。

曹三泰了解曹二泰的脾气，看看林根爹，说：那就这样吧，我叫人把抽水机给你弄来。曹二泰就挽起裤腿下河，开始堵截浅薄的河水。河岸上的妇女有的嗑着瓜子，有的纳着鞋底，叽叽喳喳地跟一群母鸡在一起差不多。突然这一群“母鸡”哄地散开，在她们的背后出现了三个人，都带着干活的工具，是相中、阿九、太平。阿九把铲子扛在肩上，对在河里正忙碌的曹二泰喊道：曹老二，哥几个来帮你修桥来了，不要工钱，晚饭有酒有肉就行。曹二泰站在河底仰视着河岸上的人，一脸被羞辱的表情，但是，现在曹二泰心中有个目标，对这些羞辱似乎能够忍受，淡淡地说：谢了，我自己修。又继续弯腰在河里挖沙，把大块的石头搬着码成一条线，以便挡水。看曹二泰不信、不理，太平跳下河扯住曹二泰的衣袖说：二泰啊，好事呢，好事呢，人家王总怕你一个人修桥不易，派我们几个来给你打个帮手，工钱都是人家王总出呢。这下曹二泰明白了，王大户，你狗日的狼心狗肺上蒙一层猪油老子就看不出你的道道了？曹二泰还是提醒自己不要发火，忍了忍说：太平，我不管你王总不王总，我说过修这桥是我自己的事，不关任何人的事，若还是你们想修桥，觉得修桥好玩，就随便修吧，反正离我这里远点，不要与我有一粒沙子的沾染……

太平脸绯红，结巴着说：这……这……还油盐不进了，还油盐不进了。

王三麻子叼根烟站在岸上，自嘲道：我就说占不了他曹二泰半点便宜吧？修桥补路这种积阴德的事情他咋能让我们沾功？二泰仰头看王三麻子，逆光看去，王三麻子就是一只秃鹫。林根爹在岸上看着，捏把汗，还好二泰的心不糊涂，没有上当。

村人们发现，曹二泰越来越像头不言语的牛，不，他目光锋利，头发蓬乱，更像狼。村人们先是诧异地相互看，以寻求解释，都无语，偶尔遇见村长，就都看村长，村长也隐约担心，该不是疯了吧？寻着理由找曹二泰说话，可曹二泰就是不吭气，村长蹲下身子，偏着脑袋往上看曹二泰越加黝黑的脸，喊道：二泰！二泰！曹二泰把脸扭向一边仍是不理，村长把手在身后只晃动，叫大家走开。村长站起来，看着脊背越来越弯曲的二泰说：二泰，我知道你心里苦，要不这桥我们就不修了？曹二泰突然放话道：想赖账？你们想赖账？声音冷恶，吓得村长心跳不止。有天晚上相中媳妇闹肚子，半夜捂着肚子起来上茅厕，老远看见两点绿黠黠的光芒闪耀着飘过来，以为是狼，更以为是鬼，吓得倒在地上起不来，待光芒飘近才发现是修桥收工回来的二泰……早上起来，相中媳妇把晚上的遭遇加油添醋一叙说，有人就突然想到几天前的一场大风。几天前的一场大风刮倒了河边一棵苦楝树，苦楝树上挂着一个编织袋，袋子里装着林根爹的死猫。下河村的风俗是死猫不能沾土，沾土则成精，所以得挂树上直到风干成为一具猫的木乃伊。可是大风过后，人们发现袋子上有个大洞，死猫不见了？成精了？附在了曹二泰的身上？要不他的眼睛咋是绿黠黠的？要不他的四肢越来越干瘦越来越像猫腿？要不他的毛发耸立在脖子上就像生前那只爱捣蛋的黑猫？于是，虽然曹二泰被猫精附体的事都不公开传说，但却更深入人心，人们因为害怕，都远离他，曹二泰就以另类的形式存在于人们的心里，所以，更孤独了，修桥的时候也没个观众，都站得老远……也有例外，林根爹是每天都去，慈祥的目光中充满怜悯，王大户偶尔去，由开始的不服，想看笑话，到最后是佩服。王大户常常无端地望着虚无的天空傻笑：嘿嘿，我还真不如他，嘿嘿，我还真不如他……曹二泰就这样以介于神鬼人之间的形象存在于村人迷糊的脑袋中，如果说签字之后对他的尊敬多少有些装出来的成分，那么现在，人们对他的尊敬，首先是因为害怕，是先畏而后敬。

有天早上起来，不少村人家里发出妇人的惊叫和咒骂，一会儿村街上就吵成一团，原来是鸡被什么东西吸了血，一只只死鸡丢在街面上，脖子上的鲜血已经凝结。是谁干的呢？都待在曹二泰家门口，等他出门，要看他嘴角上是否有血呢？

然后，很多个然后以后……这天，曹二泰无声地把两亩水稻和半亩旱地的黄豆收割完毕的时候，天已经擦黑，草草煮了几粒土豆吃了，喂了狗，除了狗他已经没什么可喂了，就忙着下河。这是他个人开始修桥以来的第一百五十六天。这晚的夜色浓重，虽有一勾月挂在远处的树梢上，还是黑，弯弯曲曲卷来的夜风已经令人感到有些凉意，但那条修桥的路二泰闭眼走也没有问题。忙活了小半年，天气由冷变热，又由热变冷，曹二泰硬是一个人把桥修得渐渐成型……二泰在河底摸黑熟练地给堡坎上水泥，突然从河岸上跳下一个人，那个人抢过二泰手里的工具，一声不吭地干起来。二泰看着熟悉的背影还是不相信是自己的儿子春林。春林？春林一边干活一边答道，嗯！春林？春林又答道，嗯！一股热气直冲脑门，曹二泰老泪奔流，春林，你不怪爹干傻事？春林停下手里的活，转过身来看着曹二泰笑，雪白的牙齿在暗夜里闪光。春林说，怪啥子？修桥这么大的事，也不说一声，不要忘记自己五十多的人了……春林又继续干，曹二泰站在春林的背后，茫然一阵后突然有上前抱住春林的冲动，但是最终并没有，遮挡在心里的那一帘黑云在慢慢消逝，心里敞亮了许多，想到，村长这事，当不当有什么重要呢？春林回来了，春林理自己了，这个功德已经足够丰满。黑暗里，曹二泰笑了，脸上挂着泪珠……修桥这事，看来自己是做对了。

桥已经成型，只等把几根原木并排放上去用抓钉抓好，涂抹上桐油就算大功告成，这时候，村委会的改选工作开始前期宣传。村民们每天都有人去看曹二泰修的桥，只是少有人靠得近。那桥仿佛有生命，每天都长一点，长着长着就快成一座完整的桥了，于是村民们内心开始砂罐子熬药嘀嘀咕咕，莫非真要选曹二泰当村长？如今你看他跟野人山下来的一样，咋看都比以前更像个乞丐，拿着放大镜从他身上也找不出半点村长的影子啊！更惨的是王大户，王大户眼见着大势已去，天天在自家院里的花椒树下喝酒，有时越喝越糊涂，有时越喝越清醒，就伸手从树上摘树上的花椒吃，麻倒是麻了，但那是舌头，脑袋还是清醒，就更加弄不清楚自己是该佩服曹二泰，还是该讨厌曹二泰，因为王大户的心里这时候充斥着两种完全相反的气息，就像一个练武的人，身体里同时激荡着阴阳两种气息，这是致命的。乡上催促了多次，村长才十分纠结地把候选人名单报上去：一个是曹二泰，一个是林保，就是村长自己。这既是村人的承诺，也算是自己的承诺。原以为乡上会否定这个提名，想不到竟然同意了，村长的心里就多了几分难受。曹二泰修桥的事早已传遍全乡，被人们加油添醋地传为传奇，乡长显然对曹二泰的精神有几分赞赏，说，搞基层工作就还得这样一根筋。村长眼见着自己离村长的位置越来越远，而曹二泰会越来越近，从乡上回来后也抑郁了，碰上怨气冲天的王大户，越加瞧不起，就觉得真还不如曹二泰。第二天就出候选人公示，白纸黑字，盖着大红公章，曹二泰排第二，林保排第一，能把名字与村长并列，无论如何也是一种荣誉，村民们一堆脑袋挤在公示面前，兴奋地说着各种闲话，口水长流，让脚下的土地湿滑。

春林帮曹二泰安上桥面的圆木排之后，走了，走的时候说了一句话：一个月后选举时，我再回来投你的票！又摸摸曹二泰蓬乱的长头发说：头发也该剪剪了，像丐帮帮主，不像村长，曹二泰笑了，露出一口白牙在寒风中熠熠生辉，眼眶里泪莹如豆，点头说，哎！

没人知道，曹二泰每晚都要去村委会门口公示栏看自己的名字，抚摸自己的名字，一个月来，新鲜的纸张由白得像婴孩的皮肤，变得有些黯然，但他仍觉得自己的名字处发出柔和的光亮，但是今晚，曹二泰突然觉得这个名字像是刻上去的，硬生生地砌在了墙里，对曹二泰来说，是此生从未有过的震撼！看完公示后，兴奋得没法睡觉，全身没来由地颤抖，他期待明天的那个结果，又害怕明天的到来，像梦游似的村前村后胡乱走动，走着走着，奇怪的事情出现了，尽管夜色浓重，但每条仄小蜿蜒的村道在他看来都无比清晰明亮，这些路像有一盏灯始终照耀着，兀自感到奇怪，才发现那盏明亮的灯来自心里，原来是他心里有了一盏光芒万丈的灯火……不知怎么的就去了下游木桥，他背着双手，走过来走过去，一直走，走了无数个来回，就觉得这木桥好，的确好，散发着木头和桐油的香气，还扎实，想了很多，想了自己是不是真的要当村长，想当村长？觉得都不是，也想到林采花，觉得让一个如花的女人跟着自己过了几十年没有尊严的日子，是自己的不是，林采花自从一气之下回了娘家，也多次悄悄回来，有一两次还和他打个照面，但都没说话，林采花的嘴好像比以前笨拙了，不会骂人了……走着走着，曹二泰突然发现，这座桥具有一种神奇的功能，它能走进自己的心，连接自己的心脉，往日堵塞的心窍突然敞开，连带着毛发的根部也通泰了，感觉到有微风从发根一丝一丝传输进身体，身体里就有了无数条小河，在欢快地奔腾。这个时候，曹二泰完全能以一种全新的视角看这座桥了，它不是木头、沙石、水泥的混合物，它有血有肉，还能呼吸，它是个活物！天地漆黑，但曹二泰能够看见桥的每一根血管，感觉得到它充满馨香的呼吸，他感受到了这座桥在自己身下温软地翻卷着身体，像温婉的新娘……曹二泰蹲下身体，轻轻抚摸着桥，像抚摸着它的毛发、肌肤。他说，桥啊桥，我知道你，我了解你，我也明白你了。曹二泰全身颤抖，抚摸一遍又一遍，那桥突然往上一拱，像要飞起来，曹二泰伸手去抓，却没有抓住什么，却突然震醒了，一个特别尖锐的问题像一柄冷箭从脑门直直地刺入，直杀心脏，曹二泰身体中原来奔腾的热流突然冷却，冷到零下三十度，换届公示拦里自己的名字以十分魔性的方式在他眼前翻转、变大变小、变得五颜六色、嘲笑、蔑视……曹二泰头晕眼花坍塌在桥面上，羞愧难当，冷汗淋漓，自己配不上这座桥啊！曹二泰，你是什么啊？你还胁迫村人、胁迫村长给你签字画押，这是你一生干过的最不要脸的事……羞愧、悲伤比浓黑的夜色更黑，千百层地把曹二泰包裹着，曹二泰感到呼吸困难，他感觉对不起春林、对不起林采花、对不起又贵、对不起村长、对不起村里所有人……以这样肮脏的心性修桥，把桥都弄污秽了，完全不配啊……桥通灵了，桥明白了他的心境，又温柔地在他身下拱了一下，曹二泰收了泪，爬起来飞快地朝村里跑去，先是抠掉了村委会门口公示里自己的名字，怀着仇恨，然后又跑去村口，那里还有一张公示，这次不是抠，而是用一瓦块在自己的名字上划了无数个叉，公示栏里的曹二泰就十恶不赦了……当他再次跑去桥上的时候，汗水落在桥面上滴答有声，那就像他的忏悔，曹二泰一点不担心那桥听不懂，它充满灵性，它听得懂，它接受了他的忏悔，呼吸均匀，动作温柔，在夜风中轻舒慢展，同时，他也听懂了木桥的述说，它想飞翔，它还缺一双翅膀！翅膀？曹二泰心窍再次无比通泰，一下子明白了，这木桥还缺一对护栏，对，护栏就是木桥的翅膀……

晨曦初露的时候，曹二泰已经疲惫不堪，而木桥的“翅膀”已经生成，木桥欢快不已，欲迎晨曦飞翔，那桥躬身一拱，要飞了，要入云了！曹二泰急忙之间想抓什么没抓住，从木桥上摔了下去……

第二天早上，林根爹起早去看桥，发现那桥一夜之间多了两个护栏，阳光斜照，那护栏就像两只透明的飞翼，太完美了。林根爹激动地站在桥中间一会儿往上看，一会儿往下看，往上看，看到远处的山色朦胧，往下看，看到河流蜿蜒，土地平旷，突然林根爹收回目光看近处，看到河底仰面躺着一个人，林根爹先是心惊，再看才看清是曹二泰，哎呀一声血就凝固了！好一会儿耳朵才感觉有声音，皮肤才感觉到有微风吹拂……林根爹年岁大了，腿脚不方便，不敢下河，用手杖敲打护栏惊爪爪地喊，喊来了早起的人，把曹二泰弄上河岸来，发现其后脑上的血凝固着他的毛发，像前几日被什么吸了血的死鸡。人越来越多，围住曹二泰的尸体叹息，有妇人心软就先哭了起来：今天就要当村长了，人咋就死了呢？人咋就死了呢？

林保早上起来，正在吃早饭，就有人跑来汇报说曹二泰的名字被人抠掉了，林保心里咯噔一下，妈呀！这招毒啊！是要让老子背锅的架势，兀自生气，心中首先就锁定王大户，还没有想出个所以然，又有人跟脚跑来说曹二泰死了，林保顿时头晕，耳朵边被什么人放飞若干鸽子，嗡嗡作响，急忙急火跟着来人跑拢木桥，那里已是人山人海，林保拨开人群走到曹二泰尸体旁，一膝盖跪下去，我的天，我的老天，你咋就死了呢？我林保说不清啊！这不要命吗？忙着给乡上书记打电话，不停地点头，然后就无助地看天，一副等死的样子。

不断有黑点向木桥涌来，汇聚成一大团漆黑的“蝌蚪”，低头不语的样子又像是一群企鹅，都在心里检讨，有什么事对不起人家曹二泰呢？没了人声，狗吠就变得突兀尖锐，下河村从来没这么安静过。如今的问题是，马上就要选举了，候选人就剩一个，该咋办？曹二泰的名字又是谁划掉的？渐渐，渐渐，人们的头有了偏移，有时看着王大户，有时看着村长，几百上千双眼睛这样看着自己，谁都会发毛。王大户受不了了，首先跳出来说：我先发誓并且申明，曹二泰的名字不是我画掉了，我公开宣布，我选曹二泰！然后开始表态似的骂人，村人就开始拿眼睛看村长，村长正拿电话与上面沟通，脸色难看得很。半个多小时之后，听见汽车声，乡上书记带着几个人急匆匆走来，还有两个穿警服的。穿警服的去看曹二泰的尸体，乡上书记等几个人的脑袋和村选委会的凑在一起说事，几分钟后，乡上书记说，根据村民委员会组织法，将重新甄选候选人，到时候再选举。有村人不解，说啥意思？啥意思？就是今天不选了吧！于是，都意犹未尽地散开，木桥边的人少了，林采花的嘤嘤哭声就显现出来。

后来，林保和林根爹去征求王大户的意见，想让他当候选人，王大户打死不干，说，就选曹二泰，林根爹说，曹二泰死了嘛！王大户说，那……那就他儿子春林！林保和林根爹一想，还行，春林在外打工七八年，有见识。就这样，两天后，曹春林成了村长候选人，像他父亲一样和林保的名字并排着一起贴在村委会门口。

村里的坟场人山人海，村人自发送曹二泰一程，三百响的鞭炮燃完之后，春林搀扶着林采花走出坟场，村人自动让出一条通道，然后，像尾巴一样长在他们身后，被他们拖着一起去了曹二泰修好的新鲜的木桥。这天的天气与初春那个曹二泰在竹林边喝酒时的天气极为相似，头发凌乱的林采花一屁股坐在二十来米的木桥中间，没有了往昔的犀利，精气神飘散蒸发殆尽，怎么看怎么像一团过期的肉质，像被抛弃的一具腐尸。春林不哭，手扶栏杆眼望河的下游某个遥远的地方……一阵哭声像一根细线，被人牵着线头一样一路逶迤来到桥边，是三泰。三泰端了一碗酒，胳膊下还夹一个酒瓶子，三泰哭道：二哥啊，我来敬你一碗酒，祝贺你修好了桥……众人不哭，脖子开始打蔫，低了头眼睛难受，又贵跪下，双掌击得地面扑扑响：兄弟他好像知道自己要走了，那天夜里把一桌新崭崭的喜鹊闹梅碗碟悄悄放在我家门口，还用烂报纸包两百元钱，说是欠我的……兄弟啊，是我欠你的啊！这么多年我没正眼看你，还说些不咸不淡的话语，我欠你一个尊重啊，兄弟，你走好，我给你叩头了，对不起！

王大户和林保一起过来，王大户怀里抱块新鲜的木牌，王大户三下五除二把木牌正正中中钉在桥的中间，人们才发现，那木牌上写着“村长桥”三字，一看就是林根爹的手笔。王大户说：二泰兄弟，在我心里你就是我们村的村长，我还会出钱给你刻块碑！把你的名字和修桥的事刻在碑上，你就走好吧！王大户擦开众人，低头走了，脖子一耸一耸的，哭得很伤心。林保看看王大户的背影，又扭头看看春林，心绪激荡，选举的时候，我该投我自己一票，还是该把那一票投给春林？这是个关乎自己良心的问题！

这晚上，人们发现木桥周围点了许多蜡烛，把个漆了桐油的新桥照得跟金子般透亮，两个恍惚的人影在夜风中一丝不苟地擦拭着那座桥上每一根木头……

末日黄花 ◎格 尼

一

那张桌子，我们叫“菊花台”，这和颜小菊有关。

桌子摆在红灯笼餐馆门口，只要没客人，颜小菊就坐在那里。她低垂着头，手里一直干活，剥蒜、摘菜、剪干辣椒。哪怕我们忙得脚不沾地，她也干这些活。她还是很不好意思，不管谁看她，还是她看谁，脸都要红。她坐在那，就一直红着脸。实际上，她从刚来那天开始，脸红从未停止。

我们没把她当回事。甚至也没把江师傅当回事。

那天早上，吴老板为节约用油跟厨师吵起来，厨师脾气倔强，舍了两千块钱不要，撒腿走人了。吴老板先把招聘启事挂在门口，又给各个中介公司打电话，最快的都要五天以后来人，要价极高。当天中午，吴老板到厨房应付一阵，累得满头大汗，顾客还退掉好几个菜。有个戴耳机的年轻人指着一盘回锅肉气愤地说：“你们这也叫菜？是不是不想开了？倒给我钱我也不吃。”吴老板只会当老板，不会当厨师。

“狗日的。狗日的。狗日的。”吴老板说。

吴老板不高兴，我们谁也不说话，配菜的王小米破例没有听歌，胖红红也不闹喳喳的了，我们都坐在吧台周围，看屋里屋外那些空荡荡的桌子，听吴老板骂狗日的。

江师傅就是那个下午来的。

那时我们趴在桌上睡着了，包括吴老板。猛听到有个粗重的声音问：“你们要人？”我们都醒了。

江师傅站在过道，背个滚圆的帆布包。他长着方脑袋，双眼间距略宽，双眼皮很大，眼珠不怎么转，看人时死定定的，他就那样死定定盯着吧台。

吴老板当然要人，马上就要，这简直是雪中送炭。但吴老板沉得住气，慢慢伸着懒腰，双手摩挲着干燥的面颊。

“做几年了？”吴老板说。

“从小就做这行。”

“拿手菜是啥子？”

“干豇豆回锅肉、萝卜干烧腊肉、灌浆鱼、麦粒扣肉……”江师傅说的这些菜我们菜单上一个也没有。后来我们才知道，江师傅他爸是农村厨匠，家里办红白事寿宴的要找他做酒席，江师傅是跟他爸学的。并且他曾在大酒店也做过。

“嗯。先试试吧。”吴老板说。

从吴老板那不经意的语气和痛快程度可以判断，他只想让江师傅先把这个坑填上，没必要过多盘问。只要是厨子，怎么也比他强。

“背包放下嘛，坐吧，坐。”

江师傅却不坐，也不放包，扭过身子说：“还有她，她能干得很！”

我们这才发现帆布包背后还藏着个细脚伶仃的女子，长得细眉细眼，穿着宽松的蓝布裤子，圆领碎花衣裳，一双透明的凉鞋，那鞋有个好听的名字叫水晶鞋。这身打扮一看就是从农村出来的。尤其是头发，发质粗糙，在背后编成大辫子，再对折用胶圈固定，形成一 长的环。这人就是颜小菊。江师傅往前挪一步，她跟着挪一点，江师傅到桌边坐下，她也紧挨着坐下，低着头，双腿紧并，蓬松的刘海下，一张脸已是透红。

胖红红附在我耳边悄悄说：“好土哟。”胖红红天生嗓门粗，颜小菊大概听到了，两只脚不安地揉搓，水晶凉鞋发出咯吱咯吱的响声。她没穿袜子，脚花里胡哨的，好像沾了灰，又沾过水。

“真的，她能干得很！”江师傅笃定地说。

“我这不缺服务员，她可以到明明小吃部，就在旁边那条街。”

“她没法，离不得我。”

“很近，几步路。”

“她没进过城，我不放心。”

半晌，江师傅叹口气。“谢谢老板了，我再寻寻其他地方。”说着站起身，颜小菊紧跟着站起来。

“你上厕所的工夫都可以跑去看看她。”吴老板说。

江师傅闷头想想说：“不得行，我不放心。”

“你们老家是哪的？”吴老板找话拖住江师傅。

“桥头沟。”

吴老板问我们，我们谁也没听说过桥头沟。

“就是陈家坝那里头。”江师傅说。

我们也不知道陈家坝。

“兴隆镇。”

我们都知道兴隆镇。兴隆镇够偏僻了，再往里，还得往里，那桥头沟大概要与世隔绝了。

“你们是两口子吗？”

“是。哦，还不是。我们出来赚钱，就是想回去修房子结婚。”江师傅羞涩一笑。

“今天要是找不到事情咋办？”

江师傅说他们已经在火车站广场住了两个晚上，找不到的话就再住一个晚上。总会有同时要两个人的饭馆。

我们谁也没说话。

一会儿，江师傅把背包往肩上耸耸，哈着腰向我们点点头，默默朝门外走，颜小菊紧跟着。

我们都看吴老板，吴老板的脸拉得老长。待他俩刚要跨出门，吴老板说：“你们都试一下吧。狗日的，真是遇得到。”

他们折身回来，颜小菊抬起头忙低下，脸又红了。那一瞬，我看到她眼里有光亮，不知是明媚还是泪光。江师傅仍是那副神情，一双木呆呆的眼死定定看着吴老板。然后，江师傅朝吴老板深深鞠了一躬。

“谢谢，太感谢了！”他说。

我们都清楚，三五天的事，最多白搭几顿闲饭。何况，她还要干活的，生意忙起来，有多少人用多少人。我们都不怎么搭理他俩，几天时间，相处来干什么，他们走出这个门，跟我们就再无交集。我们为这个店焦虑，也为自己的饭碗。王小米、胖红红和我在这个店里干了两三年不等，对店有一些感情了，我和胖红红也像闺蜜一样，整天谈论各自的男朋友。吴老板也对得起我们，从没克扣过工资。有次胖红红忙得不小心摔碎了一摞碗，起码十几只。吴老板一狠心说：“老子倒想扣你点钱，扣了我比你还不好过，算球，狗日的。”吴老板是对自己狠心。而吴老板留下他们，是动了恻隐之心，顺带解燃眉之急，再不怎么样，总算个厨师吧。否则，这都半下午了，他俩铁定还要蹲一夜火车站。这样，我们守着新厨师，等待另一个新厨师的到来。

事情并不是我们想象的那样。

江师傅做的菜极受顾客欢迎，有几位顾客一天来吃了两顿，第二顿是带朋友来的，那朋友是嘴刁之人，连连夸赞，说好久没吃到这原汁原味的东西了。对一个餐馆来说，没什么比厨子手艺好更重要了。另外，江师傅干活麻利、踏实，还节约，这节约又是骨子里的，只要能吃的都舍不得扔。比如，红萝卜块、土豆条、白菜老帮、茄子把，这些配菜用剩的边角料统统收进盆子，经江师傅拾掇，做出一锅香喷喷的烩菜，成了我们可口的工作餐。

这样的厨子真正打着灯笼都难找，吴老板那张绷了三天的圆脸终于舒展开来，到第五天，中介公司找的人过来，吴老板打发走了。好厨子当然得留住，必须留住。

只是，颜小菊有点让人犯愁。

一开始，颜小菊还是跟在江师傅屁股后面。吴老板说：“你这样，他怎么干活？你的工作在前堂。”江师傅在颜小菊耳边嘀咕几句，颜小菊才到前堂。

加上外面两张，餐馆有十二张方桌，吧台背后是两个大包间。颜小菊把所有的桌子椅子全擦了一遍，全擦，意思是桌子腿和椅子腿也擦了。因为那些腿确实够脏，上面腻了一层黑油泥。另外，鱼缸、玻璃门、吧台、墙壁的瓷砖，抹布能到达的地方，都擦了一遍。颜小菊不说话，只闷头干这些事，把红灯笼餐馆收拾得里外光洁一新。也把我们的眼睛都擦亮了。但是，颜小菊不会接待顾客，一说话就脸红，声音小得像蚊子哼哼，后来干脆躲在外面不进屋了。来生意时，我和胖红红上阵。生意忙过，颜小菊就上阵。店里客人用的碗筷都交给洗碗公司，不需要自己洗碗，到了第四天，颜小菊没活了。哪个地方也不能白养活人，这点就算颜小菊不知道，江师傅也知道。江师傅把厨房里的零活分给颜小菊，颜小菊就坐在外面一张桌子旁边，面前要么摆个盆，要么一个塑料篮子，手里始终忙活着。如果颜小菊的作用仅是这些，就显得多余。她干的活我们都可以干，也有时间干，她只是减轻了我们的负担。我们愿意，吴老板不愿意。但她就像麦粒扣肉里的麦粒一样，一层层紧紧叠在肉片里，她和江师傅两人是一道完整的菜，分不开的。吴老板当然意识到这一点，要想留着江师傅，必然要收下颜小菊，权衡一下，利大于弊。况且，颜小菊那么勤快，比胖红红和我都勤快。

“茜茜，你带带她。”吴老板把这任务交给了我，希望她真能像江师傅说的那样，熟络了就好了。吴老板信赖我，因为我读过大学，尽管大学生遍地，但毕业后到小餐馆打工的毕竟少数，要不是我家住附近，我也不会临时找这么个工作，哪知这一临时，一年就过去了。

我给颜小菊介绍了桌号，和一些简单的待客方法，她跟在我身后，脸上的红晕一波接一波，还没恢复本色，皮肤下的血液再次汇聚，没片刻停止的时候。见过容易脸红的，却没见过红个没完没了的。她还是尽量躲避跟客人接触，只要外面没人，她就坐到桌边，用其他活弥补，一直红着脸。

胖红红经常从那儿经过，就说：“你到底害羞个啥子嘛！”胖红红把这话说成口头语了，有一天多说了一句：“又不是光胴胴，还怕看？”

就这一句话让她受惊了，从座位上猛弹起来，一阵风似的跑进没人的包间，好久才低头出来。

我们无法理解她的脸红，什么年代了，还一副羞答答的样子，难不成要学习古人，戴一截面纱见人？

还有一件我们无法理解的事。

有一次，王小米出来抽烟，坐在颜小菊常坐的位置。王小米的耳朵上时常戴着耳机听歌，一边跟着唱。颜小菊端一簸箕折耳根出来，看到王小米，就转到另一桌，却并不坐下，背起身子摘折耳根的长须。她的脸又红了。

王小米一根烟没抽完，去上厕所，回来时正碰上颜小菊端着簸箕要往那桌上挪，但王小米不清楚，动作也快，不等颜小菊过来，已经一屁股坐下去了。颜小菊又闹了个大红脸。

胖红红就用肉拳头砸王小米的肩膀：“你还不让开，人家不好意思开腔。”

王小米龇牙咧嘴地说：“那边不是一样吗？”

“没，没得啥。”颜小菊低声说完，端起簸箕匆匆躲厨房去了。

我们这才发现，其实这些天，颜小菊在外面始终坐在那个位置。两边有什么不同呢？经过认真比对，最后发现两张桌子除了台布颜色不一样以外，没什么区别。颜小菊坐的那张是红台布，另一张是黄的。

王小米当时在听周杰伦的《菊花台》，挠挠头，挤着小眼睛说：“难不成这也是菊花台？”

我们哈哈大笑。

二

我是个爱笑的人，我的笑点很低，胖红红也是，我们每天都在笑。

我们笑颜小菊的菊花台，若有那桌的菜，王小米会在厨房抻起脖子唱着喊：“菊花台，满地伤……上菜！”

有时顾客也会听到。顾客问这桌不是外台 1 号吗，怎么叫菊花台？

我们笑，顾客也笑。颜小菊红着脸。

我们还笑江师傅。

江师傅对吴老板很尊重，只要吴老板一进厨房，哪怕他正忙，也向吴老板欠欠身子。假如他刚刚忙完，端杯茶坐小板凳上歇息，吴老板在这时进来，他会立即起身，放下茶杯，等吴老板巡视一番出去，他才又坐下。吴老板说：“你不要太客气，大家一家人。”他欠欠身子，还是如此。一天到晚，吃饭、上卫生间和打烊后才走出厨房。他说，这是规矩。他也对王小米这样说，厨房的人不能没事总往外跑。同样，前堂的也不能没事总钻厨房。这是规矩。他循规蹈矩的样子，使我们很想笑。但他似乎太严肃了，脸上有种肃杀之气，好像我们一放声，就成了嘲笑。所以，很多时候，我们只偷笑，用眼神传递。

颜小菊时常悄悄打量我们，尤其是我们笑的时候，她会忽然把头低下，红着脸，像是在忍受某种不得不忍受的事，薄薄的嘴唇紧抿，手里的活做得更快了。她动作麻利，这手收了一摞碗，另一只手的抹布已把桌面扫干净了。她两条纤细的小腿奔来跑去，像只活蹦乱跳的小鹿。耳朵也灵，有时我刚一张嘴：“颜……”她已到我跟前。我干脆就直接叫：“菊！”她看着我，眼里有光彩流转。似乎我这样叫她，让她觉得亲切。胖红红就叫她：“颜。”我们都看出来，只要她过了脸红这关，一定是另一个江师傅。看样子，她正在过这关口。

吴老板无意中得俩宝贝，又被工荒闹怕了，担心有闪失。吴老板在一年多时间里，让我们老板娘意外怀孕两次，老板娘既不吃避孕药也不安环，怕发胖，怕脸上长斑。老板娘在家里照顾一个高中生，还带着个三岁娃娃（意外怀孕生下的），一做人流手术，吴老板就忙得焦头烂额。这就是吴老板担心的极容易发生的闪失。所以，自从王小米开始追求胖红红，吴老板就以过来人的身份警觉地对王小米说：“要注意，一定注意，套子那东西最不安全，狗日的。”

吴老板在一天清早把这话说给了江师傅。当时，江师傅戴着厨师高帽站在灶台往一锅热油里放葱段，吱吱啦啦，响个不停。吴老板等江师傅烧好油，趁我们几个女孩子不在，就给江师傅说了。

江师傅习惯性地向吴老板欠欠身子，摇摇头，表示没听懂。

吴老板重复一遍，加了一句：“怀起娃儿就难办。”

江师傅沉默半晌，好像忽然明白了，双手来回揉搓，脸竟一下子红了。

“我们还没。”江师傅嗫嚅着说。

“现在是没，有了就晚了。”

“我们还没结婚。”江师傅说。

“我知道你没结婚，所以才要抓紧避孕，你们是一个藤上的南瓜，怀了娃儿都得回家，还怎么赚钱修房子？我是为你们好。”

江师傅这时严肃起来，说：“我们还没住一起。”

“啥叫没住一起？莫不好意思，我不得干涉，人之常情嘛！只不过这环境糟糕了些。”

“没住。”

“你不会说你们从来没住一起吧？”

“还没结婚，咋住一起？”

王小米和吴老板大笑。吴老板说：“你豁人哟！”

江师傅欠欠身子，神情更为严肃，双眼一眨不眨，笃定地说：“没豁人。”

吴老板怔愣片刻，慢慢走向门边，回头笑着说：“那就好。”

王小米把这事说给胖红红，胖红红又说给我，当然是笑着说。显然，我们都不信。

怎能相信？我们大致了解一些江师傅和颜小菊的情况，两人一个村，一起长大，都是初中毕业，青梅竹马。而且结婚证都领了，两家相隔不到十米，天天见面，天天一起玩，难道谁还干涉他们一起睡觉不成？好吧，就算不方便，他们到哪找不到一个僻静地方，随便钻个竹林，多简单的事。现在，胖红红晚上到王小米那住，我回家住，江师傅和颜小菊住店里包间，那么多桌椅，想怎么拼怎么拼，多宽的床都能铺出来。

我们不信。

我们不信，还有个更具力量的理由，这就要说说我们花巷了。

花巷原本是卖花的，后来不知怎么有了两家按摩店，再后来，开了许多家按摩店。从花巷走过，总能看见那些露着白腿的女人坐在门口的长藤椅上，把脸抹得煞白，好像不这样，过路的男人就看不见她们。大概因为花巷窄旧，柳树遮遮掩掩，无论阴晴，一条百十来米的街总处于幽暗中，是幽暗罩着按摩店开了起来，越来越多。到晚上，那些写有“泰式”“傣式”“刮痧”“火罐”“按摩”等字样的霓虹招牌爆炸似地不停闪烁，就像女人们不断敞开的怀抱。王小米每次夜里经过都会唱：“来吧来吧来吧，多么逍遥，歌声悠扬，哦深情荡漾……”最后，按摩店的“女人花”们替代了鲜花，花巷还叫花巷，却有了别的意味。花巷不开按摩店的只剩三五家，其中一家就是红灯笼餐馆。花巷的铺面大都挨得近，月月按摩店与我们餐馆一墙之隔，我们的包间窗户和月月按摩店的包间窗户相对，一步之遥，若没有防护栏，胆大的能一脚迈过去。我和胖红红独自带着男朋友在包间过夜时，听到过隔壁传来女人的叫声，让人面红耳赤的叫声。

我们不信，江师傅和颜小菊住进去她们就不叫了，我们不信那声音刺激不了江师傅。

店里生意越发好，回头客大增，吴老板在中午翻了三轮客人那天，不吃饭就跑出去了。我们以为他去买菜，江师傅列了一长串货单，结果一会回来，他叫我到外面，塞给我一个圆瓶，悄悄说：“你给颜小菊讲讲，教她咋吃。

我看了，她知道你是大学生，听你的。拜托啊，以防万一，我也是为他们好，也为你们，他们在这，你们少干多少活……我买东西去了，我忙死了，要累死了，操心死了，狗日的。”

那是一瓶避孕药，我握在手里，吴老板的摩托已走远。吴老板真急了。

其实，我多多少少还是有点相信江师傅的，因他看人那笃定的眼神。我只是不能相信这件事，毕竟这是啥时代啊。我给胖红红悄悄说避孕药的事，胖红红半调侃半认真地问："你说那两个瓜兮兮的，可不可能真没住一起？"我们相视一笑。

午后，江师傅和王小米去包间休息，我和胖红红来到"菊花台"。

"菊。"我说，"你现在想要孩子吗？"

颜小菊拼命摇头，脸霎时红了。

"哎呀，你莫害羞，我受不了，有啥嘛，都是女的。"胖红红粗声粗气说。

"那你准备什么时候要？"我用胳膊肘碰一下胖红红。

"娃儿？"颜小菊惊讶地说。

"嗯。我们女人呀，不能早生孩子，要结了婚，过几年，看合得来不，合得来再考虑。"说着我把药瓶递过去，笑着说："吴老板知道你们身上没钱了，免费提供，按照说明书吃，千万别忘了。"

颜小菊疑惑地接过药瓶，大概有点近视，蹙眉端详，接着发出一声锐利的尖叫，像是烫了手，药瓶跌落桌面。她捂上涨红的脸，浓郁的红蔓延开来，从指缝外溢，连那双被消毒液泡得泛白的手也要被染红了。

我吓了一跳。我不是被颜小菊一连串的反应吓的，而是那药瓶和桌面碰撞，产生了破碎的声音。桌子表面压着一层玻璃板，下面才是红台布。我明知玻璃的厚度，塑料药瓶不可能对它有任何威胁。但是很奇怪，那声音就像是什么东西裂了，以至于我下意识去察看，玻璃板难道成了薄冰？

"我们还没结婚。"颜小菊的声音从指缝中流出，带着黏稠的鼻音。

胖红红看我，我看胖红红，我们又看颜小菊，我们笑起来。

"你们两口子商量好的哈，说法一样。"胖红红将一条粗腿随意斜插一边，摇晃着脚尖。"告诉你吧，不要娃儿都要吃这药，你不吃，肚里就会结一个小江师傅，只要怀了，吴老板一天都不得留你，你想嘛，哪个老板愿意聘用孕妇，出事咋办？”

“你们都在吃？不吃就会怀？”颜小菊指端露出两个黑漆漆的瞳仁，疑惑地看着我们，最后把目光落在我脸上。我能感觉到，她一直以来对我的信任。

我点点头。

“当真？”

“那当然，我们老板娘不吃避孕药，做两次手术，你晓得做手术要花好多钱不？无痛的，一次两三千，你舍得？我可花不起……男人那东西挨到一点都不行。”胖红红说。

颜小菊原本脸色已恢复，此时忽又通红，接着变得煞白，像是受了惊吓。她抓起药瓶，匆匆跑进屋。我们都看见了，她奔跑过程中，愤恨地跺了一下脚。

“我就说她装，你不信。”胖红红撇撇嘴。

我的确不大相信颜小菊会装，别的不说，脸红这种事，岂能装出来？我隐约觉得颜小菊和江师傅，越来越有意思了。

那天晚上打烊后，他们都走了，我刚要走，颜小菊叫住我。这时间，江师傅会在灶台前烧一壶热水泡脚，一边泡脚一边看报纸。

我早就感觉颜小菊想找我说话，更准确一点是谈心，像闺蜜，私语一些女儿家的心事。还在学校时，我有过许多闺蜜，我们不好意思羞涩，那是相当落伍的事，所以我们刚一碰触羞涩，就立即跳开，这个时代我们不需要羞涩，即使我们不小心羞涩了，也只一瞬，之后，大家对私密毫不遮掩，嘻嘻哈哈。没一个人像颜小菊。真的没有。就好像我们不曾怀春。怀春的颜小菊常独自发呆，淡眉微蹙，发丝拂动，待眼波流转着，忽然地，白皙紧致的脸颊就升起一抹红晕，却不是浓烈的红，而是粉。大大咧咧的胖红红也发现了这种不同。胖红红曾悄悄对我说：“你看，她土是土气，长得还蛮舒服。”而且，她的声音有着难以言说的美妙，像雏鸟鸣啾，像溪水流淌，像拨动一根很细的弦。她这样美妙地叫住我：“茜茜姐。”

我回过头，看到她站在门口望着我。

“我不用吃那药吧。”她肯定又疑惑地说。

“怎么呢？”我回身走向她。

“就一次……”

“一次也不行，非常危险。”

“江水说没关系的……”这时她生气了，又有些委屈，咬着嘴唇。“晚上这里有猫，猫一叫，江水就睡不着。他就……”

“猫？”

“很多猫。”

“他就怎么？”

“他就去水管子下冲脑壳……还……哎呀……”她捂上脸。

“你快说，我要走了。”

“茜茜姐……哎呀，江水还往我铺里钻。不过，就一次……”

“一次也不行，我说了的。”

“平常你们没住一起？”我说。

“没结婚怎么住一起？”

“那你们怎么住的？”

“一人一个包间呀！”

我忽然明白了猫是什么，也似乎明白了他们。可以想象，月月按摩店每晚发出的叫声，江师傅果真是受不了，颜小菊却不同意，江师傅只好去水龙头下冲脑袋。我好像听到那些个夜晚哗哗的流水声和女人的叫床声交织在一起。我笑了，哈哈大笑。其实我不想笑，可我一想到那滑稽的场景就难以控制。还有，她竟然说那是猫叫。

“你们每天都笑我们。”她低垂着她的头、肩、眼睑、双手，她站在门口清亮的灯光下，整个低垂着，脸庞散发着荧光，像一尊冰清玉洁的雕像。我忽然感到自己的笑声那样龌龊，我呼出的气那样浑浊。

“一次也不行。”我收敛了笑，一本正经说。

“江水说没关系的，没那样。我怕他哄我，要是他欺负了我，我妈会骂死我了。”

“哪样？”我追问。

“我也不晓得……他说五秒钟，要不他要憋死了，就挨着了。”

“挨？怎么挨？”我想，难道她一点性常识都没有？

“呵，茜茜姐。”

“他把我箍得紧，我数了五个数，推他下去了，这样会不会怀孕？”她急切地望着我。

“他进去没有？”

“去哪？”她迷茫着，就在一瞬间，她似乎会意了，下意识并拢双腿。“他敢！”她的声音带一股凛冽的寒气。我想起有次吃午饭，我们说笑话，她把碗端到一边去吃，江师傅让我们不要逗她，她是有股拗劲的，惹到不得了。看来她还真是有些个性的。接着，她的思绪似乎在飘荡，呼吸变得混乱急促，她满脸通红，嘴角微微翘起，像是带着某种惬意的笑，却又愠怒着。“烦，他好烦。”她的声音变得酥软了，就像她的身体，软塌塌地靠在门框上。

“你是说你们就抱了五秒钟？”

她用力点头，并会心地看着我。

“那你们以前呢？给我说说以前，他要求过你没？”

“我们拉钩了，要等到那天夜里……”她又难为情了，身子扭向门框，脸埋在臂弯。“要在新房子、新铺、新铺盖、新衣服、新袜子、新鞋，红的，里外都是红的，还要好生洗个澡……我们商量好多回了，要等。”她娇羞的声音微微发颤。

不知一股什么样的力量冲击着我，我身上起了一层鸡皮疙瘩。同时，心里升起一种莫名的感动。

“何必呢。如果这样，当然不用吃药了。”

“真是这样！”

我才发现我用了假设。“好了，我得走了。”我说。她朝我莞尔一笑。我走向幽暗的花巷，柳叶浓密，一股黏稠的气息裹挟着潮湿的地气，使人呼吸不畅。有女人的笑声传来，还有知了，狠命地叫。我一回头，红灯笼餐馆已被密柳淹没，只透出一丝亮光，我恍然觉得，刚刚是做了一个糊里糊涂的梦。

三

我们的笑愈发难以控制。

怎么控制呢？只要江师傅和颜小菊同时进入视线，自然而然，我们就想入非非，就想笑，笑本来会相互感染，我们就笑得厉害。有时，王小米跟江师傅说着话，颜小菊如果出现，王小米的话题就立即转向，不管颜小菊是否在场。王小米说："你哥子，咋个回事哦，还留着块地等别个来垦？"王小米说："你哥子，五秒钟好干啥，弄了嘛！"王小米说："你哥子，亏不亏嘛！"王小米说："你哥子，你哥子……"

起初，一提到这，江师傅严肃的脸就像被绿叶红花点缀了的拼盘，一下鲜活起来。他的厚嘴唇先是慢慢撑开，然后牵动鼻翼，再到眉眼，待整张脸舒展，就发出呵呵两声短促的笑。

"不得，不得。"他摇晃着幸福的方脑袋，里面像是装满了丰收的蜜水。

渐渐地，他的脸又严肃起来，假若他正干着活，他会先放下，他还是说："不得，不得。"再把王小米一直盯着，直到王小米抬起头看他那双眼睛，他才继续干活。他还这样严肃地告诫我们："你们莫逗她，她性子烈。"

吴老板说："反正你们各人注意，不要一天呼儿嗨哟的，万一哪天控制不住，给我把药吃上，我是为你们好，一天天，还要操这份心。"

而在男女之事上，颜小菊似乎是一棵营养不良的白菜，忽然接触到肥料，她要把自己缺失的养分补回来。下午，她干着活，会鼓足勇气主动朝我们招手："茜茜姐，过来坐；红红姐，过来坐。"她红着脸的样子，倒使我们顾及她，不看她的脸，很自然地坐过去，假装她是大方的。我们问她一些关于家里的事，当然还有她和江师傅的事。

"妈妈说了，女娃娃家身子娇贵，不能随便跟男人住一起，不像楔一截木桩桩，楔了就楔了，不想要了再拔出来；女娃娃家，那是一辈子的事，破了就破了，没法补的，千万不能随便。我外婆就是这样给我妈妈说的，我外婆的外婆……"

我们笑她，她又把自己低垂下去说："你们每天都笑我们。"

逐渐地，她就要悄悄地隐秘地吞吞吐吐地问我们一些关于女人的私密话。比如，处女膜是咋个样子的，那个时候是不是很疼，到底有多疼，她妈妈说疼得遭不住呢，像被捅了一刀，她很害怕。她说这些话时，既神秘又纯真，还真害怕了一样抖抖消瘦的双肩，然后就张着嘴，渴求地望着我们。胖红红受不了，说根本不可能的事，怎么连这个也不懂，不可思议，不可思议。另外，胖红红和王小米处在热恋期间，两人有时打情骂俏控制不住会悄悄做些亲密动作，只要被颜小菊撞到，她的脸立即通红。红就红了，她还会躲到哪个角落悄悄待一阵才出来，再若无其事干活。谁都看得出来，她那若无其事是假装的。这就让胖红红和王小米尴尬，好像做了什么龌龊事，该躲起来的是他们。

“我给你说，痛个屁。”有一天胖红红粗鲁地拍拍桌子，“我连感觉都没得，你妈妈是吓你。处女膜是个啥东西？就一层薄皮皮，步子迈大了都会破，骑个自行车也会抻破，破了你还以为来月经了，就是骗傻子的东西，现在都什么年代了，谁在乎那个。”胖红红拍桌子的手一步步拍到颜小菊跟前，颜小菊往后仰，靠在墙壁，窝进墙角，双手抱着肩膀。

“你吓着她了。”我拽胖红红，胖红红就坐回来，很激越的样子。

“怕啥子，我又没法强奸你，我要有法，我就做了你。”

平时，胖红红也说不出这样的怪话来，不知怎么，颜小菊越是一副无知纯洁的样子，就越使得人想破坏。我们为那两个字尴尬地愣着，颜小菊却笑起来，露出一排细密的白牙，脖子朝前一抻一抻的，像小猫在打喷嚏。

“你还笑，我说强奸，你脸咋个不红？我看你就是装。”胖红红说。

颜小菊的脸就红了。

时值初夏，不冷不热的天，我们对太阳还喜欢着。虽然幽暗的花巷很难晒到太阳，夏季闷热，冬季湿冷。但谁都能看到幽暗之上明亮的天空。而且餐馆门前那棵柳树长歪了脖子，每次出太阳，就有一束光射进来，刚好照在“菊花台”那张通红的桌子上。这时，太阳出来了，瞬间，颜小菊身上红光闪闪，脸却被隔绝在幽暗里。

“喂，小菊，你说老实话，你真是黄花闺女？”胖红红忽然温和地问。

“嗯。”颜小菊认真点头。

“来，你过来，我看看，我一看就晓得是不是。”胖红红朝颜小菊招招手。“把头伸过来。”

颜小菊乖巧地把头伸进那束阳光里。

“我听我奶奶说过，黄花闺女的眉毛长得紧凑，没一根乱长，眉梢也不得翘。”胖红红扶正颜小菊的头，认真地看。

“咋样？”颜小菊问。

“急啥子？心虚？”

“没，没。”

“茜，你来看她眉毛。”胖红红朝我眨眨眼，指着颜小菊的眉头，“看，这里有一根冲天炮。”

我凑过去，发现颜小菊的眉毛像两条纤细的狗尾巴草，那些淡黄的绒毛细密均匀地聚集着，整整齐齐。我还看见她额头上浮着一层轻盈的绒毛，闪着浅金色的光。胖红红朝我眨眼示意，我故作惊讶说：“哎呀，真有一根。”

“不可能。”颜小菊皱起眉头说。

“怎么不可能？你们只要亲过嘴，眉毛就会乱长。”胖红红说。

颜小菊有些慌乱，猛把头缩进幽暗里。

“我还没看完呢，我还要看看你的腿有没有缝，同了房的，肯定有缝。”胖红红说着，号召我们把桌子挪到一边。“来吧，来，站进去，走几步。”我知道胖红红开始恶作剧了，平时，她总喜欢折腾王小米，要么扣一个瓜皮在他头上，要么在他背上画一只乌龟，还要假装受伤，用以考验王小米对她是否在意。

颜小菊勇敢地踏进那块阳光，一步步朝前走。她穿着淡蓝色的涤纶裤子，略显紧身，身材纤细的她小屁股却圆鼓鼓的，很翘，阳光从她腿缝里透出来，斜射在暗灰的墙砖上，一抖一抖的。

“看嘛，有缝，你自己看。”胖红红指着墙砖说。

任何人那样走，都夹不住阳光。我笑起来，胖红红终于忍不住，搂着我的脖子，嘎嘎笑得像只高叫的鹅。

颜小菊站在墙角，低垂着头，不声不响。但她的眉眼却高抬着，眼珠滴溜溜转动。我意识到她在看我们的裤裆。然后，我牵动着胖红红沉重的身躯挪向路边，站在柳树下，相互纠缠着。我有些无法承载她的目光，好像我和胖红红各自穿着一条破烂裤子。我们回头，看到她夹紧双腿站在墙角的样子，愈发要笑。

我们虽然笑着，但不那么舒服。

四

晚上，吴老板因儿子发烧提前回家，嘱咐我把账记好，嘱咐颜小菊夜里锁好门。

十点，沈月月来宵夜。沈月月经常来店里吃饭，有时一个人，有时和别人。一个人时，她常拿着搪瓷缸直接到厨房，盛好米饭，看有什么准备要下锅的菜，就让带一份出来盖在饭上，然后到吧台给钱。她每次进厨房，江师傅都紧张得一身是汗。

沈月月不来吃饭，我们也天天见面。两家门挨门，共用一堵墙，我们这边摆桌子，按摩店摆了一张长方形的老旧藤椅，她经常和她的姐妹们斜歪在上面，耷拉着雪白的大腿，腿上无论冬夏都穿一层丝袜，吃饭，梳那头黑长发，化妆，剪指甲，无聊了还躺着睡觉。沈月月看起来30多岁，没问过，我们基本不说话。说什么呢？吴老板有次问她生意好不好，她回答干脆，说现在啥生意都不好做，吴老板反倒一脸尴尬，像是问错了。所以，她单独来还是带客人来，我们只有点菜上菜结账之类的简短交流。不仅沈月月，花巷许多按摩店的女人都经常来餐馆吃饭，三五成群，抽烟，喝酒，口无遮拦，我和胖红红开始还背地里议论，对这行业表示难以接受，后来司空见惯，就像一块泡泡糖嚼到没滋味，吐掉了事。颜小菊就不行了。沈月月总穿低胸衣裳，尤其我们站着服务，一目了然，胸罩颜色，胸脯形状，偶尔她一俯身，甚至还看到她紫红色的乳头。颜小菊凡遇这类客人，手里急忙抓其他活计，红着脸偷瞟。哪怕沈月月没来吃饭，在藤椅上探头看她，她都羞得往屋里跑。

沈月月这次和男人来吃饭，两人要几个凉菜，喝过半件啤酒，都有了酒意，男人眼睛和手脚不老实了，就结账摇晃着往外走。到门口拐弯处，男人的手从沈月月腰间滑到屁股，然后手腕一转，只听沈月月不大不小叫了一声。看样子，过不多久，我们包厢对面就会传出一浪高过一浪的声音，颜小菊说的猫叫。

我们要打烊了，胖红红和颜小菊正收拾沈月月用过的碗盘，她俩都看到这一幕，颜小菊手里的汤勺落在地上，不锈钢的，没碎。我以为胖红红又要对颜小菊的大红脸训斥一番，却见胖红红拉着颜小菊到门口，说："看到没得？进去了。”

“你晓得他们进去干啥不？”

颜小菊摇头。

“你晓得她是干啥工作的不？”

“那，拔火罐。”颜小菊指着霓虹闪烁的招牌说。

“嘁。告诉你吧，他们进去睡瞌睡，女的陪男的，男的给钱，只要这地方没人……”胖红红指着空空的藤椅，“她们就都在里面伺候男人……还有这街上，到处都是，这边，那边，还有那边。晚上你听不见吗？”

“啥？”颜小菊颤声问。胖红红把颜小菊带到包厢。

“他们就在那窗子里。嘿，你不晓得，江师傅肯定晓得。”

我把账记好，她俩还在里面嘀咕，我喊她们快收拾，明天要早起，订了两大桌生日宴。她们出来从我身边经过，我听到颜小菊急促的呼吸，她的耳朵在灯光下，红得像两只燃烧的小橘灯。

第二天一早，我和胖红红是笑着进门的。我们笑得直不起腰，走路都费劲了。我们是笑江师傅。这些天王小米都在琢磨，怎样帮江师傅普及性知识。王小米想了很久，下了些黄色片子在手机里，下午忙完，把江师傅拉进包间偷看。待江师傅晓得王小米给他看的是什么，一开始还奋力拒绝，王小米把他按在椅子上，他就盯着手机不转眼了。然后，江师傅一边责备王小米，一边死定定地盯着手机，满脸通红，汗水直流。到后来，江师傅看得走不了路了。

这样的事，足够我们笑好一阵子了。

我们嘻嘻哈哈进门，见到颜小菊，胖红红就不笑了。胖红红盯着颜小菊看。这个早上，颜小菊的确有些不一样，面色潮红，目光迷离，神态娇羞，尤其是她的嘴唇，比以往丰满了些，微微嘟起，像一朵含苞的玫瑰，经过夜晚的滋润，正在开启绽放的门。她还没梳头，辫子散开，蓬勃在背后。她穿着一套花绵绸衫裤，正把被子枕头啊往储藏柜里塞，来回走动，分不清是衣裳动还是里面在动。她没戴胸罩。看得出来，她胸不大，却很结实。

我们来到包厢，往桌上摆餐具，叠方巾。胖红红在我耳边神秘地说：“他俩昨晚肯定把那事做了。”

“茜茜姐，红红姐，你们这么早？”颜小菊走过来。

“告诉你了，今天有生日宴。”

“呀，我们忘了！”她把胸脯往前一挺，冒出两个尖尖的凸起。

“你们是忘了？还是互相抱着舍不得丢手？昨晚……昨晚……嗯哼……”

“红红姐……”

“你一天嘴巴倒是甜，姐、姐的叫，又不给姐说实话。”胖红红撇撇嘴，“看你那副狐媚相，还偏说是黄花闺女。”

“红红姐，你又不相信人。”

“你倒是给我个理由。”胖红红说着一只手去撩颜小菊的胳肢窝，颜小菊身子猛缩，咯咯笑起来。

“我怕痒。”包间响起颜小菊一连串美妙的笑声。

“怕痒就是黄花闺女吗？嗯？我倒要看看。”胖红红又去搔，颜小菊往墙角躲。

江师傅被笑声吸引，探进头来，一脸憨笑，眼里满是艳羡。好像他也想做一回胖红红。

“江师傅，你不下手，我要下手了啊！”胖红红哈哈笑着。

“嘿，江师傅，男女授受不亲，人家还穿着睡衣呢。”我说。

“你们，你们啊！”江师傅摇着头，恋恋不舍关上了门。

“红红……姐……不要……”颜小菊头顶着墙角，笑得像要断气。

“我今天就让你尝尝。”只见胖红红边说边用她那两只宽阔的大手从背后伸向颜小菊胸部，胡乱地来回抓揉，“尝尝，尝尝吧。”闹疯了的胖红红干了这坏事就跳到我身边，恶作剧地朝我眨眼。

颜小菊的笑声戛然而止，就像真的断了气。她原本弓着腰，此时跌坐在地，埋着头，大口喘气。她后颈和耳际裸露的皮肤已变得火红，像是随时可以燃烧起来。

“啊，天哪！”她仰起头，捂上脸。“啊！天哪！”

不知她怎么了，悲伤？羞愤？要哭？还是别的什么。胖红红朝我讪讪地吐舌头，我瞪她一眼。

“啊，天哪，哈。”她像是笑了。

待她转过身，我们发现，她捂着脸的双手下弯月亮似的嘴唇，还有一排细密的牙齿。她真是在笑，她捂着脸爬起来，到门边的椅子上抓起衣裳，她用衣裳捂着脸，开门跑出去，打开另一个包间的门，她关在里面这样笑着叫着，出来时，她换好了衣服，在门口瞥见胖红红，又跳着笑叫了一声："啊，哈。"

五

那个夜晚和清晨之后，天气骤然变热，街上没人穿长衣裤，一个也没有；那个夜晚和清晨之后，颜小菊脸上的皮肤开始脱皮，先是一点点，后来只要看到哪起了一点皮，顺沿着轻轻一扯，就揪掉一大块，那感觉好像在剥煮后没有激冷水的鸡蛋，一点点抠，不晓得哪地方就抠下一大块。每当抠下一大块，胖红红就很过瘾。"安逸，安逸。"我们都认为她是成天脸红把皮肤烧破的；那个夜晚和清晨之后，颜小菊露出了半截白笋似的胳膊腿。并且，她像羽翼逐渐丰满的燕子，敢于出窝了。下午空闲时间不再捧着个筐箩干活，她能够脱离江师傅，独自到街上去。她就在花巷百米之遥走动，一点点试探着抬起那只小巧的头颅，打量这片天空。有时，晚上她也会出去转上一圈。若遇到某个男人打量她，她会受惊似的撒腿跑回来，红着脸一阵喘息。

就这样，她大概发现了花巷的秘密。这么转着，她的头就越抬越高，坐在"菊花台"时，脊背挺直，眼神很多时候带着骄傲和不屑，干活的速度也慢下来，常常翘起两根小指，哪地方稍微弄疼了，要细心呵护一番；哪天生意忙些，她要捶打着两条腿，轻声呻唤，步子也变得细碎缓慢，好像整个身子都娇贵起来。

"狗日的，这两个狗日的。"

客人走完，吃午饭时吴老板冲江师傅和颜小菊嚷着："你们硬是没听我的话，好像我在害你们，看来你们是存心到我这儿怀个娃儿回去。我晓得，你们这种人很有一套，到时穿件大衣裳把肚皮一遮，就说长胖了，等到快生了，撒腿走人，钱也赚了，娃儿也养了。告诉你，错了，莫以为我离不得你们，现在这生意，我随便换个厨子照样做起走。说个良心话，我正儿八经为你们好。"

"哪个？"

“你莫以为那样看着我，我就相信你。就你那双眼睛才最会骗人。还装，你老婆是怀起了，我看得出来。”

“咋可能！”江师傅激动地站起来，“绝对不可能。”

我们都没想到，颜小菊拽江师傅坐下，然后，转向吴老板说：“我们还没结婚，我们没有上床，我们很干净，我是黄花闺女。”颜小菊说这话时，一脸沉着，声音干脆，还骄傲地扬了扬头。

一时间，谁也没有说话，只有头顶的硕大吊扇嗡嗡闹着。不知过了多久，吴老板笑起来，我们早就憋不住，全放肆地喷笑，江师傅无奈地摇晃着头，也憨憨地笑。只有颜小菊，一脸正色，身姿笔直，若无其事地往嘴里扒饭。

“那就好。黄花闺女，你是生病了吗？看你走那两步路，像个秧鸡，还没得好热嘛，你们前堂三个人，还跑不赢？”吴老板说。

颜小菊却说了更让人忍俊不禁的话。她说：“步子迈大了，抻坏……抻坏……”她忽然有点不好意思，垂下眼皮思忖片刻，“抻坏身子，我咋结婚哩？”

还不等我们发笑，她又说：“你们不相信我，天天笑我，是因为你们都破了。”

我和胖红红就像两个被鱼叉突然袭击的鱼，一时间，面面相觑，哑口无言。吴老板和王小米赧然一笑，都不说话了，却能感受到，他们各自深入探索着那个字：破。

之后，颜小菊像没事似的照例跟我们说话，空闲时叫我们到“菊花台”坐。“茜茜姐，红红姐，过来坐吧。”她坐在那里，昂着头点兵点将的样子，像是她的主动对我们来说是种恩赐，“菊花台”成了她的专座。这种情况，我们当然不过去，我和胖红红有时假装没听见，等过上很久，再笑闹着一屁股凑去，有时把桌子撞歪了，颜小菊就赶紧扶正。很多时候，我们都是故意撞歪的。

接下来，我们都没想到，颜小菊得罪了沈月月。

那天早上吴老板批发了一蛇皮口袋大蒜，夏天吃凉菜的人多，大蒜就用得多，以前颜小菊没来，吴老板经常买剥好的蒜。现在全靠我们来剥。天热，凉菜生意好，下午打一会儿盹，剩下的时间我们都得坐在外面剥蒜，摘葱和芫荽。我们干着活，听胖红红讲她和王小米的事。我知道胖红红一是嘴闲不住，二是故意用那些赤裸的语言刺激颜小菊，颜小菊也听得起劲，时不时羞涩一笑，却不是往日那般纯真模样，分明听懂的地方，倒要故作惊讶一番。比如，胖红红说：“我家小米就这点不好，做那事也要听歌。”我大笑，颜小菊的脸原本红了一下，但马上惊讶地问：“啥事？”

大概其他姐妹们都不在，沈月月走过来之前，在藤椅上已经伸够了懒腰，然后无聊地在柳树下来回走，高跟鞋一崴一崴的，就走到我们这来了。

“你们聊得热闹哦？”沈月月一屁股坐在颜小菊旁边，懒散地伸展着四肢，她又打了个哈欠。一股浓浓的脂粉味弥漫开来。

“嗯。”我笑笑。

胖红红朝沈月月点点头。

我们忽然都不知说什么好。只见颜小菊站了起来，有点猛，身子随之朝后一仰，好像被无形的气浪扑倒。她打了个喷嚏，呼吸也变得混乱。她想离开那个地方，迈出一条腿，大概觉得该走的不是她，就回身坐正，铆足劲似的，挺直脊背。她的手在抖，蒜掉了，捡起来，反复捡。

“喔，我擦了风油精，蚊子多，咬得到处是包。”沈月月说着隔一层丝袜抓挠她的腿。

“就是，好多蚊子。”我说。

“你们皮子嫩，我这蛇皮，它咬不动。”胖红红笑着说。

我们就蚊子展开了话题，否则多尴尬。根本没想到颜小菊会做出那样的举动。

“你……坐那边。”颜小菊指着那张黄色台布的桌子，颤声说：“那离你的店近，这挤。”颜小菊满头是汗。

如果平时沈月月没听到我们这边的谈话，也就罢了，只以为颜小菊闻不惯风油精味，偏偏听到了，平常也听到一些，那沈月月当然清楚颜小菊这行为引申的含义。沈月月掏出一根香烟点燃，不紧不慢地抽。

“我要想坐那，我还坐这干啥子？”

“你不能坐这。”颜小菊的声音仍旧发颤。

“为啥子耶？”沈月月乜斜着眼睛。

“不为啥。”

我们从没见过沈月月笑，即使和男人打情骂俏，她也是板着脸，此时沈月月抽动着嘴角笑了。

“我听到了，你是黄花闺女对不？你去这街上问问，有一个人相信，我爬回去。”

“我本来就是黄花闺女。”

“她是，她是。”胖红红对沈月月眨眼。

沈月月把烟灰弹在一瓣蒜皮上，整理了一下胸罩带子，颜小菊嫌恶地把脸扭向一边。

“我们店以前来了个女子。”沈月月慢悠悠地说，“她说她是处女，要了很高的价，我把人带来，完事人家不干了，叫退钱。人家说假的，那是经血。后来我才知道那女子有病，月经不断。还有一个，做过修补手术，也是假的。假的怎么能当真的用呢。这年头，黄花闺女早绝种了，谁知道都让谁祸害了。”沈月月用下巴指向颜小菊，“你，葫芦里卖的什么药？”

“我？我没有，我是真的。这个怎么会有假的？”

我知道颜小菊和沈月月对抗，肯定要吃亏。

“菊，别说这个了啊。”我说。

“就是，说点别的。颜。”胖红红说。

“我是真的。”颜小菊要哭了。

“你是真是假，用得着天天强调吗？你自己晓得就完了，哪个黄花闺女天天　着脸把黄花闺女挂嘴巴上？要不你挂个牌牌吧，写上：黄花闺女。”

“你们不信我，我……”

“你当你的黄花闺女，要我们信你干吗？”

“你们怎么就不信呢！”

沈月月瞪了颜小菊一眼。

“我信，我们都信了，要怎么着？你不就多一层肉皮吗？那肉也就到我店里才值钱，还得遇上日怪的人。”

“你……不要脸！”颜小菊咬着嘴唇，鼻翼翕动，眼圈泛红。

“是吗？我不要脸？告诉你，我看见了，你和厨子在包厢里干什么。我都看见了，你们没有窗帘不知道吗？”沈月月轻盈地吸着烟。

“我们……”

“就那晚，我带人到你们店宵夜。”沈月月转向我们，“我看见那厨子把她抵在墙角，还把她两只手按在墙上，她像小猫儿样听话。”沈月月又转向颜小菊，“你不用紧张，我们这职业有讲究，忌讳看到这些，我把窗帘拉上了。不像那小厨子，动不动趴窗户上偷看，我们每个姐妹都给我反映过这事，他是不要脸呢！还有，分明什么事都做了，还黄花闺女，更不要脸呢！”沈月月得意地撇撇嘴。

胖红红用脚踢我的脚，意思是怎么会这样，或者竟然是这样，以及真的是这样。我说过，我是个爱笑的人，笑点很低，我早就控制不住要笑了。可是我有些难过，也不知究竟难过什么。胖红红开始笑，笑一下，搡我一下，我搡她一下，她一下，我一下，我们笑得浑身乱颤。

“五秒钟，你们知道的。”颜小菊用哀求的眼神看着我和胖红红，我们就笑得更厉害。我们在颤抖，桌子在颤抖，桌上的蒜皮也在颤抖。沈月月不笑，沈月月在抽烟。沈月月还用一双眼皮略肿的眼睛审视着颜小菊。就像在鉴别一块玉的真伪。

颜小菊站起来了。

当时已近黄昏，街道两旁的路灯还没亮，我只觉一阵风从身边吹过，白色的蒜皮纷纷飘扬。我以为起风了，哪知是颜小菊跳到桌上去了。更准确点，是飞，张开两只纤细的胳膊，飞蛾一般冲到我们头顶。

“我是，我是，我是黄花闺女——”颜小菊发出尖利的叫声。“我要撒谎，遭雷劈！”她呜呜哭着，像受了委屈的孩子，仰起头，两手不停抹着眼睛。

我们傻眼了。

只一会儿工夫，餐馆外聚了许多人，你一句我一句，以为是拖欠工资闹纠纷，我们都着急了。吴老板那么好的人，怎能受这冤枉。再说，颜小菊这样站着哭，人们不仅看她，还看我们，我们对这店感情很深，怀疑吴老板，好比怀疑我们。

“你们不要乱说，她在发誓，她是黄花闺女，没听见吗？”胖红红气呼呼地对周围的人说。

人群一片哗然。接着发出各种各样的笑声，有人吹起了口哨。

这时，江师傅和王小米从厨房跑出来，吴老板恰好也来了，他们都神色慌张地问我和胖红红咋回事。沈月月不知什么时候到了自家店门口。

胖红红嘴快，三言两语说了事情经过，吴老板让江师傅赶紧把颜小菊弄下来，生意场所，像个什么样子。

江师傅摆摆手："我说了的，她性子烈，叫你们莫逗她，你们总是不听，要等她闹过。"他在桌子旁走来走去，抬头看一眼颜小菊，马上又低下，无奈地摇着头。

"快下来，这是做生意的地方……"吴老板话没说完，被颜小菊打断。

"我不下来，你们都不相信我。"

"信，哪个敢不信，老子收拾他狗日的。"硬的不行，吴老板来软的。

"我晓得，你们不相信我，从来就不相信。你们喊我吃避孕药，哪个要吃那肮脏的药，那是……"颜小菊一双泪眼搜寻着，到按摩店方向，忽然伸手一指，"她那种人吃的！"

谁都看到沈月月站在那，依着墙，一条腿支撑，另一条腿悠闲地弯曲着，霓虹灯在她身上闪烁。沈月月没紧张，吴老板急了。

吴老板给我们说过，沈月月那人水深，公安部门每次扫黄，她都安然度过，按摩店，就按摩嘛，凭什么抓？生意场上，这样的人不要招惹。吴老板还告诉我们，不要对人家有看法，不要盯着人家看，也不要背后讲人家，人家也是做生意的，各做各。

"你这狗日的，敬酒不吃吃罚酒。"吴老板大骂，"不想干了是不？马上给老子收拾行李。你黄花闺女，哪个管你这些屁事，爱啥啥，跟别个有毛的关系？"

吴老板这番话压住了颜小菊，却没压住沈月月。沈月月慢慢走过来，一直走到江师傅身边，停了下来。江师傅陡然一惊。我们从没见江师傅如此慌乱，那双原本死定定的眼睛忽然眨个不停，呼吸变得急促，像一头羞愤的牛。

"难道？难道？难道是你有毛病？"沈月月挑起眼皮瞟着江师傅。

江师傅戴着纸做的一次性厨师帽，汗水浸透了贴着脑门那部分，他捋下帽子，双臂裹住颜小菊的腿，一把将她扛在肩上，任凭颜小菊双手扑打他的背，喊着不下来，不下来。他雄赳赳气昂昂地把颜小菊扛进了厨房。

“好了，好了，大伙散了啊，做生意了。”吴老板又对沈月月说，“乡下来的小女子，没见过世面，不懂事。”

沈月月不置可否。

六

整个晚上，吴老板没说一句话，核对营业额后就走了。不知吴老板在想些什么，甚至对一直窝在厨房角落哭泣的颜小菊，也没去过问。吴老板走时，江师傅追到门口对吴老板说了一番话。大致是颜小菊原本脾气很好，17岁时摔过一跤，碰了脑袋，脾气秉性变成这样的。“不过，我家小菊不傻，千万别把她当傻子，她就是犟，受不得冤枉，她懂事得很。”吴老板只是客气地点点头，什么也没说。

接下来几天，吴老板仍然没怎么说话，脸一直板着。

不知是哭过一夜，还是担心工作问题，颜小菊成熟许多，言行举止像个稳重、谦和、贤惠的小媳妇，声音也变得低沉缓慢，不疾不徐。胖红红认为颜小菊嗓子是哭哑的，但纳闷怎么会一天天哑下去，恢复不了了。我恍惚觉得，她从到来那天开始一直在梦中，现在才真正睁开眼睛，才清醒，才看清楚这城市的一草一木，才终于从空中降落，跌入现实，来到我们的世界。

直到快周末，吴老板才露出笑容，我们以为找到了新厨师。江师傅也这样想，默默搓着手，表示人来了，他们就走。大家都很沮丧，王小米嘴里直嘟哝，说哪个也比不得江师傅呢。

“走？往哪走？我可没撵你们，那话是说给隔壁听的，你不了解情况，那人不好惹。”

颜小菊两手绞在一起，轻声说：“吴老板，给你添麻烦了，我以后好好干活。”

“干活，先干活，事呢下午商量。”吴老板说完，骑上摩托又走了。

忙完中午，吃饭时，吴老板还是没提，只说：“先吃，吃了说。”

桌上的气氛显得沉闷，王小米最先吃完，到外面抽烟，然后是胖红红和我，江师傅和颜小菊基本没怎么吃，这是自他俩到店以来，我们吃的唯一一顿没有笑声的午餐。等我们收拾了碗盘，擦净桌子，吴老板叫王小米把卷帘门拉下来。

“好了，都坐下吧，我先说说。我是个重感情的人，舍不得你们每个人，你们也对得起我，死心塌地给我干活，我都看在眼里。我也是个生意人，当然要考虑利弊，发生那种事，我原本想好了，哪怕生意不做，也不用你俩了。可就在今天早上，我又改了主意，哪个店也不愿意总换厨师。想想，归根结底就是男女间那点破事，它不算个事嘛！现在，我先问个问题，你们一定要老老实实回答，你们到底住一起没？”

“真没有。”江师傅一眼不眨盯着吴老板说，“我发誓。”

我惯性以为颜小菊又会激动，却见她慢慢站起身，朝我们一一哈腰，脸上带着充满感激的微笑。“是我们没见世面，让大家见笑了。”

“我们没笑话你，我们就是爱笑。”胖红红说。

“是的，我们笑点低。”我说。

“说不是个事吧，你们孤男寡女，长期下去还真是个事。”吴老板接着说，“这样，店里条件确实不行，环境也不行，现在生意做红火了，我早想在外面租个员工宿舍。既然你们非常重视，干脆在城里先小小地举行一次婚礼，反正你们结婚证早就领了，你们呢，也就把该办的事办了。至于新房，我看好了，不远，背后绢纺厂的职工宿舍楼，有一家转租，马上就可搬进去，我出钱，你们以后就住那，稍微装扮下，花不了多少，有用的东西将来还可以带回家，回家后想怎么操办一点不冲突。”

江师傅和颜小菊都在沉默。

“当然，我是为你们好，也为我好，一切取决于你们。我只是担心。”吴老板指指身边那堵墙，悄声说：“那女人不好惹。大家都是成年人了，我就直说，我听说她给别人介绍一个黄花闺女能赚很多钱，这个数。”吴老板伸出一根指头。

“一千？”胖红红说。

吴老板摇摇那根手指。

“一万？”王小米说。

“嗯，一万。有时比这还多，三万五万，说不清楚。狗日的。”吴老板说。

“啊？”我们齐声惊叹。

“小女子也赚钱，我听说有给十万的，也有白白给祸害了的。狗日的有手段，防不胜防，我真为你们担心。当然，如果你们不想在这干了，我也就不操这份心了。不过呢，你们只要在我店里，她绝对不会怎样，她倒是个讲义气的人。”

“告她。”江师傅说。

“你哥子，天真，她们都成精了。”

“颜，你还想啥子，天下哪去找这么好的老板？”

“菊，这主意很好，我们也算参加你们婚礼了。”

颜小菊镇静地注视着桌面的某个地方，用那变得低沉的嗓音说：“都是我不好，惹下事，还让大家费心。我愿意，江水你呢？”颜小菊转向江师傅，面孔浮上一层淡淡的羞涩。

江师傅就慢慢咧开嘴，嘿，嘿，笑了。

“真是太感谢了！”江师傅对吴老板说。

气氛又活跃了。胖红红喊着有人要当新娘子喽，迫不及待去翻日历。江师傅在一边憨笑。吴老板让我带颜小菊到隔壁给沈月月道个歉，最好马上就去。我打开卷帘门，见沈月月在藤椅上打瞌睡，就朝颜小菊招手。吴老板不放心，还是跟着一起来到隔壁，打着哈哈，替颜小菊道了歉。沈月月表示没当回事，大家还是好邻居，仍会照顾生意的。场面上的话一过，吴老板就叫我们回来。颜小菊还在朝按摩店里张望，好奇又不敢深看，脖颈伸长，眼神却躲闪着。我揽着她往回走，又听到她急促的呼吸，我感受到她剧烈的心跳通过脊背击打着我的手掌。

“菊，不怕，没事。”我附在她耳边悄悄说。

她朝我微笑，要解释什么，吴老板又叫我们。她要说什么呢，我想。

“我还有个想法。”吴老板说，“既然小小的举行，这生意还是耽误不得，我不可能拿一天时间把门关了。就晚上，提前两小时收生意，在店里做一桌好菜，热热闹闹吃顿饭，你们就过去洞房。”

“是这个理。”颜小菊说。

“这一天不白干，床上用品我包了，当是送的。但是，一千块以内哈，以内。”

“床上？”

“哎呀，就是你那一套大红铺盖。”胖红红大笑，又撒起娇来，“不干，不干，我也要结婚。”

“狗日的。”

江师傅和颜小菊感激得不知怎样才好，连声道谢。

直到这时王小米才哼起歌：

你的泪光，柔弱中带伤

惨白的月弯弯，勾住过往

唱到这，王小米猛跳到高音部分，假装撕心裂肺唱起来。

菊花残，满地伤

你的笑容已泛黄

花落人断肠，我心事静静淌

王小米那副样子好像歌曲在喉咙里憋了很久，才得以释放。我们自然联想到那晚颜小菊站在桌子上的事，大概那晚他就想唱了。大家都笑。但是，就那么短促的一两声。

七

几个下午，我都陪颜小菊去商场买东西，胖红红守店。每次回来，胖红红都兴高采烈迎上来问：“买了啥子？”

有两天空手而归。颜小菊窝在色彩堆里左右为难。洁白的，透粉的，天蓝的，翠绿的，金黄的，她抓着这个说好看，又抓那个也说好看，真好看。我问她不是要买大红的吗？她点头，却仍是抓着别的。终于想到要买红的，又看到缝着心形的，绣着玫瑰的，打着无数风琴褶的。我提醒她那种价格不菲。一问价，把她吓得跑了出来。时间来不及，等我们回到店，她还在念叨：“为啥那么贵，真是好看死了。”

买礼服时，她又被婚纱迷住了。开始，她趴在玻璃窗前踟蹰着不敢进店，我硬拉她进去，她的眼睛一直眯着，像是被富丽堂皇晃得睁不开。她站在一白一粉两个穿婚纱的模特中间，抬头仰望，店主问我们谁穿，她低下头，拉着我就跑出去了。

“肯定贵死。”她喘着气说。

“婚纱都是租的，花不了多少钱。”

“我晓得，租金也吓死。”

我想，倒也是，对于她来说，上百块就算贵的，这又何止。她又跑到另一家卖婚纱的橱窗前悄悄看，感叹着：“我们老家没有谁穿过，要是有谁穿这个……”她没有说下去。

最后，礼服买的是一条红纱裙，即便回老家结婚时穿不得了平时还可穿，因为老家只有冬天才抽出空来办婚事。床上用品和内衣鞋子到批发市场的地摊前买的，便宜一大截，给钱时，她仍心疼得蹙眉。

刚到店，胖红红就从门口蹦过来，抢过颜小菊抱着的大包，喳喳叫着进了厨房，一会儿又跑出来，后面跟着笑呵呵的江师傅和唱着歌的王小米。

除了内衣，胖红红把那些东西一样样抖开，到处是塑料口袋的炸响声，整个餐厅一片通红，红得眼睛要晃花了。

“安逸，安逸。你哥子安逸。”

江师傅满脸喜色，不停搓手，说不出话来。

颜小菊去了趟卫生间出来，像是累坏了，坐在吧台前的桌边，弓着上身，一只胳膊撑头，瞧着江师傅那双满是油污的人造革皮鞋，幽幽地说：“我越来越觉得这红色好土哟！”

“那么喜气，好。”江师傅笑得合不拢嘴，“好得没法。”

“哼。”颜小菊说，“买块红布回来你也要讲好看的。”

“小菊。”江师傅说，“你咋……”

“我咋？”她双手扶着头，“红红姐，求你，别弄口袋了，我头要炸了。”

胖红红正翻出裙子，双手高高提着簌簌抖动。“腰身才好哦，颜，你穿上肯定像仙女。”

“啊，哈，我还仙女。”她站起来把被套往口袋里塞，“别逗了。小米哥，将来你可要给我红红姐到商场去买，千万别弄些地摊货。”她白了江师傅一眼，“我这命，贱死。”

“她啊，生米早成熟饭了，哪个还管她。”王小米说完就往厨房跑，还是被胖红红飞起的脚踹了屁股，夸张地哎哟一声叫。

“菊，你怎么天天死啊死的。”我说，“我这参谋长没当好吗？”

她愣了愣，随即向我微微一笑，眉梢挑起来，“茜茜姐，千万别误会。有的人，你不提醒他，他到死看不清。”

“你又说死。”

这时，沈月月听到动静，也过来凑热闹。江师傅像是动了气，张张嘴要说什么，一见沈月月，浑身不自在了，脖子往前探了探，脸涨得通红，终究什么也没说，进了厨房。他急速行走的样子，像在逃跑。

“颜。”胖红红故意虎着脸说，“你咋变成王熙凤了？那么凶，新娘子要温柔。”

“我有吗？有吗？”她努力朝我们微笑着。

“月月姐。”她欠欠身子。

“啊，你们这是……”

“她要当新娘子了。”胖红红说。

沈月月身体朝上挺了挺，长吐一口气，“啊，祝贺。”又指着胖红红手里的裙子对颜小菊说：“适合你，小巧玲珑型。”

“不土吗？”

“不土。”

“啊，还买了床上用品，怎么揉成一团呢。”沈月月用那双白净的涂着黑指甲油的手提起被套一角，“来，叠好再装吧。”

颜小菊像得到命令，把刚塞进去的又掏出来。我们一人扯一个被角，沈月月伸展着双臂，一股股逼人的香气淹没了餐厅。直到沈月月离去，颜小菊仍傻呆呆欠着身子，像刚刚恭送完一位贵妇人。

我和胖红红同时叫她，她吓了一跳，急速眨着眼睛，从恍惚状态渐渐恢复过来。

“你丢魂了？颜。”

“不用怕的，都是传闻。”我拍拍她的肩。

“喔，我真的不是怕她。”她看着我说。

“那你怎么了？”

“我……我就是好奇。”

我想起她给沈月月道歉那天，身子倾斜着，视线越过藤椅，一直往里，挤过布帘的缝隙，伸长脖颈，恨不能让眼睛拐个弯。

“那你紧张什么。”

她沉默半晌，向我知礼地微笑：“我也不晓得。”

“我晓得。”胖红红说：“你怕她们的床，你怕你也躺在那张床上，你怕你不能躺在……哎呀，你啥子都怕。”

她好像没听胖红红说什么，自顾理顺那些搬乱的桌椅板凳，用力吸溜着鼻子。她满腹心事。

八

吴老板买了些拉花气球和　字，让我们用一个下午去布置，他守店。

颜小菊和胖红红一边一个挽着我，我们的步子有些踉跄。王小米说我们勾肩搭背的样子跟沈月月那帮人没什么区别，我和胖红红去追跑远的王小米，没追上，反身等江师傅和颜小菊。却见他俩一前一后走着，江师傅不时回头瞥颜小菊。一大早我们就发现这点，颜小菊每次到厨房端菜，江师傅都要斜眼瞥她，却不说话，只是把锅弄得叮咣响。她呢，也不抬眼，像是没看见他一样。

江师傅闷着头走到我们前面去了。

“看嘛，他们真闹别扭了。”胖红红说。

“菊，你快点，他们都到了。”我喊。

她撵上来。我指着宿舍楼靠街道几个贴有　字的窗户说，“不光是你们，有很多人在这种宿舍结婚，你不要不高兴。”

“茜茜姐。”她说，“我半点没嫌弃，好感激了。”她的样子看起来又像没什么事。

我们走进楼道。房子在二楼，一间卧室大小，双人床靠窗摆放，旁边一个衣架，总体算逼仄了。公共卫生间和浴室在走廊。

“顶好，顶好了，这是楼房呢，比老家不知要好多少倍。”她说。

江师傅又瞥她一眼，像是瞪。

“抓紧吧，时间不多。”我说。

颜小菊铺床，胖红红和王小米挂拉花，我绑气球，江师傅贴　字。一会儿，胖红红和王小米就闹起来。王小米执意要把拉花以床铺为中心来牵拉，胖红红则要以吊灯为中心，他们各自站在一个角落，弄得拉花唰唰响。

“咋弄都好。”颜小菊在套床罩，胖红红让她看一眼到底哪样好，她弓着身子弄她的被子，“挂上就行，没那些时间了。”

“不行。”胖红红冲到颜小菊身边，悄悄说，“初夜哦。”

颜小菊扭身看一眼说，“挂床这边吧，省事。”

“对嘛，我们新娘子躺在床上，一抬头就看见一朵大花，多灿烂嘛。”王小米嚷嚷说，“你们看是不是这个理。”

江师傅站在窗台上，干笑一声，眼睛又去瞥颜小菊。颜小菊的床已经铺得差不多了。

胖红红说：“要得，要得，算你赢。”又白了王小米一眼，“你想象力丰富得很。”

“菊，你的被套没弄好，中间有个包。”我说。

颜小菊回身在鼓着的一条棱上拍几下，之后，要来帮我绑气球。

“不行，还是没铺好。”

颜小菊攥着两个被角，提起来用力甩，卷起的风把窗台的　字吹落了。

“你越弄越乱了，我来吧。　字掉了一个。”

“贴一个就行。”

“那怎么行，树上的鸟儿成双对哟。”王小米打趣说。

江师傅跳下窗台，去捡那张　字，憋得脸通红。

“别个现在身子金贵，使唤不起。”江师傅瓮声瓮气说。

“别个，哪个是别个？”胖红红说。

“十万块的身子，还能是哪个，一根指拇上千元。”江师傅重新爬上窗台，刚刚站稳，　字又飘下来。

“算他妈啦，就贴一个。”江师傅跳下来。

“你哥子，还会骂人哟。”

“他会。还会偷看，都看出眼屎了，早就过了瘾。”颜小菊平静地说。

“你……”

“我啥子？”颜小菊微笑着望向江师傅。

江师傅瞪着颜小菊，一会儿，脸猛扭向一边。“你不是我家小菊。”

“你性子越来越急了。”

“你自己说你身子值十万。”

“是你说我看不起你，我有吗？”颜小菊仰起脸，脚用力跺了一下。

“你一晚上都在敲墙板，给我说那些女人。她们是什么人你不晓得吗？说点什么不好？”

“是啊，你不晓得吗？你还看？”

“你在故意找茬，我看出来了，就是这样，你看不到我了，你看不起我了。”

我以为我应该说点什么，劝劝他们。可是，我真不知该说什么。

这时，王小米忽然放了一个屁。他大概以为那是个不会发出响声的屁，或者即使响，也会被他们的争吵声淹没。恰好，他们停了下来，那瞬间，王小米的屁响得很完整，轻细，绵长，悠扬。

王小米愣片刻，丢下手里的拉花，用力拍打屁股：“你大爷的，还给老子伴奏。”

我们爆笑。我们已经好久没笑了，自然要比平时更为夸张，胖红红坐在地上捂着肚子，我歪在她身上，颜小菊张开嘴啊哈啊哈笑叫着，向我们摊开双手说：“你们听到的，他说的是屁话。”江师傅摇摇头，哭笑不得的样子。我们笑得足够持久，一波接一波。

江师傅拾起那张囍字，重新爬上了窗台。

九

一早，胖红红是蹦进来的，两条粗重的大腿砸进餐厅，吧台上栀子花的花瓣飘落两片。后面跟着唱歌的王小米：“我的心在等待，永远在等待，我的心在等待，在等待——”

我们刚把桌子搬出去，吴老板捧一挂通红的鞭炮来了。

“出来，都出来。”

我们涌到门外，吴老板把鞭炮挂在柳树上，让王小米点燃。王小米猴子一般敏捷，点了炮，我们捂耳朵的工夫，他已跳回来，甩甩那头鸡冠似的头发，我们都看出来，他在装酷。鞭炮激情地炸裂，把半梦半醒的花巷震得摇摇晃晃，大红的炮花四处飞溅，一股股青烟钻进浓密的柳树里不肯出来。吴老板的脸庞灿烂无比，在这炸裂声中，他一会看江师傅，一会看颜小菊，双手不停地比画。

忽然就有了仪式感。鞭炮放完，才发现不见了胖红红，她竟躲到屋里抹眼泪。

“我太激动了。”她笑着流泪。

“又不是你结婚。”王小米的指头在她头顶点了一下。

“红红姐，呵呵，红红姐。”颜小菊指着胖红红，“你咋哭？”

胖红红就看着颜小菊，半晌，才惊诧地说：“你啥时候变得没心没肺的了？”

江师傅一口接一口往上提气。王小米说：“哥子，悠着点，莫激动很了，晚上还有重要任务。”他把任务两个字说得怪腔怪调。

这一天的客人是多么幸运呀，他们从没经受过我们如此热情周到的服务。掺茶，杯子空了立即填满；筷子掉了，另一双即刻递到面前；桌上的纸巾盒随时满着，不需要大喊大叫；我们还给他们讲今天的喜事，那不是一般的喜事，绝对不一般。他们问怎么不一般呢，我们就抿嘴笑，不说。

不上菜的时候，我和胖红红也克制不住要往厨房跑，就像王小米也克制不住要往餐厅跑一样。整个餐厅充斥着忙碌的奔跑声和奇形怪状的欢笑声，我说奇形怪状一点也不夸张，胖红红的笑声有时就像谁扼住了她的喉咙，那被挤扁而后释放的声音惹得吴老板直摇头。我和胖红红总往厨房跑，是瞧江师傅，王小米跑出来是瞧颜小菊。我们瞧他们的脸。有一次我和胖红红撞见王小米正把江师傅的一双手紧紧攥住，用力揉搓，像要把上面的油水刮到自己手里。

“今晚，你的手，太……太……太有福气！”他又在江师傅屁股上狠狠拍打，“你哥子发了，今晚就发了，要挖一桶金矿。”

我们爆炸式的笑声惊动了他们。

“去。去。”江师傅抓起炒勺举过头顶。

午饭谁也没有耐心吃。后来，干脆集体节食，留着晚上饕餮大餐。

“疯了。狗日的。”

吴老板大概受到我们情绪的感染，整个上午不时盯着颜小菊看，嘴里啷哝着：“这女子，这女子。”午后，他独自扒了几口干饭，忽然决定要去借个 DV 来。“留个纪念。”吴老板说。到了晚上，第二波客人来的时候，吴老板欲迎又止，我们就擅自决定不接待了。

“反了，反了。”吴老板黑着脸，尽力掩饰那已溢到嘴角的笑容。

“晓得你狠不下心。”胖红红说着跑到厨房，“备喜酒，没客人了。”又转身拥住颜小菊，“走，去洗澡澡，换新衣，其他活路我们来干。”

“就是。”吴老板把 DV 对准颜小菊。

颜小菊摘下围裙，到储藏柜提出一包塑料口袋装的衣裳，只见红光一闪，进了带有淋浴的卫生间。吴老板这才反应过来，举起 DV 进了厨房。

颜小菊从卫生间出来，我们还没把桌子收拾完。

“菊，太快了，洗干净没有？”

“干净了，大热天，每天冲，没啥好洗的，一点汗水。”

“衣服呢，你怎么不换衣服？”

“吃饭时再换，还干活呢，换了里面的。”

“不用你干活，外面的把里面的弄脏了，你该一起换的。”

“不碍事。”

我们放下手里的活，开始给颜小菊盘头发。她头发又长又多，散开辫子，就多得握不住。我和胖红红累得汗水直流，所有的发夹用完，半瓶摩丝也用完了，头发还没有全部盘上去。我把几朵玫瑰花插到她头发里，她等不及胖红红买夹子回来，拿了把剪刀，要我将那一小绺不知如何安放的头发一刀剪掉。

“不碍事，剪吧，反正以后我要剪掉这些土里土气的头发。”

我舍不得，她拿起剪刀，咔擦一声，剪掉了。

接着，她执意要跟我一起收拾桌子。她端一摞盘子进厨房，被王小米一吆喝，吓得一抖。半晌，她才明白，王小米是为她头发喝彩。她刚要说什么，胖红红把她从厨房拽出来。

“谁要你到他们跟前露脸的？”胖红红满脸遗憾的样子。然后，压着颜小菊的头，把买来的夹子一个个全别了上去，又急着把她推到包间。

“换衣服。赶紧换。”

我和胖红红刚要收拾桌子，厨房喊上菜了。一共十个菜，吴老板要求再加两道，江师傅摆摆手：“够了，够了，吃不完浪费。”

“你们看到没，他们已经等不及了，他们的心早就飞到洞房里了。”胖红红说。

江师傅借王小米的西装，王小米送了领带给他，胖红红给颜小菊送了一套化妆品，我送了一对枕头。江师傅从卫生间出来了，热得只穿了白衬衣和西裤。同时，颜小菊也从包间出来了，吴老板的镜头就从江师傅身上一下跳了过去。颜小菊的大红裙子是无袖的小 V 领，及膝，收腰，百褶，露出紧致光洁的肩膀和小腿，以及柔得仿佛一碰就碎的锁骨。

胖红红冲上去，抓住颜小菊的肩头拼命摇晃：“颜，我的颜……我真想……”她咬牙切齿。

“哥子，哥子耶，还傻起做啥，你的纯正小鲜肉……来来来，吃大餐了！”

我们蜂拥而入。

十

晚餐并没进行多长时间，大家互相敬了两圈酒，江师傅和颜小菊喝过交杯酒，实际是交杯茶，吴老板就撵他们走。

“春宵一刻值千金哪！”吴老板笑着说，“明天晚点起床，多睡会儿。”

我们都笑。

江师傅却非要先等吴老板走了才走，一晚上他不知说了多少个谢谢，好像吴老板不走，他就一直把感谢说到底。吴老板就走了。

我们收拾桌子的时候，他们又执意要弄完才走。

“人多好干活，来吧。”说着颜小菊已开始把外面的桌椅往屋里搬。

我和颜小菊抬桌子的时候，意外发现，大家经常坐的“菊花台”那张桌子出了问题。桌子原本是折叠的，我们不愿每天费劲挪下那层厚重的玻璃板，就两人抬进去，第二天再抬出来。记得那天颜小菊站上去时，我听到了轻微的断裂声。更早点，那瓶避孕药跌落下去，也发出了碎裂的声音。

颜小菊大概也认为是自己弄坏了桌子，但又不愿让这成为事实，她把玻璃板搬下来，扯下那块红台布，桌板中间显现出一条歪歪扭扭的裂缝，桌腿的横秤也糟烂了。我劝她不要再弄，她仍撑开两只细弱的胳膊，把桌面用力往一起拼。

“不管它了。”我说。

江师傅收拾完厨房出来，见这情景，三两下把桌子搬进屋，拉起颜小菊往外走。

我走进屋子，发现包间的桌子并没收拾，胖红红和王小米却不见了。一找，他们竟躲在颜小菊住的包间。他们在角落里，王小米抵着胖红红，把她一双手按在墙上。

我悄悄来到吧台，拿出我的包走出去，轻轻地，一点点拉下卷帘门。我没有回家，也没有给刘凯打电话，只是漫无目的地走着，走向另一条喧闹的街。那里，人们在夜市里喝酒划拳。

没过多久，街上竟空落落的了，多远看不到一个人影。我走回花巷，花巷也静得出奇，好几家关掉了霓虹灯。没有人，没有车，连知了也噤了声。一瞬间，整个城市仿佛都静下来，在这个别样的夜晚，竖起耳朵，要倾听什么。

“要在新房子、新铺、新铺盖、新衣服、新袜子、新鞋，红的，里外都是红的，还要好生洗个澡……我们商量好多回了，要等。”这娇羞的话语在我耳畔回响，才几个月光景，竟像过了许多年，梦一样。我想起颜小菊和江师傅离去的背影，一个在左，一个在右，中间时而被车灯刺穿。江师傅的背有些驼了，像架着无形的枷锁。颜小菊的步态，倒真有几分妖媚。又左顾右盼，惹得脚下不安生。

想想一整天，我们这些不需要洞房花烛的人，太疯了。

凹　村　◎雍　措

乌嘎：阿爷用过的锅

在凹村，我有一座泥巴房，一条狗，两条要走的路。

去年秋天，凹村东口子刮来的风，吹断了村口的百年老树，大树断裂的那一刻，风刚好走到屋顶，掀落了十几片青瓦。那时的我，坐在灶台前，左手握着一把枯草，右手拿着火柴，正为点不点燃这把枯草而苦恼。

点燃枯草，只需要我轻轻划燃火柴，时间很短，一粒玉米落不到地上，一个跳蚤来不及蹦到我身上。可是，看着空空的铁锅，我始终没勇气点燃这把火。

这口铁锅已有百年历史，阿爷逃荒时，从南边一个茅草屋里捡到的。当时，这口锅被几个大石头支撑着，里面有盖住锅底的水。水黑里泛黄，阿爷把头伸过去，水面出现一张脸，他吓了一跳，急忙缩回头，左右看了看，没人，才知道这水里的人脸，原来是自己。长头发，一副马脸，脖子跟鸡脖子似的细。这张脸不像人，像鬼。鬼，阿爷没见过，不过，那时的人们，把害怕的东西，都当成鬼。饥荒年代，人长得奇形怪状，没个人型，阿爷说，人比鬼可怕。

锅底的炭灰没有温度，拿在手上，冷冷的。阿爷知道，这口铁锅是被人遗弃了。他想去摘一根藤子做绳，把锅背在背上，陪他一路往南走。他边走边想，这个丢了锅的人，一定是寻到了好生活。要知道，一口铁锅，在那时，至少可以和家里还有点底的人，兑换几个水巴子馍馍。

一簇藤子茂盛地生长在荒坡上，阿爷走过去，边折藤子，边自言自语地对藤子说着话："地底有肉吃，还是一路逃荒人的屎尿把你养得白白胖胖？"说到屎尿，阿爷苦笑着，饥荒年代人排出来的东西，奢侈点的可能有点肉腥味，那肉可能是老鼠肉、蜗牛肉，可能是黄得烧痛的几滴尿，还有可能就是几个没有力气的弱屁。阿爷又想，逃荒的人，正是用力气的时候，哪舍得把力气耗费在打屁这些毫无意义的事情上。阿爷傻笑着自己。

阿爷说，那天他有力气，折起藤子来，一折一个断，这和他昨天吃了很多沙参有关。沙参隐蔽地生长在厚皮子树下，阿爷饿得软了脚，倒在下面发现的。他吃了很多沙参，沙参装进肚子里，像给他打了气，脚不软了，手有力气了。今天，还能对着这簇藤子自言自语，这对于逃荒的人来说，是难以做到的。

“逃荒的人，心里、眼睛里、脑壳里都是空的，像被谁挖空了一样，他们只知道走，看见能够下咽的，狼吞虎咽地装进肚子里，肚子沉了，心就不虚了，又继续走，毫无目的地走，走不动了，就躺下，睡着了。睡着了，有的就再没有醒过来。”阿爷后来说。

那天，阿爷在茂盛的藤子下面，发现了一个再没有爬起来走路的人。嘴角发乌，手里捏着一根没折断的藤。他仰面倒在地上，那根枝叶茂盛的藤，牢牢地握在手心，支出手心的部分，藤还在生长，遮住了他的下巴，以后还有可能遮住他的脸，他头上的天空。

这一路，阿爷见过很多这样的人，他羡慕说死就死的人，能死下去，是好事做得多的人。“他怎么会来折藤？”阿爷想到那个茅草棚，想着自己准备折藤背锅，明白了一切。他把手里折断的藤，盖住倒在地上的人，对他说：“你就放心走，锅我会帮你保管好的。”

这口锅，阿爷用藤子当绳，背了好多地方，里面煮过树根，煮过老鼠。阿爷说，人只要填不饱肚子，连鬼都害怕人。

现在，这口铁锅就在我眼前，空空的，我不知道该往里面煮些什么，才能填饱我的肚子。现在凹村大人小孩猫呀猪呀多得是，我却不敢学着阿爷把什么都煮来吃。

正当我犹豫该不该划燃火柴，点燃枯草时，屋顶的青瓦落下来，不偏不正砸坏了铁锅的底，黑洞洞的锅底，冒出一股白色的灰烟，细细的，在我眼前妖里妖精地升上空中。

风，一直是养活我的人，没想到今天，它却毁了我吃饭的家什。如果阿爷看见这一幕，他会不会给凹村的风，一记响亮亮的耳光？

毛子：主人乌嘎

我的主人叫乌嘎，十岁时，死了阿爸阿妈，凹村唯一个靠风养活的人。

凹村人叫乌嘎为风娃，但在我心里，我尊重我的主人，主人有姓，干嘛跟风姓。

风东倒西歪，没骨气；风嫌贫爱富，到富人家房子，变得黏黏糊糊，阿谀奉承，到穷人家时，一个劲儿地嘶叫，把瓦掀翻，把木门吹得吱吱作响；风，爱听凹村人的壁脚，半夜两口在床上折腾，呼哧呼哧像牛一样干活，它就偷偷地笑，笑声把床上的人，吓得立马裹住被子，妈呀妈呀地叫；风把好听的话，埋在心里烂掉，把不好听的话，等到金贵家的大公鸡叫三遍之后，挨家挨户地传了个遍。

在风的眼里，整个凹村的人、畜生、野草都是赤裸裸的，我们整天赤裸裸地活在风的眼里，任它偷窥我们的心，任它嘲讽谁的奶大谁的奶小，我们却抓不着这个可怕的家伙，哪怕是它的一根头发丝都不行。

我的主人乌嘎和我，是在一场风里认识的。

那场风，刮得草哗啦啦地响，我的母亲昨晚离开了我。我的母亲不要我了，不要我，它还会有很多像我这样的孩子，这点，我坚信我那耐不住寂寞的母亲。昨晚，她悄悄对着我的耳朵说，她想金贵家的黑虎子了，还说黑虎子是她见到过的最帅气的公狗，能让她做了那事儿还想做那事儿，真是美妙。母亲最后留下的那句话，我记得清清楚楚："爱情，可以让她抛下一切！"

整个漫长的时间里，我的身边只有野草被风吹动的声音，我睁不开眼睛。害怕、孤独，我的叫声很小，刚从嘴里钻出来，就被风吹散了。我恨风。

乌嘎是在风的缝隙里找到我，把我带回了家。回家的路上，我们遇见了几个凹村的人，他们大声地对乌嘎说：

"风娃，你自己都快活不下去了，还领条野狗回来，你给它吃啥，鼻屎？还是你的口水？"

"它跟我一样，早上喝风，下午喝风，晚上和风睡觉。"乌嘎回话。

"喝风长大的，骨子里没有油水，姑娘难得找到，你是准备跟你怀里的狗东西，解决夜里的饥渴吧？"

乌嘎嘻嘻地笑着说：“有油水和没油水有啥区别？你喝的是有油水的面糊糊，不也和我一样说人话吗？”

对方不说话了，乌嘎凑到我的耳朵边，说：“以后你就跟我喝凹村的风，有一口我的，就有你的。”我感激得流泪，眼睛在泪水的滋润下，睁开了。我看见了乌嘎。

乌嘎一副黄牙，眼大鼻小，头发干干地往下趴着，盖住他的额头。我往他怀里蹭了蹭，想着今后和他喝风的事情。

乌嘎：我的生活

我的生活像一片叶子，挂在树枝上，摇摇晃晃，没有定数。站得高，望得远，我在枝头，看着凹村人怎样生活，怎样把日复一日的时间用旧了再用旧。

其实，在凹村，河水是旧的，山是旧的，房子是旧的，山头的阳光、月光更是被我们的先人用得旧得不能再旧了。

凹村很多人不知道，他们在过别人早就过旧了的生活。他们认为，太阳升起来，这一天就是新的，他们认为新下的猪崽、马崽、牛崽，就是懵懂的，其实什么都是旧的。我妈还没有产下我的时候，我就在她肚子里，看遍了凹村人的脸，知道谁在我妈背水的时候摸了她的屁股，谁站在我妈的前面说我爸的坏话。每当这时，我就在肚子里骂这些下贱的人，为想和我妈睡一觉，就这样践踏我爸。我生下来，就知道凹村人的名字，知道谁家的牛打谁家牛的主意。我不再对任何事情有新的想法，我知道，时间是旧的，人再怎么折腾，都是在旧时间里生活。旧时间就像坡上的路，人的脚踩上去，就和旧时间黏上了，摆脱不了。

凹村很小，村子的直线距离不到两公里，凹村人生下来的起点就在这两公里之内，终点在东坡上——离凹村不过五百米的坟地。凹村人一辈子的命，就是这两个的总和，二点五公里。二点五公里，其实，我可以用一个小时就走完了，而有人却用了一辈子。

我经常去东坡，一坐就是一下午，一个早晨。有时，我和我的毛子一天一天地把时间消耗在东坡上，享受阳光、蓝天，偶尔还和我已经走到终点的阿爷、阿爸、阿妈说说话，下午又从凹村人的终点，走回凹村人的起点。我用一天的时间，懒懒散散地把凹村人的一辈子过完了。到目前为止，我自己都记不清楚我过了多少个凹村人的一辈子。我心想，反正我闲得无聊，干脆帮李三、帮杨阿伯、帮张娃子也过一辈子，当我帮他们过完一辈子，他们还不知道呢。这些都是帮助过我的人，我暗地里帮他们过一辈子，或许他们现在在凹村生活就会好些。可是我又想，这几个人的一辈我可以很快就给他们过完了，那剩下的时间我干嘛？不是很闲吗？于是，我做了一个决定，我要帮凹村所有的人偷偷过完一辈子，如果，还剩很多时间，我就在西坡寻一处埋凹村生命的坟地，抽空也帮凹村地上跑的、水里游的、天上飞的，过完一辈子，这样，我就忙起来了。

我去东坡、西坡的次数越来越多，李痞子看见我去东坡，就问：

“风娃，是不是生活难熬，急着往你阿爸、阿妈的路上赶呀？”

“不急，我都去过好多次了。”我回答。

“那边的路好走不？好走就走快点。”痞子嘻嘻的奸笑声，跟长了骨头一样，敲在我的肩膀上。

“好走着嘞，跟你家的猪油倒在地上一样，顺溜溜的，我昨天帮你走了一趟。”

痞子后来说的话，被凹村的风淹没了。

凹村的人，每天都在忙着放牛、放马、浇灌、播种，每天都在过相同的生活，而我却忙着帮他们解决一辈子的大事，他们不懂我在做什么。我每帮一个人过完一辈子，就走到他们家门口，给他说一声：“我帮你走完一辈子了，你就安心地生活吧？”

凹村的人，都认为我疯了，疯得莫名其妙。

只有我的毛子，知道我在做什么，它每天跟在我身后，听我说话，听我在别人的一辈子路上，唱自己的歌，想自己的事。它掌握着我的一切，我蹲下，它蹲下，我放屁，它也跟着放屁。

毛子也在给凹村的所有生命，做着过一辈子的事情。

毛子：人的想法

狗有人的想法，是一件多么可怕的事情。

这一点，让我和凹村的狗，始终走不到一条道上。

我了解凹村的狗，没心没肺，过着一辈子乞丐一样的生活。它们饥不择食，把偶尔一处隐蔽地方发现的人屎，当个宝，囫囵地吞进肚子里。吞进去之后，才去回味屎的味道，水巴子馍馍？搅团糊糊？如果遇见有荤腥味重的屎，就用舌头，舔一口，停一下，生怕稳不住自己，把饕餮大餐给咽进肚子里，浪费了。

发情期的它们，跟火辣辣的太阳天天烤着，渴得厉害，见到母狗就上，刚上完，不到几步，又看一条红着屁眼的母狗，忍不住，又上。夜里睡觉的姿势，变成白天爬在母狗屁股上的样子，有时还发出臊气十足的喘息声，弄得土房里住着的凹村人，下身饥渴起来，半夜两口子迷迷糊糊地干着见不得光的事。母狗倒是出奇的滋润，屁股后面一直挂着水液，阳光一照，银闪闪的。

我和它们不一样，我的主人有大把的时间来跟我说话，跟我谈他的心事，让我了解他的想法，逐渐我有了人的思想。我看不惯它们没有节制地做爱，没有节制地憨吃闷胀。甚至有的时候，我看见它们所做的事情，感到发呕。

每天，我和主人乌嘎坐在东坡上，看完太阳，看云朵，看完云朵，看杂草，到最后什么都不想看的时候，我们就静默着，各自想各自的事。那时，我的脑海里经常出现一个场景：黑漆漆的，里面有好多条通道，通道口子是我用手感觉出来的，上下左右都有，我不知道我该往哪儿走。后来，我急于走出这个黑漆漆的地方，随便选了一处通道走出来，结果，就来到了母亲的肚子里。我现在想，自己考虑事情太不慎重，一遇见黑就慌了神，上错了道，本该投身成人，却变成了一条狗的命。

我是狗的命，我家主人却把我当人养着。他吃什么，就往我的碗里添什么，他睡觉，也把我拉进被子里睡觉。我闻不惯被子里他的放屁，每次睡下，就把背对着乌嘎。乌嘎不介意，从背后面搂着我。有好几次，我从主人乌嘎的抚摸中醒来，他脸红红的，一个硬东西，像昨天他插在东坡的棍子一样，直挺挺地对着我。我知道，我的主人做梦了，这个梦和女人有关。

我感激我的主人信任我，告诉了我他喜欢的女人名字，叫英珠。主人说，英珠是三队的，大眼睛，粗眉毛，屁股圆溜溜的，扛着锄头，走起路来，屁股一上一下，活像是从背后喊他快过去一样。

十岁那年，英珠的阿爸阿妈和主人乌嘎的阿爸阿妈，同一天死在一场泥石流里。乌嘎说，当凹村的人把四具泥裹得严实的尸体挖出来，摆在东坡上，英洙和他都不知道谁是谁的亲人，两人就坐在四具尸体前，一起哭，两人哭累了，就一起看四具尸体，英珠问：

“你咋没死？”

“我去看鸡下蛋了，你呢？”乌嘎说。

“我去偷杨家桃子了。”英珠答。

说完，两人偷偷笑，见人来了，两人又一起哭。乌嘎说，英珠和他的命，隐隐中有根线系着，这根线结实，解不开。

我也想女人了，夜深人静的时候，听着主人又一次梦里喊出英珠的名字。

我为自己有这样的想法，感到可怕。我一身黑毛，耳朵耷拉，眼睛忧郁，谁家的姑娘会看上我？但是，我的主人在东坡上给我说过，他家有三座坟，三座坟中，就有一座坟上生长着一棵朝西的歪脖子树，不管怎样，奇迹出现的概率也很高。

凹村的母狗，给我献殷勤的很多，我讨厌它们被别的公狗爬了一次又一次的屁股。它们的屁股，跟路边的垃圾堆一样，谁都可以往里面扔东西。

我要等待我喜欢的女孩，出现在我的生命里。

我这样想的时候，我的主人乌嘎想着英珠。

乌嘎：我的粮食

我把凹村的时间看得很淡，跟杉山上流下来的清水一样。凹村人从小到大的脸，就是时间走动的样子。

凹村人的命短，不过二点五公里。这二点五公里，对凹村每个人都是铁板钉钉，谁都别想偷奸耍滑，谁都别想自作主张，超出这个范围。

坐在东坡、西坡时，我把这些事情想得很透。

我七岁时，凹村裹了一辈子小脚的肖家阿奶死了。八岁时，扛了一辈子锄头的李表叔死了。八岁下半年，一场塌方收了哑巴全家的命，他们家从此在凹村拔了根。十岁时，我死阿妈阿爸。我十三岁时，凹村最富有的高四妹死了……

我的生命里，一直有死的人，富有的，贫穷的，吝啬的，牛多的，鸡少的，都会死，这些死在凹村旧时间里的人，很快就被人忘记了。比如我的阿爸阿妈，他们在十岁以前养过我，给我吃过好吃的搅团糊糊，但在十岁以后他们就没有尽到父母的责任，把我一人扔在凹村，扔在夜里。我是凹村的风养大的娃，风是我十岁以后的父母。

我有地，但是生我的父母没有教过我怎样去给地除草、施肥、浇灌、播种，凹村的人不会教我，他们抽不出多余的时间来教我，他们忙着该忙的事情，忙着老，忙着死去。只有风对我好，它给我带来粮食、蔬菜、水果。一时间，让我过上了饿不着肚子的生活。

凹村的人不富有，衣服缝着巴，盐巴糖省着吃，锄头镰刀坏了舍不得花钱换，心想，看能不能再磨过一年。可他们却有着穷骨头中的怪癖：只要不是他们亲手收获或者从指缝里落下的东西，绝不拾起来吃，有的连家里养的畜生，都不准去拾来吃，败坏了家风，惹人耻笑。

我没有家风，我的家风被父母带到了东坡的坟地里，与我无关。这些年，我一直过着败坏家风的生活。

任何时间，我可以随意穿梭在凹村人的田地里，拾他们落在地面上的麦穗、苞谷、蔬菜、水果，这些东西，如果我不帮着他们去拾，就会变成一堆臭东西，烂在地里，化成肥料，让地吃了。“让地吃了，还不如让我吃，地是喂不饱的。”我给凹村人说。

凹村人相信我，他们知道，我在地里不会干坏事儿，不会故意去踩踏他们的庄稼。凹村的地，都成了我的地，一年四季，我的粮仓里装着各种各样的粮食，相同的粮食，我放在一个仓格里。夜静下来，我听见里面的粮食小声地说着话，我想它们可能是在吵架，毕竟全村的粮食都被我装在仓格里。吵得凶时，我会在夜里骂上两句：“吵什么吵，金贵家的别去欺负张娘家的，高家的别去欺负李家的。”话说完，里面安静了。有时，也有不听话的，我就把凹村所有爱嚼舌根的、爱斤斤计较的、爱挑拨离间的人，通通骂一遍，我想主人是什么样的，他家种的粮食也是怎么样的，果真，里面彻底没有声音了。

偶尔，我也想吃些不是被别人丢弃的东西，比如树上的苹果、地里的红薯。风会帮我。

风是我的父母，它知道我什么时候嘴馋，什么时候想吃什么。看见我走在苹果树下，就使劲地吹，吹得满枝桠的苹果，在我嘴前晃来晃去，我就趁机狠狠地咬一口，再吹来又咬一口；它把红薯地里的土吹得满天飞，根浅的红薯，就被刨出地面，成了我的食物。

我和风偷偷地笑。

凹村人不知道，我不种地，吃的却比他们丰盛，我的这些粮食足以养活我和毛子。其实，我还想像对待父母一样，养着风。

可惜，风不吃饭，我不用担心它肚子饱不饱。

毛子：我们爬过的墙

墙上了岁数，墙里面长的人可没上岁数，夏天的多拉花怎么开着，里面的人就怎么长着。

主人乌嘎夜里第一次爬这堵墙时，撇下了我，我不干，就在屋里乱叫，吵着闹着要他带上我。乌嘎不理我，狠下心，关上门，踩着月光的路，走了。一会儿，我听见凹村的狗声，由近及远地叫着，狗声汇合起来，铺成路，很快，我就找到了乌嘎的去向。

我盯着乌嘎没关好的窗户，黑漆漆的，里面装着凹村的夜，有几颗星星冲着我挤着眼睛。我退后几步，一个箭步飞出窗户，跑进了凹村的夜里。

狗声铺成的路，让我找到主人乌嘎，他正用难看的动作爬着那堵泥巴墙。此时的乌嘎，跟呕心的蝉、丑陋的蚯蚓、阴阳怪气的猫头鹰一样，让我心里不舒服。这一夜，我觉得乌嘎的脚在墙上变短了，脖子长长了。他在墙上蹭一下，脖子就往围墙顶上伸一下，竖立在头上的头发，像长在夜里的草，干巴巴的。

乌嘎是个偷夜的人。

乌嘎爬墙，没有新的想法，他顺着别人的脚印爬上去，走的是别人走过的路。别人的路停了，他的路也停了。乌嘎往墙里面张望，头一会儿伸，一会儿缩，有一阵子，他把头放在围墙顶上，一动不动，像凹村的烂木头疙瘩，放在夜里，黑死了。

尽管我觉得乌嘎爬墙的动作丑，立在墙上的姿势也丑，但乌嘎是我的主人，我想走过去，陪他看墙里面的风景。白天，我跟他形影不离，夜里也是这样。

我知道主人是轻手轻脚爬墙，我也学着他轻手轻脚地爬墙。我爬墙的地方，是一片生路，没有脚印坑，人的脚印不适合我走。不过，主人不知道，我天生是攀墙的高手，我们走东坡、西坡的时候，我在他身后，经常去攀一些土墙，只是怕主人不高兴，才没有让他发现。

我很快就爬到了主人的身旁，我怕主人骂我，做出亲昵的样子，蹭了蹭他的手。天知道，做这一切的时候，我没有多想，只是想陪陪他。可是主人见我的那一刻，啊的一声，扑通落在了地上，随后连滚带爬地消失在夜里。

院子里，响起狗叫声，一听，那就是一条母狗，声音细声细气：

“谁，是谁在爬墙？”

我不怕她，我没做偷鸡摸狗的事情，我只是陪我的主人看风景。于是，我爬在墙上，昂着头，回了两声，告诉她我是来陪主人看风景的。

“有半夜爬到谁家墙上看风景的吗？”那条母狗说。

“凹村处处是风景，看风景难道还要分时间？”我说。

这时，木门嘎吱一声开了，屋里走出一位姑娘。屋里的灯光，把姑娘的背照得亮亮的，脸却黑黑的。亮着的背上，一条粗粗的麻花辫悬在腰间。她往我这边看，灯光斜照着她的半边瓜子脸。母狗见主人出来，向她告状。姑娘听了一阵，说：“别叫了，核桃，进蓬睡了。”

我趴在墙上，偷偷地笑，母狗往我这边看了看，甩头进篷了。

姑娘站了一会儿，进屋，嘎吱一声，关上木门，把我和夜一起关在门外。随后，拉着帘子的窗户上，映出姑娘脱衣服的影。

回家的路上，我心里莫名兴奋，这个姑娘我以前从来没有见过，像从夜里，突然长出来的。凹村的夜，比白天美。我这样想。

这个夜，还留给我两个很深的印象：姑娘家尖牙利齿的母狗核桃；主人乌嘎没责骂我，反而阴笑着说：我跟他一样，变坏了。

乌嘎：会发光的石头

西坡长相泼辣，到处长着高过人头的刺巴树，人碰它，它就咬人，好人坏人不分黑的白的一起咬。谣传这里有一条蟒蛇，脸大如盆，身形如树，皮如树皮，经常躺在地上装朽木，等人坐上去，一口把人装进肚子里。听说，刚解放那几年，就有几个凹村人，丧命在它肚子里。至今去西坡的人，都少。

我命贱，不怕蟒蛇，也不怕咬人的刺巴树。西坡是我给凹村水里游的、天上飞的、地上跑的、平时不被凹村人重视的生命寻的一处坟地。这些生命大到一头病死的耕牛，小到我身上的一个跳蚤。这些生命没人疼，我想疼它们。

我身上有跳蚤，三个、四个或者更多，痒得厉害的时候，我把衣服拿出来，太阳底下晒，它们整天待在我的身上，阳光见得少，胖是胖，但是病快快的，像水里泡久了的烂肉，白卡白卡。阳光是免费的钙片，这个钙片可以让你不用张嘴，不用牙齿嚼，就扎进你的皮肤，把体内需要的钙补进去了。重要的是，阳光不收钱，它是天赐的。我给跳蚤补钙的时候，睡着了，醒来发现衣服上仰躺着一只跳蚤，四只朝上，肚子鼓鼓的，朝着天，死相极不好看。它是一只笨笨的跳蚤，不会学着其他兄弟姐妹，补够了，就知足了，藏进衣服袖子里，它认为不花钱的东西，就可以憨吃闷胀，它就不知道，小便宜占多了，会有报应的。

我的人生只有三件事情：去东坡、来西坡、拾别人不要的粮食。去东坡，我是给人过一辈子，来西坡我是给平时不被人重视的生命过一辈子。从心里，我更愿意给不被人疼的生命过一辈子。

人的脸和心是两码子的事，人做的很多事情，比鬼都可怕。需要的，对人来说，他们会想方设法地对它好，如养猪，就是想吃猪的肉，养牛就是为他们的耕地着想，养鸡，就为他们没有时间观念着想。一旦这些生命得了瘟疫，他们就会毫不留情地嫌弃它们。我是人，不过我和他们不一样，我早就看透很多事情，我是风养大的娃。

西坡大大小小的坟，这些年有很多了。它们都是经过我的手，垒起来的。为了长久考虑，我想把坟地做些扩大，我要在西坡，寻一处更好的坟地。

整个夏天，我穿梭在西坡，渐渐和刺巴树做起了朋友，它们见我，自然让开。它们知道，我是一个好人。

发现这种奇特的石头，是一个热得快要憋气的中午，一束金灿灿的光，从山脚直射进我的眼睛。我躲进刺巴丛中，偷偷观察着这束光。

光随太阳的移动而移动，太阳慢慢西去，光慢慢西去，最后不刺眼了。我穿过刺巴树，来到石头前，太阳落下去，石头变成了一个普通的石头。这个石头形状粗糙，尖溜溜的。会发光的石头，我是第一次见到，那天我把它带回了家。放在灯光下，它不发光，放在窗户上，它也不发光，放在黑漆漆的夜里，它还是不发光。我一下觉得自己成了一个瓜蛋儿，从那么远的西坡带回来一个石头。

我有一亩地，一亩从来不耕种的地。我想把石头种在地边上，拦住地边一直下滑的泥巴。很多年，风吹雨淋，地里的泥巴就跟坐梭梭板一样，往金贵家地里滑，金贵眼瞎一样不开腔，心里乐开了花。金贵家的地是个小偷，每天偷着我家地里的泥巴，金贵连声谢都不说。

第二天，我把尖溜溜的石头，像种土豆一样，种在了一直滑泥巴下去的地边。我想，如果石头是种子，一直沿着地边长过去，那么金贵家就别想再偷我家的泥巴了。

我是个靠风养活着的人，不关心地里的出产，不关心土地的肥瘦，一年也难得踏进自家土地一次，但是，自从种了那个石头，我的心里，似乎对那片土地有了牵挂。

我开始害怕自己，变得跟凹村的所有人一样生活，我提醒自己：人是走在别人走过很多遍的路上，时间是旧，人是旧的。

第二天，我站在西坡上，看见石头活了，在阳光下闪着光。

毛子：遇见英珠

自从那次爬墙后，乌嘎经常带我去攀那堵上了岁数的墙。

乌嘎依然走别人留在墙上的路，我呢，时间一久，也在墙上有了自己的一条路，路窄，坑小，和乌嘎路相比，细得快断了气。

以前，我在背后看乌嘎爬墙，觉得乌嘎丑陋无比。如今，我跟着他爬墙，看不见乌嘎的背，只能看见他的脸，乌嘎的整张脸，爬墙时，变得和平时不一样，红润润的，眼神也变得柔柔的。这柔柔的眼神、红润润的脸，总让我想起乌嘎床上搂着我，喊着英珠的名字。

那条尖牙利齿的母狗，每当听着土墙上的声响，就钻出篷问一句：

“谁，是谁躲在那里？”

“我。”我回答。

主人乌嘎第一次听见我在土墙上叫，吓破了胆，他想用手捂我的嘴，可手空不出来。“毛子乖，你是我的心，别叫了好不好，回去我给你做面糊糊吃。”乌嘎的声音软得像棉花，我的心立马软了。那条母狗听出是我的声音，也不叫了。上次主人叫她进篷的事情，让它没了脸面。主人乌嘎惊讶地看着我，嘴里说道：“毛子，你的动作比我还麻利，这么快就搞定了墙里的狗。”其实我想告诉主人乌嘎：“不是我搞定它，是它有自知之明。”

有好几次，木门嘎吱一声响，姑娘披着衣服从屋里走出来，朝土墙这边看。主人乌嘎立马把头缩回土墙下面，喘着粗气。他的心跳声，我听得清清楚楚，像啄木鸟啄树的声音。我懒得躲藏，哪怕乌嘎拉我尾巴，示意我躲起来。看风景的事情，有什么可怕的。我在这堵墙上看里面的景，说明里面的景漂亮才值得我们来一看，屋里的主人应该感到高兴才是。我把头伸得长长的，生怕屋子的主人看不见我。

我相信屋里的主人看见我了，她朝这边看时，微笑着的半边脸，足已证明她不讨厌我。我埋下头，轻轻地喊主人乌嘎。乌嘎哆嗦着，不敢动弹，直到那扇木门，嘎吱一声响，他才冒着粗汗，从土墙下面探出头来。

没关灯之前，姑娘的窗户像一个戏台，台上姑娘一人表演。她一会儿绣花，一会儿剪纸，最后的落幕永远是姑娘脱衣解带。那时，我看见了一个真正的女人。

灯灭了，窗户成窗户了，主人乌嘎才依依不舍地从墙上下来，和我一起走回家。

乌嘎一路上向我打听，我是怎么搞定那条狗，怎么让屋里的姑娘明明看见我站在土墙上，却不扔石头驱我走？他分析了一百种可能，没有一种是对的。

土墙里的那条母狗，自从上次姑娘骂了她之后，她就对我不那么凶了，好几次，我甚至听出，她在问“谁，是谁在哪儿”时，语气都暖暖的。它是一条娴熟的母狗，像它的主人一样，很少在村子走动。我和她没有深的交道，就只是我在土墙上看风景的时候，她出来问两句，这是出于她的责任，走走过场而已。

姑娘为什么不讨厌，放纵我在她家的土墙上，半夜三更探着头往里看，她就不怕我天天爬她们家的墙，总有一天，把墙爬跨？就不怕，我对她有什么不好的想法？这点我也像主人乌嘎一样，一头雾水。

直到有一次，我在公社门口遇见姑娘。

我每次见姑娘，都有夜隔着，远远的，只能模糊看见她的半边脸。至于姑娘的眼神、牙齿、鼻子是什么样的，我不知道。那天，我们偶遇了。偶遇的时候，我正在挂着“凹村公社”的木牌子上撒尿，尿撒到一半，姑娘走过来了。我翘着右脚，尴尬得上下都不是。

“你就是毛子吧？我认得你。”姑娘笑着。我知道姑娘说的意思，低下头，慢慢地把翘着的右脚放下来，“凹村公社”的木牌上，“公社”两个字湿湿的。

“叫你主人，不要每天偷偷摸摸爬土墙，空了到家里来坐，我给他做火烧子馍馍。”姑娘用手轻轻摸了摸我的头，走开了。

我急忙跑到西坡上，汪汪地冲着主人乌嘎说。乌嘎正忙着安葬一只蚂蚁的尸体，叫我别吵着刚刚离去的魂魄。

乌嘎：戴眼镜的人

这一年，凹村热闹起来了，年岁长的人说，像吃大锅饭时候的凹村。

凹村人本来好好地走在旧时间里，该干嘛就干嘛，却在一夜之间，变样，闲了起来。

他们不耕种不劳动，整天坐在烂木头上晒太阳，晒了前面晒后面，晒了脚趾晒腋窝，我想人多的原因，要不他们可能要把双腿中间的东西也拿出来晒晒，反正阳光不用花钱买。

每家的圈门敞开着，任由这家的畜生串到那家去。以前可不是，记得李家公猪配了王家的母猪，两家本来是亲戚，就闹翻了。

李家说："我家的猪，无论配了谁家的母猪，对方家都要给我们家两斗粮食，就你家耍赖。"

"规矩是那样，可是这次我们家没有借你家的公猪，是它自己来搞我家的母猪，怪你家公猪自己骚。"王家回。

"不骚，凹村的母猪就变成不下蛋的鸡了，不骚，你家母猪的阿爸阿妈是哪里来的。"李家说。

"你家的难缠和刺巴树笼笼有一比，如果我家的母猪有崽子了，也是从它屁眼里落下来的，和你家没关系。"王家回。

……

这事儿复杂，两家闹得很僵，请来公社的人帮调节，最终解决方案有两个：一，打掉母猪肚里的孩子，母猪打崽子的费用由李家付；第二，等母猪下崽子，崽子四七分，李家四，王家七，原因，猪怀胎和人怀胎一样，辛苦。后来，两家选了第二套方案，这件事情才算结了。

而今年，每家对畜生的管教都不严，任由圈门敞开着，猪牛羊马混合在一起，想进谁家就进谁家，想什么时候干那事儿就干那事儿，想和谁干就和谁干，它们知道凹村的人，现在没心思管教它们。

凹村人的心，都在那个戴眼镜人的身上。

年初，凹村来了个戴眼镜的中年人，背着军绿色的包，里面装着乱七八糟的东西。他一进凹村，凹村的狗就围着他使劲地叫，做出扑咬的架势。

会计金贵看见，一声吆喝，狗全散开了。凹村的畜生从娘胎里掉下来，就被凹村人天天念叨，说金贵是凹村掌握经济命脉的头面人物，书记村长都要看金贵的脸色行事。作为畜生，更应该像尊重老仙人一样尊重金贵。凹村的畜生，知道金贵对自家主人的重要，无论狗鸡鸭鹅猫等，见着金贵都会让开一条道。

狗走了，戴眼镜的人拾起慌乱中掉在地上的眼镜儿，鼓起腮帮子吹了吹眼镜上的土，带上，看清了金贵的脸。“凹村的狗，真是顾家呀。”他笑着说。他告诉金贵，他是县上派下来，做地质勘探的，需要在这里待一段时间。

下午，电线杆上的大喇叭响起来了，喇叭一响，凹村的人、畜生都停下嘴上手上的活，跑出来盯着喇叭看，他们担心只带着耳朵听，会漏掉一些重要的话，只有边听，边盯着喇叭看，他们的心才稳妥。

“通知，通知，今天晚上八点在公社院坝里开会，晚上耍朋友、翻是非的，今天都放一放，听见没有。”金贵前半截说的话掉在凹村的风里，没有了，后半句“听见没有”却像挂在枝头的苹果，在凹村里晃来晃去，落不到地上。这句话没落在地上，凹村人冲着喇叭喊：听见了，又飞了上去，里面掺杂着凹村畜生的怪叫声。

晚上八点，果真凹村人都到齐了，连昨天才生娃娃的三妹也来了。凹村的畜生，能跟着来的也来了，它们是来给主人争面子的。

村人和畜生坐地上，前面放着几根木头凳子，中间坐着戴眼镜的人，左边是金贵，右边是书记、村长。金贵咳嗽一声，下面立马安静下来，他首先向戴眼镜的人介绍书记，再介绍村长，正要介绍自己的时候，下面的人齐齐崭崭地喊起来：“金贵，凹村的会计。”说完，下面的人啪啪啪地鼓着掌，一只绵羊也掺和在其中，咩咩地叫着。

金贵有些尴尬，把刚才要介绍自己的话，吞药一样咽了下去。“这位是勘探专家尧主任，他是县上派下来，给咱们村做勘探工作的。”金贵说到这里，停了停，他认为下面坐的，会响起巴掌，结果，下面的人和畜生一片安静，直溜溜地盯着金贵，金贵心里骂着，脸上却笑嘻嘻地对下面的人说：“请大家鼓掌，欢迎尧主任。”下面响起干巴巴的掌声。畜生不认识尧教授，难得张嘴欢迎。“尧主任要在咱们凹村待一段时间，这个期间，大家都要积极配合尧主任的工作，像配合我的工作一样，听见没有。”这句“听见没有”，是凹村人和畜生最熟悉的一句话，听见这句话，凹村的人和畜生都会对着这个声音回答：“听见了。”“接下来，我们请尧主任讲话，大家鼓掌。”下面的掌声啪啪啪地响起来。

尧主任简单介绍了勘探是什么，勘探对凹村的好处，说自己要在凹村待一阵子，认真做好勘探工作。

可谁都没有想到，在大会上说要待一阵的尧主任，只待了三天，就走了。这三天，他没有爬山，只到凹村周围转了转。

那天，我去种石头的地方看看。自从种下这个石头，我心里就莫名其妙地有了牵挂，我想去看看，会发光的石头，有没有长大长高，下出满地边的儿。

尧主任远远看见石头发光，飞奔过来，那跑的样子，像风刮歪了的麦子，偏偏倒倒。他走到我跟前，不看我，只关心石头，用手摸，眼睛放光，看够了，摸够了，才直起身子，对木头一样站在他身边的我说："这，这，是哪儿弄来的？"我想起金贵说要配合他工作的话，一五一实把石头的来历说了。尧主任说："快，快把石头抱回去，是宝呀，凹村是块宝地呀。"他转身离去，背后落下他刚才没说完的半截话："我得马上回去，把情况汇报给县里。"尧主任又像风中的麦子，歪歪倒倒、急匆匆地走了。那天，他离开了凹村。

尧主任，让我把这个石头带回去，我拔萝卜一样把石头拔起来，看见地边的泥巴往金贵地里滑，一阵心疼，又找来一个石头，种在那里。新种的石头，呆呆的，不会发光。

后来，金贵对凹村人说，尧主任临走时丢下一句话："今后凹村人，可以什么都不干，靠山养活着，就可以过一辈子了。"

凹村的人把锄头镰刀收了起来，能够不干活让山养着，何必还去地里干活呢？

他们闲了下来，闲下来的凹村人，手上脚上的厚皮一层层的掉。他们天天坐在烂木头上，刮手上脚上的皮，刮干净了，就在阳光下比谁的手白，谁的脚细嫩。

凹村沉浸在从来没有过的空闲里，所有人都在等尧主任带着人来，让他们过上让山养活人的生活。

我也在等尧主任，让他告诉我，为什么我种在地边的石头，让我拔回来，我还想让它当种子，繁衍后代哩。

毛子：英珠的家

月亮挂在空中，弱弱的光，铺洒在凹村。

主人乌嘎做的面糊糊刚熟，往我碗里添了一瓢，又往自己的碗里添了一瓢。面糊糊稠稠的，滚烫的热气憋在碗底，发不出来。我绕着碗转着圈，不敢下口，就听见乌嘎的嘴里咕咚一声，咽下去了。我转过头看乌嘎，乌嘎一骨碌从凳子上跳起来，用手捶着胸口，嘴朝天张着，喉管里冒出一股粗粗的热气，半天缓不过来。

我走到乌嘎身旁，抬头看着他张嘴、鼓眼、哈气的样子，像只死青蛙。我想帮帮乌嘎，却无从下手。我着急地围着乌嘎转着圈，摇着尾巴看他死青蛙的样子。

乌嘎终于缓过气来，又像乌嘎了。他伸出舌头用手摸，舌头红红的，面上长着几个泡。

“妈的，看来做什么事情还真他妈不能猴急。”他说完，用筷子搅着碗里的面糊糊，面糊糊的热气遮住了乌嘎的脸。

吃完面糊糊，乌嘎关门要走，我知道他要去爬英珠家的墙。我叫着不肯出门，想告诉他，英珠给我捎的话。

“拖着不走？不走我就关门了。”主人乌嘎说。

我摇晃着尾巴，盯着乌嘎看，然后又叫了两声。乌嘎不懂我在说什么，正要关门离开时，我一个箭步射出门。我想，从我家到英珠家，还有一段路，这段路，可以让我给他说清楚一切。

主人乌嘎走在前面，圆圆的月亮在他头上，帽子一样盖着他。脚下的夜路，我和乌嘎闭着眼睛都能走，乌嘎不看路，抬头看夜。我左右前后地对着他说着话。乌嘎实在受不了，停下来，厌烦地对我说：“咋了，毛子，你今天有话对我说。”我为主人看懂我的心，热泪盈眶，急忙点点头。主人乌嘎停下来，看着我，我汪汪地给他说着话。

我想我的说话声很有异性的质感，还没把事情说明白，就有一群看家母狗对着我说话的地方殷勤地叫着，那臊气十足的叫声，让我心烦。我对着那些母狗骂道：“臭娘们，闭上你们臊气的嘴。”顿时周围安静了下来。

主人乌嘎还是没有听懂我说的话，我干脆转身在他前面带路，直接把他带到了英珠家的门口。那堵老墙，在月光下直勾勾地看着我和乌嘎，认为我和乌嘎走错了道。我告诉老墙，以后，你就慢慢地老死吧，我们不会再爬它。老墙失望地立在那里，心死的样子，让它立马恢复成了一堵名副其实的墙。

我知道乌嘎一定会吓破胆，不听我的话往后跑。为这事儿，我已经费尽了力气，口都快说干了。老实说，我不想再浪费口水，给乌嘎解释什么，到门口时，趁乌嘎还没有缓过神，我用脚敲响了英珠家的门。屋里的母狗闻到我的气息，不叫，来回拖着铁链，在院坝里跑来跑去。那扇木门开了，嘎吱的声音响在夜里。

“谁呀？”英珠问。

我太了解乌嘎，知道他接下来要做什么。一口咬住他的裤腿拖着他，用另一只脚继续敲门。乌嘎吓得满头大汗，他不敢出声，用愤怒的大眼睛恨着我。脚使劲地甩我，想摆脱。

我骨子里的拗劲儿，如果不是今晚，连我都不知竟然有这么大，大得惊住了乌嘎。

院门吱呀一声开了，英珠站在门口，看着我和乌嘎。乌嘎吓得直哆嗦，汗珠子从额头上落在我的头上。“干嘛呀，风娃。”英珠问。乌嘎全身颤动着，话从他口里出来，颤得断了线：“我，我，我，路过。”乌嘎说路过时，英珠和我都盯着他看。他慌了神，低下头看地。地上，乌嘎的影子圆成一坨，没棱没角，牛屎一样。

“我家是单户，你还真会选路过的地方。进来吧。”说完，英珠丢下敞着的门，进屋了。

乌嘎在我屁股上踹了一脚，恶狠狠地恨了我一眼。那一脚一点都不疼，我摆着尾巴走进英珠家。我看见了那条母狗——核桃。

核桃头中间是白的，四只脚底和尾巴是白的。我进门的那一刻，她摇晃着尾巴，歪着脑袋看我。我不知道我在她眼里是什么模样，但在我心里，她简直美到了天上。我的心跳得厉害。

我曾想过，我有人的思想，就凭这点，凹村的任何一条母狗都配不上我。可是今天，我心跳加速，面红耳赤，血管里的血液一下膨胀了起来，我这是怎么了？

核桃看我的眼神，柔情似水，她往我这边走几步，又害羞地退了回去。核桃很紧张，她在原地坐一会儿，又站起来，不知所措。可能意识到自己的尴尬，她慢慢回到篷里，站在篷的一个角落里，悄悄看我。

看见核桃进篷，我心里很空，像掉了什么东西。我慢慢向核桃的家靠近，我不知道，我是怎样走到核桃的门前，面对核桃羞涩的眼神。我支支吾吾地想对核桃说些话，可话到嘴边，吐不出来。我像刚才门口的乌嘎。

乌嘎去哪儿了，从一进门，我就被核桃吸引，无暇顾及他。

我离核桃越来越近，她往后退了一步。我伸着脖子去蹭她的头，她先是躲闪，后把脖子伸过来，蹭我。挨着核桃，我的心很实，我突然觉得，只要有核桃，我可以什么都不要。

我们的嘴一不小心对上了。核桃急忙缩回头，害羞地看着我。我从来没有亲过一条母狗，当嘴对上嘴的那一刻，我就知道我完了，无论我有人的想法也好，我最终会屈服于核桃。

我往前走，控制不了我的手去爱抚核桃，我一遍一遍地抚摸着她，一次一次地亲着她，我的舌头触碰到她的舌头，她的舌头柔软中带着温度，这个温度足已融化我的心。

我的身体发生着巨大的变化，血液膨胀，全身燥热，私处慢慢变长、变硬。以前我见过很多公狗，伸出它们又长又硬的家伙，不管母狗是否同意，强硬地爬上去，做着难看的动作。我不会像它们一样对待我爱的人，即使我快控制不住自己，即使我也想像他们一样，快速地进入我从来都没有进入过的地方，但是，我强忍着，我想让我爱的人，同意我进去时候再进去，这样，才是爱。

月光下，核桃有时爬在我的背上，有时仰在地面上，我们热吻爱抚着对方，很久很久……终于，核桃羞涩地转过身，背对着我，向我发出爱的请求时，我才爬上她的背，将我硬硬的东西放进她的私密处。天，我像走进了另外的一个世界。这一切，在朦朦胧胧的月光下，如此美妙。我该不是在做梦吧？我开始怀疑起这个美丽的夜，美丽的月光，我多么希望这样的夜，不会有白天来打扰。

我陶醉在无与伦比的美妙里，迷迷糊糊看见英珠家的窗帘上有两个人影，一个搂着一个，慢慢倒下去……

乌嘎：等待尧主任

凹村人盼着同一件事情，心不是自己的，是整个凹村的。

他们从来没有这么齐心协力、彻头彻尾地做过同一件事情。等待尧主任，整个凹村村口的云、叶子、露珠上都仿佛写着尧主任的名字，它们动一下，凹村人的心就紧一下。凹村人第一次感觉自己以前紧巴巴的时间，在这会儿长得无法让他们消耗。这时，我像突然被他们想起来一样，成了凹村人坐在树下、墙边、猪圈门口的话题。

凹村人问我：风娃，这么多年来，没见你种过一棵玉米，一粒花生，是怎样把时间用过的？

“我的时间是在看你们种玉米、种花生，看你们喂猪、骂牛中里走过来的。”我回答。

“看，能养活人？”

“能养活人，我就是在看你们中，活过来的。”我说。

“你的粮仓里有啥？锅里每顿都煮什么吃？”

他们这样问，我突然有种说不出来的感觉，像是面对一群刚在路上认识的人，但又觉得心里暖暖的，有种被人关心的温暖。

“我的粮仓里，有豌豆、玉米、麦子、大豆、花生、胡豆……锅里这顿下胡豆，下顿做面糊糊，空的时候，做麦子锅盔。”我没告诉他们，当凹村出现旱涝时，我的粮仓、锅都是空空的，拿着火柴，不知道点燃了，往锅里放什么好。但毕竟那样的时候少。

凹村人一片惊讶，他们不敢相信一个什么都不做的人，粮仓里的粮食，竟然比他们还丰富。

我告诉他们，我的粮食都是从他们屁股后面捡回来的。春天，他们大大咧咧地播种，有些种子还没有埋进土里，他们就离开了，我挨个去寻那些掉在面上的种子；秋天，他们胡乱地收割麦子，很多麦穗被遗弃在麦地里，躺在地上一个劲儿地哭，看它们哭得伤心，我就背着花篮子背篼，一个一个地把它们带回家。胡豆、豌豆、大豆它们是我在季节的缝隙里拾来的。

捡粮食的时候，麻雀、野鸡是我的对手，它们的嘴比我的手快，我拾一下，它们的嘴啄几下，我瞪它们几眼，它们瞪我几眼。它们不怕我。不过，我背的是花篮子背篼，比它们的肚子大一千倍。它们不能吃太饱，吃太饱飞不起来，飞不起来，就只有在凹凸不平的地上深一脚，浅一脚地走，走不好，可能会摔倒，把脚弄瘸。天上飞惯了的，地上的路再怎么小心着走，也走不好。他们一般吃半饱，就走了。整个地里，只剩下我一人拾粮食。所以我有足够多的粮食装进粮仓。这些粮食，都是从凹村人眼里、手里落下的，又是从麻雀、野鸡的嘴里剩下的。

我给他们讲旧时间的事情，我说：他们现在过的在太阳下刮厚皮的事情，早在我很多年之前就干完了，我伸出我的手指，脱下胶鞋，让他们看我的脚板心，没有一点厚皮，我的手脚和他们的手脚凑在一起，一个像长在春天的叶子，一个像冬天的叶子。我还告诉他们，我们活着都是在用别人用过的东西，空气、水、阳光都是别人用旧了的，我们在田间地头说的话，夜里干的偷鸡摸狗的事，都是前人早就干过的事。别人过旧了的日子，我们太卖力，都换不成新的。

我想，凹村人把我说的话，翻来覆去地想了一遍又一遍，想不通的时候，还去和凹村的畜生讲过。那段时间，凹村的畜生也显得心事重重，三个五个聚在一起，说着嚼舌根的话。

凹村的地空下来，锄头、镰刀空下来，路上坐着晒太阳的人多起来，我就知道，他们把我的话装进心里了。

空下来的时候，他们不去东坡、西坡，只是任由旧时间爬满他们越来越旧的脸，他们用越来越旧的脸，打发每天的旧时间。

我对整个凹村人，突然亲近起来，他们像无数个我，生活在凹村。

尧主任，还没有回来，他说的用山养活人的话，一直留在凹村，人们用心记着。

所有旧时间、旧生活里，只有这件事在凹村是新的，史无前例。

毛子：我们的婚礼

太阳烈着性子，待在凹村好长一段时间，不肯走。

凹村的人、畜生、植物、土地都显得无精打采。那条通往县上的路，在阳光下，被凹村人的眼，盯得越来越细，就快看不见了。

我和主人乌嘎，顶着烈日往东坡上赶。一路蝉叫声，陪着我们。蝉是这个季节凹村里的命，如果没有蝉的叫唤声，仿佛整个凹村就快死了。

我不喜欢蝉的长相，天生鼓着大眼睛恨人，像凹村上辈子就欠它的。它的屁股尖而带圈，一层灰白的东西粘在上面，一叫屁股就往上翘。蝉不要脸不要命地群体做爱，一棵树上就有几十对，母的背着公的，公的吊着母的。边做爱，边一个劲儿地叫，叫声撕心裂肺，生怕凹村人不知道它们在做爱。

我见不惯它们大白天，毫无羞耻的在太阳光下做爱，更恨它们故意选择我和主人乌嘎要经过的树下，在我们的头上猖狂地做爱。它们在我们头上做爱，脏了我们的头。我冲它们使劲地叫，它们正在兴头上，顾不上我。有时遇见草叶上做爱的蝉，我一口咬上去，把他们吞进我的肚子里，看它们还能不能在我肠子里做爱。

主人乌嘎心善，我不敢当着他咽下那些做爱的蝉。乌嘎在凹村做着帮凹村的生命过一辈的事情。

乌嘎这段时间变得很怪，喜欢唱歌，走起路来轻飘飘的。乌嘎唱的歌，我听三妹没结婚之前，坐在田坎上唱过："多啦花开哟／我的心开哟／玉米须须花开哟／我的心乐着哟／凹村的春天来了哟／我的春天来了哟……"乌嘎唱的没三妹好听，不过，他的歌声是从心里面发出来的。唱完一段，乌嘎停下脚步，回过头问我："毛子，咱们明天去给英珠补补那堵老墙吧。"我眨巴着眼睛望着乌嘎，还没有从他刚才的歌声里走出来。

那段老墙，自从上次我们从英珠家的正门进去后，就再没有爬过它。老墙贱得很，每次我们去英珠家，他都示意我爬它的身子，我冲它嘻嘻地笑，说："现在不比过去了，我有爬的地方了。"老墙老了下去，边边角角长满了野草。

不过有一次，乌嘎从英珠家出来，去看了看那堵墙，他用食指蘸了一点坑里的土，拿到鼻前闻了闻，眉头紧皱，气愤地说："狗日的，是谁爬过这堵墙．一股骚味。"我着急地凑过去，用鼻子嗅了嗅土。我的鼻子比乌嘎灵，一嗅就知道是凹村李痞子身上的味道。我对着乌嘎汪汪地说，乌嘎听不懂。我知道李痞子家有一条色眯眯的公狗，李痞子爬墙的时候，会不会也带上了它？想到这里，我着急万分。

主人今天提出补补那堵老墙，我当然同意。如果不补，我的心也悬着。

“等墙补好了，我们就搬过去和英珠住，英珠那晚在铺盖下给我说的。”乌嘎笑眯眯地看着我说。正午的阳光照在他脸上，他的皮肤亮堂堂地发着光。

我心里一阵慌乱，我不知道我的爱人是否答应我和她住在一起。我的爱人很爱我，每次见我离开，她都非常不舍。可是毕竟这是一件大事，住在一起，就是一辈子的事情，住在一起，我们就要面对家庭、孩子。我突然有点害怕，害怕自己肩负不起一个当父亲的责任。

“我们住过去，英珠就不会孤单了，那些夜里长着坏心眼的人，就再不敢靠近那堵墙。”主人乌嘎躺在东坡上。东坡，前两天没有熬过夏天的李表叔埋在那里。一股新土的味道，在风的作用下，吹得到处都是。

“住过去，我的爱人就不会孤单了，有我的保护，李痞子家色眯眯的公狗别想打我爱人的主意了。”我心想。

修墙的那天，凹村来了很多看热闹的人：

“风娃，你不是说，俺们都生活在旧时间里，你干嘛还砌一堵新墙起来？”

“贼是没有新旧的，不砌墙，怕他来偷东西。”

“偷东西，管你啥事儿，人家英珠都不怕。”

“她不怕，我怕，英珠是我的人。”

不到两公里的村子，一阵风的工夫，把这个消息传遍了凹村。来看乌嘎砌墙的人，挤满了英珠家的门，英珠在里面忙里忙外，烧茶倒水。

“英珠，你说说，风娃你们两个是什么时候好上的？”

“夜里。”英珠一边倒茶，一边说。

“夜里，是风娃来偷你的吧？”挤在一起的人，嬉皮笑脸地说。

“是呀，他偷了我，他家的毛子也把我家的核桃偷了。”英珠笑着说。

“你家一夜就被盗两件宝，你不心疼呀？”

“不心疼，好事成双，我高兴还来不及。到时办婚事时，一起办了。”

墙砌好了，主人乌嘎和英珠结婚的那天，顺带也把我和核桃的婚礼办了。

我和核桃的婚事，遭到全凹村畜生的妒忌。

乌嘎：卖出去的石头

尧主任，披着凹村的晨风，踏着越来越细的小路走进凹村，身后跟着县上的领导。

尧主任到凹村，最先发现他的是狗，狗喊着狗，惊动了凹村其他的畜生。凹村的畜生，从小教育得好，对自己的主人贴心。一看见尧主任来，有的急着回去给主人报信，有的忙着去村口迎接尧主任。小路上，一派忙碌景象。

凹村的人很快聚集在尧主任必经的一棵大树边，金贵拨开人群，站在前面笑嘻嘻地迎接着尧主任。

凹村的人聚在一起，有一股凹村的味道，他们心里的急切、渴望、掺杂着身上的土味儿，风一吹，熏得树叶一会儿正，一会儿反，翻着白眼。

"尧主任，你可把咱凹村人等得头发都快竖起来了。"金贵嬉笑着说。

等待尧主任的日子里，金贵老得很快，额头上的皱纹又深又厚，跟几条蚯蚓贴在脸上一样。凹村人也看见了金贵脸上的皱纹，无暇顾及，金贵说话的时候，他们的心顺着金贵的话走。

"我来给大家介绍一下，这是县上的 × 领导，这是开发公司的 × 领导，这是勘探公司的 × 领导。"尧主任笑着给大家介绍。

凹村的人和畜生，有个坏毛病，生的东西很难记住，比如刚才尧主任说的一串儿领导名字，他们就一个字没记下来。

尧主任看着满满实实堆在大树下的人和畜生，开口："金贵，凹村的人都在这里？"

"你来了，拉了半截屎的人，把后半截屎都夹在屁眼里，腾到一会儿回去拉。"金贵嬉笑着。

"风娃呢？"尧主任四处寻找着我。凹村的畜生和人，齐刷刷地看着我。

"在这里。"我吼道。挤出人群和畜生，我走到尧主任面前。

"就是他。"尧主任和他一起来的几个人说。

"带我们去看看你家里的石头吧。"其中一个领导说。

凹村人，从来不知道我有个石头，更不知道上次说要待一阵子的尧主任，就是因为我的一块石头只待了三天。尧主任待的三天，让凹村人和畜生等了一年。这一年，他们的心慌了，眼睛等坏了，心在苦水里熬。

金贵的笑僵在脸上，又厚又深的皱纹突然没了生命。他的眼珠子不动，一股恨意从他的死眼珠子里，蹿了出来。

金贵、凹村人、一旁的畜生，他们的眼神，扎得我浑身都疼。我不知道为什么他们一下就变了样。

我把尧主任、领导、金贵以及凹村的人和畜生一起带到我破旧的土屋里。土屋光线暗，四面墙被柴火熏得黑黑的。屋里看不清石头，我抱着石头，走到外面。来的人和畜生跟着走到外面。

石头放在地上，几个领导蹲在地上，围着石头看。石头被他们翻来覆去，用手摸，轮流用眼睛看，不时细声说着我听不见的话。围着领导的凹村人和畜生，有的踮着脚，有的歪着脑袋，往里看。我站在领导旁边，无所事事，但我不敢四处望，我怕遇见金贵扎人的眼神。

看了好一阵，几个领导拍着身上的灰，站起来。领导拍灰的时候，拍落了一连串落他们背上的眼珠子。四周的人和畜生收起长脖子，立在那里。我的石头放在他们中间。

“风娃，你带我们去你发现这块石头的地方看看。这块石头，你拿着没什么用，就卖给我们吧？你要多少钱，开个价。”尧主任说。

凹村的人和畜生齐崭崭的看着我，我站在中间，不知所措。

从小，我就是靠凹村的风养大的，钱在我脑袋里，什么都不是。

我看看金贵，金贵的眼睛闪着光，他厉声地说：“说话呀，这时成哑巴了呀。”

金贵的眼神从死到活，我一时不知道怎样理解，对于他，我暗地里恨着，他家的地偷了我家地的泥巴，已经好多年了，金贵连声谢都不说。但是他毕竟是凹村的会计，上次又说要配合尧主任的话，我就说：“一个石头，要啥钱，送给你们得了。”说完，我看着金贵，金贵眼睛里的恨意，又一次蹿了出来。我不知道，我的话钻进他的耳朵，到底起了什么作用，惹得他一会儿一个变。可说出去的话，泼出去的水，就是舔也舔不回来了。

凹村的人和畜生都不出声，他们静静地看着这一切。

“怎么能白拿你的石头，这样吧，给你五千，你看可以吗？”尧主任说。

听到五千这个数字，我吓坏了。周围的人和畜生骚动起来。五千是我从来就没有听到过的数字，一时间，我不知道该怎么办。给英珠买件衣裳？给我们的新家重建个猪圈？买几个好的碗？还买什么呢，我想了半天都不知道。我的心从来没有过的愁。

“不够？那就六千。”我吓得连连摆手，急忙说够了，够了。周围的人和畜也学着我点着头。金贵黑着脸，闷在那里，不说话。

“那就这么定了，这个石头归我们，你带我们去看看西坡吧。”尧主任边说，边请人用布包好石头，驮在马背上。

尧主任让金贵告诉大家，西坡大家就不用去了，那么多的人去，会把我为凹村的生命砌的坟给踩坏了，死了的东西，最需要安静。尧主任的话，让我感动。

金贵对着屁股后面想跟上来的人和畜生说着什么。我今天心里装着太多事情，没在意，只听见后面传来软气的声音：“听见了。”我也软软的，习惯性地说：“听见了。”

金贵、尧主任、几个领导，我们一起上的西坡，阳光很薄，我们没找到一个会发光的石头，不过尧主任说：“会发光的石头，西坡一定还有，石头像人一样，应该有阿爸阿妈，有阿爸阿妈，就应该有很多个娃，目前找到的石头，可能只是娃中的一个。”

后来他们商量，把我为凹村寻的坟地围起来，让凹村的人都到西坡寻这种石头，寻到的石头，无论大小，他们直接收购。

石头的家在西坡，它们有阿爸阿妈、弟兄姊妹，如果凹村的人都来西坡寻石头，寻着的石头不都会被尧主任带走，离开西坡，分散在各地，全家面临着别离吗？想到这些，我伤心起来。

我的心，结下一个死疙瘩，沉沉的，压着自己。

毛子：见不得光的事

自从我和核桃光明正大在一起，我的新主人英珠就解开了拴着核桃好几年的绳子，她是信任我的，她把我看成了一个能保护好爱人的男人。

我感激英珠给核桃自由，给核桃自由，就是给我们的爱自由，这点比什么都重要。

核桃从没出过远门，对什么都好奇，我带着核桃穿梭在凹村，给她挨个介绍房子的主人，东坡、西坡是我带着她必去的，那里落着我和乌嘎看天、听风、想心事的无数个日子。我给核桃讲我们在东坡西坡做的事情，核桃一脸惊讶地问我：

“你给我过一辈子没？”

“当然，不止是一辈子，我都帮你在西坡过了好多个一辈子。我的主人说，我们悄悄帮别人过一辈子，别人就会在凹村的日子好走得多。我一直暗恋你，怕你在这世上受苦，有事没事就来这里给你过一辈子。”我说。

核桃眼里噙着眼泪，又问：“你的主人也给英珠过了好多个一辈子吧？”

“是呀，过了我都不知道多少个一辈子了，不过他不敢给英珠说，他只希望他所做的事情，能让英珠在这世上好走就是了。”

“如果我们没在一起，你也不会告诉我，你给我所做的一切？”核桃搂着我说。

我没回答核桃的话，心想：“爱，是不需要挂在嘴上的。”

风从凹村的腹部刮上来，带着凹村的味道，吹弯了西坡的草。我和核桃躺在弯了腰的草中央，光天化日之下，做了一件见不得光的事。

乌嘎：凹村的变化

我半夜爬起来，摇醒睡在旁边的英珠，给她讲自己的梦。

梦里，凹村的畜生和人得了病，坐下去，站不起来。凹村人的脸，变成了牛羊马的脸，让人分不清楚他们给我说话是笑着在说，还是哭着在说。他们碗里放着剁细的草，一嚼，草的汁液绿绿地挂在下巴上，顺着落在破旧的衣服上。他们不像以前，喜欢打堆坐着，一个个隔得远远的，仇视着靠近他们的人。凹村公社里，堆着一堆堆生锈的锄头、镰刀，会计金贵坐在旁边伤伤心心地落着泪。天，灰扑扑的，乌云压着山头，一只只乌鸦停在枯死的树枝上，叫得整个凹村，就快死下去了。

我的额头、背上全是汗，心里说不出的暗。英珠起来给我倒一碗清茶，让我喝下去，说：“夜里的梦，没有脚，它是到不了天亮的。放心睡吧。”

她给我盖上被子，搂着进入了她的下一场梦。

我睡不着，心里发慌，这个梦和我死阿爸死阿妈时做的梦很像。那年，我的梦里经常飞来满树的乌鸦，一个劲儿地冲着我叫，我用石头打它们，乌鸦用嘴啄我。周围有很多凹村人，他们围着我，看热闹，我向凹村人求救，凹村人的脸，全变成了牛羊马的脸。那一年，我成了孤儿。

这些日子，凹村的变化装在我心里。凹村人与人之间的关系，发生着微妙的变化。

他们不再像以前一样，说贴心的话，做贴心的事儿，看人的眼神，不真诚，疑心病重，经常为一点小事情又吵又闹，重则大打出手。弟兄姊妹之间，为了争夺房产、土地、畜生六亲不认，对老人赡养问题，推卸责任。

我走在凹村，每家每户都关着门，只有一些看家狗，听见我的脚步声，防贼一样，冲着我叫。畜生是人教出来的，我在凹村生活快35年了，这些狗早就该熟悉我，而现在，却把我当成贼一样对待。想到这里，心里一阵难过。凹村的其他畜生都跟主人上西坡去了，西坡曾经是我常去的地方，我现在不去了，我不敢去看西坡被人和畜生踩踏得乱七八糟的样子。

虽然金贵听尧主任的话，把我为生命埋的坟地，用竹子围了起来，可是不到一天，围起的竹子，就被人拔起，扔得满山都是。他们说，我给尧主任说了谎话，会发光的石头，被我藏在坟地里。他们脚上的力量很重，手的力气也很大，那一座座大大小小的坟，被他们掀开土，露出腐化的尸骨，他们毫不在意，扔在一边，继续挖。这些尸骨中，有些是他们家的，他们认不出来。尸骨认得他们，凹村人扔它们的时候，它们死拽着凹村人的手，舍不得离开。挖坟地的时候，凹村人的眼睛和希望都是长在土里的，一铲子铲出来是土，他们心想，下一铲子可能就是发光的石头了。有些尸骨，他们是找不到的，像我埋下的虱子，进土就化了，生怕染臭了土。

我开始回忆，我去东坡、西坡时，说过的话：我想为凹村的人和生命做些事情，帮他们偷偷过一辈，我认真的做着这件事情，唯一的偏私就是给我的英珠多过了几次一辈子，其他的都一视同仁。我希望凹村的人和生命，在我为他们过完一辈时，他们在这个世界上的路好走些。我给他们讲旧时间的事，希望他们不要把自己的一辈过得太辛苦，轻着点走，选好走的路走，一辈子很快就走完了，每个人的一辈子都在自己的手里握着，不管你捏紧点、拿松点，你的一辈子，在凹村也只有二点五公里的路。

可是，现在我发现，关于旧时间，我有很多错误的看法，旧时间里不一定只长出旧的东西，比如，现在凹村人的心，就是旧时间里长出的新东西，难看、寡淡。

我想改变一些东西：旧时间里，做个新的乌嘎。拿着锄头、镰刀去开垦我的一亩地，种瓜种豆种希望；我学着旧时间里的人，用他们爱过的方式去爱我的英珠和毛子、核桃，还有即将来到旧时间里的我的娃；我不想再去东坡、西坡了，我想任由凹村的人和生命过自己的一辈子，命和路都是自己的，谁也帮不了谁。

凹村人的心，越来越硬，现在，快变成石头了。这跟梦里死了的凹村，没什么区别。

一辈子的事儿，在凹村，虽然只有二点五公里的路，但是，在旧时间里，却很长很长……

三十五岁，我要走在旧时间里，开始我新的生活。

毛子：旧时间里的我们

我和核桃结婚后，核桃产下了七个孩子，有的像我，有的像核桃。我们的孩子很快长大，各自找到了心爱的人，后来我和核桃当上了阿爷奶奶、公公婆婆，再后来，我连自己的孩子都记不得了，只认识核桃、主人乌嘎、英珠。核桃死在一场暴风雪里，雪太厚，很多凹村的房子都塌了。主人乌嘎、英珠和我，焦急地等待着太阳快出来，雪快融化。核桃的尸体在后院找到，找到她的时候，核桃睡着了一样，头朝着西坡。

自从凹村的人，拼了命的在西坡去找卖钱的石头，主人乌嘎就没再踏进西坡一步。金贵人前人后都骂主人乌嘎：瓜的人就是瓜，能让山养活人了，却非要下地干活。没福气的人，这辈子都别想粘上福气的边。

主人乌嘎聋了一样，不把金贵的话放在心里。每天经营着地里的庄稼，他说："风养活了自己前半辈子，后半辈子，需要自己养活自己才行，不能像粘粘草一样，粘着风不放，自己已经拖累风很久了。"

核桃的死，让主人乌嘎踏上了西坡。核桃这一辈子，走得平坦，他要去西坡寻一处核桃的安身之处，让核桃不要在那边被雨淋着，被火辣辣的阳光烤着，要看不见雪。

那天，凹村起风了。主人乌嘎抱着核桃，走在风中。风吹一下，他偏一下。主人乌嘎的身子骨，没有往年硬朗。我和英珠走在后面，英珠不说话，嘴一直闭着。我想开口，安慰他们，让他们不要太为我的爱人伤心，我的爱人核桃已经走完了她的一辈子，下一辈子还等着她去过。

核桃埋在乌嘎找到会发光石头的地方，他说，埋下核桃，就用一条命把这个坑堵上了。核桃的坟，或许能把凹村人变硬的心换回过去。

第二年，主人乌嘎死了，我们都没有发觉乌嘎的死。早晨，英珠叫他三声，不见他应一声，英珠用手去拉他的手，才发现乌嘎的手凉凉的。英珠坐在门槛上，喊着我的名字，我岁数大了，眼睛不好，脚用不上力气。我慢慢走过去，趴在英珠面前，英珠用手摸着我的头，手有些颤抖，她轻轻地说："走了，老头子走了。"英珠的表情很淡，对待走完一辈子的乌嘎，她有太多想说的话，却一直没有说出来。我们在门槛上坐了很久……

第三天，乌嘎的尸体被凹村人抬着送上东坡，二点五公里的一辈子，乌嘎终于走完了。

主人乌嘎的女娃，埋完乌嘎后走了，她几年前嫁到别的村子，那里才是她的家。老屋里，只剩下主人英珠和我。凹村的旧时间，突然在乌嘎离去之后，变得很慢很慢。

落日。月光和雪。越来越多的孤独，遗在我的生命里。

东坡、西坡，离我和主人英珠很近，轻轻抬头，就看见了……

非虚构

含报告文学

烙印 ◎马希荣

引 子

啪！两脚跟一靠。一个标准的军礼。

这个习惯，通江县农村志愿消防队队长冯霖保持了20年。军礼成了他生命的一部分。军人禀性成为他一生的印记。

想起来，是有原因的。一是冯霖当过兵，军礼是军人的形象。二是冯霖带着一支农村志愿消防队，平时训练、战时指挥、日常管理，都按部队的规矩办，敬军礼自然少不了。

一个农民举手行军礼，是一件奇事。消防队训练时，冯霖家院子的围墙上爬满了男女老少，他们可以放下最紧要的活儿一整天躺在那里看稀奇。一些外村人也常常到村里来，说是走亲戚、办事情，实则是想看消防队训练。

当然，不单是看敬军礼。他们最感兴趣的，是看平时天王老子都不怕的几个农民，如何被冯霖训练得服服帖帖。甚至，开怀大笑某个人出错出洋相。

训练好像一场无比精彩的演出，是谈资，也是笑料。但，他们从不取笑冯霖。

冯霖的威武不容侵犯。

冯霖的坚毅不容置疑。

第一章 起

一

在四川省通江县广纳镇佛驹山村，36年前一个小生命的诞生，没有给冯家带来更多喜悦。生活艰难的年代，多一张嘴就多了一份生活的重担。他和其他农村孩子一样，土长土长。

父母的辛劳和生活的艰辛深深地烙在他心里。他很小就开始做家务、干农活，是一个不可忽视的小劳动力。

他做事认真，讲究完美，令人刮目相看。母亲常抚摸着他的头说：“雨林儿（冯霖小名）这孩子，心重。”

10岁那年，冯霖和哥哥姐姐从 林沟往家背稻子，不小心摔到沟里伤了腿。大家都劝他不背了，他却固执不肯，坚持把70多斤重的稻子背回了家。晚上，从田地里归来的父母知道后，边为他疗伤边骂他笨、太老实。

父母心里明白，冯霖这孩子心好。心好本是好事，但不懂放弃，怕是要遭罪。话虽未出口，但忧心难免。

“雨林儿，给我打碗水来。”三婆在老院子东头喊道。

“来了！”冯霖应声而到。

三婆长年卧病在床，生活不能自理。儿孙们为了糊口奔忙，常常顾不上照料她。

像集体食堂开饭前的钟声，渴了就喊、饿了也喊，是三婆唯一能做的求助方式。每当这个时候，只要在家，冯霖都会跑过去帮忙。

冯霖心眼瓷实，是村里人认可的，也是同学们认可的。

一年秋冬之交，在三河中学读书的冯霖见一位同学衣衫单薄，便把自己的一件新西装借给同学穿。要知道，那是父母卖了一百多斤谷子买的，连他自己压在箱里都舍不得穿呢。况且，那个年代，西装是时髦品也是奢侈品。

热心像沃土里的一粒种子，葳蕤地生长在冯霖幼小的心里，沐风栉雨，从来不曾枯萎过。

二

儿时的冯霖有一个最大的爱好，喜欢机械。

麦黄时节，山间的田地里沸腾了。人们一边抢收麦子，一边抢耕麦田。收下来的麦子会堆码在房前屋后，等农闲里再晒干脱粒。收水栽秧才是最要紧的事。山里的病险塘库多，引水渠堰年久失修。如果不下雨，出钱请人抽水灌田是迫不得已的事儿。

对此，大人一脸哭相，冯霖满面笑容，一副幸灾乐祸的样儿。有一次，他跑去看抽水，被邻居骂了一顿。

“天干成这样，你笑个啥哩？吃不上饭，看你还高兴不？”

冯霖依然笑着。别人的话他根本没有听进去，机械的诱惑完全抵消了别人的责骂。

水怎么从低处流到高处来了？柴油机怎么能发电呢？没有油能发电不……他的脑子里被一股脑儿涌出来的疑问挤满。

只要大人没有安排活儿，他可以在柴油机、抽水机旁看上几个小时，甚至一整天。有时，父母安排的活儿，他也常忘得没有影儿。机器的轰鸣声，他觉得好听。柴油的刺鼻味，他觉得好闻。至今记忆犹新。

冯霖后来回想，机械是他一辈子的爱好，也是后来当兵、当政府专职消防员、组建农村志愿消防队的一个重要动因。

他拆遍了家里可以称得上机械的所有物什。家里一台收音机算是倒了血霉，被他拆了又装，装了又拆，直到零件遗失完全无法组装，落得个“死无全尸”。

后来，他又开始捣鼓农用三轮车，并且很快能够自如地在弯曲的山路上行驶。

飞奔的感觉可以让他的心摆脱许多未名的羁绊，自由地飞翔。这种感觉如五月疯长的秧苗突然被一阵大风吹过，撩动着冯霖的心。

第二章　承

一

撩动冯霖心的，是外面的世界很精彩，他想去看看。

考学、招干、当兵、务工，是世纪之交农村孩子走向外面世界的四大途径。当兵是冯霖的抉择。

1997 年 11 月，冯霖随着几十个战友来到重庆武警第一支队，投身到了火热的警营生活。其实，冯霖的愿望是当汽车兵。他有驾驶农用车的经验，他想发挥特长到汽车连队去。

虽未如愿，但警营的整齐划一和威武雄壮，给他留下了一生难以磨灭的印象。当兵三年，积攒在他骨子里的军人气质，宛如山间缭绕的雾岚，晨起暮涌，挥之不去。

退伍回乡后，冯霖买了两台汽车从事货物运输，拉砖拉砂、运煤搬家，从不怕苦怕累，也不斤斤计较。他的生意十分红火，每年都有三四万元的收入。

只是有一些事儿让人们不理解。

一次，雨后路滑，一位同行的车子溜到了崖边，吓得钻出驾驶室说什么也不敢开了。冯霖认真查勘地形后，想帮他拖车，不说那位同行不敢到驾驶室去稳方向盘，就连他跟车的师傅也不敢。无奈，冯霖只好自己钻进驾驶室，费了好一番周折才把车开上了路。事后，大家就说他太傻，这种忙帮不好，后果不堪设想。

还有一次，他帮别人把车拖出泥地，自己的车却陷进去了。赶来帮忙的家人十分生气，“吃饱了饭撑的”。

冯霖却说：“遇事就躲，不是军人的性格”。

他帮助别人越多，受到的指责和抱怨也越多，自己的善行义举得不到周围人们的理解和支持。冯霖很难过，也很寂寞。

他十分怀念警营生活，劳累一天回来休息的时候，帮助别人受到指责以后……都会让他倍加思念。

他渴望回到心中的桃花源，逃避令人不安的现实世界。

二

2005年，终于有了一个机会。

冯霖得知，通江县消防大队要遴选政府专职消防员。

放弃生意报考消防员的决定，无疑像是捅了屋后老梨树上的马蜂窝，各种埋怨、指责、猜测劈头盖脸。

“放弃赚钱的生意不做，脑子有病吧？”

“这娃当几年兵咋了？”

“搞消防，危险得很。”

一家人的宁静生活被打乱了，父母给他摔脸色，哥哥姐姐好言相劝，亲友邻人冷言相讥。他却决心坚定。

顺利通过笔试和面试，冯霖如愿以偿。走进通江县消防大队的刹那间，熟悉的场景让他激动不已。

训练、接警、出警……警营生活让冯霖充实而饱满。他是水灌二班的专职驾驶员，5 年来，每次接警后，他总是第一个冲向消防车，载着全班战友第一个赶往灾害现场。

第三章　转

一

5 年多时间里，出了多少次警，冯霖记不清了。但有两件事他不会忘记。一件是 2005 年冬天与女友张燕结婚，翌年大女儿冯子益诞生。

另一件是到农村去灭火的情景历历在目，让他伤痛不已。次数越多，伤痛越深。

道路好、水源有保障，城镇灭火救灾，消防官兵们常常稳操胜券。农村不一样。山高路陡，风风火火赶赴现场，不是错过了最佳灭火时间，就是找不到就近的水源，损失惨重。

有一年夏天，广纳镇龙家碥村一幢农房着火，消防大队接警后迅速赶往现场。由于不通公路，消防车根本无法开往现场。官兵只好抬着水泵、扛着水带跑步冲向火灾现场，好几名战友都累虚脱了。等他们长途奔袭两个小时到达现场时，大火已将木质结构的房子烧光了。

废墟上满目疮痍，尚未燃尽的一堆稻谷浓烟滚滚，盆口粗的柱头上青烟缕缕，竹篾编织的墙壁一边燃烧一边爆炸，两头大肥猪被烧死了倒在石槽边。参加扑救的人们汗流浃背，一脸烟尘，疲惫不堪。

“啊？！我的儿啊……”

突然，一声凄厉的惨叫，惊魂未定的人们吓了一大跳。刚刚到达现场的消防官兵们也被这突如其来的场景惊呆了。狂跳不止的心，被一双无形的大手紧紧捏住。

原来，火灾发生后，人们都忙着搬东西、找水扑火，却忘了 4 岁的孩子还在屋里睡觉。等家人反应过来，孩子已经烧成了一具焦炭。

亲人们呼天抢地的哭声，像是武功高手扔出的暗器，击中了每一个人的心。人们都沉浸在深深的悲痛之中，久久没有言语。除了余火燃烧的爆裂声，只有孩子母亲尖利的哭喊声回荡在山间。

哭声激起了人们的愤怒。人们对消防官兵怒目而视。有人低声嘀咕，有人大声责问。

“养兵千日，用兵一时。养你们有啥用？”

“报警两个多小时了，为什么不能早点赶来？”

责问刺痛了消防官兵的心。说消防官兵没有尽力，的确有些冤枉。但没有赶上灭火的最佳时间，损失惨痛，却是不争的事实。

许久，派出所所长出面作了解释工作，大家才慢慢地站起来，开始收拾那些还能使用的物品和家什。返回的路上，消防官兵们谁也没说话。

“每出一次警，我的心就会痛一次。”

冯霖和战友们参加的灭火不下百次，而农村火灾就占了60%。巴中是典型的山区环境，山高路远，发生火灾后，等消防队到达现场，战机已失。财产损失、人员伤亡是常有的事。

山区农村消防是消防工作鞭长莫及的软肋，是消防人刻骨铭心的伤痛，也是冯霖刻骨铭心的伤痛。

二

这种伤痛像虫子，在时光中慢慢咬着冯霖的心。

“如果当时农村有一支消防队，如果有一辆适合村级公路的微型消防车，如果能够第一时间赶到火灾现场，损失就不会那么大。”

最终，冯霖服从于自己的想法：回乡创建农村志愿消防队。他悄悄向县消防大队打了辞职报告，毅然回乡。

在家人眼里，他好歹也是一个“有编制”的国家干部。冯霖的决定和想法激怒了他们。

“我活了几十岁了，也没有听说过哪个农民建消防队！”

“败家子。你这一辈子究竟要折腾到啥时候才是个头呢？”

硬的不行，就来软的。妻子张燕劝他：“虽说当专职消防员的工资不高，但总算有个稳定收入。再说，建立农村志愿消防队，所有的投入都得靠自己。几十万、几百万的投入还不是一次性的，我们这个家承受得起吗？”

冯霖倔强得像一根苍老的四季豆，根本不进油盐。张燕一气之下投奔了在上海打工的父母。

像当初放弃运输生意到消防大队一样，冯霖又一次面临着人生的低谷和人际关系的危机，几乎所有的人都在劝说他、指责他、阻止他。

冯霖沉默了，常常一个人拼命地干农活，或是坐在田埂上发呆，或是彻夜难眠。

“难道我真的错了？”他一次次追问自己。但农村火灾的惨痛，时常勾起他锥心刺骨的痛。

痛中有一丝快意。心中，洪水一般积蓄已久的伤痛，终于找到了倾泻的出口。打开，伤痛就会一泻汪洋。

冯霖一边耐心细致给家里人做解释工作，一边暗中筹备志愿消防队。

第四章　再转

一

一群年轻人的好奇心被打开了阀门。

砖瓦工、农用车司机、杀猪师傅、乡村医生、电焊工……几天内就有七八个人要求报名参加农村志愿消防队。可一听说要长期干，又没有工资，好多人又打了退堂鼓。

冯霖最先做杀猪匠潘群峰的思想工作。灭火需要劳力，而潘群峰体质好，一次能搬运 300 多斤的东西。潘群峰却没有冯霖这份闲情逸致，一口拒绝。

不过，冯霖胸有成竹。“义务消防是在做善事，也是在为国家做贡献，说不定哪天就成正规军了呢。”虽然将信将疑，潘群峰好歹答应了。

“我家 1989 年也着火烧了一次，损失 1 万多元。如果那时村里有自己的消防队，该多好哇！”村民向奎随后申请加入。

王成是退伍军人，冯霖专门请王成到家里吃饭，两杯酒下肚，再把自己的处境和想法诚恳托出，耿直的王成很快表态，“好，我干！”

后来，汽配商蒲力、农民王良贤等人陆续加入。一年的时间，冯霖费了九牛二虎之力，拉起了一支杂牌军。

他们经常聚在一起商量消防队办公阵地和训练场地的事儿。冯霖的家就在公路边，院子宽敞，是理想的办公训练场所。同时，设立了值班电话，并且在119指挥中心备案。发生火情时，他们可以随时接到通知。

讲好了没有工资，约好周末定期训练。如果大家都有空，就临时训练。从此，一群个子、年龄参差不齐的农民，开始在冯家的院坝里练起部队的三大步伐、礼节礼貌以及灭火排险技能。

最头疼的是购买消防设备的事儿。农村人不惜力气，干活出力大家都没有怨言，但要出钱买设备不容易，因为大家都不宽裕。三五万块钱，对谁家来说都是一个天文数字。

冯霖对此早有准备。他几经周折，说服家人，率先拿出10万元，购置了一辆长安消防车、10盘水带、消防枪、消防水泵等必备设备。

“这车能进入大型消防车难以进入的街道胡同、狭窄居民区和乡村小道。车上配备的消防枪，可方便快捷地实现多种方式灭火，效果良好。”

抚摸着光洁的车身，看着崭新的消防设备，冯霖的脸上洋溢着自信的微笑。

2009年11月6日。对冯霖来说是一个好日子，他将梦想成真；对佛驹山村来说也是一个值得纪念的日子，从此这个名不见经传的小山村日渐闻名；对消防人来说是一个将被载入史册的日子，全省第一支农村志愿消防队正式挂牌成立。

二

冯霖接到的第一个火警是本村熊明珠家里突然发生火灾。接到119指挥中心打来的电话后，他立即通知队友们迅速集结。随后，和最先赶到的潘群峰快速冲向现场。恰好熊家屋前有一个水坑。

接水带、开水泵、启动水枪……

一股强大的水柱直扑熊熊烈火，飞溅的水花霎时覆盖了整间房屋。两人和闻讯赶来的另外3个志愿消防员很快扑灭了大火。由于抢救及时，房子只烧掉了半间。熊家人千恩万谢。

与人们常用的手端肩担取水扑火相比，消防水枪的威力让人们大开眼界。自此，专业化的扑火施救让人们对消防队员充满了信心。

这天，张守国原本是来看冯霖笑话的。之前，张守国曾经拒绝过冯霖的邀请，觉得他不务正业。没想到一群泥腿子灭起火来居然有模有样。这位小包工头被感动了：“以后，也算我一个！”

热情高涨的志愿消防队光灭火不过瘾，还在中小学校、社区、农村等地经常开展演练，提升救灾技能。“抢险、处突”被他们视为“分内之事”。

农民志愿消防队的值班记录显示：

短短的两个多月里，印发消防宣传资料500余份，组织抢险救灾演练8次，参加救火1次。

8年来，消防队成功扑灭89次火灾，参加73次抢险救援、216次社会求助活动。先后参加了玉树、芦山抗震救灾。

三

2010年4月14日7时。青海玉树发生7.1级地震。

灾情牵动着全国人民的心。冯霖和他的农村志愿消防队27名队员纷纷请缨支援灾区。

“那里是高原，必须挑选体质好和有特长的队员去。”

冯霖深知此行的艰难，仅凭一腔热情是不够的。最终，懂医术和搞建筑的6人奔赴灾区。

估计前往玉树至少需要七八千元钱，冯霖东拼西凑，才准备了5000元，队员张远达立即掏出了给老婆看病的500元钱，冯君向邻居借了500元钱，蒲力的妻子把准备买猪的钱拿了出来……

4月15日下午5时，冯霖驾着那辆心爱的长安面包消防车，载着5名队员，载着干粮、棉被和救援装备，向玉树进发。

为了抢时间，他们顾不得吃上一顿热饭菜。饿了就啃方便面，渴了就喝矿泉水。除了上厕所、加油外，车子一刻不停地往前赶，沿途超越了很多抗震救灾的车辆。

他们只有一个信念——快点，再快点，早到一分钟，就可能多救出一个生命！

4月16日凌晨3时，面包车已经开始翻越雀儿山。5000多米的海拔，满山都是积雪。路窄、坡陡、弯急，而且路面结了厚厚一层冰。稍有不慎，就可能摔下深渊。

怎么办？大家合计，为了废墟里那些急待救援的生命，不能停！面包车艰难行进在云雾之上。

突然，车子熄火。大家只好顶风冒雪推车前行。高原反应开始降临，有人在流鼻血，有人在呕吐，有人头疼如针扎。

黎明时分，天边跳出一抹红霞，温暖的晨光中出现了一个维修站。大家欣喜若狂，停车一会儿，大家都快成了“冰人”了。

修车期间，冯霖和队友们又返回半山腰，帮着推了3辆救援车上山。赶到灾害现场，他们只用了40多个小时。

四

啪！两脚跟一靠。一个标准的军礼。

“报告，我们是通江县农村志愿消防队，前来参加抗震救灾，请首长指示！”

17日下午3时，刚抵达玉树地震灾区，冯霖就一身疲惫前往抗震救灾总指挥部报到。

没有军衔，言行举止透着军人的果敢。值班首长决定把这群特殊的“兵”们留在指挥部，负责搬运救灾物资、搭建帐篷。

进入玉树的第一场战斗，就是要把一大车土豆搬下车。队友冯君，是村卫生员，年届50，加上高原反应。在他扛第5袋土豆时，头一昏便栽倒在地。

为了确保身体健康，医护人员特地给他们做了体检，最后得出结论：6人都有不同程度的高原反应，体力严重透支，需要休息。

可是，接连不断送来的救灾物资亟须搬运，很多受灾群众的帐篷急需搭建，不少废墟还等待着去搜救……他们实在停不下来。

4月18日5时，天还未亮，迈着整齐步伐的队员们已走向指挥部接受任务。

“同志们，总书记今天要前来玉树视察灾情，你们的任务就是全力搭建临时会场、搞好后勤服务。”

“保证完成任务！”庄严敬礼，领受任务。

他们万万没有想到是，这天的任务是参与筹备工作，迎接前来灾区视察的胡锦涛总书记。大家激动不已，立即投入战斗。不到 2 个小时，他们相继出现流鼻血的现象，他们用纸巾把鼻孔一塞，继续投入战斗。

下午 2 时左右，总书记来到指挥部。看到总书记一脸慈祥，并不停地向人们挥手致意，队友们禁不住热泪盈眶。

“能近距离见到总书记，能得到总书记的问候，我们就是战死在玉树也值了！”冯霖眼角也湿润了。

在玉树抢险救灾的 4 天时间里，这支农村志愿消防队卸载和搬运了 200 余吨救灾物资，帮助搭建受灾帐篷 30 余顶，从废墟中挖掘出两具遇难者遗体。

五

“我们四川发生地震时，得到了全国人民的援助。今天，我们就报一次恩吧！”

4 月 21 日 11 时，消防队准备返乡。因为捐出长安消防车的事，队友们与冯霖意见分歧。

地震后的玉树道路狭窄，很多大型车辆无法通过，冯霖他们的面包消防车却可以畅行无阻，往返各个安置点运送救灾物资十分方便。冯霖提议把车子捐给灾区。

队友们不同意。好不容易筹钱才买来的这辆面包车，已经陪伴队员们出警三十多次，为农村消防安全立下了汗马功劳，谁愿意舍弃它呢？

冯霖一席话，震动大家的心。在抗震救灾总指挥部，冯霖亲自把车钥匙交给了玉树消防支队政委。

那一刻，队友们又流泪了。除了这辆车子，他们只剩下到西宁的车票钱了。

“不能给灾区人民添麻烦，到了西宁再想办法。实在不行，让家里人凑点钱。”

告别灾区，冯霖带着队友们踏上返乡的列车。没有钱吃饭，大家只好忍饥挨饿，默不作声地坐在座位上打瞌睡。

其间，冯霖找到列车长，向她敬了一个标准的军礼后说明情况，但被列车长拒绝。这年头，啥子骗吃骗喝的人都有。

冯霖没有过多辩解，默默承受了无奈和难堪。后来，这事无意被媒体曝光，列车长被免职。冯霖为此难过了好一阵子，因为自己而受过，他于心不安。

看着6位身着迷彩服的汉子几顿都没有吃饭，又累又困。邻座一个女人主动跟他们聊起来。得知他们是从玉树救灾返乡的，身无分文时，她感动了。

在西宁站下车后，她主动帮助他们买了回广元的车票。至今，冯霖也不知道她的名字，只知道她也是从地震灾区救灾归来的。

4月23日上午，巴中市消防支队派专车到广元站，迎接冯霖和他的队友们凯旋。

时隔3年。2013年4月20日8时02分，四川省雅安市芦山县发生的7.0级地震。冯霖带着他的农村消防志愿队，又一次参加抗震救灾。

六

经过多次抢险救灾的洗礼，通江农村志愿消防队素质得到了明显提升。冯霖的心也更大了。

2010年7月，通江发生特大洪灾，道路被冲毁，房屋被冲垮，不少村民流离失所。冯霖和队友投入抢险现场，清污泥，修道路，安置村民。

2011年，留守老人赵思莲家里发生火灾，冯霖和队员赶到火灾现场时，只见老人还在燃烧的房屋里寻找存折和现金，他和队友潘群峰冲进了火海，救出了老人。但他的头被瓦片砸伤，潘群峰的小腿被燃断的木棒砸伤。

2012年6月，广纳街道居民冯军在河里打鱼，突然天降大雨，河水陡涨，冯军被卷入河中。“活要见人，死要见尸，给家属一个安慰”，冯霖和队员们冒着倾盆大雨，沿河搜寻。经过两天的努力，终于将尸体打捞上来。

2013年，通江农村的马蜂极其猖獗，村民们纷纷报警或者找上门来求助，冯霖和队友们每天都要摘掉十几个马蜂窝。

冯霖和队友们的工作不光是灭火，包括抢险救灾、维稳处突、社会救助等。有时遇到谁家有白事，找不到人帮忙，只要一个电话，他们都会去帮助抬棺。

为了使抢险救援更有效果，冯霖带着队友们不断完善配置，陆续添置了1000米的水带，购买了抢险救援车、综合应急发电车、消防水罐车、多功能应急指挥车。

2012 年又在广纳镇新建了一幢消防营房，可以容纳一个战斗班。发电机、照明灯、行军床、电视机等一应俱全。有了这些专业装备，消防队如虎添翼，每次出警都是威风凛凛。

消防队齐装满员。冯霖踌躇满志。

第五章　合

一

冯霖没有想到，消防事业如日中天，自己却面临着巨大危机。

资金，仍是最头疼的事。8 年来，自己东拼西借投入到消防队里的钱已经有 260 多万了。至今还有近 60 万的借款没有还上。

去年春节，妻子张燕回家过年。夜里，冯霖拿出一枚戒指要她戴上。张燕十分感动，丈夫这些年一心扑在农村消防上，从没这样关心过自己。

有一年回家，她发现自己的结婚戒指不见了，问谁都不知道。心想，丢了就丢了吧，旧的不去新的不来。

“这枚戒指不如结婚戒指好，是个便宜货。”冯霖有些尴尬。

“没关系，只要是你买的，就是塑料的玻璃的，我认为都是宝贵的。”张燕说。

“老婆，对不起。结婚戒指不是丢了，是我拿出去卖了。”冯霖说。

张燕哭笑不得。原来，结婚戒指是丈夫偷了。“卖的钱又买设备了吧？”

冯霖愧疚地点了点头。张燕没吵没闹，这还有用吗？

两年前的 7 月 27 日，自己被冯霖逼着去了通江县城，卖了早年买的一套 90 多平方米的商品房还账。那次，张燕就没和丈夫吵架。

“我了解他。吵再多次也没用，干脆不说了。”

没有政府投入的志愿消防队，几乎每一分钱都得冯霖自掏腰包。每次出警，动辄两三百元的油钱、队员伙食费以及设备损耗，让他捉襟见肘。开始，每次救灾后，大家都要一起聚餐。后来，聚餐取消了。好多时候，连油都加不起。

为了维持消防队运行，从最初的卖鸡蛋，到建筑工地做土工，再到后来包工、建鱼塘果园、包工跑运输、养猪卖砂石。几年下来，冯霖挣的钱上百万，但都投到消防队里了。

近两年，冯霖有一个明显的变化，接电话的速度慢了，像是怕什么。

“要账的比较多，每次我都要看清楚是不是要账的电话，如果是，我就要思考到哪里去筹这笔钱。约定了时间，就要按时把钱还上。做人，不能把信誉丢了。”

除了钱，还有一件事让他头疼——队伍也不好带了。有的外出务工了，有的上年纪了，还有的厌倦了。

除了钱，还有一件与钱有关的事，也让他担惊受怕。抢险救灾是高危工作，投保是必需的，但钱从哪里来？不投保，出现伤亡谁来赔偿？

今年 8 月，冯霖去上海作了一次检查。他的右脚跟在一次救灾中受伤，好几天脚肿得老高。当时他怕家里人担心，撒谎说自己骑摩托车摔了，只是皮外伤。今年初，被砸中的地方血管鼓了一个包，一直不散。市、县医院的医生建议他去大医院确诊一下，怕是血管瘤。结果出来不是，悬起的心放下了，可花掉的六千多块钱，让他心疼不已。

二

“难！真的很难！”对于志愿消防队的处境，冯霖眉头紧锁，迫切希望能得到当地银行的支持，把最紧要的个人借款还了，缓一口气。

“你把挣的钱全部花在自己身上，日子可不比城里人过得差，何苦呢？”很多人问过冯霖。

冯霖回答：“老实说，有时我也想放弃。不过报警电话一来，就顾不到想这么多了。”

每次成功灭火救灾，别人都会拉着他们的手一遍又一遍地感谢。大家觉得比挣了钱还高兴。

人啊，不能没有认同感，而得到感谢和赞美往往是最惬意的。坚持追求这种认同感，其实，就是在追逐梦想。何况，人最不容易抵挡的诱惑，就是弱者的求助。

“每次看到受灾群众充满期望的目光和听到感谢的话语，就有一种力量让我坚持下去。”

“我坚信，每个人都有梦想，只要你为了自己心中的梦想，努力去奋斗，哪怕失败了也无怨无悔。”

蓄着平头、腰间扎军用皮带，身材瘦削但肌肉结实。举手投足间军人气质犹存。这些年来，冯霖还是那个当过兵的冯霖，只是多了一个不良嗜好，常常一根接一根地抽烟，烟雾缭绕，笼罩着自己的头。远远看去，像是一节木头尚未燃尽。

尾　声

“世上本没有路，走的人多了，也便成了路”。

觉悟、志愿、狂热。8 年时间，通江县农村志愿消防队走过了一条艰难而又辉煌的路。

顺着这条路走下支去，冯霖清楚，他需要百倍勇气，一路披荆斩棘。

“志愿消防队会一直走下去。”面对重重困难，冯霖坚毅地说，“半途而废不是我的性格，我要做一辈子农村消防志愿者。”

迹远只留香 ◎车红梅

飘 泊

虎子猫下腰，深吸一口气，扛起大碗粗的硬邦邦的灰色水管，左摇右晃，踉踉跄跄上楼。犹如石头压在肩上，一阵锥心刺骨的疼。咬紧牙，陀螺一样往返一个上午。每蹲一次腿就哆嗦得如同筛糠，一米六八的个头，不会就这样被压成压缩饼干了吧？虎子心里七上八下。冬天，三秦大地的风像鞭子抽在脸上，浸入骨头，犀利地钻进他姜黄色的裤管。抬起头，虎子望向远处，城市边缘有山，山外是秦岭，翻过秦岭就是回家的路。然而，归期就像他不能预知的未来一样，遥远得像一个梦。

如今是腊月了，虎子有些心不在焉，两腿灌了铅似的，沉重得挪不开半步。坐在水泥地板上歇工，工友们七嘴八舌，虎子找不到可以谈论的话题，显得格格不入，索性一言不发。脑海里始终惦记着一个人，一个想想就能定神的人。同来的四川老乡瞥了一眼，说："想家了吧？"虎子咬住嘴唇，没有说话，瘦削的脸上泛着一层铁灰色。"来一根！"工友递过来一支烟，虎子摇摇头没有接。"抽吧，排解排解，慢慢你就习惯了！"工友把烟塞进他手里，开始吞云吐雾。昨天夜里虎子梦见婆婆，她佝偻着身子，笑盈盈地端一碗酸菜干饭给虎子。一声"婆婆"还没喊出口，被工友一把推醒，"你大半夜喊啥呢？"虎子从硬板床上爬起，浑身酸痛得要散架，不知身在何处，呆呆地出神。虎子从小由婆婆带大，有种隔代亲的温暖。天还没大亮，有工友起夜上厕所，眼前模糊的身影像弟弟又像邻桌的同学，恍恍惚惚，又谁都不是。这些天，他总是稀里糊涂东南西北分不清方向。建筑工地在闹市区，他来这里半年了，每天除了干活，就是魂不守舍。今天是周五，虎子铆足劲跑了几趟，他看看手机，再过一个小时，那些和他年龄相仿的孩子就要从楼下走过。仿佛就为等这一刻，他拼了全身力气搬完小山一样高的建材。站在高楼四处透风的窗前，正好可以望见十字路口川流不息的车流。那些孩子三三两两有说有笑，过人行道，然后没入街巷。白净的校服，青春洋溢，像一朵朵清雅的茉莉，隔着一条街也能嗅到一种特殊的芳香。那是诗书的香，校园的香。他记得，秦岭之外，川北那所校园的花台上也种有几株茉莉，课间和周末的下午，他和弟弟小龙常去那儿碰面，交换复习资料或者盘点一月的生活费。捉襟见肘的时候，虎子就算算放月假的时间，嘱咐弟弟手捏得紧一点，再紧一点。

出来打工，像一场梦游。虎子的表哥是这个工地的小包工头，这几天没少洗涮他。虎子恨自己不争气的两个鼻孔，总是抽抽搭搭。表哥一见就恼："病了就吃药，一怂一怂地擤鼻子烦人！"冬天早上的气温蜷缩在零下八九度，工友们坐老板的工程车到工地，每次驾驶室总是先被人抢占，挤得满满当当。虎子年龄小，人又生，只能坐在敞篷大斗里。风，刺骨，他一路吹过去，"阿嚏，阿嚏……"喷嚏不断。这才招来表哥一顿数落。表哥本不愿带他来，拗不过母亲，才勉强答应让虎子在他的工地打散工。

和虎子一个班组的是一位中年男人，姓冯。因为都是新手，不会技术，只能干些力气活。中年男人体阔腰圆，每次表哥来查看工地，总是趋媚讨好，百般逢迎，虎子对中年男人嗤之以鼻，不想搭理他。一天下午，虎子干活一个多小时了，冯大个才摇摇晃晃出现。还未走近，满身酒气扑过来。他斜睨了一眼正在搬水管的虎子说，"多扛几根，天天磨洋工！"虎子心里的火"噌"地一下被点燃。"你说谁磨洋工呢？""就说你，怎么了？"冯大个借着酒气愈加发威。"你偷奸耍滑，还诬陷别人！"走出象牙塔，虎子第一次与一个陌生成年人在一起干活，人世的险恶赤裸裸地呈现在面前，没有了护身的围墙，突然觉得危机四伏。他的眼泪像断了线的珠子，吧嗒吧嗒往下掉。要不是家里供不起两个人的学费，要不是妈妈的精神分裂症，自己又怎么会千里迢迢来到这离乡背井的地方，受这些八竿子打不到一起的人的窝囊气。虎子抛下手中的水管，一口气跑出工地，迷迷糊糊跑到华山脚下，漫无目的闲逛。想起华山论剑的故事，自己竟暗自神伤。坐在一块山石上，凉意一下就窜进了他的神经，忍不住打了个寒噤。几处农房上飘起炊烟，虎子的目光停留在那些熟悉的烟雾里，他仿佛闻见了熟悉的烟熏味道，婆婆在灶前点燃柴火，铁锅里翻着滚水，微弱的灯光下父亲又喝得酩酊大醉，母亲的精神分裂症又犯了，把家里打得杯盘狼藉，悲凉一团一团包裹而来。他不敢细想，用手捂住自己的脸，泪水顺着手指缝隙，流向手肘，在一片朦胧洇湿里，脑海里一幅一幅变换着不确定的影像。他从裤兜里摸出一支烟，点燃，猛吸，呛鼻的烟味儿让他咳嗽不止。虎子吐出一口烟，眼前腾起灰白色的雾。此刻，虎子无法强求未来，在那团起伏不定的雾里与往事拥抱、与虚空依偎。

他想起邻居刘老头，气不打一处来。集体的渠堰，父亲去培修，凭什么不该拿工钱。他还充当好人，说出义务工不该拿。“站着说话不腰疼，又没找你要钱，狗逮耗子多管闲事！”虎子攥紧拳头，歪扭着脖子。“大家都出义务工……”话还未说完，“啪……”虎子一巴掌打在刘老头的左脸上，“你个遭雷劈的混账东西，翻了天了！”说着扑上来要还手。虎子见有村民赶过来，撒腿就跑，边跑边骂，“等到起，总有一天要收拾你们！”虎子现在觉得自己那巴掌还打轻了，是咎由自取。打人的事像飞毛腿，在村里引起轩然大波，纷纷指责他“天棒，二流子”。虎子恨得牙痒痒，“狗眼看人低！”他在心里骂了句。犹如一个病人，一脉不通，周身不遂。生活所有的烦恼蜂拥而至堆到眼前，坐在异乡的山石上，虎子迷迷瞪瞪了一下午，毫无头绪。

天渐渐暗下来，虎子不想被表哥骂，也不想回到住处。街上路灯昏沉沉地半睁着眼，电子灯箱有节奏地忽闪忽闪，一会儿红，一会儿绿，像个不怀好意的怪物。走近一看是家网吧，虎子毫不犹豫走了进去。游戏暂时让他忘记烦恼，不知不觉几个小时过去。伸手一摸手机，“糟了，没电了！”谁也联系不上。天，开始落雨，夜晚更加阴冷。他踽踽独行，手在口袋摸到一元钱的硬币。饥寒交迫中，只记得婆婆的电话。上学的时候，他常在自习后拨那几个阿拉伯数字。找到一处公用电话，虎子拨通婆婆的手机，“虎子，你在那里咋样啊？”婆婆苍老熟悉的声音翻山越岭，温暖虎子的耳朵。“不想在这儿了，我想回去，想回去上学。”说着说着虎子的喉头像塞了团异物，声音哽住了，电话另一头的婆婆也抽泣起来。“孩子，你再忍几个月吧，你妈的病总不见好，回来也受气！”听到婆婆的声音，虎子慢慢平静下来，回到工棚，天边已经露出鱼肚白。“你要做就做，不做就回。反正我也管不了你！”表哥板着脸站在虎子面前。虎子想起婆婆的话，没有争辩。

转眼到了五月，虎子渐渐适应了工地的节奏。露天工地，热浪袭人。连续几天搬砖，手已经起了血泡。虎子喝完一大瓶水，说是瓶，其实跟小水桶差不多。早上出门，一人灌满一大瓶。体力劳动，一会儿就是一身汗，喝水，补充流失掉的水分。他的皮肤晒得黝黑，一件黑色套头T恤衫的袖口掉出一缕线头。脚上的凉鞋鞋掌磨得一边高一边低，走起路来像山梁上的滚石，止不住地向一边歪斜。午饭时间快到了，虎子急急忙忙骑上一辆旧自行车向工棚狂奔，中午吃饭时间只有十五分钟，为了节约生活费，虎子和几个工友自己做午饭。下坡时，一辆大货车迎面驶来，虎子急忙搬转龙头，向路旁一闪，自行车轮胎撞上一块石头，一个趔趄连人带车栽了下去。手臂和小腿拉开几处血口子，疼痛了好一阵。幸好，没有与大货车对上，捡回一条命，至今想起还心有余悸。虎子第一次体会到“苦”的滋味，他开始怀念在学校的时光，想起老师和同学，莫名地有种失落。

抉 择

离家前的那个春节，年三十了，乡村四野的鞭炮声此起彼伏。别人家都在忙着置办年货，自己家却没有过年的气息。“机会只有一个，给哥哥还是给弟弟？”手心手背都是肉，父亲靠在已歪斜了的土墙房的柱子上，愁眉不展。十多平米的小屋挤着一家四口，地面凹凸不平，室内杂乱不堪。一床晒席经风雨淋晒，多处破损，斜倚在泥墙的一侧，向半空中张着大口。虎子估算家里只有父亲打散工挣的五六千元钱，开年后就要农忙了，家里买种子肥料正用钱，可是自己和弟弟一学期学费生活费要五六千元。“如果继续读书，家里就真的分文不剩了，如果辍学，自己又能去哪儿呢？”虎子很茫然。“跟你舅舅的儿子勇哥去学理发，二姨的儿子千哥学修车，再不行，就到宝轮街上去帮凉面馆子！”患有间歇性精神病的母亲边说边走到虎子面前。虎子没有接母亲的话，心情落到谷底。他知道，父亲一个人艰难支撑这个家不容易，弟弟不谙世事，婆婆年事已高。这些像一塘浑水，十六岁的虎子看不清辨不明。“那，我不上了！”沉默许久后虎子咬咬牙无可奈何地说。“反正我不签字，看你往哪儿飞！在外面出了事、坐了牢我也不会拿钱去取你！”平常稀里糊涂的父亲这次勃然大怒。没有多少文化的他大概也明白“知识可以改变命运”的道理，才发出那一声无奈的呐喊。“这也不行，那也不行，那你们让我怎么办？”大年夜，虎子辗转难眠。也许，自己挣到钱就好了。这一夜，虎子想了许多，许多想不明白，懵懵懂懂中新年到来。

听说姑姑的儿子回来过年，虎子吃过早饭去了二十多里外的姑姑家。表哥一听虎子要跟他出去，当面回绝了他。好在姑姑一旁劝说，虎子才有了一线希望。过完年，正月二十八，寒风凛冽。火车站，人来人往。下午，虎子踏上了去西安的火车。表哥提前到了工地，虎子孤身一人穿行在陌生的人群中，忐忑不安。他摸摸口袋里的手机，还在。趁人不注意，又捏捏婆婆缝在棉衣夹层里的几百元现金，也在。不知为什么，从没出过远门的虎子，脑海里总是浮现出电视中警察抓小偷的画面，他左顾右盼，一夜不敢入睡。

上　学

“虎子，你的电话，手机响半天了！”工友在临时搭建的工棚内大声喊。“来了，哪个打的，我衣服还没洗完呢！”虎子沾着两手泡沫，趿拉着一双深蓝色拖鞋走进工棚。“虎子，回来上学吧，你的学费我们帮你想办法！”耳边传来一个陌生女人的声音。“你是谁呀？”虎子如坠梦里，那个纤细缓慢的声音亦幻亦真，仿佛手中的肥皂泡，一不小心就会转瞬即逝。电话是他熟悉的乡音，是联系他家的帮扶干部打来的。“上学！”这个词在心里默念了无数次，没想到来得这样云淡风轻。挂掉电话，虎子半天没回过神，好像那个好听的声音还在耳边没有散去。突如其来的好消息在虎子心里掀起一阵不小的波澜，这一天，他等了许久，眼前的一切都将迅速与他剥离，不知不觉喜极而泣。

九月，开学季。阳光炙热。

校门口，娜姐笑盈盈地等候。站在她面前的一刹那，虎子有些吃惊。头上带着朱红色蝴蝶结发箍的娜姐皮肤白净，说话透出几分孩子气。娜姐是联系他家的帮扶干部，他和弟弟一前一后带着行李在娜姐陪同下，回到了阔别半年的学校。熟悉的笑容，宽敞的操场，还有朗朗书声张开臂膀拥抱虎子。让他没想到的是，学校按建卡贫困户家庭学生教育资助政策，免去他和弟弟小龙的学费600多元，并补助生活费每人3000元，又为两兄弟争取到2000元助学金。虎子接连几天都沉浸在难以言说的喜悦中，覆盖在他身上的冰雪正一点一点消融，他仿佛看见那些洁白的茉莉花正在向他微笑着招手。

病来如山倒，病去如抽丝。一学期后，虎子的求学路又陷入僵局。

春寒还未散去。画家熊先生走进一座村庄写生。

“要上都上，要不上都不上！”虎子失而复得的上学机会岌岌可危。“小龙个子高，可以去当兵嘛。”虎子说，他不想再次辍学。“凭什么让我去当兵？你自私！”弟弟小龙毫不让步。“我自私？上次把上学机会让给你，我去打工，你还好意思说我自私？”虎子踢翻了一只蓝色塑胶凳子，正巧从小龙的脚上滚过，“打哪个呢？”小龙一把扯过虎子的衣领，个头比虎子高出半截的他，举起拳头朝虎子面部抡了过去。“你没良心！”虎子头一偏，躲过弟弟的拳头。两个人从屋内扭扯到屋外，谁也不松手。堰塘对面的熊先生埋头作画，看到这一幕，不知发生了什么事，忙放下手中的画笔急匆匆走过去，原来这里正是虎子的家。巴掌宽的街沿上站着四个人。被子零乱地扭成一团，房间里没有落座的地方，只好站着。中年妇女蓬头垢面，面容枯槁。她旁边的男人头戴一顶火车头旧帽，腰间系一根谷草绳，宽大的卡其色棉裤磨起了毛边，双脚直愣愣地套在一双黄胶鞋里。两个年轻的小伙子，剑拔弩张。院坝台阶下竹篾圈着几只白鹅，都伸长脖子仰天鸣叫。仔细打听，新学期上学还差 1600 元学费，兄弟俩争执不休。熊先生心里涌过一阵酸楚，半晌无语。大正月里，谁家不是大鱼大肉，欢声笑语。“这一家子，哎……”他一声叹息，转身用手机拍下了自己刚画的钢笔画。“这么破的房子住着一家四口，一个疯母亲，两个高中生，今早上为读书还差 1600 元学费吵架，打了起来。都想读，父亲一个人支撑起这么沉重的家。心情不能平静，看得起我的画，给钱买，一幅不行再画一幅给你。差的 1600 元学费立马送给这家人。”写完这段话，熊先生在朋友圈发出了这条爱的微信。不多时，暖流从四面八方一点一点汇聚，短短几天陆续筹集爱心捐款两万余元。

与此同时，距离虎子家几十公里外的闹市的一栋高楼里，娜姐正琢磨着虎子和小龙新学期的学费，一筹莫展。虽然，对贫困家庭的学生有教育扶贫政策支持，但仍然不能完全解决后顾之忧。思来想去，眼前忽然一亮，一个人的名字在脑海里闪现。她试着把电话打过去，第二天，一家景区管理有限公司的谭先生和几个朋友来到这个家，当场捐出 8000 元，“孩子，别担心，你们好好上学，我们会尽力资助，直到大学毕业。”虎子和弟弟似乎不敢相信自己的耳朵，都说没有天上掉馅饼的事，这次虎子觉着自己真的被馅饼砸到。站在院子里的人，一个也不认识，他们的目光中透出温暖，像一缕缕春风，吹开多日来郁结在心头的黑云。洗衣机，课桌，衣物，爱的接力一程又一程，延续得很远很远。娜姐自费为他们一家购买了农村合作医疗保险，母亲的药费报销有了门路。一波三折，虎子和弟弟有惊无险地回到学校，继续学业。

八月，秋老虎来势汹汹。中午 12 点 15 分，一阵下课铃声响过，校园内人头攒动。娜姐站在学校门口。“虎子！”娜姐招招手，“小龙呢，快找弟弟一起吃饭！”三个人来到小镇一家餐馆。每个月娜姐都会自费为虎子和弟弟改善一次生活，和他们聊聊天，拉拉家常。“这次虎子进步大，考到年级二十多名，弟弟要加油哦！”娜姐看了看小龙，小龙不好意思地点了点头。因为正在长身体，她点了兄弟俩爱吃的手抓排骨，黄瓜肉片，席间不停地给他们夹菜，好像款待阔别已久的家人。“现在虎子的话渐渐多了，脾性也变了不少，不像刚见面那阵沉默寡言，拒人于千里之外。”娜姐笑盈盈地看着他们兄弟俩。“我妈犯病的时候，不能做饭，那次还是你们单位的一位姐姐带她去医院看病输液，为她做饭。每次看见有人来看我们，连坐的地方都没有，也没有可以回报人家的，心里很不是滋味。”娜姐笑笑：“虎子懂事了！”虎子也笑笑，“坏习惯要戒掉哈！”“早就不沾了！”虎子知道娜姐担心他的烟瘾又犯。“今天早上又收到谭叔叔转来新学期的学费 8660 元。”“真是谢谢这些好心人，从前总觉着生活待自己不公，莫名其妙地做了许多傻事。”虎子停下手中的筷子，眼里热泪涌动。娜姐没有阻止他，也许历练使人成熟，自我觉悟胜于说教。看着眼前这个少年坚硬的心理盔甲一层一层慢慢卸掉，一颗带壳的种子，慢慢打开，落进生长的土壤，那些细小的温暖似湿润的地气浸润着他，不久，也许就能长出一片茂盛的新叶，娜姐心想，这些天的奔波已不算什么了。

房　子

虎子家的房子一共三间，土木结构。自记事起，就千疮百孔。下雨季节，雨水沿瓦槽顺流而下时，屋里也扯出稀疏的断线，滴答滴答落个没完。凸凹不平的泥土地上摆满盆盆罐罐，接那些从房顶上掉下来的雨水。房间一片阴湿，没个下脚的地方。待天气晴好，父亲爬上房顶盖漏子，清扫落叶，把溜跑了的青瓦复归原位，换下残兵败将，重新加几片新瓦。过些时日，又会重蹈覆辙。看看左邻右舍，都旧貌换新颜，父亲也想过拆了这“劳什子”另建新房。可一想到钱，他就没了底气。算完算尽，虎子家账上只有一万元，被乡财政代管着。父亲东一榔头西一棒槌，没个理家章法，他情愿一万元赔偿款放在乡财政还踏实。原来电业局架设高压线，要架铁架，从虎子家房顶过，赔偿了 6 万元补偿款。谁知，父亲东挪西用，只剩下 1 万元，新房片瓦未立。乡村干部忧心忡忡，眼看赔偿款即将挥霍一空，便代为监管。为这，虎子的父亲几次三番找村组干部，要求增加赔偿款。“你以为是玩过家家呢，国家有赔偿标准，账当面算清楚了，你想反悔就反悔。”村主任没好气。账的确已经算过了，父亲已经用了不少，哪能说增加就增加呢，父亲没辙，借酒浇愁，家里一团乱麻。几个月前，他回家遇上村里人到他家走访。“你这土墙房子垮不朽朽的，搬到隔壁邻居家住一阵子吧，维修加固后又搬回来。”上半年雨水不断，村主任带人来家里排危，虎子瞪了村主任一眼没好气地说：“不搬，出了问题就要找你们！”村主任一惊：“你这娃儿书白读了吧？说话咋这么不近情理，嘴打人呢！”“我们不住别人的房子，你们把高压线铁架子的赔偿款没算够，这会儿又让我们东搬西搬的，不得干！”说完这话，他在心里暗自“咯噔”了一下，自己这还是第一次在外人面前“打横耙”，当地人又叫不讲理。为这，虎子看见有村干部到他家就没好脸色。

驻村里的扶贫工作队来了，到他家合计农房建设。虎子的父亲半天提不起劲。修房子对这个家是一项浩大工程，他一个人心有余力不足。资金还未到位，房子却刻不容缓。工作队踏破门槛，磨破嘴皮，历经七八次，才和父亲达成共识。那些天，素不相识的干部走马灯似的出出进进，规划，筹资，协调土地，联系施工，紧锣密鼓。在离家不远的一块空地上敲定新房地基，施工方进场，虎子心里别提多高兴，期待着能早日搬进新房。

也许喜悦来得太快，有时候会让人得意忘形。虎子的父亲竟飘飘忽忽起来。家里一天少说也有两三批人来来往往，除了村社那几个熟面孔，还有大半不认识，围着他的房子出谋划策。慰问的，捐送衣物桌凳的，送粮送油的，络绎不绝。虎子父亲从来没这么引人注目，好似范进中举，突然找不着北了。村组会上说，“不脱贫，不脱钩。”他似乎感到自己正被放到一盏聚光灯下，所有的光都在向自己聚拢。再也不用抓救命稻草，再也不必看村里那些人的眉高眼低。一副皇帝不急太监急的模样，遇人夸海口，“我的房子反正有人修，不合我的意，还不要他修！”村民听见这话，说他不知好歹，扭头便走。

四月，砖工正忙着砌墙。用砖刀敲断手中一块红色的砖头，虎子父亲一看，急忙说：“莫忙，你们不能用半截砖！”“你不懂，不要瞎胡闹！”砖工让他别添乱。“谁说我不懂，我要监督质量！”说着跑回家找来一杆秤，捡起地上一匹砖，放进秤盘，掂量半天，称了起来，在场的人哭笑不得。又过三两日，他对施工人员说，“房子要修两层，全现浇，层高不能低，不然不好看”。“面积整大了，钱不够哟。”“你们不要管钱的事，尽管按我的要求修。”虎子父亲这时不想算经济账，也不想落后于村里任何一家，他要比别家修得还要高大，才不枉修一回房子。至于钱，自己没有，总有人能解决。修房子已不是他一个人的事，那些帮扶干部比自己更着急。想到这里，虎子父亲一连兴奋了好几天，走路也是气昂昂的。不知哪里出了差错，一天他对施工人员横挑鼻子竖挑眼，一气之下断了施工水电。一层楼房，先后数次停工。工作队几次三番入户苦口婆心劝导，虎子的父亲仍“油盐不进”。房屋刚有了雏形，不得不搁下。

众人拾柴火焰高，如果有人抽底火，火焰很快就会熄灭。无法正常施工，民工只有暂时撤离。几间砖墙骨架子孤零零地站在草地上，被施了定身术似的，多日不见动静。

常言道，不撞南墙不回头。村里比虎子家后动工的几户农户，三杯两盏的工夫房屋已盖了顶，欢欢喜喜搬进新居。工作队去别处奔忙了，他家门前脚步渐渐稀疏。

一天，同样是贫困户的老李遇见虎子的父亲，问：“房子整好了啊？”“整个铲铲，毛影都莫得一个！”“你是人心不足蛇吞象，贪大求洋！”老李白了他一眼。

村里王婶家儿子结婚，虎子的父亲去吃酒。村民一见就打趣他，“你这回走了狗屎运，房子有着落了！”“摆起了！”虎子父亲嘟哝了一句。“看哇，人家别的贫困户，该出力出力，该备料备料，你天天抱个抄手，还风言风语，把施工队气跑了，你自己凉拌！”虎子父亲吃完酒，晕晕乎乎，路过老徐家，听见他的楼房顶上哗啦哗啦响声一片，七八个村民正在传瓦，比他动工晚的老徐家瓦屋顶已经盖了一大半。虎子的父亲站着看了一阵，默默走回家。一月有余，眼瞅着雨季到来，门前的路遇上下雨就泥泞，材料进不来，耽误的就不是一天两天的工夫了。“爸，你别跟修房子的人扯筋了，人家来帮我们，你就好好配合，这房子也会修得快一点！”放月假回家的虎子一见父亲就埋怨。他没有告诉父亲娜姐找过他，但是，这么久房子没动静，必有蹊跷。“你懂个屁！”父亲依然一副高高在上的样子，但语气已然低了许多。父亲的脾性他是知道的，自从自己回到学校，他渐渐明白，帮助，并不是理所当然。除了感恩，还要做更好的自己。父亲嘴上不说，心里却像猫抓一样。他坐不住了，找到工作队，自我反省，去陈布新，并开始添砖加瓦，像变了一个人。房子又开始生动起来，叮叮当当声响不断。

宋朝诗人释志南的《绝句》中有“杖藜扶我过桥东”之句，虎子想起词义释义上曾讲，扶，从手，从夫，“手”与“夫”联合起来表示“伸手搀着（身体）外侧的人”，伸手帮助身边的人站稳。“扶”字，深深镌刻在虎子的记忆里。

秋风起，香如故。校园里的桂花开了，街上的桂花也开了。这个秋天虎子特意记住了它的模样，细小，雅致。桂花寓意“崇高，美好，吉祥”。“暗淡青黄体性柔，情疏迹远只香留。”那些走进自己生命的人，多像这园中的桂花，热情，葱茏，静静绽放，把人世的暖香一捧一捧带给自己，虎子心里满溢着这样的芳香，清可绝尘，浓能溢远。如果梦想不是虚空，便是春风化雨的力量。明年此时，若能“蟾宫折桂”，便不负一路相扶相助的人。想到这里，虎子抬头看了看满树细密的花蕾，转身走进教室。脚步，笃定而稳健。

大山深处的期盼 ◎陈于贤

一

2015年10月24日上午，艳阳高照，蔚蓝的天空中，白云轻飘。此时，位于大山脚下的渠县临巴镇凉桥村，显得静谧而优美，凉爽的空气中弥漫着桂花的清香。十时许，凉桥村办公室门口聚集着一堆人，人群中一位名叫雍吉文的七旬老农，正兴奋地等待着一份贵重礼物的到来。十点二十分左右，两辆小车一前一后，缓慢地停在了村办公室门前的公路边，车门打开，该村第一书记李晓莉手握一本紫红色的户口本走了下来，接着，陆续走下来七八名干部模样的人。今天，他们是专程来为一个七旬老农送户口本的。现在，他们要亲眼见证李晓莉将这一贵重礼物现场交给雍吉文。因为，这份难得的礼物凝聚着李晓莉上任第一书记以来的心血和期盼，因为，这是李晓莉上任第一书记后，对贫困家庭面临无法解决的困难时许下的第一个承诺。

没有片刻休息，就在村办公室的院坝内，李晓莉当着所有干群的面把这一贵重礼物亲手交到了雍吉文手里，她握着雍吉文老人那双长满茧巴的手，深情地说道："老人家，对不起，久等了！今天，我是来向你兑现承诺的！"

"哗哗哗……好！好！"人群中爆发出一阵热烈的掌声，还有部分村民的叫好声。

此刻，这位一向坚强的七旬老人竟止不住热泪盈眶，待他擦干眼泪，翻开崭新的户口本，上面清晰地打印上孙子雍林鑫，孙女雍欢的名字时，嘴里喃喃自语道："好，好哇！感谢党和政府培养的好干部，把我两个孙子十多年的黑户问题解决了！"接着，他像是从梦中惊醒一样，突然紧紧拉着李晓莉的手，哽咽着说："李书记，我……我感谢你了，真是太感谢你了！为了我孙子孙女的户口，你操心了！为了这一天，我已经等了十二年，我都以为没有希望了，要不是你的关心和帮助，也许……"那一刻，他激动得像是一个孩子。李晓莉忙拉着老人的手说："老人家，不用谢，这是我们应该做的！"

李晓莉一面说着，一面把视线转向在场的警官和各级干部，“你看，为了把你孙子孙女的户口及时办成，渠县公安局、渠县政务大厅、临巴派出所以及我们的村社干部都做了大量工作。由于无法联系到你儿子和媳妇，他们不得不通过大量的走访和调查收集有关依据，在公安局主要领导的关心和督促下，今天刚办好就送来了，你最该感谢的，是他们！”满脸皱纹的雍吉文，看着身边穿着制服的警官以及为此付出心血的各级干部，忙一一点头致谢。这时，人们发现，手握户口本的雍吉文，那张黝黑的脸上露出了灿烂的笑容。

这是渠县司法局干部李晓莉，自 2015 年 10 月 9 日被下派到渠县贫困村之一——临巴镇凉桥村任第一书记后，为老百姓做的第一件事。原来，上任伊始，在她逐个走访贫困户时，得知该村四社贫困村民雍吉文的两个孙子都十几岁了，至今没有办到户口的事，从事多年法律工作的李晓莉，深知没有户籍对于一个家庭来说，将后患无穷。她通过深入细致的调查了解得知：雍吉文的儿子雍国庆，2002 年在外省打工时与家住达县某村的沈姓女子相识相恋并结婚，在没有办理结婚证的情况下，沈某于 2003 年和 2005 年先后生下一对儿女，因无结婚证明和准生证，无法办到户口，后来，虽补办了结婚证，但因一对儿女没有出生证明，且未交足超生罚款，几次到派出所都未能如愿上到户籍。由于家庭贫困，雍国庆老婆于 2011 年只身外出打工后便失去联系，雍国庆随后出门寻找，也杳无音信。这样一来，儿子、女儿上户口之事便一拖再拖。因为没有户籍，一对儿女上学读书的事成了难题，在他们读小学时，全凭村干部帮助出具证明才如愿读书。随着孩子们一天天长大，一对儿女很快就要读初中了，其中，大儿子雍林鑫开年后就将到镇上的中学读初中了，学校会因为他没有户籍，拒绝接收，这成了雍吉文一家人的心病……

了解情况后的李晓莉向愁眉苦脸的雍吉文郑重承诺：“请你老人家放心，作为咱们村的第一书记，我将尽最大努力，及时为你办好！”许下承诺后的当天下午，李晓莉便专程赶回司法局，将这一情况向局党组书记、局长单东做了详细汇报，得到单局长的高度重视，并第一时间向渠县公安局郝勇局长作了通报。回到村上后，李晓莉又带着雍吉文和村干部到临巴派出所找王斌所长汇报情况，希望临巴派出所给予及时办理。临巴派出所王斌所长告诉她：“你们放心，郝局长知道你们反映的情况后，已责成户籍科和我们调查核实，我们接下来就要到你们村上去调查了解，待完善相关手续后，我们将按照新的户籍管理政策及时办理！”一周后，通过户籍科和临巴派出所两次到凉桥村现场办公，他们完整地收集到了有关依据和证明材料，并由村干部签字和盖章确认。按照郝勇局长的要求，办好户口后，必须第一时间把户口本送到雍言文所在的村里。于是，便有了今天上午这感人的一幕。从李晓莉了解到雍言文两个孙子没有户口的情况，到把户口本办成并亲自送到雍吉文手里，只用了短短十二天时间，而雍吉文一家，为了这一天，已经等了整整十二年。

二

李晓莉是渠县司法局公正律师管理股干部，时年 45 岁，中共党员，政法专业毕业，精通法律，看上去成熟稳重、不苟言笑。走访中，一位熟知李晓莉的同事告诉我，李晓莉虽说是一名女同志，但做起事来总是雷厉风行，工作起来一丝不苟，认真负责。自 1997 年从渠县商业局调任司法局工作后，由于工作突出，几乎每年都被评为优秀或者先进工作者，各种荣誉证书起码有一箩筐。李晓莉自小在农村长大，父亲曾是一名军人，转业后安排到渠县商业局工作，母亲曾是多年的村干部，耳濡目染，她喜欢上了农村这块天地。所以，当 2015 年 9 月中旬，局党组书记、局长单东找她谈话，希望她到贫困山村任第一书记时，她没有一丝的犹豫，爽快地答应了。不过，她向局长提出了一个条件：希望局党组对她的扶贫工作给予大力支持，一旦遇到她无法克服的困难时，希望局领导帮助解决。

单局长听到她提出的所谓条件后，微笑着说：“你提的这个条件我完全接受，我们会全力支持的，你平时工作就很认真，又是我们司法系统多年的优秀和先进，你到基层当好第一书记，带领贫困村民脱贫致富，我看是没有问题的。”接着，单局长就扶贫工作的重要性和现实意义做了详细评说，并要求李晓莉到村上后，身心都要沉下去，在工作中，既要把在司法局工作中的好经验好办法用上，又要虚心向那儿的村社干部请教，吸纳好的工作方法和经验，既要注重班子团结，又要和当地老百姓特别是贫困家庭交朋友，了解他们的所思所想以及存在的具体困难，制定切合实际的脱贫致富规划。工作中，难免会遇到些困难，无法独自解决时，一定记得多汇报，到那时，我们一起面对，一起克服！

听了局长的一席话，李晓莉有些感动，立即表态说：“请局党组放心，请单局长放心，我会尽心尽责，努力工作，不求十全十美，但求问心无愧！确保贫困村民限时脱贫！”

那次谈话后，李晓莉的名字被分别报到了渠县第一书记办公室、渠县直工委、渠县扶贫局，她同时成了这三个部门的下属，不仅要接受这三个部门的领导和管理，还需要随时向这三个部门汇报情况、报送有关扶贫方面的资料。

三

2015 年 10 月 9 日，是李晓莉走马上任的第一天。那天，司法局机关支部书记黄晓虎、政治处主任邹海兵亲自送她到了临巴镇，并与临巴镇党委书记王伟军、分管凉桥村的副镇长郭子毅见面谈话。10 月 10 日，李晓莉带着领导的重托，背上行囊，在凉桥村支部书记邓一清、主任聂贵全以及临巴司法所所长雷勇（时任该村主任助理、法律顾问）的带领下来到了大山脚下的凉桥村办公室。为了欢迎李晓莉的到来，村干部早就在村办公室为李晓莉同志准备好了工作的办公室和住宿的床铺。

放下简单行李，还没来得及好好休息一下，李晓莉就要听取村两委干部的情况介绍，要求把这个村子的基本情况、贫困户情况、有什么资源优势、当下需要及时解决的问题等等逐一详细介绍。

按照李晓莉的要求，凉桥村支部书记邓一清就该村的基本情况以及成为贫困村的原因进行了详细介绍：凉桥村位于华蓥山脉西侧，临巴镇东部，村两委办公室距临巴镇 2.5 公里，距渠城 17 公里，全村面积 4 平方公里，其中耕地 1119 亩，荒山及林地 1700 亩，平均海拔 670 米，属于典型的丘陵地带。全村辖 6 个社，523 户，总人口 1837 人，有通村通社水泥路 9.8 公里。建卡贫困户 125 户 298 人，残疾人 55 人，全村人均纯收入 4630 元，2013 年被省上确定为贫困村。

造成该村贫困的原因主要有以下几个方面：一是 2010 年前位于该村五六社所在地一个年产值超过一千万的华山水泥厂和一个年产值超过两千万的煤

矿因产能过剩、竞争力下降出现严重亏损，先后于2009年和2010年关闭。当时，这两个企业的用工量达两百多人，其中，凉桥村的用工就有近百人，该村村民从这两个企业打工挣到的工资收入每年超过百万。企业关闭后，失去就近打工机会的近百名凉桥村民，一小部分人选择去了外地打工，大部分村民因年龄偏大等因素选择留在了家里，主要靠种植水稻、玉米、红苕等传统农业为主，而大部分农户的养殖业普遍停留在喂养一两头猪或三五只羊或几只鸡鸭这样的小规模范围，导致村民的整体收入明显下降；二是该村老弱病残逐年增加，其中残疾人就达到55人，年老体弱又无人在外打工是一部分农户致贫的又一主因；三是该村除一个年产值约十万元的“登华”养牛场外，几乎没有一个像样的支柱产业成为农户增收的项目；四是从2013年起，该村因南大梁高速公路华蓥山隧道的掘进，导致地下水系破坏，使凉桥河水逐步干枯，造成凉桥村80%的农户出现人畜饮水困难，对农田的灌溉也造成较大影响……

以上这些因素就是导致凉桥村成为贫困村的主要原因。当李晓莉得知凉桥河水干枯，村民严重缺水的情况后，她要求邓书记就有关缺水情况作详细介绍，她在那本厚厚的笔记本上认真地记录着，连一个细节也不放过。

原来，2012年初，负责“南大梁”高速公路建修的南渝公司在打通华蓥山脉隧道的过程中，造成地下水破坏，位于华蓥山脉西边的龙寨村及其周围的多条小河沟渐渐地没有了流水，而这多条河沟里的水正是汇聚到大山脚下凉桥村那条河流的发源地。起初，凉桥河边还有少量流水，基本可以满足附近村民的人畜饮水需要。但随着隧道的不断掘进，到2013年春，河流几乎全部干枯，唯有靠天下雨，才能满足正常需要。一度，大量的村民每天挑着水桶或背着水壶到低洼地带去找水吃，甚至出现过靠消防车拉运自来水供应的情况，遇到天上下雨时就用水桶将屋檐水接起来，以满足人畜饮水的需要，那样的艰难日子持续了近两年。为此，因缺水严重，二十多名村民还到县上集体上访过一次。面对如此严峻的缺水问题，支部村委及时将缺水情况向上级有关部门做了汇报，此事得到县委县政府及有关部门的高度重视。县政府立即派出水利局等有关部门专家现场调研，调研后，确认水源缺失正是南渝公司开凿隧道时造成了水系破坏，致使山上的大量流水从下游的几条小河沟流走了。通过镇村干部及有关部门协调南渝公司，该公司表示愿意出资修建引水工程，以确保凉桥村民用水需要。但是，水源成了最大的问题，怎么办？靠等是解决不了问题的。于是，2014年春节后，村干部便发动群众上山找水，可是，多次上山找水，都无功而返。三月的一天，二十多名干部群众再一次爬上龙寨的大山上找水时，仿佛是大山被感动，这一天，他们终于在位于龙寨山南侧一处名叫猫儿沟的半山腰找到了一股喷涌而出的清泉，找到水源的那一刻，在场的干部和群众无不欢欣鼓舞。之后，在县协调办的协调下，南渝公司投资三十二万五千元，历时三个月，修通了1980米引水渠。基本解决了三、四、五、六社大部分村民的用水困难。同时，为了确保农田的灌溉，凉桥村争取资金七万八千元，发动群众修复清理了上世纪六十年代修建、如今已损毁严重的“冒水堰”水渠1000余米。

提到修建猫儿沟这条极其艰难的引水工程时，自始至终参与其中的村干部永远也无法忘记那些艰难的日子。据村主任聂贵全讲，由于山高路陡，运上半山腰的水泥全靠四头骡子托运，每次两包，每天十多次往返，直到天黑，两个多月后，一头健壮的骡子累死在了大山上，那匹骡子为了凉桥村民的这条生命之源，累死了！那天，在场的村干部和负责押送骡子的村民扶着骡子的身躯流下了伤心的眼泪。一次，支部书记邓一清的摩托车在龙寨陡峭的公路上爬行时，链条突然滑落，笨重的摩托车身瞬间下滑，差一点就掉下数十米高的悬崖，每当回想起那惊险的一刻，邓一清仍心有余悸。

本以为修通猫儿沟引水工程后，就再也不会缺水了，可是，由于这条水渠的出口处有龙寨碎石场堆积的大量碎石，一旦遭遇连续天干，流水便会被大量碎石堵住，能从这儿流出的水便很少了，根本无法满足村民的需要，最重要的是，流经碎石的水还很不卫生。虽然，这期间，南渝公司先后在凉桥村一社和四社恢复修建了三口堰塘，并在下雨时蓄积了足够的水量，缓解了部分家庭人畜饮水及稻田的灌溉问题，但是，这无异于杯水车薪，根本解决不了大问题，所以，凉桥村目前所面临的最大困难还是水源严重不足的问题……

听完村干部的情况介绍，李晓莉开始感受到了该村扶贫工作的压力和艰难，但她马上意识到，决不能在村两委干部面前表现出畏难情绪，自己和村干部更不能有丝毫的泄气，作为第一书记就是来解决困难的，再多再大的困难，总有解决的办法。接着，她向大家做了自我介绍，并发表了简短讲话。她说："同志们，大家好……从今天起，我就是你们的第一书记了，将要和大家一起共同生活和工作两年，能和大家一起共事，我感到非常荣幸。我也是在农村长大的，也经历过缺吃少穿、没有经济来源的艰难岁月，我喜欢农村，但我没有农村的工作经验，所以，很多方面我得向大家学习，希望大家从今天开始，支持和帮助我的工作。作为第一书记，我来这儿绝不是为了抹阳光，我到来的目的只有一个，就是和在座的干部一道，通过努力，在两年内把这个贫困村的帽子摘掉，让所有贫困村民脱贫致富，让凉桥村有一个崭新的面貌……刚刚邓书记就凉桥村的现状、对精准脱贫的认识以及下一步要采取的具体措施进行了分析和说明，我认为非常重要，希望在座的干部认真领会。我们凉桥村，目前为止没有任何支柱产业，集体经济也是一个空白，一部分家庭的经济来源主要靠在外省的打工收入，而贫困户中大多数属于因病或因残致贫，又没有人在外打工挣钱，还有一部分人年老体弱，家中缺劳动力。如何让他们在两年内脱贫，这是我们需要认真思考的问题，大家都要建言献策，我们既要有长远的致富规划和致富项目，又要有投资小见效快的短期项目作为长远项目的支撑，既要确保 125 户 298 人的脱贫致富目标，更要让整个村的经济收入有一个大的突破。而目前，我们不仅没有一个像样的支柱产业，还面临严重缺水的大问题，这个问题不及时解决，老百姓就会有怨言，脱贫致富就会成为一句空话，因此，下一步我们要两手抓，一是继续寻找水源，与水务局和南渝公司协调，争取资金修建一个确保长久的能满足全村村民人畜饮水的引水工程；二是制定符合凉桥村实际的脱贫致富规划。这个规划需要集体智慧，需要集思广益，我建议，明天上午九点召开一个全体党员和社长以上的干部大会。今天会议结束后聂主任负责把明天开会的事情通知到参会人员，通知时请告诉所有参会人员明天都要准备好发言，主要就如何脱贫致富提一条好的建议。我相信，只要我们心往一处想，劲往一处使，积极行动起来，再大的困难我们也能克服。"原以为李晓莉是城里人，是外行，还是个女同志，会说些"黄话"的村两委干部，听了李晓莉的一席讲话后，都感到非常满意和赞同，不仅消除了心中的疑虑，对于本村脱贫奔小康也更加有信心了。

第二天上午八点半左右，村委办公室的院坝内早已布置好会场，陆续赶到的二十余名村社干部和在家的近三十名党员全部到齐。九点整，建言献策会开始进行，李晓莉作了简短的自我介绍后，就把会议的主题提了出来。接着，每个村社干部和党员结合本村本社实际发了言，他们就村民如何实现增收、实现脱贫致富提出了非常好的建议。共收集到有价值的建议十五条，归纳起来，主要如下：一是涉及养殖业的建议六条，主要是牛、羊、生猪、土鸡、土鸭的养殖；二是建议搞土地流转的四条，主要通过土地流转集中成片栽种果树、核桃树、花椒树、草莓、大棚蔬菜；三是建议招商引资建立生态旅游村的两条；四是广泛宣传吸引返乡青年创业办厂的两条；五是利用堰塘承包养鱼的一条……每一条建议都结合各社的地理位置和特色，都非常有意义，李晓莉一面认真地记录着，一面详细地询问有关情况。会议结束时，已经是上午十二点了，李晓莉记下了每一个参会人员的电话号码，并和每一个参会的党员及干部握手。

四

接下来的日子，李晓莉和村干部一道一面马不停蹄地找有关部门协调修建水利工程之事，一面抓紧时间逐户走访贫困户，她计划在做好有关精准扶贫工作的同时，争取在一个月内走完全村 125 户贫困家庭。走访期间，村干部因事不能陪同时，她就直接联系社长，与社长一道逐户走访调查，她那本厚厚的笔记本上详细地记录着每一个贫困家庭的具体情况，为了及时完成计划的工作，有时，她会毫不犹豫地放弃周末休息的日子。不知多少个夜晚，当人们已经进入梦乡时，她还坐在电脑桌前整理着收集到的大量资料。对需要及时解决的困难和问题，她就会及时与班子成员商量，并着手解决，绝不拖延。其中，雍吉文孙子孙女没有户口的事就是在她走访后，给予及时解决的一个事例。

2015 年 11 月中旬，在三社走访时，一个面色蜡黄、瘫痪在床的中年男子进入了李晓莉的视线，该村干部告诉她，这个男人名叫陈廷权，为了抽水灌溉农田，需要临时在一根松树上牵电线，当他爬到树上修剪枝丫时不慎跌落，造成腰椎断裂，在医院住院期间花光积蓄，因无钱医治被抬回家中。一向善良的李晓莉看在眼里，急在心头，她想，这样的家庭连治病都成问题了，还如何让他们脱贫？走出陈廷权家后，她立即与陪同的村干部商量，决定为陈廷权发起一次爱心捐助。11 月 17 日这一天，在凉桥村四社陈廷权的院坝里，由李晓莉发起的“陈廷权爱心捐助活动”开始了，被召集到这里的村社干部、党员、驻村工作组以及部分群众，在听取李晓莉同志简短发言后被李晓莉发起的善举深深感动着，当李晓莉讲话完毕，并第一个带头捐献五百元后，驻村工作组的同志、村社干部、党员和部分村民踊跃捐款，共为陈廷权筹集到爱心款一万五千余元。当李晓莉将这一万五千余元捐款亲手交给陈廷权年迈的父母时，躺在床上的陈廷权竟感动得失声痛哭起来。这个冬天，对陈廷权及其家人来说是不幸的，却又是幸运的。这一天，对他们一家人来说也是最温暖、最难忘的一天。

2015 年 11 月下旬，天气变得越来越冷了，而紧邻华蓥山脉的凉桥村，比起县城来说要寒冷得多。这一天，是李晓莉走访六社贫困户的日子，上午九时，天空中下起了小雪，当李晓莉打着雨伞，在六社社长王本良的陪同下爬到该社半山腰一个名叫杨天顺的贫困家庭时，她看见这间破旧低矮的屋檐下，一位年近八旬的老人独自坐在门口正对着他们微笑，那双光着的脚板上穿着一双破旧的凉拖鞋，这一幕，让李晓莉特别揪心。此时，王社长大声地对着耳朵不好使的杨天顺说：“我们村的第一书记李晓莉同志来看你来了！”杨天顺忙转过头，看着李书记说：“哦，领导同志辛苦了，你们进屋坐哟！”王社长接着向李晓莉介绍杨天顺的情况：他老婆早年病故，有一独子，五十多岁，常年在外打工，主要是在建筑工地做些零工，挣钱少，所以，几乎很少给家里寄钱回来，也很少回家，这矮小的木瓦房是几十年前修的，现在已是破旧不堪，要是没人住，怕是早就垮了。杨天顺年岁虽大，但还能干些农活种些粮食和蔬菜，基本能够满足自己的生活。听王社长介绍完情况，李晓莉拉着老人的手，痛心地说：“老人家，天气这么冷，都下雪了，你怎么打着赤脚，就穿一双凉拖鞋呢？没有其他鞋子了吗？”

“嘿嘿，没事，我有一双旧胶鞋，在床底下，”老人微笑着说，用手指了指房间的床，“那双鞋是我赶场的时候穿的！”老人很乐观，似乎早已习惯了这样的艰苦生活。李晓莉听着却感受到了一阵心酸，在她的督促下，杨天顺换了那双他视为宝贝的旧胶鞋。接着，李晓莉问了杨天顺的鞋码，并要到了杨天顺儿子的电话。临离开时，李晓莉再三叮嘱杨天顺要注重身体，冬天了要多穿些衣服，遇到困难时，随时去找她。几天后，李晓莉自掏腰包在县城给老人买了一双防滑的胶鞋和几双袜子，赶回凉桥村后，她把这双鞋和袜子亲自送到了老人的手里，老人感动得不知说什么好。在一次和儿子的通话过程中，他把这一消息告诉了在外打工的儿子，儿子听后沉默了，过了一会儿，儿子回答说：“爸，你在家里的情况，李书记打电话都告诉我了，你一个人住在家里，一定要注意身体，今年，我一定回来看你，如果时间允许，我把家里的房子重新翻盖一下。”老人听了非常高兴，满怀希望地期待着。

五

据村社干部和部分村民讲，李晓莉到凉桥驻村的近一年时间里，先后多次发起爱心捐款倡议，为其中两户因灾致残，因残致贫的家庭筹集爱心款三万五千余元。在司法局领导的高度重视下，六次发动司法局职工为贫困村民捐助资金二万四千元，送大米三十九袋，清油三十九桶，仅她自己一人，便先后为十余户特困家庭捐献爱心款三千余元；动员司法局和临巴镇属机关干部，对 120 户贫困家庭建立了“一对一”结对帮扶……

在走访贫困户的同时，李晓莉和村社干部一直在为找到新的水源努力着，每当看到干枯的河坝，她就会感到心里难受，就会有一种负罪感。面对一个又一个缺水群众向她述说着没有水的艰难时，李晓莉非常坚定地说：“请乡亲们放心，我们一定及时解决全村村民的人畜饮水问题，力争在春节前，让家家户户都用上干净的山泉水。”这是她对凉桥村民的又一个郑重承诺。

2015 年 12 月底，李晓莉和村干部们已多次在大山深处寻找新的水源，累了，就在树丛中歇息一会儿，渴了，就着石缝中流出的泉水喝上一口，饿了，就吃些随身携带的干粮。可是，失望总是多于希望。他们寻找到的水源，要么只能看到水流的痕迹，要么就是太小，根本无法满足一个村子的需要。

经历多次找水后，他们发现从邓家湾流出的那条水渠和从猫儿沟水渠流下的水，如果能完整地输送到凉桥村境内的蓄水池里，就算是长期干旱，也可以完全保障凉桥村的人畜饮水问题。问题是，如何把水完整地引下山底，引到凉桥村的每家每户呢？这成了摆在他们面前的最大难题。如果在拐子岩对面的石壁上修水渠，那样陡峭的地理位置以及坚硬的石壁是根本不太现实的事，即使可以，所要投入的资金绝对是一笔数百万的大数字。

一天，李晓莉带着村干部在山中找水时发现，在位于龙寨村与凉桥村交界的拐子岩半山腰有一条旧水渠，据说是上世纪六十年代修建的主要用于地理位置较高的凉桥村六社及五社的农田灌溉的。如今，由于龙寨碎石场的开发，对面的水渠早就没有流水了，如果把这条旧水渠重新清理疏通，然后把猫儿沟和邓家湾流出的水引到对面拐子岩的这条水渠里，缺水的问题不就迎刃而解了吗？问题是，如何把位于北侧的水引到距离南侧约 200 米远的拐子岩水渠呢？

“可否通过埋设地下管道或架设空中管道的办法把水引到对面的水渠里去呢？”一同前往龙寨找水的临巴司法所所长雷勇发现对面山下的拐子岩有一条旧水渠后，突然兴奋地说道。

“嗯……好！这个建议可行！”李晓莉回答着，所有在场的村干部一下子豁然开朗了，都认为此建议可行，而且节省资金。当天下午，李晓莉及时将这一情况给司法局单东局长作了专题汇报，得到单局长高度重视，并于第二天亲自前往拐子岩现场调研。通过找水务局有关专家的论证，本着施工方便的原则，最终决定利用在碎石场下面埋设钢管的办法将水引到对面的拐子岩水渠里去，这个方案得到了专家及县上有关领导的认可并予及时立项。但是，如何把笨重的钢管从堆积如山的碎石堆里连接到对面的拐子岩水渠，成了又一难题。在经过专家论证后，本着零利润的原则，由水利局提供材料和劳务费，由当地村民实施。通过村干部找碎石场负责人商量，该负责人同意利用其挖机免费挖通一条埋设钢管的线路。经过十多天的艰苦奋斗，2016 年 1 月 8 日，300 多米长的管道和 3000 余米长的拐子岩水渠顺利联通。当一股充足的清泉顺着管道流向拐子岩的旧水渠，流向凉桥村六社早就修好的大型蓄水池后，大山深处响起了一阵又一阵欢呼声，这欢呼声久久地回荡着，犹如一曲豪迈的歌声，那样的令人震撼。此刻，人们发现，在现场亲眼见证这一奇迹的第一书记李晓莉一直保持着沉默，她含笑的眼里，早已是泪花闪烁。这泪水包含着喜悦、感动，也一定包含着心酸。

凉桥村民的缺水问题得到了彻底解决。春节到来时，许多外出多年的村民，听说家里再也不缺水了，大部分家里还安上了自来水管道，于是，便纷纷回家过年了。其中，杨天顺的儿子、儿媳也在春节前夕赶了回来，在村社干部的鼓励和帮助下，他们用几年挣到的积蓄在原有宅基地上重新修建了两间瓦房，一家人团团圆圆和和美美地度过了一个有新房住有自来水用的春节。

李晓莉带领村干部找水的事迹在村民中流传开后，许多村民亲切地称她为“找水书记”，春节期间，得知消息的渠县电视台还到现场进行了采访报道。这是李晓莉任凉桥村任第一书记后实现的第二个承诺。

六

在走访贫困村民过程中，李晓莉也听到了一些关于确认贫困对象时存在一定失实的情况反映，这主要源于个别村社干部在上报名单时审核把关不严所致。为此，李晓莉和村社干部进行了沟通交流，提出了实事求是、严格把关的原则，统一意见后，他们在贫困对象精准识别过程中异常认真，通过有关贫困指标的反复比较和听取大多数村民的意见后，把不属于贫困对象的13户村民从扶贫对象中剔了出来，把之前未纳入但确属贫困对象的8户村民纳入了扶贫对象。由之前的在册贫困户125户298人，变为后来的120户297人。这一坚持实事求是、走群众路线的作风，得到了村社干部和老百姓的高度赞赏！

2016年初，李晓莉和村社干部一道本着因地制宜的原则，集中精力制定了扶贫规划，既有长远的，也有短期的。她经常在村社干部大会上讲：凉桥村地处华蓥山脚，有山有水有花有果，地理优势明显，是龙潭起义的发源地，是　人谷风景区的后大门，是进入龙寨千亩茶山的必经之路，如果在这儿打造乡村生态旅游，必将是一个风景秀美的人间天堂。她相信，只要有很好的、切合实际的规划，只要全民行动起来，美好的梦想就有实现的那一天。

在李晓莉看来，有了好的规划只是第一步，行动起来才是一切梦想实现的根本。于是，通过多次召集村社干部会和到每家每户现场督促的办法，将规划付诸行动。一是发动村社干部和群众宣传凉桥村的地理优势以及良好的投资环境，广泛开展招商引资工作；二是主动吸纳本村成功人士回村创业，在土地流转等方面协助搞好服务工作；三是把短期致富项目，比如种养殖业落实到社、落实到每一个家庭，以村委的名义向每一个贫困家庭签订项目落实责任书。在大型的扶贫项目上实行支部加项目加合作社加贫困户模式，确保贫困户增收。想法是好的，但对于贫困家庭来说，要搞起有一定规模的种养殖业，没有资金投入是不现实的，于是，他们通过积极努力，争取到了扶贫周转金十万元。然而，在将这十万元扶贫周转金落实到贫困户家中时，居然有一部分贫困家庭不愿意接受，理由：怕还不起！还有个别贫困成员懒惰和依赖思想特别严重，认为国家的扶贫就是给他们送钱送粮。这让李晓莉和村干部们哭笑不得，难道他们甘愿一辈子受穷？或者靠吃低保、靠救济生活一辈子？带着这些疑问，李晓莉和村干部认为扶贫必先“扶志”，要通过“短平快”的脱贫项目让所有贫困成员勤劳起来。通过逐社逐户上门做思想工作，最终将十万元扶贫周转金全部落实到位。

七

良好的人格魅力，得天独厚的投资环境，广泛的招商引资宣传，大山脚下，真的吸引来了金凤凰。2016年3月的一天，临巴镇一个名叫谢可轩的成功人士走进了李晓莉的办公室，他做了自我介绍后，直入主题，他说，他决定利用凉桥村的地理环境和资源优势，开发一个集休闲、娱乐、旅游观光为一体的投资开发项目，总投资近亿元，具体说主要有如下意向：一是利用龙门溪流出的大量水资源在凉桥村下游建一个水上乐园；二是利用水巴岩煤厂的空闲地养殖可供观赏和销售的娃娃鱼及中华鲟；三是利用煤厂现有的大量轨道修建小火车观光游项目一个；四是在沿河两岸的空闲地里栽种花草、杨柳和成片的桃李梅等果树，确保四季有花开，四季有鲜果；五是发动当地村民开办农家乐，为村民搭建一个致富的平台。这样的喜讯，对李晓莉来说，无异于天上掉馅饼，她暗自惊喜，却不露声色，急忙召集村两委干部到办公室来一起洽谈合作事宜。通过双方积极洽谈，本着互利互惠，有利凉桥村长远发展和尽快脱贫的原则，当即就达成投资意向，在李晓莉一班人的建议下，项目投资人郑重承诺，所有投资项目需要的用工首先考虑贫困家庭的人员。于是，2016 年 5 月，四川省賨彩农业发展有限公司正式挂牌成立并正式投入开发。

积极引导一社返乡青年郭斌、杨平、何昌江开办豆腐干厂一个，目前厂房已建成，即将投入生产，可吸纳 20 名贫困村民在该厂打工；五社扩大规模建起了年出栏三十头以上的“登华”养牛场一个，养殖西门塔尔牛 150 头，利用争取到的十万元扶贫资金，联动 30 户贫困户入股分红；四社利用扶贫资助，集中土地 260 亩用于栽种优质高产的核桃树；规划一、二、三、五社在荒山荒坡栽种成片桃、李、梅等果树 1200 亩；计划引进“德康模式”建年出栏 1000 头以上的大型养猪场一个，由有养猪经验的聂贵全夫妻负责，并带领30户贫困户入股、投劳参与利润分红；每个社和每个家庭都规划了“短平快”的种养殖业。形成社社有项目，家家有事干，人人能挣钱的局面。

如今，賨彩公司已在原水巴岩煤厂洞门口修建起了娃娃鱼和中华鲟养殖基地一个，小火车观光游铁路轨道已经铺设近千米，其他开发项目也即将上马；一社郭斌等三人联合开办的豆腐干厂已经办好有关证照，即将正式投产；四社的 260 亩优质核桃苗已经按照技术指导栽种完毕，其他果树的栽植正在筹备中；五社的登华养牛场已扩大养殖规模；全村养猪、养羊、养鸡、养鸭等专业户达到五十余户。所有贫困家庭都有“短平快”的种养殖业。

八

2016 年 3 月 28 日，全县“第一季度精准脱贫产业项目现场推进会”在凉桥村召开，县委书记苟晓莉亲自带领全县 200 余名县、乡（镇）村干部来到了凉桥村的党员联动扶贫示范点——登华养牛场现场参观学习，并召开现场会。第一书记李晓莉就凉桥村的精准脱贫工作及产业发展做了详细汇报。当一个个精准脱贫项目已经落地生根，当一幅幅精准脱贫蓝图展现在与会者眼前时，与会人员深受触动，也从中得到启发。当县委书记苟晓莉听说第一书记李晓莉为扶贫工作付出巨大艰辛，坚持吃住在村，甚至放弃节假日休息的感人事迹后，她握着李晓莉的手，亲切地说道：“您辛苦了！”这一声来自县委书记的问候，让李晓莉倍感欣慰的同时，更让她感到自身责任的重大。在她看来，这既是领导的信任，更是对自己的鞭策，她暗自发誓，一定要让凉桥村民早日脱贫奔小康，一定要让每一个规划好的扶贫项目生根发芽、开花结果。唯有如此，才对得起组织的信任，才对得起凉桥村民的期盼，才对得起共产党员这个称谓。

炎热的夏夜，乡村格外宁静，勤劳一天的村民早已入眠。李晓莉入了梦乡：迷迷糊糊中，一幅幅风景秀美的画面展现在她眼前，明媚而温馨的阳光笼罩着村庄，凉桥河两岸绿树成荫，河岸边的山坡上成片的桃、李、梅鲜花绽放；四社的那一大片核桃树已经挂果，开阔的堰塘里群鱼穿梭，几百只鸭子正在和鱼儿捉着迷藏；农家的猪舍里数十头肥壮的猪崽正在嬉戏打闹着；树林下圈养的数千只土鸡正欢快地跳着舞蹈、唱着歌儿；六社的大山上，数百头肥壮的牛羊正啃食着丰茂的青草，平整的田野里，无污染的绿色蔬菜长势喜人，前来收购的车辆排成了一条长龙；豆腐干厂正在打包装箱；乡村生态旅游建设已初具规模，前来水上漂流和观赏的游客络绎不绝；开阔平整的公路附近，新建的小洋房规范有序、格外醒目；农家乐的院坝内坐满休闲的游客；每一个村民的脸上都洋溢着幸福的微笑，120 户贫困户全都脱贫致富，旧房变成了新房，愁容变成了笑脸！

梦醒了，李晓莉也笑了，她坚定地相信，这一天不会太遥远，她要向全村 523 户 1837 位村民庄严承诺：在她扶贫满两年后离开时，这个美丽的梦想一定会实现！

精光村·金光道

◎任小春 刘小利

一

“眼前的问题，不太好整。”村支书龙超边说边用眼睛瞄了瞄杨爱民，第一书记杨爱民做着详细的记录，黢黑的脸庞看似平静，内心却掀起阵阵波澜。

“知了……知了……”

村办公室外文化墙旁粗壮的杨槐树上，蝉儿不知趣地鸣叫着，它才不管你修路不修路呢。

火辣的太阳照在崭新的村办公室上，好在今年添置了一批办公设备，屋内空调在快速运转，村班子成员感觉非常凉爽。

“龙书记，依我看啦，这个事情恐怕只有杨书记才搁得平！”村主任陈传江慢条斯理地说。龙超和文书吴天福不约而同把目光投到了杨爱民身上。

杨爱民早就料到了棋要下到这一步，不过他先前保持了沉默。

杨爱民刚到精光村任第一书记时对村名来历有些好奇，问村社干部，他们也说不出个所以然。反正，这里交通极不便利。除了“十一五”期间交通部门下达了1.6公里建设计划，硬化了村道1.6公里外，就没有另一条像模像样的公路了。机耕道倒有几条，纯粹属于路面比田埂宽点的泥巴路。

交通不畅，村支部村委一班人在村民面前说不起硬话、挺不直腰杆、抬不起头，他们一班人也总觉得愧对老百姓。杨爱民到任后，村上研究决定要办的第一件事就是修通村道。

村道指国、省、县、乡道到村民委员会驻地或学校的农村道路。精光村就是奇怪，唯一的村道到鲜宝路还有210米没有接通。精光村是和窑厂村撤并的，当地村民赶场逢二、五、八赶有庆镇，距县城30公里。当年硬化村道时，从村办公室往外修。国家计划1.6公里，也就只修了1.6公里。这条路有桔园村2个社和争鸣村1个社群众出行，加上精光村6个社的村民，受益群众将近3000人。村上曾发动村民出资把剩下的210米修了，连接县道鲜宝路。本村村民反对了。“村支书、村委一班人没有魄力，该不该让桔园村、争鸣村的受益群众出钱呢？凭啥子柿子拣炬的捏，我们修那1.6公里还投了钱的，凭啥不叫那两个村的出点钱呢？这不是四川养野鸭，河北拣鸭蛋？”村民们贫穷是事实，俗话说：衣食足而礼义兴，衣食不足光扯筋。村支书带着村干部屁颠屁颠地找桔园村和争鸣村的群众商量，这两个村的群众一听也火冒，“你们要修就修，不修就算了，哪有你们村上的路要我们出钱修的道理！”有的村民指着村支书的鼻子说：“你说嘛，世上哪有这本书卖嘛！你们是不是穷疯了？！”一句话呛得村支书当时说不出一句话来，据说连续三天吃饭都是硬咽下去的。人争一口气，佛争一炷香。村支书总想找个时候争口气把公路修通，好把面子挣回来。本村村民不再出钱，外村受益群众也不理睬，这210米土路就是个三不管地带。对外不畅通，群众戏称精光村是个“岛”。一拖就是三四年，直到杨爱民任第一书记，他能不能解决好这个历史遗留问题呢？

“实事求是地说，这个问题凭村支部、村委一时不可能解决得了。”杨爱民放下手中的笔，望着龙支书，诚恳地说：“我虽然是交运局的工作人员，但是，现在我是精光村的人。俗话说，‘要致富，先修路’，路都不通，谈何脱贫，谈何致富奔小康！”杨爱民激动起来，“210米土路的确成了‘拦路虎’，拦住了村民们脱贫致富的路，我来村上虽然不久，也了解了群众的疾苦，我清楚他们的所需，他们的所盼。所以，我会后就赶回局里汇报，争取把这个历史遗留问题解决了！”

啪、啪、啪……

村办公室里响起了巴巴掌，龙支书和陈主任古铜色的脸上露出了笑容，他们心上悬着的石头暂时落地了。

二

“突——突——”

杨爱民发动了摩托车，树上的蝉儿也许受到惊吓，也许懂事了，鸣叫声戛然而止。蝉儿轻轻地扇着翅膀，好奇地目送杨爱民远去。

说起这辆摩托，杨爱民对妻子刘倩如还有一种亏欠。

2015 年 7 月下旬，经县交运局党委推荐，县委研究同意杨爱民任精光村第一书记，作为县交运局农建办资深技术员，他知道到村上工作离不了交通工具，毕竟现在不是“宣传靠嘴，检查靠腿”的年代。那时还没有车改，自己不可能坐公车上下班噻，何况组织上征求他的意见时他就承诺要住在村上和村民同吃同住和村干部同工作，因此，必须要有一辆摩托车。要买车，对于杨爱民的家庭来说实在不易，因为妻子从三汇日杂土产公司下岗已十余年，又体弱多病，全靠帮人家看门市挣点钱补贴家用。儿子在外打工仅仅能养活自己，还莫说已到了谈婚论嫁成家立业的时候。眼看驻村的日子越来越近，杨爱民的情绪有些低落。妻子察觉了什么，问他：“你想不想去哟，不想去吗，就给单位领导说嘛，看你焦眉愁眼的莫整出病来！”“这——唉！”杨爱民欲言又止，夫妻二十几年，刘倩如还是了解杨爱民不是个知难而退的人。但是，他究竟为啥长吁短叹呢？入夜，刘倩如给杨爱民弄了几个下酒菜，温柔地陪他共进晚餐。

“老公，”刘倩如亲热地一叫，关切地问，“驻村几时去呢？”

“8 月 1 日。”杨爱民头也没抬，深深地抿了一口白酒，夹了颗花生米咀嚼着。

“哦！”刘倩如似乎无话可说了，但又不得不说，于是，怯怯地问，“你去的东西准备齐没有呢？”刘倩如晓得杨爱民的牛脾气，通常他闷闷不乐的时候不要惹他，否则他会发猫毛疯。

“哎！”这次奇怪了，杨爱民居然半点无名火没有发，反而深情地盯着刘倩如。

刘倩如心底感觉到一股暖意，她自作多情地认为是杨爱民舍不得她，于是，脸上显出了羞涩。

“有啥子，你说嘛！”刘倩如嗔怪道。

“我想买个摩托车！”杨爱民不再隐隐藏藏，鼓足勇气说道。

“买摩托车？”刘倩如一惊，不由自主摸了摸自己的头，她清楚家中的家底子，省吃俭用也就是存款一万元，要说这笔钱在二十年前还是个天文数字，现在仅仅是够家庭应急用。继而，刘倩如摇了摇头。“你们局里报账不？”

刘倩如脑海灵光一闪，满怀希望试探着问道。“你说呢？”杨爱民没有正面回答，他心里本想说你想得美，怕影响妻子心情没有说出口。

“那就算了吧！”杨爱民觉得这也是在意料之中的事，心底反而轻松了，自言自语道，“那就坚持坚持吧！”

眼看8月1日就要来了，杨爱民准备行李时除了被盖洗漱用具，没有忘记带上涉及农业农村工作的书籍。因为忙碌，买摩托车的事儿也被抛到九霄云外。临行前的第三天上午，杨爱民正在办公室整理资料，刘倩如不请自来。

“你去请个假，我们到街上去看看。”刘倩如见面就说道，脸上堆满了笑容。

杨爱民疑惑不解。有些生气了，他也不知妻子哪股水发了：“你疯了，上班期间捣啥乱呢？”

“走嘛。”刘倩如一反常态地执拗。杨爱民只好向股长请了假。毕竟，以后聚少离多。

刘倩如神神秘秘地把杨爱民引到万兴广场的一个摩托车专卖店门市前，他才如梦初醒……一向节俭的刘倩如这次大大方方花去了5600元，你说她不心痛，那是怪事。

三

杨爱民骑着摩托车赶到县交运局已是大汗淋漓，好在张局长正在办公室办公。

见到杨爱民，张局长嘘寒问暖，认真听完他的汇报后，立马叫政工股通知局领导开会研究帮助精光村修建210米公路的问题。会议很快形成共识，由县交运局向上争取点儿，局机关经费挤点儿，在春节前建成困扰精光村包括桔园村和争鸣村四五年的“断头路”。

“龙书记，给你报告下。”出得交运局大门，杨爱民迫不及待地拨通了龙超的手机，他简短地把局里的研究结果做了汇报。“那太好了，太好了！”龙超声音激动得有些语无伦次，“今天给你放假，你就不回村上了。明天回村上后，我们要好好和你喝两杯老白干！”

杨爱民没有回家，也没有给妻子打电话，因为村民方松良的心结还没有打开，杨爱民还得和陈传江一道找他谈谈心。

精光村有村民 678 户 2507 人，其中：男性 1290 人、女性 1217 人。全村有建卡贫困户 162 户 496 人，属省定贫困村，有 19 人办理了五保，享受低保的有 105 人。虽然到村上工作时间不长，但是杨爱民对村情民情还是了如指掌。平心而论，方松良应该享受低保，然而，为何偏偏他又享受不到呢？杨爱民心中充满了疑惑，反正非常非常的纳闷。

沿国道 318 线，杨爱民驱车直达乡政府廉政食堂。从乡政府到精光村村办公室 3 公里，杨爱民骑摩托车往来也就十来分钟时间，所以，杨爱民早、中、晚的吃饭问题就在乡廉政食堂解决。到精光村工作后，杨爱民有时也在为自己坚持买摩托车暗暗得意，当然，对妻子而言，他除了亏欠还是亏欠。摩托车停在乡政府大院的阴凉处，杨爱民没有急于赶往廉政食堂，而是掏出手机打电话。

"嘟——"

"嘟——"

反复拨打几次，刘倩如的手机没人接听，也许在逛街，手机放在挎包里的吧。杨爱民自我安慰着往廉政食堂走去。

"哟，爱民同志，你看你这一身大汗！"乡党委程书记见到杨爱民马上放下饭碗，心痛地说。

"程书记，你坐，你坐！"杨爱民慌忙说道。

程书记也就不再介意，边吃边说："你快去打饭菜，来这里一起吃。"然后指了指饭桌的左边。

杨爱民盛上饭菜，自觉地坐到程书记的身边，边吃边汇报近期工作。当然他没有忘记汇报那令人头疼的 210 米路的事。

程书记越听越高兴，兴奋地叫廉政食堂工作人员倒了两杯开水，要和杨爱民碰个杯祝贺一下。杨爱民说："局里还研究决定，提前实施精光村撤并村水泥路硬化项目和窄路加宽项目，看来，精光村脱贫没有任何悬念了！"

"太好了！"程书记端起水杯，再和杨爱民碰了一下，一饮而尽。

"一湾赍人谷，镶嵌美画廊……"

正在兴头上，杨爱民的手机铃声响起，杨爱民一看，是刘倩如的手机号码。

“喂，老婆。”杨爱民亲切地称呼道。

“我不是你老婆，我是你老妈！”电话那头传来妈妈沧桑而熟悉的声音。

“妈，啷个是您打的电话？倩如呢？”杨爱民似乎有种不祥的预感，急切地问。

“唉！”妈妈叹了口气，说道，“刚才倩如上楼时，血压突然升高，一头栽倒在楼梯上，向下滚了好几个台阶，骨折了。我们刚弄到了医院住院部！”

“那——”杨爱民一下子说不出话来。

“你快回来吧，屋里只有我一人，咋办嘛？”妈妈无奈地说。

杨爱民放下碗筷，程书记关切地问：“你家里有啥事吗？”

“没事，没事。”杨爱民猛地感到有些失态，马上努力保持镇静，望着程书记说，“真的没事，真的没事！”

“有啥子莫闷在心底，直接给我说哈！”程书记再次说。

“真的没事！”杨爱民勉强微笑了一下。匆匆吃了晚饭，与程书记等打招呼告别后，骑上摩托车又行驶在公路上，向精光村奔去……

途中公路宽阔地带，杨爱民停下摩托车，向妈妈详细了解了情况，然后叫妈妈把手机递给刘倩如。

“老婆，你伤重不重？”杨爱民心疼不已，“要不要我回来？”

“算了，”刘倩如声音虽然微弱，但不乏温柔，“是一般的骨折，也怪我走路不小心。你村上的事也多，就不要回来了，有妈妈照看我，没事的！”

“老婆！”杨爱民声音哽咽，动情地说，“你要保重哈，对不起了，我只有周末才能回来！”

村上的事情实在太多，要是不及时解决，积少成多，就会出大事，实在脱不了身。娇妻毕竟要人照看噻，杨爱民想了想，说道：“倩如，你叫妈妈接电话。”杨爱民的妈妈接过电话后，杨爱民说：“妈，我实在回不了家，麻烦您老请姐姐来照看倩如几天哈！”妈妈答应后，杨爱民才放心地拨通了陈传江的电话：“陈主任，我正在往方松良家走，我们在他院坝会合哈！”

“要得，要得！”陈传江爽快地应承到。

方松良的家是一个典型的川东穿斗木瓦房，虽然陈旧，但是保存完好。

杨爱民到方松良屋后时，陈传江也刚刚走到这里。“看来，正和村民所说，我们俩是配神了的。”陈传江调侃道。杨爱民也玩笑道：“有缘千里来相会嘛。”

“哎哟，是哪股风把书记、主任吹来了！”傍晚时候，太阳光还是明晃晃的。方松良听见狗叫便颤颤巍巍走出来，一眼便认出杨爱民和陈传江来。

“老人家，最近身体好吗？”杨爱民问道。

“好，好。”方松良答道。

方松良今年81岁，喘气。他的老伴患有肺气肿，几乎场场都要到有庆街道上去弄药。他们有两个儿子，大儿子去河北做了上门女婿，幺儿方建快要到50岁了，还是光棍一条。陈传江给杨爱民曾经介绍过：以前也有人给方建介绍过对象，但是媒婆带着姑娘到他家一看，房屋垮兮兮的，老的体弱多病，年轻的无技术无手艺，全靠面朝黄土背朝天养活自己。看到方松良家庭状况，姑娘板凳都没有坐热，屁股一拍，招呼都不打，走了。自然，好心的媒婆在回家的路上被姑娘好生数落了一顿。

“老人家，”陈传江说，“你家异地搬迁这个事已经定了，今年春节前你就要住上新房子了！”

“真的啊？”方松良简直不敢相信自己的耳朵，以为自己听错了呢，又重复问了一遍，“真的啊？”

“真的！”杨爱民肯定地回答。

一直躲在屋内的方建闻讯兴高采烈地来到堂屋，规规矩矩地坐在杨爱民的身边，以前他是不理睬人的。

“不过。”杨爱民直奔主题，“你那个低保还是不能办！”

“为啥呢？”方松良怒放的心儿一下子收紧了，轻声问道。

陈传江实话实说：“你也晓得，昨天我和杨书记、吴文书到社上来组织群众评议，大多数村民不同意你纳入低保，所以拒绝签字。”

方松良心知肚明，说：“这个事也不怪你们。唉！”

也是一件小事惹的祸。

去年社上筹备修公路，恰恰公路走向要经过方松良家的两分菜地。方松良犟起不同意，他儿子还扬言哪个占地，就跟哪个拼命。社长愿意拿田调换，他们也不干。究竟是啥原因呢？村社干部不清楚，许许多多土生土长的村民也不明白。只有方松良心理不平衡：家里穷，大儿子去上门，幺儿结不到婆娘。好多在外务工的都挣了钱，有的还买了车，过年过节把车开到了乡场上停起。虽然车子进不了村，毕竟还是一种荣耀噻。你走你的阳关道，我过我的独木桥。反正我那点地不让，看你几爷子过年过节把车开回来咋办！这下子修路的事遭卡了壳，他恨一 人，一 人恨他。本来按他的家庭条件去年就该纳入低保了。此事传遍全村，大家都谴责他。方松良父子也是一根筋，金不调银不换！村民们也就在评议时不通过他们的低保事宜。村民不通过，村社干部对他家的低保申报材料无法上报。所以说，这事也就搅黄了。陈传江摸出一盒香烟，递给方松良一支，方松良连连摆手："不抽，不抽，喘气！"给方建一支，方建双手接下。陈传江点上一支烟，望了望方松良破烂的住房，说："杨书记，你刚来时不是问精光村的来历吗？你看'精光'二字也许明白个一二。不过，我们这个村以前有个顺口溜——'精光，精光，精精光光，三四十岁结不到婆娘'这就是我们村的真实写照。本村的姑娘嫁外地，村上的小子再伸抖，婚姻成的也不多。老光棍现在都还有七八个。人们不是说'穷则思变'吗？有的脑袋灵活的，外出务工不但挣了钱，还解决了终身大事，可是，偏偏有个别的，他不思变的嘛！"

杨爱民若有所思，屋里静寂片刻后，他推心置腹地对方松良说："老人家，依我看啦，会怪怪自己，不会怪怪别人。路修好了，对大家都有好处，你家异地搬迁就要搬到周家梁子去住了。看来这条路和你更无关。但是，别人还要进进出出噻！俗话说，远亲不如近邻，邻里关系处好了，免得筋筋绊绊，何必找些烦恼呢？你好他好大家好，多好哇！""是啊！"陈传江接着说，"你看杨书记从城里来我们村上后，一而再，再而三给你做工作，他图的啥呢？"

方松良心底也不是滋味。他前思后想，自己咋不开窍呢？咋成了个不进油盐的人呢？他在反思。方建猛吸了两口香烟，也在想：要是再这样下去，恐怕就是今年住了新房子，这辈子恐怕连女人气气也沾不到！

沉默了一阵子，方松良说话了："杨书记、陈主任，那两分地，我也不要哪个跟我调了，要修路的话，随便占就是了！"

杨爱民站起来，真诚地说："老人家，你这样深明大义，我代表群众谢谢你！"陈传江马上说："你家享受低保的事的群众工作，包在我们身上！"

天色渐渐暗下来，星星高高地挂在天上，眨巴眨巴眼睛，静静地看着精光村发生的一切……

和方松良父子道别后，杨爱民和陈传江分路时，杨爱民才和陈传江说："陈主任，明天上午我们和龙书记、吴文书研究一下修路的事哈！"

"好啊，"陈传江愉快地回答，"我建议把各社社长也通知回来，开个'诸葛亮会'！"

四

霜降之前，精光村村道210米"断头路"变成了柏油路，村民们家中剩余的蔬菜水果，也就用农用车运到乡场上变成了白花花的票子。特别是争鸣水库的鱼儿还运到了县城，豆腐搬成肉价钱成了历史。一下子，养殖户不但节约了时间，还卖到好价钱，村民们意识到了公路的重要性。

杨爱民和村支部、村委一班人决心带领村民大干一场，决定用一年时间，发动村民修通社道，争取户户通公路。

冬去春来，精光村村办公室院坝的杨槐树枝繁叶茂，朵朵槐花盛开着，引来无数蜜蜂远道而来采花蜜！几只雀儿在树枝上飞来飞去，"啾啾"鸣叫着，村办公室旁边的村小学上空弥漫着浓郁的槐花香气……

"乡亲们，农村公路建设是国家惠民工程，是民生工程。交运局作为我们的帮扶单位，他们争取项目为我们修路，没有他们，我们还要过肩挑背驮的日子，脱贫奔小康就是一句空话！"龙超在村发动群众出资修路的动员大会上，动情地说，"所以，我们要感谢他们！"然后，他带头鼓掌。

坐在村小学院坝里的村民们稀稀落落响起巴巴掌。

龙书记接着说："公路公路就是大家的路嘛，修路是修我们大家的路，所以，还要大家出资！"

"哦——嗡——"

"我那儿和媳妇几年都没有回来过了，出啥子钱　！"

"龙书记不说交运局给我们争取了项目吗？唧个还要我们拿钱呢？"

"会不会修个豆腐渣工程，过了初一过不了十五！"

……

一听说出钱，会场骚动起来，村民们七嘴八舌议论起来。

“静一静，静一静！”会议主持人陈传江大声喊道。过了一阵子，村民们安静下来。

“除了贫困户、五保户不出钱外，其他受益群众都应该出钱出力修路。至于如何出钱，路怎样修，下面请县交运局的公路桥梁专家、我们的第一书记杨书记给大家讲话。”

“乡亲们，就全县来说，这几年村道就修了5000多公里，好多地方路修好后，农村面貌发生了变化，农民也过上了好日子。修村社公路，国家给的一部分是补助性质，还有缺口，所以，要大家支持才能把大家的事办好。我们村支部村委也研究了一下精光村修路的方式。国家补助毕竟有限，我们算了一下，按受益里程，有的人出资也就100元钱，有的只有50元。”杨爱民给他们算了一笔账，然后说，“我可以向你们保证，我们今年要修的窄路加宽和撤并村硬化项目，一定不会修成豆腐渣工程，一定会修成样板路！”

会场里自发地响起掌声，阵仗比前几次大多了。

“我都是靠吃低保，哪来的钱修路嘛！”张川江听到要交钱，从座位上一下子站起来。

“老人家，你可能刚才没注意听。龙书记在讲话时不是强调了吗？五保户、贫困户都不交钱修路的，一律免了。”杨爱民马上回答。

“哦，这还差不多！”张川江也边说边坐下。

“我问一下，我可不可以来修路呢？”张川江刚坐下，突然又站起来问。

龙书记肯定地说：“村民来修路可以呀，每天按工日还要给你工钱呢！”台下又一阵纷纷议论。

“乡亲们，你们修路不但要给你们工钱，你们还要参加公路质量监督。哪段路修孬了，你们还可以叫他们返工！”

村民们兴趣来了！

“杨书记，我问一下”，李青龙粗声大气地说，“我屋里的田地修路要占四五分，你们交通局可不可以去争取点钱赔呢？”

李青龙的话得到了五六个村民的响应。“那绝不可能！”杨爱民马上干净利落地回答，“村民修路，村民受益。大家都应为修路出钱出力。土地由社上统一调整。”

“我可不可以出点钱呢？”一个清脆的声音响起。

大家循声望去。

李秀兰没有站起来，因为她腿脚不便。她说：“修公路是大家盼望了好多年的事，我虽然也是贫困户。但是，我在村社干部和交运局领导关心下，今年肯定脱得了贫。路修好后，我要走，修路的钱我也要交。你们交好多，我屋头 5 个人也要交好多！”

会场鸦雀无声。

李秀兰小时患有小儿麻痹症，成长的道路十分坎坷，受到的白眼和嘲讽不言而喻。长大后却是一个脸蛋俊俏的姑娘。到了谈婚论嫁的年龄，提亲的媒人不少，也就因为肢体残疾，许多男青年望而止步。好在精光村同样肢体残疾的青年龙小兵慧眼识珠，和李秀兰结成伉俪。婚后他们生有两子一女。一度生活的确贫苦。去年交运局联系帮扶精光村后，杨爱民带领局财务审计股吴股长“结穷亲”时，李秀兰一句话至今令杨爱民记忆犹新，她说：“越没有越要做，越穷越要做。越穷越不做，只有挨饿的！”李秀兰还说，“庄稼一季做孬了，做好下一季就行了，也就是小春不足大春补嘛。”杨爱民向吴股长介绍道，龙小兵、李秀兰夫妇虽然是残疾人，但是他们从来没有消沉的念头，两口子很勤快，十分乐观。龙小兵长年在外打工，李秀兰在家除了做好自家承包的土地外，另外还做了邻家两亩水田。在栽秧的时候，李秀兰由于腿脚不方便，常常是把秧子装在背篼里去栽，生产难度比正常人困难数倍。吴股长感动之余，紧紧拉着李秀兰的手，心甘情愿地送给李秀兰 1000 元钱。动情地说：“俗话说，富不离书，穷不离猪。我这一点儿心意，你拿去买一对仔猪吧。你有勤劳朴实的品质，一定能脱贫奔小康的！”

不久，李秀兰添了点钱去买了一对仔猪，几个月精心喂养，年底出栏卖了 4000 余元。年初异地搬迁住房户本来有她一家子，但是，她主动找到杨爱民，说：“我的住房还可以住，把这个名额让给更需要的人吧！”

会场上，杨爱民对李秀兰的举动没有说一句话，只是带头鼓起掌来。瞬间，会场上响起了一阵热烈的掌声……

众人拾柴火焰高。不到两个月，精光村新建通村公路 15 公里、便民路 16 公里，农村公路网络在全村形成。秋后十天满田黄。傍晚时分，天气凉爽。

杨爱民的江苏宿迁微信好友王连松在杨爱民陪同下实地考察精光村，决定秋后流转土地养殖螃蟹。不久，生猪基地和龙虾养殖基地也在精光村应运而生。包括方松良幺儿在内的20余名在外务工人员也当起了基地工人。李秀兰的老公龙小兵也表示年底收了工钱后就返乡务工了。村干部大会上，杨爱民郑重其事地提议："我们要向乡政府请求，请求把'精光村'更名为'金光村'！"

中秋节，杨爱民匆匆赶回了家。已出院在家休养的刘倩如老早就弄好了好酒好菜，准备犒劳犒劳杨爱民。

"老婆，辛苦了！"杨爱民恭恭敬敬端起酒杯，深情地说道。

刘倩如脸上泛起了久别的红晕，慢慢地把脸蛋凑到杨爱民面前……

"一湾赍人谷，镶嵌美画廊……"

事有凑巧，杨爱民手机铃声响了。他习惯性地拿起手机一看，方建来的，心底一咯噔：莫不是又和邻里闹僵了哦？

"杨书记，"听得出来，电话那头兴高采烈，"杨书记，我给你说个好事！"

"啥子好事喔？"杨爱民问道。

"今天隔村的江兰兰看起我了！她要和我处对象呢！"方建兴奋地说。

"兄弟，祝贺你，真诚地祝贺你了！"杨爱民大喜。

挂了电话，杨爱民主动请刘倩如陪他连喝了三杯，刘倩如不解望着他，他自言自语地说："看来精光村要飞来金凤凰了！"

为了最后 12 公里　◎紫　兮

三月的小凉山，春天的脚步细细碎碎，时缓时急。又一场春雨过后，油菜花你追我赶地绽放，将马边河两岸裁剪成了层层叠叠的两种颜色——黄与绿。蜜蜂嘤嘤嗡嗡地在花间飞舞，彝家姑娘的三色裙在阳光下跳跃，摩托车在山道上突突往来……小凉山的春天，热闹而欢实。

2016 年 3 月 8 日中午 11 点多钟，一辆红色越野车和一辆白色越野车一前一后驶出马边县城，驶上了省道 103 线。眨眼的工夫，一红一白两辆越野车便融入到了黄与绿的春色中。

两辆越野车的目的地是马边彝族自治县三河口乡。车里人前往的目的是，从三河口乡的金家沟村起，徒步踏勘峨马路（峨边至马边）的马边段。这条理论上连接马边、峨边的路大约 12 公（里）路，还隐藏在深山密林之中，是乐山交通的精准扶贫项目之一。

从马边县城出发，经省道 103 线至三河口乡有 50 多公里。山路盘旋在悬崖峭壁间，弯多坡陡。红色越野车和白色越野车在黄与绿之间缓缓穿行，远远看去，就像两只轻盈欢飞的蝴蝶。

中午 1 点多钟，当两只“蝴蝶”飞出沙腔乡牛屎岩隧道，哗哗流淌的马边河尽收眼底，河对岸的黄与绿生机盎然。一切都是那么的温暖祥和。约莫十来分钟，祥和被无情地打破了——两只“蝴蝶”被突然垮塌的山体岩石严严实实地掩埋了。一位路过的村民看到，岩石垮塌持续了几分钟，卷起的尘土有好几米高。

当天下午 4 点多钟，相关官微发出了这样的消息：2016 年 3 月 8 日 13 时许，乐山市公路局局长王川，马边彝族自治县交通运输局副局长李志强等一行 7 人，在踏勘小凉山精准扶贫交通项目途中，于马边彝族自治县沙腔乡境内的省道 103 线 326 公里 +400 米处，突然遭遇道路边山体岩石意外垮塌，所乘 2 辆越野车被垮塌岩体掩埋。现场塌方量约 160 方。经现场救护人员确认，车内 7 名同志全部遇难。

这里距他们徒步踏勘的起点——三河口乡金家沟村，还剩 30 分钟左右的车程。

他们，就这样倒在了精准扶贫的路上，掩埋在了马边三月的春天里。

小凉山铭刻下了他们的名字。他们分别是：乐山市交通运输委党组成员、公路局局长王川；乐山市公路局农建办主任苏建荣；马边县交通运输局副局长（省交通运输厅下派马边县精准扶贫干部）李志强；马边县交通运输局局长助理曾德林；马边县交通运输局工程科副科长邹杨；驾驶员江兵、陈世平。

“最后的”时间素描

3 月 8 日这天，白天还是阳光灿烂，夜里却淅淅沥沥地下起了小雨，仿佛整个马边县城都在哭泣。

亲人，别哭。既然倒在了这里，我就顺势躺下好了，或许这里就是我最好的归宿。在路上桥上来来往往几十年，能安静地躺在这里，凝固成一颗石子，让山里人踩着我，走出大山，走出贫穷，走向明天，也算是我最后的一次奉献吧。

为减轻失去亲人的伤痛，我们可以用诗意的语言还原遇难者的心情。然而，当还原出他们“最后的”时间，伤痛却更胜一筹。

监控显示：2016 年 3 月 8 日早上 07 时 52 分 15 秒，一辆车牌号为川 L73010 的白色越野车出现在乐山市交委大楼的附近；08 时 21 分 23 秒，这辆白色越野车出现在了乐山南入口 02 号道。其时，车上人员有三人，他们分别是：乐山市公路局局长王川、乐山市公路局农建办主任苏建荣、驾驶员江兵。

据乐山市公路局副局长徐明文介绍，按常规，市公路局上午的上班时间是九点。“只要没出差，川哥一般都会提前到来，这是他多年养成的习惯。如果要下基层，他必定提早出发。”

乐山公路局上下，不论男女长幼都称王川为“川哥”。这，是王川的代号和标志？不，这是他和上下打成一片最鲜活的诠释。

从乐山到马边要行驶 60 公里的高速路和 110 公里的盘山路。3 月 8 日勘察小凉山精准扶贫交通项目——峨马路马边段，王川在头一天就拟定好了一天的行程安排：早上8点30分出发，11点多到达马边县城与马边县交通运输局的同志汇合，然后一起前往三河口乡的金家沟村，从金家沟村步行勘察峨马路马边段还是无人区的最后12公里，下午返回办公室处理相关事情。

乐山市公路局办公室主任潘永波的手机上，至今还保留着“川哥”的名字。“那天‘川哥’给我打了好几次电话，第一次是上午9点1分。他说，他和苏主任已经在去马边的路上，局里的工作由徐局主持。他要求我抓紧时间修改完善全市公路工作会的讲话材料，他下午回办公室审阅。”

据监控显示，上午9时7分，川L73010越野车驶出犍为南站；9时20分许，该车通过卡防坡治超站，驶向沐川方向；10点40分，该车驶入马边彝族自治县的荣丁镇；10点58分，该车驶入马边县城。从电子眼抓拍系统可以较清晰地看到，川L73010越野车的车前排坐着王川和驾驶员江兵，后排坐着苏建荣。

乐山市公路局养护科科长黎生元的手机显示，上午10点27分有“川哥”的来电。黎生元至今仍清晰地记得当天的通话内容。“电话一通，川哥就说，猫猫嘴隧道附近的波形护栏有好几个地方毁损了。他让我马上安排当地机养中心处理，估计那个时候他刚通过猫猫嘴隧道。”

上午11点12分，黎生元又接到了“川哥”打来的电话。“川哥说，省道103线马边绕城段的路面破损有点严重，你赶紧跟马边机养中心的人联系，让他们抓紧处理。”黎生元回忆说，只要“川哥”是坐越野车出门，就一定是下乡。“只要是下乡，很多人都会接到他电话指挥修桥补路的事。”

黎生元没有想到，这竟然是“川哥”给他打的最后一次电话。“川哥就是这样，去哪里永远都坐在前排，一路看起走，公路上有一丁点问题都逃不过他的眼睛。关键的是，他马上就会进行现场电话办公，这也是他多年养成的习惯了。”黎生元说。

这一天，因感冒未愈，出发前苏建荣吃了妻子给他准备的感冒药，叮嘱他在路上养养神，免得踏勘时没力气爬坡上坎。

这一天，马边彝族自治县交通运输局副局长李志强、局长助理曾德林、工程科副科长邹杨也提早来到了办公室。

3 月 7 日下午 4 点半左右，马边彝族自治县交通运输局局长冯建平接到了“川哥”有关 3 月 8 日行程安排的电话。“我当时在成都出差，只好电话安排相关工作，当即通知了副局长李志强、局长助理曾德林和工程科副科长邹杨他们三个陪同王局长、苏主任去峨马路。”

李志强为省交通厅下派马边县的精准扶贫干部，时任马边县交通运输局副局长。作为刚履职的年轻干部和初到马边的“新交通人”，李志强习惯早一点到来、迟一点离开。“他总谦虚地说自己是‘公路系统的新人’，要尽快熟悉情况，进入角色。”冯建平如是介绍说。

虽然是 80 后，曾德林、邹杨已是马边县的“老交通人”。招投标项目、项目验收、项目规划、公路质检……马边交通运输的现状让他们必须超快成长。“如果要下乡镇到工地，他们都会提前到办公室，处理完手上的事情才出门。”冯建平说。

马边县政府行政服务大厅（马边交通运输局的办公地址）的监控显示，那一天，李志强、曾德林、邹杨从办公室出来时，手里还拿着一份资料。上午 11 点左右，在县政府行政服务大厅门口，他们三人坐上了一辆红色越野车离开。11 点 06 分，他们所乘坐的红色越野车与川 L73010 白色越野车一前一后驶出马边县城，上了省道 103 线。

11 时 12 分，曾德林打电话给已在金家沟村的同事邓兵，让他在金家沟会合。

中午本来安排了吃一顿便餐才上金家沟的，但为了赶时间，他们买了点干粮就往那边赶了。因为踏勘完，王川还要赶回乐山办公室处理事情。那段路大约 12 公里左右，很长一段都是无人区，头天晚上又下了雨，很难走。王川必须把时间卡紧。

这一天是 3 月 8 日，是属于女人的节日。早上出门时，王川答应了妻子，晚上早点回家陪她过节。“我们是青梅竹马，感情一直很好，因为工作太忙，他陪我的时间很少，但在一些特殊日子，他都要想方设法弥补他的‘过错’。”王川的妻子怎么也想不到，丈夫的这次允诺竟然成了“风中的承诺”。

他们“最后的”时间永远定格在了 2016 年 3 月 8 日 13 时左右。那一刻，马边县沙腔乡山峦上高高低低、起起伏伏的油菜花在风中狠命地摇曳。

他们都是乐山“路人”甲

四川省乐山市位于川西南腹地，地处成都、川南、攀西三大经济区结合部，是连接云南、贵州、西藏的重要纽带。

“襟带三江，南北通衢。”乐山，自古就是交通要塞。

然而，“交通要塞”却处于李白慨叹的难于上青天的“蜀道”之中。

“尔来四万八千岁，不与秦塞通人烟。西当太白有鸟道，可以横绝峨眉巅。地崩山摧壮士死，然后天梯石栈相勾连……”蜀道之难，注定了乐山交通公路人的艰辛。

通过几代乐山交通公路人的艰辛付出，而今的乐山已建设成了真正意义上的现代化交通要塞。

“十二五”以来，乐山交通坚决贯彻市委市政府确定的大交通、大产业、大城市三大发展战略，立足提升乐山区位优势，全面启动实施以“两港四梯级、五铁十高速”为核心的千亿交通工程，着力构建畅通、安全、高效的现代综合交通运输体系，迎来了乐山交通建设史上投资力度最大、上马项目最多、建设速度最快、工程质量最好的“黄金时期”，仅 2014 年、2015 年连续两年投资突破 100 亿元，累计完成投资 435 亿元。乐雅高速、乐自高速 2 条高速公路于 2013 年建成通车，形成纵贯南北、连接东西的高速公路“十字”骨架。同年，绕城高速、仁沐新高速仁寿至井研段开工，目前正有力、有序推进。乐汉高速、仁沐新高速（含马边支线）前期工作取得实质性突破，于 2016 年开工建设；历经重重困难于 2014 年 12 月 20 日正式通车的成绵乐客专，改写了乐山市 44 年未新投运一公里铁路的历史；在“十二五”收官之时实现开工的犍为枢纽，标志着岷江港航电综合开发项目历时 9 年终于实现了零的突破。此外，老木孔、东风岩、龙溪口枢纽和乐山港正抓紧推进工可要件审批工作，岷江黄金水道建成指日可待；双向 8 车道的高新进港大道于 2012 年建成通车，井研至沙湾、峨眉至夹江联网畅通工程实现开工；国道 213 线、省道 103 线、省道 305 线、省道 306 线等国省干线公路路面改造工程基本完成，中心城区到各区县骨干道路实现黑色化和高等级化……这标志着乐山地方干线公路路网布局更加完善、合理，通行能力得到极大提高；

通过全面实施通乡、通村公路工程，新建改建农村公路3489公里，其中，县乡公路760公里、通村公路2729公里，基本实现乡乡通油路、村村通公路，农村群众出行条件得到有效改善……

这是笔者在王川办公桌上随意翻到的一份文件。文件名为《乐山交通工作情况》，上面有几个地方有明显的手写修改痕迹，其中包括两个地方的标点符号。潘永波告诉笔者，“川哥”做事细致得很，稍不留神就要被他喊去“纠错”。

文件上所有的数字，包括年月日的下面都画上了一道有力度的横线。这也是王川阅读文件的习惯——对数字尤其敏感、重视。而王川所敏感、重视的数字背后，藏着一连串的故事，而书写这一连串故事的正是像王川、苏建荣这样的“乐山交通公路人”。

在影视界，有一种角色叫作“路人甲”。因戏份少，角色无足轻重、无关痛痒，甚至在戏里只是纯粹的路过而得名。在“地球村”纵横交错、上天入地、庞大繁华的交通网上，“乐山交通公路人”或许只能算戏份最少的路人甲。但，当镜头聚焦到乐山这个地球村上的小村落上，“乐山交通公路人”却演义出了另一层意义上的“路人甲”——甲乙丙丁的“甲”。

当黎明的第一缕光，在遥远的地平线上闪烁，他们早已掐断浅睡的梦。他们的背影在山峦间起伏，他们的脚步声在旷野里铿锵。路，便在脚下延伸，一条又一条。

他们以“甲天下”的精神，架起了一座座桥梁、铺平了一条条公路，让乐山这个西部小城日益秀甲天下。

王川：有个古怪的“职业病”

因为职业和工种的原因，很多行业的人都会轻重不同地患上职业病。比如，教师的嗓子沙哑，医生的胃病，出租车司机的腰肌劳损等等。

王川的职业病有些古怪，人称“盯路病”。自从走上乐山交通公路系统的岗位上，王川就落下了这“病根”——在公路上看到大货车，他会习惯性地看看路面有没有损毁，即便是难得的和妻儿一起出游，道路两旁的风光也挤不进他的眼睛，因为他又习惯性地盯路面状况、道路设施去了。在自己管辖范围内的路上，他盯问题。在外省外地，他既盯问题，也盯人家做得好的。“别人的问题可以引以为鉴，别人做得好的，就好好学习。”这或许就是王川特殊职业病的“病根”所在。

王川的手机里存得最多的图片是问题路、损毁的道路设施。有一次，在一座乡村公路桥上给女儿系鞋带。鞋带还没系紧，王川的一双手就去刨女儿小脚丫旁边的石子去了。王川的这一次“犯病”，消除了那条乡村公路桥的隐患。

看来，他确实“病”得不轻。

因为“病”得不轻，一旦沾上“路”的事，王川就特别较真。几天的时间回放，足以勾画出王川的较真劲：2016 年 3 月 2 日，上午市交委刚安排部署了峨马路的相关工作，下午王川就组织大家开会，会议的重点是对现场踏勘工作进行安排。他计划第二天（3 月 3 日）踏勘完峨眉山景区救援通道后，立即赶往峨马路峨边段踏勘。

3 月 3 日这天，王川在峨眉山景区拟建救援通道的地段忙碌时，乐山市交委养护管理科副科长张学俊正和几位同事一起在峨马路峨边段踏勘。“那根本就不能算路，我们每个人都带了一把大砍刀，碰到树子砍树子，比人还高的杂草也要砍。最恼火的是，还要躲闪山上不断飞落下来的石头。最后的 4 公里，我们整整走了两个多小时。”张学俊说，“山上还有积雪，路滑得很，稍不留神就会摔一跟斗。我们下山时天都快黑了。”

那天，在山上踏勘的张学俊接了王川打来的数次电话。“每次都是问上面的路况和我们的安全。我非常详细地给他描述了上面的路况。说实话，这次踏勘，虽然很艰难，但我们还是顺利完成了任务。过两天就可以绘出一张详细的平面图，川哥只需看图对峨马路就一目了然了。”想到踏勘路上的“惊心动魄”，张学俊建议王川不用去现场。“可他坚持一定要亲自去走一趟。”

3 月 4 日，王川去了张学俊他们踏勘过的那段路。

这条路议了很多年，在今年的市级两会上，很多人大代表、政协委员又提到了这条路。“这是交通精准扶贫的一个重要项目，群众也十分关注。”王川和这“最后 12 公里路”较上真了。

而王川的较真岂止是打通峨马路的这最后12公里路。市公路局养护科科长黎生元回忆说：“3月8号上午9点过到11点过，川哥就给我打了3次电话，一次是说猫猫嘴隧道附近的波形护栏撞坏了，一次是说周坝镇的标牌废旧得看不清了，最后一次是说马边绕城公路有病害。只要在路上，川哥的眼睛就能盯出许多问题。”

王川较真的不仅是路。马边县荞坝镇会步村是市交委对口帮扶的村社，仅2015年下旬，王川就两次到会步村。该村的6个组，他都走了个遍。而今，会步村5.9公里新建和硬化的通组公路上，仿佛还回荡着王川有力的脚步声。市公路局下派会步村的“第一书记”但程博的手机上，至今还保留着王川发给他的短信。“他经常问我村里的情况，村干部和一些村民的名字他都叫得出来。”

王川的“盯路病”不仅在路上，还体现在条例上。2005年至2007年，任乐山市道路运输运管处处长期间，为了严格规范管理，王川抽调4位同事细致调研，他亲自主抓，花3个月时间，印制出了《乐山市道路运输管理规范办法》。办法一共17章160条，于2006年1月1日起执行。时间倒回去10年，把“抓源头、抓预防”印制成文件办法，乐山创造了全省的“最先”。现乐山道路运输管理局副局长张伟回忆说：“定稿前，川哥熬了两个通宵，每一章、每一条、每个标点符号他都会反复推敲。”

2015年8月，市公路局启动对口峨边县解放村精准扶贫工作。解放村海拔1200米以上，面积50平方公里，耕地面积仅14公顷，全村430多人，贫困户占三分之一。2015年9月，王川第一次到解放村实地考察。从峨边县城到解放村有50余公里，开始是弯弯曲曲的盘山公路，后变成机耕道，最窄的地方，汽车轮子擦着悬崖。沿途，王川等人要随时下车推开拦路石。50余公里的山路，他们开了4个多小时。到村里时，所有人的脸上、额头和手上都带着刮擦伤痕。

村民吉部阿沙家是一间用竹子和石片搭成的简陋竹屋，一家四口就挤在这间漏风的小竹屋中。妻子吉克羊布术后长年卧床，为治病已欠下数万元债，他们还得抚养大哥留下的两个孤儿。走出竹屋，王川就说：“一定要让他们家在年底搬进新房，过上暖冬。”回到单位后，王川立刻动员单位职工捐款。

不到一周，捐资5000余元，市公路局出资6600元，吉部阿沙家的新房开建。

这只是王川为定点帮扶贫困户精准高效脱贫的一个缩影。

苏建荣：他是一块“砖头”

从3月8日那天起，随着“308”马边因公殉职人员消息的不断更新，“农建办主任”这个缀在苏建荣名字后面的职务才逐渐被普通大众熟悉。

“农建办”的全称是乐山市公路局农村公路建设办公室。从副主任到主任，苏建荣在这个岗位上已是7年时间。

农村公路建设，无疑是一块难啃的硬骨头。

2015年，为了完成乐山市“十三五”农村公路建设规划编制工作，苏建荣走遍了全市211个乡镇、2034个行政村。这两组数字的背后，是当年52岁的苏建荣走烂了6双解放鞋、5双雨鞋、3双皮鞋。这组数字的结果是，苏建荣对整个乐山农村公路交通现状和远景规划，了然于胸。

在苏建荣乘坐过的车的后备厢里，一直都放着两双“标配”鞋：一双雨靴、一双解放鞋。

乐山的山区农村，尤其是“两边一川一区”（指马边县、峨边县、沐川县、金口河区）地处山区，气候多变。早上出门时阳光灿烂，到晚上，有时甚至不到中午，就可能阴雨绵绵，甚至大雨滂沱。所以，即便是穿的解放鞋下乡，苏建荣也会把雨靴背上。

2012年3月的一天，为了踏勘彝族地区农村公路，苏建荣从沐川县杨村乡出发，步行了7个多小时。在穿越一片原始森林前，同行的同事考虑到他年已半百，身体不好，劝他不要进去。苏建荣换上雨靴就向雾气腾腾的原始森林走去。他说：“在峨边，比这烂的路我走得多，有经验。”那天，走下山时，城镇的灯火已点亮。坐在路边换鞋时，费了很大的劲，在同事的帮助下，苏建荣才脱下了雨靴——他的一双脚被雨水、露水泡得肿大了一圈。

“答应了的事，我一定会做到。”苏建荣话不多，每一个字都透着力量。

其实，在农建办任职前，苏建荣也一直跟农村公路打交道。1981年从四川省交通学校道桥专业毕业后，他就一头扎进了乐山的“老少边穷”地区——峨边县，一干就是整整17年。

峨美公路（峨边县至美姑县）是当时成都经乐山通往凉山州的唯一通道，穿越在崇山峻岭之间，地质灾害频发。与凉山州美姑县交界的峨边县倚子垭口段，海拔3000米，每年近一半时间积雪结冰，中断交通。为了保证基本的通行，1984至1985年，负责峨美路养护的苏建荣受命负责倚子垭口道班的设计修建工作。为此，他长年待在山上，吃干粮腌菜，住临时工棚，保质保量地组织建成了乐山最为偏远道班。而今，这个道班仍是峨美公路上不可替代的通行保障。

“我是一块砖，哪里需要哪里搬。”这是话语不多的苏建荣少有的幽默。从他的履历可以看出，从1981年参加工作以来，他一直都在被“搬来搬去”。然而，无论怎么“搬”，这块砖头都一直镶嵌在乐山公路建设上。乐山养护总段峨边分段工程股股长，乐山市交通局“一山办”副总工程师，省道305线指挥部副指挥长兼工程科科长，乐井路（乐山至井研县）改建工程指挥部总工程师、副指挥长，省道306线峨金路（峨边至金口河）改建工程指挥部常务副指挥长，国道213线沐川段改建工程常务副指挥长，省道306线峨眉（杨村铺）至峨边（玉林段）改建工程指挥长……从这些任职上不难看出，苏建荣的工作调动确实比较大，好像随时都在变。从这个项目到那个项目，从这个工地到那个工地，但不论在哪个岗位负责哪个项目，他都像一块敦实的砖头，默默地挺立出一个乐山公路人的力量。所以，他默认了同事们送给他的雅号“砖头”。在苏建荣看来，能被当成一块砖头搬来搬去就证明自己还有用，所以，他干脆把自己的QQ名设为了“砖头”。

李志强：在马边的二十多天

2016年2月2日，距猴年春节还剩一周的时间，李志强到马边报到。

2月14日，春节假后的第一个工作日，准时出现在办公室……3月1日，到交通精准扶贫项目——劳动乡柏香村、下溪镇珍珠桥村11.7公里村道达标建设现场；3月2日下午，随同交通勘察设计专家到苏坝镇调研苏坝场镇绕线公路规划；3月3日，在局机关连续开完3个会后，又赶到永红乡督导永红至雷波谷堆乡公路建设情况……作为省交通厅下派的精准扶贫干部，初来乍到，李志强的工作便一环扣一环，仿佛在与时间赛跑。

仅仅 20 多天时间，李志强便实地踏勘了马边县 15 个乡镇的交通状况。

马边县所辖仅 20 个乡镇，李志强的确在与时间赛跑。那是因为，他在心里早就做好了一道“加减法”——“下派的时间只有 1 年，365 天减去节假日和出差，我在马边待的时间加起来估计最多也就是 300 来天。“不抓紧点把（交通建设）情况了解透，不好开展工作。”精准扶贫干部对时间的精准、河北人的朴实在李志强身上体现得淋漓尽致。

今年（2015 年）33 岁的李志强，是河北省唐山市乐亭县人，研究生毕业后于 2015 年 3 月考入四川省交通运输厅公路局工作。2016 年 1 月，在得知省厅要选派干部到马边助推精准扶贫的消息后，经过深思熟虑，李志强慎重地递上了申请书。“趁还没恋爱结婚，到最基层去锻炼才不会有拖累。”李志强留给四川省公路局同事的印象，依然是朴实。最终，他如愿成为省交通厅第一个派驻马边的交通精准扶贫干部。从 2016 年 2 月 2 日第一次到马边以来，不到一个月的时间，他已走完了马边县四分之三的乡镇，行程达 2000 多公里。

见面会后，考虑到马上就要过春节，李志强的双亲还在河北农村老家，他又是独子，马边县交通运输局局长冯建平建议他回老家过完年再正式上班，但李志强婉拒了冯局长的关爱。他说，自己是来工作的，不该享有任何特殊待遇。冯建平以为李志强只是说说而已。“没想到第二天一早上班，他就来到我办公室‘要工作’。”当时冯建平心里一亮，觉得这个小伙子实在。于是，冯建平带着他开始了各股室的挨个走访。“到每个股室他都是听得多、说得少，一点没有省厅下派干部的架子。”在工程股，李志强一待就是半天，冯建平外出办完事回来，发现他还在那里。那天，一直和工程股的同事聊到下班，拿上马边“十三五”交通规划图和一系列在建的工程项目进度表，回到自己的办公室，李志强挑灯阅读。随后的 2 天，他成了工程股的常客，拿到一份图纸或资料，就认真地研究琢磨。在李志强的办公桌上，放着一本厚厚的笔记本，里面已密密麻麻地写下了不少数据和乡镇、道路的名字，以及“2016 年第一季度的工作计划”。笔记的最后一页的最后几行写的是：3 月 8 日上午 11 点 30 左右，随市局王川局长到三河口乡，从金家沟村出发，步行踏勘峨马路马边段，下午……

谁也没有想到，李志强的工作笔记和他年轻鲜活的生命，竟然在那个下午戛然而止了。

“2 月 4 号，他一大早就到办公室来了，忙活了半天，硬是整理完了马边交通基础资料，他才着急忙慌地去坐马边直达成都的大巴车。他说争取下班前赶回省厅移交、汇报工作。”回忆起李志强在马边短暂工作的点点滴滴，同事们数度哽咽。“他走路经常都在小跑，可坐在办公室看图纸、资料又很安静。”“他是个闲不住的人，吃工作餐都会让我们教他说马边话，他还学会了说彝话‘咔莎莎’（谢谢的意思）。”“8 号那天他重感冒还没好完，我们都劝他不要去，他说他带了感冒药的。这个娃儿话不多，朴实得很。”

冯建平还清楚地记得，2 月 21 日他和李志强一起到省厅出差的情景。“一路上，平时话不多的他却三句话不离马边交通。那次我们是去向省厅汇报马边的交通现状，协调对接仁沐新高速马边支线、峨马路、95 个贫困村村道达标建设、机械化养护中心建设等项目的。我完全没想到，他才来马边十来天，这些项目他都是随口就来、讲得头头是道了。”

“把专业用在最需要的地方。”在马边短暂的时日，李志强便勾画出了他心目中的马边交通建设的规划蓝图——“外通内连、通村畅乡、班车到村、安全便捷。”这大写在李志强笔记本上的蓝图，也是马边 21 万彝汉同胞期盼已久的交通梦。

曾德林：把马边当成了第二故乡

“大忠大爱是为仁，民族兴亡是为义，家国天下是为礼，大恩大恕是为智，一诺千金是为信。”这是不久前热播的电视剧《少帅》的经典台词，曾德林把这段话缀在了自己的 QQ 头像后面。

QQ 头像后的文字叫作“个性签名”，可随时更新，它表述着签名者的心情、个性、志趣、好恶等等。电视剧《少帅》是 2016 年 1 月 11 日首播的，截至 3 月 8 日，这条“个性签名”曾德林至少保留了一个多月。

他，年仅 29 岁！

而今，曾德林的QQ头像和这条“个性签名”已然黯淡了，但透过安静而凝重的黑灰色，我们依然感觉得到这位热血青年脉搏的跳动。

2009年7月，骄阳似火，在四川师范大学艺体场馆，2311名四川西部计划志愿者举起右手，庄严宣誓：“我愿意成为一名光荣的志愿者。我承诺：尽己所能，不计报酬，帮助他人……”整齐划一的宣誓声响彻晴空。这声音里，有曾德林的一份。那一年，他22岁，还是个高高瘦瘦的青涩男孩。

曾德林是重庆合川农村人，父母的独子。这个以优异成绩考入西南交通大学的儿子一直是父母的骄傲和期盼。然而，大学毕业，他却以志愿者的身份从农村“折回”到了更加偏远贫穷的彝区农村。父母的眼泪没能挽留住儿子志愿奔赴“大学生西部计划”的脚步。那一年的8月，背上简单的行囊，几个志愿者一路颠簸，风尘仆仆地来到了彝族山区马边县，曾德林被分到了马边县交通运输局。

马边交通运输局工程股股长刘代名是县里出了名的“老交通”。当地落后的交通条件急需新生力量，可当“西部志愿者”曾德林站在面前，毕恭毕敬地喊他“师傅”时，刘代名却应答得有些勉强。“我们这里条件艰苦，很难留得住人。”刘代名带过的大学生志愿者不在少数，他曾无数次希望能培养几个“接班人”，可他的愿望却总是落空。所以，对于来自西南交大计算机专业的曾德林，他不仅没抱希望，心里还有一丝不屑。

师傅心里的“不屑”在一个月后便烟消云散了。2009年9月的一天，刘代名带着曾德林上一乡村公路在建工地。早晨出发时，天气晴朗。在工地上忙活时师徒二人都体会到了秋老虎的厉害。不料下午返回时，却突然下起了暴雨。更糟糕的是，暴雨导致山体塌方，返回的路被中断了。车被困在前不着村后不着店的塌方路段，刘代名只得带着曾德林等人冒雨走山路。当他们一身雨一身泥地走回县城，已经是夜里11点多钟。第二天，当曾德林一瘸一拐地来到办公室，刘代名才知道，昨夜冒雨赶路，曾德林的脚被划伤了。“你怎么不休息几天呢？感染了怎么办？”刘代名心疼地问。曾德林笑了笑说：“伤得又不重。”至此，刘代名才把曾德林当成真正的徒弟。

当年的11月，全县几个交通项目陆续动工。局里工程管理人员本来就少，加之项目分散。眼看师傅在几个项目工地奔波往返，曾德林主动申请到工程一线蹲点打下手。刘代名心头一热，把他带到了稀永路（稀泥沟村至永红乡）工程指挥部。说是工程指挥部，却是竹片搭建的简易工棚。那一年，马边的冬天来得早，持续久。曾德林在海拔 2000 多米的山上一蹲就是两个多月。晚上和工人一起挤在工棚里睡，白天上工地跟进度、把质量关，一天三顿吃烤土豆……刘代明每次上工地，都会在心里为这个徒弟加分。“我没想到这个细皮嫩肉的大学生吃得下那份苦。”

让刘代名内心更为触动的是，曾德林对交通专业知识的“恶补”。“刚来的时候，我办公室的书，他一本接一本地借回去看，没看明白的还记下来问我。”当得知曾德林报考了西南交大路桥本科专业（函授）时，刘代名真心希望这个徒弟能留下来。

两年志愿期满，曾德林真的留了下来。

“交通质检”是道路工程质量的生命线，也是不少施工方千方百计想打通的“最后关卡”。但自担任交通局质监所所长以来，对每一条道路的实地检验、书面报告，曾德林从来都是“看路不看人”。这个外表俊秀的“重庆崽儿”，骨子里却有着“软硬不吃”的刚烈。2015 年 9 月的一天，曾德林实地检查劳动乡一通村公路项目时，检查出了水泥用量未达配合比要求、路面硬化厚度不够等问题。他当即责令施工方限期返工整改。没想施工方却托人送来一个“信封”，希望曾所长“手下留情”。被拒绝后，对方认为曾德林是“故意整人”，电话、短信威胁不说，还扬言要找人收拾他。曾德林不仅没“虚”，还托人把那人请出来喝茶。话说开了，曾德林诚恳地对对方说：“我是个重庆崽儿，来马边整你干啥子嘛。你打死了我，我是烈士，你要坐牢抵命，路还是得返工，大家闹起好耍吗？”最终，施工方严格按要求整改后通过了验收。后来，施工方老板逢人就说“交通局那个重庆崽儿耿直”。

曾德林的妻子张国丽是成都人，两人是同一批进马边的志愿者。恋爱、结婚、生子，把父母接来马边，曾德林已然把马边当成了自己的第二故乡。在张国丽的 QQ 空间里有这样一张照片：曾德林坐在自行车的前座，张国丽靠在他背上，笑容灿烂，比出“胜利”的手势。照片的上传时间是 2009 年 10 月 9 日。那一天，是他们到马边的第 60 天。或许，那一天，曾德林就决定了留下来。

在张国丽的朋友圈里，不难发现这个小家庭的幸福。比如，张国丽生日，女儿唱生日歌，丈夫煮长寿面，她“幸福醉了”。再比如，“放风筝”，穿绿色冲锋衣的曾德林，托着色彩斑斓的长尾巴风筝在前面跑，扎小辫子的女儿在后面追……

在曾德林的办公室桌上，放着一个敞开的还剩半杯茶水的杯子和一本摊开的笔记本。那一天，他走得实在太匆忙，连马边交通人上工地的“标配”——安全帽和雨靴都忘了带。

邹杨：从“白面书生”到“黑脸包公”

“十二五”末期，马边县通村公路通畅率由“十一五”末期的37%提高到了90%。5年时间，53个百分点，这是小凉山脚下的“深圳速度”，是马边交通人在深山沟里创造的神话。

邹杨，这个年仅34岁的80后，已是马边交通的“前辈”，马边同村公路通畅率百分点的提升，有他的功劳。

2003年，西南交大毕业的邹杨有很多机会留在省城成都工作，但他毅然选择了“回乡”。“老人说，修桥补路是积善行德的事，我是马边长大的，我父母也在马边，读了交大我就该回去修桥补路。”大学同学聚会时，邹杨这样解释他回马边的原因。

那一年，沐川出生、马边长大的邹杨成为马边交通局有史以来的第一个西南交大科班生。但，那年他毕竟只有21岁，老前辈们个个静观其变。这其中，最关注他的是工程股股长刘代名。“他学历比我高，却师傅长师傅短地喊我。”不到半个月，两三次接触，刘代名就默认了这个业务能力强、踏实肯干、能吃苦的徒弟。“他做事情细致、有条理、对数字敏感，是块干交通的料。”

刘代名的眼睛有“毒”，但他竟没看出，这个“白面书生”徒弟还有“要蛮”的一面。2004年4月的一天，师徒二人到省道103线马边至雷打石段施工工地突击检查。经过仔细检查，邹杨发现施工方使用的水泥和沙石都不合规定要求，可搅拌机还在哗哗地转。当时施工方负责人正好在场，邹杨要求他立即停工。可对方却没把这个“嫩娃儿”放在眼里，仍继续施工。令刘代名没想到的是，争执几句后，邹杨三步两步冲上去就把搅拌机的电闸给关了。这可把对方惹毛了，一声招呼，几个工人就朝邹杨围了过来。“要不是我吼到，那天邹杨肯定遭打惨。”

上省道、下村道，邹杨好像在办公室坐不住。尤其是在修建马铜路马边境内路段时，大热的天，他在施工现场一蹲就是好几天，“白面书生”被晒成了“黑脸包公”。邹杨却笑着说，黑才显得更成熟，施工方就不会小看自己了。同事们都说，邹杨的业务骨干是跑出来的、晒出来的。

对邹杨来说，“黑脸包公”还有另一个注解，那就是执法如山、铁面无私。自从负责招投标工作以来，他就成了被“拉拢”的对象，可无论是亲戚、朋友、同事，甚至是领导找到他，一旦涉及招投标的事，他就噤声了。实在被缠得不行，他就笑着说：“招投标公告上都说明了的，你别逼我犯法哈。”有的施工单位为取得建设权，打着某领导的旗号想强行要指标，邹杨依然不买账。

2008 年，工作仅 5 年的邹杨被提拔为工程股副股长，26 岁的他觉得担子更重、责任更大了。

马边县地处小凉山山区，地广人稀，居民分布零散，有的村与村之间要走好几个小时。为了掌握“村村通”的第一手资料，从上岗的第一周起，邹杨就迈开了他的长腿，哪里需要他就走到哪里。工作仅几年，马边的乡镇村社他都基本走了个遍。同事回忆说，每次到拟建项目一线，邹杨不仅踏勘路，还要和项目沿线的村组干部、村民摆龙门阵。龙门阵一摆，周边是否发生过地质灾害，怎样修路更方便出行等一手情况他就心知肚明了。同事开玩笑说，邹杨踏勘完一个拟建项目，就和当地的村干部、村民成亲戚了。3 月 10 日，很多“亲戚”都赶来参加了邹杨的遗体告别仪式。他们大多是邹杨负责踏勘调研而今已通车的马新路（马边至新市镇）、油菠路（油石岩至菠罗大桥）、菠美路（菠罗大桥至美姑）等道路沿线的村干部。

刘代名还清楚地记得，2009 年 7 月，在民建镇通村公路的前期踏勘时，正值雨季，可邹杨却连日冒雨往山上跑。他说，下雨天踏勘能更准确地发现地质隐患。拟修道路马儿山段因降雨发生滑坡后，邹杨连续 3 天冒着大雨前往观测。最终，邹杨补充完善了之前晴天踏勘的数据，规避了这一危险地段。

“他做事认真得很。”在邹杨的办公室，13 本厚厚的笔记本记录得密密麻麻，有各通村公路的踏勘笔记、有修建“仁沐新”高速路的基础勘察数据和进度大事记……每一页的字里行间都透着邹杨的认真。

同事们都知道邹杨钱包里的“秘密”，那是一张儿童画。画面上，一男人和一个女人牵着一个小女孩，笑得很开心。那是邹杨的女儿送给爸爸的礼物。由于工作太忙，8 岁的女儿只得送到乐山读书，由退休的母亲照看。3 月 3 日是邹杨母亲的生日，早上 7 点多钟，儿子就打电话“祝妈妈生日快乐”，并相约周末回乐山请妈妈吃好的。在母亲眼里，这个独生儿子细致又感性。“他怕上班忙，忘了，才一早打电话来。”而实际上，儿子打电话都是在早上或深夜。“他总说他忙。”可那个周末，为了配合做好仁（寿）沐（川）新（市镇）高速马边支线工程可行性报告现场审查，邹杨是在工地一线度过的。母亲已习惯了儿子的爽约，没想到这一次成了永远。“我给他买的治胰腺炎的药，他一直说回来拿的……”邹杨的母亲抽泣着断断续续地说：“吃饭没个规律，上工地就带面包，你啷个不得病嘛……”那一刻，仿佛儿子还在。

山那边盛开的乌梅花

鸟瞰乐山，地处小凉山区的马边县、峨边县，就像一朵盛开的并蒂莲。然而，由于诸多原因，两县至今还没有一条直通公路。

马边、峨边是乐山市少数民族集聚区，主要以彝族为主，两县的彝族同胞，有的属一个支脉，不少家庭之间是扯着筋连着骨的亲戚或朋友。但若要走亲访友，他们得绕行沙湾、沐川境内的峨轸路、103 省道才能到达。这一绕便是 170 公里。山道弯弯，早上出门要下午，甚至晚上才能到达。照他们的话说，走拢饭都冷硬了。

有一年，马边县三河口乡的一户人家，得知峨边的亲戚身患重病，焦急中，他带上干粮、穿上雨靴，朝山那边走去。可他再也没回来。有人说他被野兽吃了，有人说他掉悬崖下摔死了。从此，再没有人敢去翻山越岭。

这只是其一。

要致富先修路，这是所有贫困地区最响亮的号角。

马边系国家级贫困县。由于多方面的原因，马边至今仍有国定贫困村 95 个，贫困户 10283 户，贫困人口 36180 人。

交通一直是其脱贫的瓶颈。几十年来，通过市县两级交通人的努力，马边的交通状况得到了较大的改善。截至 2015 年，全县完成干线公路 2 条 25.8 公里（S103 线波美路 12.2 公里、S103 线油波路 13.6 公里）、通村水泥路 45 条 222.708 公里。尽管如此，交通脱贫、脱贫交通，仍然是市县两级交通人压在肩上的重担。

如果打通峨马路，从峨眉山到峨边的黑竹沟，再到马边的大风顶、彝家新寨、特色茶园等可形成旅游环线。这将为沿线村民带来可观的旅游产业收益。第二，马边处于地震带上，一旦发生地震灾害，交通阻断，马边将成为孤岛。打通峨马路，是打通马边的生命救援线。第三，省道 103 线上的沙腔乡、三河口乡、梅子坝乡，处于平均海拔 1500 米左右山区，属纯彝族聚居区，两万多村民主要以种养殖业为主，经济收入以种养殖和外出务工构成。他们种植的纯天然玉米、黄豆、马铃薯和核桃、乌梅、竹笋等绿色食品，因为交通所限，大多自产自用。村民有脱贫的心，却受困于脱贫无“路”……

高山、森林、峭壁阻隔着王川一行此次踏勘的峨马路，是当地规划建设的两县直联互通的扶贫公路。公路建成后，两县将实现直联互通，路程也缩短约 40 公里。

这是一条脱贫的路，这是一条希望的路，这是市县两级历届交通人的梦。所以，王川来了，李志强来了，曾德林留下了，邹杨回来了，所以，苏建荣、江兵等交通人拼了。

那一天，噩耗传来，苍天动容，亲友悲戚，同事哀痛。

这条路，仅仅是乐山所有交通人战天斗地的阵地之一。

为了路，同事眼中的“拼命三郎”，彝族老乡心中的好干部王川，连续 3 年没休过一个公休假。在王川的笔记本上，密密麻麻地记录着每一天要做的工作。每个月他基本有一半时间都是奔走在路上，去勘察、去抢险、去慰问、去扶贫、去督促、去调研……王川的司机兰洪回忆，20 年中，他听到最多的一个词就是“搞快！搞快！”他先后跑了 80 万公里，仅越野车就跑坏 3 辆，第 4 辆也快报废了。

脱贫攻坚，等不得。王川在路上，在一次次村里开的“坝坝会”上。

精准扶贫，要提速。李志强承诺，“不让领导布置的工作在我手中延误、不让需要办理的文件在我手中积压、不让局机关的形象在我这里受到影响。”

村民渴望修路、脱贫，苏建荣这块“砖头”哪里需要哪里搬。

为了实现马边县的公路规划，曾德林必须快速成长，担起重担。

为了村民的致富之路，邹杨把一张张病历压在了抽屉的最下面。

为了山乡的路和城市连接，江兵以精湛的驾驶技术，过硬的军人作风，奔走于乡村小路、山区险路上二十多年，他却保持了安全行驶百万公里无一例事故的纪录。

……

一直在路上，最后倒在了精准扶贫的路上，他们无愧于乐山交通人这枚闪光的勋章。

3 月是乌梅花盛开的季节。3 月初的一天，乐山市民蒋玲的马边朋友邀请她到三河口乡看乌梅花。“朋友说，山里的乌梅花特别漂亮。我们都知道路不好走，还是抵挡不住乌梅花的诱惑。出事后，我们都感到后怕，真希望峨马路早点修通，我们可以兜着风去看乌梅花，坐在家里也能吃到马边没有污染的乌梅。”

英雄之路

◎税清静

聚　焦

提到几年前的那个寒夜，刘彪的眼睛“唰”地一下就亮了。那是2012年12月14日凌晨，天气异常寒冷，呵气成冰。当晚轮到刘彪上夜班，凌晨两点，他准时来到置信北路1号的小区门口换班，公司规定值班保安不能坐在岗亭里，于是，刘彪身体笔直地站在岗亭旁，眼睛瞪得像台转动的雷达监控着小区外围。

三班倒，保安们最不喜欢凌晨两点到八点的夜班，这个时间，原本应该属于温暖舒适软床上香甜的睡眠，而不是这样直挺挺地站在岗亭外，冻得像根萝卜。

刘彪身上虽裹着一件厚厚的军大衣，还是冷得够呛，他抬头看了看头顶昏黄的路灯，在寂寂冬夜，灯光仿佛也被冻住了，一圈一圈光晕冷冷地罩下来，马路几分凄清。这时，他的双腿不受控制地抖了几下，他知道自己太冷了，于是赶紧跺跺脚，轻轻地跺跺脚，像是怕打破了这黑夜的静寂，他用心守护的静寂。

滴答滴答，一串高跟鞋跟敲打路面的声音，由远及近，一位年轻女士，正从少陵路经小区门口往双楠“人人乐”超市方向走过去。刘彪没有用目光热切追逐美女的优美体态，他的注意力被年轻女士身后一个奇怪男子给吸引住了：那男子穿着一件又脏又旧的外套，头发长长的，几乎盖过眉毛，他低头疾步往前走，两只手像鸭子的翅膀，在身旁摆个不停。

当保安是需要一点直觉的，刘彪相信这一点，“前辈”也告诉过他：安全问题是大问题，做保安要有对危险的预警性。现在，他眉头紧锁，用心观察奇怪男子，看他为何脚步突然快起来。

因为视觉盲区，又是深夜，刘彪差点看“丢”了人，他揉揉眼睛，奇怪那男子怎么身影一闪忽然不见了，这时忽然听到一声尖利的女声：“救命！

有人抢劫！”刘彪迅速往“人人乐”方向跑，他和刚抢了女士挎包的男子撞了个满怀。

刘彪飞快从地上爬起来，他来不及思索，一个饿虎扑食，将那男子扑倒在地，并将挎包从他手中夺了过来。刘彪不知这劫匪到底是个体作案，还是团伙行凶，他赶紧掏出对讲机，呼叫值班同事火速支援。就在刘彪用对讲机和同事联系时，劫匪拼命地挣脱出一只手，这只手从他自己的包里扯出一把十厘米长的尖刀，狠狠刺了过来。

刘彪下意识地用手一挡，顿时，几个指头被利刃划破，血流如注，他挡住了第一刀，却未能挡住劫匪第二刀，这一刀狠狠照着刘彪脖子劈过来，那刀锋直奔刘彪的颈动脉而来，若这一刀砍下，后果不堪设想。关键时刻，刘彪拿出格斗功底，用左臂当肉盾，狠狠抵挡。这是北风阴冷的冬夜，刘彪厚外套外还裹着棉大衣，但数层衣服都被割破，左上臂伤口裂开，一股疼痛钻心而来，刘彪倒吸了一口冷气，幸好，只伤到的是臂膀。

痛，真的痛，而且那时不知自己受伤的程度，只看到鲜血不断洇出来，膀子上很快就染得一片深酱色。手指关节也是鲜血淋漓，皮肉掀开，动一动都疼得要命。刘彪现在没有精力来顾虑自己的伤势，他怕一只手制服不了劫匪，所以即使左臂负伤，两手仍然如同铁钳般死死地抱着劫匪，与他扭成一团，任由劫匪用力猛砸他的伤口，疼得他直冒泪花，但他仍然没有选择退缩，更无惧对方刀尖不时威胁着自己性命。这时，周围巡逻的同事冲了过来，趁着劫匪愣神的机会，刘彪勇气大增，飞起一脚，将劫匪踢倒在地，夺走了他手中利器。

警察给刘彪验伤时，问他是不是“练过”，他说是的，格斗、拳击他都喜欢，所以平时有锻炼，警察说这就对了，你要感谢自己是“练家子”，否则，照你伤口看来，那刀其实是想砍你颈项的，稍不留神，连小命都会搭进去。警察还问他，人家有刀啊，你不怕？

怕吗？事后细细回想，其实内心并没有那么大的取胜把握，但是作为一个保安，自己都恐惧对方是悍匪，那这个保安还能做好自己的工作吗？还对得起“保安”——“保护安全使者”这个身份吗？讲到这里，他脸上的线条更加俊朗，每道皱纹里都暗藏着坚毅。是的，比起畏惧来，刘彪更看重这份职业的“本分”，尽管，多年前，他自己都不认为“保安”是什么好称谓。

过 往

那时，刚满二十的刘彪还很青涩，成都置信招聘保安，他跑去应聘，一量身高，一米七七，人家说“我们需要一米七八以上的身高呢”，但看这小伙子浓眉大眼，精神劲儿不错，进行了文化课考试，又让他当场打了军体拳，做了几个标准军姿后，部队出身的保安队长决定网开一面——这娃儿虽然不算太高大，但却是块当保安的好料！

于是，一米七七的刘彪顶着“刘矮子”的绰号，穿上了笔挺的保安服。那时，他对当保安其实是“雾里看花”的，虽然之前在重庆考到一个保安上岗证，但如何在实际生活中履行保安职责，刘彪依旧一头雾水。没关系，置信保安如一家，有看似严厉其实内心柔软的队长，有雷厉风行关心下属的班长，他们言传身教，一点一点教刘彪，包括如何穿衣，如何戴帽，如何敬礼，桩桩件件，琐碎的小事，却为刘彪后来的人生刻下了鲜明烙印。现在的他，刚过而立之年，脸庞已脱去了童稚的迷茫与青涩，一双眼睛清澈明亮，平头利落，衬衣雪白，裤缝笔挺，皮鞋一尘不染，发出柔润亮光。

如果让现在的刘彪穿越到过去，他会选择对当年的“小刘矮子”说什么呢？他会说：“腰板再挺直一点，我是保安，我骄傲！”

回到刚做保安时，那时的“小刘矮子”其实不太开心，更谈不上骄傲。因为，他被一个秦姓业主狠狠地斥骂了，双方僵持在小区门口，豆大的汗珠从他的帽檐下面悄悄滚落，他压根不晓得怎么收拾这局面，心里慌得怦怦乱跳。

“老子今天就要进去，你把门给老子打开！”

“这位业主，请先告诉我您住在几栋几单元几号，我们要核实才能开门。”

“老子天天打你们眼皮底下过，你们是瞎了还是傻了？连老子都认不出？快点，让老子把车开进去，废话少说。”

“业主，如果您不告诉我们具体房号，我是不能开这个门的。”

“不开？不开就给老子喊你们经理来，你个瓜娃子，傻兮兮的，晓得啥子？哼，连老子都不认识，老子的路都要挡，好狗还不挡路呢！我告诉你，你们保安就是一只看门狗！你别冲老子汪汪汪，老子生起气来，好狗坏狗都要打的！”

一泡热辣辣的眼泪，几乎就要顶开刘彪的眼皮了，看门狗，看门狗，那位业主还在指手画脚地怒骂，他的委屈排江倒海，却不敢流露半分。领导过来了，业主乖乖报上房号，经物管核实后，的确是业主本人，遂放他的车通行。秦姓业主气哼哼地转方向盘，扭头对刘彪说：“看门狗，以后把眼睛放亮一点！”

男儿有泪不轻弹，刘彪没有当着大家掉泪，晚上和家里打电话，听到妈妈暖融融的声音，还是受不了喉头哽咽了。妈妈其实一开始就反对宝贝儿子去当保安，她说咱儿子凭啥去保护那些不知好歹的人，说出去还是个看门的，不好听！刘妈妈敏感地觉察到儿子的异常，问刘彪是不是做得不开心，如果不开心就回家，家里又不缺他那几个钱，就算在家休息一年半载都可以的！刘彪瓮着鼻子说：“妈，我挺好的，就是……睡觉时没盖好被子，着凉了。”

放下电话，刘彪拿手指肚擂了擂眼窝，班长走到他身后，拍拍他肩膀说：“小刘，今天受委屈了吧？”刘彪头一低，生怕班长看到自己没出息的样子。班长话锋一转：“不过，咱们保安班每个同志的业务能力都要再加强才行，现在，咱们是用‘人防’来鉴别业主身份，有些业主通情达理，配合我们工作还好，但那些脾气大的，觉得咱们保安都没用心，连谁是业主谁是外来者都分不出来，自然拿我们撒气。所以啊，如果我们能将这五百多户业主记得牢牢的，谁和谁是一家人，谁又住哪个房号，咱们一清二楚，也就不怕脾气大的业主再在鸡蛋里挑骨头了。”

刘彪仔细琢磨班长的话，越想越觉得班长说得对，虽然业主骂他是“看门狗”让他很伤心，但从业主的角度看，保安不就该心里有本账，将小区的业主统统记下，还按顺序编好号么？自己还是业务能力差了，“眼力”不够。

从此，刘彪变得更加刻苦了，他不但对应着业主名册，积极记背业主家庭构成、房号、是否买车，甚至连一些业主的“小毛病”也牢牢刻在了脑海里。比如有个业主是马大哈，外出常常忘记关门，好几次保安巡逻时发现他家房门大开，喊话又无人应答，还请警察上门，排除小偷入室盗窃的可能。这样的业主，再经过刘彪的值班岗亭时，他就会微笑着提醒：“哥，今天锁好门没？”马大哈业主一拍脑门，恍然大悟道：“我还真记不得了，得，我还是先转回去检查一下吧。”小区还有个可爱的酒鬼业主，有次夜间巡逻保安听到花丛中鼾声大作，还以为是混进来流浪汉，拿电筒一照，才发现是相熟的面孔，喝得太醉，好不容易进了小区，愣是寻不到自家的单元楼了，在下面转了一圈又一圈，最后累得不行，直接倒地，呼呼大睡，一张嘴巴张得老大，也不知飞进多少蛾子小蚊。刘彪找这位酒鬼业主聊天，半开玩笑地劝他：“哥，少喝点酒嘛，喝醉了醉倒花丛中，还害得你媳妇寻你半宿。”

拿出一颗真心，和业主交朋友，真的当业主是家人，这是刘彪成长之路上最重要的体会。他是个热心肠的小伙子，从小就嘴巴甜，遇到年纪大的称“伯伯”“阿姨”，年轻的喊“哥”“姐”，帮助业主时从不惜力气，有次一个独居老人在家病倒，儿子赶不回来，拜托保安将老人送到楼下救护车里，刘彪便从七楼，将一个又高又大的老人背起来，小高层，没有电梯，他是一步一步地将生病的老人背到了楼下。将老人安妥地送上救护车，同事惊叫：“你后背怎么染色了？”刘彪伸手一摸，不是染色，是渗了整整一后背的汗水，将他衣服打得透湿，他这才感觉双脚已打战，膝盖疼痛了好几天。

奉献越多，快乐越多，刘彪现在丝毫都不计较别人嘲笑保安是“看门狗”了，不管上班下班，他总是面带微笑，业主有事请他帮忙，从不说半个“不”字。邻家郑奶奶提不动满满一篮菜，他飞快跑过去，接住郑奶奶手中的菜篮子；张家小娃娃非常羡慕保安这份工作，他一有空就跑到岗亭去，里面有盾牌，那是他心中英雄的圣物，缠着刘彪给他讲故事，摸盾牌，有时还赖在岗亭里写作业，同事都笑：“刘矮子，你太好说话，咱保安岗亭都成托儿所了。”在不违背原则的情况下，刘彪尽力去满足业主的要求，提供最温馨的安保服务，但他很快又遇到想不通的事了，明明是按照原则行事，为何又被人非难？

Z阿姨算是业主中的“刺头儿”，在小区横行惯了，邻居提起她的大名来，都有几分惧怕，听说她儿子是公家人，她家庭富裕，有千万资产，所以平时就耀武扬威，不可一世。之前刘彪和Z阿姨也算是“点头之交”，值班时遇到Z阿姨，会微笑问好的。所以，当物管求助于刘彪，说“实在收拾不了Z阿姨这个烂摊子”，请刘彪施以援手时，刘彪还有一分信心，心想人都是讲道理嘛，我和她好好讲，她莫非还不听？

刘彪进了小区物管办公室，先在饮水机上给Z阿姨倒了一杯水，将玻璃杯毕恭毕敬地送到Z阿姨手上，物管人员已经提前将Z阿姨嚷嚷的情况和刘彪通了气，所以，现在他开门见山地说："阿姨，我晓得您最近在二次装修房子，问处理建渣的事，是这样的，咱们小区有一个专门的建渣堆放点，您可以让装修师傅先堆在那里，等到装修完毕，再付装修公司一点点钱，请他们将建渣带走。之前的业主装修，都是依照这样的规矩。"

"什么？还要我出钱？我凭啥给钱？你们应该负责到底的！这个垃圾，也该你们运！"

"Z阿姨，实在对不起，物管没有运走建渣的义务，我们只能提供临时堆放建渣的地方。"

"你们不管？你们难道是死人？这也不管那也不管？我花钱就是白养了你们这群死人？"

Z阿姨怒不可抑地吼着，她一边吼，还一边气冲冲地将手中的玻璃杯向刘彪掷过来，刘彪用手一挡，顿时手背红了一块。刘彪严肃地对Z阿姨说："您不要砸东西，砸坏了也要按原价赔偿的，咱们好好讲道理。"

"你，你这个破保安，死保安，你说我不讲道理？我今天就不讲道理给你看！"阿姨索性一屁股坐在地上，天啊地啊乱喊起来，Z阿姨这动静闹得实在太大，惊动了楼上的儿子，老娘是个刺头儿，儿子也不是省油的灯。Z阿姨的儿子，虽吃的是公家饭，但他赤裸上身鼓着肚皮，怒目圆瞪手举菜刀，一路飞奔下楼的景象，哪像什么公家人？简直比土匪还土匪！

"哪个？是哪个杂种惹我妈？你个龟孙给老子站出来！"Z阿姨的儿子骂骂咧咧，嘴里脏话不断。

物管人员怕刘彪吃亏，早已将刘彪拉出办公室，往小区门口走，Z阿姨的儿子哪肯善罢甘休呢，他一路叫嚷着，将菜刀举得高高的，像要向刘彪砍下来。

刘彪被激怒了，他指着脖子对Z阿姨儿子说："你砍，有本事就在这里砍我一刀！"

这时，有个爱看热闹的老头儿路过，不分青红皂白，手指头指指点点就批评刘彪："还穿着保安服，什么保安啊，跟业主打架，太浑了！"

刘彪还来不及辩白，早有业主打抱不平："您老这说的什么话？我们的小刘保安是按章办事，遇到泼皮无赖了，怎么能怪他？”

业主一层又一层地围上来，纷纷给刘彪壮势：“小刘保安，我们挺你！”“刘彪，我支持你！”“我也是！”

刘彪的眼睛潮湿了，这次的眼泪，来得太温暖。

现　在

因为面对尖刀临危不惧，刘彪被大家称为“最勇敢保安哥”，还获得了“感动武侯十大人物”光荣称号，英雄的光环之下，他依旧是那个淳朴憨直、不忘初心的青年，有人愿意出几十万来捧红他，将他“当代英雄”背后的利益压榨干净，他一口拒绝了，他说：那不是我想走的路。

现在的保安哥，已经转到了客户管理的工作岗位，他即将拿到行政管理的自考专科文凭了。谈及为什么想要这个文凭，他说其一是因为从2013年春天开始，他竞聘成为置信的管理人员，自觉能力有所欠缺，所以便奋发图强，学习报考，想补足知识上的短板。其二嘛，是因为他想将来能发展得更好一点，当上经理甚至副总，但公司对职务要求有明文规定：学历必须够格，才能申请竞聘。他说当年家里不富裕，无法同时供养他和姐姐两个高中生，他选择主动辍学，外出打工，现在才知道学习很重要，学历当然也很重要。

也许，刘彪觉得自己将学历和晋升扯到一起有点俗，不好意思地低头一笑。在这一刻，这位英雄褪去了身上所有的光环，他就是一个朴实、腼腆、真诚、用心生活的年轻人，不那么伟岸，不会说大话，但他却是新时代真正的英雄，见义勇为，淳朴自然，不为利诱，无负于心。